山西省地方志办公室 编

石评梅全集

山西出版传媒集团
山西人民出版社

图书在版编目（CIP）数据

石评梅全集 / 山西省地方志办公室编. — 太原：山西人民出版社，2014.8
　　ISBN 978-7-203-08598-0

Ⅰ.①石… Ⅱ.①山… Ⅲ.①石评梅（1902~1928）—全集 Ⅳ.①I216.2

中国版本图书馆CIP数据核字（2014）第138456号

石评梅全集

编　　者：	山西省地方志办公室
责任编辑：	何赵云
装帧设计：	敬鹏涛
出　版　者：	山西出版传媒集团·山西人民出版社
地　　址：	太原市建设南路21号
邮　　编：	030012
发行营销：	0351-4922220　4955996　4956039
	0351-4922127（传真）　4956038（邮购）
E-mail：	sxskcb@163.com　发行部
	sxskcb@126.com　总编室
网　　址：	www.sxskcb.com
经　销　者：	山西出版传媒集团·山西人民出版社
承　印　厂：	山西省史志印刷厂
开　　本：	787 mm × 1092 mm　　1/16
印　　张：	39.5
字　　数：	550千字
印　　数：	1—10000册
版　　次：	2014年8月　第1版
印　　次：	2014年8月　第1次印刷
书　　号：	ISBN 978-7-203-08598-0
定　　价：	110.00元

如有印装质量问题请与本社联系调换

编审委员会

主　任：李茂盛

副主任：赵群虎　刘益龄　郑小豹　张晓光

主　编

魏文瑾　魏雪燕

编　辑

王润云　文德芳　李　萍

梁盛萍　尹维花　田　芳

石评梅照

序 一

张海瀛

　　石评梅(1902~1928),女,乳名心珠,学名汝璧,祖籍平定小河村(现山西省阳泉市郊区小河石家花园)。她本人于清光绪二十八年农历八月十九日(1902年9月20日)出生在平定县城,不久,便随父徙居太原。

　　石评梅之父,名石铭,字鼎臣,清末举人,曾先后任文水县和赵城县儒学教官,光绪二十六年(1900年)后,任山西大学管理员,省立图书馆馆员,并在太原几所中学兼任国文教员。辛亥革命后,评梅女士进入太原女子师范附小读书,其后又升入太原女子师范。由于思想进步,成绩优秀,被誉为"才女",成为学生运动的组织者之一。学潮过后,校方本来要开除她,因惜其才华横溢,才保留了她的学籍。

　　1919年夏,石评梅考入北京女子高等师范学校。其时,正值五四运动时期,陈独秀、李大钊、蔡元培、鲁迅已经先后发表了一系列重要文章,封建道德和封建礼教受到了极其猛烈的冲击,民主与科学已经成为进步青年心目中的旗帜。特别值得注意的是,这时评梅女士有幸成了李大钊的学生。因为李大钊从1919年起,在北京大学和北京女子高等师范分别开设了《唯物史观》《社会主义与社会运动》《社会主义的将来》等课程,评梅女士对于这些课程兴趣极大,她认真听讲,刻苦攻读。1920年3月,李大钊和邓中夏秘密组建马克思学说研究会后,评梅女士又成了其中的重要成员,开始系统地学习马克思、恩格斯的著作。就在这一年,评梅女士又在山西同乡会上,结识了北大学生、早期共产党人高君宇。在交谈中得知

他们父辈即有交谊,他乡遇故友,倍感亲切。从此,他们便经常通信,交流思想。在1921年4月15日,评梅女士在致高君宇的信中倾吐了她的苦闷。高君宇次日便复信,帮助她分析青年人之所以普遍感到苦闷,其原因就在于社会制度的不合理。君宇在信中表示,他"决心担负起改造世界的责任"。通过谈思想,谈人生,谈抱负,他们两人志同道合,播下了忠贞不渝的爱情火种。

  1922年1月21日至2月2日,共产国际在莫斯科举行远东各国共产党及民族革命团体第一次代表大会。高君宇出席了这次大会。同年7月16日至23日,中国共产党在上海举行第二次全国代表大会,出席大会的代表12人,代表全国195名党员。大会选举陈独秀、邓中夏、张国焘、蔡元培、高君宇为中央执行委员会委员。其中,邓中夏、张国焘、高君宇都与石评梅女士有往来。大会发表了《宣言》,揭示了中国社会的半殖民地半封建性质,提出了妇女享有同男子一样平等的权利,还提出"保护女工和童工""废除一切束缚女子的法律"等。大会通过了《中国共产党章程》以及《关于妇女运动的决议》等。就在这一年,评梅女士撰写了话剧剧本《这是谁之罪》,通过沉痛的爱情悲剧,呼唤青年一代不要被旧的习惯势力软化而成为封建礼教的牺牲品。高君宇看后,建议她如若改成要青年男女团结起来共同向封建礼教进行斗争,就更有力了。这样的思想交流,正是他们二人在革命的道路上携手并进的闪光点。

  1923年2月7日,爆发了京汉铁路工人大罢工。在工人运动的推动下,1923年5月下旬至6月下旬,评梅女士参加了"女高师第二组国内旅行团",沿京汉铁路南下,经保定、石家庄到达武汉,又到南京、上海,从青岛、济南返回北京。返校后,评梅女士撰写了一篇长达5万多字的长篇游记《模糊的余影》,在《晨报副刊》上连续刊出。同年夏,评梅女士完成学业,接受北京师大附中聘请,担任女子部学级主任和体育教员、国文教员。后来还在春明女校、女一中、北师大兼任教员和讲师。北京师大附中是从1921年开始男女同校的。在封建传统思想依然十分顽固的当时,冲破传统,实行男女同校,首先就是在师大附中推行的。至于如何管理,如何施教,都是学校面临的新课题。1923年评梅女士接任女子部主任后,她以新思想为指导,采用真情感化的方法,使学生心悦诚服地接受各项规则的约束。她在教育管理中浸透一个"爱"字,在教学过程中贯穿一个"严"字,不管工作多忙,她对所教课程从来没有敷衍过,经常是深夜为学生批改作业,第二天一早又到学校上课,由此受到学生的爱戴和同事的尊敬。

1923年6月,中国共产党在广州召开了第三次全国代表大会,确定了与国民党合作的政策。1924年1月,孙中山在广州主持召开了中国国民党第一次全国代表大会,高君宇也参加了这次大会。大会制定了反帝反封建的新三民主义的革命纲领,实行联俄、联共、扶助工农的三大政策,承认共产党员以个人身份加入国民党,选出了有共产党员参加的中央领导机构。这样就有力地推动了革命形势的发展。就在这一年,石评梅与陆晶清主编出版了《妇女周刊》,宣传反帝反封建的革命纲领,为民族解放和妇女解放大声呐喊。同年11月,孙中山由广州北上,高君宇出任孙中山的秘书和助手。

1925年1月,在上海举行的中国共产党第四次全国代表大会上,高君宇与周恩来相识,欢谈甚深,彼此还互通了恋爱情况。会后,周恩来委托高君宇返京时,在天津下车,到南开附中看望邓颖超,并把周恩来的手书亲自交给她。这样,高君宇就成了周恩来和邓颖超的"红娘"。周恩来和邓颖超对高君宇与石评梅女士相爱,非常仰慕。直到北京解放后,邓颖超还同一些年轻人多次到陶然亭,凭吊高、石合葬的碑墓,并向同行者讲述高、石的爱情故事和革命业迹。由于周恩来和邓颖超的仰慕和推崇,高君宇和石评梅便成了青年男女相爱的楷模。

1925年3月,高君宇因阑尾炎发作,突然病逝。石评梅沉浸在无比的悲痛之中。根据高君宇的遗愿,由石评梅和高全德(君宇之弟)出面将高君宇安葬在北京陶然亭,石评梅在墓上题了碑记,全文如下:

我是宝剑,我是火花,
我愿生如闪电之耀亮,

我愿死如彗星之迅忽。

这是高君宇生前自题像片的几句话,死后我替他刊在碑上。君宇,我无力挽住你迅忽如彗星之生命,我只有把剩下的泪流到你的坟头,直到我不能来看你的时候。

评梅

高君宇谢世后,石评梅写了《狂风暴雨之夜》《梦回寂寂残灯后》《象牙戒指》《祭献之词》《墓畔哀歌》等诗文寄托哀思。这些作品均收在散文集《涛语》中。在痛定思痛之后,石评梅逐渐理解了高君宇所从事的事业,理解了高君宇在信中所说的"我是有两个世界的:一个世界一切都是属于你的,我是连灵魂都永禁的俘虏;在另一个世界里,我是不属于你的,更不属于我自己,我只是历史使命的走卒。"1925年5月30日,上海"五卅惨案"后,在《妇女周刊》上,石评梅以编辑部名义发表特别启事,表示了极大的愤慨。1926年春,在"三·一八"惨案中,石评梅的好友刘和珍不幸遇难,石评梅发表了《血尸》《深夜絮语》《痛哭刘和珍》等文章,深切地进行悼念,并悲愤地表示:"你的血虽然冷了,温暖了的是我们的热血;你的尸虽然僵了,铸坚了的是我们的铁志。""我也愿将这残余的生命,追随你的英魂。"

1926年上半年,石评梅又与好友陆晶清创办了《蔷薇周刊》,工作之余从事文学创作。起初以写诗歌、散文为主。石评梅被誉为北京著名女诗人。后来又创作了不少短篇小说。同年8月26日,鲁迅离京南下,石评梅和陆晶清一起到车站送行。鲁迅对石评梅和《妇女周刊》都是大力支持的。石评梅曾亲自登门向鲁迅约稿。在《两地书》中,许广平曾有这样的记载:"今早打算以此还《妇周》评梅所索之债,但不见来。今请先生阅之。"1925年11月26日,鲁迅在日记中记载:"寄《妇女周刊》社信并稿。"这就是1925年12月24日刊登在《妇女周刊》上的《寡妇主义》一文。鲁迅对于石评梅文学创作的影响是巨大而深刻的。鲁迅对于石评梅的小说、散文、诗歌、游记、剧本、评论等,都给予重视和好评。这样就奠定了石评梅在现代文学史上的重要地位。

1927年春,"四·一二"反革命政变后,石评梅在《无穷红艳烟尘单》中,把这个春天称作是"阵阵的风沙里夹着的不是馨香,而是血腥"。她大声疾呼,要人们记住"这个春天是埋葬过一切光荣的"。同年4月6日,李大钊被"安国军"逮捕,28日在北京英勇就义。石评梅在《断头台畔》诗中,以极其悲壮的文笔写道,烈士的"鲜血已沐浴了千万人的灵魂",表明她将继承先烈的遗志,坚定不移地战斗下去。

1928年9月18日,石评梅开始发病,剧烈头痛,诊断为脑炎,30日病逝于北京协和医院。根据石评梅的遗愿,她被安葬在陶然亭高君宇墓旁,实现了她"生前未能相依共处,愿死后得并葬荒丘"的宿愿。10月21日,在女师大礼堂举行了追悼会。11月11日至17日,《蔷薇周刊》陆续发表了《石评梅女士纪念特刊》。12月,由蔷薇社编辑、《世界日报》印行《石评梅女士纪念特刊》,收录悼念文章30余篇。其后,经庐隐、陆晶清的努力,编辑出版了《偶然草》和《涛语》。1983年,整理出版了《石评梅作品集》共三卷,卷一为散文,包括《偶然草》《涛语》及从未收集的作品;卷二、卷三为小说、剧本、诗、游记。早在1982年7月,邓颖超就为《石评梅作品集》写了题签,同时还写了书名后志,称"缅怀之思,至今犹存"。

2002年9月20日,阳泉市举行了隆重的"纪念石评梅诞辰100周年学术研讨会"。会前,阳泉市电视台播放的《中国新文化运动的女杰——石评梅》,就是由魏文瑾女士担任编剧推出的。会后,于评梅逝世的9月30日,魏文瑾女士又以同样的题目——《中国新文化运动的女杰——石评梅》,在市"政协讲坛"作了大型演讲,引起了许多观众和听众对魏文瑾女士和评梅女子文学社的极大关注。

早在1992年,魏文瑾就怀着对评梅女士无限景仰的深厚感情,创办了平定女子文学社,并先后六次带领女子文学社成员到北京陶然亭评梅墓前祭拜,立志继承评梅遗志,为革命事业奋斗终身。1993年,以评梅小说《红鬃马》为刊名的文学社刊物正式出版,刊载学习评梅、介绍评梅、怀念评梅、赞颂评梅、纪念评梅、研究评梅的各类文章,截至2012年6月,先后出版《红鬃马》11辑、《红鬃马文丛》4套31册,再加上评梅女子文学社成立20周年纪念文丛、个人文学作品集等,总计达60多册。为了编辑《石评梅全集》,文瑾与她的姐妹们多次到北师大图书馆、国家图书馆、首都师大图书馆,搜集资料,拜访专家。经过21年的辛勤耕耘,终于在石评梅诞辰111周年之际,圆满脱稿。我有幸出版前拜读全部书稿,受益甚多,深感荣幸。《石评梅全集》的出版,确系学术界一大盛事,它为更多的人了解和研究石评梅以及她的作品,提供了极大的方便,特别值得祝贺,是为序。

2013年9月20日　于太原

（作者系山西省社会科学院原副院长、研究员,首届中国谱牒学会副会长兼秘书长,吴晗研究会副会长）

序 二

魏德卿

魏文瑾及阳泉市评梅女子文学社编辑的《石评梅全集》即将付梓时,让我为这套书作个序。

我对石评梅的声望虽然早已知晓,但对石评梅的文章确实看的不多。好在魏文瑾把《石评梅全集》的三本校编稿子放在了我的书桌上。这与其说是让我写序言,不如说是让我全面品读与学习石评梅文集。说实话,这给了我一个学习的机会。我集中一个多月时间,反复阅读了石评梅写的诗词、散文、小说、剧本以及20世纪20年代她公开发表于报刊的文章。随之,又翻阅了当时鲁迅、李大钊、高君宇、周恩来、邓颖超等人涉及石评梅的论文、评价、往来书信等历史资料。作品如镜,照人照心。阅读文集,领略意境,品读中看到了青春才女石评梅的伟大形象与纯洁高贵的思想品格。

我国早期的民主革命家、思想家

1919年暑期,石评梅从太原女师毕业,以优异的成绩考入北京女子高等师范学校。初出娘子关的石评梅像林间的小鹿,充满好奇地审视着这一切。娘子关内外不同的风气,深深影响着这位年轻女子,这是石评梅一生中的重要转折。其时正值五四爱国运动后不久,新文化、新思潮方兴未艾。在其影响下,石评梅一方面在女高师勤奋学习课业,一方面开始写诗和散文向各报刊投稿。

1920年夏,亲自聆听了北大教授李大钊讲学的石评梅,思想便为之触动,鼓动她的恩师林砺儒校长,邀请李大钊去女子高师讲授《社会学》《女权运动史》等课。石评梅每场必到,每场都坐到第一排。石评梅十分敬仰李大钊,拜李大钊为她的启蒙老师。

石评梅在悼念李大钊的诗《断头台畔》写道:"红灯熄了希望之星陨坠于苍海中,瞭望着闪烁的火花沉在海心飞迸;怕那鲜血已沐浴了千万人的灵魂,烧不尽斩不断你墓头的芳草如茵。"

当时,北京的进步知识青年纷纷成立社团,议论马克思主义、社会主义和俄国十月社会主义革命。在李大钊指导下,北京大学的罗章龙、邓中夏、黄日葵、高君宇等人,秘密成立了"北京大学马克思学说研究会""北京共产主义小组"等组织。石评梅在高君宇的影响和帮助下,加入了"北京大学马克思学说研究会",成为第一批会员中唯一的女性会员。

石评梅十分崇敬革命英雄。1923年6月,她在南下考察教育时,专程去杭州拜访了"鉴湖女侠"秋瑾的墓。石评梅说"秋瑾是女界的英雄",向秋瑾烈士恭敬地鞠了三个躬,表达了她对秋瑾女士虔诚的敬意和要继承革命意志的坚强决心。

在此期间,石评梅与陆晶清参与编辑了《世界日报》文学副刊——《蔷薇周刊》,并发表了大量的诗歌、散文、游记、小说,其中尤以诗歌见长,时有"北京著名女诗人"之誉。石评梅在她生命结束前的短短两年中,为《蔷薇周刊》撰稿50多篇。值得一提的是,1926年,北洋军阀段祺瑞制造了"三·一八"惨案,枪杀了石评梅的好友刘和珍后,石评梅十分愤怒地在《京报副刊》上发表散文《痛哭和珍》。石评梅写道:"最懦弱最可怜的是那些只能流泪,而不敢流泪的人们。此后一定有许多人踏上革命的途程,预备好了一切去轰击敌人!指示我们罢,和珍,我也愿将这残余的生命,追随你的灵魂!"当1927年"三·一八"惨案周年之际,评梅又写了《深夜絮语》,她赞颂刘和珍是"永远存在的灵魂",是"不灭的精神",鼓舞世人与反动势力进行搏斗,石评梅满怀信心地预言:"我们二万万觉醒解放的

女子,都欢呼着追悼你们先导者的精神和热血,把鲜艳的花朵洒满你们的茔圹,把光荣胜利的旗帜插在你们的碑上。"

石评梅在为民族解放的阵地上,倾洒了自己的宝贵血汗,在先觉觉人的路上,不断战胜自我,使自己变得坚强起来,不仅让全中国二万万女性听到了她的声音,而且看到了人们正在觉醒并勇敢投入革命运动的洪流。

《痛哭英雄》是石评梅在1925年为悼怀高君宇写的诗篇。石评梅不仅是高君宇的生死恋人,而且是高君宇的革命伴侣。石评梅的这首诗,是紧拥着高君宇灵魂的血泪迸发,又是她向往革命,继承君宇革命事业的内心直白。诗题称君宇为"英雄",既表明了对高君宇乃至共产党人所执事业的由衷崇尚,又表明她把高君宇和共产党人引为自己的楷模。诗中高亢地表白:"我扬着你爱的红旗,站在高峰上招展唤你!"这在当时军阀势力盘踞的北京,在邪恶与正义处于生死较量的险恶环境里,石评梅以正义之气不畏不惧地勇敢表露心志,是极为难能可贵的。她终于在李大钊、鲁迅、高君宇等重量级人物的关怀、指导下,由同情革命,成长为投身革命的勇士了。

我国女权运动的先驱、拓荒者

1920年春,是石评梅在北京女高师读书第二年,本校国文科二年级女生李超被封建礼教迫害致死。为控诉封建礼教的罪行,北京女师和新文化界举行了追悼会,陈独秀、李大钊等社会名流出席并讲了话。石评梅从李超的悲惨遭遇中,从李大钊、陈独秀等人的讲话中,认识到女性面临的婚姻自主问题、恋爱自由问题、男女平等问题,是中国妇女面临的切身问题与社会问题。石评梅奋起创作了剧本《这是谁的罪?》,她以生命殉死血的事实,控诉了吃人的封建礼教及其制度的罪恶。1924年11月,石评梅为《妇女周刊》撰写的《发刊词》中慷慨写道:

"至少我们积久的血泪,应该滴在地球上,激起同情;流到人心里,化

作忏悔。相信我们的'力'可以粉碎桎梏！相信我们的'热'可以焚毁网罟——我们的努力愿意：

一、粉碎偏枯的道德；二、脱弃礼教的束缚；三、发挥艺术的天才；四、拯救沉溺的弱者；五、创造未来的新生；六、介绍海内外消息；大胆在荆棘黑暗的途中燃着这星星光焰，去觅东方的白采，黎明的曙辉。抚着抖颤的心，虔诚向这小小的论坛宣誓：'弱小的火把，燎燃着世界的荆丛；它是猛烈而光明！细微的呼声，振颤着人类的银铃；它是悠远而警深！'"

《发刊词》写明了《妇女周刊》的办刊指导思想和编辑方针以及奋斗方向。它是石评梅为妇女解放而斗争的一篇宣言。

石评梅为妇女的解放，一年间在周刊上撰写了40多篇文章！

石评梅以《小玲》《董二嫂》《弃妇》等散文、小说，尖锐地鞭答了罪恶的封建制度，又告诉人们只有摧毁这般"家庭""社会""制度"，这才是妇女解放的出路。

1925年2月25日，石评梅为配合孙中山先生召开国民会议，在《妇女周刊》11号上发表了《致全国姊妹们的第二封信——请各地女同胞选举代表参加国民议会》一文。她呼吁全国女同胞选举自己的代表，行使参政的权利。评梅在文中指出：妇女运动"与其说是为女子造福，何如说是为人类求圆满"，"因为只有两性共支的人类社会，才是最完美的"。所以争取女子平等权利，解决宪法上对女子的歧视，给女子应有的受教育权、经济权、参政权，是妇女解放运动的治本之计。石评梅郑重告诫女同胞们："我们当永久奋斗！""不如意的世界要我们自己的力量去粉碎！"这是石评梅对妇女解放运动曲折性、艰巨性的认识，也是她为妇女解放斗争决战到底的铿锵誓言。

石评梅为妇女解放呼吁和战斗的文章，在社会上产生了广泛的影响，得到鲁迅先生的关注，鲁迅先生多次为《京报副刊·妇女周刊》撰稿，直接支持石评梅争取女权的革命行动。

革新旧教育制度的勇士

1923年6月,北京师大附中的林砺儒校长,把刚刚在北京女高师毕业的石评梅,从女高师许寿裳校长手中争了过来,聘请石评梅为师大附中女子部主任兼体育教员、国文教师。

当时(20世纪20年代)北京中学仍然实行男女分校制,北师大附中第一个接受女生入学,设立女学部,石评梅担任男女生混合入校的第一位女学部主任,这在当时的北京,打破男生学校"女禁""男女不能同校""女子不受平等教育"的旧制度,是一件骇人听闻的革命创举。

石评梅在教学中,把"才学教育"与"品德教育""情育教育"结合起来,把"知识教育"与"爱国教育"融为一体,成为京华"正大优美老师之典范"。

石评梅是先觉觉人者。她在课堂上,带头讲解孙中山的《总理遗嘱》,介绍辛亥革命经过及其重大意义,讲得情感深沉,触动学生心灵。学生们说:"听了石先生讲课,好像给我们的眼睛又揭开一层迷障。"在当时乌云笼罩、政治环境险恶的情况下,石评梅敢于堂堂正正给学生灌输进步思想,的确是可歌可赞的。

由于石评梅执教严谨,才学不凡,以及革旧立新的教学方法,不仅得到全校师生高度赞扬,其名声扬遍京华。慕名而来邀聘执教者接踵而至。北京春明女校、北京若瑟中学、北京女一中以及北京师范大学等,都相继聘请石评梅兼任国文教师。

可以说,石评梅在"五四"精神熏陶下,用崇高的职业信念和时代使命感,为沉闷的教育界开拓出了一线新的希望。她不愧为执著探索教育革新之路的先行者和实践者。

"五四"时期的青年文学家

20世纪20年代五四运动孕育的新思想、新文化,催生了中国历史上一批女性文学群体。"她们在中国女性文学的空白之面上谱写了开天辟地的篇章,彻底结束了中国女性文学在文学史上作为'盲点'而被遮蔽隐埋的历史。"陈衡哲、谢冰心、冯沅君、庐隐、石评梅、陆晶清、苏雪林、吕碧城、张爱玲等,便是这批女性文学群体中的杰出代表,而石评梅又是她们当中站在新文学前沿潮头,极为活跃的文学多面手和享誉京城的才女作家。

石评梅的文学创作,始于诗歌而丰盛于散文,又尝试收获于小说。在短暂的七年文学生涯中,她以评梅、波微、漱雪、心珠等笔名,陆续在《晨报副刊》《京报副刊》《语丝》等报刊上发表作品数十万字,有诗歌、散文、小说及剧本、游记、评论等等。她还和挚友陆晶清编辑了《京报·妇女周刊》《世界日报·蔷薇周刊》。石评梅是敢于直面人生、直面社会的作家,又是具有独特艺术个性与审美视觉的作家。

她的作品同她的人生一样,前期稚嫩纯真,中期悲怆凄切,后期昂扬明朗,无论揭社会之沉疴,呼妇女之不平,或述心志之追求,歌英雄之伟烈,都情切意真,坦露直白,引人共鸣。她的作品以文辞绚丽,意境隽美,情感凄切而见长,给读者留下深刻印象。

石评梅不愧为中国女性文学的开拓者、"五四"时期的青年文学家。比如,1926年3月18日,北京各界5000多人,在天安门前举行国民大会,反对日本等八国的最后通牒,并向段祺瑞政府请愿,却遭到开枪镇压酿成惨案。石评梅母校女师大死伤多人,好友刘和珍、杨德群被打死。石评梅极其愤怒,连续发表了《血尸》《痛哭和珍》两篇文章,矛头直指段祺瑞政府,揭露反动当局惨杀群众的暴行,赞扬刘和珍烈士是"中国女界健康的柱石",以铿锵的语言,向烈士发誓:我们将"执着你赠给我们的火把,去完成你的志愿,洗涤你的怨恨,创造未来的光明"并深情地告慰烈

士:"你的血虽然冷了,温暖了的是我们的热血;你的尸虽然僵了,铸坚了的是我们的铁志。""我也愿将这残余的生命,追随你的英魂!"石评梅为悼念好友刘和珍所作的散文《血尸》和《痛哭和珍》,与鲁迅先生的《纪念刘和珍君》为同时,且又略早于鲁迅先生。特别是《血尸》,可谓评梅笔下一篇绝好的散文。文章以诗的断句方式结尾,提炼大惨杀的见证;而《血尸》的正面与背面的绝妙象征,蕴含着浓缩的思想真理和政治洞悉。其价值和鲁迅先生的纪念文字一样重要。

石评梅为唤起广大女性投入革命洪流,在1928年写了《告诉你,母亲》诗文,在《世界日报·蔷薇周刊》发表。她写道:"我告你,母亲:你哪忍看中华凋零到如此模样;这碧水青山可任狂奴到处徜徉,晨光熹微中强扶起颓败的病身;母亲你让我去吧战鼓正在催行。你莫过分悲痛这晚景荒凉凄清,我有四万万同胞他们都还年轻,有一日国家兵强誓将敌人擒杀! 沸我热血燃我火把重兴我中华!"

高君宇的革命伴侣

在中国近现代历史上,石评梅和庐隐总是被放在一起讲。她们既是诚挚好友,又差不多同时登上文坛。她们的思想和风格也有很多相近的地方,又都红颜薄命,早早离开人世。作为文学才女庐隐和石评梅,还有后来的萧红,都是以极其短暂的生命用文字讲述她们的女性体验和独立之精神、自由之思想。

石评梅与她们不同的是,她有一个在当时看来还算温馨开明的家庭。她出生在山西平定县城大石头沟,后迁至平定姑姑寺。虽然是个小小的山城,却也人杰地灵,出过不少进士、举人。石评梅的父亲石铭是清末举人,但思想却不守旧,辛亥革命后,他便剪掉辫子,去太原省立学校教书和省立图书馆任职。

石家祖籍在山西省阳泉郊区的小河村,他们家的旧宅被人称作"石家花园"。石家务农经商起家,但是又不忘教育子弟读书养性。评梅出生后,父亲给她起的乳名叫"心珠",以此表示他们的珍爱之意,又找了个老学究给她起了学名叫"汝璧"。可是评梅却喜欢梅花,自号评梅。

由于石家良好的家庭环境和父亲的严正教育,使评梅自幼打下了深厚的国文根底,为以后文学创作打下了坚实的基础。以致在五四新文化运动之后,评梅的创作天赋和激情被充分激发,她成为誉满京都的才女。石评梅刚刚展开的文学翅膀,因为初恋的失落而变得沉重起来。但是,她是"五四"风潮下成长起来的新女性,所以她将这一切都努力掩藏起来。1923年,她以优异的成绩,带着一颗受伤的心,从女高师毕业走上社会,在北京师范大学附属女子中学部就任训育主任和体育教师。

就在她暂时平静的生活中,有一个青年走进了她的世界,他就是高君宇。此前他们就已相识,他是石评梅的同乡(山西静乐县人),又是她父亲在省城执教时的学生。五四运动时,他是北京大学的学生代表。1920年,高君宇是北京共产主义小组和社会主义青年团的创始人之一。1921年中国共产党成立后,高君宇先后当选为二大、三大、四大的中央委员。1922年1月,他同张国焘、王烬美等人代表中国共产党出席在莫斯科举行的远东各国共产党和民族革命团体第一次代表大会。1923年,他是"二七"大罢工的重要领导人之一,是共产党早期的理论家、活动家、革命家之一,也是山西省党团组织的创始人,同时也是一位进步诗人,发表过不少优秀诗作。

在高君宇身上,既有作为革命家的沉着冷静和远大抱负,又不失年轻诗人的豪放热情,他是一个如此矛盾而自然的结合体。高君宇很喜欢石评梅的作品,在与石评梅的接触中,高君宇深深喜欢上了这个年轻才女,以致从此坚定了脱离包办婚姻桎梏的决心。然而高君宇的离婚并没有宽慰石评梅的内心,反而让她更加具有负罪的感觉。于是石评梅这样决定了他们以后的命运:"我可以做你唯一的知己,做以事业为伴的共度此生的同志。让我们保持'冰雪友谊'吧,去建筑一个富丽辉煌的生命!"

但是,高君宇却还在坚持着他对评梅炽热的爱情。

1924年初,高君宇同李大钊、毛泽东等一起以共产党员的身份参加

了国民党第一次代表大会,担任孙中山的秘书。在广州协助孙中山平定了商团的暴乱之后,为了表明自己对石评梅忠贞的爱情,高君宇特意买了两枚象牙戒指,一枚戴在自己手上,另一枚连同平定商团暴乱时用过的子弹壳寄给在北京的石评梅,作为生日留念。在信中,高君宇写下这样一段话:

> 我是有两个世界的,一个世界一切都是属于你的,我是连灵魂都永禁的俘虏;在另一个世界里,我是不属于你的,更不属于我自己,我只是历史使命的走卒。

1924年10月,高君宇随孙中山北上,协助孙中山筹备国民大会的召开。但是,他到北京后因肺病住进德国医院治疗,并抱病出席了在上海召开的中共四大和翌年3月召开的国民会议。就在同年3月,高君宇猝发急性阑尾炎,因手术后突发大出血,于1925年3月5日凌晨去世,时年29岁。高君宇一生南来北往,不畏艰险,出生入死,为党的早期革命活动作出了重大贡献。石评梅把高君宇的骸骨送到陶然亭,埋葬在他生前选定的锦秋墩下,用白石砌成长方形的墓,正中立了一座尖锥形的四角石碑。石碑上是石评梅手书的题词:

我是宝剑,我是火花,
我愿生如闪电之耀亮,
我愿死如彗星之迅忽。

这是高君宇生前自题像片的几句话,死后我替他刊在碑上。君宇,我无力挽住你迅忽如彗星之生命,我只有把剩下的泪流到你的坟头,直到我不能来看你的时候。

评梅

在高君宇死后的三年多时间里,石评梅每逢周末都要来他的坟头凭吊。生而不能相守的爱人,她选择把余生的眼泪都洒落在他的坟头。她因悲伤过度,于1928年9月30日凌晨患脑病逝世,时年26岁。评梅去世后,朋友们将她与恋人高君宇并葬在陶然亭公园,即后人誉称的陶然亭"高石之墓"。1956年,周恩来总理对保护好"高石之墓"专门作了批示:

"革命与恋爱没有矛盾,留着它对青年也有教育。"

1982年7月,邓颖超在《人民日报》的一篇文章中写道:"我和恩来同志对高君宇和石评梅女士的相爱非常仰慕,但他们没有实现结婚的愿望,却以君宇不幸逝世的悲剧告终,深表同情。缅怀之思,至今犹存。"

我既非历史学家,也非专业作家、诗人,我只是石评梅女士的一个普通乡党,一个在退休之后有兴趣跟着故人在故址上看故史的旅人。我也是一个喜欢寻找真实历史境况的旅人,只因怕那些荒冢一样颜色的"真相"被时代的残砖破瓦淹没,所以,我大着胆子走进一条条尘封的历史走廊,翻开一卷卷鲜为人知的故纸陈籍,定睛搜索阴影里的这一切的一切,明确提出了石评梅为我国早期的革命家、思想家这个命题。我所以怀着敬畏之心求证我发现的东西,尽竭诚之努力诠释故人的非凡轨迹,其意有二:一是宣扬评梅这位年轻才女敢于在强敌如林的白色恐怖中,用犀利的笔、年轻的命,奔走呼号,唤醒民众站起来进行革命的英雄精神;二是启迪后人,以其榜样,甘于为国为民尽职尽责。我期望魏文瑾女士及其编辑人员不以刊出此集子为止,而要以更大的努力寻找石评梅以及高君宇的遗文轶事,以飨世人之盼。我期望我们的努力会在更多史料与陈迹的切换中得以充分的印证。

是为序。

2013年11月12日　于并州

(作者曾担任中共阳泉市委副书记、市长;山西省审计厅党组书记、厅长;九届全国人大代表,十届山西省人大常委会委员、财经委副主任委员;山西近代矿史研究会会长。)

目 录

散 文

母　亲 2
玉　薇 10
露　沙 13
小　苹 16
梅　隐 19
漱　玉 22
小　玲 26
素　心 29
给庐隐 33
寄山中的玉薇 37
婧　君 40
寄海滨故人 43
天　辛 50
涛　语 52
　一、微醉之后 52
　二、父亲的绳衣 54
　三、醒后的惆怅 56
　四、夜　航 57
　五、"殉　尸" 59

  六、一片红叶 ………………………………… 63
  七、象牙戒指 ………………………………… 65
  八、最后的一幕 ……………………………… 67
缄情寄向黄泉 …………………………………… 69
狂风暴雨之夜 …………………………………… 74
我只合独葬荒丘 ………………………………… 76
肠断心碎泪成冰 ………………………………… 80
梦回寂寂残灯后 ………………………………… 84
无穷红艳烟尘里 ………………………………… 88
梦　回 …………………………………………… 89
归　来 …………………………………………… 93
战　壕 …………………………………………… 95
社　戏 …………………………………………… 97
恐　怖 …………………………………………… 99
寄到狱里去——给萍弟 ………………………… 102
深夜絮语 ………………………………………… 106
  一、凄怆的归途 ……………………………… 106
  二、遗留在人间的哀恸 ……………………… 107
  三、笔端的惆怅 ……………………………… 108
梦　呓 …………………………………………… 109
墓畔哀歌 ………………………………………… 112
偶然草 …………………………………………… 116
冰场上 …………………………………………… 117
噩梦中的扮演 …………………………………… 119
毒　蛇 …………………………………………… 121
偶然来临的贵妇人 ……………………………… 124
惆　怅 …………………………………………… 126
晚　宴 …………………………………………… 128

卸装之夜	130
蕙娟的一封信	132
花神殿的一夜	137
葡萄架下的回忆	139
心之波	144
红粉骷髅	148
同是上帝的儿女	150
梅花小鹿——寄晶清	151
总　账	153
真　实	155
绿　屋	158
沄　沁	160
《妇女周刊》发刊词	163
致全国姊妹们的第二封信	
——请各地女同胞选举代表参加国民会议	164
为发表《骸骨的凄声》附志	167
附:骸骨的凄声	167
报告停办后的女师大	
——寄翠湖畔的晶清	171
女师大惨剧的经过	
——寄告晶清	176
灰　烬	180
董二嫂	183
血　尸	187
痛哭和珍	190
附:纪念刘和珍君(鲁迅原文)	193
再读《兰生弟的日记》	196
雪　夜	202

爆竹声中的除夕 …………………………………… 205
寄到鹦鹉洲 ………………………………………… 209
遗稿收录——晶清寄语 …………………………… 212
  凄其风雨夜 …………………………………… 213
  寄露沙 ………………………………………… 214
  朝霞映着我的脸 ……………………………… 216
  低头怅望水中月 ……………………………… 218
  我沉沦在苦忆中 ……………………………… 219
  我是有福的人 ………………………………… 221
  心情底践踏 …………………………………… 222
  我永远没有明天 ……………………………… 224
  浅浅的伤痕 …………………………………… 225
  触目的痛创 …………………………………… 227

游 记

模糊的余影——女高师第二组国内旅行团的游记 ……… 230
  (一)车站上的离人泪 ………………………… 230
  (二)京汉路中的残痕 ………………………… 232
  (三)女师范楼上的晚眺 ……………………… 237
  (四)湖北的教育 ……………………………… 241
  (五)武昌的名胜 ……………………………… 245
  (六)江新船上的生活 ………………………… 249
  (七)南京的几个学校 ………………………… 251
  (八)金陵的古迹 ……………………………… 256
  (九)浙江的教育 ……………………………… 261
  (十)西湖的风景 ……………………………… 263
  (十一)一瞥中的上海 ………………………… 276

（十二）海轮上的生活 ·················· 279
　　（十三）图画中的青岛 ·················· 281
　　（十四）匆忙中的济南 ·················· 284
烟霞余影 ···························· 286
　　一、龙潭之滨 ······················ 286
　　二、翠峦清潭畔的石床 ················ 289

诗　歌

夜　行 ···························· 294
疲倦的青春 ·························· 296
春之波——散文诗 ······················ 297
一瞥中的流水与落花 ···················· 298
　　附：松树 ························ 300
微细的回音 ·························· 300
模糊的心影 ·························· 302
别　后 ···························· 305
我愿你 ···························· 307
陶然亭畔的回忆 ······················ 309
碎　锦 ···························· 310
罪恶之迹 ···························· 312
京汉途中的残痕 ······················ 316
流萤的火焰 ·························· 321
烟水余影——西湖 ······················ 324
红叶的家乡 ·························· 331
　　附：致《诗学半月刊》编者黄绍谷信 ······ 333
　　　　黄绍谷复评梅信 ················ 334
血染的枫林 ·························· 335

秋　菊	336
残夜的雨声	338
母亲的玫瑰露	339
人间的镌痕（选录）	341
迷惘的残梦——谢晶清	342
附：一瞥中的凄凉梅窠	345
玫瑰花片的泣诉——寄纫秋	347
星火（一）	351
飞去的燕儿	353
叫她回来吧！	355
梅花树下的漫歌——纪念"一七"	356
女神的梅花和银铃	359
青衫红粉共飘零	361
灵魂的漫歌	362
灵感的埋葬	366
山灵的祷告	369
末次的泣祷	372
星火（二）——慰兰姊	374
你告她	376
春的微语	377
留　恋	379
宝剑赠与英雄	381
微　笑	384
此生不敢再想到归鸦	387
附：心　影	388
归　梦	389
谁的花球	390
归　来	391

静听银涛咽最后一声	392
血 泪	393
再悼曼君	394
"我已认识了自己"	395
痛哭英雄	397
翠湖畔传来的哀音——挽焕章老伯	400
夜深了	402
旧 稿	403
雁儿呵,永不衔一片红叶再飞来!	405
月儿圆	406
扫 墓	408
抬起头来,我爱!	412
秋的礼赠	413
浅浅的伤痕	415
附:浅浅的伤痕	416
别 宴	417
附:临 行	420
祭献之词	421
断头台畔	422
附:吊英雄	423
这悠悠相思我与谁弹	424
我告诉你,母亲!	425
评梅为悼念高君宇写的碑文、挽词和挽联	427
高君宇墓碑碑文	427
挽 词	427
挽 联	429
附:评梅画梅屏	430

小 说

病 ······ 434
只有梅花知此恨 ······ 437
弃 妇 ······ 440
祷 告
　　——婉婉的日记 ······ 445
红鬃马 ······ 452
余 辉 ······ 462
归 来 ······ 464
被践踏的嫩芽 ······ 467
白云庵 ······ 472
流浪的歌者 ······ 480
匹马嘶风录 ······ 489
一 夜 ······ 502
林楠的日记
　　——《红与黑》编者加的说明 ······ 505
忏 悔 ······ 515

戏 剧

这是谁的罪 ······ 526
　　剧中人物 ······ 526
　　第一幕　求　婚 ······ 526
　　第二幕　回　国 ······ 529
　　第三幕　公　园 ······ 532
　　第四幕　结　婚 ······ 533

第五幕　偿　愿 …………………………………………………… 534
第六幕　同归于尽 …………………………………………………… 536
附：评梅女士的《这是谁的罪》…………………………………… 537
　　与止水先生论拙著《这是谁的罪》的剧本藉以答
　　邓拙园先生 …………………………………………………… 539

书　信

高君宇同志致评梅书信十一封 ……………………………… 544
　　（一）一九二三年四月十六日致评梅信 ………………………… 544
　　（二）一九二三年九月二十七日致评梅信 ……………………… 545
　　（三）一九二三年十月三日致评梅信 …………………………… 546
　　（四）一九二三年×月十二日致评梅信 ………………………… 547
　　（五）一九二三年十二月十四日致评梅信 ……………………… 548
　　（六）一九二三年十二月十八日致评梅信 ……………………… 549
　　（七）一九二三年十月十五日致评梅信 ………………………… 550
　　（八）一九二三年十月十七日致评梅信 ………………………… 551
　　（九）一九二三年十二月二十三日致评梅信 …………………… 552
　　（十）一九二三年×月×日致评梅信 …………………………… 553
　　（十一）一九二四年一月×日致评梅信 ………………………… 555
高君宇为解决包办婚姻问题给岳父李存祥的信 …………… 555
　　附：高君宇致评梅信由评梅在作品中全文或部分引述过
　　　　的篇目 ……………………………………………………… 556
梅　信 ……………………………………………………………… 557
　　致李惠年信之一 …………………………………………………… 557
　　致李惠年信之二 …………………………………………………… 558
　　致李惠年信之三 …………………………………………………… 558
　　致李惠年信之四 …………………………………………………… 559

9

致李惠年信之五 …… 559
致李惠年信之六 …… 560
致李惠年信之七 …… 561
致李惠年信之八 …… 562
致李惠年信之九 …… 563
致李惠年信之十 …… 563
致李惠年信之十一 …… 564
致李惠年信之十二 …… 564
致李惠年信之十三 …… 565

梅　笺 …… 565
致陆晶清信之一 …… 566
致陆晶清信之二 …… 567
致陆晶清信之三 …… 568
致陆晶清信之四 …… 570

评梅遗札（一） …… 571
寄焦菊隐之笺一 …… 571
寄焦菊隐之笺二 …… 572
寄焦菊隐之笺三 …… 573
寄焦菊隐之笺四 …… 574
寄焦菊隐之笺五 …… 574
寄焦菊隐之笺六 …… 575
寄焦菊隐信之七 …… 577
寄焦菊隐信之八 …… 578
寄焦菊隐信之九 …… 579

评梅遗札（二） …… 580
致袁君珊之笺一 …… 580
致袁君珊之笺二 …… 581
致袁君珊之笺三 …… 581

致袁君珊之笺四 …………………………………… 582
致袁君珊之笺五 …………………………………… 582
致袁君珊之笺六 …………………………………… 583
致袁君珊之笺七 …………………………………… 584

附 录

石评梅年谱简编(1902~1928) ……………………… 588
石评梅发表作品一览表 …………………………… 596

散文

母亲①

母亲！这是我离开你，第五次度中秋，在这异乡——在这愁人的异乡。

我不忍告诉你，我凄酸独立在枯池旁的心境，我更不忍问你团圆宴上偷咽清泪的情况。

我深深地知道：系念着漂泊天涯的我，只有母亲；然而同时感到凄楚黯然，对月挥泪，梦魂犹唤母亲的，也只有你的女儿！

节前许久未接到你的信，我知道你并未忘记中秋；你不写的缘故，我知道了，只为了规避你心幕底的悲哀。月儿的清光，揭露了的，是我们枕上的泪痕；她不能揭露的，确是我们一丝一缕的离恨！

我本不应将这凄楚的秋心寄给母亲，重伤母亲的心；但是与其这颗心，悬在秋风吹黄的柳梢，沉在败荷残茎的湖心，最好还是寄给母亲。假使我不愿留这墨痕，在归梦的枕上，我将轻轻地读给母亲。假使我怕别人听到，我将折柳枝，蘸湖水，写给月儿；请月儿在母亲的眼里映出这一片秋心。

挹清嫂很早告诉我，她说：

"妈妈这些时为了你不在家怕谈中秋，然而你的顽皮小侄女昆林，偏是天天牵着妈妈的衣角，盼到中秋。我正在愁着，当家宴团圆时，我如何安慰妈妈？更怎能安慰千里外凝眸故乡的妹妹？我望着月儿一度一度圆，然而我们的家宴从未曾一次团圆。"

自从读了这封信，我心里就隐隐地种下恐怖，我怕到月圆，和母亲一样了。但是它已慢慢地来临，纵然我不愿撕月份牌，然而月儿已一天一天

---

①指石评梅之母李棠妮，平定上城人，为石铭继室（李棠妮父曾任滋维知县）。

圆了!

十四的下午,我拿着一个月的薪水,由会计室出来,走到我办公处时,我的泪已滴在那一卷钞票上。母亲!不是为了我整天的工作,工资微少,不是为了债主多,我的钱对付不了,不是为了发的迟,不能买点异乡月饼,献给母亲尝尝,博你一声微笑。只因:为了这一卷钞票我才流落在北京,不能在故乡,在母亲的膝下,大嚼母亲赐给的果品。然而,我不是为了钱离开母亲,我更不是为了钱弃故乡。

你不是曾这样说吗,母亲:

"你是我的女儿,同时你也是上帝的女儿,为了上帝你应该去爱别人,去帮助别人。去罢!潜心探求你所不知道的,勤恳工作你所能尽力的。去罢!离开我,然而你却在上帝的怀里。"

因之,我离开你漂泊到这里。我整天的工作,当夜晚休息时,揭开帐门,看见你慈爱的像片时,我跪在地下,低低告诉你:

"妈妈!我一天又完了。然而我只有忏悔和惭愧!我莫有捡得什么,同时我也未曾给人什么?"

有时我胜利的微笑,有时我痛恨的大哭,但是我仍这样工作,这样每天告诉你。

这卷钞票我如今非常爱惜,她曾滴满了我思亲泪!但是我想到母亲的叮咛时,我很不安,我无颜望着这重大的报酬。

因此,我更想着母亲——我更对不起遥远的山城里,常默祝我尽职的母亲!

十五那天早晨很早就醒了,然而我总不愿起来。母亲!你能猜到我为了什么吗?

林家弟妹,都在院里唱月儿圆,在他们欢呼高吭的歌声里,激荡起我潜伏已久的心波,揭现了心幕底沉默的悲哀。我悄悄地咽着泪,揭开帐门走下床来;打开我的头发,我一丝一丝理着,像整理烦乱一团的心丝。母亲!我故意慢慢地迟延,两点钟过去了,我成功了的是很松乱的髻。

　　小弟弟走进来,给我看他的新衣裳,女仆走进来望着我拜节,我都付之一笑。这笑里映出我小时候的情形,映出我们家里今天的情形;母亲!你们春风沉醉的团圆宴上,怎堪想想寄人篱下的游子!

　　我想写信,不能执笔;我想看书,不辨字迹;我想织手工,我想抄心经;但是都不能。我后来想拿下墙上的洞箫,把我这不宁的心绪吹出;不过既非深宵,又非月夜,哪是吹箫的时节!后来我想最好是翻书箱,一件一件拿出,一本一本放回,这样挨过了半天,到了吃午餐时候。

　　不晓的怎样,在这里住了一年的旅客,今天特别局促起来,举箸时,我的心颤跳得更厉害;不知是否,母亲你正在念着我?一杯红滟滟的葡萄酒,放在我面前,我不能饮下去,我想家里的团圆宴上少了我,这里的团圆宴上却多了我。虽然人生旅途,到处是家,不过为了你,我才眷恋着故乡;母怀是我永久倚凭的柱梁,也是我破碎灵魂,最终归宿的坟墓。

　　母亲!你原谅我罢!当我情感流露时,允许我说几句我心里要说的话,你不要迷信不吉祥而阻止,或者责怪我。

　　我吃饭时候,眼角边看见炉香绕成个卍字,我忽然想到你跪在观音面前烧香的样子,你惟一祷告的一定是我在外边"身体康健,一切平安!"母亲!我已看见你龙钟的身体,慈笑的面孔;这时候我连饭带泪一块儿咽下去。干咳了一声,他们都用怜悯的目光望我,我不由地低下头,觉着脸有点烧了。母亲!这是我很少见的羞涩。

　　林家妹妹,和昆林一样大,她叫我"大姊姊"。今天吃饭时,我屡次偷看她。不晓得为什么因为她,我又想起围绕你膝下,安慰欢愉你的侄女。惭愧!你枉有偌大的女儿,母亲!你枉有偌大的女儿!

　　吃完饭,晶清打电话约我去万牲园。这是我第一次去看她们创造成功的学校:地址虽不大,然而结构确很别致,虽不能及石驸马大街富丽的红楼,但似乎仍不失小家碧玉的居处。

　　因此,我深深地感到了她们缔造艰难的苦衷了!

　　清很凄清,因她本有几分愁,如今又带了几分孝,在一棵垂柳下,转

出来低低唤了一声"波微"时,我不禁笑了,笑她是这般娇小!

我们聚集了八个人,八个人都是和我一样离开了母亲,和我一样在万里外漂泊,和我一样压着凄哀,强作欢笑地度这中秋节。

母亲!她们家里的母亲,也和你想我一样想着她们;她们也正如我般眷怀着母亲。

我们飘零的游子能凑合着在天涯一角底勉为欢笑,然而你们做母亲的,连凑合团聚,互谈谈你们心思的机会都莫有。因之,我想着母亲们的悲哀一定比女孩儿们的深沉!

我们缘着倾斜乱石,摇摇欲坠的城墙走,枯干一片,不见一株垂柳绿荫。砖缝里偶尔而有几朵小紫花,也莫有西山上的那样令人注目;我想着这世界已是被人摒弃了的。

一路走着,她们在前边,我和清留在后边。我们谈了许多去年今日,去年此时的情景;并不曾令我怎样悲悼,我只低低念着:

惊节序,

叹沉浮,

秾华如梦水东流,

人间何事堪惆怅,

莫向横塘问旧游。

走到西直门,我们才雇好车。这条路前几月我曾走过,如今令我最惆怅的,便是找不到那一片翠绿的稻田,和那吹人醺醉的惠风;只感到一阵阵冷清。

进了门,清低低叹了口气,我问:"为什么事你叹息?"她莫有答应我。多少不相识的游人从我身旁过去,我想着天涯漂泊者的滋味,沉默地站在桥头。这时,清握着我手说:

"想什么?我已由万里外归来。"

母亲!你当为了她伤心,可怜她无父无母的孤儿,单身独影漂泊在这北京城;如今歧路徘徊,她应该向哪处去呢?纵然她已从万里外归来,我固然好友相逢,感到快愉。但是她呢?她只有对着黄昏晚霞,低低唤她死

了的母亲;只有望着皎月繁星洒几点悲悼父亲的酸泪!

猴子为了食欲,做出种种媚人的把戏,栏外的人也用了极少的诱惑,逗着她的动作;而且在每人的脸上,都轻泛着一层胜利的微笑,似乎表示他们是聪明的人类。

我和清都感到茫然,到底怎样是生存竞争的工具呢?当我们笑着小猴子的时候,我觉着似乎猴子也正在窃笑着我们。

她们许多人都回头望着我们微笑,我不知道为了什么!琼妹忍不住了,她说:

"你看梅花小鹿!"

我笑了,她们也笑了;清很注意的看着栏里。琼妹过去推她说:

"最好你进去陪着她,直到月圆时候。"

母亲!梅花小鹿的故事,是今夏我坐在葡萄架下告诉过你的。当你想到时,一定要拿起你案上那只泥做的梅花小鹿,看着她是否依然无恙。母亲!这是我永远留着它伴着你的。

经过了眠鸥桥,一池清水里,漂浮着几只白鹅;我望着碧清的池水,感到四周围的寂静。我的心轻轻地跳了,在这样死静的小湖畔,我的心不知为什么反而这样激荡着?我寻着人们遗失了的,在我偶然来临的路上;然而却失丢了我自己竟守着的,在这偶然走过的道上。

在这小桥上,我凝望着两岸无穷的垂柳。垂柳!你应该认识我,在万千来往的游人里,只有我是曾经用心的眼注视着你,这一片秋心,曾在你的绿荫深处停留过。

天气渐渐黯淡了,阳光慢慢叫云幕罩了。我们踏着落叶,信步走向不知道的一片野地里去。过了福香桥,我们在一个小湖边的山石上坐着,清告诉我她在这里的一段故事。

四个月前,清、琼、逸来到这里。过了福香桥有一个小亭,似乎是从未叫人发现过的桃源。那时正是花开得十分鲜艳的时候,逸和琼折下柳条和鲜花,给她编了一顶花冠,逸轻轻地加在她的头上。晚霞笑了,这消息

已由风儿送遍园林,许多花草树林都垂头朝贺她!

她们恋恋着不肯走,然而这顶花冠又不能带出园去。只好仍请逸把它悬在柳丝上。

归来的那晚上就接到翠湖的凶耗!清走了的第二个礼拜,琼和逸又来到这里,那顶花冠依然悬在柳丝上,不过残花败柳,已憔悴得不忍再睹。这时她们猛觉得一种凄凉紧压着,不禁对着这枯萎的花冠痛哭!不愿她再受风雨的摧残,拿下来把她埋在那个小亭畔;虽然这样,但是她却造成一段绮艳的故事。

我要虔诚地谢谢上帝,清能由万里外载着那深重的愁苦归来,更能来到这里重凭吊四月前的遗迹。在这中秋,我们能团集着;此时此景,纵然凄惨也可自豪自慰!

母亲!我不愿追想如烟如梦的过去,我更不愿希望那荒渺未卜的将来,我只尽兴尽情地快乐,让幻空的繁华都在我笑容上消灭。

母亲!我不敢欺骗你,如今我的生活确乎大大改变了,我不诅咒人生,我不悲欢人生,我只让属于我的一切事境都像闪电,都像流星。我时时刻刻这样盼着!当箭放在弦上时,我已想到我的前途了。

我们由动物园走到植物园,经过许多残茎枯荷的池塘,荒芜落叶的小径;这似我心湖一样的澄静死寂,这似我心湖边岸一样的枯憔荒凉。我在幽风堂前望着那一池枯塘,向韵姊说:

"你看那是我的心湖!"

她不能回答我,然而她却说:

"我应该向你说什么?"

我深深地了解她的心,她的心是这般凄冷。不过在这样旧境重逢时,她能不为了过去的春光惆怅吗?母亲!她是那年你曾鉴赏过她的大笔的;然而,她如椽的大笔,未必能写尽她心中的惆怅,因为她的愁恨是那样深沉难测呵!

天气阴沉地令人感着不快,每个人都低了头幻想着自己心中的梦乡,偶然有几句极勉强的应酬话,然而不久也在沉寂的空气中消失了。

散文

清似乎想起什么一样,站起身来领着我就走,她说:"我领你到个地方去看看。"

这条道上,莫有逢到一个人。缘道的铁线上都晒着些枯干的荷叶,我低着头走了几十步,猛抬头看见巍峨高耸的四座塔形的墓。荒丛中走不过去,未能进去细看;我回头望望四周的环境,我觉着不如陶然亭的寥阔而且凄静、萧森而且清爽。陶然亭的月亮,陶然亭的晚霞,陶然亭的池塘芦花,都是特别为坟墓布置的美景,在这个地方埋葬几个烈士或英雄,确是很适宜的地方。

母亲!在陶然亭芦苇池塘畔,我曾照了一张独立苍茫的小像;当你看见它时,或许因为我爱的地方,你也爱它;我常常这样希望着。

我们见了颓废倾圮,荒榛没胫的四烈士墓,真觉为了我们的先烈难过。万牲园并不是荒野废墟,实不当忍使我们的英雄遗骨,受这般冷森和凄凉!就是不为了纪念先贤,也应该注意怎样点缀风景!我知道了,这或许便是中国内政的缩影罢!

隔岸有鲜红的山楂果,夹着鲜红的枫树,望去像一片彩霞。我和清拂着柳丝慢慢走到印月桥畔;这里有一块石头,石头下是一池碧清的流水;这块石头上,还刊着几行小诗,是清四月间来此假寐过的。她是这样处处留痕迹,我呢,我愿我的痕迹,永远留在我心上,默默地留在我心上。

我走到枫树面前,树上树下,红叶铺集着。远望去像一条红毡。我想拣一片留个纪念,但是我莫有那样勇气,未曾接触它前,我已感到凄楚了。母亲!我想到西湖紫云洞口的枫叶,我想到西山碧云寺里的枫叶;我伤心,那一片片绯红的叶子,都给我一样的悲哀。

月儿今夜被厚云遮着,出来时或许要到夜半,冷森凄寒这里不能久留了;园内的游人都已归去,徘徊在暮云暗淡的道上的只有我们。

远远望见西直门的城楼时,我想当城圈里明灯辉煌、欢笑歌唱的时候,城外荒野尚有我们无家的燕子,在暮云底飞去飞来。母亲!你听到时,也为我们漂泊的游儿伤心吗?不过,怎堪再想,再想想可怜穷苦的同胞,除了悬梁投河,用死去办理解决一切生活逼迫的问题外,他们求如我们

这般小姐们的呻吟而不可得。

这样佳节,给富贵人作了点缀消遣时,贫寒人确作了勒索生命的符咒。

七点钟回到学校,琼和清去买红玫瑰,芝和韵在那里料理果饼;我和侠坐在床沿上谈话。她是我们最佩服的女英雄,她曾游遍江南山水,她曾经过多少困苦;尤其令人心折的是她那娇嫩的玉腕,能飞剑取马上的头颅!我望着她那英姿潇洒的丰神,听她由上古谈到现今,由欧洲谈到亚洲。

八时半,我们已团团坐在这天涯地角、东西南北凑合成的盛宴上。月儿被云遮着,一层一层刚褪去,又飞来一块一块的絮云遮上;我想执杯对月儿痛饮,但不能践愿,我只陪她们浅浅地饮了个酒底。

我只愿今年今夜的明月照临我,我不希望明年今夜的明月照临我!假使今年此日月都不肯窥我,又哪能知明年此日我能望月?在这模糊阴暗的夜里,凄凉肃静的夜里,我已看见了此后的影事。母亲!逃躲的,自然努力去逃躲,逃躲不了的,也只好静待来临。我想到这里,我忽然兴奋起来,我要快乐,我要及时行乐;就是这几个人的团宴,明年此夜知道还有谁在,是否烟消灰熄,是否风流云散?

母亲!这并不是不祥的谶语,我觉着过去的凄楚,早已这样告诉我。

虽然陈列满了珍馐,然而都是含着眼泪吃饭;在轻笼虹彩的两腮上,隐隐现出两道泪痕。月儿朦胧着,在这凄楚的筵上,不知是月儿愁,还是我们愁?

杯盘狼藉的宴上,已哭了不少的人;琼妹未终席便跑到床上哭了,母亲!这般小女孩,除了母亲的抚慰外,谁能解劝她们?琼和秀都伏在床上痛哭!这谜揭穿后谁都是很默然地站在床前,清的两行清泪,已悄悄地滴满襟头!她怕我难过,跑到院里去了。我跟她出来时,忽然想到亡友,她在凄凉的坟墓里,可知道人间今宵是月圆。

夜阑人静时,一轮皎月姗姗地出来;我想着应该回到我的寓所去了。到门口已是深夜,悄悄的一轮明月照着我归来。

月儿照了窗纱,照了我的头发,照了我的雪帐;这里一切连我的灵魂,整个都浸在皎清如水的月光里。我心里像怒涛涌来似的凄酸,扑到床缘,双膝跪在地下,我悄悄地哭了,在你的慈容前。

玉 薇

久已平静的心波,又被这阵风雨,吹皱了几圈纤细的银浪,觉着窒息重压的都是乡愁。谁能毅然决然用轻快的剪刀,挥断这自吐自缚的罗网呵!

昨天你曾倚着窗默望着街上往来的车马,有意无意地问我:

"波微!前些天你寄我那封信含蓄着什么意思?"

我当时只笑了笑,你说了几声"神秘"就走了。今天我忽然想告你一切,大胆揭起这一角心幕给你看;只盼你不要讥笑,也不要惊奇。

在我未说到正文以前,先介绍你看一封信,这封信是节录地抄给你:

"飞蛾扑火而杀身,青蚕作茧以自缚,此种现象,岂彼虫物之灵知不足以见及危害?要亦造物网罗有一定不可冲破之数耳。物在此网罗之中,人亦在此网罗之中,虽大力挣扎也不能脱。"

"君谓'人之所悻悻而希望者,亦即我惝惝然而走避者',实告君,我数年前即为坚抱此趋向之一人,然而信念自信念,事实则自循其道路,绝不与之相侔;结果,我所讪笑为追求者固溺矣,即我走避者,又何曾逃此藩篱?"

"世界以有生命而存在,我在其狂涡呓梦之中,君亦在其狂涡呓梦之中;吾人虽有时认得狂涡呓梦,然所能者仅不过认识,实际命运则随此轮机之旋转,直至生命静寂而后已。"

"吾人自有其意志,然此意志,乃绝无权处置其命运,宰制之者乃一

物的世界。人苟劝我似憬悟,勿以世为有可爱溺之者;我则愿举我之经验以相告,须知世界绝不许吾人自由信奉其意志也。"

"我乃希望世人有超人,但却绝不信世上会有超人,世上只充满庸众。吾人虽或较认识宇宙;但终不脱此庸众之范围,又何必坚持违生命法则之独见,以与宇宙抗?"

看完这封信,你本必追究内容是什么。相信我是已经承认了这些话是经验的事实的。

近来,大概只有两个月吧!忽然觉得我自己的兴趣改变了,经过许多的推测,我才敢断定我,原来在不知什么时候,我忽然爱恋着一个十七八岁的少女,她是我的学生。

这自然是一种束缚,我们为了名分地位的隔绝,我们的心情是愈压伏愈兴奋,愈冷淡愈热烈;直到如今我都是在心幕底潜隐着,神魂里系念着。她栖息的园林,就是我徘徊萦绕的意境,也就是命运安排好的囚笼。两月来我是这样沉默着抱了这颗迂回的心,求她的收容。在理我应该反抗,但我决不去反抗,纵然我有力毁碎,有一切的勇力去搏斗,我也不去那样做。假如这意境是个乐园,我愿作个幸福的主人,假如这意境是囚笼,我愿作那可怜的俘虏。

我确是感到一种意念的疲倦了。当桂花的黄金小瓣落满了雪白的桌布,四散着清澈的浓香,窗外横抹着半天红霞时;我每每沉思到她那冷静高洁的丰韵。朋友!我心是这样痴,当秋风吹着枯黄的落叶在地上旋舞,枝上的小鸟悼伤失去的绿荫时,我心凄酸的欲流下泪来;但这时偶然听见她一声笑语,我的神经像在荒沙绝漠寻见绿洲一样的欣慰!

我们中间的隔膜,像竹篱掩映着深密芬馥的花朵,像浮云遮蔽着幽静皎洁的月光,像坐在山崖上默望着灿烂的星辉,听深涧流水,疑惑是月娥环珮声似的那样令人神思而梦游。这都是她赐给我的,惟其是说不出,写不出的情境,才是人生的甜蜜,艺术的精深呢!

我们天天见面,然而我们都不说什么话,只彼此默默地望一望,尝试了这种神秘隐约的力的驱使,我可以告诉你,似在月下轻弹琵琶的少女

散文

11

般那样幽静,似深夜含枚急驱的战士般那样渺茫,似月下踏着红叶,轻叩寺门的老僧那样神远而深沉。但是除了我自己,绝莫有人相信我这毁情绝义的人,会为了她使我像星星火焰,烧遍了原野似的不可扑灭。

有一天下午,她轻轻推开门站在我的身后,低了头编织她手中的绒绳,一点都没有惊动我;我正在低头写我的日记,恰巧我正写着她的名字。她轻轻地叫了一声,我抬起头来从镜子里看见她,那时我的脸红了!半响才说了一句不干紧要的话敷衍下去;坦白天真的她,何曾知道我这样局促可怜。

我只好保留着心中的神秘,不问它银涛雪浪怎样淹没我,相信那里准有个心在——那里准有个海在。

写到这里我上课去了。吃完饭娜君①送来你的信,我钦佩你那超越世界系缚的孤渺心怀,更现出你是如何的高洁伟大,我是如何的沉恋渺小呵!最后你因为朋友病了,战争阻了你的归途,你万分诅恨和惆怅!诚然,因为人类才踏坏了晶洁神秘的原始大地,留下这疏散的鸿爪;因为人类才废墟变成宫殿,宫殿又变成丘陵;因为人类才竭血枯骨,攫去大部分的生命,装潢一部分的光荣。

我们只爱着这世界,并不愿把整个世界供我支配与践踏。我们也愿意戴上银盔,骑上骏马,驰骋于高爽的秋郊,马前有献花的村女,四周有致敬的农夫;但是何忍白玉杯里酌满了鲜血,旗麾下支满了枯骨呢?自然,我们永远是柔弱的女孩,不是勇武的英雄。

这几夜月儿皎莹,心情也异常平静。心幕上掩映着的是秋月,沙场,凝血,尸骸,要不然就是明灯绿帏下一个琴台上沉思的情影。玉薇!前者何悲壮,后者何清怨?

---

①陆晶清的笔名。

露　沙[①]

昨夜我不知为了什么,绕着回廊走来走去的踱着,云幕遮蔽了月儿的皎洁,就连小星的微笑也看不见,寂静中我只渺茫的瞻望着黑暗的远道,毫无意志地痴想着。

算命的鼓儿,声声颤荡着,敲破了深巷的沉静。我靠着栏杆想到往事,想到一个充满诗香的黄昏,悲歌慷慨的我们。

记得,古苍的虬松,垂着长须,在晚风中;对对暮鸦从我们头上飞过,急箭般隐入了深林。在平坦的道上,你慢慢地走着,忽然停步握紧了我手说:

"波微!只有这层土上,这些落叶里,这个时候,一切是属于我们的。"

我没有说什么,捡了一片鲜红的枫叶,低头夹在书里。当我们默然穿过了深秋的松林时,我慢走了几步,留在后面,望着你双耸的瘦肩,急促的步履,似乎告诉我你肩上所负心里隐存的那些重压。

走到水榭荷花池畔,坐在一块青石上,抬头望着蔚蓝的天空;水榭红柱映在池中,蜿蜒着像几条飞舞的游龙。云雀在枝上叫着,将睡了的秋蝉,也引得啾啾起来。白鹅把血红的嘴,黑漆的眼珠,都曲颈藏在雪绒的翅底;鸳鸯激荡着水花,昂首游泳着。那翠绿色的木栏,是聪明的人类巧设下的藩篱。

这时我已有点醺醉,看你时,目注着石上的苍苔,眼里转动着一种神秘的讪笑,猜不透是诅咒,还是赞美!你慢慢由石上站起,我也跟着你毫无目的地走去。到了空旷的社稷坛,你比较有点勇气了,提着裙子昂然踏上那白玉台阶时,脸上轻浮着女王似的骄傲尊贵,晚风似侍女天鹅的羽

---

①对庐隐的代称,源于庐隐小说《海滨故人》。

扇,拂着温馨的和风,嫋嫋的圈绕着你。望西方荫深的森林,烟云冉冉,树叶交织间,露出一角静悄悄重锁的宫殿。

我们依偎着,天边的晚霞,似纱帷中掩映着少女的桃腮,又像爱人手里抱着的一束玫瑰。渐渐的淡了,渐渐的淡了,只现出几道青紫的卧虹,这一片模糊暮云中,有诗情也有画景。

远远的军乐,奏着郁回悲壮之曲,你轻踏着蛮靴,高唱起"古从军"曲来,我虽然想笑你的狂态浪漫,但一经沉思,顿觉一股冰天的寒风,吹散了我心头的余热。无聊中我绕着坛边,默数上边刊着的青石,你忽然转头向我说:

"人生聚散无常,转眼漂泊南北,回想到现在,真是千载难遇的良会,我们努力快乐现在罢!"

当时我凄楚地说不出什么,就是现在我也是同样地说不出什么,我想将来重翻起很厚的历史,大概也是说不出什么。

往事只堪追忆,一切固然是消失地逃逸了。但我们在这深夜想到时,过去总不是概归空寂的,你假如能想到今夜天涯沦落的波微,你就能想到往日浪漫的遗迹。但是有时我不敢想,不愿想,月月的花儿开满了我的园里,夜夜的银辉,照着我的窗帏。她们是那样万古不变。我呢!时时在上帝的机轮下回旋,令我留恋的不能驻停片刻,令我恐惧的又重重实现。露沙!从前我想着盼着的,现在都使我感到失望了!

自你走后,白屋的空气沉寂的像淡月凄风下的荒冢,我似暗谷深林里往来飘忽的幽灵;这时才感到从前认为凄绝冷落的谈话,放浪狂妄的举动,现在都化作了幸福的安慰,愉快的兴奋。在这长期的沉寂中,屡次我想去信问候你的近况。但懒懒的我,搁笔直到如今。上次在京汉路中读完《前尘》,想到你向我索感的信,就想写信,这次确是能在你盼望中递到你手里了。

读了最近写的信,知你柔情万缕中,依稀仍珍藏着一点不甘雌伏的雄心,果能如此,我觉十分欣喜!原知宇宙网罗,有时在无意中无端的受了系缚;云中翱翔的小鸟,猎人要射击时,谁能预防,谁能逃脱呢!爱情的

陷入也是这样。

你我无端邂逅,无端缔交,上帝的安排,有时原觉多事,我于是常奢望着你,在锦帷绣帏中,较量柴米油盐之外,要承继着从前的希望,努力作未竟的事业;因之,不惮烦嚣在香梦朦胧时,我常督促你的警醒。不过,一个人由青山碧水到了崎岖荆棘的路上,由崎岖荆棘又到了柳暗花明的村庄,已感到人世的疲倦,在这期内,彻悟了的自然又是一种人生。

在学校时,我见你激昂慷慨的态度,我曾和婉说你是"女儿英雄",有时我逢见你和宗莹在公园茅亭里大嚼时,我曾和婉说你是"名士风流",想到《扶桑余影》,当你握着利如宝剑的笔锋,铺着云霞天样的素纸,立在万丈峰头,俯望着千仞飞瀑的华严泷,凝思神往的时候,原也曾独立苍茫,对着眼底河山,吹弹出雄壮的悲歌;曾几何时,栉风沐雨的苍松,化作了醉醺阳光的蔷薇。

但一想到中国妇女界的消沉,我们懦弱的肩上,不得不负一种先觉觉人的精神,指导奋斗的责任,那末,露沙呵!我愿你为了大多数的同胞努力创造未来的光荣,不要为了私情而抛弃一切。

我自然还是那样屏绝外缘,自谋清静,虽竭力规避尘世,但也不见得不坠落人间;将来我计划着有两条路走,现暂不告你,你猜想一下如何?

从前我常笑你那句"我一生游戏人间,想不到人间反游戏了我"。如今才领略了这种含满了血泪的诉述。我正在解脱着一种系缚,结果虽不可预知,但情景之悲惨,已揭露了大半,暗示了我悠远的恐惧。不过,露沙!我已经在心田上生根的信念,是此身虽朽,而此志不变的;我的血脉莫有停止,我和情感的决斗没有了结,自知误己误人,但愚顽的我,已对我灵魂宣誓过这样去做。

十三,九,二十

小　苹

　　五月九号的夜里,我由晕迷的病中醒来,翻身向窗低低地叫你。那时我辨不清是些谁们,总有三四个人围拢来,用惊喜的目光看着我。当时,并未感到你不在,只觉着我的呼声发出后,回应只渺茫地归于沉寂。

　　十号清晨,夜梦归来,红霞映着朝日的光辉,穿透碧纱窗帏射到我的脸上,感到温暖的舒适;芷给我煎了药拿进来时,我问她:"小苹呢?"她踟蹰了半天,才由抽屉里拿出一封信给我。拆开看完,才知道你已经在七号的夜里,离开北京——离开我走了。

　　当时我并未感到什么,只抬起头望着芷笑了笑。吃完药,她给我掩好绒单,向我耳畔低低说:"你好好静养,下课后我来伴你,晚上新月社演戏,我不愿意去了。你睡罢,醒来时,我就坐在你床边了。"她轻拿上书,披上围巾,向我笑了笑,掩上门出去了。

　　她走后不到十分钟,这小屋沉寂地像深夜墟墓般阴森,耳畔手表的声音,因为静默了,仿佛如塔尖银钟那样清悠,雪白的帐子,被微风飘拂着似乎在动,这时感到宇宙的空寂,感到四周的凄静,一种冷涩的威严,逼得我蜷伏在病榻上低低地哭了!没有母亲的抚爱,也无朋友的慰藉,无聊中我想到小时候,怀中抱着的猫奴,和足底跳跃的小狗,但现在我也无权求它们来解慰我。

　　水波上无意中飘游的浮萍,逢到零落的花瓣,刹那间聚了,刹那间散了,本不必感离情的凄惘;况且我们在这空虚无一物可取的人间,曾于最短时间内,展开了心幕,当春残花落,星烂月明的时候,我们手相携,头相依,在天涯一角,同声低诉着自己的命运而凄楚呢!只有我们听懂孤雁的哀鸣;只有我们听懂夜莺的悲歌,也只有你了解我,我知道你。

自从你由学校辞职,来到我这里后,才能在夜深联床,低语往事中,了解了你在世界上的可怜和空虚。原来你纵有明媚的故乡,不能归去,虽有完满的家庭,也不能驻栖;此后萍踪浪迹,漂泊何处,小苹!我为你感到了地球之冷酷。

你窈窕的倩影,虽像晚霞一样,渐渐模糊地隐退了,但是使我想着的,依然不能忘掉;使我感着永久隐痛的,更是因你走后,才感到深沉。记得你来我处那天,搬进你那简单的行装,随后你向我惨惨地一笑!说:"波微!此后我向哪里去呢?"就是这天夜里,我由梦中醒来,依稀听到你在啜泣,我问你时,你硬赖我是做梦。

一个黄昏,我已经病在床上两天了,不住地呻吟着,你低着头在地下转来转去地踱着,自然,不幸的你更加心情杂乱,神思不定为了我的病。当时我寻不出一句相当的话来解慰你,解慰自己,只觉着一颗心,渐渐感到寒颤,感到冷寂。苹!我不敢想下去了,我感到的,自然你更觉得深刻些。所以,我病了后,我常顾虑着,心头的凄酸,眉峰的郁结,怕憔悴瘦削的你肩载不起。

但真未想到你未到天津,就病在路上了!

你现在究竟要到哪里去?

从前我相信地球上只有母亲的爱是真爱,是纯洁而不求代价的爱,爱自己的儿女,同时也爱别人的儿女。如今,我才发现了人类的偏狭,忌恨,惨杀毒害了别人的儿女,始可为自己的儿女们谋到福利,表示笃爱。可怜的苹!因之,你带着由继母臂下逃逸的小弟弟,向着无穷遥远,陌生无亲的世界中,挣扎着去危机四伏的人海中漂流去了。上帝呵!你保佑他们,你保佑他们一对孤苦无人怜的姊弟们到那里去?

有时我在病榻上跃起来大呼着:"不如意的世界要我们自己的力量去粉碎!"自然生命一日不停止,我们的奋斗不能休息。但有时,我又懦弱的想到死,为远避这些烦恼痛苦,渴望着有一个如意的解决。不过,你为了扶植弱小的弟弟,尚且不忍以死卸责,我有年高的双亲,自然不能在他们的抚爱下自求解脱。为了别人牺牲自己,也是上帝的聪明,令人们一个

◎ 散文

一个系恋着不能自由的好处。

你相信人是不可加以爱怜的,你在无意中施舍了的,常使别人在灵魂中永远浸没着不忘。我自你走了之后,梦中常萦绕着你那幽静的丰神,不管黄昏或深宵,你憔悴的情影,总是飘浮在眼底。有时由恐怖之梦中醒来,我常喊着你的名字,希望你答应我,或即刻递给我一杯茶水,但遭了无声息的拒绝后,才知道你已抛弃下我走了。这种变态的情形,不愿说我是爱你,我是正在病床上僵卧着想你罢!不知夜深人静,你在漂泊的船上,也依稀忆到恍如梦境般,有个曾被你抛弃的朋友。

我的病现已渐好,她们说再有两礼拜可以出门了。我也乐得在此密织神秘的病神网底,如疲倦的旅客,倚伏在绿荫下求暂时的憩息。昨天我已能扶着床走几步了,等她们走了不监视我时,我还偷偷给母亲写了几个字,我骗她说我忙得很,所以这许久未写信给她;但至如今我还担心着,因为母亲看见我倾斜颠倒的字迹,或者要疑心呢!

前一礼拜,天辛①来看我,他说不久要离开北京,为了一个心的平静,那个心应当悄悄地走了。今天清晨我接到他由天津寄我的一张画,是一片森林夹着一道清溪,树上地上都铺着一层雪,森林后是一抹红霞,照着雪地,照着森林。后面写着:

  I have cast the world

   And think me as nothing

  Yet I feel cold on snow-falling day

   And happy on flower day

我常盼我的隐恨,能如水晶屏一样,令人清白了然;或者像一支红烛,摇曳在晦暗的帏底,使人感到光亮,这种自己不幸,同时又令别人不幸的事,使我愤怨诅咒上帝之不仁至永久,至无穷。

病以后,我大概可以变了性情,你也不必念到我,相信我是始终至死,不毁灭我的信仰,将来命运的悲怆,已是难免的灾患,好吧!我已经静

---

①高君宇的笔名。

静地等候着有那么一天,我闭着眼听一个玛瑙杯碎在岩石上的声音。

今天是星期一,她们都很忙,所以我能写这样长信,从上午九点,写到下午三点,分了几次写,自然是前后杂乱,颠倒无章,你当然只要知道我在天之涯,尚健全地能挥毫如意地写信给你,已感到欣慰了吧!

这次看到西湖时,还忆得仙霞岭捡红叶的人吗?

十三年五月十九日　病榻畔

梅　隐

五年前冬天的一个黄昏,我和你联步徘徊于暮云苍茫的北河沿,拂着败柳,踏着枯叶,寻觅梅园。那时群英宴间,曾和你共沐着光明的余辉,静听些大英雄好男儿的伟论。昨天我由医院出来,绕道去孔德学校看朋友,北河沿败柳依然,梅园主人固然颠沛在东南当革命健儿,但是我们当时那些大英雄好男儿却有多半是流离漂泊,志气颓丧,事业无成呢!

谁也想不到五年后,我由烦杂的心境中,检寻出这样一段回忆,时间一天一天地飞掠,童年的兴趣,都在朝霞暮云中慢慢地消失,只剩有青年皎月是照了过去,又照现在,照着海外的你,也照着祖国的我。

今晨睡眼朦胧中,你二十六号的信递到我病榻上来了。拆开时,粉色的纸包掉下来,展开温香扑鼻,淡绿的水仙瓣上,传来了你一缕缕远道的爱意。梅隐!我欣喜中,含泪微笑轻轻吻着她,闭目凝思五年未见,海外漂泊的你。

你真的决定明春归来吗?我应用什么表示我的欢迎呢?别时同流的酸泪,归来化作了冷漠的微笑;别时清碧的心泉,归来变成了枯竭的沙滩;别时鲜艳的花蕾,归来是落花般迎风撕碎!何处重撷童年红花,何时重摄青春皎颜?挥泪向那太虚,嘘气望着碧空,朋友!什么都逝去了,只有

19

生之轮默默地转着衰老,转着死亡而已。

前几天皇姊由 Sumatra① 来信,她对我上次劝她归国的意见有点容纳了,你明春可以绕道去接她回来,省的叫许多朋友都念着她的孤单。她说:

在我决志漂泊的长途,现在确乎感到疲倦,在一切异样的习惯情状下,我常想着中华;但是破碎河山,糜烂故乡,归来后又何忍重来凭吊,重来抚慰呢?我漂泊的途程中,有青山也有绿水,有明月也有晚霞,波妹!我不留恋这刹那寄驻的漂泊之异乡,也不留恋我童年嬉游的故国;何处也是漂泊,何时也是漂泊,管什么故国异地呢?除了死,那里都不是我灵魂的故乡。

有时我看见你壮游的豪兴,也想远航重洋,将这一腔烦闷,投向海心,浮在天心;只是母亲系缚着我,她时时怕我由她怀抱中逸去,又在我心头打了个紧结;因此,我不能离开她比现在还远一点。许多朋友,看不过我这颓丧,常写信来勉策我的前途,但是我总默默地不敢答复他们,因为他们厚望于我的,确是完全失望了。

近来更不幸了,病神常常用她的玉臂怀抱着我;为了病更使我对于宇宙的不满和怀疑坚信些。朋友!何曾仅仅是你,仅仅是我,谁也不是生命之网的漏鱼,病精神的或者不感受身体的痛苦,病身体的或者不感受精神的斧柯;我呢!精神上受了无形的腐蚀,身体上又受着迟缓而不能致命的痛苦。

你一定要问我到底为了什么?但是我怎样告诉你呢,我是没有为了什么的。

病中有一次见案头一盆红梅,零落得可怜,还有许多娇红的花瓣在枝上,我不忍再看她萎落尘土,遂乘她开时采下来,封了许多包,分寄给我的朋友,你也有一包,在这信前许接到了。玉薇在前天寄给我一首诗,谢我赠她的梅花,诗是:

---

① 指苏门答腊岛,位于印度尼西亚西部,世界第六大岛。

话到孤零感苦辛,月明何处问前身?

甘将疏影酬知己,好把离魂吊故人;

玉碎香消春有恨,风流云散梦无尘。

多情且为留鸿爪,他日芸窗证旧因。

同时又接到天辛寄我的两张画片:一张是一片垂柳碧桃交萦的树林下,立着个绯衣女郎,她的左臂绊攀着杨柳枝,低着头望着满地的落花凝思。一张是个黯淡苍灰的背景,上边有几点疏散的小星,一个黑衣女郎伏在一个大理石的墓碑傍跪着,仰着头望着星光祈祷——你想她是谁?

梅隐!不知道那个是象征着我将来的命运?

你给我寄的书怎么还不寄来呢?揆哥给你有信吗?我们整整一年的隔绝了,想不到在圣诞节的前一天,他寄来一张卡片,上边写着:

愿圣诞节的仁风,吹散了人间的隔膜,

愿伯利恒的光亮,烛破了疑虑的悲哀。

其实,我和他何尝有悲哀,何尝有隔膜?所谓悲哀隔膜,都是环境众人造成的,在我们天真洁白的心版上,有什么值得起隔膜和悲哀的事。现在环境既建筑了隔膜的幕壁,何必求仁风吹散,环境既造成了悲哀,又何必硬求烛破?

只要年年圣诞节,有这个机会纪念着想到我们童年的友谊,那我们的友谊已是和天地永存了。揆哥总以为我不原谅他,其实我已替他想得极周到,而且深深了解他的;在这"隔膜""悲哀"之中,他才可寻觅着现在人间的幸福;而赐给人间幸福的固然是上帝;但帮助他寻求的,确是他以为不谅解他的波微。

我一生只是为了别人而生存,只要别人幸福,我是牺牲了自己也乐于去帮助旁人得到幸福的;过去是这样,现在也是这样,不过我也只是这样希望着,有时不但人们认为这是一种罪恶,而且是一种罪恶的玩弄呢!虽然我不辩,我又何须辩,水枯了鱼儿的死,自然都要陈列在眼前,现在何必望着深渊徘徊而疑虑呢!梅隐!我过去你是比较知道的,和揆哥隔绝是为了他的幸福,和梅影隔绝也是为了他的幸福……因为我这样命运不

幸的人,对朋友最终的披肝沥胆,表明心迹的,大概只有含泪忍痛的隔绝罢?

母亲很念你,每次来信都问我你的近况。假如你有余暇时你可否寄一封信到山城,安慰安慰我的母亲,也可算是梅隐的母亲。我的病,医生说是肺管炎,要紧大概是不要紧,不过长此拖延,精神上觉着苦痛。这一星期又添上失眠,每夜银彩照着紫兰绒毡时,我常觉腐尸般活着无味。但一经我抬起头望着母亲的像片时,神秘的系恋,又令我含泪无语。梅隐!我应该怎样,对于我的生,我的死?

漱 玉

永不能忘记那一夜。

黄昏时候,我们由嚣扰的城市,走进了公园,过白玉牌坊时,似乎听见你由心灵深处发出的叹息,你抬头望着青天闲云,低吟着:"望云惭高鸟,临水愧游鱼……"

你挽着我的手靠在一棵盘蜷虬曲的松根上,夕阳的余辉,照临在脸上,觉着疲倦极了,我的心忽然搏跳起来!沉默了几分钟,你深呼了一口气说:"波微!流水年华,春光又在含媚的微笑了,但是我只有新泪落在旧泪的帕上,新愁埋在旧愁的坟里。"我笑了笑,抬头忽见你淡红的眼圈内,流转着晶莹的清泪。我惊疑想要追问时,你已跑过松林,同一位梳着双髻的少女说话去了。

从此像微风吹绉了一池春水,似深涧潜伏的蛟龙蠕动,那纤细的网,又紧缚住我。不知何时我们已坐在红泥炉畔,我伏在桌上,想静静我的心。你忽然狂笑摇着我的肩说:"你又要自找苦恼了!今夜的月色如斯凄清,这园内又如斯寂静,那能让眼底的风景逝去不来享受呢?振起精神

来,我们狂饮个醺醉,我不能骑长鲸,也想跨白云,由白云坠在人寰时,我想这活尸也可跌她个粉碎!"你又哈哈的笑起来了!

葡萄酒一口一口地啜着,冷月由交织的树纹里,偷觑着我们,暮鸦栖在树阴深处,闭上眼静听这凄楚的酸语。想来这静寂的园里,只有我们是明灯绿帏玛瑙杯映着葡萄酒,晶莹的泪映着桃红的腮。

沉寂中你忽然提高了玉琴般的声音,似乎要哭,但莫有哭;轻微的咽着悲酸说:"朋友!我有八年埋葬在心头的隐恨!"经你明白的叙述之后,我怎能不哭,怎能不哭?我欣慰由深邃死静的古塔下,掘出了遍觅天涯找不到的同情!我这几滴滴在你手上的热泪,今夜才找到承受的玉盂。真未料到红泥炉畔,这不灿烂、不热烈的微光,能照透了你严密的心幕,揭露了这八年未示人的隐痛!上帝呵!你知道吗?虚渺高清的天空里,飘放着两颗永无归宿的小心。

在那夜以前,莫有想到地球上还有同我一样的一颗心,同我共溺的一个海,爱慰抚藉我的你!去年我在古庙的厢房卧病时,你坐在我病榻前讲了许多幼小时的过去,提到母亲死时,你也告过我关乎醒的故事。但是我那能想到,悲惨的命运,系着我同时又系着你呢?

漱玉!我在你面前流过不能在别人面前流的泪,叙述过不能在别人面前泄漏的事,因此,你成了比母亲有时还要亲切的朋友。母亲何曾知道她的女儿心头埋着紫兰的荒冢,母亲何曾知道她的女儿怀抱着深沉在死湖的素心——惟有你是地球上握着我库门金钥的使者!我生时你知道我为了什么生,我死时你知道我是为了什么死;假如我一朝悄悄地曳着羽纱,踏着银浪在月光下舞蹈的时候,漱玉!惟有你了解,波微是只有海可以收容她的心。

那夜我们狂饮着醇醴,共流着酸泪,小小杯里盛着不知是酒,是泪?咽到心里去的,更不知是泪,是酒?

红泥炉中的火也熄了,杯中的酒也空了。月影娟娟地移到窗上;我推开门向外边看看,深暗的松林里,闪耀着星光似的小灯;我们紧紧依偎着,心里低唤着自己的名字,高一步,低一步地走到社稷坛上,一进了那圆形的宫门，顿觉心神清爽，明月吻着我焦炙的双腮，凉风吹乱了我额上的散发，我们都沉默地领略这刹那留在眼上的美景。

那时我想，不管她是梦回、酒醒，总之：一个人来到世界的，还是一个人离开世界；在这来去的中间，我们都是陷溺在酿中沉醉着，奔波在梦境中的游历者。明知世界无可爱恋，但是我们不能不在这月明星烂的林下痛哭！这时偌大的园儿，大约只剩我俩人；谁能同情我们呢？我们何必向冷酷的人间招揽同情，只愿你的泪流到我的心里，我的泪流到你的心里。

那夜是悱恻哀婉的一首诗，那夜是幽静孤凄的一幅画，是写不出的诗，是画不出的画；只有心可以印着她，念着她！归途上月儿由树纹内，微笑的送我们；那时踏着春神唤醒的小草，死静卧在地上的斑驳花纹，冉冉地飘浮着一双瘦影，一片模糊中，辨不出什么是树影，什么是人影？

可怜我们都是在静寂的深夜，追逐着不能捉摸的黑影，而驰骋于荒冢古墓间的人！

宛如风波统治了的心海，忽然因一点外物的诱惑，转换成几于死寂的沉静；又猛然为了不经意的遭逢，又变成汹涌山立的波涛，簸动了整个的心神。我们不了解，海涛为什么急起忽灭；但我们可以这样想，只是因那里有个心，只是因那里有个海罢！

我是卷入这样波涛中的人，未曾想到你也悄悄地沉溺了！因为有心，而且心中有罗曼舞踏着，这心就难以了解了吗？因为有海，而且海中有巨涛起伏着，这海就难以探测了吗？明知道我们是错误了，但我们的心情，何曾受了理智的警告而节制呢！既无力自由处置自己的命运，更何力逃避系缠如毒蟒般的烦闷？它是用一双冷冰的手腕，紧握住生命的火焰。

纵然有天辛飞溅着血泪，由病榻上跃起，想拯救我沉溺的心魂；那知我潜伏着的旧影，常常没有现在，忆到过去的苦痛着！不过这个心的汹涌，她不久是要平静；你是知道的，自我去年一月十八日坚决地藏裹起一切之后，我的愿望既如虹桥的消失，因之灵感也似乎麻木，现在的急掠如燕影般的烦闷，是最容易令她更归死寂的。

我现在恨我自己，为什么去年不死，如今苦了自己，又陷溺了别人，使我更在隐恨之上建了隐痛;坐看着忠诚的朋友,反遭了我的摧残,使他幸福的鲜花,植在枯寂的沙漠,时时受着狂风飞沙的撼击!

漱玉!今天我看见你时,我不敢抬起头来;你双眉的郁结,面目的黄瘦,似乎告诉我你正在苦闷着呢!我应该用什么心情安慰你,我应该用什么言语劝慰你?

什么是痛苦和幸福呢?都是一个心的趋避,但是地球上谁又能了解我们?我常说:"在可能范围内赐给我们的,我们同情地承受着;在不可能而不可希望的,我们不必违犯心志去破坏他。"现在我很平静,正为了枯骨的生命鼓舞偷乐!同时又觉着可以骄傲!

这几天我的生活很孤清,去了学校时,更感着淡漠的凄楚,今天接到Celia的信,说她这次病,几次很危险的要被死神接引了去,现在躺在床上,尚不敢转动;割的时候俱伤了血管,所以时时头晕发烧。她写的信很长,在这草草的字迹里,我抖颤地感到过去的恐怖!我这不幸的人,她肯用爱的柔荑,捡起这荒草野冢间遗失的碎心,盛入她温馨美丽的花篮内休养着,我该如何地感谢她呢?上帝!祝福她健康!祝福她健康如往日一样!

这几夜月光真爱人,昨夜我很早就睡了,窗上的花影树影,混成一片;静极了,虽然在这雕梁画栋的朱门里,但是景致宛如在三号一样;只缺少那古苍的茅亭,和盘蜷的老松树。我看着月光由窗上移到案上,案上移到地上,地上移到床上,洒满在我的身上。那时我静静地想到故乡锁闭的栖云阁,门前环抱的桃花潭,和高冈上姐姐的孤坟。母亲上了栖云阁,望见桃花潭后姐姐的坟墓,一定要想到漂泊异乡的女儿。

这时月儿是照了我,照了母亲,照着一切异地而怀念的人。

十三,二,十三

小 玲

又是今宵,孤檠作伴,病嫌衾重,睡也无聊。能禁几度魂消,尽肠断紫萧,春浅愁深,夜长梦短,人近情遥。

今天慧由图书馆回来时,我刚睡着。醒来时枕畔放着一张红笺,上边抄着这首词,我知道是慧写的,但她还笑着不承应,硬说是梦婆婆送给我的。她天真烂漫得有趣极了,一见我不喜欢,她总要说几句滑稽话逗我笑,在这古荒的庙里,想不到得着这样的佳邻。

放心吧,爱的小玲! 我已经好了;我决志做母亲的女儿,不管将来如何苦痛不幸,我总挨延着在地球上陪母亲。因我病已渐好,所以芷溪在上星期就回学校了,现在依然剩了我一个人。昨夜睡觉的时候,我揭起碧纱窗帏,望了望那闪烁的繁星,辽阔的天宇;静悄悄的院里,树影卧在地下,明月挂在天上,一盏半明半暗的灯光,照着压了重病,载了深愁的我;窗外一阵阵风大起来,卷了尘土,扑在窗纸上沙沙作响。这时隔屋的慧大概已进了梦乡,只有我蜷伏在床上,抚着抖颤欲碎的心,低唤着数千里外的母亲。这便是生命的象征,汹涌怒涛的海里,撑着这叶似的船儿和狂飚挣搏。谁知道那一层浪花淹没我?谁知道那一阵狂飙卷埋我?

朦胧中我梦见吟梅,穿着浅蓝的衣服,头上罩着一块白的羽纱,她的脸色很好看,不是病时那样憔悴;她不说什么话只默默望了我微笑! 我这时并莫有想到她已经死了,我走上去握住她的手要想说话,但喉咙里压着声浪,一点音也发不出来;我正焦急的时候,她说了句:"波微! 我回去了,再见吧!"转瞬间黑漆一片渺茫的道路,她活泼的情影,不知向何处去了? 醒来时枕上很湿,我点起洋烛一看,原来斑斑驳驳不知何时掉下的眼泪。这时,窗上月色很模糊,风也小了,树影映在窗帏上,被风摇荡着,像

一个魂灵的头在那里瞭望;静沉沉听不见什么声息,枕畔手表仍铮铮地很协和的摆动!

觉着眼里很模糊,忽然一阵风沙,吹着窗幕瑟瑟地响;似乎有人在窗下走着!不由得我打了几个寒噤,虽然不恐怖,但也毫无勇气坐着,遂拧灭了灯仍旧睡下。心潮像怒马一样的奔驰,过去的痕迹,像电影一样,一幕一幕迅速地揭着;我这时怀疑人生,怀疑生命,不知人生是梦?梦是人生?

"吟梅呵!我要问万能的上帝,你现在向何处去了?桃花潭畔的双影,何时映上碧波?阳春楼头的玉箫,何时吹入云霄?你无语默默,悄悄披着羽纱走了,是仙境,是海滨,在这人间何处找你纤细的玉影?"唉!小玲!我这次病的近因,就是为了吟梅的死;我难受极了!

记得我未病以前,父亲来信说:

我听见一个朋友说吟梅病得很重,星期那天我去她家看,她已经不能说话了,看见我时,只对我呆呆地望着,瘦得像骷髅一样,深陷的眼眶里似乎还有几滴未尽的泪;我看,过不了两三天吧?

真的,莫有过三天,她姐姐道容来信说她四月十九的早晨死了!这封信我抄给你一看:

波微:吟梅在一个花香鸟语的清晨,她由命运的铁链下逃逸了;我不知你对她是悲庆,还是哀悼?在我们家里起了无限的变态,父亲和母亲整日家哭泣,在梦寐中,饮食时,都默默然笼罩着一层悲愁的灰幕。我一方面要解慰父母的愁怀,同时我又感到手足的摧残;现在我宛如失群的孤雁在天边徘徊,这虚寂渺茫的地球上,永找不着失去的雁侣。

这消息母亲嘱我不要告你,不过我觉妹妹死时的情形,她的一腔心情,是极绻依恋的,我怎忍不告你?

四月十九日的早晨五点钟,她的面色特别光彩,一年消失的红霞,也蓦然间飞上她的双腮;她让我在墙上把你的玉照取下来,她凝眸地望着纸上的你,起头她还微笑着,后来面目渐渐变了,她不断地一声声喊着你的名字。这房里只有母亲和我,还有表哥。——她死时父亲不在这里,父亲在姨太太那里打牌。——这种情形,真令人心酸泪落不忍听!后来母亲将你的相片拿去,但她的呼声仍是不断;甚至她自己叫自己的名字,自己答应着;我问她谁叫你呢?她说是波微!数千里外的你,不能安慰她,与谋一面,至死她还低低叫着你,手里拿着你的像片!唉!真是生离易,死别难。

这次惨剧,现在已经结束了,这时正是她前三天咽气的时候,我伏在她的灵帏前,写这封信给你;波微!谁能信天真活泼的吟梅,她只活了十八岁就死了呢?幸而你早参透人生。愿你珍重,不要为她太伤感。

死者已矣,只盼你仍继续着吟梅生时的情谊,不要从此就和她一样埋葬了这十几年的友谊!母亲很盼望你暑假回来,来这里多盘桓几天,或者父亲母亲看到你时能安慰些。……

小玲!真未想到像我这样漂泊的人,能得到一个少女的真心;我觉着我真对不住她,莫有回去看她一次。自从接了这信,我病到现在。前几天我想了几句话吊她,现在写给你看看:

因为这是梦,
才轻渺渺莫些儿踪迹。
飘飘的白云,
我疑惑是你的衣襟?
辉煌的小星,
我疑惑是你的双睛?
黑暗笼罩了你的皎容,
苦痛燃烧着你的朱唇,
十八年惊醒了这虚幻的梦,
才知道你来也空空,
去也空空!

死神用花篮盛了你的悲痛,
用轻纱裹了你的腐骨。

　　一束鲜花，

　　一杯清泪，

　　我望着故乡默祝你！

　　才知道你生也聪明，

　　死也聪明。

　　她的病纯粹是黑暗的家庭，万恶的社会造成的；这是我们痛恨的事，有多少压死在制度环境下的青年！她病有一年之久，但始终我不希望她好，我只默祷着上帝，祝告着死神，早早解脱了她羁系的痛苦，和那坚固的铁链；使她可以振着自由的翅儿，向云烟中啸傲。

　　虽然我终不免于要回忆那烟一般轻渺的过去。

　　因为我们莫有勇气毅力，做一个社会上摒弃的罪人，所以委曲求全，压伏着万丈的火焰，在这机械般最冷酷的人生之轨上蠕动。这是多么可怜呢？自己摧残了青春的花，自己熄灭了生命火光！我真不敢想到！小玲！人生的道上远的很呢，崎岖危险你自己去领略吧！

　　这时夜静了，隔壁有月琴声断断续续地送来，我想闭着眼休息休息，听听这沙漠中的哀歌。

十三年三月五号　古庙东厢

素　心

　　我从来不曾一个人走过远路，但是在几月前我就想尝试一下踽踽独行的滋味；黑暗中消失了你们，开始这旅途后，我已经有点害怕了！我博跃不宁的心，常问我"为什么硬要孤身回去呢？"因之，我蜷伏在车厢里，眼睛都不敢睁，睁开时似乎有许多恐怖的目光注视着我，不知他们是否想攫住我？是否想加害我？有时为避免他们的注视，我抬头向窗外望望，更冷森地可怕,平原里一堆一堆的黑影,明知道是垒垒荒冢,但是我总怕是埋伏着的劫车贼呢。这时候我真后悔,为甚要孤零零一个女子,在黑夜里同陌生的旅客们,走向不可知的地方去呢?因为我想着前途或者不是故乡不是母亲的乐园?

天亮时忽然上来一个老婆婆,我让点座位给她,她似乎嘴里喃喃了几声,我未辨清是什么话。你是知道我的,我不高兴和生人谈话,所以我们只默默地坐着。

我一点都不恐怖了,连他们惊讶的目光,都变成温和的注视,我才明白他们是绝无攫住加害于我的意思。所以注视我的,自然因为我是女子,是旅途独行无侣的女子。但是我为什么要这样呢?因为我身旁有了护卫——不认识的老婆婆。明知道她也是独行的妇女,在她心里,在别人眼里,不见得是负了护卫我的使命,不过我确是有了勇气而且放心了。

靠着窗子睡了三点钟,醒来时老婆婆早不在了。我身旁又换了一个小姑娘,手里提着一个篮子,似乎很沉重,但是她不知道把它放在车板上。后来我忍不住说:"小姑娘!你提着不重吗?为什么不放在车板上?"可笑她被我提醒后,她红着脸把它搁在我的脚底。

七月二号的正午,我换了正太车,踏入了我渴望着的故乡界域,车头像一条蜿蜒的游龙,有时飞腾在崇峻的高峰,有时潜伏在深邃的山洞。由晶莹小圆石堆集成的悬崖里,静听着水涧碎玉般的音乐。你知道吗?娘子关的裂帛溅珠,真有"苍崖中裂银河飞,空里万斛倾珠玑"的美观。

火车箭似的穿过夹道的绿林,牧童村女,都微笑点头,似乎望着缭绕来去的白烟欢呼着说:"归来呵!漂泊的朋友!"想不到往返十几次的轨道旁,这次才感到故乡的可爱和布置雄壮的河山。旧日秃秃的太行山,而今都披上柔绿。细雨里行云过岫,宛似少女头上的小鬟,因为落雨多,瀑布是更壮观而清脆,经过时我不禁想到 Undine。

下午三点钟,我站在桃花潭前的家门口了。一只我最爱的小狗,在门口卧着,看见我陌生的归客,它摆动着尾巴,挣直了耳朵,向我汪汪地狂叫。那时我家的老园丁,挑着一担水回来,看见我时他放下水担,颤巍巍

向我深深地打了一躬,喊了声:"小姐回来了!"

我急忙走进了大门,一直向后院去,喊着母亲。这时候我高兴之中夹着酸楚,看见母亲时,双膝跪在她面前,扑到她怀里,低了头抱着她的腿哭了!

母亲老了,我数不清她鬓上的银丝又添几许?现在我确是一枝阳光下的蔷薇,在这温柔的母怀里又醉又懒。素心!你不要伤心你的漂泊,当我说到见了母亲的时候,你相信这刹那的快慰,已经是不可捉摸而消失的梦。有了团聚又衬出漂泊的可怜,但想到终不免要漂泊的时候,这团聚暂时的欢乐,岂不更增将来的惆怅?因之,我在笑语中低叹,沉默里饮泣。为什么呢?我怕将来的离别,我怕将来的漂泊。

只有母亲,她能知道我不敢告诉她的事!一天我早晨梳头,掉了好些头发,母亲忽然想起什么似的,问我这样一句说:"你在外边莫有生病吗?为什么你脸色黄瘦而且又掉头发呢?"素心!母亲是照见我的肺腑了,我不敢回答她,装着叫嫂嫂梳头,跑在她房里去流泪。

这几天一到正午就下雨,鱼缸里的莲花特别鲜艳,碧绿的荷叶上,银珠一粒粒的乱滚,小侄女说那是些"大珠小珠落玉盘"。家庭自有家庭的乐趣,每到下午六七点钟,灿烂的夕阳,美丽的晚霞,挂照在罩着烟云的山峰时,我陪着父亲上楼了望这起伏高低的山城,在一片清翠的树林里掩映着天宁寺的双塔,阳春楼上的钟声,断断续续布满了全城。可惜我不是诗人,不是画家,在这处处都是自然,处处都寓天机的环境里,我惭愧了!

你问到我天辛的消息时,我心里似乎埋伏着将来不可深恻的隐痛,这是一个恶运,常觉着我宛如一个狰狞的鬼灵,掏了一个人的心,偷偷地走了。素心!我那里能有勇气再说我们可怜的遭逢呵!十二日那晚上我接到天辛由上海寄我的信,长极了,整整的写了二十张白纸,他是双挂号寄来的。这封信里说他回了家的胜利,和已经粉碎了他的桎梏的好消息;他自然很欣慰地告诉我,但是我看到时,觉着他可怜得更厉害,从此后,

他真的孤身只影流落天涯,连这个礼教上应该敬爱的人都莫有了。他终久是空虚,他终久是失望,那富艳如春花的梦,只是心上的一刹那;素心!我眼睁睁看着他要朦胧中走入死湖,我怎不伤心?为了我忠诚的朋友。但是我绝无法挽救,在灿烂的繁星中,只有一颗星是他的生命,但是这颗星确是永久照耀着这沉寂的死湖。因此我朝夕绞思,虽在这盛暖的母怀里有时感到世界的凄冷。自接了他这封长信后,更觉着这个恶运是绝不能幸免的;而深重的隐恨压伏在我心上一天比一天悲惨!但是素心呵!我绝无勇气揭破这轻翳的幕,使他知道他寻觅的世界是这样凄惨,淡粉的翼纱下,笼罩的不是美丽的蔷薇,确是一个早已腐枯了的少女尸骸!

有一夜母亲他们都睡了,我悄悄踱到前院的葡萄架下,那时天空辽阔清净像无波的海面,一轮明月晶莹地照着。我在这幸福的园里,幻想着一切未来的恶梦。后来我伏在一棵杨柳树上,觉着花影动了,轻轻地有脚步声走来,吓了我一跳。细看原来是嫂嫂,她伏着我的肩说:"妹妹你不睡,在这里干吗?近来我觉着你似乎常在沉思,你到底为了什么呢?亲爱的妹妹!你告诉我?"禁不住的悲哀,像水龙样喷发出来,索性抱着她哭起来。那夜我们莫有睡,两个人默默坐到天明。

家里的幸福有时也真有趣!告诉你一个笑话:家中有一个粗使的女仆,她五十多岁了!每当我们沉默或笑谈时,她总穿插其间,因之,嫂嫂送她绰号叫刘姥姥,昨天晚上母亲送她一件紫色芙蓉纱的褂子,是二十年前的古董货了。她马上穿上在院子里手舞足蹈的跳起来。我们都笑了,小侄女昆林,她抱住了我笑得流出泪来,母亲在房里也被我们笑出来了,后来父亲回来,她才跳到房里,但是父亲也禁不住笑了!在这样浓厚的欣慰中,有时我是可以忘掉一切的烦闷。

大概八月十号以前可以回京,我见你们时,我又要离开母亲了,素心!在这醺醉中的我,真不敢想到今天以后的事情!母亲今天去了外祖母家,清寂里我写这封长信给你,并祝福你!

十三年七月二十二号　山城栖云阁

给 庐 隐①

《灵海潮汐致梅姊》和《寄燕北诸故人》我都读过了,读过后感觉到你就是我自己,多少难以描画笔迹的心境你都替我说了,我不能再说什么了。一个人感到别人是自己的时候,这是多么不易得的而值得欣慰的事,然而,庐隐,我已经得到了。假使我们的世界能这样常此空寂,冷寂中我们又这样彼此透澈的看见了自己,人世虽冷酷无情,我只愿恋这一点灵海深处的认识,不再希冀追求什么了。

在你这几封信中,我才得到了人间所谓的同情,这同情是极其圣洁纯真,并不是有所希冀有所猎获才施与的同情。廿余年来在人间受尽了畸零,忍痛含泪扎挣着,虽弄得遍体鳞伤,鲜血淋淋,仍紧嚼着牙齿作勉强的微笑!我希望在颠沛流离中求一星星同情和安慰以鼓舞我在这人世界战斗的勇气。然而得到的只是些冷讽热笑,每次都跌落在人心的冷森阴险中而饮泣!此后我禁受不住这无情的箭镞,才想逃避远离开这冷酷的世界和人类。因之我脱离了学校生活,踏入了世界的黑洞后,我往昔天真烂漫的童心,都改换成冷枯孤傲的性情。一年一年送去可爱的青春,一步一步陷落在满是荆棘的深洞,嘲笑讪讽包围了我,同情安慰远离着我,我才诅咒世界,厌恶人类,怨我的希望欺骗了自己。想不到遥远的海滨,扰攘的人群中,你寄来这深厚的安慰和同情,我是如何的欣喜呵!惊颤地揭起了心幕收容她,收容她在我心的深处;我怕她也许不久会消失或者飞去!这并不是我神经过敏,朋友!我也曾几度发现过这样的同情,结果不是赝鼎便是雪杯,不久便认识了真伪而消灭。这种同情便是我上边所

---

①庐隐,(1898~1934),原名黄淑仪,又名黄英,笔名庐隐,福建省闽侯县(今福州市)南屿乡人,石评梅的挚友。五四时期著名作家,与冰心、林徽因齐名,并称"福州三大才女"。

◎ 散文

说有所希冀猎获而施与的,自然我不能与人以希冀猎获时,同情安慰也是终于要遗弃我的。朋友!写到这里我不能再写下去了,你百战的勇士,也许曾经有过这样的创伤!

自从得到了你充满热诚和同情的信后,我每每在静寂的冷月寒林下徘徊,虽然我只看见是枯干的枝丫,但是也能看见她含苞的嫩芽,和春来时碧意迷漫的天地。我知所忏悔了,朋友!以后我不再因自己的失意而诅咒世界的得意,因为自己未曾得到而怨恨人间未曾有了。如今漠漠干枯的寒林,安知不是将来如云如盖的绿荫呢!人生是时时在追求扎挣中,虽明知是幻象虚影,然终于不能不前去追求,明知是深涧悬崖,然终于不能不勉强扎挣。你我是这样,许多众生也是这样,然而谁也不能逃此网罗以自救拔。大概也是因此罢!才有许多伟大反抗的志士英雄,在展转颠沛中,演出些惊人心魂的悲剧,在一套陈古的历史上,滴着鲜明的血痕和泪迹。朋友!追求扎挣着向前去罢!我们生命之痕用我们的血泪画写在历史之一页上,我们弱小的灵魂,所滴沥下的血泪何尝不能惊人心魂,这惊人心魂的血泪之痕又何尝不能得到人类伟大的同情。命运是我们手中的泥,一切生命的铸塑也如手中的泥,朋友!我们怎样把我们自己铸塑呢?只在乎我们自己。

说得太乐观了,你要笑我罢?怕我们才是命运手中的泥呢!我也觉这许多年中只是命运铸塑了我,我何尝敢铸塑命运?真是梦呓,你也许要讥我是放荡不羁的天马了。其实我真愿做个奔逸如狂飙似的骏马,把我的生命都载在小小鞍上,去践踏翻这世界的地轴,去飞扬起这宇宙的尘沙,使整个世界在我的足下动摇,整个宇宙在我铁蹄下毁灭!然而朋友!我终于是不能真的做天马,大概也是因为我终于不是天马,每当我束装备鞍,驰驱赴敌时,总有人间的牵系束缚我,令我毁装长叹!至如今依然蜷伏槽下咀嚼这食厌了的草芥,依然镇天回旋在这死城而不能走出一步。不知是环境制止我,还是自己的不长进,我终于是四年如一日的过去。朋友!你也许为我的抑郁而太息,我不仅不能做一件痛快点不管毁灭不管建设的事业,怕连个直截了当极迅速极痛快的死也不能,唉!谁使我这样抑郁而生抑郁而死呢！是社会,还是我自己？我不能解答,怕你也不能解答罢！因之,我有许多事要告诉你,结果却只是默无一语,"多少事欲说还休",所以我望着"征鸿过尽,万千心事难寄"！

我默无一语的,总是背着行囊,整天整夜的向前走,也不知何处是我的归处？是我走到的地方？只是每天从日升直到日落,走着,走着,无论怎样风雨疾病,艰险困难,未曾停息过。自然,也不允许我停息,假使我未走到我要去(的)地方,那永远停息之处。我每天每夜足迹踏过的地方,虽然都让尘沙掩埋,或者被别人的足踪踏乱已找不到痕迹,然而心中恍惚的追忆是和生命永存的,而我的生命之痕便是这些足迹。朋友！谁也是这样,想不到我们来到世界只是为了踏几个足印,我们留给世界的也是几个模糊零碎不可辨的足印。

我们如今是走着走着,同时还留心足底下践踏下的痕迹,欣慰因此,悲愁因此。假使我们如庸愚人们的走路,一直走去,遇见歧路不彷徨,逢见艰险不惊悸,过去了不回顾,踏下去不踌躇,那我们一样也是浑浑噩噩从生到死,绝没有像我们这样容易动感,践了一只蚂蚁也会流泪的。朋友！太脆弱了,太聪明了,太顾忌了,太徘徊了,才使我们有今日,这也欣慰也悲凄的今日。

庐隐！我满贮着一腔有情的热血,我是愿意把冷酷无情的世界,浸在我热血中。知道终于无力时,才抱着这怆痛之心归来,经过几次后,不仅不能温暖了世界,连自己都冷凝了。我今年日记里有这样一段记述：

我只是在空寂中生活着,我一腔热血,四周环以泥泽的冰块,使我的心感到凄寒,感到无情。我的心哀哀地哭了！我为了寒冷之气候也病了。

这几天离开了纷扰的环境,独自睡在这静寂的斗室中,默望着窗外的积雪,忽然想到人生的究竟,我真不能解答,除了死。火炉中熊熊发光的火花,我看着它烧成一堆灰烬,它曾给与我的温热是和灰烬一样逝去；朝阳照上窗纱,我看着西沉到夜幕下,它曾给与我的光明是和落日一样逝去。人们呢,劳动着,奔忙着,从起来一直睡下,由梦中醒来又入了梦中,由少年到老年,由生到死……人生的究竟不知是什么？我病了,病中觉的什么都令人起了怀疑。

青年人的养料惟一是爱,然而我第一便怀疑爱,我更讪笑人们口头笔尖那些诱人昏醉的麻剂。我都见过了,甜蜜,失恋,海誓山盟,生死同命;怀疑的结果,我觉得这一套都是骗,自然不仅骗别人连自己的灵魂也在内。宇宙一大骗局。或者也许是为了骗罢,人间才有一时的幸福和刹那的欣欢,而不是永久悲苦和悲惨!

我的心应该信仰什么呢?宇宙没有一件永久不变的东西。我只好求之于空寂。因为空寂是永久不变的,永久可以在幻望中安慰你自己的。

我是在空寂中生活着,我的心付给了空寂。庐隐!怔视在悲风惨日的新坟之旁,含泪仰视着碧澄的天空,即人人有此境,而人人未必有此心。然而朋友呵!我不是为了倚坟而空寂,我是为了空寂而倚坟。知此,即我心自可喻于不言中。我更相信只有空寂能给与我安慰和同情,和人生战斗的勇气!黄昏时候,新月初升,我常向残阳落处而挥泪。"望断斜阳人不见,满袖啼红。"这时凄怆悲绪,怕天涯只有君知!

北京落了三尺深的大雪,我喜欢极了,不论日晚地在雪里跑,雪里玩,连灵魂都涤洗得像雪一样清冷洁白了。朋友!假使你要在北京,不知将怎样的欣慰呢!当一座灰城化成了白玉宫殿水晶楼台的时候,一切都遮掩涤洗尽了的时候。到如今雪尚未消,真是冰天雪地,北地苦寒。尖利的朔风彻骨刺心一般吹到脸上时,我咽着泪在扎挣抖战。这几夜月色和雪光辉映着,美丽凄凉中我似乎可以得不少的安慰,似乎可以听见你的心音的哀唱。

间接的听人说你快来京了。我有点愁呢,不知去车站接你好呢,还是躲起来不见你好,我真的听见你来了我反而怕见你,怕见了你我那不堪描画的心境要向你面前粉碎!你呢,一天一天,一步一步走近了这灰城时,你心抖颤吗?哀泣吗?我不敢想下去了。好吧!我静等着见你。

十六年一月二十三日 北京

寄山中的玉薇

夜已深了,我展着书坐在窗前案旁。月儿把我的影映在墙上,那想到你在深山明月之夜,会记起漂泊在尘沙之梦中的我,远远由电话铃中传来你关怀的问讯时,我该怎样感谢呢,对于你这一番抚慰念注的深情。

你已惊破了我的沉寂,我不能令这心海归于死静。而且当这种骤获宠幸的欣喜中,也难于令我漠然冷然的不起感应。因之,我挂了电话后又想给你写信。

你现在是在松下望月沉思着你凄凉的倦旅之梦吗?是伫立在溪水前,端详那冷静空幻的月影?也许是正站在万峰之巅瞭望灯火莹莹的北京城,在许多黑影下想找我渺小的灵魂?也许你睡在床上静听着松涛水声,回想着故乡往日繁盛的家庭,和如今被冷寂凄凉包围着的母亲?

玉薇!自从那一夜你掬诚告我你的身世后,我才知道世界上有不少这样苦痛可怜而又要扎挣奋斗的我们。更有许多无力扎挣,无力奋斗,屈伏在铁蹄下受践踏受凌辱,受人间万般苦痛,而不敢反抗,不敢诅咒的母亲。

我们终于无力不能拯救母亲脱离痛苦,也无力超拔自己免于痛苦,然而我们不能不去扎挣奋斗而思愿望之实现,和一种比较进步的效果之获得。不仅你我吧!在相识的朋友中,处这种环境的似乎很多。每人都系恋着一个孤苦可怜的母亲,她们慈祥温和的微笑中,蕴藏着人间最深最深的忧愁,她们枯老皱纹的面靥上,刻划着人间最苦最苦的残痕。然而她们含辛茹苦柔顺忍耐的精神,绝不是我们这般浅薄颓唐,善于呻吟,善于诅咒,不能吃一点苦,不能受一点屈的女孩儿们所能有。所以我常想:我们固然应该反抗毁灭母亲们所居处的那种恶劣的环境,然而却应师法母亲那种忍耐坚苦的精神，不然，我们的痛苦是愈沦愈深的！

你问我现时在做什么？你问我能不能拟想到你在山中此夜的情况？你问我在这种夜色苍茫，月光皎洁，繁星闪烁的时候我感到什么？最后你是希望得到我的长信，你愿意在我的信中看见人生真实的眼泪。我已猜到了，玉薇！你现时心情一定很纷乱很汹涌，也许是很冷静很凄凉！你想到了我，而且这样的关怀我，我知道你是想在空寂的深山外，得点人间同情的安慰和消息呢！

这时窗角上有一弯明月，几点疏星，人们都转侧在疲倦的梦中去了；只有你醒着，也只有我醒着，虽然你在空寂的深山，我在繁华的城市。这一刹那我并不觉寂寞，虽然我们距离是这样远。

我的心情矛盾极了。有时平静地像古佛旁打坐的老僧，有时奔腾涌动如驰骋沙场的战马，有时是一道流泉，有时是一池冰湖。所以我有时虽然在深山也会感到一种类似城市的嚣杂，在城市又会如在深山一般寂寞呢！我总觉人间物质的环境，同我幻想精神的世界，是两道深固的堑壁。

为了你如今在山里，令我想起西山的夜景。

去年暑假我在卧佛寺住了三天，真是浪漫的生活，不论日夜地在碧峦翠峰之中，看明月，看繁星，听松涛，听泉声，镇日夜沉醉在自然环境的摇篮里。

同我去的是梅隐、撑哥，住在那里招待我的是几个最好的朋友，其中一个是和我命运仿佛，似乎也被一种幻想牵系而感到失望的惆怅，但又要隐藏这种惆怅在心底去咀嚼失恋的云弟。

第一夜我和他去玉皇顶，我们睡在柔嫩的草地上等待月亮。远远黑压压一片松林，我们足底山峰下便是一道清泉，因为岩石的冲击，所以泉水激荡出碎玉般的声音。那真是令人忘忧沉醉的调子。我和他静静地等候着月亮，不说一句话，心里都在想着各人的旧梦，起初我们的泪都避讳不让它流下来。过一会半弯的明月，姗姗地由淡青的幕中出来，照得一切都现着冷淡凄凉。夜深了，风涛声，流水声，回应在山谷里发出巨大的声音；这时候我和云弟都忍不住了，伏在草里偷偷地咽着泪！我们是被幸福

快乐的世界摒弃了的青年,当人们在浓梦中沉睡时候,我们是被抛弃到一个山峰的草地上痛哭!谁知道呢?除了天上的明月和星星,涧下的泉声,和山谷中卷来的风声。

一个黑影摇晃晃地来了,我们以为是惊动了山灵,吓得伏在草里不敢再哭。走近了,喊着我的名字方知道是揆哥,他笑着说:"让我把山都找遍了,我以为狼衔了你们去。"

他真像个大人,一只手牵了一个下山来,云弟回了百姓村,我和揆哥回到龙王庙,梅隐见我这样,她叹了口气说:"让你出来玩,你也爱伤心!"那夜我未曾睡,想了许多许多的往事

第二夜在香山顶上"看日出"的亭上看月亮,因为有许多人,心情调剂的不能哭了,只觉着热血中有些凉意。上了夹道绿荫的长坡,夜中看去除了斑驳的树影外,从树叶中透露下一丝一丝的银光,左右顾盼时,又感到苍黑的深林里,有极深极静的神秘隐藏着。我走的最慢,留在后面看他们向前走的姿势,像追逐捕获什么似的,我笑了!云弟回过头来问我:"你为什么笑呢?又走这样慢?""我没有什么追求,所以走慢点。"我有意逗他的这样说。

我们走到了亭前,晚风由四面山谷中吹来,舒畅极了!不仅把我的炎热吹去,连我心底的忧愁,也似乎都变成蝴蝶飞向远处去了。可以看见灯光闪烁的北京,可以看见碧云寺尖塔上中山灵前的红旗,更能看见你现在栖息的静宜园。

第三夜我去碧云寺看一个病的朋友。我在寺院中月光下看见了那棵柿树,叶子尚未全红,我在这里徘徊了许久,想无知的柿树不知我留恋凭吊什么吧?这棵树在不同的时间里,不同的人心中,结下相同的因缘。留下一样的足痕和手泽。这真不能不令我赞叹命运安排得奇巧了。

有这三天三夜的浪游,我一想到西山便觉着可爱恋。玉薇!你呢?也许你虽然住在山中,不能像我这样尽兴的游玩吧?山中古庙钟音,松林残月,涧石泉声,处处都令人神思飞越而超脱,轻飘飘灵魂感到了自由,不像城市生活处处是虚伪,处处是桎梏,灵魂踞伏于黑暗的囚狱不能解脱。

◎ 散文

39

夜已深了，我神思倦极，搁笔了罢！我要求有一个如意的梦。

十五年秋末

婧 君①

四年前我在学校时，你的影子已深深入了我的心衣。我爱你姗姗清雅的姿态，我爱你温柔多情的性格。记得一个游艺会中，请你去弹古琴，那时你曾在嘈杂的人声里，弹出高山流水的清音。你穿着一件黑绒的夹衣，襟头绣着小小的一朵白玫瑰，素雅高洁中，令满座的来宾都静悄悄征服在你的玉腕下，凄凄切切的哀音，许多人都听的泫然泪落！那时我心里觉到你将来不免是悲剧的人物，而且你的冷淡高洁的灵魂中似乎已潜伏下悲哀的种子。

你毕业后，我有一次在图书展览会看到你的作品，淡雅宜人，更令我敬慕你的艺术天才。我想你假如不是你那富贵安乐的环境羁系你，将来的成就，自然不是我所敢限量。遇合有缘，四年后我又能和你在一校，相聚教读，而且我们成了很熟的朋友，在这淡淡的友谊中，我更认识了你的个性，你是一个富有东方柔弱性的女孩儿。所以你多情多艺多愁多病，镇天都是诗卷彩笔药炉明镜伴着你寂寞的深闺。

三月来我窥见你心深处的忧愁，然而我不愿冒昧的问讯你，我又隐隐约约的安慰你，劝解你。想不到今天的茜纱窗下听你告我你心中的郁结，令我一旦明白了你忧愁的对象。可怜你陷于苦恼困于矛盾中的心情，又横被旧礼教旧道德的利箭穿凿粉碎！令你辗转在旧制度下呻吟哀泣，而不能求得心情之寄栖。听完时我哭了。怕你病中增加哀悔，所以我偷偷

---

①婧君，石评梅好友，毕业于北京女高师，任师大附中教员，"一个富有东方柔弱性格的女孩儿"，在爱情生活中受封建礼教的羁绊（爱上一个有妇之夫而遭到家人的谴责），忧愁致病。

咽下去,换上笑靥来安慰你。

婧君!我哭你同时也是哭我自己,我伤感你同时也是伤感我自己。世界上惟有同在一种苦痛下的呻吟能应和,同在一种烦闷下的心情能相怜。因之,我今天听了你那披肝沥胆的心腹之谈,真令我惨然泫然,不知涕零之何从?

我如今已是情场逃囚,经历多少苦痛才超拔得出的沉溺者,想当年,我也是像你一样骄傲着自己的青春和爱情,而不愿轻易施与和抛掷的。那料到爱情偏是盲目的小儿,我们又是在这种新旧嬗替时代,可怜我们便作了制度下的牺牲者。心上插着利剑,剑头上一面是情,一面是理,一直任它深刺在心底鲜血流到身边时,我们辗转哀泣在血泊中而不能逃逸。婧君!我六载京华,梦醒后又添了无限惆怅!徒令死者抱恨,生者含悲,一缕天真纯洁的爱丝,纠结成一团不可纷解的愁云;在这阴暗惨淡的愁云下,青春和爱情逝去了永无踪影。幸如今我已艰险备尝,人世经历既多,情感亦戕残无余,觉往事虽属恨憾,然宇宙为缺陷的宇宙,我又何力能补填此茫茫无涯之缺陷?

不过我总希望一切制度环境能由我们的力量改换,人生的兴趣,只为了满足希望和欲求而努力,所以我有时候是不赞成你这种不勇斗的态度,而退让给你的敌人来袭击你至于死的。一方面我怨恨自己不幸便成了这恶势力下的俘虏,一方面我愤慨这种痛苦,不仅害了我,还正在害着许多人。而你便是被这铁锤击伤的一个同病者。我是和你一样,我的爱情是坚贞不移的,我的理智是清明独断的,所以发生了极端的矛盾。为了完成爱情,则理智陷于绝境,我不愿作旧制度下之叛徒,为了成全理智,则爱憎陷于绝境,我又不愿作负义的薄幸人。这样矛盾未解决前,我已铸成了不可追悔的大错,令爱我的 K 君陷于死境,以解决此不能解之纠结。

然而这并不是我们所希望,幸福的爱情之果。

今天你告我你只有死,为了他已结过婚,你不能不顾忌一切去另辟你们的园地。同时你很爱他,不完成你的爱时你又不能弃置他去另求寄栖。我不知该怎么帮助你解决此难题,我不知该怎样鼓励你去完成你的美满人生？我想你还是在生之途去奋斗，不要去死之途求躲避。只要你信任你们中间的爱情，只要你愿意完成你们的爱情，那么，你尽可不顾一切，不管家族亲朋社会上给与你多少的鄙视和非难，去创造你光明的幸福的前途，实现你美满的人生去吧！婧君！在你未死前我愿你奋斗而去创造新生命，并摒弃你一切的病痛，不要令自己悒郁而终，抱恨千古。一样是博不得旧社会的同情，你又何必令旧礼教笑你这不勇的叛徒呢！我愿你求生作一个反抗一切的新女子，我愿你求死作一个屈伏名教中之罪人。时乎,时乎不再来，刹那间稍纵即逝的青春和爱情，你要用你的力量捉住她，系住她，不要让她悄悄地过去了，徒自追悔。

从前我是信仰命运天定说的，现在我觉那都是懒惰懦弱人口中的护符，相信我们的力，我们的力是能一日夜换过一个宇宙的。我们的力是能毁灭一切，而重新铸建的；我们的力是能挽死回生的。婧君！你相信你的力，相信你的力量之伟大！

结婚以爱情为主。道德不道德，亦视爱情之纯洁与否？至于一切旧制度之名分自然不值识者一笑！我们为了爱情而生，为了生命求美满而生，我们自然不是迎合旧社会旧制度而生，果然，又何苦要有革命！

假如这都是我忏悔的话时，你一定不惊奇我的大胆了。自从你得病以来，我已知你源于多愁，然而素昧平生的我，终于不愿向你探询，只暗暗祷祝你有一天病魔去了，围着你的阴霾也逃了。那天你问到我烦闷的前尘，如烟雾般已经消散了的往事，更令我对你有了同感，而深知自己前尘之错误，愿警告你万勿再以生命作最后之抛掷，而遗悔终生。

我真怕你那深陷的眼里涌出的泪泉，我真怕你黄瘦憔悴的双颊，满载了愁烦的双肩。当你告我你的姊妹由天津写长信责你时，我感到了骨肉之无情，和你自己遭际之不幸。假如没有当初姊姊一番热心的介绍，你何机能造此一段孽缘呢？也许她现在想排解你们中间的忧愁，解铃还是系铃人，她想离间你们抹去以前旧痕的。婧君！你苦我已尽知。但我仍请你宽怀自解！留得此身在可作永久之奋斗，万勿意冷心灰而祈求速死以自戕！

今天我归来心情异常恶劣,逼于你的病躯危殆,我又不能不书此一慰,并求另有所努力。然而这些矛盾话你也许要笑我自圆其说吧!

最后我祝你去欢迎你的新生命,进行免除痛苦的工作,我这里备好满满的一杯酒预祝你的胜利!

(这封信是婧君病中我写给她的,记得是十五年六月十一日。暑假前我临归山城时,得到了她病重的消息,因她已迁入德国医院我不愿去看她。暑假后我回京知她已迁居,有一天下午我去看她,她家中因她病重拒绝我,未曾令我见着她。但是那夜我接到W君的电话,是她知我去看她,怕我因未见她而怅惘,特令W君来电告我她的病况而慰安我的。

中秋前二日,深夜中她的好友A君来找我,得到(知)了她已脱离尘世的烦恼撒手而去了!我心中感到了莫名的悽怆,虽然她的死已在我意中。

她死时很清醒,令她的家人打电话把W君请来,临终她虽然默无一语,但她心中正不知纠结着多少离愁和别恨呢!死后的那一夜,W君伴着她的尸体坐了夜,婧君有灵,也许她感到满足,她死在她爱人的面前;而暴露这一付骸骨给旧社会,这是她最后的战略!

再见她时已是一棺横陈,她家人正在举哀痛哭!灵前挂着许多挽联,似乎都是赞扬她的,哀悼她的,惋惜她的。然而这些人也正是她生前揶揄她的,嘲笑她的,毁谤她的!)

寄海滨故人①

(一)

这时候我的心流沸腾的像红炉里的红焰,一支一支怒射着,我仿佛

---

① 指庐隐。

要烧毁了这宇宙似的。推门站在寒风里吹了一会,抬头看见冷月伴的孤星,我忽然想到给你写这封信。

露沙!你听见我这样喊你时,不知你是惊奇还是抖颤!假如你在我面前,听了我这样喊你的声音,你一定要扑到我怀中痛哭的。世界上爱你的母亲和涵都死了,知道你同情你可怜你,看你由畸零而走到幸福,由幸福又走到畸零的却是我。露沙!我是盼望着我们最近能见面,我握住你的手,由你饱经忧患的面容上,细认你逝去的生命和啼痕呢!

半年来,我们音信的沉寂,是我有意的隔绝,在这狂风恶浪中扎挣的你,在这痛哭哀泣中辗转的你,我是希望这时你不要想到我,我也勉强要忘记你的。我愿你掩着泪痕望着你这一段生命火焰,由残余而化为灰烬,再从凭吊悼亡这灰烬的哀思里,埋伏另一火种,爆发你将来生命的火焰。这工作不是我能帮助你,也不是一切人所能帮助你,是要你自己在深更闭门暗自呜咽时去沉思,是要你自己在人情炎凉世事幻变中去觉醒,是要你自己披刈荆棘跋涉山川时去寻觅。如今,谢谢上帝,你已经有了新的信念,你已经有了新的生命的火焰,你已经有了新的发现;我除了为你庆慰外,便是一种自私的欣喜,我总觉如今的你可以和我携手了,我们偕行着去走完这生的路程,希望在沿途把我们心胸中的热血烈火尽量的挥洒,尽量的燃烧,"焚毁世界一切不幸者的手铐足镣,扫尽人间一切愁惨的阴霾。"假使不能如意,也愿让热血烈火淹沉烧枯了我们自己。这才不辜负我们认识一场,和这几年我所鼓励你希望你的心,两年前我寄给你信里曾这样说过:

> 你我无端邂逅,无端缔交,上帝的安排,有时原觉多事。我于是常奢望你在锦帷绣幕之中,较量柴米油盐之外,要承继着你从前的希望,努力去作未竟的事业,因之不惮烦厌,在你香梦正酣时,我常督促你的惊醒。不过相信一个人,由青山碧水,到了崎岖荆棘的山路,由崎岖荆棘中又到了柳暗花明的村庄,已感到人世的疲倦,在这期内彻悟了的自然又是一种人生。

在学校时我看见你激昂慷慨的态度,我曾和婉说你是"女儿英雄"，有时我逢见你和莹坐在公园茅亭中大嚼时，我曾和婉说你是"名士风流"。想到《扶桑余影》，当你握着利如宝剑的笔锋，铺着云霞天样的素纸，立在万崖峰头，俯望着千仞飞瀑的华严泷，凝视神往时，原也曾独立苍茫，对着眼底的河山，吹弹出雄壮的悲歌。曾几何时，栉风沐雨的苍松，化作了醺醉阳光的蔷薇。

原谅我，露沙！那时我真不满意你，所以我常要劝你不要消沉。湮灭了你文学的天才和神妙的灵思。不过，你那时不甘雌伏的雄志，已被柔情万缕来纠结，我也常叹息你实有不得已的苦衷。涵的噩耗传来时，我自然为了你可怜的遭遇而痛心，对你此后畸零漂泊的身世更同情，想你经此重创一定能造成一个不可限量的女作家，只要你自己肯努力；但是这仅仅是远方故人对你心头未灭的一星火烬，奢望你能由悲痛颓丧中自拔超脱，以你自己所受的创痛，所体验的人生，替多少有苦说不出来的朋友们泄泄怨恨，也是我们自己藉此忏悔藉此寄托一件善事。万想不到露沙，你已经驰驱赴敌，荷枪实弹地立在阵前了。我真喜欢，你说：

> 朋友，我现在已另找到途径了，我要收纳宇宙间所有的悲哀之泪泉，使注入我的灵海，方能兴风作浪；并且以我灵海中深渊不尽的百流填满这宇宙无底的缺陷。吾友！我所望的太奢吗？但是我绝不以此灰心，只要我能作的时候，总要这样作，就是我的躯壳成灰，倘我的一灵不泯，必不停止的继续我的工作。

我不知你现在心情到底怎样？不过，我相信你心是冷寂宁静的，况且上帝又特赐你那样幽雅辽阔的境地，正宜于一个饱经征战的勇士，退休隐息。你仔细去追忆那似真似梦的人生吧，你沉思也好，你低泣也好，你对着睡了的萱儿微笑也好，我想这样美妙的缺陷，未尝不是宇宙间一种艺术。露沙！原谅我这话说的过分的残忍冷酷罢！

暑假前我和俊因、文菊常常念着你，为了减少你的悲绪，我们都盼望你能北来。不过露沙！那时候的北京和现在一样，是一座伟大的死城，里边乌烟瘴气，呼吸紧促，一点生气都没有，街市上只看见些活骷髅和迷人眉目的沙尘。教育界更穷苦，更无耻，说起来都令人掩鼻。在现在我们无力建设合理的新社会新环境之前,只好退一步求暂时的维持,你既觉在沪尚好,那你不来这死城里呼吸自然是我最庆欣的事。

这两年来,我在北京看见不少惊心动魄的事,我才知道世界原来是罪恶之薮,置身此中,常觉恍非人间,咽下去的眼泪和愤慨不知有多少了,我自然不能具体的告诉你:不过你也许可以体会到罢,这人为刀俎,我为鱼肉的生活。

(二)

如今,说到我自己了。

说到我自己时,真觉羞愧,也觉悲凄,除了日浸于愁城恨海之外,我依然故我,毫无寸进可述。对家庭对社会,我都是个流浪漂泊的闲人。读了《蔷薇》中《涛语》,你已经知道了。值得令你释念的,便是我已经由积沙岩石的旋涡中,流入了坦平的海道,我只是这样寂然无语的从生之泉流到了死之海;我已不是先前那样呜咽哀号,颓丧沉沦,我如今是沉默深刻,容忍含蓄人间一切的哀痛,努力去寻求真实生命的战士。对于一切的过去,我仍不愿抛弃,不能忘记,我仍想在波涛落处,沙痕灭处,我独自踌躇徘徊凭吊那逝去的生命,像一个受伤的战士,在月下醒来,望着零乱烬余,人马倒毙的战场而沉思一样。

玉薇说她常愿读到我的信,因为我信中有"人生真实的眼泪",其实,我是一个不幸的使者,我是一个死的石像,一手执着红泚的酒杯,一手执着锐利的宝剑,这酒杯沉醉了自己又沉醉了别人,这宝剑刺伤了自己又刺伤了别人。这双锋的剑永远插在我心上,鲜血也永远是流在我身边的。不过,露沙!有时我卧在血泊中抚着插在心上的剑柄会微笑,因为我似乎觉得骄傲!

露沙!让我再说说我们过去的梦罢!

入你心海最深的大概是梅窠①罢,那时是柴门半掩,茅草满屋顶的一间荒斋。那里有我们不少浪漫的遗痕,狂笑,高歌,长啸低泣,酒杯伴着诗集。想起来真不像个女孩儿家的行径。你呢,还可加个名士文人自来放浪不羁的头衔;我呢,本来就没有那种豪爽的气魄,但是我随着你亦步亦趋的也学着喝酒吟诗。有一次秋天,我们在白屋中约好去梅窠吃菊花面,你和晶清两个人,吃了我四盆白菊花。她的冷香洁质都由你们的樱唇吸到心底。我私自为伴我一月的白菊庆欣,她能不受风霜的欺凌摧残,而以你们温暖的心房,作理香殡骨之地。露沙!那时距今已有两年余,不知你心深处的冷香洁质是否还依然存在?

自从搬出梅窠后,我连那条胡同都未敢进去过,听人说已不是往年残颓凄凉的荒斋,如今是朱漆门金扣环的高楼大厦了。从前我们的遗痕豪兴都被压埋在土底,像一个古旧无人知的僵尸或骨殖一样。只有我们在天涯一样漂泊,一样畸零的三个女孩儿,偶然间还可忆起那幅残颓凄凉的旧景,而惊叹已经葬送了的幻梦之无凭。

前几天飞雪中,我在公园社稷台上想起海滨故人中,你们有一次在月光下跳舞的记述。你想我想到什么呢?我忽然想到由美国归来,在中途卧病,沉尸在大海中的瑜,她不是也曾在海滨人中当过一角吗?这消息传到北京许久了,你大概早已在一星那里知道这件惨剧了。她是多么聪慧伶俐可爱的女郎,然而上帝不愿她在这污浊的人间久滞留,把她由苍碧的海中接引了去。露沙!我不知你如今有没有勇气再读海滨故人?真惆怅,那里边多是些不堪回首的往事。

有时我很盼能忘记了这些系人心魂的往事,不过我为了生活,还不能抛弃了我每天驻息的白屋,不能抛弃,自然便有许多触目伤心的事来袭击我,尤其是你那瘦肩双耸,愁眉深锁的印影,常常在我凝神沉思时涌现到我的眼底。自从得到涵的噩耗后,每次我在深夜醒来,便想到抱着萱儿偷偷流泪的你,也许你的泪都流到萱儿可爱的玫瑰小脸上。可怜她,她

---

①评梅在北师大附中的教员宿舍。

不知道在母亲怀里睡眠时,母亲是如何的悲苦凄伤,在她柔嫩的桃腮上便沾染了母亲心碎的泪痕!露沙!我常常这样想到你,也想到如今惟一能寄托你母爱的薇萱。

如今,多少朋友都沉尸海底,埋骨荒丘!他们遗留在人间的不知是什么?他们由人间带走的也不知是什么?只要我们尚有灵思,还能忆起梅窠旧梦;你能远道寄来海滨的消息,安慰我这"踞石崖而参禅"的老僧,我该如何的感谢呢!

(三)

《寄天涯一孤鸿》我已读过了。你是成功了,"读后竟为之流泪,而至于痛哭!"那天是很黯淡的阴天,我在灰尘的十字街头逢见女师大的仪君,她告我《小说月报》最近期有你寄给我的一封信,我问什么题目,她告诉我后我已知道内容了。我心海深处忽然汹涌起惊涛骇浪,令我整个的心身受其波动而晕绝!那时已近黄昏,雇了车在一种恍惚迷惘中到了商务印书馆。一只手我按着搏跳的心,一只手抖颤着接过那本书,我翻见了"寄天涯一孤鸿"六字后,才抱着怆痛的心走出来。这时天幕上罩了黑的影,一重一重的迫近像一个黑色的巨兽。我不能在车上读,只好把你这纸上的心情,握在我抖颤的手中温存着。车过顺治门桥梁时,我看着护城河两堤的枯柳,一口一口把我的凄哀咽下去。到了家在灯光下含着泪看完,我又欣慰又伤感,欣慰的是我在这冷酷的人间居然能找到这样热烈的同情,伤感的是我不幸我何幸也能劳你濡泪滴血的笔锋,来替我宣泄积闷。

那一夜我是又回复到去年此日的心境。我在灯光下把你寄我的信反复再读,我真不知泪从何来,把你那四页纸都染遍了湿痕。露沙!露沙!你一个字一个字上边都有我碎心落泪的遗迹。你该胜利的一笑罢!为了你这封在别人视为平淡在我视为箭镞的信,我一年来勉强扎挣起来的心灵身躯,都被你一字一字打倒,我又躺在床上掩被痛哭!一直哭到窗外风停

云雾,朝霞照临,我才换上笑靥走出这冷森的小屋,又混入那可怕的人间。露沙!从那天直到如今,我心里总是深画着怆痛,我愿把这凄痛寄在这封信里,愿你接受了去,伴你孤清时的怀忆。

许久未痛哭了,今年暑假由山城离开母亲重登漂泊之途时,我在石家庄正太饭店曾睡在梅隐的怀里痛哭了一场。因为我不能而且不忍把我的悲哀外露了,重伤我年高双亲的心,所以我不能把眼泪流在他们面前,我走到中途停息时才能尽量的大哭。梅隐她也是漂泊归来又去漂泊的人,自然也尝了不少的人世滋味,那夜我俩相伴着哭到天明。不幸到北京时,我就病了。半年来我这是第二次痛哭,读完你寄天涯一孤鸿的信。

我总想这一瞥如梦的人生,能笑时便笑,想哭时便哭。我们在坎坷的人生道上,大概可哭的事比可笑的事多,所以我们的泪泉不会枯干。你来信说自涵死你痛哭后,未曾再哭。我不知怎样有这个奢望,我觉你读了我这封信时你不能全忘情罢!?

这些话可以说都是前尘了,现在我心又回到死寂冷静,对一切不易兴感。很想合着眼摸索一条坦平大道,卜我将来的命运呢!你释念罢,露沙!我如今不会过分的凄哀伤及我身体的。

晶清或将在最近期内赴沪,我告她到沪时去看你,你见了她梅寒中相逢的故人,也和见了我一样,而且她的受伤,她的畸零,也同我们一样。请你好好抚慰她那跋涉崎岖惊颤之心,我在京漂泊详状她可告你。这或者是你欢迎的好消息罢!?

这又是一个冬夜,狂风在窗外怒吼,卷着尘沙扑着我的窗纱像一个猛兽的来袭,我惊惧着执了破笔写这沥血滴泪的心痕给你。露沙!你呢?也许是在睁着枯眼遥望银河畔的孤星而咽泪,也许是拥抱着可爱的萱儿在沉睡。这时候呵!露沙!是我写信的时候。

一九二六,十二,二十五,圣诞节夜

天 辛

到如今我没有什么话可说,宇宙中本没有留恋的痕迹,我祈求都像惊鸿的疾掠,浮云的转逝,只希望记忆帮助我见了高山想到流水,见了流水想到高山。但这何尝不是一样的吐丝自缚呢!

有时我常向遥远的理智塔下忏悔,不敢抬头,因为瞻望着遥远的生命,总令我寒噤战栗!最令我难忘的就是你那天在河滨将别时,你握着我的手说:

"朋友!过去的确是过去了,我们在疲倦的路上,努力去创造未来罢!"

而今当我想到极无聊时,这句话便隐隐由我灵魂深处溢出,助我不少勇气。但是终日终年战兢兢的转着这生之轮,难免有时又感到生命的空虚,像一只疲于飞翔的孤鸿,对着苍茫的天海,云雾的前途,何处是新径?何处是归路地怀疑着,徘徊着。

我心中常有一个幻想的新的境界,愿我自己单独地离开群众,任着脚步,走进了有虎狼豺豹的深夜森林中,跨攀过削岩峭壁的高冈,渡过了苍茫扁舟的汪洋,穿过荆棘丛生的狭径……任我一个人高呼,任我一个人低唱,即有危险,也只好一个人量力扎挣与抵抗。求救人类,荒林空谷何来佳侣?祈福上帝,上帝是沉默无语。我愿一生便消失在这里,死也埋在这里,虽然孤寂,我也宁愿享兹孤苦的。不过这怕终于是一个意念的幻想,事实上我又如何能这样,除了蔓草黄土堙埋在我身上的时候。

如今,我并不恳求任何人的怜悯和抚慰,自己能安慰娱乐自己时,我便去追求着哄骗自己。相信人类深藏在心底的,大半是罪恶的种子,陈列在眼前的又都是些幻变万象的尸骸;猜疑嫉妒既狂张起翅儿向人间乱

飞,手中既无弓箭,又无弹丸的我们,又能奈何他们呢?辛!我们又如何能不受伤负创被人们讥笑。

　　过去的梦神,她常伸长玉臂要我到她的怀里,因之,一切的凄怆失望像万骑踏过沙场一样蹂躏着我。使我不敢看花,看花想到业已埋葬的青春;不敢临河,怕水中映出我憔悴的瘦影;更不敢到昔日栖息之地,怕过去的陈尸握住我的惊魂。更何忍压着凄酸的心情,在晚霞鲜明、鸟声清幽时,向沙土上小溪畔重认旧日的足痕!

　　从前赞美朝阳,红云捧着旭日东升,我欢跃着说:"这是我的希望。"从前爱慕晚霞,望着西方绚烂的彩虹,我心告诉我:"这是我的归宿。"天辛呵!纵然今天我立在伟大庄严的天坛上,彩凤似的云霞依然飘停在我的头上。但是从前我是沉醉在阳光下的蔷薇花,现在呢,仅不过是古荒凄凉的神龛下,蜷伏着呻吟的病人。

　　这些话也许又会令你伤心的,然而我不知为什么似乎一些幸福愉快的言语也要躲避我。今天推窗见落叶满阶,从前碧翠的浓幕,让东风撕成了粉碎;因之,我又想到落花,想到春去的倏忽,想到生命的虚幻,想到一切……想到月明星烂的海,灯光辉煌的船,广庭中婀娜的舞女,琴台上悠扬的歌声,外边是沉静的海充满了神秘,船里是充满了醉梦的催眠。汹涌的风波起时,舵工先感恐惧,只恨我的地位在生命海上,不是沉醉娇贵的少女,偏是操持危急的舵工。

　　说到我们的生命,更渺小了,一波一浪,在海上留下些什么痕迹!

　　诞日,你寄来的象牙戒指①收到了。诚然,我也愿用象牙的洁白和坚实,来纪念我们自己静寂像枯骨似的生命。

---

　　①一九二四年十月,远在广州的高君宇特意买了两枚象牙戒指,一枚寄给北京的石评梅,另一枚戴在自己手上——他是以象牙戒指的洁白坚固象征他俩之间的冰雪友谊的。两个人最终戴着各自的那枚象牙戒指离开了人世。

涛　语

一　微醉之后

　　几次轻掠浮过的思绪，都浸在晶莹的泪光中了。何尝不是冷艳的故事，凄哀的悲剧，但是，不幸我是心海中沉沦的溺者，不能有机会看见雪浪和海鸥一瞥中的痕迹。因此心波起伏间，卷埋隐没了的，岂只朋友们认为遗憾，就是自己，永远徘徊寻觅我遗失了的，何尝不感到过去飞逝的云影，宛如彗星一扫的壮丽。

　　允许我吧！我的命运之神！我愿意捕捉那一波一浪中汹涌浮映出过去的幻梦。固然我不敢奢望有人能领会这断弦哀音，但是我尚有爱怜我的母亲，她自然可以为我滴几点同情之泪吧！朋友们，这是由我破碎心幕底透露出的消息。假使你们还挂念着我。这就是我遗赠你们的礼物。

　　丁香花开时候，我由远道归来。一个春雨后的黄昏，我会看晶清。推开门时她在碧绸的薄被里蒙着头睡觉，我心猜想她一定是病了。不忍惊醒她，悄悄站在床前，无意中拿起枕畔一本蓝皮书，翻开时从里面落下半幅素笺，上边写着：

　　波微已经走了，她去哪里我是知道而且很放心，不过在这样繁华如碎锦似的春之画里，难免她不为了死的天辛而伤心，为了她自己惨淡悲凄的命运而流泪！

　　想到她我心就怦怦的跃动，似乎纱窗外啁啾的小鸟都是在报告不幸的消息而来。我因此病了，梦中几次看见她，似乎她已由悲苦的心海中踏上那雪银的浪花，翩跹着披了一幅白云的轻纱。后来暴风巨浪袭来，她被海波卷没了，只有那一幅白云般的轻纱飘浮在海面上，一霎时那白纱也

不知流到那里去了。

固然人要笑我痴呆,但是她呢,确乎不如一般聪明人那样理智,从前她是个杀人不眨眼的英雄,如今被天辛的如水柔情,已变成多愁多感的人了。这几天凄风苦雨令我想到她,但音信却偏这般渺茫……

读完后心头觉着凄梗,一种感激的心情,使我终于流泪!但这又何尝不是罪恶,人生在这大海中不过小小的一个泡沫,谁也不值得可怜谁,谁也不值得骄傲谁。天辛走了,不过是时间的早迟,生命上使我多流几点泪痕而已。为什么世间偏有这许多绳子,而且是互相连系着!

她已睁开半开的眼醒来,宛如晨曦照着时梦耶真耶莫辨的情形,瞪视良久,她不说一句话,我抬起头来,握住她手说:

"晶清,我回来了,但你为什么病着?"

她珠泪盈睫,我不忍再看她,把头转过去,望着窗外柳丝上挂着的斜阳而默想。后来我扶她起来,同到栉沐室去梳洗,我要她挣扎起来伴我去喝酒。信步走到游廊,柳丝中露出三年前月夜徘徊的葡萄架,那里有芗薔的箫声,有云妹的倩影,明显映在心上的,是天辛由欧洲归来初次看我的情形。那时我是碧茵草地上活泼跳跃的白兔,天真骄憨的面靥上,泛映着幸福的微笑!三年之后,我依然徘徊在这里,纵然浓绿花香的图画里,使我感到的比废墟野冢还要凄悲!上帝呵!这时候我确乎认识了我自己。

韵妹由课堂下来,她拉我又回到寝室。晶清已梳洗完正在窗前换衣服,她说:

"波微!你不是要去喝酒吗?萍适才打电话来,他给你已预备下接风宴,去吧!对酒当歌,人生几何。去吧,乘着丁香花开时候。"

风在窗外怒吼着,似乎有万骑踏过沙场,全数冲杀的雄壮;又似乎海边孤舟,随狂飙扎挣呼号的声音,一声声的哀惨。但是我一切都不管,高擎着玉杯,里边满斟着红滟滟的美酒,她正在诱惑我,像一个绯衣美女轻掠过骑上马前的心情一样的诱惑我。我愿永久这样陶醉,不要有醒的时候,把我一切烦恼都装在这小小杯里,让它随着那甘甜的玫瑰露流到我那创伤的心里。

在这盛筵上我想到和天辛的许多聚会畅饮。

晶清挽着袖子,站着给我敬酒;萍呢!他确乎很聪明,常常望着晶清,暗示她不要再给我斟,但是已晚了,饭还未吃我就晕在沙发上了。

我并莫有痛哭,依然晕厥过去有一点多钟之久。醒来时晶清扶着我,我不能再忍了,伏在她手腕上哭了!这时候屋里充满了悲哀。萍和琼都很难受的站在桌边望着我。这是天辛死后我第六次的昏厥,我依然和昔日一样能在梦境中醒来。

灯光辉煌下,每人的脸上都泛映着红霞,眼里莹莹转动的都是泪珠,玉杯里还有半盏残酒,桌上狼藉的杯盘,似乎告诉我这便是盛筵散后的收获。

大家望着我都不知应说什么。我微抬起眼帘,向萍说:

"原谅我,微醉之后。"

二 父亲①的绳衣

"荣枯事过都成梦,忧喜情忘便是禅。"人生本来一梦,在当时兴致勃然,未尝不感到香馥温暖,繁华清丽。至于一枕凄凉,万象皆空的时候,什么是值得喜欢的事情,什么是值得流泪的事情?我们是生在世界上的,只好安于这种生活方程,悄悄地让岁月飞逝过去。消磨着这生命的过程,明知是镜花般不过是一瞥的幻梦,但是我们的情感依然随着遭遇而变迁。为了天辛的死,令我觉悟了从前太认真人生的错误,同时忏悔我受了社会万恶的蒙蔽。死了的明显是天辛的躯壳,死了的惨淡潜隐便是我这颗心,他可诅咒我的残忍,但是我呢,也一样是啮残下的牺牲者呵!

我的生活是陷入矛盾的,天辛常想着只要他走了,我的腐蚀的痛苦即刻可以消逝。这是一个错误的观念,事实上矛盾痛苦是永不能免除的。

---

① 石评梅之父石铭,字鼎丞。1985年4月1日(清咸丰六年农历二月二十六)生。壬午科榜元(光绪八年,二十六岁)。曾任候铨知县、山西文水教谕、赵城教谕。

现在我依然沉陷在这心情下,为了这样矛盾的危险,我的态度自然也变了,有时的行为常令人莫名其妙。

这种意思不仅父亲不了解,就连我自己何尝知道我最后一日的事实,就是近来倏起倏灭的心思,自己也感到奇特惊异。

清明那天我去庙里哭天辛,归途上我忽然想到给父亲和母亲结织一件绳衣。我心里想的太可怜了,可以告诉你们的就是我愿意在这样心情下,做点东西留个将来回忆的纪念。母亲他们穿上这件绳衣时,也可想到他们的女儿结织时的忧郁和伤心!这个悲剧闭幕后的空寂,留给人间的固然很多,这便算埋葬我心的坟墓,在那密织的一丝一缕之中,我已将母亲交付给我的那颗心还她了。

我对于自己造成的厄运绝不诅咒,但是母亲,你们也应当体谅我,当我无力扑到你怀里睡去的时候,你们也不要认为是缺憾吧!

当夜张着黑翼飞来的时候,我在这凄清的灯下坐着。案头放着一个银框,里面刊装着天辛的遗像,像的前面放着一个紫玉的花瓶,瓶里插着几枝玉簪,在花香迷漫中,我默默的低了头织衣;疲倦时我抬起头来望望天辛,心里的感想,我难以写出。深夜里风声掠过时,尘沙向窗上瑟瑟的扑来,凄凄切切似乎鬼在啜泣,似乎鸱鸮的翅儿在颤慄!我仍然低了头织着,一直到我伏在案上睡去之后。这样过了七夜,父亲的绳衣成功了。

父亲的信上这样说:

　　……明知道你的心情是如何的恶劣,你的事务又很冗繁,但是你偏在这时候,日夜为我结织这件绳衣,远道寄来,与你父防御春寒。你的意思我自然喜欢,但是想到儿一腔不可宣泄的苦衷时,我焉然不为汝凄然!……

读完这信令我惭愧,纵然我自己命运负我,但是父母并未负我;他们希望于我的,也正是我愿为了他们而努力的。父亲这微笑中的泪珠,真令我良心上受了莫大的责罚,我还有什么奢望呢?我愿暑假快来,我扎挣着这创伤的心神,扑向母亲怀里大哭!我廿年的心头埋没的秘密,在天辛死后,我已整个的跪献在父母座下了。我不忍那可怕的人间隔膜,能阻碍了我们天性的心之交流,使他们永远隐蔽着不知道他们的女儿——不认识他们的女儿。

三 醒后的惆怅

深夜梦回的枕上,我常闻到一种飘浮的清香,不是冷艳的梅香,不是清馨的兰香,不是金炉里的檀香,更不是野外雨后的草香。不知它来自何处,去至何方。它们伴着皎月游云而来,随着冷风凄雨而来,无可比拟,凄迷辗转之中,认它为一缕愁丝,认它为几束恋感,是这般悲壮而缠绵。世界既这般空寂,何必追求物象的因果。

汝负我命,我还汝债,以是因缘,经百千劫常在生死。

汝爱我心,我爱汝色,以是因缘,经百千劫常在缠缚。

——《楞严经》

寂灭的世界里,无大地山河,无恋爱生死,此身既属臭皮囊,此心又何尝有物,因此我常想毁灭生命,锢禁心灵。至少把过去埋了,埋在那苍茫的海心,埋在那崇峻的山峰,在人间永不波荡,永不飘飞,但是失败了,仅仅这一念之差,铸塑成这般罪恶。

当我在长夜漫漫,转侧呜咽之中,我常幻想着那云烟一般的往事,我感到梗酸,轻轻来吻我的是这腔无处挥洒的血泪。

我不能让生命寂灭,更无力制止她的心波澎湃,想到时总觉对不住母亲,离开她五年把自己摧残到这般枯悴。要写什么呢?生命已消逝的飞掠去了,笔尖逃逸的思绪,何曾是纸上留下的痕迹。母亲!这些话假如你已了解时,我又何必再写呢!只恨这是埋在我心冢里的,在我将要放在玉棺时,把这束心的挥抹请母亲过目。

天辛死以后,我在他尸身前祷告时,一个令我眷恋的梦醒了!我爱梦,我喜欢梦,她是浓雾里阑珊的花枝,她是雪纱轻笼了苹果脸的少女,她如苍海飞溅的浪花,她如归鸿云天里一闪的翅影。因为她既不可捉摸,

又不容凝视,那轻渺渺游丝般梦痕,比一切都使人醺醉而迷惘。

诗是可以写在纸上的,画是可以绘在纸上的,而梦呢,永远留在我心里。母亲!假如你正在寂寞时候,我告诉你几个奇异的梦。

四 夜 航

一九二五年元旦那天,我到医院去看天辛,那时残雪未消,轻踏着积雪去叩弹他的病室,诚然具着别种兴趣,在这连续探病的心情经验中,才产生出现在我这忏悔的惆怅!不过我常觉由崎岖蜿蜒的山径到达到峰头,由翠荫森森的树林到达到峰头;归宿虽然一样,而方式已有复杂简略之分,因之我对于过去及现在,又觉心头轻泛着一种神妙的傲意。

那天下午我去探病,推开门时,他是睡在床上头向着窗瞧书,我放轻了足步进去,他一点都莫有觉得我来了,依然一页一页翻着书。我脱了皮袍,笑着蹲在他床前,手攀着床栏说:

"辛,我特来给你拜年,祝你一年的健康和安怡。"

他似乎吃了一惊,见我蹲着时不禁笑了!我说:

"辛!不准你笑!从今天这时起,你做个永久的祈祷,你须得诚心诚意的祈祷!"

"好!你告诉我祈祷什么?这空寂的世界我还有希冀吗?我既无希望,何必乞怜上帝,祷告他赐我福惠呢?朋友!你原谅我吧?我无力而且不愿作这幻境中自骗的祈求了。"

仅仅这几句话,如冷水一样浇在我热血搏跃的心上时,他奄奄的死寂了,在我满挟着欢意的希望中,现露出这样一个严涩枯冷的阻物。他正在诅咒着这世界,这世界是不预备给他什么,使他虔诚的心变成厌弃了,我还有什么话可以安慰他呢!

这样沉默了有二十分钟,辛摇摇我的肩说:

"你起来,蹲着不累吗?你起来我告诉你个好听的梦。快!快起来!这一瞥飞逝的时间,我能说话时你还是同我谈谈吧!你回去时再沉默不好吗!起来,坐在这椅上,我说昨夜我梦的梦。"

我起来坐在靠着床的椅上,静静地听着他那抑扬如音乐般声音,似夜莺悲啼,燕子私语,一声声打击在我心弦上回旋。他说:

"昨夜十二点钟看护给我打了一针之后,我才可勉强睡着。波微!从此之后我愿永远这样睡觉,永远有这美妙的幻境抱着我。

我梦见青翠如一幅绿缎横披的流水,微风吹起的雪白浪花,似绿缎上纤织的小花。可惜我身旁没带着剪子,那时我真想裁割半幅给你做一件衣裳。

似乎是个月夜,清澈如明镜的皎月,高悬在蔚蓝的天宇,照映着这翠玉碧澄的流水。那边一带垂柳,柳丝一条条低吻着水面像个女孩子的头发,轻柔而蔓长。柳林下系着一只小船,船上没有人,风吹着水面时,船独自在摆动。

这景是沉静,是庄严,宛如一个有病的女郎,在深夜月光下仰卧在碧茵草毡,静待着最后的接引,怆悽而冷静。又像一个受伤的骑士,倒卧在树林里,听着这渺无人声的野外,有流水呜咽的声音!他望着洒满的银光,想到祖国,想到家乡,想到深闺未眠的妻子。我不能比拟是那么和平,那么神寂,那么幽深。

我是踟蹰在这柳林里的旅客,不知道这是什么地方。我走到系船的那棵树下,把船解开,正要踏下船板时,忽然听见柳林里有唤我的声音!我怔怔的听了半天,依旧把船系好,转过了柳林,缘着声音去寻。愈走近了,那唤我的声音愈低微愈哀惨,我的心搏跳的更加利害。郁森的浓荫里,露透着几丝月光,照映着真觉冷森惨淡!我停止在一棵树下,那细微的声音几乎要听不见。后来我振作起勇气,又向前走了几步,那声音似乎就在这棵树上。"

他说到这里,面色变的更苍白。声浪也有点颤抖,我把椅子向床移了一下,紧握着他的手说:

"辛!那是什么产音?"

"你猜那唤我的是谁？波微！你一定想不到,那树上发出可怜的声音叫我的,就是你！不知谁把你缚在树上,当我听出是你的声音时,我像个猛兽一般扑过去,由树上把你解下来,你睁着满含泪的眼望着我,我不知为什么忽然觉的难过,我的泪不自禁的滴在你腮上了！

这时候,我看见你惨白的脸被月儿照着像个雕刻的石像,你伏在我怀里,低低的问我:

"辛！我们到那里去呢？"

我莫有说什么,扶着你回到系船的那棵树下,不知怎样,刹那间我们泛着这叶似的船儿,飘游在这万顷茫然的碧波之上,月光照的如白昼。你站在船头仰望那广漠的天宇,夜风吹送着你的散发,飘到我脸上时我替你轻轻一掠。后来我让你坐在船板上,这只无人把舵的船儿,驾凌着像箭一样在水面上飘过,渐渐看不见那一片柳林,看不见四周的缘岸。远远地似乎有一个塔,走近时原来不是灯塔,是个翠碧如琉璃的宝塔,月光照着发出璀璨的火光,你那时惊呼着指那塔说:

"辛！你看什么！那是什么？"

在这时候,我还莫有答应你。忽然狂风卷来,水面上涌来如山立的波涛,浪花涌进船来,一翻身我们已到了船底,波涛卷着我们浮沉在那琉璃宝塔旁去了！我醒来时心还跳着,月光正射在我身上,弟弟在他床上似乎正在梦呓。我觉着冷,遂把椅子上一条绒毡加在身上。

"我想着这个梦,我不能睡了。"

我不能写出我听完这个梦以后的感想,我只觉心头似乎被千斤重闸压着。停了一会儿我忽然伏在他床上哭了！天辛大概也知道不能劝慰我,他叹了口气重新倒在床上。

五 "殉 尸"

我怕敲那雪白的病房门,我怕走那很长的草地,在一种潜伏的心情下,常颤动着几缕不能告人的酸音,因之我年假前的两星期没有去看天辛。

记的有一次我去东城赴宴，归来顺路去看他，推开门时他正睡着，他的手放在绒毡外边，他的眉峰紧紧锁着，他的唇枯烧成青紫色，他的脸净白像石像，只有胸前微微的起伏，告诉我他是在睡着。我静静地望着他，站在床前呆立了有廿分钟，我低低唤了他一声，伏在他床上哭了！

我怕惊醒他，含悲忍泪，把我手里握着的一束红梅花，插在他桌上的紫玉瓶里。我在一张皱了的纸上写了几句话："天辛！当梅香唤醒你的时候，我曾在你梦境中来过。"

从那天起我心里总不敢去看他，连打电话给天辛的勇气也莫有了。我心似乎被群蛆蚕食着，像蜂巢般都变成好些空虚的洞孔。我虔诚着躲闪那可怕的一幕。

放了年假第二天的夜里，我在灯下替侄女编结着一顶绒绳帽。当我停针沉思的时候，小丫头送来一封淡绿色的小信。拆开时是云弟寄给我的，他说："天辛已好了，他让我告诉你。还希望你去看看他，在这星期他要搬出医院了。"

这是很令我欣慰的，当我转过那条街时，我已在铁栏的窗门看见他了，他低着头背着手在那枯黄草地上踱着，他的步履还是那样迟缓而沉重。我走进了医院大门，他才看见我，他很喜欢的迎着我说："朋友！在我们长期隔离间，我已好了，你来时我已可以出来接你了。"

"呵！感谢上帝的福佑，我能看见你由病床上起来……"我底下的话没说完已经有点哽咽，我恨我自己，为什么在他这样欢意中发出这莫名其妙的悲感呢！至现在我都不了解。

别人或者看见他能起来，能走步，是已经健康了，痊愈了罢！我真不敢这样想，他没有舒怡健康的红靥，他没有心灵发出的微笑，他依然是忧丝紧缚的枯骨，依然是空虚不载一物的机械。他的心已由那飞溅冲激的奔流，汇聚成一池死静的湖水，莫有月莫有星，黑沉沉发出呜咽泣声的湖水。

他同我回到病房里，环顾了四周，他说："朋友！我总觉我是痛苦中浸

淹了的幸福者,虽然我不曾获得什么,但是这小屋里我永远留恋它,这里有我的血,你的泪!仅仅这几幕人间悲剧已够我自豪了,我不应该在这人间还奢望着上帝所不许我的,我从此知所忏悔了!"

"我的病还未好,昨天克老头儿警告我要静养六个月,不然怕转肺结核。"

他说时很不高兴,似乎正为他的可怕的病烦闷着。停了一会他忽然问我:

"地球上最远的地方是那里呢?"

"便是我站着的地方。"我很快的回答他。

他不再说什么,惨惨地一笑!相对默默不能说什么。我固然看见他这种坦然的态度而伤心,就是他也正在为了我的躲闪而可怜,为了这些,本来应该高兴的时候,也就这样黯淡的过去了。

这次来探病,他的性情心境已完全变化,他时时刻刻表现他的体贴我原谅我的苦衷,他自己烦闷愈深,他对于我的态度愈觉坦白大方,这是他极度粉饰的伤心,也是他最令我感泣的原因。他在那天曾郑重地向我声明:

"你还有什么不放心,我是飞入你手心的雪花,在你面前我没有自己。你所愿,我愿赴汤蹈火以寻求,你所不愿,我愿赴汤蹈火以避免。朋友,假如连这都不能,我怎能说是敬爱你的朋友呢!这便是你所认为的英雄主义时,我愿虔诚的在你世界里,赠与你永久的骄傲。这便是你所坚持的信念时,我愿替你完成这金坚玉洁的信念。"

"我在医院里这几天,悟到的哲理确乎不少,比如你手里的头绳,可以揣在怀里,可以扔在地下,可以编织成许多时新的花样。我想只要有头绳,一切权力自然操在我们手里,我们高兴编织成什么花样,就是什么。我们的世界是不长久的,何必顾虑许多呢!"

"我们高兴怎样,就怎样罢,我只诚恳的告诉你'爱'不是礼赠,假如爱是一样东西,那么赠之者受损失,而受之者亦不见得心安。"

在这缠绵的病床上起来,他所得到的仅是这几句话,唉!他的希望红花,已枯萎死寂在这病榻上辗转呜咽的深夜去了。

我坐到八点钟要走了,他自己穿上大氅要送我到门口,我因他病刚好,夜间风大,不让他送我,他很难受,我也只好依他。他和我在那辉亮的路灯下走过时,我看见他那苍白的脸,颓丧的精神,不觉暗暗伤心!他呢,似乎什么都没有想,只低了头慢慢走着。他送我出了东交民巷,看见东长安街的牌坊,给我雇好车,他才回去。我望着他顾长的人影在黑暗中消失了,我在车上长长地呼了一口气。

就是这天夜里,我做了一个奇怪恐怖的梦。

梦见我在山城桃花潭畔玩耍,似乎我很小,头上梳着两个分开的辫子,又似乎是春天的景致,我穿着一件淡绿衫子。一个人蹲在潭水退去后的沙地上,捡寻着红的绿的好看的圆石。在这许多沙石里边,我捡着一个金戒指,翻过来看时这戒指的正面是椭圆形,里边列着两个隶字是"殉尸"!

我很吃惊,遂拿了这戒指跑到家里让母亲去看,母亲拿到手里并不惊奇,只淡淡地说:"珠!你为什么捡这样不幸的东西呢!"我似乎很了解母亲的话,心里想着这东西太离奇了,而这两个字更令人心惊!我就向母亲说:

"娘!你让我还扔在那里去吧。"

那时母亲莫有再说话,不过在她面上表现出一种忧怖之色。我由母亲手里拿了这戒指走到门口,正要揭帘出去的时候,忽然一阵狂风把帘子刮起,这时又似乎黑夜的状况,在台阶下暗雾里跪伏着一个水淋淋披头散发的女子!

我大叫一声吓醒了!周身出着冷汗,枕衣都湿了。夜静极了,只有风吹着树影在窗纱上摆动。拧亮了电灯,看看表正是两点钟。我忽然想起前些天在医院曾听天辛说过他五六年前的情史。三角恋爱的结果一个去投了海,天辛因为她的死,便和他爱的那一个也撒手断绝了关系。从此以后他再不愿言爱。也许是我的幻想罢,我希望纵然这些兰因絮果是不能逃脱的,也愿我爱莫能助的天辛,使他有忏悔的自救吧!

我不能睡了,瞻念着黑暗恐怖的将来不禁肉颤心惊!

六 一片红叶

这是一个凄风苦雨的深夜。

一切都寂静了,只有雨点落在蕉叶上,淅淅沥沥令人听着心碎。这大概是宇宙的心音罢,它在这人静夜深时候哀哀地泣诉!

窗外缓一阵紧一阵的雨声,听着像战场上金鼓般雄壮,错错落落似鼓桴敲着的迅速,又如风儿吹乱了柳丝般的细雨,只洒湿了几朵含苞未放的黄菊。这时我握着破笔,对着灯光默想,往事的影儿轻轻在我心幕上颤动,我忽然放下破笔,开开抽屉拿出一本红色书皮的日记来,一页一页翻出一片红叶。这是一片鲜艳如玫瑰的红叶,它挟在我这日记本里已经两个月了。往日我为了一种躲避从来不敢看它,因为它是一个灵魂孕育的产儿,同时它又是悲惨命运的纽结。谁能想到薄薄的一片红叶,里面纤织着不可解决的生谜和死谜呢!我已经是泣伏在红叶下的俘虏,但我绝不怨及它,可怜在万千飘落的枫叶里,它衔带了这样不幸的命运。我告诉你们它是怎样来的:

一九二三年十月廿六的夜里,我翻读着一本《莫愁湖志》,有些倦意,遂躺在沙发上假睡,这时白菊正在案头开着,窗纱透进的清风把花香一阵阵吹在我脸上,我微嗅着这花香不知是沉睡,还是微醉!懒松松的似乎有许多回忆的燕儿,飞掠过心海激动着神思的颤动。我正沉恋着逝去的童年之梦,这梦曾产生了金坚玉洁的友情,不可掠夺的铁志;我想到那轻渺渺像云天飞鸿般的前途时,不自禁的微笑了!睁开眼见菊花都低了头,我忽然担心它们的命运,似乎它们已一步一步走进了坟墓,死神已悄悄张着黑翼在那里接引,我的心充满了莫名的悲绪!

大概已是夜里十点钟,小丫头过来也给我一封信,拆开时是一张白纸,拿到手里从里面飘落下一片红叶。"呵!一片红叶!"我不自禁的喊出来。怔愣了半天，用抖颤的手捡起来一看，上边写着两行字：

　　满山秋色关不住

　　一片红叶寄相思

　　　　　　　　　　天辛采自西山碧云寺　十月二十四日

　　平静的心湖，悄悄被夜风吹皱了，一波一浪汹涌着像狂风统治了的大海。我伏在案上静静地想，马上许多的忧愁集在我的眉峰，我真未料到一个平常的相识，竟对我有这样一番不能抑制的热情。只是我对不住他，我不能受他的红叶。为了我的素志我不能承受它，承受了我怎样安慰他；为了我没有一颗心给他，承受了如何忍欺骗他。我即使不为自己设想，但是我怎能不为他设想。因之我陷入如焚的烦闷里。

　　在这黑暗阴森的夜幕下，窗下蝙蝠飞掠过的声音，更令我觉着战栗！我揭起窗纱见月华满地，斑驳的树影，死卧在地下不动，特别现出宇宙的清冷和幽静。我遂添了一件夹衣，推开门走到院里，迎面一股清风已将我心胸中一切的烦念吹净。无目的走了几圈后，遂坐在茅亭里看月亮，那凄清皎洁的银辉，令我对世界感到了空寂。坐了一会，我回到房里蘸饱了笔，在红叶的反面写了几个字是：

　　"枯萎的花篮不敢承受这鲜红的叶儿。"

　　仍用原来包着的那张白纸包好，写了个信封寄还他。这一朵初开的花蕾，马上让我用手给揉碎了。为了这事他曾感到极度的伤心，但是他并未因我的拒绝而中止。他死之后，我去兰辛那里整理他箱子内的信件，那封信忽然又发现在我眼前！拆开红叶依然，他和我的墨泽都依然在上边，只是中间裂了一道缝，红叶已枯干了。我看见它心中如刀割，虽然我在他生前拒绝了不承受的，在他死后我觉着这一片红叶，就是他生命的象征。上帝允许我的祈求罢！我生前拒绝了他的我在他死后依然承受他，红叶纵然能去了又来，但是他呢！是永远不能回来了，只剩了这一片志恨千古的红叶，依然无恙的伴着我，当他抖颤的用手捡起它寄给我时的心情，愿永远留在这鲜红的叶里。

七 象牙戒指

记得那是一个枫叶如荼,黄花含笑的深秋天气。我约了晶清去雨华春吃螃蟹。晶清喜欢喝几杯酒,其实并不大量,仅不过想效颦一下诗人名士的狂放。雪白的桌布上陈列着黄赭色的螃蟹,玻璃杯里斟满了玫瑰酒。晶清坐在我的对面,一句话也不说,一杯杯喝着,似乎还未曾浇洒了她心中的块垒。我执着杯望着窗外,驰想到桃花潭畔的母亲。正沉思着忽然眼前现出茫洋的大海,海上漂着一只船。船头站着激昂慷慨,愿血染了头颅矢志为主义努力的英雄!

在我神思飞越的时候,晶清已微醉了,她两腮的红采,正照映着天边的晚霞,一双惺忪似初醒时的眼,她注视着我执着酒杯的手,我笑着问她:

"晶清!你真醉了吗?为什么总看着我的酒杯呢!"

"我不醉,我问你什么时候带上那个戒指,是谁给你的?"

她很郑重地问我。

本来是件极微小的事吧!但经她这样正式的质问,反而令我不好开口。我低了头望着杯里血红潋滟的美酒,呆呆地不语。晶清似乎看出我的隐衷,她又问我道:

"我知道是辛寄给你的吧!不过为什么他偏要给你这样惨白枯冷的东西?"

我听了她这几句话后,眼前似乎轻掠过一个黑影,顿时觉着桌上的杯盘都旋转起来,眼光里射出无数的银线。我晕了,晕倒在桌子旁边!晶清急忙跑到我身边扶着我。过了几分钟我神经似乎复原。我抬起头又斟了一杯酒喝了,我向晶清说:

"真的醉了!"

"你不要难受,告诉我你心里的烦恼,今天你一来我就看见你戴了这个戒指,我就想一定有来由,不然你绝不戴这些装饰品的,尤其这样惨白枯冷的东西。波微!你可能允许我脱掉它,我不愿意你戴着它。"

"不能,晶清。我已经戴了它三天了,我已经决定戴着它和我的灵魂同在,原谅我朋友!我不能脱掉它。"

她的脸渐渐变成惨白,失去了那酒后的红采,眼里包含着真诚的同情,令我更感到凄伤!她为谁呢!她确是为了我,为了我一个光华灿烂的命运,轻轻地束在这惨白枯冷的环内。

天已晚了,我遂和晶清回到学校。我把天辛寄来象牙戒指的那封信给她看,信是这样写的:

"……我虽无力使海上无浪,但是经你正式决定了我们命运之后,我很相信这波涛山立狂风统治了的心海,总有一天风平浪静,不管这是在千百年后,或者就是这握笔的即刻;我们只有候平静来临,死寂来临,假如这是我们所希望的。容易丢去了的,便是兢兢然恋守着的;愿我们的友谊也和双手一样,可以紧紧握着的,也可以轻轻放开。宇宙作如斯观,我们便毫无痛苦,且可与宇宙同在。

双十节商团袭击,我手曾受微伤。不知是幸呢还是不幸,流弹洞穿了汽车的玻璃,而我能坐在车里不死!这里我还留着几块碎玻璃,见你时赠你做个纪念。昨天我忽然很早起来跑到店里购了两个象牙戒指,一个大点的自己戴在手上,一个小的我寄给你,愿你承受了它。或许你不忍吧!再令它如红叶一样的命运。愿我们用'白'来纪念这骨般死静的生命……"

晶清看完这信以后,她虽未曾再劝我脱掉它,但是她心里很难受,有时很高兴时,她触目我这戒指,会马上令她沉默无语。

这是天辛未来北京前一月的事。

他病在德国医院时,出院那天我曾给他照了一张躺在床上的像,两手抚胸,很明显地便是他右手那个象牙戒指。后来他死在协和医院,尸骸放在冰室里,我走进去看他的时候,第一触目的又是他右手上的象牙戒指。他是戴着它一直走进了坟墓。

八　最后的一幕

　　人生骑着灰色马和日月齐驰,在尘落沙飞的时候,除了几点依稀可辨的蹄痕外,遗留下什么?如我这样整天整夜的在车轮上回旋,经过荒野,经过闹市,经过古庙,经过小溪;但那鸿飞一掠的残影又遗留在那里?在这万象变幻的世界,在这表演一切的人们,我听着哭声笑声歌声琴声,看着老的少的俊的丑的,都感到了疲倦。因之我在众人兴高采烈,沉迷醺醉,花香月圆时候,常愿悄悄地退出这妃色幕帏的人间,回到我那凄枯冷寂的另一世界。那里有惟一指导我、呼唤我的朋友,是谁呢?便是我认识了的生命。

　　朋友们!我愿你们仔细咀嚼一下,那盛筵散后,人影零乱,杯盘狼藉的滋味;绮梦醒来,人去楼空,香渺影远的滋味;禁得住你不深深地呼一口气,禁得住你不流泪吗?我自己常怨恨我愚傻——或是聪明,将世界的现在和未来部分析成只有秋风枯叶,只有荒冢白骨;虽然是花开红紫,叶浮碧翠,人当红颜,景当美丽时候。我是愈想超脱,愈自沉溺,愈要撒手,愈自系恋的人,我的烦恼便绞锁在这不能解脱的矛盾中。

　　今天一个人在深夜走过街头,每家都悄悄紧闭着双扉,就连狗都蜷伏在墙根或是门口酣睡,一切都停止了活动归入死寂。我驱车经过桥梁,望着护城河两岸垂柳,一条碧水,星月灿然照着,景致非常幽静。我想起去年秋天天辛和我站在这里望月,恍如目前的情形而人天已隔,我不自禁的热泪又流到腮上。

　　"珠!什么时候你的泪水流完呢?"这是他将死的前两天问我的一句话。这时我仿佛余音犹缭绕耳畔,我知他遗憾的不是他的死,确是我的泪!他的坟头在雨后忽然新生了一株秀丽的草,也许那是他的魂,也许那是我泪的结晶!

　　我最怕星期三,今天偏巧又是天辛死后第十五周的星期三。星期三

是我和辛最后一面,他把人间一切的苦痛烦恼都交付给我的一天。唉!上帝!容我在这明月下忏悔罢!十五周前的星期三,我正伏在我那形消骨立枯瘦如柴的朋友床前流泪!他的病我相信能死,但我想到他死时又觉着不会死。可怜我的泪滴在他炽热的胸膛时,他那深凹的眼中也涌出将尽的残泪,他紧嚼着下唇握着我的手抖颤,半天他才说:

"珠!什么时候你的泪才流完呢!"

我听见这话更加哽咽了,哭得抬不起头来,他掉过头去不忍看我,只深深地将头埋在枕下。后来我扶起他来,喂了点桔汁,他睡下后说了声:"珠!我谢谢你这数月来的看护……"底下的话他再也说不出来,只瞪着两个凹陷的眼望着我。那时我真觉怕他,浑身都出着冷汗。我的良心似乎已轻轻拨开了云翳,我跪在他病榻前最后向他说:

"辛,你假如仅仅是承受我的心时,现在我将我这颗心双手献在你面前,我愿它永久用你的鲜血滋养,用你的热泪灌溉。辛,你真的爱我时,我知道你也能完成我的主义,因之我也愿你为了我牺牲,从此后我为了爱独身的,你也为了爱独身。"

他抬起头来紧握住我手说:

"珠!放心。我原谅你,至死我也能了解你,我不原谅时我不会这样缠绵的爱你了。但是,珠!一颗心的颁赐,不是病和死可以换来的,我也不肯用病和死,换你那颗本不愿给的心。我现在并不希望得你的怜恤同情,我只让你知道世界上有我是最敬爱你的。我自己呢,也曾爱过一个值的我敬爱的你。珠!我就是死后,我也是敬爱你的,你放心!"

他说话时很(有)勇气,像对着千万人演说时的气概,我自然不能再说什么话,只默默地低着头垂泪!

这时候一个俄国少年进来,很诚恳的半跪着在他枯蜡似的手背上吻了吻,掉头他向我默望了几眼,辛没有说话只向他惨笑了一下,他向我低低说:

"小姐!我祝福他病愈。"说着带上帽子匆匆忙忙的去了。这时他的腹部又绞痛的厉害,在床上滚来滚去的呻吟,脸上苍白的可怕。我非常焦急,去叫他弟弟的差人还未见回来,叫人打电话请兰辛也不见回话,那时我简直呆了,只静静地握着他焦炽如焚的手垂泪!过没有一会弟弟来了,他也莫有和他多说话只告他腹疼得厉害。我坐在椅子上面开开抽屉无聊的乱翻,看见上星期五的他那封家书,我又从头看了一遍。他忽掉头向我说:

"珠!真的我忘记告你了,你把它们拿去好了,省的你再来一次检收。"

我听他话真难受,但怎样也想不到星期五果然去检收他的遗书。他也真忍心在他决定要死的时候,亲口和我说这些诀别的话。那时我总想他在几次大病的心情下,不免要这样想,但未料到这就是最后的一幕了。我告诉静弟送他进院的手续,因为学校下午开校务会我须出席,因之我站在他床前说了声:"辛!你不用焦急,我已告诉静弟马上送你到协和去,学校开会我须去一趟,有空我就去看你。"那时我真忍心,也莫有再回头看他就走了,假如我回头看他时,我一定能看见他对我末次目送的惨景……

呵!这时候由天上轻轻垂下这最后的一幕!

他进院之后兰辛打电话给我,说是急性盲肠炎已开肚了。开肚最后的决定,兰辛还有点踌躇,他笑着拿过笔自己签了字,还说:"开肚怕什么?你也这样伤脑筋。"兰辛怕我见了他再哭,令他又难过,因之,他说过一二天再来看他。那知就在兰辛打电话给我的那晚上就死了。

死时候莫有一个人在他面前,可想他死时候的悲惨!他虽然莫有什么不放心在这世界上,莫有什么留恋在这世界上;但是假如我在他面前或者兰辛在面前时,他总可瞑目而终,不至于让他睁着眼等着我们。

缄情寄向黄泉

我如今是更冷静、更沉默的挟着过去的遗什去走向未来的。我四周有狂风,然而我是掀不起波澜的深潭;我前边有巨涛,然而我是激不出声响的顽石。

颠沛搏斗中我是生命的战士,是极勇敢,极郑重,极严肃的向未来的城垒进攻的战士。我是不断地有新境遇,不断的有新生命的;我是为了真实而奋斗,不是追逐幻象而疲奔的。

知道了我的走向人生的目标。辛,一年来我虽然有不少的哀号和悲忆,你也不须为生的我再抱遗恨和不安。如今我是一道舒畅平静向大海去的奔流,纵然缘途在山峡巨谷中或许发出凄痛的呜咽!那只是积沙岩石旋涡冲击的原因,相信它是会得到平静的,会得到创造真实生命的愉快的,它是一直奔到大海去的。

辛!你的生命虽不幸早被腐蚀而夭逝,不过我也不过分的再悼感你在宇宙间曾存留的幻体。我相信只要我自己生命闪耀存在于宇宙一天,你是和我同在的。辛!你要求于人间的,你希望于我自己的,或许便是这些罢!

深刻的情感是受过长久的理智的熏陶的,是由深谷底潜流中一滴一滴渗透出来的。我是投自己于悲剧中而体验人生的,所以我便牺牲人间一切的虚荣和幸福,在这冷墟上,你的坟墓上,培植我用血泪浇洒的这束野花来装饰点缀我们自己创造下的生命。辛!除了这些我不愿再告你什么,我想你果真有灵,也许赞助我一样的努力。

一年之后,世变几迁,然而我的心是依然这样平静冷寂的,抱持着我理想上的真实而努力。有时我是低泣,有时我是痛哭。低泣,你给与我的死寂;痛哭,你给与我的深爱。然而有时我也很快乐,我也很骄傲。我是睥视世人微微含笑,我们的圣洁的高傲的孤清的生命是巍然峙立于皑皑的云端。

生命的圆满,生命的圆满,有几个懂得生命的圆满?那一般庸愚人的圆满,正是我最避忌恐怖的缺陷。我们的生命是肉体和骨头吗?假如我们的生命是可以毁灭的幻体,那么,辛!我的这颗迂回潜隐的心,也早应随你的幻体而消逝。我如今认识了一个完成的圆满生命是不能消灭,不能丢弃,不能忘记,换句话说,就是永远存在。多少人都希望我毁灭,丢弃,忘记,把我已完成的圆满生命抛去。我终于不能。才知道我们的生命并未死,仍然活着,向前走着,在无限的高处创造建设着。

我相信你的灵魂,你的永远不死的心,你的在我心里永存的生命,是能鼓励我,指示我,安慰我,这孤寂凄清的旅途。我如今是愿挑上这付担子走向遥远的黑暗的,荆棘的生到死的道上。一头我挑着已有的收获,一头我挑着未来的耕耘,这样一步一步走向无穷的。

自你死后,我便认识了自己,更深的了解自己。同时朋友中是贤最知道我,他似乎这样说过:

"她生来是一道大江,你只应疏凿沙石让她舒畅的流入大海,断不可堵塞江口,把水引去点缀帝王之家的宫殿楼台。"

辛!应该感谢他!他自从由法华寺归路上我晕绝后救护起,一直到我找到了真实生命,他都是启示我,指导我,帮助我,鼓励我。由积沙岩石的旋涡波涌中,把我引上了坦平的海道。如今,我能不怨愤,不悲哀,没有沉重的苦痛永远缠绕的,都是因为我已有了奔流的河床。只要我平静的舒畅的流呵,流呵,流到一个归宿的地方去,绝无一种决堤泛滥之灾来阻挠我。

辛!你应感谢他!你所要在死后希望我要求我努力的前途,都是你忠诚的朋友,他一点一滴的汇聚下伟大的河床,帮助我移我的泉水在上边去奔流,无阻碍奔向大海去的。像我目下这样夜静时的心情,能这样平淡的写这封信给你,你也会奇怪我罢!我已不是从前呜咽哀号,颓丧消沉的我;我是沉默深刻,容忍涵蓄一切人间的哀痛,而努力去寻求生命的真确的战士。

我不承认这是自骗的话。因为我的路是这样自然,这样平坦的走去的。放心!你别我一年多,而我能这般去辟一个理想的乐园,也许是你惊奇的罢!

你一定愿意知道一点,关于弟弟的消息,前三天我忽然接到他一封信,他现在是被你们那古旧的家庭囚闭着,所以他已失学一年多了。这种情形,自然你会伤感的,假如你要活着,他绝对不能受这样的苦痛,因为

你是能帮助他脱却一切桎梏而创造新生命的。如今他极愤激,和你当日同你家庭暗斗的情形一样。而我也很相信静弟是能觅到他的光明的前途的,或者你所企望的一切事业志愿,他都能给你在圆满的完成。他的信是这样说的:

自别京地回家之后,实望享受几天家庭的乐趣,以慰我一年来感受了的苦痛。谁知我得到的,是无限量的烦恼!

我回来的时候,家中已决定令我废学,及我归后,复屡次向我表示斯旨,我虽竭词解释,亦无济于事。

读姊来信,说那片荒凉的境地,也被践踏蹂躏而不得安静,我更替我黄泉下的哥哥愤激!不料一年来的变迁,竟有如斯其悲惨!

一切境遇,一切遭逢,皆足以使人伤心掉泪!

我希望于家庭的,是要藉得他来援助完成我的志愿,我的事业;但家庭则不然。他使我远近游学的一点心迹,是希望我猎得一些禄位金钱来荣祖墓家风。这些事我们青年人看起来,就是头衔金银冠里满身,那也算不了什么稀奇的光荣!我每想到环境的压迫,恒愿一死为快。但是到了死的关头,好像又有许多不忍的观念来掣肘似的。我不愿死,我死固不足惜;但我死而一切该死的人不能竟行死去。我将以此不死的躯骸,向着该死的城垒进攻!

我现在的希望已绝,但我仍流连不忍即离去者,实欲冀家庭之能有一时觉悟,如我心愿亦未可定!知或不然,我将决于明年为行期,毅然决然的要离开他,远避他,和他行最后决裂的敬礼。

愿你勿为了一切黑暗的,荆棘的环境愁烦!我们从生到死的途径上,就像日的初升,纵然有时被浮云遮蔽,仍然是要继续发光的。

我们走向前去吧!我们走向前去吧!环境的阻挠在我们生命的途中,终于是等若浮云。

辛!是残月深更,在一个冷漠枯寂的初冬之夜,我接读静弟这封依稀是你字迹、依稀是你语句的信。久不流的酸泪又到了眶边,我深深的向你遗像叹息!记得静弟未离京时,他曾告过贤以他将来前途的黯淡,他那时便决心要和家庭破裂。是我和贤婉劝他,能用善良的态度去感化而有效时,千万不要和家庭破裂。因为思想的冲突,是环境时代不同时差别之争。应该原谅老年人们的陈腐思想,是一时代中的产物;并不是他对于子女有意对垒似的向你宣战。因之,能辗转委婉去和家庭解释,令他能觉悟到什么是现代青年人应做的工作,自我的警策。令他知道我们青年人,绝对再不能为古旧的家庭或社会作涂饰油彩的机械傀儡。父母年老,假如一旦你的消息泄漏,静弟再远走愤去,那你们家庭的惨淡、黑暗、悲痛,定连目下都不如,这也不是你的愿意和静弟的希望罢!所以我一直都系念着静弟,那最后决裂的敬礼。

认识我们,和我们要好的朋友,现在大半都云散四方,去创造追求各个的生命希望去了。只有你的贤哥,和我的晶妹,还在这块你埋骨的地方,伴着你。朋友们都离京后,时局也尽在幻变,陷入死境,要找寻前二年的那种环境和兴趣已不可得。所以连你坟头都那样凄寂。去年那些小弟弟们,知道你未曾见过你的朋友们,他们都是常常在你的墓畔喝酒野餐,痛哭高歌的。帮助我建碑种树修墓的都是他们。如今,连这个梦也闭幕了。你墓头不再有那样欢欣,那样热闹的聚会了。他们都走向远方去了。

自从那块地方驻兵后,连我都不敢常去。任你墓头变成了牧场,牛马践踏蹂躏了你的墓砖,吃光了环绕你墓的松林,那块白石的墓碑上有了剥蚀的污秽的伤痕。我们不幸在现代作人受欺凌不能安静,连你作鬼的坟茔都要受意外的灾劫,说起来真令人愤激万分。辛!这世界,这世界,四处都是荆棘,四处都是刀兵,四处都是喘息着生和死的呻吟,四处都洒滴着血和泪的遗痕。我是撑着这弱小的身躯,投入在这腥风血雨中搏战着走向前去的战士,直到我倒毙在旅途上为止。

我并不感伤一切既往,我是深谢着你是我生命的盾牌;你是我灵魂的主宰。从此我是自在的流,平静的流,流到大海的一道清泉。辛!一年之后,我在辗转哀吟,流连痛苦之中,我能告诉你的,大概只有这些话。你永久的沉默死寂的灵魂呵!我致献这一篇哀词于你吐血的周年这天。

十五年十一月十八日

狂风暴雨之夜

该记得罢！泰戈尔① 到北京在城南公园雩坛见我们的那一天，那一天是十三年四月二十八号的下午，就是那夜我接到父亲的信，寥寥数语中，告诉我说道周死了！当时我无甚悲伤，只是半惊半疑的沉思着。第二天我才觉到难过，令我什么事都不能做。她那活泼的倩影，总是在我眼底心头缭绕着。第三天便从学校扶病回来，头疼吐血，遍体发现许多红斑，据医生说是猩红热。

我那时住在寄宿舍里院的一间破书斋，房门口有株大槐树，还有一个长满茅草荒废倾斜的古亭。有月亮的时候，这里别有一种描画不出的幽景。不幸扎挣在旅途上的我，便倒卧在这荒斋中，一直病了四十多天。在这冷酷、黯淡、凄伤、荒凉的环境中，我在异乡漂泊的病榻上，默咽着人间一杯一杯的苦酒。那时我很愿因此病而撒手，去追踪我爱的道周。在病危时，连最后寄给家里、寄给朋友的遗书，都预备好放在枕边。病中有时晕迷，有时清醒，清醒时便想到许多人间的纠结，已记不清楚了，似乎那令我病的原因，并不仅仅是道周的死。

在这里看护我的起初有小苹，她赴沪后，只剩了一个女仆，幸好她对我很忠诚，像母亲一样抚慰我，招呼我。来看我的是晶清和天辛。自然还有许多别的朋友和同乡。病重的那几天，我每天要服三次药，有几次夜深了天辛跑到极远的街上去给我配药。在病中，像我这只身漂零在异乡的人，举目无亲，无人照管；能有这样忠诚的女仆，热心的朋友，真令我感激涕零了！虽然，我对于天辛还是旧日态度，我并不因感激他而增加我们的

---

① 印度诗人、哲学家和印度民族主义者。1913 年诺贝尔文学奖获得者。他的诗在印度享有史诗的地位，代表作《吉檀迦利》《飞鸟集》《眼中沙》《四个人》《家庭与世界》《园丁集》《新月集》等。1924 年 4 月 12 日到中国访问。

了解,消除了我们固有的隔膜。

有一天我病的很厉害,晕迷了三个钟头未曾醒,女仆打电话把天辛找来。那时正是黄昏时候,院里屋里都罩着一层淡灰的黑幕,沉寂中更现得凄凉,更现得惨淡。我醒来,睁开眼,天辛跪在我的床前,双手握着我的手,垂他的头在床缘;我只看见他散乱的头发,我只觉他的热泪濡湿了我的手背。女仆手中执着一盏半明半暗的烛,照出她那悲愁恐惧的面庞站在我的床前!这时候,我才认识了真实的同情,不自禁的眼泪流到枕上。我掉转脸来,扶起天辛的头,我向他说:"辛!你不要难受,我不会这容易的死去。"自从这一天,我忽然觉得天辛命运的悲惨和可怜,已是由他自己的祭献而交付与上帝,这那能是我弱小的力量所能挽回。因此,我更害怕,我更回避,我是万不能承受他这颗不应给我而偏给我的心。

正这时候,他们这般人,不知怎样惹怒了一位国内的大军阀,下了密令指明的逮捕他们,天辛也是其中之一。因为我病,这事他并未先告我,我二十余天不看报,自然也得不到消息。

有一夜,我扎挣起来在灯下给家里写信,告诉母亲我曾有过点小病如今已好的消息。这时窗外正吹着狂风,震撼得这荒斋像大海汹涌中的小舟。树林里发出极响的啸声,我恐怖极了,想象着一切可怕的景象,觉着院外古亭里有无数的骷髅在狂风中舞蹈。少时,又增了许多点滴的声音,窗纸现出豆大的湿痕。我感到微寒,加了一件衣服,我想把这封信无论如何要写完。

抬头看钟正指到八点半。忽然听见沉重的履声和说话声,我惊奇地喊女仆。她推门进来,后边还跟着一个男子,我生气的责骂她,是谁何不通知我便引进来。她笑着说是"天辛先生",我站起来细看,真是他,不过他是化装了,简直认不出是谁。我问他为什么装这样子,而且这时候狂风暴雨跑来。他又苦笑着不理我。

半天他才告我杏坛已捕去了数人,他的住处现尚有游警队在等候着他,今夜是他冒了大险特别化装来告别我,今晚十一时他即乘火车逃逸。我病中骤然听见这消息,自然觉得突兀,而且这样狂风暴雨之夜,又来了

散文

75

这样奇异的来客。当时我心里很战栗恐怖，我的脸变成了苍白！他见我这样，竟强作出镇静的微笑，劝我不要怕，没要紧，他就是被捕去坐牢狱他也是不怕的，假如他怕就不做这项事业。

他要我珍重保养初痊的病体，并把我吃的西药的药单留给我自己去配。他又告我这次想乘机回家看看母亲，并解决他本身的纠葛。他的心很苦，他屡次想说点要令我了解他的话，但他总因我的冷淡而中止。他只是低了头叹气，我只是低了头咽泪。狂风暴雨中我和他是死一样的沉寂。

到了九点半，他站起身要走，我留他多坐坐。他由日记本中写了一个Bovia递给我，他说我们以后通信因检查关系，我们彼此都另呼个名字，这个名字我最爱。所以赠给你，愿你永远保存着它。这时我强咽着泪，送他出了屋门，他几次阻拦我病后的身躯要禁风雨，不准我出去；我只送他到了外间。我们都说了一句前途珍重努力的话，我一直望着他的顾影在黑暗的狂风暴雨中消失。

我大概不免受点风寒又病了一星期才起床。后来他来信，说到石家庄便病了，因为那夜他被淋了狂风暴雨。

如今，他是寂然的僵卧在野外荒冢。但每届狂风暴雨之夜，我便想起两年前荒斋中奇异的来客。

十五年十一月廿五日

我只合独葬荒丘

昨夜英送我归家的路上，他曾说这样料峭的寒风里带着雪意，夜深时一定会下雪的。那时我正瞻望着黑暗的远道，没有答他的话。今晨由梦中醒来，揭起帐子，由窗纱看见丁香枯枝上的雪花，才知道果然，雪已在梦中悄悄地来到人间了。

窗外的白雪照着玻璃上美丽的冰纹,映着房中熊熊的红炉,我散着头发立在妆台前沉思,这时我由生的活跃的人间,想到死的冷静的黄泉。

这样天气,坐在红炉畔,饮着醇香的清茶,吃着花生、瓜子、栗子一类的零碎,读着喜欢看的书,或和知心的朋友谈话,或默默无语独自想着旧梦,手里织点东西,自然最舒适了。我太矫情!偏是迎着寒风,扑着雪花,向荒郊野外,乱坟茔中独自去徘徊。

我是怎样希望我的生命,建在美的,冷的,静的基础上。因之我爱冬天,尤甚冬天的雪和梅花。如今,往日的绮梦,往日的欢荣,都如落花流水一样逝去,幸好还有一颗僵硬死寂的心,尚能在寒风凄雪里抖颤哀泣。于是我抱了这颗尚在抖颤、尚在哀号的心,无目的迷惘中走向那一片冰天雪地。

到了西单牌楼扰攘的街市上,白的雪已化成人们脚底污湿的黑泥。我抬头望着模糊中的宣武门,渐渐走近了,我看见白雪遮罩着红墙碧瓦的城楼。门洞里正过着一群送葬的人,许多旗牌执事后面,随着大红缎罩下黑漆的棺材,我知道这里面装着最可哀最可怕的"死"!棺材后是五六辆驴车,几个穿孝服的女人正在轻轻的抽噎着哭泣!这刹那间的街市是静穆严肃,除了奔走的车夫,推小车买蔬菜的人们外,便是引导牵系着这沉重的悲哀,送葬者的音乐,在这凄风寒雪的清晨颤荡着。

凄苦中我被骆驼项下轻灵灵的铃声唤醒!车已走过了门洞到了桥梁上。我望着两行枯柳夹着的冰雪罩了的护城河。这地方只缺少一个月亮,或者一颗落日便是一幅疏林寒雪。

雪还下着,寒风刮的更紧,我独自趋车去陶然亭。

在车上我想到十四年正月初五那天,也是我和天辛在雪后来游陶然亭,是他未死前两个月的事。说起来太伤心,这次是他自己去找墓地。我不忍再言往事,过后他有一封信给我,是这样写的:

珠!昨天是我们去游陶然亭的日子,也是我们历史上值得纪念的日子。我们的历史一半写于荒斋,一半写于医院,我希望将来便完成在这里。珠!你不要忘记了我的嘱托,并将一切经过永远记在心里。

我写在城根雪地上的字，你问我："毁掉吗？"随即提足准备去踏，我笑着但是十分勉强的说："踏去吧！"虽然你并未曾真的将它踏掉，或者永远不会有人去把它踏掉；可是在你问我之后，我觉着我写的那"心珠"好像正开着的鲜花，忽然从枝头落在地上，而且马上便萎化了！我似乎亲眼看见那两个字于一分钟内，由活体立变成僵尸，当时由不得感到自己命运的悲惨，并有了一种送亡的心绪！所以到后来桔瓣落地，我利其一双成对，故用手杖掘了一个小坑埋入地下，笑说："埋葬了我们罢！"我当时实在是祷告埋葬了我那种悼亡的悲绪。我愿我不再那样易感，那种悲绪的确是已像桔瓣一样的埋葬了。

　　我从来信我是顶不成的，可是昨天发现有时你比我还不成。当我们过了葛母墓地往南走的时候，我发觉你有一种悲哀感触，或者因为我当时那些话说的令人太伤心了！唉！想起了，"我只合独葬荒丘"的话来，我不由的低着头叹了一口气。你似乎注意全移到我身上来笑着唤："回来吧！"我转眼看你，适才的悲绪已完全消失了。就是这些不知不觉的转移，好像天幕之一角，偶然为急风吹起，使我得以窥见我的宇宙的隐秘，我的心意显着有些醉了。后来吃饭时候，我不过轻微的咳嗽了两下，你就那么着急起来。珠！你知道这些成就得一个世界是怎样伟大么？你知道这些更使一个心贴伏在爱之渊底吗？

　　在南下洼我持着线球，你织着绳衣，我们一边走一边说话，太阳加倍放些温热送回我们；我们都感谢那样好的天气，是特为我们出游布置的。吃饭前有一个时候，你低下头织衣，我斜枕着手静静地望着你，那时候我脑际萦绕着一种绮思，我想和你说；但后来你抬起头来看了看我，我没有说什么，只拉着你的手腕紧紧握了一下。这些情形和苏伊士梦境归来一样，我永永远远不忘它们。

　　命运是我们手中的泥，我们将它团成什么样子，它就得成为什么样子；别人不会给我们命运，更不要相信空牌位子前竹签洞中瞎碰出来的黄纸条儿。

　　我病现已算好那能会死呢！你不要常那样想。

两个月后我的恐怖悲哀实现了,他由活体变成僵尸!四个月后他的心愿达到了,我真的把他送到陶然亭畔,葛母墓旁那块他自己指给我的草地上埋葬。

我们一切都像预言,自己布下凄凉的景,自己去投入排演。如今天辛算完了这一生,只剩我这漂泊的生命,尚在扎挣颠沛之中,将来的结束,自然是连天辛都不如的悲惨。

车过了三门阁,便有一幅最冷静最幽美的图画展在面前,那坚冰寒雪的来侵令我的心更冷更僵连抖战都不能。下了车,在这白茫茫一片无人践踏、无人经过的雪地上伫立不前。假如我要走前一步,白云里便要留下污黑的足痕,并且要揭露许多已经遮掩了的缺陷和恶迹。

我低头沉思了半晌,才鼓着勇气踏雪过了小桥,望见挂着银花的芦苇,望见隐约一角红墙的陶然亭,望见高峰突起的黑窑台,望见天辛坟前的白玉碑。我回顾零乱的足印,我深深地忏悔,我是和一切残忍冷酷的人类一样。

我真不能描画这个世界的冷静、幽美,我更不能形容我踏入这个世界是如何的冷静,如何的幽美。这是一幅不能画的画,这是一首不能写的诗,我这样想。一切轻笼着白纱,浅浅的雪遮着一堆一堆凸起的孤坟,遮着多少当年红颜皎美的少女,和英姿豪爽的英雄,遮着往日富丽的欢荣,遮着千秋遗迹的情爱,遮着苍松白杨,遮着古庙芦塘,遮着断碣残碑,遮着人们悼亡时遗留在这里的悲哀。

洁白凄冷围绕着我,白坟、白碑、白树、白地,低头看我白围巾上却透露出黑的影来。寂静得真不像人间,我这样毫无知觉的走到天辛墓前。我抱着墓碑,低低唤着他的名字,热的泪融化了我身畔的雪,一滴一滴落在雪地,和着我的心音哀泣!天辛!你那能想到一年之后,你真的埋葬在这里,我真能在这寒风凛冽,雪花飞舞中,来到你坟头上吊你!天辛!我愿你先知,你应该怎样难受呢!怕这迷漫无际的白雪,都要化成激滟生波的泪湖。

我睁眼四望,要寻觅我们一年前来到这里的遗痕,我真不知,现在是梦,还是过去是梦?天辛!自从你的生命如彗星一闪般陨坠之后,这片黄土便成了你的殡宫。从此后呵!永永远远再看不见你的颁影,再听不见你音乐般的语声!

雪下得更紧了,一片一片落到我的襟肩,一直融化到我心里;我愿雪把我深深地掩埋,深深地掩埋在这若干生命归宿的坟里。寒风吹着,雪花飞着,我像一座石膏人形一样矗立在这荒郊孤冢之前,我昂首向苍白的天宇默祷。这时候我真觉空无所有,亦无所恋,生命的灵焰已渐渐地模糊,忘了母亲,忘了一切爱我怜我同情我的朋友们。

正是我心神宁静的如死去一样的时候,芦塘里忽然飞出一对白鸽,落到一棵松树上。我用哀怜的声音告诉它,告诉它不要轻易泄漏了我这悲哀,给我的母亲,和一切爱我怜我同情我的朋友们。

我遍体感到寒冷僵硬,有点抖颤了!那边道上走过来一个银须飘拂,道貌巍然的老和尚,一手执着伞,一手执着念珠,慢慢地到这边来。我心里忽然一酸,因为这和尚有几分像我故乡七十岁的老父。他已惊破我的沉寂,我知此地不可再久留,我用手指在雪罩了的石桌上写了"我来了"三个字,我向墓再凝视一度,遂决然地离开这里。

归途上,我来时的足痕已被雪遮住。我空虚的心里,忽然想起天辛在病榻上念茵梦湖:

"死时候呵!死时候,我只合独葬荒丘!"

十五年十二月六日

肠断心碎泪成冰

如今已是午夜人静,望望窗外,天上只有孤清一弯新月,地上白茫茫满铺的都是雪,炉中残火已熄,只剩了灰烬,屋里又冷静又阴森。这世界呵!是我肠断心碎的世界;这时候呵!是我低泣哀号的时候。禁不住的我想到天辛,我又想把它移到了纸上。墨冻了我用热泪融化,笔干了我用热泪温润,然而天呵!我的热泪为什么不能救活冢中的枯骨,不能唤回逝去的英魂呢?这懦弱无情的泪有什么用处?我真痛恨我自己,我真诅咒我自己。

这是两年前的事了。

出了德国医院的天辛,忽然又病了,这次不是吐血,是急性盲肠炎。病状很厉害,三天工夫他瘦得成了一把枯骨,只是眼珠转动,嘴唇开合,表明他还是一架有灵魂的躯壳。我不忍再见他,我见了他我只有落泪,他也不愿再见我,见了我他也是只有咽泪。命运既已这样安排了,我们还能再说什么,只静待这黑的幕垂到地上时,他把灵魂交给了我,把躯壳交给了死!

星期三下午我去东交民巷看了他,便走了。那天下午兰辛和静弟送他到协和医院,院中人说要用手术割治,不然一两天一定会死!那时静弟也不在,他自己签了字要医院给他开刀,兰辛当时曾阻止他,恐怕他这久病的身躯禁受不住,但是他还笑兰辛胆小,决定后,他便被抬到解剖室去开肚。开刀后据兰辛告我,他精神很好,兰辛问他:"要不要波微来看你?"他笑了笑说:"她愿意来,来看看也好,不来也好。省得她又要难过!"兰辛当天打电话告我,起始他愿我去看他,后来他又说:"你暂时不去也好,这时候他太疲倦虚弱了,禁不住再受刺激,过一两天等天辛好些再去吧!省得见了面都难过,于病人不大好。"我自然知道他现在见了我是要难过的,我遂决定不去了。但是我心里总不平静,像遗失了什么东西一样,从家里又跑到红楼去找晶清,她也伴着我在自修室里转,我们谁都未曾想到他是已经快死了,应该再在他未死前去看看他。到七点钟我回了家,心更慌了,连晚饭都没有吃便睡了。睡也睡不着,这时候我忽然热烈的想去看他,见了他我告诉他我知道忏悔了,只要他能不死,我什么都可以牺牲。心焦烦得像一个狂马,我似乎无力控羁它了。朦胧中我看见天辛穿着一套玄色西装,系着大红领结,右手拿着一枝梅花,含笑立在我面前,我叫了一声他的名字便醒了,原来是一梦。这时候夜已深了,揭开帐帷,看见月亮正照射在壁上一张祈祷的图上，显得阴森可怕极了，拧亮了电灯看看表正是两点钟。我不能睡了，我真想跑到医院去看看他到底怎么样。但是这三更半夜，在人们都熟睡的时候，我黑夜里怎能去看他呢？勉强想平静下自己汹涌的心情，然而不可能，在屋里走来走去，也不知想什么。最后跪在床边哭了，我把两臂向床里伸开，头埋在床上，我哽咽着低低地唤着母亲！

我一点都未想到这时候，是天辛的灵魂最后来向我告别的时候，也是他二十九年的生命之火最后闪烁的时候，也是他四五年中刻骨的相思最后完结的时候，也是他一生苦痛烦恼最后撒手的时候。我们这四五年来被玩弄、被宰割、被蹂躏的命运醒来原来是一梦，只是这拈花微笑的一梦呵！

自从这一夜后，我另辟了一个天地，这个天地中是充满了极美丽，极悲凄，极幽静、极哀婉的空虚。

翌晨八时，到学校给兰辛打电话未通，我在白屋的静寂中焦急着，似乎等着一个消息的来临。

十二点半钟，白屋的门碰的一声开了！进来的是谁呢？是从未曾来过我学校的晶清。她惨白的脸色，紧嚼着下唇，抖颤的声音都令我惊奇！半天才说出一句话是："菊姐有要事，请你去她那里。"我问她什么事，她又不痛快的告诉我，她只说："你去好了，去了自然知道。"午饭已开到桌上，我让她吃饭，她恨极了，催促我马上就走，那时我也奇怪为什么那样从容。昏乱中上了车，心跳得厉害，头似乎要炸裂！到了西河沿我回过头来问晶清："你告我实话，是不是天辛死了！"我是如何的希望她对我这话加以校正，那知我一点回应都未得到，再看她时，她弱小的身躯蜷伏在车上，头埋在围巾里。一阵一阵风沙吹到我脸上，我晕了！到了骑河楼，晶清扶我下了车，走到菊姐门前，菊姐已迎出来，菊姐后面是云弟，菊姐见了我马上跑过来抱住我叫了一声"珠妹！"这时我已经证明天辛真的是死了，我扑到菊姐怀里叫了声"姊姊"便晕厥过去了。经她们再三的喊叫和救治，才慢慢醒来，睁开眼看见屋里的人和东西时，我想起来天辛是真死

了！这时我才放声大哭。他们自然也是一样咽着泪,流着泪！窗外的风呼呼地吹着,我们都肠断心碎的哀泣着。

这时候又来了几位天辛的朋友,他们说五点钟入殓,黄昏时须要把棺材送到庙里去;时候已快到,要去医院要早点去。我到了协和医院,一进接待室,便看见静弟,他看见我进来时,他跑到我身边站着哽咽的哭了！我不知说什么好,也不知该怎么样哭,号啕呢还是低泣？我只侧身望着豫王府富丽的建筑而发呆！坐在这里很久,他们总不让我进去看。后来云弟来告我,说医院想留天辛的尸体解剖,他们已回绝了,过一会便可进去看。

在这时候,我便请晶清同我到天辛住的地方,收拾我们的信件。踏进他的房子,我急跑了几步倒在他床上,回顾一周什物依然,三天前我来时他还睡在床上,谁能想到三天后我来这里收检他的遗物。记得那天黄昏我在床前喂他桔汁,他还能微笑的说声:"谢谢你！"如今一切依然,微笑尚似恍如目前,然而他们都说他已经是死了,我只盼他也许是睡吧！我真不能瞑眼,这房里处处都似乎现着他的影子,我在零乱的什物中,一片一片撕碎这颗心！

晶清再三催我,我从床上扎挣起来,开了他的抽屉,里面已经清理好了,一束一束都是我寄给他的信,另外有一封是他得病那晚写给我的,内容口吻都是遗书的语调,这封信的力量,才造成了我的这一生,这永久在忏悔哀痛中的一生。这封信我看完后,除了悲痛外,我更下了一个毁灭过去的决心,从此我才能将碎心捧献给忧伤而死的天辛。还有一封是寄给兰辛菊姐云弟的,寥寥数语,大意是说他又病了,怕这几日不能再见他们的话。读完后,我遍体如浸入冰湖,从指尖一直冷到心里,扶着桌子抚弄着这些信件而流泪！晶清在旁边再三让我镇静,要我勉强按压着悲哀,还要扎挣着去看他的尸体。

临走,晶清扶着我,走出了房门,我回头又仔细望望,我愿我的泪落在这门前留一个很深的痕迹。这块地是他碎心埋情的地方。这里深深陷进去的,便是这宇宙中,天长地久永深的缺陷。

回到豫王府，殓衣已预备好，他们领我到冰室去看他。转了几个弯便到了，一推门一股冷气迎面扑来，我打了一个寒战！一块白色的木板上，放着他已僵冷的尸体，遍身都用白布裹着，鼻耳口都塞着棉花。我急走了几步到他的尸前，菊姐在后面拉住我，还是云弟说："不要紧，你让她看好了。"他面目无大变，只是如蜡一样惨白，右眼闭了，左眼还微睁着看我。我抚着他的尸体默祷，求他瞑目而终，世界上我知道他再没有什么要求和愿望了。我仔细的看他的尸体，看他惨白的嘴唇，看他无光而开展的左眼，最后我又注视他左手食指上的象牙戒指，这时候，我的心似乎和沙乐美得到了先知约翰的头颅一样。我一直极庄严神肃时站着，其他的人也是都静悄悄的低头站在后面，宇宙这时是极寂静，极美丽，极惨淡，极悲哀！

梦回寂寂残灯后

我真愿在天辛尸前多逗留一会，细细的默志他最后的容颜。我看看他，我又低头想想，想在他憔悴苍白的脸上，寻觅他二十余年在人间刻划下的残痕。谁也不知他深夜怎样辗转哀号的死去，死时是清醒，还是昏迷？谁也不知他最后怎样咽下那不忍不愿停息的呼吸？谁也不知他临死还有什么嘱托和言语？他悄悄地死在这冷森黯淡的病室中，只有浅绿的灯光，苍白的粉壁，听见他最后的呻吟，看见他和死神最后战斗的扎挣。

当我凝视他时，我想起前一星期在夜的深林中，他抖战的说："我是生于孤零，死于孤零。"如今他的尸骸周围虽然围了不少哀悼涕泣的人，但是他何尝需要这些呢！即是我这颗心的祭献，在此时只是我自己忏悔的表示，对于魂去渺茫的他又有何补益？记得一九二四年九月二十二日他由沪去广州的船上，有一封信说到我的矛盾，是：

你中秋前一日的信,我于上船前一日接到。此信你说可以做我惟一知己的朋友。前于此的一信又说我们可以作以事业度过这一生的同志。你只会答复人家不需要的答复,你只会与人家订不需要的约束。

你明白的告诉我之后,我并不感到这消息的突兀,我只觉心中万分凄怆!我一边难过的是:世上只有吮血的人们是反对我们的,何以我惟一敬爱的人也不能同情于我们?我一边又替我自己难过,我已将一个心整个交给伊,何以事业上又不能使伊顺意?我是有两个世界的:一个世界一切都是属于你的,我是连灵魂都永禁的俘虏;在另一个世界里,我是不属于你,更不属于自己,我只是历史使命的走卒。假使我要为自己打算,我可以去做禄蠹了,你不是也不希望我这样做吗?你不满意于我的事业,但却万分恳切的劝勉我努力此种事业;让我再不忆起你让步于吮血世界的结论,只悠久的钦佩你牺牲自己而鼓舞别人的义侠精神!

我何尝不知道:我是南北飘零,生活在风波之中,我何忍使你同入此不安之状态;所以我决定:你的所愿,我将赴汤蹈火以求之;你的所不愿,我将赴汤蹈火以阻之。不能这样,我怎能说是爱你!从此我决心为我的事业奋斗,就这样飘零孤独度此一生,人生数十寒暑,死期忽忽即至,奚必坚执情感以为是。你不要以为对不起我,更不要为我伤心。

这些你都不要奇怪,我们是希望海上没有浪的,它应当平静如镜;可是我们又怎能使海上无浪?从此我已是愧儡生命了,为了你死,亦可以为了你生,你不能为了这样可傲慢一切的情形而愉快吗?我希望你从此愉快,但凡你能愉快,这世上是没有什么可使我悲哀了!

写到这里,我望望海水,海水是那样平静。好吧,我们互相遵守这些,去建筑一个富丽辉煌的生命,不管他生也好,死也好。

这虽然是六个月前的信,但是他的环境和他的意念是不允许他自由的,结果他在六个月后走上他最后的路,他真的在一个深夜悄悄地死去了。

唉!辛!到如今我才认识你这颗迂回宛转的心,然而你为什么不扎挣着去殉你的事业,做一个轰轰烈烈的英雄,你却柔情千缕,吐丝自缚,遗我以余憾长恨在这漠漠荒沙的人间呢？这岂是你所愿？这岂是我所愿吗？当我伫立在你的面前千唤不应时候，你不懊悔吗？在这一刹那，我感到宇宙的空寂，这空寂永远包裹了我的生命；也许这在我以后的生命中，是一种平静空虚的愉快。辛！你是为了完成我这种愉快才毅然的离开我，离开这人间吗？我细细默记他的遗容，我想解答这些疑问，因之，我反而不怎样悲痛了。

终于我要离开他，一步一回首我望着陈列的尸体，咽下许多不能叙说的忧愁。装殓好后，我本想再到棺前看看他，不知谁不赞成的阻止了，我也莫有十分固执的去。

我们从医院前门绕到后门，看见门口停着一副白木棺，旁边站满了北京那些穿团花绿衫的杠夫。我这时的难过真不能形容了，这几步远的一副棺材内，装着的是人天隔绝的我的朋友，从此后连那可以细认的尸体都不能再见了，只有从记忆中心底浮出梦里拈花含笑的他，醒后尸体横陈的他。

许多朋友亲戚都立在他棺前，我和菊姐远远的倚着墙，一直望着他白木棺材上，罩了一块红花绿底的绣幕，八个穿团花绿衫的杠夫抬起来，我才和菊姐雇好车送他到法华寺。这已是黄昏时候，他的棺材一步一步经过了许多闹市，出了哈德门向法华寺去。几天前这条道上，我曾伴着他在夕阳时候来此散步，谁也想不到几天后，我伴着他的棺材，又走这一条路。我望着那抬着的棺材，我一点也不相信这里面装着的便是我心中最畏避而终不能逃脱的"死"！

到了法华寺，云弟伴我们走进了佛堂，稍待又让我们到了一间黯淡的僧房里休息。菊姐和晶清两个人扶着我，我在这间幽暗的僧房里低低的哭泣，听见外面杠夫安置棺材的动作和声音时，我心一片一片碎了！辛！从此后你孤魂寂寞，飘游在这古庙深林，也还记得繁华的人间和一切系念你的人吗？

一阵阵风从纸窗缝里吹进，把佛龛前的神灯吹得摇晃不定，我的只影蜷伏在黑暗的墙角，战栗的身体包裹着战栗的心。晶清紧紧握着我冰冷的手,她悄悄地咽着泪。夕阳正照着淡黄的神幔。有十五分钟光景,静弟进来请我出去,我和晶清菊姐走到院里时,迎面看见天辛的两个朋友,他们都用哀怜的目光投射着我。走到一间小屋子的门口,他的棺材停放在里面,前面放着一张方桌,挂着一幅白布蓝花的桌裙,燃着两支红烛,一个铜炉中缭绕着香烟。我是走到他灵前了,我该怎样呢!我听见静弟哭着唤"哥哥"时,我也不自禁的随着他号啕痛哭!唉!这一座古庙里布满了愁云惨雾。

黑暗的幕渐渐低垂,菊姐向晶清说:"天晚了,我们该回去了。"我听见时更觉伤心,日落了,你的生命和我的生命都随着沉落在一个永久不醒的梦里。今夜月儿照临到这世界时,辛!你只剩了一棺横陈,今夜月儿照临在我身上时,我只觉十年前尘恍如一梦。

静弟送我们到门前,他含泪哽咽着向我们致谢!这时晶清和菊姐都低着头擦泪!我猛抬头看见门外一片松林。晚霞照的鲜红。松林里现露出几个凸堆的坟头。我呆呆地望着。上帝呵!谁也想不到我能以这一幅凄凉悲壮的境地,作了我此后生命的背景。我指着向晶清说。"你看!"她自然知道我的意思,她抚着我肩说:"现在你可以谢谢上帝!"

我听见她这句话,似乎得了一种暗示的惊觉,我的悲痛不能再忍了;我靠在一棵松树上望着这晚霞松林,放声痛哭!辛!你到这时该忏悔吧!太忍心了,也太残酷了,你最后赐给我这样悲惨的境象,深印在我柔弱嫩小的心上。数年来冰雪友谊,到如今只博得隐恨千古,抚棺哀哭!辛!你为什么不流血沙场而死,你为什么不瘐毙狱中而死?却偏要含笑陈尸在玫瑰丛中,任刺针透进了你的心,任鲜血淹埋了你的身,站在你尸前哀悼痛哭你的,不是全国的民众,却是一个别有怀抱,负你深爱的人。辛!你不追悔吗?为了一个幻梦的追逐捕获,你遗弃不顾那另一世界的建设毁灭,轻轻地将生命迅速的结束,在你事业尚未成功的时候。到如今,只有诅咒我自己,我是应负重重罪戾对于你的家庭和社会。我抱恨怕我纵有千点泪,也抵不了你一滴血,我用什么才能学识来完成你未竟的事业呢!更何忍再说到我们自己心里的痕迹和环境一切的牵系!

我不解你那时柔情似水,为什么不能温暖了我心如铁?

在日落后暮云苍茫的归途上,我仿佛是上了车,以后一切知觉便昏迷了。思潮和悲情暂时得能休息,恍惚中是想在缥渺的路上去追唤逝去的前尘呢!这时候我魂去了,只留下一副苍白的面靥和未冷的躯壳卧在菊姐的床上,床前站满了我的和辛的朋友还有医生。

这时已午夜三点多钟,冷月正照着纸窗。我醒了,睁开眼看见我是在菊姐床上,一盏残灯黯然的对着我。床四周静悄悄站了许多人,他们见我睁开眼都一齐嚷道:"醒了!醒了!"

我终于醒了!我遂在这醒了声中,投入到另一个幽静,冷寞,孤寂,悲哀的世界里。

无穷红艳烟尘里

一样在寒冻中欢迎了春来,抱着无限的抖颤惊悸欢迎了春来,然而阵阵风沙里夹着的不是馨香而是血腥。片片如云雾般的群花,也正在哀呼呻吟于狂飚尘沙之下,不是死的惨白,便是血的鲜红。试想想一个疲惫的旅客,她在天涯中奔波着这样惊风骇浪的途程,目睹耳闻着这些愁惨冷酷的形形色色,她怎能不心碎呢!既不能运用宝刀杀死那些扰乱和平的恶魔,又无烈火烧毁了这恐怖的黑暗和荆棘,她怎能不垂涕而愤恨呢!

已是暮春天气,却为何这般秋风秋雨?假如我们记忆着这个春天,这个春天是埋葬过一切的光荣的。他像深夜中森林里的野火,是那样寂寂无言的燃烧着!他像英雄胸中刺出的鲜血,直喷洒在枯萎的花瓣上,是那样默默的射放着醉人心魂的娇艳。春快去了,和着一切的光荣逝去了,但是我们心头愿意永埋这个春天,把她那永远吹拂人类生意而殉身的精神记忆着。

在现在真不知怎样安放这颗百创的心,而我们自己的头颅何时从颈上飞去呢!这只有交付给渺茫的上帝了。春天我是百感交集的日子,但是今年我无感了。除了睁视默默外,既不会笑也不会哭,我更觉着生的不幸和绝望;愿天爽性把这地球捣成碎粉,或者把我这脆弱有病态的心掉换成那些人的心,我也一手一只手枪飞骑驰骋于人海之中,看着倒践在我铁蹄下的血尸,微笑快意!然而我终于都不能如愿,世界不归我统治,人类不听我支配,只好叹息着颤悸着,看他们无穷的肉搏和冲杀罢!

有时我是会忘记的。当我在一群天真烂漫的小姑娘中间,悄悄地看她们的舞态,听她们的笑声,对我像一个不知道人情世故的人,更不知道世界上还有许多不幸和罪恶。当我在杨柳岸,伫立着听足下的泉声,残月孤星照着我的眉目,晚风吹拂着我的衣裙,把一颗平静的心,放在水面月光上时,我也许可以忘掉我的愁苦,和这世界的愁苦。

常想钻在象牙塔里,不要伸出头来,安稳甘甜的做那痴迷恍惚的梦;但是有时象牙塔也会爆裂的,终于负了满身创伤掷我于十字街头,令我目睹着一切而惊心落魄!这时花也许开的正鲜艳,草也许生的很青翠,潮水碧油油的,山色绿葱葱的;但是灰尘烟火中,埋葬着无穷娇艳青春的生命。我疲惫的旅客呵!不忍睁眼再看那密布的墨云,风雨欲来时的光景了。

我祷告着,愿意我是个又聋又瞎的哑小孩。

十六年国耻日

梦　回

这已是午夜人静,我被隔房一阵痛楚的呻吟惊醒!睁开眼时,一盏罩着绿绸的电灯,低低的垂到我床前,闪映着白漆的几椅和镜台。绿绒的窗帏长长的拖到地上;窗台上摆着美人蕉,摆着梅花,摆着水仙,投进我鼻端的也辨不出是那一种花香？墙壁的颜色我写不出，不是深绿，不是浅碧，像春水又像青天，表现出极深的沉静和幽暗。我环顾一周后，不禁哀哀的长叹一声！谁能想到呢！我今夜来到这陌生的室中，睡在这许多僵尸停息过的床上做这惊心的碎梦？谁能想到呢！除了在暗中捉弄我的命运，和能执掌着生机之轮的神。

这时候门轻轻地推开了。进来一个黑衣罩着白坎肩戴着白高冠的女郎，在绿的灯光下照映出她娇嫩的面靥，尤其可爱的是一双黑而且深的眼。她轻盈婀娜的走到我床前，微笑着说："你醒了！"声音也和她的美丽一样好听！走近了，细看似乎像一个认识的朋友，后来才想到原来像去秋死了的婧姊。不知为什么我很喜欢她。当她把测验口温的表放在我嘴里时，我凝视着她，我是愿意在她依稀仿佛的面容上，认识我不能再见的婧姊呢！

"你还须静养不能多费思想的，今夜要好好的睡一夜，明天也许会好的，你不要焦急！"她的纤纤玉手按着我的右腕，斜着头说这几句话。我不知该怎样回答她，我只微笑的点点头。她将温度写在我床头的一个表上后，她把我的被又向上拉了拉，把汽炉上的水壶拿过来。她和来时一样又那么轻盈婀娜的去了。电灯依然低低的垂到我床前，窗帏依然长长的拖到地上，室中依然充满了沉静和幽暗。

她是谁呢？她不是我的母亲，不是我的姊妹，也不是我的亲戚和朋友，她是陌生的不相识的一个女人，然而她能温慰我服侍我一样她不相识的一个病人。当她走后我似乎惊醒的回忆时，我不知为何又感到一种过后的惆怅，我不幸做了她的伤羊。我合掌谢谢她的来临，我像个小白羊，离群倒卧在黄沙凄迷的荒场，她像月光下的牧羊女郎，抚慰着我的惊魂，吻照着我的创伤，使我由她洁白仁爱的光里，看见了我一切亲爱的人，忘记了我一切的创痛。

我那能睡，我那能睡，心海像狂飙吹拂一样的汹涌不宁，往事前尘，历历在我脑海中映演，我又跌落在过去的梦里沉思。心像焰焰迸射的火山，头上的冰囊也消融了。我按电铃，对面小床上的漱玉醒了，她下床来看我,我悄悄地拉她坐在我床边,我说:"漱妹:你不要睡了,再有两夜你就离开我去了,好不好今夜我俩联床谈心?"漱玉半天也不说话,只不停的按电铃,我默默望着她娇小的背影咽泪!女仆给我换了冰囊后,漱玉又转到我床前去看我刚才的温度;在电灯下呆立了半晌,她才说:"你病未脱险期,要好好静养,不能多费心思多说话,你忘记了刚才看护吩咐你的话吗?"她说话的声音已有点抖颤,而且她的头低低的垂下,我不能再求了。好吧!任我们同在这一室中,为了病把我们分隔的咫尺天涯;临别了,还不能和她联床共话消此长夜,人间真有许多想不到梦不到的缺憾。我们预想要在今夜给漱玉饯最后的别宴,也许这时候正在辉煌的电灯下各抱一壶酒,和泪痛饮,在这凄楚悲壮的别宴上,沉痛着未来而醺醉。那知这一切终于是幻梦,幻梦非实,终于是变,变异非常,谁料到凄哀的别宴,到时候又变出惊人的惨剧!

这间病房中两张铁床上,卧着一个负伤的我,卧着一个临行的她,我们彼此心里都怀有异样的沉思和悲哀:她是山穷水尽无路可通,还要扎挣着去投奔远道,在这冰天雪地,寒风凄紧时候;要践踏出一条道路,她不管上帝付给的是什么命运。我呢,原只想在尘海奔波中消磨我的岁月和青春。那料到如今又做了十字街头,电车轮下,幸逃残生的负伤者!生和死一刹那间,我真愿晕厥后,再不醒来,因为我是不计较到何种程度才值得死,希望得什么泰山鸿毛一类的虚衔。假如死一定要和我握手,我虽不愿也不能拒绝,我们终日在十字街头往来奔波,活着出门的人,也许死了才抬着回来。这类意外的惨变,我们虽不愿它来临,然而也毫无力量可以拒绝它来临。

我今天去学校时,自然料不到今夜睡在医院,而且负了这样沉重的伤。漱玉本是明晨便要离京赴津的,她那能想到在她临行时候,我又遭遇了这样惊人心魂的惨劫?因之我卧在病床上深深地又感到了人生多变,多变之中固然悲惨凄变,不过有时也能找到一种意想不及的收获。我似乎不怎样关怀我负伤的事,我只回想着自己烟云消散后的旧梦,沉恋着这惊魂乍定,恍非身历的新梦。

漱玉喂我喝了点牛奶后,她无语的又走到她床前去,我望着沉重的双肩长叹!她似乎觉着了,回头向我苦笑着说:"为什么?"我也笑了,我说:"不知道。"她坐在床上,翻看一本书。我知她零乱的心绪,大概她也是不能睡;然而她知我也是不愿意睡,所以她又假睡在床上希望着我静寂中能睡。她也许不知道我已厌弃睡,因为我已厌弃了梦,我不愿入梦,我是怕梦终于又要惊醒!

有时候我曾羡慕过病院生活,我常想有了病住几天医院,梦想着这一定是一个值得描写而别有兴感的环境;但是今夜听见了病人痛楚的呻吟,看见了白衣蹁跹的看护,寂静阴惨的病室,凄哀暗淡的灯光时,我更觉的万分悲怆!深深地回忆到往日病院的遗痕,和我心上的残迹,添了些此后离梦更遥的惆怅!而且愿我永远不再踏进这肠断心碎的地方。

心绪万端时,又想到母亲。母亲今夜的梦中,不知我是怎样的入梦?母亲!我对你只好骗你,我那能忍把这些可怕可惊的消息告诉你。为了她我才感谢上苍,今天能在车轮下逃生,剩得这一付残骸安慰我白发皤皤的双亲。为了母亲我才珍视我的身体,虽然这一付腐蚀的残骸,不值爱怜,但是被母亲的爱润泽着的灵魂,应该随着母亲的灵魂而安息,这似乎是暗中的声音常在昭示着我。然而假使我今天真的血迹模糊横卧在车轨上时,我虽不忍抛弃我的双亲也不能。想到此我眼中流下感谢的泪来!

路既未走完,我也只好背起行囊再往前去,不管前途是荆棘是崎岖,披星戴月的向前去。想到这里我心才平静下,漱玉蜷伏在床上也许已经入了梦,我侧着身子也想睡去,但是脑部总是迸发出火星,令我不能冷静。

夜更静了,绿帏后似乎映着天空中一弯残月。我由病床上起来,轻轻地下了床,走到窗前把绿帏拉开,惨白的月光投射进来,我俯视月光照着的楼下,在一个圆形的小松环围的花圃里中央,立着一座大理石的雕像,似乎是一个俯着合掌的女神正在默祷着!这刹那间我心海由汹涌而归于枯寂,我抬头望着天上残月和疏星,低头我又看在凄寒冷静的月夜里,那一个没有性灵的石像;我痴倚在窗前沉思,想到天明后即撒手南下的漱

玉,又想到从死神羽翼下逃回的残躯,我心中觉着辛酸万分,眼泪一滴一滴流到炎热的腮上。

我回到床前,月光正投射到漱玉的身上,窗帷仍开着,睁眼可以看见一弯银月,和闪烁的繁星。

归 来

四围山色中,一鞭残照里,我骑着驴儿归来了。

过了南天内的长山坡,远远望见翠绿丛中一带红墙,那就是孔子庙前我的家了,心中说不出是什么滋味,这又是一度浩劫后的重生呢。依稀在草香中我嗅着了血腥,在新冢里看见了残骨。我的家,真能如他们信中所说的那样平安吗?我有点儿不相信。

抬头已到了城门口,在驴背上忽然听见有人唤我的乳名。这声音和树上的蝉鸣夹杂着,我不知是谁。回过头来问跟着我的小童:

"珑珑!听谁叫我呢!你跑到前边看看。"

接着又是一声,这次听清楚了是父亲的声音。不过我还不曾看见他到底是在那里喊我,驴儿过了城洞我望见一个新的炮垒,父亲穿着白的长袍,站在那土丘的高处,银须飘拂向我招手。我慌忙由驴背上下来,跑到父亲面前站定,心中觉着凄梗万分,眼泪不知怎么那样快,我怕父亲看见难受,不敢抬起头来,也说不出什么话来。父亲用他的手抚摩着我的短发,心里感到异样的舒适与快愉。也许这是梦罢,上帝能给我们再见的机会。

沉默了一会,我才抬起头来,看父亲比别时老多了,面容还是那样慈祥,不过举动显得迟钝龙钟了。

我扶着他下了土坡,慢慢缘着柳林的大道,谈着路上的情形。我又问问家中长亲们的健康,有的死了,有的还健在,年年归来都是如此沧桑呢。珑珑赶着驴向前去了,我和父亲缓步在黄昏山色中。

　　过了孔庙的红墙,望见我骑的驴儿拴在老槐树上,昆林正在帮着珑珑拿东西呢!她见我来了,把东西扔了就跑过来,喊了一声:"梅姑!"似乎有点害羞,马上低了头,我握着她手一端详:这孩子出脱的更好看了,一头如墨云似的头发,衬着她如雪的脸儿,睫毛下一双大眼睛澄碧灵活,更显得她聪慧过人。这年龄,这环境,完全是十年前我的幻影,不知怎样联想起自己的前尘,悄悄在心底叹了一口气。

　　进了大门,母亲和一个不认识的女人坐在葡萄架下,嫂嫂正在洗手。她们看见我都喜欢的很。母亲介绍我那个人,原来是新娶的八婶。吃完饭,随便谈谈奉军春天攻破娘子关的恐慌虚惊,母亲就让我上楼去休息。这几间楼房完全是为我特备的,回来时母亲就收拾清楚,真是窗明几净,让我这匹跋涉千里疲惫万分的征马,在此卸鞍。走了时就封锁起来,她日夜望着它祷祝我平安归来。

　　每年走进这楼房时,纵然它是如何的风景依然,我总感到年年归来时的心情异昔。扶着石栏看紫光弥漫中的山城,天宁寺矗立的双塔,依稀望着我流浪的故人微笑!沐浴在这苍然暮色的天幕下时,一切扰攘奔波的梦都霍然醒了,忘掉我还是在这嚣杂的人寰。尤其令我感谢的是故乡能逃出野蛮万恶的奉军蹂躏,今日归来不仅天伦团聚而且家园依旧。

　　我看见一片翠挺披拂的玉米田,玉米田后是一畦畦的瓜田,瓜田尽头处是望不断的青山,青山的西面是烟火、人家、楼台城廓,背着一带黑森森的树林,树梢头飘游着逍遥的流云。静悄悄不见一点儿嘈杂的声音,只觉一阵阵凉风吹摩着鬓角衣袂,几只小鸟在白云下飞来飞去。

　　我羡慕流云的逍遥,我忌恨飞鸟的自由,宇宙是森罗万象的,但我的世界却是狭的笼呢!

　　追逐着,追逐着,我不能如愿满足的希望。来到这里又想那里,在那里又念着回到这里,我痛苦的,就是这不能宁静不能安定的灵魂。

　　正凝想着,昆林抱着黑猫上来了。这是母亲派来今夜陪我的侣伴。

临睡时,天幕上只有几点半明半暗的小星星。我太疲倦了,这夜不曾失眠,也不曾做梦。

战 壕

我回到家五天了,棠姊不曾来看过我。

有一天晚饭后,父亲说:"我领你出去玩玩村景,白云庵去看看你崇拜的老英雄。"我很不好意思的笑了!母亲让珑珑提了灯跟着,昆林因为去了她外祖母家不曾同行。

一路上父亲询问我革命军进北京的盛况,和深夜花神殿旁奉军撤退时的惊恐。这真是一轮红日照窗时,回想起夜半噩梦而絮絮告诉的情况。

我生平认为最幸福的一件事,就是我有思想新颖的父亲,他今年七十二岁了,但他的时代思想革命精神却不减于我们青年人。所以我能得今日这样的生活,都是了解我认识我相信我的父亲之赏赐。假使不是这样,怕我不会逍遥自在的回来享受这天伦团聚的快乐吧!因之我常常和父亲谈话,彼此都是很融洽,毫不龃龉呢!

瓜田过去,是一片荒地。父亲忽然现出不快的颜色,他低着头走过了高垅,回头向我说:

"珠,你棠姊的墓就在这里。"手往前面指着。

"谁?棠姊,棠姊死了吗?"

我随着父亲指处望去,果然见前面有一个新冢,冢前垒着一块不整齐的石碑,上面隐约有字痕。赶快跑几步到跟前看时,是:"戊辰殉难刘秋棠女士之墓。"

我愕然回顾父亲和珑珑,他们都默无一语。

西方落日,红霞正掩映着这碧绿的田地,四处悄无人声,炊烟缕缕,晚风习习,充满了黄昏时静穆的平和。都证明这是人间呵!不是噩梦,也不是幻境呢！

一树繁华，红杏翠叠，棠姊正是青春当年，谁想到如今是香消玉殒，殡翠红呢？这一抔黄土，告诉我的消息为什么这样愤恨呢！它撕碎我的心幕，一片一片如流云散布在碧空绿畦之间。这好像一个蓦然炸裂的炮弹，震惊的我遍体战栗！说不出万种伤心，含泪站在她坟前。

"你不要哭，到东边那块石头上去坐坐，我告诉你详细的情形。唉！不是天保佑，怕你今日回来，我们都变成黄土馒头了。"父亲过来拍着我肩说。

我忍住了泪，和珑珑扶着父亲坐在石头上；他的颜色变的很惨淡，枯干深陷的眼眶也有点含湿了。我在他皱纹的脸上，细揣摩那七十多年人忧患的残痕，风风雨雨剥蚀的成绩，这岂是我所能描写。

父亲慢慢告我棠姊死的惨状，是这样说：

"有一天去镇上看战报，据人说阎总司令已偷偷退回来了，午夜住在保晋公司里调遣人马。情形很紧张了。奉军白色的飞机，天天来山城旋绕，抛掷的炸弹大半都落在土地上，或者在半空中就炸裂！幸喜伤人很少。不过惊慌的扰乱的情形，处处都是这弥漫样，埋东西藏妇女，哭哭啼啼，扶老携幼，那时谁能相信还能再过这太平日子哩！

我摒弃一切等候这厄运的来临，和你母亲商量好，我家一点都不要动，东西也不藏，人也不躲，来了只可任其自然。硬狠着心大着胆子这样撑，结果我们在山城的人是侥幸脱了难。

你姑母听了些婆婆妈妈的话，偏要把你棠姊送到红驼河她未婚夫家躲着去，她以为乡村一定比城里安稳点，那知奉军抄了后路来一直打过了雪花山，兵扎旧关。那边山势高峰，地形险要，路途太崎岖了，真有一人当关万人莫敌的情形。所以奉军不能过来，便在那一带蹂躏：红驼河全村三百多人家，弄的个鸡犬不留，屋子铲平，仓粮烧尽，妇女奸淫，小孩子赤条条缚在树上饿死。等他们退后，全村简直变成了墟烬尸堆，惨不忍睹！

小棠的婆家人都死了，只剩下两个长工，和跟着小棠去的奶妈。三四天后，才在红驼河桥畔的战壕里，找见小棠的尸身，野狗已把腿衔了去，

上体被许多木柴遮着,还能模糊认清。战壕内尚有几十副裸体女尸,其余山坡下篱笆底处处都可看见这残忍的血迹。

你姑母为了她哭的死去活来,能济什么事呢!这也是逃不掉的灾难,假如不到红驼河去避难,何至于那样惨死呢!后悔也来不及了。

唉!珠!我老了,我希望见些快活的事情,但结果偏是这样相反。如今我只愿快点闭上这模糊的老眼,赐我永久静默,离开这恐怖万恶残暴野蛮的人间罢!我的灵魂不能再接受了。"

父亲经过这一次践踏后确有点承受不了,在现在团聚畅叙的时候,他总回想以前的恐怖而惊心,因之抚今追昔更令他万感俱集。这时我不知该如何安慰父亲,我也不知该如何痛哭棠姊,只默默望着那一堆黄土发呆。

"擦"一声,回头看是珑珑燃亮了灯。

我望望天已黑了,遂扎挣着按下这说不出的痛恨,扶着父亲由原道回来。那一夜小楼夜雨时,曾梦见棠姊,血迹模糊的站在我眼前,惊醒后一夜不曾入睡。

社　戏

临离北平时,许多朋友送了我不少的新书。回来后,这寂寞的山城,除了自然界的风景外,真没有可以消遣玩耍的事情,只有拿上几本爱读的书,到葡萄架下,老槐树底,小河堤上,茅庵门前,或是花荫蝉声,楼窗晚风里去寻求好梦。书又何曾看了多少,只凝望着晚霞和流云而沉思默想;想倦了,书扔在地上,我的身体就躺在落英绿茵中了。怎样醒来呢?快吃饭了,昆林抱着黄狸猫,用它的绒蹄来抚摸我的脸,惊醒后,我牵了昆林,黄狸猫跟在我们后边,一块地走到母亲房里。桌上已放置了许多园中新鲜菜蔬烹调的佳肴,昆林坐在小椅子上,黄狸猫蹲在她旁边。那时一切

的环境,都是温柔的和母亲的手一样。

读倦了书,母亲已派人送冰浸的鲜艳的瓜果给我吃。亲戚家也都把他们园地中的收获,大篮小筐的馈赠我,我真成了山城中幸福的娇客。黄昏后,晚风凉爽时,我披着罗衣陪了父亲到山腰水涧去散步。

想起来,这真是短短的一个美满的神仙的梦呢!

有一天姑母来接我去看社戏。这正是一个清新的早晨,微雨初晴旭日像一团火轮,我骑着小驴儿,得得得得走过了几个小村堡到了姑母家。姑母家,充满了欣喜的空气欢迎我。

早餐后,来了许多格子布、条儿布的村姑娘来看我,都梳着辫子,扎着鲜艳的头绳,粉白脸儿拢着玫瑰腮,更现的十分俏丽。姑母介绍时,我最喜欢梳双鬌的兰篮。她既天真又活泼,而且很大方,不像别的女孩子那样怕生害羞。

今天村里的妇女们,衣饰都收拾的很新洁,一方面偷空和姑姑姨姨们畅叙衷怀,一方面还要张罗着招待客人看戏。比较城市中,那些辉煌华丽的舞台剧场中的阔老富翁们,拥伴侍候着那些红粉骷髅,金钱美人,要幸福多了。这种可爱的纯真和朴素,使得她们灵魂是健康而且畅快呵!不过人生的欲望无穷,达不到的都是美满,获得的都是缺陷,彼此羡慕也彼此妒忌,这就是宛转复杂的苦痛人生罢!

戏台在一块旷野地。前面那红墙高宇的就是关帝庙。这台戏,有的人说是谢神的,因为神的力量能保佑地面不曾受奉军的蹂躏。有的人说是庆祝北伐成功的,特意来慰劳歼敌归来的将士们。台前悬挂着两个煤气灯,交叉着国旗党旗,两旁还挂着"革命尚未成功,同志仍须努力"的对联。我和兰篮她们坐在姑家的席棚里,很清楚的看见这简陋剧场的周围,是青山碧水,瓜田菜畦,连绵不断翠色重重的高粱地。

集聚的观众,成个月牙形。小贩呼卖声,儿童哭闹声,妇女们的笑语声,刺耳的锣鼓声,种种嘈杂的声音喊成一片。望去呢,是闹哄哄一团人影,缓缓移动像云拥浪堆。

二点钟时候,戏开演了。咿咿呀呀,唔唔呵呵,红的进去,黑的出来,

我简直莫名其妙是做什么。回头问女伴,她们一样摇头不知。我遂将视线移在台下,觉得舞台下的活动影戏,比台上的傀儡还许有趣呢!

正凝视沉思时,东北角上忽然人影散动,观众们都转头向那方看去,隐隐听见哭喊求饶的声音。这时几声尖锐的箫笛吹起,人群中又拥出许多着灰色军服的武装同志,奔向那边去了。妇女们胆小的都呼儿携女的逃遁了,大胆些的站在板凳上伸头了望,蓦然间起了极大的纷扰。

一会儿姑母家派人来接我们。我向来人打听的结果,才知道这纷乱的原因。此地驻扎的武装同志来看戏时,无意中乡下一个农民践踏了他一足泥,这本来小得和芝麻一样大的事,但是我们的同志愤怒之余就拿出打倒的精神来了。这时看台上正坐着个七十多岁的老太婆,她听见儿子哭喊求救的声音,不顾一切由椅子上连跌带跑奔向人群,和那着灰色军装的兵,加入战团。一声箫笛后又来了许多凶恶的军士助威,不一会那母子已被打得血迹淋漓,气息奄奄,这时还不知性命怎样呢!据说这类事情,一天大小总发生几项,在这里并不觉的奇怪。不过我是恍惚身临旧境一样的愤慨罢了!

挤出来时,逢见一个军官气冲冲的走过去。后面随着几个着中山服的青年,认识一位姓唐的,他是县党部的委员。

在山坡上,回头还能看见戏台上临风招展的青天白日满地红。我轻轻舒放了一口气,才觉得我是生活在这样幸福的环境里。

恐 怖

父亲的生命是秋深了,如一片黄叶系在树梢。十年,五年,三年以后,明天或许就在今晚都说不定。因之,无论大家怎样欢欣团聚的时候,一种可怕的暗影,或悄悄飞到我们眼前。就是父亲在喜欢时,也会忽然的感叹起来!尤其是我,脆弱的神经,有时想的很久远很恐怖。父亲在我家里是和平之神。假如他有一天离开人间,那我和母亲就沉沦在更深的苦痛中了。维持我今日家庭的绳索是父亲,绳索断了,那自然是一个莫测高深的陨坠了。

逆料多少年大家庭中压伏的积怨,总会爆发的。这爆发后毁灭一切的火星落下时,怕懦弱的母亲是不能逃免!我爱护她,自然受同样的创缚,处同样的命运是毋庸疑议了。那时人们一切的矫饰虚伪,都会褪落的;心底的刺也许就变成弦上的箭了。

多少隐恨说不出在心头。每年归来,深夜人静后,母亲在我枕畔偷偷流泪!我无力挽回她过去铸错的命运,只有精神上同受这无期的刑罚。有时我虽离开母亲,凄冷风雨之夜,灯残梦醒时,耳中犹仿佛听见枕畔有母亲滴泪的声音。不过我还很欣慰父亲的健在,一切都能给她作防御的盾牌。

谈到父亲,七十多年的岁月,也是和我一样颠沛流离,忧患丛生,痛苦过于幸福。每次和我们谈到他少年事,总是残泪沾襟不忍重提。这是我的罪戾呵!不能用自己柔软的双手,替父亲抚摸去这苦痛的瘢痕。

我自然是萍踪浪迹,不易归来,但有时交通阻碍也从中作梗。这次回来后,父亲很想乘我在面前,预嘱他死后的诸事,不过每次都是泪眼模糊,断续不能尽其辞。有一次提到他墓穴的建修,愿意让我陪他去看看工程,我低头咽着泪答应了。

那天夜里,母亲派人将父亲的轿子预备好,我和曾任监工的族叔蔚文同着去,打算骑了姑母家的驴子。

翌晨十点钟出发,母亲和芬娘都嘱咐我好好招呼着父亲,怕他见了自己的坟穴难过;我也不知该怎样安慰防备着,只觉心中感到万分惨痛。一路很艰险,经过都是些崎岖山径。同样是青青山色,潺潺流水,但每人心中都抑压着一种凄怆,虽然是旭日如烘,万象鲜明,而我只觉前途是笼罩一层神秘恐怖黑幕,这黑幕便是旅途的终点,父亲是一步一步走近这伟大无涯的黑幕了。

在一个高垩如削的山峰前停住,父亲的轿子落在平地。我慌忙下了

驴子向前扶着,觉他身体有点颤抖,步履也很软弱,我让他坐在崖石上休息一会。这真是一个风景幽美的地方,后面是连亘不断的峰峦,前面是青翠一片麦田;山峰下隐约林中有炊烟,有鸡唱犬吠的声音。父亲指着说:

"那一带村庄是红叶沟,我的祖父隐居在这高塔的庙里,那庙叫华严寺。有一股温泉,流汇到这庙后的崖下。古人传说这泉水可以治眼病呢!我小时候随着祖父,在这里读书。已经有三十多年不来了,人事过的真快呵!不觉得我也这样老了。"父亲仰头叹息着。

蔚叔领导着进了那摩云参天的松林,苍绿阴森的荫影下,现出无数冢墓,矗立着倒斜着风雨剥蚀的断碣残碑。地上丛生了许多草花,红的黄的紫的夹杂着十分好看。蔚叔回转进一带白杨,我和父亲慢步徐行,阵阵风吹,声声蝉鸣,都现得惨淡空寂,静默如死。

蔚叔站住了,面前堆满了磨新的青石和沙屑,那旁边就是一个深的洞穴,这就是将来掩埋父亲尸体的坟墓。我小心看着父亲,他神色显得异样惨淡,银须白发中,包掩着无限的伤痛。

一阵风吹起父亲的袍角,银须也缓缓飘拂到左襟。白杨树上叶子磨擦的声音,如幽咽泣诉,令人酸梗,这时他颤巍巍扶着我来到墓穴前站定。

父亲很仔细周详的在墓穴四围看了一遍,觉得很如意。蔚叔又和他筹画墓头的式样,他还能掩饰住悲痛说:

"外面的式样坚固些就成啦。不要大讲究了,靡费金钱。只要里面干燥光滑一点,棺木不受伤就可以了。"

回头又向我说:

"这些事情原不必要我自己做,不过你和璜哥,整年都在外面。我老了,无可讳言是快到坟墓去的。在家也无事,不愁穿,不愁吃,有时就愁到我最后的安置。棺木已扎好了,里子也裱漆完了。衣服呢,我不愿意穿前清的遗服或现在的袍褂。我想走的时候穿一身道袍。璜哥已由汉口给我寄来了一套,鞋帽都有,哪天请母亲找出来你看看。我一生廉洁寒苦,不愿浪费,只求我心身安适就成了。都预备好后,省临时麻烦;不然你们如果因事忙因道阻不能回来时,不是要焦急吗?我愿能悄悄地走了,不要给你们灵魂上感到悲伤。生如寄,死如归,本不必认真呵!"

我低头不语,怕他难过,偷偷把泪咽下去。等蔚叔扶父亲上了轿后,我才取出手绢揩泪。

临去时,我向松林群冢望了一眼,再来时怕已是一个梦醒后。

跪在洞穴前祷告上帝:愿以我青春火焰,燃烧父亲残弱的光辉!千万不要接引我的慈爱父亲来到这里呵!

这是我第二次感到坟墓的残忍可怕,死是这样伟大的无情。

寄到狱里去
——给萍弟

这正是伟大的死城里,秋风秋雨之夜。

什么都沉寂,什么都闭幕了,只有雨声和风声绞着,人们正在做恐怖的梦罢!一切都冷静,一切都阴森,只有我这小屋里露着一盏暗淡的灯光,照着我这不知是幽灵还是鬼魂的影子在摇曳着,天上没有月,也没有星。

我不敢想到你,想到你时,我便依稀看见你蓬首垢面,憔悴,枯瘠,被黑暗的罗网,惨苦的囚院,捉攫去你的幸福自由的可怜情形。这时你是在啮着牙关,握着双拳,向黑暗的、坚固的铁栏冲击呢?还是低着头,扶着肩,向铁栏畔滴洒你英雄失意的眼泪?我想你也许在抬起你的光亮双睛,向天涯,天涯,遥望着你遗留在这里的那颗心!也许你已经哭号无力,饥寒交逼,只蜷伏在黑暗污秽的墙角,喘着生之最后的声息!也许你已经到了荒郊高原,也许你已经……我不敢想到你,想到你,我便觉着战栗抖颤,人世如地狱般可怕可叹!然而萍弟呵!我又怎能那样毫不关心的不记

念你？

关山阻隔,除了神驰焦急外,懦弱无力的我们,又哪能拯救你,安慰你？然而我盼望你珍重,盼望你含忍;禁锢封锁了我们的身体,万不能禁锢封锁我们的灵魂。为了准备将来伟大更坚固更有力的工作,你应该保重,你应该容忍。这是你生命火焰在黑暗中冲击出的星花,囚牢中便是你励志努力潜修默会的书房,这短期内的痛苦,正是造成一个改革精进的青年英雄的机会。望你勿灰心丧志、过分悲愤才好。

萍弟！你是聪明人,你虽然尽忠于你的事业,也应顾及到异乡外系怀你的清。你不是也和天辛一样,有两个生命:一个是革命,一个是爱情;你应该为了他们去努力求成全求圆满。这暂时的厄运,这身体的苦痛,千万不要令你心魂上受很大的创伤,目下先宜平静,冷寂你热血沸腾的心。

说到我们,大概更令你伤心,上帝给与了我们异地同样的命运。假如这信真能入你目,你也许以为我这些话都是梦境。你不要焦急,慢慢地我告诉你清的近况。

你离开这庄严的、古旧的、伟大的、灰尘的北京之后,我曾寄过你三封信。一封是在上海,一封是在广东,一封便是你被捕的地方,不知你曾否收到？清从沪归之翌晨,我返山城。这一月中她是默咽离愁,乍尝别恨;我是返故乡见母亲,镇天在山水间领略自然,和母亲给与我的慈爱。一月之后我重返北京,清已不是我走时的清,她的命运日陷悲愁。更加你消息沉沉,一去无音信,几次都令我们感到了恐怖——这恐怖是心坎里久已料到惟恐实现的。但是我总是劝慰清,默默祷告给平安与萍。

这样一天一天过去了。

等到了夏尽秋来,秋去冬临,清镇日辗转寸心于焦急愁闷怨恨恐惧之中。这时外面又侵袭来多少意外的阴霾包裹了她。她忍受着一切的谣诼,接收着一切的诽谤。怪谁？只因为你们轻别离。只抱憾人心上永远有填不满的深沟,人心上永远有不穿的隔膜。

这样一天一天过去了,你的消息依然是石沉大海。

红楼再劫,我们的希望完全粉碎！研究科取消后,清又被驱逐,不仅无书可读,而且连一枝之栖都无处寻觅。谁也知道她是无父无母,以异乡作故乡的飘零游子。然而她被驱逐后,离开了四年如母亲怀抱、如婴儿摇篮的红楼,终于无处寄栖她弱小的身躯。

她孤零零万里一身,从此后遂彷徨踌躇于长安道上,渡这飘泊流落的生涯。谁管?只她悄悄地扎挣着,领受着,看着这人情世事的转换幻变;一步一走,她已走到峭壁在前,深涧在后的悬崖上来了。如今,沉下去,沉下去,一直沉到深处去了。

我是她四年来唯一的友伴,又是曾负了萍弟的重托,这时才感到自己的浅薄,懦弱,庸愚无能。虽然我能将整个灵魂替她擘画,全部心思供她驱使,然而我无力阻挡这噩运的频频来临。

我们都是弱者,如今只是在屠夫的利刃下喘息着,陈列在案上的俘虏,还有什么抵抗扎挣的力量。所以我们目前的生活之苦痛,不是悲愁,却是怒愤!我们如今看那些盘踞者胜利的面孔,他们用心底的狭隘,封锁了我们欲进的门,并且将清关在大门以外刻不容留的驱逐出。后来才知道取消研究科是因为弥祸于未形,先事绸缪的办法。他们红楼新主,错认我们作意图捣乱的先锋。一切都完了,公园松林里你的预祝,我们约好二年之后再见时,我们自己展览收获,陈列胜利,骄傲光荣,如今都归湮灭无存。

我和清这时正在崎岖的、凄寒的、寂寞的道途中,摸索着践踏我们要走的一条路径。几次我们遇到危险,几次我们受了创伤,我们依然毫不畏缩毫不却步的走向前去,如今,直到如今,我们还是这样进行。我想此后,从此以后,人生的道路也是这样罢!只有辛苦血汗的扎挣着奔波,没有顺适、困散的幸福来赐。深一层看见了社会的真象,才知道建设既不易,毁灭也很难。我们的生命力是无限,他们的阻障力也是无限;世界永久是搏战,是难分胜负的苦战!

接到琼妹传来你被捕的消息时,正是我去红楼替清搬出东西的那天。你想清如何承受这再三的刺激,她未读完,信落在地上,她望天微微的冷笑!这可怕的微笑,至如今犹深印在我脑海中。记得那是个阴森黯淡

的黄昏,在北馆凄凉冷寒的客厅下,我和清作长时间的沉默!

我真不能再写下去了,为什么四个月的离别,会有这么多的事变丛生。清告诉我,在上海时你们都去看"难为了妹妹"的电影,你特别多去几次,而且每次看过后都很兴奋!这次琼妹来信便是打这谜语,她写着是:"三哥回来了三礼拜,便作'难为了妹妹'中的何大虎。"我们知道她所指是象征着你的被捕、坐监。萍弟!你知道吗?"难为了妹妹"如今正在北京明星映演,然而我莫有勇气去看,每次在街上电车上看见了广告,都好像特别刺心。真想不到,我能看"难为了妹妹"时,你已不幸罹了何大虎一样的命运。

我们都盼望你归去后的消息,不幸第一个消息便是这惊人的噩耗。前几天接到萍弟信知你生命可无虞,不久即可保释出狱。我希望萍弟这信不是为了安慰他万里外的姊姊而写的。真能这样才是我们遥远处记念你的朋友们所盼祷。

清现住北馆,我是天天伴着她,竭尽我的可能去安慰她。冷落凄寒的深秋,我们都是咽着悲愁强作欢颜的人。愿萍弟释念。闲谈中,清曾告我萍弟为了谣诼,曾移罪到我,我只一笑置之。将来清白的光彩冲散了阴霾,那时你或者可以知道我是怎样爱护清,同时也不曾辜负了萍弟给我的使命和重托。我希望你用上帝的心相信清,也相信你一切的朋友们!

夜已将尽,远处已闻见鸡鸣!雨停风止,晨曦已快到临,黑暗只留了景后一瞬。萍弟!我们光明的世界已展开在眼前,一切你勿太悲观。

在朝霞未到之前,我把这封信寄远道给你。愿你开缄时,太阳已扫净了阴霾!

一九二六年,十一,十,北京,夜雨中

◎ 散文

深夜絮语

一 凄怆的归途

一个阴黯惨淡的下午，我抱着一颗微颤的心，去叩正师的门。刚由寒冷的街道上忽然走到了空中，似乎觉得有点温意，但一到那里后这温意仍在寒冷中消逝了。我是去拿稿子的，不知为什么正师把那束稿交给我时，抬头我看见他阴影罩满的忧愁面容，我几乎把那束稿子坠在地上，几次想谈点别的话，但谁也说不出。我俯首看见了"和珍"两个字时，我头似乎有点晕眩，身上感到一阵比一阵的冷！

寒风中我离开骆驼书屋，一辆破的洋车载着我摇晃在扰攘的街市上，我闭着眼手里紧握着那束稿，这稿内是一个悲惨的追忆，而这追忆也正是往日历历的景象，仅是一年，但这景象已成了悲惨的追忆。不仅这些可追忆，就是去年那些哄动全城的大惨杀了后的大追悼会，在如今何尝不惊叹那时的狂热盛况呢！不知为什么这几天的天气，也似乎要增加人的忧愁，死城里的黯淡阴森，污秽恶浊，怕比追悼和珍还可哭！而风雪又似乎正在尽力的吹扫和遮蔽。

春雪还未消尽，墙根屋顶残雪犹存。我在车上想到去年"三·一八"的翌晨去看医院负伤的朋友时，正是漫天漫地的白雪在遮掩鲜血的尸身。想到这里自然杨德群和刘和珍①陈列在大礼堂上的尸体，枪弹洞穿的尸体，和那放在玻璃橱中的斑斑血衣，花圈挽联，含笑的遗像，围着尸体的恸哭！都涌现到脑海中，觉着那时兴奋的跃动的哀恸，比现在空寂冷淡的

---

① 指刘和珍，石评梅女友，民国时期北京学生运动的领袖之一。曾先后就读于南昌女子师范学校、北京女子师范大学，她积极参加学生爱国运动，带领同学们向封建势力、反动军阀宣战。1926年在"三·一八"惨案中遇害，年仅22岁，鲁迅先生为之写了《纪念刘和珍君》一文。

寂静是狂热多了。假如曾参与过去年那种盛典的人,一定也和我一样感到寂寞吧!然而似乎冬眠未醒的朋友们,自己就没有令这生命变成活跃的力量吗?我自己责问自己。

这时候我才看见拉我的车夫,他是个白发苍苍的老头,腿一拐一拐,似乎足上腿上还有点毛病,虽然扎挣着在寒风里向前去,不过那种蹒跚的景象,我觉由他一步一步的足踪里仿佛溢着人世苦痛生活压迫的眼泪!我何忍令这样龙钟蹒跚的老人,拉我这正欲求活跃生命的青年呢?我下了车,加倍的给他车价后,他苦痛的皱纹上泛出一缕惨笑!我望着他的背影龙钟蹒跚的去远了,我才进行我的路。当我在马路上独自徘徊时不知为什么,忽然想到我们中国来,我觉中国的现(实)像这老头子拉车,而多少公子小姐们偏不醒来睁眼看看这车夫能不能走路,只蜷伏在破车上闭着眼做那金迷纸醉的甜梦!

二 遗留在人间的哀恸

前些天,娜君由南昌来信说:她曾去看和珍的母亲,景象悲惨极了,她回来和瑛姊哭了一夜!听说和珍的母亲还是在病中,看见她们时只眼泪汪汪的呻吟着叫和珍!关乎这一幕访问,娜君本允许我写一篇东西赶"三·一八"前寄来的,但如今还未寄来,因之我很惆怅!不过这也是可以意料到的,一个老年无依靠的寡母哭她唯一可爱而横遭惨杀的女儿,这是多么悲惨的事在这宇宙间。和珍有灵,她在异乡的古庙中,能瞑目吗?怕母亲的哭泣声呼唤声也许能令她尸体抖战呢!

她的未婚夫方君回南昌看了和珍的母亲后,他已投笔从戎去了。此后我想他也许不再惊悸。不过有一天他战罢归来,站在和珍灵前,把那一束滴上仇人之血的鲜花献上时,他也要觉着世界上的静默了!

我不敢想到"三·一八"那天烈士们远留在人间的哀恸,所以前一天我已写信给娜君,让你们那天多约上些女孩儿们去伴慰和珍的母亲,直

到这时我也是怀念着这桩事。在战场上的方君,或者他在炮火流弹冲锋杀敌声中已忘了这一个悲惨的日子。不过我想他一定会忆起的。他在战场上,骋驰时,也许暂羁辔头停骑向云霞落处而沉思,也许正在山坡下月光底做着刹那甜蜜的梦呢!

那能再想到我不知道的烈士们家人的哀恸,这一夜在枕上饮泣含恨的怕迷漫了中国全部都有这种哭声吧!在天津高楼上的段祺瑞还能继续他诗棋逸兴,而不为这种隐约的哭声振颤吗?

诸烈士!假如你们有灵最好给你亲爱的人一个如意的梦,令你们的老母弱弟,孀妻孤儿,在空寂中得到刹那的慰藉!离乡背井,惨死在异乡的孤魂呵!你们缘着那黑夜的松林,让寒风送你们归去罢!

三 笔端的惆怅

一堆稿子杂乱的放在桌上,仿佛你们的尸骸一样令我不敢迫视。如今已是午夜三点了。我笔尖上不知凝结着什么,写下去的也不知是什么。我懦弱怯小的灵魂,在这深夜,执笔写出脑海中那些可怖的旧影时,准觉着毛骨寒栗心情凄怆!窗外一阵阵风过处,仿佛又听见你们的泣诉,和衣裙拂动之声。

和珍!这一年中环境毁灭的可怕,建设的可笑,从前的偕行诸友,如今都星散在东南一带去耕种。她们有一天归来,也许能献给你她们收获的丰富花果。说到你,你是在我们这些朋友中永远存在的灵魂。许多人现在都仿效你生前的美德嘉行,用一种温柔坚忍耐劳吃苦的精神去做她们的事业去了。你应该喜欢吧!你的不灭的精神是存在一切人们的心上。

在这样黯淡压迫的环境下,一切是充满了死静;许多人都从事着耕种的事,正是和风雨搏斗最猛烈的时候,所以今年此日还不能令你的灵魂和我们的精神暂时安息。自然有一日我们这般星散后的朋友又可聚拢到北京来,那时你的棺材可以正式的入葬,我们二万万觉醒解放的女子,

都欢呼着追悼你们先导者的精神和热血,把鲜艳的花朵撒满你们的茔圹,把光荣胜利的旗帜插在你们的碑上。

我想那时我的笔端纠结的惆怅,和胸中抑压的忧愁,也许会让惠和的春风吹掉的!

如今我在寒冷枯寂的冷室中,祷告着春风的来临和吹拂!在包裹了一切黑暗的深夜里,静待着晨曦的来临和曛照!

三・一二

梦呓

一

我在扰攘的人海中感到寂寞了。

今天在街上遇见一个老乞婆,我走过她身边时,她流泪哀告着她的苦状,我施舍了一点。走前未几步,忽然听见后面有笑声,那笑声刺耳的可怕!回头看,原来是刚才那个哭的很哀痛的老乞婆,和另一个乞婆指点我的背影笑!她是胜利了,也许笑我的愚傻罢!我心颤栗着,比逢见疯狗还怕!

其实我自己也和老乞婆一样呢!

初次见了我的学生,我比见了我的先生怕百倍,因为我要在她们面前装一个理想的先生,宏博的学者,经验丰富的老人……笑一天时,回来到夜里总是哭!因为我心里难受,难受我的笑!

对同事我比对学生又怕百倍。因为她们看是轻蔑的看,笑是讥讽的笑;我只有红着脸低了头,咽着泪笑出来!不然将要骂你骄傲自大……后来慢慢练习成了,应世接物时,自己口袋里有不少的假面具,随时随地可

以掉换，结果，有时连自己都不认识自己是谁。

所以少年人热情努力的事，专心致志的工作，在老年人是笑为傻傻的！青年牺牲了生命去和一种相对的人宣战时，胜利了老年人默然；失败了老年人慨着说："小孩子，血气用事，傻极了。"无论怎样正直不阿的人，他经历和年月增多后，你让和一个小孩子比，他自然是不老实不纯真。

冲突和隔膜在青年和老年人中间，成了永久的鸿沟。

世界自然是聪明人多，非常人几乎都是精神病者，和天分有点愚傻的。在现在又时髦又愚傻的自然是革命了，但革命这又是如何傻的事呵！不安分的读书，不安分的作事，偏偏牺牲了时间、幸福、生命、富贵去做那种为了别人将来而抛掷自己眼前的傻事，况且也许会捕捉住坐监牢，白送死呢！因为聪明人多，愚傻人少，所以世界充塞满庸众，凡是一个建设毁灭特别事业的人，在未成功前，聪明人一定以为他是醉汉疯子呢！假使他是狂热燃烧着，把一切思索力都消失了的时候，他的力量是可以惊倒多少人的，也许就杀死人，自然也许被人杀。也许这是愚傻的代价吧！历史上值得令人同情敬慕的几乎都是这类人，而他们的足踪是庸众践踏不着的，这光荣是在血泊中坟墓上建筑着！

唉！我终于和老乞婆一样。我终于是安居在庸众中。我终于是践踏着聪明人的足踪。我笑的很得意，但哭的也哀痛！

二

世界上懦弱的人，我算一个。

大概是一种病症，没有检查过，据我自己不用科学来判定，也许是神经布的太周密了，心弦太纤细了的缘故。这是值的卑视哂笑的，假如忠实的说出来。

小时候家里宰鸡，有一天被我看见了，鸡头倒下来把血流在碗里。那只鸡是生前我见惯的，这次我眼泪汪汪哭了一天，哭得母亲心软了，由着我的意思埋了。这笑谈以后长大了，总是个话柄，人要逗我时，我害羞极了！其实这真值得人讪笑呢！

无论大小事只要触着我，常使我全身震憾！人生本是残杀搏斗之场，死了又生，生了再死，值不得兴什么感慨。假如和自己没有关系，电车轧死人，血肉模糊成了三段，其实也和杀羊一样，战场上堆尸流血的人们，和些蝼蚁也无差别，值不得动念的。围起来看看热闹，战事停止了去凭吊沙场，都是闲散中的消遣；谁会真的挥泪心碎呢！除了有些傻气的人。

国务院门前打死四十余人，除了些年青学生外，大概老年人和聪明人都未动念，不说些"活该"的话已是表示无言的哀痛了。但是我流在和珍和不相识尸骸棺材前的泪真不少，写到这里自然又惹人笑了！傻得可怜罢？

蔡邕哭董卓，这本是自招其殃！但是我的病症之不堪救药，似乎诸医已束手了。我悒郁的心境，惨愁的像一个晒干的桔子，我又为了悸惊的噩耗心碎了！

我愿世界是永远和爱，人和人、物和物都不要相残杀相践踏、众欺寡、强凌弱。但这些话说出来简直是无知识，有点常识的人是能了悟，人生之所进化和维持都是缘乎此。

长江是血水，黄浦江是血水，战云迷漫的中国，人的生命不如蝼蚁，活如寄，死如归，本无什么可兴感的。但是懦弱的我，终于瞻望云天，颤荡着我的心祷告！

我忽然想到世界上，自然也有不少傻和懦弱如我的人，假如果真也有些眼泪是这样流，伤感是这样深时，世界也许会有万分之一的平和之梦的曙光照临罢！

这些话是写给小孩子和少年人的，聪明的老人们自然不必看，因为浅薄的太可笑了。

墓畔哀歌

一

　　我由冬的残梦里惊醒,春正吻着我的睡靥低吟!晨曦照上了窗纱,望见往日令我醺醉的朝霞,我想让丹彩的云流,再认认我当年的颜色。

　　披上那件绣着蛱蝶的衣裳,姗姗地走到尘网封锁的妆台旁。呵!明镜里照见我憔悴的枯颜,像一朵颤动在风雨中苍白凋零的梨花。

　　我爱,我原想追回那美丽的皎容,祭献在你碧草如茵的墓旁,谁知道青春的残蕾已和你一同殉葬。

二

　　假如我的眼泪真凝成一粒一粒珍珠,到如今我已替你缀织成绕你玉颈的围巾。

　　假如我的相思真化作一颗一颗的红豆,到如今我已替你堆集永久勿忘的爱心。

　　哀愁深埋在我心头。

　　我愿燃烧我的肉身化成灰烬,我愿放浪我的热情怒涛汹涌。天呵!这蛇似的蜿蜒,蚕似的缠绵,就这样悄悄地偷去了我生命的青焰。

　　我爱,我吻遍了你墓头青草在日落黄昏;我祷告,就是空幻的梦吧,也让我再见见你的英魂。

三

　　明知道人生的尽头便是死的故乡,我将来也是一座孤冢,衰草斜阳。有一天呵!我离开繁华的人寰,悄悄入葬,这悲艳的爱情一样是烟消云散,昙花一现,梦醒后飞落在心头的都是些残泪点点。

　　然而我不能把记忆毁灭,把埋我心墟上的残骸抛却,只求我能永久徘徊在这垒垒荒冢之间,为了看守你的墓茔,祭献那茉莉花环。

　　我爱,你知否我无言的忧衷,怀想着往日轻盈之梦。梦中我低低唤着你小名,醒来只是深夜长空有孤雁哀鸣!

四

　　黯淡的天幕下,没有明月也无星光,这宇宙像数千年的古墓;皑皑白骨上,飞动闪映着惨绿的磷花。我匍匐哀泣于此残锈的铁栏之旁,愿烘我愤怒的心火,烧毁这黑暗丑恶的地狱之网。

　　命运的魔鬼有意捉弄我弱小的灵魂,罚我在冰雪寒天中,寻觅那凋零了的碎梦。求上帝饶恕我,不要再惨害我这仅有的生命,剩得此残躯在,容我杀死那狞恶的敌人!

　　我爱,纵然宇宙变成烬余的战场,野烟都腥:在你给我的甜梦里,我心长系驻于虹桥之中,赞美永生!

五

　　我镇天踟蹰垒垒荒冢,看遍了春花秋月不同的风景,抛弃了一切名利虚荣,来到此无人烟的旷野,哀吟缓行。我登了高岭,向云天苍茫的西方招魂,在绚烂的彩霞里,望见了我沉落的希望之陨星。

　　远处是烟雾冲天的古城,火星似金箭向四方飞游!隐约的听见刀枪

散文

搏击之声,那狂热的欢呼令人震惊!在碧草萋萋的墓头,我举起了胜利的金觥,饮吧我爱,我奠祭你静寂无言的孤冢!

星月满天时,我把你遗我的宝剑纤手轻擎,宣誓向长空:愿此生永埋了英雄儿女的热情。

六

假如人生只是虚幻的梦影,那我这些可爱的映影,便是你赠与我的全生命。我常觉你在我身后的树林里,骑着马轻轻地走过去。常觉你停息在我的窗前,徘徊着等我的影消灯熄。常觉你随着我唤你的声音悄悄走近了我,又含泪退到了墙角。常觉你站在我低垂的雪帐外,哀衷地对月光而叹息!

在人海尘途中,偶然遇见个像你的人,我停步凝视后,这颗心呵!便如秋风横扫落叶般冷森凄零!我默思我已经得到爱之心,如今只是荒草夕阳下,一座静寂无语的孤冢。

我的心是深夜梦里,寒光闪灼的残月,我的情是青碧冷静,永不再流的湖水。残月照着你的墓碑,湖水环绕着你的坟,我爱,这是我的梦,也是你的梦,安息吧,敬爱的灵魂!

七

我自从混迹到尘世间,便忘却了我自己;有你的灵魂我才知是谁。

记得也是这样夜里。我们在河堤的柳丝中走过来,走过去。我们无语,心海的波浪也只有月儿能领会。你倚在树上望明月沉思,我枕在你胸前听你的呼吸。抬头看见黑翼飞来掩遮住月儿的清光,你抖颤着问我。假如这苍黑的翼是我们的命运时,应该怎样?

我认识了欢乐,也随来了悲哀,接受了你的热情,同时也随来了冷酷

的秋风。往日,我怕恶魔的眼睛凶,白牙如利刃;我总是藏伏在你的腋下趑趄不敢进,你一手执宝剑,一手扶着我践踏着荆棘的途径,投奔那如花的前程!

如今,这道上还留着你斑斑血痕,恶魔的眼睛和牙齿仍是那样凶狠。但是我爱,你不要怕我孤零,我愿用这一纤细的弱玉腕,建设那如意的梦境。

八

春来了,催开桃蕾又飘到柳梢,这般温柔慵懒的天气真使人恼!她似乎躲在我眼底有意缭绕,一阵阵风翼,吹起了我灵海深处的波涛。

这世界已换上了装束,如少女般那样娇娆,她披拖着浅绿的轻纱,蹁跹在她那(姹)紫嫣红中舞蹈。伫立于白杨下,我心如捣,强睁开模糊的泪眼,细认你墓头,萋萋芳草。

满腔辛酸与谁道?愿此恨吐向青空将天地包。它纠结围绕着我的心,像一堆枯黄的蔓草,我爱,我待你用宝剑来挥扫,我待你用火花来焚烧。

九

垒垒荒冢上,火光熊熊,纸灰缭绕,清明到了。这是碧草绿水的春郊。墓畔有白发老翁,有红颜年少,向这一抔黄土致不尽的怀忆和哀悼,云天苍茫处我将魂招;白杨萧条,暮鸦声声,怕孤魂归路迢迢。

逝去了,欢乐的好梦,不能随墓草而复生,明朝此日,谁知天涯何处寄此身?叹漂泊我已如落花浮萍,且高歌,且痛饮,拼一醉浇熄此心头余情。

我爱,这一杯苦酒细细斟,邀残月与孤星和泪共饮,不管黄昏,不论夜深,醉卧在你墓碑旁,任霜露侵凌罢!我再不醒。

十六年清明　陶然亭畔

偶然草

　　算是懒,也可美其名曰忙。近来不仅连四年未曾间断的日记不写,便是最珍贵的天辛的遗照,置在案头已经灰尘迷漫,模糊的看不清楚是谁。朋友们的信堆在抽屉里有许多连看都不曾看,至于我的笔成了毛锥,墨盒变成干绵自然是不必说了。屋中零乱的杂琐的状态,更是和我的心情一样,不能收拾,也不能整理。连自己也莫明其妙为什么这样颓废?而我最奇怪的是心灵的失落,常觉和遗弃了什么重要的东西一般,总是神思恍惚,少魂失魄。

　　不会哭!也不能笑!一切都无感。这样凄风冷月的秋景,这样艰难苦痛的生涯,我应该多愁善感,但是我并不曾为了这些介意。几个知己从远方写多少安慰我同情我的话,我只呆呆的读,读完也不觉什么悲哀,更说不到喜欢了。我很恐惧自己,这样的生活,毁灭了灵感的生活,不是一种太惨忍的酷刑吗?对于一切都漠然的人生,这岂是我所希望的人生。我常想做悲剧中的主人翁,但悲剧中的风云惨变,又哪能任我这样平淡冷寂的过去呢!

　　我想让自己身上燃着火,烧死我。我想自己手里握着剑,杀死人。无论怎样最好痛快一点去生,或者痛快点求死。这样平淡冷寂,漠然一切的生活,令我愤怒,令我颓废。

　　心情过分冷静的人,也许就是很热烈的人;然而我的力在哪里呢?终于在人群灰尘中遗失了。车轨中旋转多少百结不宁的心绪,来来去去,百年如一日的过去了。就这样把我的名字埋没在十字街头的尘土中吗?我常在奔波的途中这样问自己。

多少花蕾似的希望都揉碎了。落叶般的命运只好让秋风任意的飘泊吹散吧！繁华的梦远了，春还不曾来，暂时的殡埋也许就是将来的滋荣。

远方的朋友们！我在这长期沉默中，所能告诉你们的只有这几句话。我不能不为了你们的关怀而感动，我终于是不能漠然一切的人。如今我不希求于人给我什么，所以也不曾得到烦恼和爱怨。不过我蔑视人类的虚伪和扰攘，然而我又不幸日在虚伪扰攘中辗转因人，这就是使我痛恨于无穷的苦恼！

离别和聚合我倒是不介意，心灵的交流是任天下什么东西都阻碍不了的；反之，虽日相晤对，咫尺何非天涯。远方的朋友愿我们的手在梦里互握着，虽然寂处古都，触景每多忆念，但你们这一点好意远道缄来时，也了解我万种愁怀呢！

十六年十月二十八日夜深时

冰场上

连自己都惊奇自己的兴致，在这种心情下的我，会和一般幸福骄子、青春少女们，来到冰场上游戏。但是自从踏进了这个环境后，我便不自主的被诱惑而沉醉了。幸好，这里没有如人间那样的残狠，在不介意不留心时，偷偷混在这般幸福骄子，青春少女群中，同受艳阳的照临，惠风的吹拂，而不怕获什么罪戾！因之我闲暇时离开一切可厌恶的；到这里，求刹那的沉醉和慰藉。

在美丽欢欣的冰场上，回环四顾是那如云烟般披罩着的森林，岩峰碧栏红楼；黄昏时候落日绯霞映照在冰凝的场中，雪亮的刀上时，每使我怆然泫然，不忍再抬头望着这风光依稀似去年的眼底景物。我天天奔波在这长安道上，不知追求什么？如今空虚的心幕上，还留着已成烟梦的遗影；几乎处处都有这令我怆然泫然的陈迹现露在我的眼底。这冰场也一样有多少不堪回首的往事，驻足凝眸时心头常觉隐隐梗酸，有时热泪会滴在冻冷的冰上，融化成一个小小的蚀洞。

自然有人诅咒我这类乎沦落的行径，颓唐的心情罢！似乎这年头莫有什么机会或兴趣，来和那些少爷小姐们玩这类的开心运动？诚然，我很惭愧，除了每日应作的事务和自修外，我并不曾效劳什么社会运动、团体工作；不过我也很自安，没有机会去做一件与人类求福利的事，但也未曾做过殃民害众的罪恶。

看起来中国目前似乎都是太积极了，"希望"故意把人都变成了猛兽，随时随地都可以使烈火燃烧起来！鲜血喷洒起来！尸体堆集起来！枪炮烟火中，一切幸福和安宁都被恶魔的旗帜卷去了，这几乎退化到原始的世界，我时时都在恐怖着！暴动残杀，疯狂般的领袖，都是令我们钦佩敬爱的英雄吧！只是他们的旗帜永远那么鲜明正大，而他们的功绩确永远是这样黯淡悲惨呢！不知为什么！

假如后人的幸福欢乐真能建筑在现今牺牲者的枯骨血迹之上，那也是一件值得赞颂的事；不过恐怕这也终于是个幻影，只是在人们心中低低唤你前进的一个声音。

在疲倦的工作后沉思时，我总哀我自己并哀我祖国。屡次失望之后，我对于自己从前热诚敬慕的英雄，和一切曾令我动念的事业都恐怖鄙视起来了。因此在极度伤心悲痛中才逃到冰场上去求刹那的晕醉。

我虽想追求快乐，但快乐却是永不能来安慰我。我的朋友在炮火枪林底，我的故乡在战气迷漫里，我的父母在忧惧焦虑中，我就是漠不关心逃到冰场上来自骗的去追寻快乐，怕快乐也终于是遗弃而不顾我。不过晕醉，暂时的晕醉却能令我的心情麻木一时。

我告诉你们：冰下有无数美丽娟洁的花纹，那细小的雪屑被风吹着如落下的球，我足下的银刀划在冰场的裂痕，如我心膜里的残迹。轻飘飘游龙惊鸿般的姿态，笑吟吟微露醇意的霙颜，如燕子穿梭，蝶翅翩跹似的步履，风旋雪舞，云卷电掣，这都是冰场上青年少女们的艺术。朋友！怎的

不令我沉迷于此而暂忘掉一切人间的病苦呢！是这般美妙的活泼的天真的烂漫的乐园。

不过这依然是梦。

这些幸福骄子，青春少女们也有一日要失去他们的愉乐而换成惆怅！目前的现实变作回忆的梦影。露沙笑我把冷寂的冰场当作密友是痴念，她说：

"你觉得冰冷的心情最好是安放在冰天雪地之中。不过，你要知道冷的冰最是靠不住的东西，它若逢见热烈的火气，立刻就消失了原来清白的冷严的质地，变成柔和的水、氤氲的气了。结果反不如一直是个氤氲的气到免得着迹。"

她这话自然包含了多方面的意思，不过表面上看来，她已警告我将来是一场欢喜，空留惆怅了。什么事不是这样呢！如今冷寂坚冻的冰，本就是往日柔和如意的水，此时欢喜就是他年悲叹，人生假使就是这样时，怎禁得住我们这过分聪敏的忧虑呢！

朋友！不要想以后怎样，只骗如今这样过去罢！

十六年十二月二十四日圣诞节前夜

噩梦中的扮演

我流浪在人世间，曾度过几个沉醉的时代，有时我沉醉于恋爱。恋爱死亡之后，我又沉醉于酸泪的回忆，回忆疲倦后，我又沉醉于毒酒，毒酒清醒之后，我又走进了金迷沉醉五光十色的滑稽舞台。近来我整天偷工夫到这里歌舞欢呼，终宵达旦而无倦态。

我用粉红的绸纱，遮住我遍体的创痕，用脂粉涂盖住我苍白面庞，我旋转在狂热的浪漫的舞台上，被各种含有毒汁生有荆棘的花朵包围着。

我是尽兴的歌,尽兴的舞!毫无忌惮,各种赞颂我毁谤我的恶魔在台下做各种鬼脸。他们看着我,我也看着他们。

如今:我任一切远方怀念我的朋友暗地里挥泪,我任故乡的老母替我终身伤感。但,我是不再向这人间流半滴泪了,我只玩弄着万物,也让万物玩弄着我这样过去,浑浑噩噩无所知觉的过去。我还说什么呢?我整天混迹在人海中,扰扰攘攘都是些假面具,喧哗嚣杂都是些留声机,说什么,说向谁去?想到这里时,我就披上那件忘忧的舞衣到剧场去了,爽性我自己就来一个虚伪的角色,妃色的氛围中遮掩了我这黑色的尸身,把一切灵感回忆都殡埋于此。这是我的一种新发现,使我暂时晕绝的麻醉剂。上帝!我该向你再祈求什么呢?除此而外?

灯光暗淡,人影散乱时,我独自从魔鬼狂呼声中逃到清冷的街头:那一带寒林,那一弯残月,那巍然插上云霄的剧场,像一个伟大的狮王,蹲着张开那血盆的巨口预备噬人。这刹那间我清醒了!我身体渐渐冷的发抖,我不知那里面暖融融是梦,这外面还冷清清是梦?这时我瞪着眼嚼着唇在寒林下飞奔回来,立在那面衣镜前,看见一个披发苍白寒缩战颤的女郎时,我不能认识了;那红绒毡上,灯光照耀着的美丽的高贵的庄严的神采,不知何处去了。

我对镜凝视后,便颓然倒在地上。这时耳畔隐隐有低呼我名字的声音,我便在这种幻想的声音中睡去。半夜里我会抱着桌子腿唤着母亲醒来,有时我梦见我的灵魂之影来了,扑过去会碰在板壁上哽咽着醒来!总之,我是有点不能安定的心灵了。翌晨,我依然又披上舞衣,涂上脂粉,作出种种媚人娇态,发出种种醉人的清音,来扮演种种的话剧,这时我把自己已遗失,只是一付辗转因人的尸体。

我本是几个朋友拯救起来的一个自甘沦落的女子,那时我从极度伤心中扎挣起来也含有不少的希望:希望我成一个悲剧的主人翁,希望成一个浪漫的诗人,希望成一个小说家,更希望成一个革命先驱,或政治首领。东西南北漂游归来,梦都做过了,都不能满足我,都不能令我离开苦痛;最后才决定做戏子,扮演滑稽剧给滑稽的人们看着寻开心。

有几次我正在清歌妙舞逸兴遄飞时,忽然台下露出几个熟悉的面孔,他们虽不识我本来面目,不过我看见他们却引起我满腔悲愁,结果我没有等闭幕便晕倒在琴台旁了!以后我的含忍力强了,看见了他们也毫不动心,半年后我简直也不识他们了。我恐怖过去的梦影来扰我,我希望我的环境中都是些不相识的,新来的观众!

上帝!愿你有一天能告诉我的母亲和系念我的朋友们说:"我已找到我的墓在我愿意殡埋的那个地方了。"

毒 蛇

谁也不相信我能这样扮演:在兴高采烈时,我的心忽然颤抖起来,觉着这样游戏人间的态度,一定是冷酷漠然的心鄙视讪讽的。想到这里遍体感觉着凄凉如冰,刚才那种热烈的兴趣都被寒风吹去了。回忆三月来。我沉醉在晶莹的冰场上,有时真能忘掉这世界和自己;目前一切都充满了快乐和幸福。那灯光人影,眼波笑涡,处处含蓄着神妙的美和爱。这真是值得赞颂的一幕扮演呢!

如今完了,一切的梦随着冰消融了。

最后一次来别冰场时,我是咽着泪的。这无情无知的柱竿席棚都令我万分留恋。这时凄绝的心情,伴着悲婉的乐声,我的腿忽然麻木酸痛,无论怎样也振作不起往日的豪兴了。正在沉思时,有人告诉我说:"琪如来了,你还不去接她。正在找你呢!"我半喜半怨地说:"在家里坐不住,心想还是来和冰场叙叙别好。你若不欢迎,我这就走。"她笑着提了冰鞋进了更衣室。

琪如是我新近在冰场上认识的朋友,她那种活泼天真、玲珑美丽的丰神,真是能令千万人沉醉。当第一次她走进冰场时,我就很注意她,她穿了一件杏黄色的绳衣,法兰绒的米色方格裙子,一套很鲜艳的衣服因为配合得调和,更觉十分的称体。不仅我呵,记得当时许多人都曾经停步凝注着这黄衣女郎呢。这个印象一直到现在还能很清楚的忆念到。

星期二有音乐的一天,我和浚从东华门背着冰鞋走向冰场,途中她才告诉我黄衣女郎是谁。知道后陡然增加了我无限的哀愁。原来这位女郎便是三年前逼凌心投海、子青离婚的那个很厉害的女人,想不到她又来到这里来了。我和浚都很有意的相向一笑!

在更衣室换鞋时,音乐慷慨激昂,幽抑宛转的声音,令我的手抖颤得连鞋带都系不紧了。浚也如此,她口头向我说:

"我心跳呢!这音乐为什么这样动人?"

我转脸正要答她的话,琪如揭帘进来。穿着一件淡碧色的外衣,四周白兔皮,襟头上插着一朵白玫瑰,清雅中的鲜丽,更现得她浓淡总相宜了。我轻轻推了浚一下,她望我笑了笑,我们彼此都会意。第二次音乐奏起时,我和浚已翩翩然踏上冰场了,不知怎样我总是望着更衣室的门帘。不多一会,琪如出来了,像一只白鸽子,浑身都是雪白,更衬得她那苹果般的面庞淡红可爱。这时人正多,那入场的地方又是来往人必经的小路,她一进冰场便被人绊了一跤,走了没有几步又摔了一跤,我在距离她很近的柱子前,无意义的走过去很自然的扶她起来。她低了头腮上微微涌起两朵红云,一只手拍着她的衣裙,一只手紧握着我手说:

"谢谢你!"

我没有说什么,微笑的溜走了,远远我看见浚在那圈绳内的柱子旁笑我呢!这时候,连我自己也莫名其妙,忽然由厌恨转为爱慕了,她真是具有伟大的魔术呢!也许她就是故事里所说的那些魔女吧!

音乐第三次奏起,很自然的大家都一对一对缘着外圈走,浚和一个女看护去溜了,我独自在中间练我新习的步法,忽然有一种轻碎的语声由背后转来,回头看原来又是她,她说:

"能允许我和你溜一圈吗?"

她不好意思的把双手递过来,我笑着道:

"我不很会,小心把你拉摔了!"

这一夜是很令我忆念着的:当我伴她经过那灿烂光亮如白昼的电灯下时,我仔细看着她这一套缟素衣裳,和那一双温柔的玉腕时,猛然想到沉没海底的凌心,和流落天涯的子青,说不出那时我心中的惨痛!栗然使我心惊,我觉她仿佛是一条五彩斑斓的毒蛇,柔软如丝带似的缠绕着我!我走到柱子前托言腿酸就悄悄溜开了,回首时还看见她那含有毒意的流波微笑!

浚已看出来了,她在那天归路上,正式的劝告我不要多接近她,这种善于玩弄人颠倒人的魔女,还是不必向她表示什么好感,也不必接受她的好感。我自然也很明白,而且子青前几天还来信说他这一生的失败,都是她的罪恶。她拿上别人的生命、前程,供她玩弄挥霍,我是不能再去蹈这险途了。

不过她仍具有绝大的魔力,此后我遇见她时,真令我近又不是,避又不是,恨又不忍,爱又不能了。就是冷落漠然的浚也有时会迷恋着她。我推想到冰场上也许不少人有这同感吧!

如今我们不称呼她的名字了,直接唤她魔女。闲暇时围炉无事,常常提到她,常常研究她到底是种什么人,什么样的心情。我总是原谅她,替她分辩,我有时恨她们常说女子的不好;一切罪恶来了,都是让给女子负担,这是无理的。不过良心唤醒我时,我又替凌心子青表同情了。对于她这花锦团圆、美满快乐的环境,不由要怨恨她的无情狠心了,她只是一条任意喜悦随心吮吸人的毒蛇,盘绕在这辉煌的灯光下,晶莹的冰场上,昂首伸舌的狞笑着;她那能想到为她摒弃生命幸福的凌心和子青呢!

毒蛇的杀人,你不能责她无情,琪如也可作如斯观。

今天去苏州胡同归来经过冰场的铁门,真是不堪回首呵!往日此中的灯光倩影,如今只剩模糊梦痕,我心中惆痕之余,偶然还能想起魔女的微笑和她的一切。这也是一个不能驱逐的印象。

我从那天别后还未再见她,我希望此后永远不要再看见她。

偶然来临的贵妇人

我正午梦醒来,睁眼见窗外芭蕉后站着一个人。我问谁?女仆递给我一张名片,接过来看时,上面写着:胡张蔚然。呵!是她!

我赶快穿上鞋下了床,弄展了绉折的床毡,又略梳了一下纷乱的散发,这时候竹篱花径传来了清脆的皮鞋声音。隐约帘外见绯红衫子的身影分花拂柳而来。我迎出去,只见她珠翠环绕,雍容端丽,无论如何也不敢认这位娇贵的妇人就是前八年名振一时的女界伟人。

寒暄后,她抬起流媚的双睛打量了我,又打量了我的房子,蓦然间感觉到自己的微小和寒酸,在她那种不自禁流露的傲贵神韵中。

我十分局促嗫嚅着说:"蔚然姊,我们在学校分离后就未再见,听同学们说,你在南方很做了许多实地的工作,这次来更可以指导我们了。"她抿嘴微笑着道:"我早不做什么工作了。一半灰心,一半懒惰,自从我和衡如结婚后,大概也是环境的缘故罢!无论如何振作不起往日的精神,什么当主席,请愿,发传单,示威,这套拿手戏,想起来还觉好笑呢!一个人最终的目的,谁不是梦想着实现个如意的世界,使自己能浸润在幸福美满中生活着。现在衡如有力量使我过这种不劳而获的生活,我又何必再出去呼号奔波?有的是银钱,多少享乐的愿望,都可以达到。在社会上既有名誉,又有地位。物质的享受,我没有什么不满意。精神方面,衡如自同他妻离散后,对我的感情是非常忠诚专一,假使他有什么变化,我也不愁没有情人来安慰我。我高兴热闹时,到上海向那金迷纸醉的洋场求穷奢极欲的好梦;喜欢幽静时,找一两个闲散的朋友到西湖或牡岭去,那里都有自己的别墅,在天然美丽的风景中,休息我的劳顿和疲倦。如果国内的情形使我厌烦时,也许轻装简服悄悄的就溜到外国。我想手里只要有钱,宇宙万物都任我摆布。我现在才知道了,藻如!你晓得如今一般不得志的人,整天仰着头打倒这个铲除那个,但是到了那种地位,无论从前怎么样血气刚强,人格高尚的人,照样还是走着前边人开辟的道路,行为举动和自己当年所要打倒铲除者是分毫无差,也许还别有花样呢!衡如和他现在这一般朋友,那一个不是几十万几百万的家产,四五个美貌如花的爱人。从前他们革命时那种穷困无聊的样子你也见过,世界就这样一套把戏,不论挂什么招牌,结果还是生活的问题,并且还是多数人饿死少数人吃肥的问题。"

我真没有想到她忽然发现了这样的人生哲学,又像吹法螺,又像发牢骚,这么一来我真不知她今天来的目的是什么了。

接着她又说:"藻如,别后你还是那样消沉吗?在南边时听人说你死了,隔些时又说你嫁了,无论什么谣传都是这生生死死吧!到这里打听,才知道你还是保持着旧日那孤傲静默的生涯,你真有耐心,这多年用粉笔灰撑着半饱的肚子,要是我早想别的方法了,不过这样沉默的生活也有好处,不声不响的。你就是掀天摇地翻山倒海的弄一套,结果也是这样。你瞧我,一定笑不长进,不过我想只有这样是我的需要。"她哈哈地笑了,这清脆的笑声,颤溢在这狭霉的小书斋。

我不知该说什么话好,只痴笑着陪她。仔细揣摩她这惊人的伟论,及在她那粉白黛绿,珠翠缤纷的美型中,找寻往日那种英俊的丰采是隐涅不见了。

她又向我问讯了几个旧朋友的近况,最后她说了目的:是衡如的儿子想考学校,托我帮点忙让他取录。明晚她家里开个跳舞会,请的客人都是新贵,再三请我去,我向她婉谢了。我没有力量和她应酬,我愿在这小书斋当孤傲的主人,不愿去向那广庭华筵,灯光辉煌下做寒伧的来客。

送她上了汽车,灰尘中依稀似回眸一笑。

回来捡起茶杯,整理了一下书桌:坐在藤椅上觉屋中氤氲着一种清芬的余香,这气息中我恍惚又看见她娇贵的高傲的倩影。

惆 怅

先在上帝面前,忏悔这如焚的惆怅!

朋友!我就这样称呼你罢。当我第一次在酒楼上遇见你时,我便埋怨命运的欺弄我了。我虽不认识你是谁,我也不要知道你是谁,但我们偶然的遇合,使我在你清澈聪慧的眼里,发现了我久隐胸头的幻影,在你炯炯目光中重新看见了那个捣碎我一切的故人。自从那天你由我身畔经过,自从你一度惊异的注视我之后,我平静冷寂的心波为你汹涌了。朋友!愿你慈悲点远离开我,愿你允许我不再见你,为了你的丰韵,你的眼辉,处处都能憾的我动魄惊心!

这样凄零如焚的心境里,我在这酒店内成了个奇异的来客,这也许就是你怀疑我追究我的缘故罢。为了躲避过去梦影之纠缠,我想不再看见你,但是每次独自踽踽林中归来,看望着故人的遗像,又愿马上看见你,如现黄泉下久已沉寂消游的音容。因此我才强咽着泪,来到这酒店内狂饮,来到这跳舞厅上跶蹁。明知道这是更深更深的痛苦,不过我不能自禁的沉没了。

你也感到惊奇吗?每天屋角的桌子上,我执着玛瑙杯狂饮,饮醉后我又蹀到舞场上去歌舞,一直到灯暗人散,歌陪舞乱,才抱着惆怅和疲倦归来。这自然不是安放心灵的静境,但我为了你,天天来到这里饮一瓶上等的白兰地,希望醉极了能毒死我呢!不过依然是清醒过来了。近来,你似乎感到我的行为奇特吧!你伴着别人跳舞时,目光时时在望着我,想仔细探索我是什么人?怀着什么样心情来到这里痛饮狂舞?唉!这终于是个谜,除了我这一套朴素衣裙苍白容颜外,怕你不能再多知道一点我的心情和形踪罢?

记得那一夜,我独自在游廊上望月沉思:你悄悄立在我身后,当我回到沙发上时,你低着头叹息了一声就走过去了。真值得我注意,这一声哀惨的叹息深入了我的心灵,在如此嘈杂喧嚷,金迷纸醉的地方,无意中会遇见心的创伤的同情。这时音乐正奏着最后的哀调,呜呜咽咽像夜莺悲啼,孤猿长啸,我振了振舞衣,想推门进去参加那欢乐的表演;但哀婉的音乐令我不能自持,后来泪已扑簌簌落满衣襟,我感到极度的痛苦,就是这样热闹的环境中愈衬出我心境的荒凉冷寂。这种回肠荡气的心情,你是注意到了,我走进了大厅时,偷眼看见你在呆呆地望着我,脸上的颜色也十分惨淡,难道说你也是天涯沦落的伤心人吗?不过你的天真烂漫,憨娇活泼的精神,谁信你是人间苦痛中扎挣着的人呢?朋友!我自然祝福你不是那样。更愿你不必注意到我,我只是一个散洒悲哀,布施痛苦的人,在这世界上,我无力再承受任何人的同情和怜恤了。我虽希望改换我的环境,忘掉一切,舍弃一切。埋葬一切,但是新的境遇里有时也会回到旧的梦里。依然不能摆脱,件件分明的往事,照样映演着揉碎我的心灵。我已明白了。这是一直和我灵魂殉葬入墓的礼物!

写到这里我心烦乱极了,我去倒在床上休息一会再往下写吧!

这封信未写完我就病了。

朋友!这时我重提起笔来的心情已完全和上边不同了。是忏悔,也是觉悟,我心灵的怒马奔放到前段深潭的山崖时,也该收住了,再前去只有不堪形容的沉落,陷埋了我自己,同时也连累你,我那能这样傻呢!

那天我太醉了,不知不觉晕倒在酒楼上,醒来后睁开眼我睡在软榻上,猛抬头便看你温柔含情的目光,你低低和我说:

"小姐!觉着好点吗?你先喝点解酒的汤。"

我不能拒绝你的好意,我在你手里喝了两口桔子汤,心头清醒了许多,忽然感到不安,便扎挣的坐起来想要走。你忧郁而诚恳的说:

"你能否允许我驾车送你回去?请你告诉我住在那里?"我拂然的拒绝了你。心中虽然是说不尽的感谢,但我的理智诏示我应该远避你的殷勤,所以我便勉强起身,默无一语的下楼来。店主人招呼我上车时,我还看见你远远站在楼台上望我。唉!朋友!我悔不该来这地方,又留下一个凄惨的回忆,而且给你如此深沉的怀疑和痛苦,我知道忏悔了愿,你忘记我们的遇合并且原谅我难言的哀怀罢!

　　从前为了你来到这里,如今又为了你离开。我已决定不再住下去了,三天内即航海到南洋一带度漂流的生涯,那里的朋友曾特请我去同他们合伙演电影,我自己也很有兴趣,如今又有一个希望在诱惑我做一个悲剧的明星呢!这个事业也许能发挥我满腔凄酸,并给你一个再见我的机会。

　　今天又到酒店去看你,我独隐帏幕后,灯光辉煌,人影散乱中,看见你穿一件翡翠色的衣服,坐在音乐台畔的沙发上吸着雪茄沉思,朋友!我那时心中痛苦万分,很想揭开幕去向你告别,但是我不能。只有咽着泪默望你说了声:

　　"朋友!再见。一切命运的安排,原谅我这是偶然。"

晚　宴

　　有天晚晌,一个广东朋友请我在长安春吃饭。

　　他穿着青绿的短服,气度轩昂,英俊豪爽,比较在法国时的神态又两样了。他也算是北伐成功后的新贵之一呢!

　　来客都是广东人。只有苏小姐和我是例外。

　　说到广东朋友时,我可以附带说明一下,特别对广东人的好感。我常觉广东的民性之活泼好动,勇敢有为,敏慧刚健,忠诚坦白,是值得我们赞美的。凡中国那种腐败颓废的病态,他们都没有;而许多发扬国华,策励前进的精神,是全球都感到惊畏的。这无怪乎是革命的根据地,而首领大半是令人钦佩的广东人了。

　　寒暄后,文蕙拉了我手走到屋角。她悄悄指着一个穿翻领西装的青

年说:"这就是天下为婆的胡先生"!我笑着紧握了她手道:"你真滑稽。"

想起来这是两月前的事了。我从山城回来后,文蕙姊妹们,请我到北海划船,那是黄昏日落时候,晚景真美,西方浅蓝深青的云堆中,掩映夹杂着绯红的彩霞,一颗赤日慢慢西沉下去。东方呢!一片白云,白云中又袭着几道青痕,在一个凄清冷静的氛围中,月儿皎洁的银光射到碧清的湖面。晚风徐徐吹过,双桨插到莲花深处去了。

这种清凉的境地,洗涤着这尘灰封锁的灵魂。在他们的倩影中,笑语里,都深深感到恍非人间了。菡萏香里我们停了桨,畅谈起来。偶然提到文蕙的一个同学,又引起革命时努力工作女同志;谈着她们的事迹,有的真令我们敬钦,有的令我们惊异,有的也令我们失望而懊丧!

文蕙忽然告我,有一位朋友和她谈到妇女问题说:"你们怕什么呢!这年头儿是天下为婆。"我笑起来了,问她这怎么解释呢?她说这位主张天下为婆的学者大概如此立论。

一国最紧要的是政治。而政治舞台上的政治伟人,运用政治手腕时的背景,有时却是操纵在女子手中。凡是大政治家,大革命家的鼓舞奋发,惨淡经营,又多半是天生丽质的爱人,或者是多才多艺的内助,辅其成功。不过仅是少数出类拔萃的女子,大多数还是服务于家庭中,男子负荷着全责去赡养。

因此,男子们,都尽量的去寻觅职业,预备维持妻妾的饱暖;同时虚荣心的鼓励,又幻想着生活的美满和富裕。这样努力的结果,往往酿成许多的贪官污吏。据说这是女子间接应得的罪案。

例如已打倒的旧军阀张宗昌①,其妻妾衣饰杂费共需数十万。风闻如今革命伟人之妻妾,亦有衣饰费达十余万者。(这惊人的糜费我自然确信其为谣言无疑了)——男子一方面生产,女子一方面消费。这"天下为婆"

---

①张宗昌(1881~1932),字效坤,山东掖县人。绰号"狗肉将军"、"混世魔王"、"长腿将军"、"三不知将军"、"五毒大将军"、"张三多"等,奉系军阀头目之一。张宗昌曾残酷镇压青岛日商纱厂工人罢工,造成"青岛惨案"。1932年9月3日被山东省政府参议郑继成枪杀于津浦铁路济南车站。

似乎愤怨,似乎鄙笑的言论;这在滑稽刻薄的胡先生口中实现了。我们听见当然觉得有点侮辱女性,不无忿怒。但是静心想想,这话虽然俏皮,不过实际情形是如斯,又何能辨白呢!

试问现在女子有相当职业、经济独立,不受人供养的有几多?像有些知识阶级的贵妇人,依然沉溺于金迷纸醉,富裕挥霍的生活中,并不想以自己的劳动去换取面包,以自己的才能去服务社会。

不过我自己也很感动呢!文蕙她们也正是失业者。镇日想在能力范围内寻觅点工作,以自生活,并供养她五十余岁的病母。但是无论如何在北平就找不到工作,各机关没有女子可问津的道路。除非是和机关当局沾亲带故的体己人外,谁不是徘徊途中呢!意志薄弱点的女子,禁不住这磨炼挫折,受不了这风霜饥寒,慢慢就由奋斗彷徨途中,而回到养尊处优的家庭中去了。

这夜偶然又逢到胡先生。想起他的话来,我真想找个机会和他谈谈,不过事与愿违,他未终席就因有要事匆匆地去了。

卸装之夜

蕙如仍然当了一个中学校的校长,校长是如何庄严伟大的事业,但是在蕙如只是偶然兴来的一幕扮演。上装后一切都失却自由,其实际情形无异是作了收罗万矢的箭垛。

如今箭垛的命运算是满了,她很觉值得感谢上苍。双手将这项辉煌的翠冠,递给愿意接受的朋友后,自己不禁偷偷的笑了!这来也匆匆,去也匆匆的命运。

在纷扰的社会里,嘈杂的会场上,奸狡万变的面孔,口是心非的微笑中,她悄悄推倒前面那块收罗万矢的箭垛,摘下那顶庄严伟大的峨冠,飘然回到她幽静的书斋去了。走进了深深院落,望见紫藤的绿荫掩着她的

碧纱窗。那一排新种的杨柳也长高了,影子很婀娜的似在舞动,树荫下挂着她最爱的鹦哥,听见步履声,它抬起头来飞在横木上叫着:

"快开门,快开门!"

她举眸回盼了一下。湘帘沉沉中听见姨母唤她的声音。这时帘揭开了,双鬓如雪的姨母扶杖出来迎接蕙如。一股晚香玉的芬馥,由屋中照来,她猛然清醒!如午夜梦回一样。

晚餐后,她回到自己的屋里,卸下那一套"恰如其分"的装束,换上了一件沾满泪痕酒渍的旧衣,坐在写字台前沙发上,深深地吐了一口气。觉得灵魂自由了,如天空的流云,如海上的飞鸟。瓶中有鲜艳的菡萏,清芬扑鼻,玻璃杯里斟着浓酽的绿茶,沁人心脾。磨好了墨,蘸饱了笔,雪亮的灯光下,她沉思对一迭稿纸支颐。

该从何处下笔呢!这半截惊惶纷乱,污浊冷酷的环境;狡诈奸险,可气可笑的事迹,都如电影一般在她脑中演映着。

辗转在荆棘中,灵魂身体都是一样创痛。虽然是已经受了她不曾受过的,但认识的深刻,见闻的广博,却也得到她不曾知道的。人生既是活动的变迁,力和智的奋争,那她今夜归来的情况,直有点儿像勇士由战壕沙场的梦中惊醒,抚摸着自己的创痕,而回忆那炮火弥漫,人仰马翻,赤血白骨,灰烬残堞;喟叹着身历的奇险恐怖一样。

丁零零门铃响了,张妈拿来了几封信。

她拆开来,都是学校里来的。

一封是焕之写来的。满纸都是愤慨语,一方面诅咒别人,一方面恭维着自己,左不是那一类乎黄钟毁弃、瓦釜雷鸣的笔调。她读后笑了笑!心想何必发这无意义的牢骚。她完全不懂时势和社会的内容,假使社会或个人的环境,没有一点儿循环的变化,这世界就完全死寂了,许多好看热闹的戏也就闭幕了,那种人生有什么意味呢!

又一封信,笔迹写的很恶劣,内容大概说堂内同学素常对蕙如很有感情,不应对她忽然又翻脸攻击,更不应以一种卑鄙钻营的手段获得胜利。气了个愤填胸臆,骂了个痛快淋漓,那种怒发冲冠、拔剑相瞋的情形,

◎ 散文

真仿佛如在目前。

但是蕙如看到信尾的签呢,令她惊异了!原来这个王亚琼,就是在学校中反对蕙如最激烈的分子,喊打倒,贴标语,当主席,谒当局的都是她。

这真是奇迹呵!

蕙如拿着那封信对着灯光发呆,看见纸上那些怎样钦佩,怎样爱慕,怎样同情,怎样愤慨的话,每一字每一句都像毒刺深插入她的灵魂。她真不解:为什么那样天真活泼,伶俐可爱的女孩们,她洁白纯净的心田,如何也蒙蔽着社会中惯用的一套可憎恨的虚伪狡诈罪呢!明知道,爱和憎或是关乎切身的利害。这都是人人顾虑的私情,谁敢说是恶德呢?不过一方面喊"打倒"一方面送秋波的伎俩,总不是我辈热血真诚的青年应为的罢!她忏悔了,教育是失败了呢?还是力量小呢?

起始怀疑了,这样的冲突。赞美你的固然是好听,其本心不见得是真钦佩你。咒骂你的自然感到气愤,但是也不必认为真对你怎样厌恶。她想到这里,心境豁然开朗,漠然微笑中,把这两封信团了个球掷在纸筐里。

夜深了,秋风吹过时,可以听见树叶落地的声音。这凄清秋意,轻轻掀动了宁静的心波,她又感到人间的崎岖冷酷,和身世的畸零孤苦,过去一样是春梦烟痕;回想起来,已是秋风起后另有一番风景了。

她愿恢复了旧日天马行空的气魄,提起了久不温存的笔尖,捉摸那飘然来去的灵感。原本是游戏人间来的,因之绝不懊悔这一次偶然的扮演。胸中燃烧着热烈欲爆的灵焰,盼这久抑的文思如虹霓一样,专在黯淡深奥处画出她美丽伟大的云彩,于是乎她迅速的提起了笔。

蕙娟的一封信

你万想不到,我已决定了走这条路,信收到时我已在海天渺茫的路程中了。这未卜前途的摸索,自然充满了危险和艰苦,但是我不能不走这

条路。玲弟！我的境遇太惨苦了！你望着我这渐泯于黑暗的后影也觉得黯然吗？

请你转告姑母,我已走,就这样悄悄地走了。你们不必怀念,任我去吧。我希望你们都忘掉我和我死了一样。因为假如忆到我,这不祥多难的身世徒令人不欢——我愿我自己承受上躲到天之一角去,不愿让亲爱我的人介怀着这黯淡的一切而惆怅!

来到这里本是想排解我的忧愁,但孰料结果又是这样惨淡！无意中又演了一幕悲剧。玲弟:我真不知世界为什么这样小,总捉弄着我,使我处处受窘。人间多少事太偶然了,偶然这样,偶然那样;结果又是这般同样的方式,为什么人的能力灵感不能扎脱斩断过密布的网罗呢！我这次虽然逃脱,但前途依然有的是陷阱网罗,何处不是弋人和埋伏呢？玲弟！我该怎样解脱我才好？这世界太小了。

这次走,素君完全不知道。现在他一定正在悲苦中,希望你能替我安慰劝解他,他前程远大,不要留恋着我,耽误他的努力。他希望于我的,希望于这世界的,虽然很小,但是绝对的不可能,你知道我现在——一直到死的心,是永不能转移的。他也很清楚,但是他沉溺了又不能自由意志的振拔自己,这真令我抱歉悲苦到万分。我这玩弄人间的心太狠毒了,但是我不能不忍再去捉弄素君,我忏悔着罪恶的时候,我又那能重展罪恶呢！天呵！让我隐没于山林中吧！让我独居于海滨吧！我不能再游于这扰攘的人寰了。

素君喜欢听我的诗歌,我愿从此搁笔不再做那些悲苦欲泣的哀调以引他的同情。素君喜欢读我过去记录,我愿从此不再提到往事前尘以动他的感慨。素君喜欢听我抚琴,我愿从此不再向他弹琴以乱他的心曲。素君喜欢我的行止丰韵,我愿此后不再见他以表示绝决。玲弟！我已走了,你们升天入地怕也觅不到我的踪迹,我是向远远地天之角地之涯独自漂流去了。不必虑到什么,也许不久就毁灭了这躯壳呢！那时我可以释去此生的罪戾,很清洁光明的去见上帝。

姑母的小套间内储存着一只大皮箱,上面有我的封条。我屋里中间桌上抽屉内有钥匙,请你开开,那里边就是我的一生,我一生的痕迹都在那里。你像看戏或者读小说一样检收我那些遗物,你不必难受。有些东西也不要让姑母表妹她们知道,我希望你能知道我了解我,我不愿使不了解不知道我的人妄加品评。那些东西都是分别束缚着。你不是快放暑假了吗?你在闲暇时不妨解开看看,你可以完全了解我这苦悲的境界和一切偶然的捉弄,一直逼我到我离开这世界。这些都是刺伤我的毒箭,上边都沾着我淋漓的血痕和粉碎的心瓣!

唉!让我追忆一下吧!小时候,姑父说蕙儿太聪慧了,怕没有什么福气,她的神韵也太清峭了。父亲笑道:我不喜欢一个女孩儿生得笨蠢如牛,一窍不通。那时大家都笑了,我也笑了!如今才知道自己的命运,已早由姑父鉴定了;我很希望黄泉下的姑父能知道如今流落无归到处荆棘的蕙儿。而一援手指示她一条光明超脱的路境以自救并以救人哩!

不说闲话吧!你如觉这些东西可以给素君看时,不妨让他看看。他如果看完我那些日记和书信,他一定能了然他自己的命运,不是我过分的薄情,而是他自己的际遇使然了。这样可以减轻我许多罪恶,也可以表示我是怎样的一个女子,不然诅咒我的人连你们也要在内啊!如果素君对于我这次走不能谅解时,你还是不必让他再伤心看这些悲惨的遗物,最好你多寻点证据来证明我是怎样一个堕落无聊自努力的女子,叫他把我给他那点稀薄的印象完全毁灭掉才好,皮箱内有几件好玩且珍贵的东西,你最好替我分散给表姊妹们。但是素君,你千万不能把我的东西给他,你能原谅我这番心才对,我是完全想用一个消极的方法来毁灭了我在他的心境内的。

皮箱上边箧内有一个银行存款折子,我这里边的钱是留给母亲的一点礼物,你可以代收存着;过一两个月,你用我名义写一封信汇一些钱去给母亲,一直到款子完了再说,那时这世界也许已变过了。这件事比什么都重要,你一定留意我的可怜,念我的孤苦,念我母亲的遭遇,替我办到这很重要的事。另有一笔款子,那是特别给文哥修理坟墓用的。今年春天清明节我已重新给文哥种植了许多松树,我最后去时,已葱茏勃然大有生气,我是希望这一生的血泪来培植这几株树的,但是连这点微小的希望环境都不允许我呢!我走后,他墓头将永永远远的寂寞了,永永远远再看不见缟素衣裳的女郎来挥泪来献花了,将永永远远不能再到那湖滨看晚霞和春蔼了。秋林枫叶,冬郊寒雪。芦苇花开,稻香弥漫时,只剩了孤寂无人凭吊的墓了,这也许是永永远远的寂寞泯灭吧!以后谁还知道这块黄土下埋着谁呢?更有谁想到我的下落,已和文哥隔离了千万里呢!

深山村居的老母,此后孤凄伶仃的生活,真不堪设想,暮年晚景伤心如此,这都是我重重不孝的女儿造成的,事已到此,夫复何言。黄泉深埋的文哥,此后异乡孤魂,谁来扫祭?这孤冢石碑,环墓朽树,谁来灌浇?也许没有几年就冢平碑倒,树枯骨暴呢!我也只好尽我的力量来保存他,因此又要劳你照拂一下;这笔款子就是预备给他修饰用的。玲弟!我不敢说都怎样对你好,但是我知道你是这世界上能够了解我、可怜我、同情我的一个人。这些麻烦的末了之件也只有你可以托付了。我用全生命来感谢你的盛意。玲弟!你允许我这最后的请求吗?

这世界上,事业我是无望了,什么事业我都做过,但什么都归失败了。这失败不是我的不努力而是环境的恶劣使然。名誉我也无望了。什么虚荣的名誉我都得到了,结果还是空虚的粉饰。而且牺牲了无数真诚的精神和宝贵的光阴去博那不值一晒的虚荣,如今,我还是依然故我,徒害得心身俱碎。我悔,悔我为了一时虚名博得终身的怨愤。有一个时期我也曾做过英雄梦,想轰轰烈烈,掀天踏海的闹一幕悲壮武剧。结果,我还未入梦,而多少英雄都在梦中死了,也有侥幸逃出了梦而惊醒的,原来也是一出趣剧,和我自己心里理想的事迹绝不是一件事,相去有万万里,而这万万里又是黑暗崎岖的险途,光明还是在九霄云外。

有时自己骗自己说:不要分析,不要深究,不要清楚,昏昏沉沉糊涂混日子罢!因此奔波匆忙,微笑着,敷衍着,玩弄面具,掉换枪花,当时未尝不觉圆满光彩。但是你一沉思凝想,才会感觉到灵魂上的尘土封锁创痕斑驳的痛苦,能令你鄙弃自己,痛悔所为,而想跃入苍海一洗这重重的污痕和尘土呢!这时候,怎样富贵荣华的物质供奉,那都不能安慰这灵魂

高洁纯真的需要。这痛苦,深夜梦醒,独自沉思忏悔着时:玲弟!我不知应该怎样毁灭这世界和自己!

社会——我也大略认识了。人类——我也依稀会晤了。不幸的很,我都觉那些一律无讳言罢,罪恶,虚伪的窝薮和趣剧表演的舞台而已。虽然不少真诚忠实的朋友,可以令我感到人世的安慰和乐趣,但这些同情好意,也许有时一样同为罪恶,揭开面具还是侵夺霸占,自利自私而已。这世界上什么是值得我留恋的事,可以说如今都在毁灭之列了。

这样在人间世上,没有一样东西能系连着继续着我生命的活跃,我觉这是一件最痛苦的事。不过我还希望上帝能给我一小点自由能让我灵魂静静地蜷伏着,不要外界的闲杂来扰乱我;有这点自由我也许可以混下去,混下去和人类自然生存着,自然死亡着一样。这三年中的生活,我就是秉此心志延长下来的。我自己又幻想任一个心灵上的信仰寄托我的情趣,那就是文哥的墓地和他在天的灵魂,我想就这样百年如一日过去。谁会想到,偶然中又有素君来破坏捣乱我这残余的自由和生活,使我躲避到不能不离开母亲,和文哥而奔我渺茫不知栖止的前程。

都是在人间不可避免的,我想避免只好另觅道路了。但是那样乱哄哄内争外患的中国,什么地方能让我避免呢!回去山里伴母亲度这残生,也是一个良策,但是我的家乡正在枪林弹雨下横扫着,我又怎能归去,绕道回去,这行路难一段,怕我就没有勇气再扎挣奋斗了,我只恨生在如此时代之中国,如此时代之社会,如此环境中之自我;除此外,我不能再说什么了。

玲弟!这是蕙姊最后的申诉,也是我最后向人间忏悔的记录,你能用文学家的眼光鉴明时,这也许是偶然心灵的组合,人生皆假,何须认真,心情阴晴不定,人事变化难测,也许这只是一封信而已。

姑母前替我问好,告诉她我去南洋群岛一个华侨合资集办的电影公司,去做悲剧明星去了。素君问到时,也可以告诉他说蕙姊到上海后已和一个富翁结婚,现在正在西湖度蜜月呢!

一九二八,五,二九,花神殿

花神殿的一夜

这时候：北京城正在沉默中隐伏着恐怖和危机，谁也料不到将来要发生怎样的悲剧，在这充满神秘黑暗的夜里。

寄宿的学生都纷纷向亲友家避难去了，剩下这寂寞空旷的院落，花草似乎也知人意，现露一种说不出来的冷静和战栗。夜深了。淡淡的月光照在屋檐上、树梢头，细碎的花影下掩映着异样的惨淡。仰头见灰暗的天空镶着三五小星，模糊微耀的光辉，像一双双含涕的泪眼。

静悄悄没有一点儿人声，只听见中海连续不断的蛙声，和惊人的汽车笛鸣，远远依稀隐约有深巷野犬的吠声。平常不注意的声音，如今都分明呈于耳底。轻轻揭帘走到院里，月光下只看见静悄悄竹帘低垂，树影阴翳，清风徐来，花枝散乱。缘廊走到梦苏的窗下，隔着玻璃映着灯光，她正在案上写信。我偷眼看她，冷静庄严，凛然坦然，一点儿也不露惊惶疑虑；真帮助鼓舞我不少勇气，在这般恐怖空寂的深夜里。

顺着花畦，绕过了竹篱，由一个小月亮门来，到了花神殿前。巍然庄严的大殿，荫深如云的古松，屹立的大理石日规，和那风风雨雨剥蚀已久的铁香炉，都在淡淡月光下笼罩着，不禁脱口赞道：

"真美妙的夜景呵！"

倚着老槐树呆望了一会，走到井口旁边的木栏上坐下，仔细欣赏这古殿荒园，凄凉月色下，零乱阑珊的春景。

如此佳境，美妙如画，恍惚若梦，偏是在这鼙鼓惊人，战氛弥漫，荒凉冷静的深夜里发现。我不知道该赞美欣赏呢，还是诅恨这危殆的命运？

来到这里已经三月了。为了奔波促忙，早晨出去，傍晚回来，简直没有一个闲暇时候令我鉴赏这古殿花窖的风景。只在初搬来的一夜，风声中摇撼着陌生斗室，像瀚海烟艇时：依稀想到仿佛"梅寠"。

散文

有时归来,不是事务羁身,就是精神疲倦;夜间自己不曾出来过一次。白天呢!这不是我的世界。被一般青春活泼的少女占领着,花荫树底,莺声燕语,嫣然巧笑,翩跹如仙。我常和慧泉说:

　　"这是现实世界中的花神呢!"

　　因此,我似乎不愿去杂入问津,分她们的享受,身体虽在此停栖了三月之久,而认识花神殿,令我精神上感到快慰的,还是这沉默恐怖的今夜。

　　不过,我很悔,今夜的发现太晚了,明夜我将离开这里。

　　对着这神妙幽美的花神殿,我心觉着万分伤感。回想这几年漂泊生涯,懊恼心情,永远在我生命史上深映着。谁能料到呢!我依然奔走于长安道上,在这红尘人寰,金迷纸醉的繁华场所,扮演着我心认为最难受最悲惨的滑稽趣剧。忘记了过去,毁灭了前尘,固然是件痛快的事;不过连自己的努力,生活的进程都漠然不顾问时,这也是生的颓废的苦痛呢!哪敢说是游嬉人间。

　　呵!让我低低喊一声母亲罢!我的足迹浸着泪痕。

　　三月前我由荫护五年的穆宅搬出来,默咽了多少感激致谢的热泪。五年中待遇我的高义厚恩,想此生已不能图报万一,我常为这件事难受。假使我还是栖息在这高义厚恩之中时,恐怕我的不安、惭愧,更是加增无已。因此才含涕拜别,像一个无家而不得不归去的小燕子,飞到这荒凉芜废的花神殿。我在不介意的忙碌中,看着葱笼的树枝发了芽,鲜艳的红花含着苞蕾;如今眼前这些姹紫嫣红,翠碧青森,都是一个冬梦后的觉醒,刹那间的繁华!往日荒凉固堪悲,但此后零落又那能设想呢!

　　我偶然来到这里的,我将偶然而去。可笑的是漂零身世,又遇着幻变难测的时局,倏忽转换的人事。行装甫卸,又须结束。伴我流浪半生的这几本破书残简,也许有怨意罢!对于这不安定的生活。

　　我常想到海角天涯去,寻访古刹松林,清泉幽岩,和些渔父牧童谈谈心;我不需要人间充塞满的这些物质供养我的心身。不过总是挣脱不出这尘网,辗转因人,颦笑皆难。咳!人生真是万劫的苦海呵!谁能拯我出

此呢?

忽然一阵狂风飞沙走石,满天星月也被黑云遮翳;不能久留了,我心想明日此后茫茫前途,其黑暗惊怖也许就是此时象征吧!人生如果真是这样幻变不测的活动着,有时也觉有趣呢!我只好振作起来向前摸索,看着荆棘山石刺破了自己的皮肤,血淋淋下滴时虽然痛苦,不过也有一种新经验能令我兴奋。走吧!留恋的地方固多,然留恋又何能禁止人生活动的进展呢!

走到房里灯光下堆集着零乱的衣服和书籍,表现出多少颠顿狼狈的样子;我没奈何的去整理它们。在一本书内,忽然飘落下一片枫叶,上面写着:

"风中柳絮水中萍,飘泊两无情。"

一九二八,六,三〇

葡萄架下的回忆

生命之波,滔滔地去了,禁不住的怀想,深沉的回忆。但有时他那深印脑海的浪花,却具着惹人不忘的魄力。在这生命中之一片碎锦,是应当永志的。一刹那,捉不住的秋又去了,但是不灭的回忆依然存在。

窗外的杨柳,很懊恼的垂着头,沉思她可怜的身世。那一缕缕的微笑,从瑟瑟的风浪中传出。在淡泊的阳光下,照出那袅娜的姿态,飘荡的影子,她对于这悲愁的秋望可像有无限的怨望!有时窗上的白纬纱,起伏飘荡的被风吹着,慢慢地挂在帐角上,但是一刹时,被一阵大风仍旧把他吹下来,拖在地板上。在沉寂中,观察一个极细微的事物,都含有无限的妙理,宇宙的奥藏,都在这一点吗?

那时候我很疲倦的睡在床上,想藉着这时候休息一下,因为我在路上,已经两夜失眠了。但是疲倦的神,还是不屈不挠的,反把睡天使驱出

关外,更睡不着了!虽然拢上眼睛,但是那无限的思潮,又在魔海中萦绕……莫奈何,只好把眼睛睁开,望望那窗外的杨柳和碧蓝的天,聊寄我的余思。这时候想不到我的朋友梅影君来访我!不但是沉闷中的安慰,并且是久别后的乍逢。晤面后那愉快的意线从各人的心房中射出,在凝眸微笑中,满溢着无限的温情。

  我记得那是极温和的天气,淡淡的斜阳,射在苍黄的地毡上。我们坐在窗旁的椅上,谈别后的情况,她还告诉我许多令我永久记忆的事……不过我们未见面时所预备的话,都想不起,反而相对默然。后来首问我暑假中家居的成绩,可惜我所消磨岁月的,就是望着行云送夕阳。除过猛烈的刺激,深刻的回忆……高兴时随便写几句诗外,实在莫有可称述的一样成绩,不过梅影她定要我念几首给她听,后来我扭不过她的要求,想起一首《紫罗兰》来——因为她是殉了《商报》的纪念物,算是一种滑稽的记忆。我读给她的诗是——

    当她从我面前低着头,匆匆走过去的时候,
    她的心弦鼓荡着我的心弦,
    牵引着我的足踵儿,
    到了紫罗兰的面前。
    花上的蝶儿,猛吃一惊,嗔人扰她甜蜜的睡眠;
    但是花儿很愉快的娜媚舞蹈着,
    展开她一摺一摺的笑屦。
    我想她心腔中,怀着什么疑团?
    脑海里荡漾着什么波澜?
    但是她准痴立着笑而不答!

    当我无意中又遇着她的时候,
    看她手里拿着鲜烂的花球,
    衬着她玫瑰似的颊儿,乌云般的发儿,
    水漾漾漆黑的眼珠儿,满溢着无穷的话头。

鸟儿的音韵好像她抑扬的歌声；
花儿的丰姿,不知她自然活泼的娉婷。
当我慢慢的从紫罗兰的旁边离开她,
现着一点笑,
隐着一点愁。
她半喜半怨的倚着那紫罗兰不动。
人的痴心呵！
她恐怕旁人摘她的花。
朋友呵！
假如你脑海里镌深了她,
你随时能发现一朵灿烂的花,
又何必怕旁人摘她？

车轮和我的心轮一样,相扭着旋转；
我的心却在紫罗兰前。
小鸟笑着说：
"朋友呵！
沉寂里耐着点吧！
不要把血和泪,
染在花瓣上,
使她永镌着心痛；
忘不了你的怅惘沉闷！"

　　我轻轻地读着,她静静地听。我知道她受了很深刻的刺激。她说："朋友啊！你干吗！向着深思之渊中求空幻的生活。愉快之波是生命流中的浪花,你不要令她忽略,把光阴匆匆地过去。你就是绞尽脑汁,破碎心血,你向人间曾否找到一点真诚的慰藉？你看清新高爽的野外那伟大自然界,都要待我们去赏玩她,涵化她。天空中的云霞,野外的锦绣都是自然魂灵的住所。她们都含着笑,仰着头,盼我们去伴他。人生一瞥,当及时行

散文

141

乐。虽然处的是寂寞沉闷的生活中,但是大地团团,又何处非乐土呢?你的思想,比我狭闷的多,这种理想,只好自然界去融化你。去年我读你的《亡魂》一篇,我那时很危险你的理想不觉悟,后来我接你的信,知道你近来是有些觉悟。不过恐怕是一时的冲动,不仅又要消灭了……"我听了她这番忠告,非常的感激,我的思想虽然是环境造成的,但是环境又是谁来造成的?可是懦弱的青年,只有软化在恶环境的淫威下呻吟;就是不然,也只好满腹牢骚,亢喉高唱罢了。在虚伪冷淡的社会里,谁人肯将他心上的一滴热血付与人!可知道在充满着灰尘的世界上,愉快都是狡黠的笑声,所以我宁愿多接触一点浑厚温和的自然界:安慰这枯燥的生活,我不愿随风徽愿,在那满戴假面具的人群里讨无趣!梅影知我最深,她因我握别北京有二月余,水榭赏荷已为逝波;篱畔访菊又当盛秋。于是她就提议要到城南公园一睹园林秋色。那时我很愉快的允许,遂去准备我们的行进,当我坐着车出宣武门的时候,各种的车和扰扰攘攘的行人,除了汽车内坐着很安详舒适的阔佬们外,他们面上都现着恐惧的神气!因为路窄人多,呜呜!前面汽车迎头来,呜呜!后面的汽车,又电驰般的追来了!他们的恐惧:都是怕卧在汽车下,把一生劳碌的梦惊醒来了,或者对于他们生命历程上发生的阻碍,有点觉悟。虽然这样说,但我过那门时,我觉悟了一生的开幕材料,无非是取给于这一刹那的小把戏台上的反映罢了。离公园门有十余步的距离,有一个兵,在石阶上走来走去,他故意踏重他的皮靴表示他很趄昂的样子。他的职务是守卫而兼着收票。每当我来这儿购票的时候,他准表示他认识我是常游者的态度,并且我进了公园的时候,他准微笑着,低头踏着他皮靴上的泥尘,我看他是一个诚恳的服务者。

我进了园后门,觉着眼前出现一幅极美丽的景象。我们沿着草径走,极微细的足音,往往惊起草虫的鸣声,和蝴蝶的飞舞。那时斜阳挂在林外,碧蓝的天上,罩满了锦绣的云霞。我们慢慢地走着,领悟这人生一瞥中的愉快!自然呵!你具有了这种伟大的势力,为什么不把污浊的人心洗清,恶劣的世俗扫净。

绿荫如幕,覆在一角红墙下,分明的鲜艳。我们走过的时候,那树上的叶子,都瑟瑟地低声微语,地下的柔苔苍绿,杂着红霉的叶儿铺着,我想起那春天的红花在树上摇曳着,弄姿撒娇的样子,知道是做了一场春梦呵!

我们游到葡萄架下,停止我们的行进,作个暂时的休息。我们踱过了短桥!那桥下的水是尽其所能的灌园灌艺用的!发源是从井里吸上来的。虽然人工的小河,但流在这种静雅清净的福地,也别有风味,不致埋没他的本质。我们进了葡萄架下,一种清香沁骨,令人神醉。这时候,一个茶役上来招呼,他的态度,完全是一个纯洁的园丁——农夫。他来应酬客人也觉着许多天真态度,因为他莫有带着平常茶役的假面具。

当时我们坐在架下的角上,上边有绿色的天然葡萄叶,密布着作了天棚,倒缀着许多滴露的葡萄,真令人液涎。从叶缝里能看见一线碧蓝的天纹,下边铺着一层碧苍青苔,踏下去软软的,做了天然地毯。一阵风过处,往往落些小叶,在我的襟上。我极力的镇定着我搏动的热血和呼吸,领受这一瞥中的愉快。现在青年人的幸福,也仅仅是这一途了。那时我回头看梅影,望着小桥下流水发呆!从我旁观者的观察和猜度知道她觉悟了人生观的大梦,到终久是要醒的。但是在这嚣杂烦扰的社会里,很难窥透着这一点。往往愈入愈迷,愈迷愈有味……虚荣的名利,驱使人牺牲了天良,摧残了个性,劳碌着把自己的躯壳做成个机械去适应社会——环境,并且要自相残杀肃血漂橹。到那白杨萧萧杜鹃哀啼荒茫苍凉中都一样的藏身在一抔黄土之下。回忆起来,不过在人生途中,做了一个罪恶和不觉悟的牺牲!人各有志,梅影虽然雄志赳昂,要做一番惊天动地的大事业出来,为她生命中的光彩,发展她平生的抱负和雄才。不过她是藉以消磨那有生命的光阴。她有时为自然界的美一接触时,未尝不觉得是虚幻。我们是不能默默地讨论,宇宙间深奥神妙……往昔思绪飘然,灵魂要飞出去时,草上的小虫,夕阳下树上的秋蝉唧唧声把我们已飞的神思捕来!梅影一回顾,见我也立在她后面发呆,不禁得扑嗤的一笑,反把我吓了一跳。我们遂抛了那沉思的生活,转出了葡萄架后面见那一块广田分畦,种的各种蔬菜,夹杂的些野花,但却带着点憔悴的色彩,因为经了秋的缘故。有三五农夫似的园丁,蹲在那绿畦里,栽培蔬菜。他见那绿叶的大瓜,面上发出极愉快的微笑。他很乐意把全副的精神,都注在那茂盛实力的收获上。所以他很(热)诚地保护着她。

  我们很不愿意离开这深刻缁衣的葡萄架下,但无情的光阴板着脸又赶着我们度黄昏黑暗的生活了。一刹那间的安慰,又匆匆地过去了,那时夕阳残霞照在一片昏黄的草地上,幻出各样的色彩,他也要着未别我们之先,发挥尽他的爱和光——因为他要去了。那黑暗的魔降逼来了!哦!葡萄架下的回忆也完了。我回忆时的时况,这回要叫人忆了……人生的波,匆匆去了。一点一点的浪花都织在脑海的波澜纹里了。一幕一幕不尽何时回忆了啊?

一九二二年十月一号,在北京女子高师

  (原载《北京国风日报·学汇副刊》第一期,原署名评梅。)

心之波

  我立在窗前许多时候,我最喜欢见落日光辉,照在那烟雾迷蒙的西山,在暮色苍茫的园里,粗砺而且黑暗的假山影,在紫色光辉里照耀着。那傍晚的云霞,飘坠在楼下,青黄相间,迎风摇曳的梧桐树上——很美丽的闪烁,犹如一阵淡红蔷薇花片的微雨,偏染了深秋梧叶。我痴痴地看那晚霞坠在西山背后,今天的愉快中秋节,又匆匆地去了!时间张着口,把青春之花,生命之果都吸进去了,只留下迷路的小羊在山坡踌躇着。

  夜间临到了!我在寂寞沉闷的自然怀抱中,我是宇宙的渺小者呵;这一瞥生命之波又应当这样把温和与甜蜜的情感,去发掘宇宙秘藏之奥妙;吸收她的美和感化,以安慰这枯燥的人生呵!晶莹光辉的一轮明月,她将一手蕴藏的光明,都兴尽的照遍宇宙了;那夜景的灿烂,都构成很和平很静默的空气。我从楼上下去到了后院——那空旷的操场上,去吸收她那素彩清辉的抚爱;路过了许多游廊,那电灯都黑沉的想着他的沉闷,他是莫有力量和月光争辉的,但在黑暗的夜里,那月儿被黑云翳遮满了,除了一二繁星闪烁外,在那黑暗里辉耀着的就是电灯了!但现在他是不能和她争点光明的,因为她是自然的神。我一路想着许多无聊的小问题,不觉的走到花园的后面一棵松树底下;我就拂着枯草坐在树底。从枝叶织成的天然幕里,仰着头看那含笑的月!我闭了眼,那灵魂儿不觉的飞出去,找我那理想中之幻想界——神之宫——仙之园——作我的游缘。我觉着灵魂从白云迷茫中,分出一道光明的路,我很欣喜的踏了进去,那白玉琢成的月宫里,冉冉的走出许多极美丽的白衣仙女,张着翅膀去欢迎我的灵魂!从微笑的温和中,我跪在那白绒的毡上,伏在那洁白神女之肩上。我那时觉着灵魂儿都化成千数只的蝴蝶,翩翩在白云的深宫跳舞了!神秘的音乐,飘荡在银涛的波光中,那地上的花木,也摇曳着合拍的发出相击的细声。眼睛开了,依然在伟大的松林影下坐着,眼中还映着那闪烁而飘浮的色带:仿佛那白衣的神妃及仙女都舞蹈着向我微笑!她听见各地方都发出嚓嚓的、奇异的、悲愁的、感动的、恳切的声调,如珍珠的细雨落在深密而开花的林中一样。我慢慢地醒了那灵魂中构成的幻梦,微细的音乐还依然在那银涛之光中波动着。我凝神细听,才知是远处的箫声,那一缕缕的哀音,告诉以人类的可怜!

去年今夜,不是同她在皓月之下叙别吗?我那时候无心去看月儿的娇媚,我的泪只是往肚子里流!现在月儿一样的照在我和她的心里,但重洋之波流不去我的思惘。我确知道她是最哀痛的一个失恋者,在生命中她不觉的愉快,幸福只充满了忏悔和哀怨。她生命之花,都被那恶社会的环境牺牲了。她觉着宇宙尽充着悲哀,在呜咽的音容中,微笑总是徒然,像海鸥躲出海去,是不可能的事啊!

我思潮不定的波荡着,到了我极无聊的时候,我觉着又非常可笑!人生到底是怎样生活去吗?我慢慢地向我寝室走,那萧瑟的秋风吹在两旁的树林里,瑟瑟地向我微语:他们的吟声和着风声,唱出那悲哀之歌。我踽踽独行,是沉闷无聊的事吗?但我看来,是在这烦恼嚣杂的社会里,不亲近人是躲避是非的妙法。所以人家待我有二三分的美意,我就觉着有一种说不出的恐怖布满了我的心腔。我慢慢地沉思着走到了我的楼下,忽然见楼旁有个黑影一闪,我很惊讶地问了一声"是谁",但那黑影已完全消失了,找不出半点行踪。一瞥的人生也是这样的无影无踪吗?我匆匆地上楼,那皓光恰好射在我的帐子上,现出种极惨的白色!在帐中的一个小像上,她掬着充足的泪泉在那眼波中,摄我的灵魂去,游那悲哀之海啊!失恋的小羊哟,在这生命之波流动的时候,那种哀怨的人生,是阻止那进行的拦路虎,愈要觉着那不语的隐痛。但人要不觉悟人世是虚伪的,本来什么也不足为凭,何况是一种冲动的感情啊!不过人在旁观者的地位都觉着她是不知达观方面去想的,到了身受者亲切的感着时候,是比不得旁观者之冷眼讥笑。这假面具带满的社会,谁能看透那脑筋荡漾着什么波浪啊!谁知道谁的目的是怎样主张啊?况且人世的事都是完全相对的,不能定一个是非,如甲以为是的乙又以为非,是没有标准的。那么,在这恶社会里失望和懊恼,都是人类难免的事。这么一想,她有多少悲哀都要被极强的意志战胜。既然人世是宇宙的渺小者瞬息的一转,影一般的就捉不住了!那疲倦的青春,和沉梦的醉者,都是青年人所不应当消极的。但现在的青年——知识界的青年,因感觉的敏感和思想的深邃,所以处处感着不快的人生,烦闷的人生。他们见宇宙的事物,人类是受束缚的。那如大空的鸿雁,任意翱翔,春日的流莺,随心歌啭呢?他们是没有知识的,所以他们也减少烦恼,他们是生活简单的,所以也不受拘束。

　　我一沉思,虽晴光素彩,光照宇宙,但我心胸中依然塞满了黑暗。我搬把椅子,放在寝室外边的栏杆旁,恰好一轮明月,就照着我。那栏杆下沉静的青草和杨柳,也伸着头和月儿微语呢。一阵秋风,那树叶依然扑拉拉落了满地。月儿仍然不能保护他今夜不受秋风的摧残,她更不能借月儿的力量,帮助他的"生命之花"不衰萎不败落。这是他们最不幸的事情,但他们也慷慨的委之于运命了!

　　夜是何等的静默啊!心之波在这爱园中波荡着,想起多少的回忆:在初级师范读书的时候,天真烂漫,那赤血搏动的心里,是何等光亮和洁白呵!没有一点的尘埃,是奥妙神洁的天心呵!赶我渐渐一步一步的挨近社会,才透澈了社会的真象——是万恶的——引人入万恶之途的。一入万恶之渊,未有不被万恶之魔支配的!叫他洁白的心胸,染了许多的污点。他是意志薄弱的青年,能不为万恶之魔战败吗!所以一般知识略深的青年,对于社会的事业,是很热心去改造的,不过因为环境和恶魔的征服,他们结果便灰心了,所以他对于社会是卑弃的,远避的。社会上所需要的事物,都是悖逆青年的意志,而偏要使他去做的事情。被征服的青年,也只好换一副面具和心肠去应付社会去,这是人生隐痛啊!觉悟的青年,感受着这种苦痛,都是社会告诉他的,将他从前的希望,都变成悲观的枯笑,使他自然地被摒弃于社会之外,社会的万恶之魔,就是许多相袭既久的陈腐习惯,在这种习惯下面,造出一种诈伪不自然的伪君子,面子上都是仁义道德,骨子里都是男盗女娼。然而这是社会上最尊敬最赞扬的人物,假如在这社会习惯里有一二青年,要禀着独立破坏的精神,去发展个人的天性,不甘心受这种陈腐不道德的束缚,于是乎东突西冲,想与社会作对,但是社会的权力很大,罗网很密,个人绝对不能做社会的公敌的,社会像个大火炉,什么金银钢铁锡,进了炉子,都要熔化的。况且"多数服从的迷信"是执行重罚的机关(舆论),所以他们用大多数的专制威权去压制那少数的真理志士,剥夺了他的言论行动精神肉体——易卜生的社会栋梁同国民公敌都是青年在社会内的背影!

　　人生是不敢去预想未来,回忆过去的,只可合眼放步随造物的低昂去。一切希望和烦恼,都可归到运命的括弧下。积极方面斗争过去,终归于昙花一现,就消极方面挨延过去,依然一样的落花流水;所取的目的虽不同,而将来携手时,是同归于一点的。人生如沉醉的梦中,在梦中的时候一颦一笑,都是由衷的——发于至情的;迨警钟声唤醒噩梦后,回想是极无意识而且发笑的!人生观中一片片的回忆,也是这种现象。

◎ 散文

今夜的月儿，好像朵生命之花，而我的灵魂又不能永久深藏在月宫，躲着这沉浊的社会去，这是永久的不满意呵！世界上的事物，没有定而不变的，没有绝对真实的。我这一时的心波是最飘忽的一只雁儿；那心血汹涌的时候，已一瞥的追不回来了！追不回来了！我只好低着头再去沉思之渊觅她去……

一九二三年，双十节脱稿

（原载《北京国风日报·学汇副刊》第八至十期，原署名评梅。）

红粉骷髅

记得进了个伟大庄严的庙，先看见哼哈二将，后看见观音菩萨。战栗的恐怖到了菩萨面前才消失去，因之觉着爱菩萨怕将军，已可这样决定了。有一天忽然想起来，我到父亲跟前告诉他，他闭着眼睛微笑了说"菩萨"也不必去爱，将军也无须去怕，相信他们都是一堆泥土塑成的像。

知道了美丽的菩萨，狰狞的将军，剥了表皮都是一堆烂泥之后，因之我想到红粉，想到骷髅，想到泥人，想到肉人。

十几年前，思潮上曾不经意的起了这样一个浪花。

十几年以后，依稀是在梦境，依稀又似人间，我曾逢到不少的红粉，不少的骷髅。究竟是谁呢？当我介绍给你们时，我感到不安，感到惭愧，感到羞涩！

钗光衣影的广庭上，风驰电掣的电车里，凡是宝钻辉眩，绫罗绚烂，披绛纱，戴花冠，温馨醉人，骄贵自矜的都是她们，衣服庄的广告是她们，脂粉店的招牌是她们，镇日婀娜万态，回旋闹市，流盼含笑，徜徉剧场，要不然头蓬松而脸青黄，朝朝暮暮，灵魂绕着麻雀飞翔的都是她们。

在这迷香醉人的梦里，她们不知道人是什么？格是什么？醺醉在这物

欲的摇篮中,消磨时间,消磨金钱。

沙漠中蠕动着的:贫苦是饥寒交迫,富贵是骄奢淫逸;可怜一样都是沦落,一样都是懦弱,一样都是被人轻贱的奴隶,被人戏弄的玩具。不知她们自豪的是什么?骄傲的是什么?

一块土塑成了美的菩萨,丑的将军,怨及匠人的偏心,不如归咎自己的命运。理想的美,并不是在灰黄的皱肉上涂菩萨的脸,如柴的枯骨上披天使的纱;是在创建高洁的人格,发育丰腴的肌肉,内涵外缘都要造入完全的深境,更不是绣花枕头一肚草似的,仅存其表面的装。

我们最美丽而可以骄傲的是:充满学识经验的脑筋,秉赋经纬两至的才能,如飞岩溅珠、如蛟龙腾云般的天资,要适用在粉碎桎梏、踏翻囚笼的事业上。同时我们的人格品行,自持自检,要像水晶屏风一样的皎澈晶莹!那时我们不必去坐汽车,在风卷尘沙中,示威风夸美貌,更无须画眉涂脸,邀人下顾,自然像高山般令人景仰俯伏,而赞叹曰:"是人漂亮哉!""是人骄傲哉!"

我们也应该想到受了经济压迫的阔太太娇小姐,她们却被金钱迫着,应该做的事务,大半都有代庖,抱着金碗,更不必愁饭莫有的吃,自然无须乎当"女学士"。不打牌看戏逛游艺园,你让她们做什么?因之我想到高尚娱乐组织的必要,社会体育提倡的必要;至少也可叫她们在不愿意念书中得点知识;不愿意活动里引诱她们活动;这高尚娱乐的组织如何?且容我想想。

我现在是在梦中,是在醒后,是梦中的呓语,是醒后的说话,是尖酸的讪讽,是忠诚的哽吟,都可不问,相信脸是焦炙!心是搏跃!魂魄恍惚!目光迷离!我正在一面大镜下,掩面伏着。

(见《京报副刊·妇女周刊》第二期,一九二四年十二月十七日六版。原署名蒲侬。)

同是上帝的儿女

狂风——卷土扬沙的怒吼,人们所幻想的璀璨庄严的皇城,确是变一片旷野无人的沙漠;这时我不敢骄傲了,因为我不是一只富于沙漠经验的骆驼——忠诚的说,连小骆驼的梦也未曾做过。

每天逢到数不清的洋车,今天都不知被风刮到那里去;但在这广大的沙漠中,我确感到急切的需要了。堪笑——这样狼狈,既不是贿选的议后,也不是树倒的猢狲,因有温馨的诱惑我;在这萧条凄寒的归路里,我只得蹒跚迎风,呻吟着适之先生的"努力"!

我觉着走了有数十里,实际不过是由学校走到西口,这时揉揉眼睛,猛然有了发现了:

两个小的活动的骷髅,抬着一辆曾拖过尸骸的破车,一个是男的在前面,一个是女的在后面,她的嘴似乎动了一动,细听这抖颤的声浪,她说:

"大姑儿您要车?"

"你能拉动我吗?这样小的车夫。"

"大姑儿,您坐吧,是那儿?"前边那个男小孩也拖着车问我。但是我总不放心,明知我近来的乡愁闲恨,量——偌大的人儿,破碎的车儿,是难以载起。决定后,我大踏步的向前走了。

"大姑儿,您见怜小孩们吧!爸爸去打仗莫有回家,妈妈现在病在床上,想赚几个铜子,给妈妈一碗粥喝,但老天又这样风大!"后面那女孩似唱似诉的这样说。

真大胆,真勇气,记得上车时还很傲然;等他们拖不了几步,我开始在车上战栗了!不禁低头看看。我怀疑了,为什么我能坐车,他们只这样拉车?为什么我穿着耀国丝绸的皮袍,他们只披着百结的单衣?为什么我

能在他们面前当小资本家,他们只在我几枚铜子下流着血汗?

谁能不笑我这浅陋呢?

良心,或者也可说是人情,逼着我让他们停了车,抖颤的掏出钱袋,倾其所有递给他们。当时我只觉两腮发热,惭愧的说不出什么!

他们惊讶的相望着,最终他们来谢我的,不是惨淡的笑容,是浸入土里的几滴热泪!至现在我还怀疑我们……同是上帝的儿女!

十二月八号狂风的深夜里

(见《京报副刊·妇女周刊》第一期,一九二四年十二月十日,第七、八版。)

梅花小鹿
——寄晶清

我是很欣慰的正在歌舞:无意中找到几枝苍翠的松枝,和红艳如火的玫瑰。我在生命的花篮内,已替他们永久在神前赞祝且祈祷:

当云帏深处,悄悄地推出了皎洁的明月;汨汨的溪水,飘着落花东去的时候:我也很希望遥远的深林中,燃着光明的火把,引导我偷偷踱过了这芜荒枯寂的墓道。虽是很理想的实现,但在个朦胧梦里,我依稀坐着神女的皇辇,斑驳可爱的梅花小鹿驾驰在白云迷漫途中。愿永远作朋友们的疑问?晶清!在你或须不诅咒我的狂妄吧?

绮丽的故事,又由我碎如落花般的心里,默默地浮动着。朋友,假如你能得件宝贵而可以骄傲的礼赠时;或者有兴迫你由陈旧的字笼里,重读这封神秘不惊奇丽而平淡的信。

我隔绝了那银采的障幕,已经两个月了:我的心火燃成了毒焰的火龙,在夜的舞宴上曾惊死了青春的少女!在浓绿的深林里,曾误伤了

Cupid①的翅膀!当我的心坠在荆棘丛生的山涧下时,我的血染成了极美丽的杜鹃花!但我在银幕的后面,常依稀听到遥远的旅客,由命运的铁链下,发出那惨切恐怖的悲调!虽然这不过仅是海面吹激的浪花,在人间的历程上,轻轻底只拨弹了几丝同情的反应的心弦!谁能想到痛苦的情感所趋,挂在颊上的泪珠,就是这充满了交流的结果呵!确是应该诅咒的,也是应该祝福的,在我将这颗血心掷在山涧下的时候:原未料到他肯揭起了隔幕,伸出她那洁白的玉臂,环抱着我烦闷的苦痛的身躯呵!朋友,我太懦弱了!写到这里竟未免落泪……或许这是生命中的创伤?或许这是命运的末日?当这种同情颁赐我的时候,也同是苦恼缠绕的机会吧?

晶清:我很侥幸我能够在悲哀中,得到种比悲哀还要沉痛的安慰,我是欣喜的在漠漠的沙粒中,择出了血斑似的珍珠!这样梦境实现后,宇宙的一切,在我眼底蓦然间缩小,或许我能藏它在我生命的一页上。

生命虽然是倏忽的,但我已得到生命的一瞥灵光;人世纵然是虚幻的,但我已找到永存的不灭之花!

人间的事,每每是起因和结果,适得其反比。惟其我能盛气庄容的误会我的朋友,才可由薄幕下渗透那藏在深处、不易揭示的血心!以后命运决定了:历史上的残痕,和这颗破缺的碎心!

三年前的一个夏天,我和梅影同坐在葡萄架下,望那白云的飘浮,听着溪流的音韵:当时的风景是极令人爱慕的。他提出个问题,让我猜他隐伏在深心内的希望和志愿,我不幸一一都猜中之后,他不禁伏在案上啜泣了!在这样同心感动之下,他曾说过几句耐人思索的话:

敬爱的上帝!将神经的两端,一头给我,一头付你:纵然我们是被银幕隔绝了的朋友,永远是保持着这淡似水的友情,但我们在这宇宙中,你是金弦,我是玉琴,心波协和着波动,把人类都沉醉在这凄伤的音韵里。

是的,我们是解脱了上帝所赐给一般庸众的圈套,我们只弹着这协和的音韵,在云头浮飘!但晶清:除了少数能了解的朋友外,谁能不为了

---

①丘比特,罗马神话中的爱神。

银幕的制度命运而诅咒呢?

朋友:在这样人间,最能安慰人的,只有空泛的幻想,原知道浓雾中看花是极模糊的迹象;但比较连花影都莫有的沙漠,似乎已可少慰远途旅客的孤寂。人类原是占有性最发达的动物,假如把只心燕由温暖的心窠,捉入别个银丝的鸟笼,这也是很难实现的事。晶清!我一生的性情执拗处最多,所以我这志愿恐将笼罩了这遥远的生之途程:或者这是你极怀疑的事?

三点钟快到了:我只好抛弃了这神经的萦想,去那游戏场上,和一班天真可爱的少女,捉那生之谜去。好友!当你香云拖地,睡眼朦胧的时候;或能用欣喜而抖颤的手,接受这香艳似碧桃一般的心花!

(见《京报副刊·妇女周刊》第九期,一九二五年二月十一日,第七、八版。)

总　账

从十三年十二月十号至十四年十二月十号,《妇女周刊》①产生了一年了。将白纸变成印字的小副张,共出了五十期,总字数是大概有五七五〇〇〇个,负责凑稿的有六人,外面投稿的至多出不了二十位的范围。执笔讨论的多半是男子。女子在《妇女周刊》上发表论文、文艺的,除了本社社员而外,大概只有庐隐、玉薇、慧心等。

一年中读者教诲指导的信收到很多,自然抑扬赞骂的都在内,统计似乎男子多于女子。我们希望能收到女子的意见和作品,静候着盼了一年了,然而莫有多少人来光降;到如今招供时,都有点脸红!拉拢不来主

---

①《妇女周刊》:为《京报副刊》附设之第三种周刊。最初的编辑权实由欧阳兰等人掌握,到1925年三四月间,欧阳兰因抄袭事败露,被迫放弃编辑权,即由石评梅、陆晶清继任。

顾,生意自然不兴隆!

我们曾发信到各省女校,征集该地的妇女运动消息,和妇女生活状况,至如今也莫有只字飞来!幸好这次周年刊内有一篇德平的妇女,和山西一年来的妇女运动来给我们点缀。在失望中,不知是我们的失败呢,还是她们的沉寂?

说了一年,妇女范围里的话,只说了万分之一;效果呢更谈不到。几个人搜索枯肠凑成的文章,读者们肯青眼看时,二十分钟也都看完了。看完了,完了。至于似我执笔的小姐先生们,都是在北京繁华社会里娇养着,乡村妇女的苦况,看不见也听不到,既感不出切肤的痛苦,高谈纸上也等于隔靴搔痒。有许多朋友,说我们是花园派、小姐式的刊物,我们很喜欢的承受了,因为他们讲的恰当。

读者呢,至低程度是中学生,乡村的妇女,大概连那封面上的两个在黑暗里蜷伏着的女人都没看见,更谈不到认识。就此一点,我们的努力已证明尚未成功!

《妇女》作了大招牌,看起来是应该多方面的批评、描写、介绍、指导,然而我们的努力和言论,似乎都离着理想太远。因之她在社会上的地位如何不敢问,或者有人宠爱她是刚健有为的小女孩,或者有人对她很灰心,看她作龙钟残缺的老废物。她到底在这一年中执行了什么使命,获得到什么效果? 惭愧,我们的回答,只是"有负众望"。

我们明知道,自己浅薄懦弱,不能胜任;不过,中国妇女世界我们比较是认识了自己的,只要担子压在身上,我们愿意尽全力去负荷。如今,京报社将他交给我们的担子拿下来放在地上了,教我们暂时休息。不知何日他再由地上捡起搁在我们肩上,或者从此不回顾,让我们自己全力负荷,由地上重新肩起?

假如我们努力,朋友们都肯帮助指导,使我们走向理想的途径,有比较成功完美的收获,在《妇女周刊》二周年纪念那天,报告给诸君。

总账完了,我们不知应该怎样祝贺,或者唁吊,这用心血抚育了一年的娇孩!

（见《京报副刊·妇女周刊》周年纪念特号，第四八面，一九二五年十二月二十日。原署名评梅。）

附录：一篇寄自天津女师的作品，与评梅的《总账》载于同期。

真　实
觉　先

我要将我的空灵的思想着迹在纸上，我要将我的对于环境一切的感念倾吐出来，我愿将处在这范围内真实的我暴露出来，所以我来写这断断片片的文字。

（一）

复杂的思想，易受刺激，就是易于悲哀的渊泉，对于这个世界，漠视的悲哀，久已蓄在心头。我自己不敢认为知者，但举目看看现身繁华境中、锦绣堆里的人们，何尝知有世界？更何尝知世界的一切艰难困苦？天上有愁云，人间有苦恼，造物者并不将这重隔膜穿破，人们便一齐的蒙蔽在这重隔膜之下。唉！提起人类来，真不知要使我探出多少血泪来，明明过的是昏天暗地的生活，他们偏要说青天白日；明明的是在明枪利刃的搏战着，他们偏要说爱民救国。我恨不能挥开我的理智的利斧，去掐破这重面具。可怜无知的庸众，盲目的受这些伪君子的骗：利刃刺破他的皮肤不觉痛，疾风暴雨将要淋在他的身上不知防，还要高声朗诵着"人生行乐耳"等等的自安话。终日在鼓里过日子，严格的说一句批评他们的话："简直是疯子！"尤其可怜的是多数受教育的人——所谓懂事的人，一样的浑浑沌沌的熬日子，一天一天的说笑玩乐，他们的说笑玩乐，就是他们所认定的人生的真义，只知其当然，而不知其所以然的对付，还要自认高明。社会的势利，全被他们操纵了，岂不可惜？但我不忍作旁观者的呻吟！挽狂澜于既倒，扶大厦于将倾，这正是我们知识阶级的任务，在此点我焉能

不修养自己的一切于现在？

（二）

前些日子，见同学们有抄录八股文的举动，不禁使我发疑；这是什么时代，还想复古么？旧社会的传统因袭的思想，还嫌不坚固么？还想去建筑？我真不解用意何在，这种雕刻的文字，不过是粉饰贵族的文人罢了！它教我们感受到什么？我们读完它觉得怎样？我们可以不可以称之为文学？退一步讲，我的眼光见解固然幼稚不配批评文学，但我总觉得这些死板的文字，不能称之为纯文艺。

我承认我们的思想都在幼稚时期，对于一切的鉴别力还弱，但学然后知不足，因为不满足现在一切的结果，所以力求自新之道，应运而生，发挥我的浪漫的天性去为学对人，持着真理的信条，中心的信仰，去创造再新的思想，努力于学术的研究；以后再进展于团体人类，或可于人类有些作为。

（三）

风雨飘摇的大局，北地恐怕又入战祸中，学校的前途是怎样的危险！和同学们聚集着恐怕的谈时局，提到我们女子的自身，又一同的发浩叹。因而想到北京女师大的八一惨变来，能不痛心！摧残女权运动的蟊贼——章士钊，他胆敢以黑暗糟践了光明，我们女界，推之于全人类，于他应当如何的处置！哦！不仅是他一人——章士钊——我们渺茫的前程上的暗礁，不只是他一个，我们要怎样的战战兢兢的奋斗着渡过了这世界啊！

可怜的天津，乌烟瘴气的市气；万恶的军阀，竟来用愚民政策，封闭我们的思想，以刀枪一般的铁索，练着了全津一切的机关。好！漫天撒下自由种，伫看将来爆发时！孙中山先生的遗言，已成为镌在心版上至深的痕迹。我们暂且修炼着手段，将来好一同的合起力来去一同的打碎我们的囹圄，看，这一般越狱的犯卒们所造的社会。所以我对于时局不敢消

极,当认为这正是给我们培养能力的好时期。

我承认宇宙无论变迁到什么程度,人世凄凉到什么地步,终有自我的存在,就不能不认为人类是当有所为的。就是对于一切的贡献和创造,又那能不从自我开端?欲求自我的实现,不得不作一个创造的生活;同时具有破坏的精神,破坏什么?破坏阻障。

　　我的真实是什么?
　　在碧涛万顷,浩荡急流之上,
　　荡着我生命的小舟;
　　饱尝了颠簸,
　　受尽了折磨。
　　我不怕翻花银浪的汹涌!
　　我不怕蛟龙长鲸的潜伏!
　　凭着操纵命运的魄力,
　　把着双桨,鼓棹前进,
　　作一个发现新大陆的哥仑布!

　　在阴霾迷濛,狂风暴雨之下,
　　披着我蔽雨的薄衫;
　　风掣开我的衣襟,
　　雨湿了我的短裙,
　　我不怕狂飙怒号的威胁,
　　我不怕淋漓暴雨的袭击!
　　恃着抗争造物的雄怀,
　　咬紧牙关,冲风急趋,
　　作一林雨中蓬勃的青松!

　　在怪石嵯峨的黪夜旅途之中,
　　撑着我的闪烁的心灯:

握住了刺刀，
割除了荆棘，
我不怕深夜狰狞的旅途，
我不怕豺狼遍地的幽谷！
凭着开凿光明的壮志，
攀着怪石，奔向绝巅，
作一个扶云放歌的孤鸿！
奏着凯歌，归来之日，
伴着双亲，偕着弱妹，
邀游四海，
放棹五湖。
不效放手清流的屈子！
不效骑鲸捉月的太白！
攫得自由，
克达夙志，
讴歌着自然而终，
这是我生之意蕴！

一九二五年，十，十三。在天津女师

（见《京报副刊·妇女周刊》周年纪念特号，四二至四四面，一九二五年十二月二十日。）

绿　屋

我要谢谢上帝呢，我们能有宁静的今日。

这时，我正和清坐在菊花堆满的碧纱窗下，品着淡淡的清茶，焚着浓浓的檀香。我们傲然的感到自己用心血构成小屋的舒适，这足以抵过我

们逢到的耻辱和愤怒了。

我默望着纱窗外血红的爬山虎叶子沉思着。我忆起替清搬东西来绿窗的那个黄昏。许多天的黄昏都一样罢,然而这个黄昏特别深画着悲怆之痕。当我负了清的使命坐车去学校时的路上,我便感到异样,因为我是去欢迎空寂,我是去接见许多不敢想象的森严面孔,又担心着怕林素园误会了我,硬叫校警抓出去时的气愤和羞愧。我七年未忘,常在她温暖的怀中蜷伏着的红楼,这次分外的冷酷无情。

我抱着这样的心情走进校门,我站在她寝室门前踟蹰了,我不推门进去,我怕惊醒了那凄静的沉寂。我又怕璧姊和秀姊在里边,我不愿遇见她们,见了她们我脆弱的心要抖战的流下泪来,我怎忍独自来拣收这人去后的什物呢!本来清还健在,只不过受林素园的一封"函该生知悉"的信,而驱逐出。不过我来收东西时忽然觉着似乎她是死了的情形。

在门外立了半天,终于鼓着勇气推开了门,幸好她们都不在,给与我这整个的空寂。三支帐低赤裸,窗外的淡淡的阳光射璧姊的床缘上。清赤裸的木板上堆着她四年在红楼集聚了的物事,它们静静放在那里,我感到和几付僵尸卧着一样。收拾清楚后在这寂静的屋内环视一周,我替清投射这最后留恋的心情。我终于大胆地去办公处见她向她们拿出箱笼去的通行证。

允许我忏悔吧!我那时心情太汹涌了,曾将我在心里的怨愤泄露给我们的朋友叔举君。她默默承受了之后,我悔了,我觉不应错怪她。拿了通行证后,我又给璧姊写了个纸条,告诉她,清的东西我已搬去了,有拿错的请她再同清去换。末了我写了"再见","再见"两字那时和针一样刺着我。

莫有人知道,我悄悄独自提着清的小箱走出了校门。是这样走的,极静极静,无人注意的时候我逃出了这昔日令我眷恋,今日令我悲戚的红楼。

记得我没有回顾,车到了顺治门铁栏时,我忽然想起四年前我由红楼搬到寄宿校舍的情形,不过那时我是眷恋,如今我是愤恨。

　　进了校场头条北口,便看见弱小的清站在红漆的朱门前,她正在拿着车钱等着我。这次看见她似乎久别乍逢,又似乎噩梦初醒,说不出的一种凄酸压在我的胸上喉头。她也凝视着她那些四年来在红楼伴她书箱而兴起一缕哀感!

　　这夜我十点钟才回来,我和她默默地整理床褥,整理书箱,整理这久已被人欺凌、久已被人践踏、久已无门归处而徘徊于十字街头的心。

　　月色凄寒如水,令我在静冷的归路上,更感到人心上的冰块,或者不是我们的热泪所能融化!人面上的虚伪,或者不是我们的赤心所能转换。我们的世界假如终于是理想的梦,那么这现世终于要遗弃我们的,我们又不能不踽踽的追寻着这不可期待的梦境,这或许是我们心中永远的恶怆之痕罢!

　　这一夜我不知她怎样过去的,在漂泊的枕上,在一个孤清生疏的枕上。如今,她沉默的焚着香,在忏悔祈祷什么我不知道。不过她是应该感谢上帝的,她如今有了这富有诗情富有画意的绿屋,来养息她受创的小灵魂。

十五年十月二十日

（见《世界日报·蔷薇周刊》第六号,一九二六年二月二十八日,合订本二十一页。）

沄沁

　　灰城里入春以来,十天有九天是阴霾四布见不着太阳光,有时从云缝里露出半面,但不到一会又飘浮过一朵墨云来掩盖上了。本来多愁善感的我,在团花如锦,光华灿烂的天地中,我的心的周围已是环抱着阴霾重重,怎禁住这样天气又压迫在我忧郁的心头呢?

　　昨夜忽然晴了。点点疏星,弯弯明月,令我感到静默的幽光下,有万种难以叙述的心情纠结着。在院里望了望满天星月,我想到数月前往事,觉人生聚散离合,恍如一梦。这时幻想到你们时,你们一定都是沉醉在胜利的金觥里,或者也许卧在碧血沙场做着故园千里的归梦。夜寒了,我走到房里,由书架上,拿了一本小檀峦室闺秀词,在灯下读着,以解散我寂寞的心怀。

这时门铃响了,绿衣使者把你的信递到我案头来了。你想我是多么高兴!多么欣慰呢!

你念着白发无依的老母,和临行时才开未残的腊梅;证明你漂泊中还忆到软红十丈的燕京。沅沁!

前三天我去看母亲,到了院里。母亲很喜欢的迎我进了房,一切陈设和你在时一样,只是腊梅残了,案头新换上了红绣球和千叶莲。那些花是不认识你的,不属于你的,是母亲的。在她们嫣红微笑中,知道母亲已将忆念你的爱心分注一点在她们身上了,她们现在代你伴着寂寞的父亲,你该谢谢这些不相识的花草呢!你的床上现在不是空的,是一位田小姐住那里,夜夜陪着母亲的。黄小姐是隔一两天就去一次,还有许多朋友们也常去。母亲那天告我时她像傲然的样子,我笑着道:"这是伯母的福气,走了一个女儿,来了许多女儿。"她微笑着,我在这微笑中看出了母亲们慈爱之伟大和庄严。我想到了我故乡山城的母亲,她是没有你的母亲这样旷达的胸怀,也无这些可爱的女孩儿围绕着她。她看见的只是银须飘拂的老父,和些毫无情感的亲友们,像石像冰一样冷硬的人心侵凌着她,令她终身生活陷于愁病之中,而我又是这样忤逆,远离开她不能问暖嘘寒,后来和母亲谈了许多关乎你漂泊行踪的事,母亲很豪爽的评论现状,不带半点儿女缠绵之态。我心中暗暗佩服,自然因为有这样豪爽的母亲,才有你这样英武的女儿,我自愧不如。

虽然母亲是这样能自己扎挣,让你去投奔在战线上毫不留恋。但是眉峰间除约有些寂寞的皱纹,是为了忆念你新添的。

我和母亲谈着时,门环响了,一会女仆引进一位三十多岁的妇人,黄瘦憔悴中还保留着少年时的幽美丰韵,只是眼光神情中,满溢着无限的

忧愁，令人乍看便知是个可怜人、伤心人。你猜是谁呢？原来是你中学的朋友——陈君。她来请母亲介绍她一个医生，医治她的肝气症。她说到了身体上的病症时，同时也告诉我们她精神上的痛苦。你是知道的，她结婚的一切经过都是她哥哥包揽，事前并未得她同意，更不必说到愿意不愿意了。结婚后数年还和好相安，共有子女六人，因为小孩多，她在四年前买了一个十四岁的丫头叫秋香，初来还听话做事也勤敏，慢慢就爱吃懒动，偷东西偷银钱，后来更坏的不堪，连老妈都雇不住，来一个好的，几天就被她引坏了。这一两年内更骄纵的不成样子，她的张老爷帮着秋香欺凌她，起初是骂，后来足拳交加慢慢也挨打了。家中的银钱都交给秋香去管，得罪了秋香时，比得罪了老爷还利害。有一次秋香伴着三少爷玩，用卵子大的石头，击破了三少爷的鼻梁，血流了满脸，险一些打坏了眼睛。她忍不住了，叫来秋香骂了几句，秋香可受不了她的气，当时把被褥卷好放在大门口，等老爷回来她哭着向他说太太赶她走，老爷听见后亲自把大门口的被褥拿到了房里，向秋香赔礼。那夜她的张老爷又把她打骂了一顿，儿子脸上的血窟他连睬都不睬。她说，秋香现在是赶不走，她正托人给她张老爷找姨太太，她奢望有个好姨太太时，秋香或可让她走。当时陈君说着流下泪来！家庭像一座焦煎的油锅，她的丈夫便是狞恶的魔鬼，她不知这罪受到何时才完？因为有六个小孩子，她不忍舍弃了他们和她丈夫离婚，带上子女去呢，她丈夫也不肯，即是肯，她又如何能够养活了他们。这苦诉向谁呢？中国法律本来不是为女子定的，是为了保障男子的强暴兽行而规定的，她只有被宠幸的丫头欺凌她，被兽性冲动的丈夫践踏她至于忍气吞声忧愤成病，病深至于死，大概才会逃脱这火坑吧！沄沁，你是以改革一切旧社会制度，和保障女权的运动者，你怎样能够救这位可怜的妇人？

我们不知道的沦陷于此种痛苦下的女人自然很多，因之我们不能不为她们去要求社会改革，和毁灭那些保障恶魔的铁栏而努力的，我们不努力，她们更深落到十八层地狱下永不能再睹天日了。像这些强暴的男子也多极了，我不知他们怎样披着那张人皮，在光天化日之下鬼混？漱玉来信告我说，那位遗弃她和别人恋爱去的情人，现在又掉过头来，隔山渡海的，向她频送秋波，说许多"薄情也许是多情，害你也许是爱你"的话来引诱她，希望破镜重圆，再收覆水。你想玩一个娼妓，也不能这样随便由男人的爱憎，况且漱玉如今是努力于妇女解放运动的人。

漂泊的生活自然不是安适幸福的生活，你所说"见了多个未曾见到的事，受了多少未曾受过的苦，"这便是你求生的成绩了，你还追求什么呢？这值得向人骄傲的丰富经验和人生阅历，已由你眼底收集在你心海中了，如果有一日能闲散度着山林生活时，你把你的收获写出来，也许是一本纸贵洛阳的珍册罢！

夜将尽，天空有孤雁长唳的哀声，沄沁：我执笔向你致一个文学的敬礼罢！

十六年四月十三日

（见《世界日报·蔷薇周刊》第二十二期，一九二七年四月二十六日，第三、四版。）

《妇女周刊》发刊词

光明灿烂的地球上，确有一部分的人，是禁锁幽闭，蜷伏在黑暗深邃的幕下；悠长的时间内，都在礼教的桎梏中呻吟，箝制的淫威下潜伏着。展开过去的历史，虽然未曾泯灭尽共支人类的女性之轴，不过我们的聪明智慧，大多数都努力于贤顺贞节，以占得一席，目为无上光荣。堪叹多少才能都埋没在柴米油盐，描鸾绣凤，除了少数垂帘秉政的政治家，吟风弄月的文学家。

至少我们积久的血泪，应该滴在地球上，激起同情；流到人心里，化作忏悔。相信我们的"力"可以粉碎桎梏！相信我们的"热"可以焚毁网罟！数千年饮鸩如醴的痛苦，我们去诉述此后永久的新生，我们去创造。

战栗的——不避畏浅薄,握破笔蘸血泪的尝试了。惭愧我们的才学,不敢效董狐之笔;但我们的愚志,希望如博浪之椎。

我们的努力愿意:

一、粉碎偏枯的道德

二、脱弃礼教的束缚

三、发挥艺术的天才

四、拯救沉溺的弱者

五、创造未来的新生

六、介绍海内外消息

大胆在荆棘黑暗的途中燃着这星星光焰,去觅东方的白采、黎明的曙辉。抚着抖颤的心,虔诚向这小小的论坛宣誓:

弱小的火把,燎燃着世界的荆丛;它是猛烈而光明!细微的呼声,振颤着人类的银铃;它是悠远而警深!

(见《京报副刊·妇女周刊》第一期,一九二四年十二月十日,第一版。)

致全国姊妹们的第二封信
——请各地女同胞选举代表参加国民会议

亲爱的姊妹们:

幸而我们同是女子,同在这个渡桥上作毁旧建新的女子,作击碎镣铐,越狱自振的女子,作由男子铁腕下,扎挣逃逸的女子。这是何等荣幸,一种伟大的事业,由我们纤手去创造!一所暗邃的监狱,由我们纤手去焚毁!

在一种潜伏的情形下,理想似乎告诉我有爆裂的一天,爆烈到遍地球都飞散着火花,红霞般映着我们得意的笑靥的一天!不管这幻想是近

在此时此刻,或远在万年后;相信目下低微的呼声,薄弱的努力,都是建砌将来成功的细胞的分子。

由于生活历程的变迁,由于职业种类的分歧,由于教育设施的不平等,由于结婚生育的牵制,由于政治法律制度的支配,垄断了我们的权利,蒙蔽了我们的智慧,沦落到现在这种奴隶——弱者的地位。一方面我们智慧才能不配去"掠夺",一方面他们更不能慷慨的"璧还",于是乎我们要为了人权的获得,为了社会组织的圆满,应该运动!不管政治是混浊,是清明;不管收获是成功,是失败,应该运动!

我们相信男女两性共支的社会之轴,是理想的完美的组织。妇女运动与其说是为女子造幸福,何如说是为人类求圆满。既觉纯阳性偏枯的组织为逆理,同时也须认以女子为中心的社会欠完美。男女两性既负担着社会进化人类幸福的重责,所以我们女子今日的努力,是刻不容缓,同时不是自私自利。

简单说:女子由过去梦中惊觉后的活动,不是向男界"掠夺",也不是要求"颁赐",乃是收回取得自己应有的权利;同时谋社会进化、人类幸福的。

根本上解决,教育是人类精神独立的动力,经济是变化人类生活的条件;女子不受平等教育,而受物质束缚,是永沦奴域,一切坠落的总因。所以教育平等运动,开辟女子职业生路,以谋精神自由,经济独立,实为现代妇女运动的治本计划。教育和经济,都为人类"治生"的原素,张履祥曾说:"能治生,则能无求于人"。

自然我们希望很丰富,努力的事业也很多端;似乎不必抛了书本,跃上政治舞台,和那般官僚式的政客,流氓式的名流,杀人不眨眼的英雄们相周旋。况且在政客、名流、英雄们的眼里,何曾介意到我们这些蠕动呻吟在暗帏下的动物;充其量,我们呐喊到他们耳旁,冲击到他们面前,不过笑着说声:"这是女孩的玩艺。"

但是我们就埋首书城,永久缄默吗?幻想着到民国二十年,百年千年之后,有某总统——共执政——开一个某式会议时,候着下柬请我们去列席会议，或者聘请我们做顾问秘书，教我们预问政治吗？绝对不能。因之联合宣言，上书请愿，游街示威，未尝不是治标办法，救急采取的暗示和宣传的手段；我们的运动是向男性跋扈垄断的笼围内，索回我们应有的产业，当然不能令他们轻轻的双手璧还。

谁也不能说女子不是人，女子不是中华民国的国民；当然在这万象澄治，百物待理的国民会议里，应该采纳女子的代表。女子也应该代表二万万中华国民的资格，参加国民会议。庶乎有机会希望解决宪法上对女子的错谬，法律制度上对女子的歧视。同时我们期望国民会议，确能解决过去十三年的纠纷，更新以后亿万年的福利；为我们造成两性共支的理想社会的实现，为谋启迪我们女子拨云见日的时机！

芬兰女子多年奋斗的结果，到一八六七年得到地方机关选举权，继续奋斗四十年，才获到中央议会普通选举权；美国的女子也是经过七八十年才能取得参政权；我们不要馁气，将来定有追逐她们携手一堂的胜利。梁启超说："生命即是活动，活动即是生命。"人权虽天赋，但得失却由人；只有永久继续的运动；才能保存我们所得到的权利。因为"权"是"力"的变相，"力"是"动"的产生；我们要取得权，就要运动；我们要保存所取得的"权"，以至更增进于圆满，就要永久去运动！

四十二年前，纽西兰的女子，已得到参政权；十七年以前，芬兰女子已得到参政权；十三年前，爱斯兰女子也得到参政权；丹麦、俄罗斯、美利坚、德意志、英吉利、澳大利亚，都是已得到参政权。

中国呢？这是我们的耻辱！

（见《京报副刊·妇女周刊》第十一号，一九二五年二月二十五日，第二、三版。）

为发表《骸骨的凄声》附志

在父亲的书箱里找到一本破烂残余的小书,题笺是文章游戏。里面发现了一封哀艳动人的情书:作者是陈云贞女士,寄给她伊犁待罪、十年未归的丈夫的信。

据此书尾注:云系友人薛青萝持来请刻于文章游戏者,此信在山东马递包封内拆看抄录后,仍封好使马递至伊犁。

作者义心苦调,情深声哀;十年中教子养亲,奉上御下,肩劳任怨,茹苦含辛,真不愧贤母良妻,淑媛才女。特录出介绍妇刊,文笔虽古色古香,而描写家庭黑幕,琐事细故,颇活跃纸上揭露无遗,令人诵读后,觉千古骸骨呼吁凄声,似乎犹萦绕耳畔。

附:

骸骨的凄声

陈云贞

忆自枫亭分手,弹指十年,远塞羁愁,空怀岁月,长门幽恨,莫数晨昏;然母亲膝前儿围女围,尚可宽慰。哥哥只身孤戍,衣人作计,谁与为欢,问暖嘘寒,窥饥探渴,凉凉踽踽,未知消受几许凄其?贞虽不能纵万里之身,续一文之好,而离魂断梦,常绕左右矣,思君十二,回肠九折,岂虚语哉。

别来七奉手札,谨复三函,使固罕逢,笔尤难罄,单词片语,未足慰双撑盼睫也。前岁五月二日,得一密信,四爷处送信之日,适贞卧病之时,投递参差,几成不测,幸莲姐解人觑破,支吾遮掩,得以解纷,不觉冷汗涔涔,二竖顿然告退,伏枕细读,欣感交集。少顷母亲拆书榻畔,笑语贞云:"锦儿脱罪偏偶,归期可望。来禀颇自愧悔,想已磨折悛改。我今亦怜之矣。"是皆哥哥孝恩所感；不然，此恩正未易施也。戊申七月托劳姓所寄书，备叙别后情况，自此五易寒暑，中间情景，大概寄知。新阡树木成林，围墙完固，岁时伏腊，瞻拜如常，湖水平漕，不相侵害，可以放怀，母亲杖履优游，饮食犹昔；惟痰症时作，精神稍衰耳。亲族中概为陌路，大姊夫大姊姊，虽不甚冷落，亦无大照料；二姊夫已故，二姊姊尚留都下；六妹妹远在楚省，音问久疏；翼庭六兄，人虽刻薄，但为母亲所依赖，嗣有书来，总以一味感歉，庶可不失欢心。至负义人今已移居他所，不及提防，姜菲之言，暧昧之事，难免耸惑于哥哥。贞惟忍性坚心，立定脚跟，期尽吾之所当尽；至于青蝇墙茨之谮，信与不信，又何敢必。慰之琼女而在，尚可为解，不幸又于去年八月出疹冒风以死！十五年仳离辛苦，尽付东流，草草治棺，痉于茔侧。犹记殁之前夕，捧贞颊而啼曰："爹爹离家已久，儿殁后万不可何语及之。"今忆此言，不禁泪如泉涌；何止残稿遗书，惊心欲碎，零脂剩粉，触目兰摧耶！

丁郎读书，颇有父风：然恃聪明而欠沈潜，务高远而不咀嚼，诗词有新颖之句，制艺则驳杂不纯，青青子衿，初非馆阁中人物也。来书询其所师，舞勺以前，皆贞口授，经史诗词，略知大义。庚戌仲春，始就杨先生学，捉笔为文，是秋即了已篇，嗣后杨先生选教辞去，至今皆十权斋训迪，教法颇严，贞亦不敢稍假辞色，课余之暇，以诗词试之，不留余力。惟母亲姑息太甚，殊多阻碍，奈何奈何？

贞母于壬秋患病，延至癸春二月六日，遽尔长逝！两老人一生血脉，惟贞一线之存，不料六十年镜花水月。情深半子，能不酸楚耶！埔弟原非己出，漠不相关，只知搜索家资，良可痛恨！贞自遭此变，愈觉难堪，颗粒缨丝，一无所出。家务母亲经理，岁入不敷，贞屡求典售，而又不忍轻去：徒令侵吞剥削，多致荒废。房产欹倾过半，复被负义人据为己有，拆要一空，仅留败屋数檐聊蔽风雨，大非昔时光景。从前缓急可商之处，近皆裹足不前，遇有急需，贞亦不轻启齿，正恐不惟无济，反惹诽笑。冯郭西绝迹多年，间承四妹霞姑投以诗物，并询哥哥消息，情意颇真，些小通融，尚可资助，第恐日久渐疏，难保始终如一耳；然其肫肫怀念之忱，未可负之。

节次嘱带瓶口扇套鞋袜笔茶诸物,尽为负义人赚去,言之恨恨!贞迩来两餐之非。不能稍自舒展,嫁笥奁具陆续尽归质库,频年已身之补缀,莲姐之盘缠,丁郎之膏火,束修、琼女之钗钏鞋脚,皆挖肉补疮所办也。况问安侍寝,未敢偶离,怡色和声,犹虞获咎。即饮食衣服,俭则负吝啬之嫌,费又受奢侈之责,素则云朴陋无色,艳则云冶客海淫;非诟谇相加,即夏楚从事,求有一日之完肤,亦不可得。贞年逾三十,非复小时,儿女家人,见之有何面目。结缡之始,笔墨为命,拈毫横笛,倡随几及十年:一旦梗断蓬飘,往事不堪回首。萧声研迹,久已荒疏,纵有属和之章,不过勉强承命,吟风弄月之句,断不敢形于毫端,顾影自怜,可胜悲咽!

莲姐自壬夏摘知受逼之后,其志益坚,雨榻风棂,寒硝烟火,甘苦与共,形影相随,此贞今世之缀榴,而哥哥他年之桃叶耳。高魁颜忠贺花儿等,只知迎合上意,计饱私囊,其素兰碧桃辈钩深索隐,播弄如簧,尤为腹心之患。此狂奴故态,又何足道,惟有委屈将就,饰以好言,博一时清静而已。

去年四爷遣人自伊犁来,传说哥哥败检之事,并云一年之中,若肯节省,尚可余二三百金,幸负义人未将此语上禀。贞初犹不信,徐思哥哥赋性疏狂,未展才华,复经大难,一朝失足,万念俱灰,又有何心矜持名节。且栖身异域,举目无亲,月夕花晨,酒阑灯施,呼卢排闷,拥妓消愁,亦旅人常事。或值多情倩女,知音婺妇,彼美怜才,书生结习,未能免俗,聊复尔尔,贞方病悯不暇,焉敢效妒妇口吻,涉笔讽规耶!惟念哥哥身非强健,情复憨痴:彼若果以心倾,何妨竟为情死,特患口饧齿蜜,腹剑肠冰,徒耗有用之精神,反受无穷之魔障,私心自揣,殊为君忧!况曲蘖迷心,兼能腹病,樗蒲游戏,更丧文明,些小傥来之财,何足为计,所虑哥哥千金之体,甘自颓唐,反不若贞之釜蚁余生,尚知自爱者,何哉?

来书云云"三月适馆春斋,六月仍回故地",此中原委,未得其详。哥哥与四爷为骨肉之交,相依邸舍,便可为家,何必舍此他图,别生枝节;况去之末久,旋复归来,则贞所不能解者。大丈夫处世,怨固不可深结。恩亦不宜过求,未曾拜德之前,先思图报之地。四爷豪侠,人所共称,但其痴意柔情,殆亦堪怜堪笑。自闻与之莫逆,贞则探其为人乃非上游;然心迹可取,超拔哥哥于苦海中两嘘拂之,酬报之机,贞心早为区画矣。

相隔万余里,忽东忽西,萍踪无定,空致鱼书,未瞻雁足:即有薄裹水资,亦不敢径行远寄,恐蹈故辙,转使空函莫达也。去春有查办回籍恩旨,惜未能被及;然此后机缘大有可望,十年期满,定遇赦归。诸凡随遇而安,耐心以守,鸾台珠浦,我两人宁终无团圞期耶!?

每念弱草微尘,百年一瞬,梦幻泡影,岂能久留,生死两途,思之已熟,别后滋味,不减夜台,现在光阴,生同罗刹,何难一挥慧剑,超入清凉:奈缘业如丝,牢牢缚定,不得不留此躯壳,鬼浑排场,冀了一面之缘,不负数年之苦。他年白头无恙,孺子有成,大事一肩,双手交卸,贞心不大快哉! 故今哥哥一日未回,此担一日不容放下也。

六弟自上江来,猝闻有回伊之便,掩户挑灯,疾书密寄,泪痕满纸,神魂遄飞。计书到日,开缄当在黄梅。想哥哥阅之,心与俱酸也! 附诗六章,聊以言志,信手拈来,亦是一幅血泪图耳。甲寅嘉平朔夕云贞载拜上。

一

搔首云天接大荒,伊人秋水正茫茫,可怜远戍频年梦,
几断深闺九曲肠;井臼敢云亏妇道,获丸聊以继书香,
孝慈两字今无负,即此犹堪报数行。

二

莺花零落懒寒帏,怕见帘前燕子飞,镜里渐斑新鬓角,
客中应减旧腰围;百年幻梦身如寄,一线余生命亦微,
强笑恐违慈母意,药里偷典嫁时衣。

三

十五娇儿付水流,绿窗不复唤梳头,残脂剩粉鏖丝阁,
碎墨零香问字楼;千种凄凉千种恨,一分憔悴一分愁,

侬亲亦未终侬养，似比空花合共休。

四

当时梦里唤真真，此际迢迢若比邻。爱写团圞违字识，
偷占荣落祝花神；那堪失意飘零日，翻得关心属望人，
别有怜才惟一语，年来消瘦恐伤春。

五

早自甘心百不如，肩劳任怨敢欷歔，迷离扑朔随君梦，
颠倒寻求寄妾诗；妆阁早经疏笔墨，箫声久已谢庭除，
谏言休扰离人耳，犹是坚贞待字初。

六

未曾蘸墨意先痴，一字刚成血几丝，泪纵能干终有迹，
语多难寄反无词；十年别绪春蚕老，万里羁愁塞雁迟，
封罢小窗人静悄，断烟冷露阿谁知。

（见《京报副刊·妇女周刊》第三十三号，一九二五年七月二十九日第六、七、八版。）

报告停办后的女师大
——寄翠湖畔的晶清

在母怀里蜷伏了几夜，妈用轻柔的手抚我睡眠，有时梦见怕梦，便投到妈怀里抱着颈痛哭，她不能说什么，只伴我流泪，一直流到红霞上了窗棂；我俩都一点不显露的去应付那快乐的家庭。但是不幸我和妈都病了，

病的时候我梦见你和心海。病好后我体谅我可怜的妈,我再不痛哭了。难过的时候,我跑到楼上,望山色,看游云,我把我心底隐潜的悲哀,都远远地寄在那青峰之顶,都高高地寄在那游云的足上,使它载着我到我愿意去的地方。

离开妈的一夜,她握住我的手叮咛我几句话,我为了得妈的信任,跪在帐帷前向着窗外一轮晶洁的月儿发誓,我说:

"妈妈,你能看见这颗永久不离开你的月儿吗?她便是你的女儿,虽然有缺有圆;但是你怎能看见她,只要你在她的光辉下的时候。"

清光照着她的银发霜鬓,照着我的颓唐的悴容,这时候我双手接过了妈递给我的生命。窗外一阵冷风吹进,环绕着我和母亲,一股清冷浸入我的心脾,母亲唤醒我的时候,已到了我走的时刻。就那样忍着,回到北京,看见庄严繁华的北京城时,我心头泛着一种清冷的微颤,从此我放下一头又系上那头。

到京后我第一系念便是琼和萍,因为你不在,我对她们应该更要关心体贴点的缘故。一进女师大,就觉着一股阴森凄凉,转过石屏,见那个柳荫通道,便是那夜我们和玉薇赞许的地方。你不是说这是女师大的风水,这一条绿荫甫道上,曾经过不少的钗影裙带,翩翩和姗姗的女郎。也曾有过多少诗人和浪漫的文学家,在月夜卧在这草地上狂饮高吟,和许多辩论家议论风生吗?总之这是女师大唯一命脉,如今那绿森森掩映的通道,枯萎了的是花,倒折的是树,堆散着的是灰石;再三凝视,这何尝是我的母校,我欲痛哭,终于这便是我的母校。她像一个被人殴打击伤了的女郎,她穿着撕破的裙装,她散着松了的头发,她脸上流着血和泪,她腿上有爪痕和深深的血疤。她泪眼莹莹的望着我几次想告诉我她的厄运和惨劫,但是她已不能说话,倒卧在那里连转侧都不能够;所能够的只是那泪波的流盼而已。

我经过这通道,便进了会客室,那是我四年中徘徊的故地,我恍然还能记起你末次要走时,穿着一身缟素衣裳,伏在桌上辗转娇啼的情形;但是现在只有一张一张残余的报纸都散在地上,灰尘集了有几分厚,门也有点欹偏,像一个老人的背。我正在发呆的时候,迎面跑来一人握住我手,叫着我名,抬头看原来就是我一月不见的琼妹,她憔悴的瘦容,和凄楚的表情,令我的泪不能再忍了,我紧握住她手说:

"琼:你受委曲了!"这句话未说完已哽咽的不能再续,她牵着我进了内堂,静悄悄的满院里堆集着箱笼和木具,杂乱纵横,像荒芜的花园,像残杀后的战场;记得吗?晶清!那一片红楼便是昔日幽静的天宫、美丽的闺房,在这深帷低垂,雪帐未开时;无端来了野蛮的丘八和粗臭的流氓,他们的枪刀耀辉,铁器叮当,就是那一阵皮靴的重踏声,也能吓得我心惊胆跳;真亏她们的胆壮,但她们几经尝过这般滋味?

到了房里,韵和秀都看见了,她们的悲愤真不知从哪里说起好。过了默默几分钟,她们才告诉我大概详细情形。她们说:

"在八月一号的前几天,国三一位同学,听她朋友暗示她一句话说:"大观园快抄家了。"她们都不知何指。一号那天早晨七时,学生刚起床,一外婆带着军警打手百余人,一拥入校,其势汹汹,勒逼学生,即刻滚出校门暂到补习科住听候办法,一面杨氏督同办事员粘贴布告。可怜我们的大梦到此才醒来,原来杨氏真的武装抄家来了,顷刻之间,她传了几道圣旨,截断电话,停止饮食,所有交通,一概断绝。又发出解散四班的布告,仅余体音两班,"她们由杨氏租给太平湖饭店去住"。

我们去质问杨氏,她不敢见,我们都到庶务处去寻她,她忽然由许多军警架护掖扶着到了校长办公室,有几位同学上前找她说话,反叫军警横臂阻止,有几个女同学倒地受伤,杨氏令军警两人监视一人,但是我们仍然鼓勇地和她相抗!后来她悄悄由后门逃了,军警也多半发现了良心,他们也看见我们在这大雨滂沱,愁云惨淡,站在廊檐下吃干面包的可怜。谁莫有同情心,结果军警都散去,他们的漠不相关的人,都比杨氏的心不残毒!不阴险!

第二天听差老妈也叫走了,教员都搬到太平湖饭店去住。我们天天在会客厅吃干面包,连点开水都喝不上。一天李石曾太太来看我们,我们笑了,她说这样苦你们还笑呢!其实有时觉着可气,有时也觉的可笑!

一星期以后，昨天我们才找村厨子做饭吃，无论怎样生命可以保持平安，才能和杨荫榆拼命。但是她已经辞职了，教育部明令停办女师大了，为杨荫榆泄私愤！大概她们这样告诉给我，其实我也在报上得了点恍惚的消息；我想安慰她们几句，不意她们勇气真壮勇，一点都莫有屈服的气态，我心里真佩服她们！但是我的感想很为她们难受，你想，从故乡到北京有那么远的道路，离乡背井来这里到底为什么呢？书既不能念，生活又这样可怜，家里父母知道他们的爱女在外边这样受罪，真不知焦急到何种地步？杨荫榆身居长者，居然为了自己一个校长的地位，狠毒欺侮她们这般小姐们到露天挨饿，这是多么残忍无人心的荒谬举动。晶清：你真不幸奔父丧回去，香港罢工，你不能归来；即是你现在归来，你创伤未愈的心境，怎能再受这深刻巨大的激刺！你劫后余生，更何忍再看这凄凄荒凉的学校，像尸体横藉的坟墓，隐隐有几个瘦的病的女郎在里面出没呢！

女师大虽经杨氏武装进校，但结果她依然抱头窜之而去，学生方面以为章士钊苟关心女子教育，当能选派贤能，另事整顿，也可慰她们年余殷殷勤学之诚，免得读书之暇还要关心校政。谁能料到呢？章士钊斩草除根，女师大系一个花园，杨氏年余的园丁不称职，干枯不灌溉，在烈日下已变成枯草。杨荫榆觉枯草还比较要有生气，恨起放一把火烧个干净。章士钊觉烬余残根伏处地下，春风一吹不免又要勃生绿芽，他更决心把根都拔去。关起门来，他们袖手立在高处瞭望着这残余灰烬，小草烧根的狼藉遍地，狞笑着表示得意的胜利。似乎告诉一般人说：

"吓！不怕的只管来试试这滋味。"

现在学校几天不去了，不是懒不是忙，是我不忍，真不忍去看那倒毙在地上她已经死了的惨状。而最痛心我们中国二万万女同胞的教育，弦歌之声不幸绝于章杨之手，是可忍，而孰不可忍呵！目前正在暑假期内，诸同学都在家里和家人团聚，忽然霹雳般传去这可哀的噩耗，他们将怎样惊心！晶清！我们二万万女人绝不能屈伏在杨氏的淫威下，听其宰割。四万万中国同胞如何忍能令章杨二人，停办了我女界唯一高等教育机关。从前是很纯粹而极简单的校长问题，现在已经成了我女界人格问题，教育问题,解放问题,女权问题。再大言之是中国教育界的问题,教育应影响到国家,便是中国存亡问题。

停办后教育部的势力大概只封了几个教室,查点了几件木具;但不幸我们呕血掬心的妇女周刊,数千份存根,从第一到三十五都被遗失了。因国三自休室暑假要改寝室,莫法琼和我把他们暂寄阶级教室,十号那天我和琼去看,封条已撕破,但是数千份如山集地妇刊已不翼而飞,我真痛心,想你也痛心,更对不住一般爱读和交换的朋友们,自三十期起,琼因女师大事忙然莫有寄给他们,不幸妇刊也遭了这样厄劫。杨荫榆真罪状难数了。

现她们在校同学仍积极进行,将来成功固所希望,就是失败,她们勇气已驱逐,她们宁为玉碎,不愿瓦全。以我眼光所及,以我经验相绳,总觉双方意气用事,不免俱伤,苟有相当调停人,能劝章士钊收回停办原文,仍选检贤能,在暑假中解决了这年余拖延的风潮,俾使学校进行不致停顿,而学生学业亦不能再事荒废未尝不是她悔过的机会,还不失之于不堪收拾。从此一切荒谬举动可以不提,如章士钊能采纳忠言,回头是岸,则整顿女师大风潮并不若何制肘;而女师大内务同一切计划进行,亦能指日可待。苟不如斯,即将来结果,必闹到全国教育为之停顿,或者章教长终不免扫兴下台。

女师大风潮所以不堪收拾到此种地步,纯系教部当局一再迁延,处置乖戾所致。假使章士钊能允纳学生方面意见,调查一下杨氏近来行为,绝不至以美专援列而停办女师大,实因女师大问题与美专有绝对不同之点,女师大并未到非停办不可的情况下,而美专当日情形实相反异。

至于同学方面,我认为不能负任何罪咎,则有对杨氏不敬的地方,也是杨氏的品德不足以服人,才智不足以制众所致。至于杨氏武装入校之后,学生已铤而走险,一切危险同越轨,亦不能加罪;盖此等情形,乃由杨荫榆解散激之于前,而章士钊停办又愤起于后,是非颠倒,黑白混淆。堂堂校长教长都能若斯暴戾荒谬,她们一般束髻小女,更不能强绳以乱命。

我现在还希望于一般袖手旁观的母校教员和校生各名流、各教育

家;我代表着二万万可怜的女子请命,希望他们不要以为女师大真是臭茅厕,行人掩鼻,不愿过问。更不应该真怀着野心,想从此吞并女子一个独立的最高教育机关。虽然目下女师大的茅厕已横决四溢,臭气遍布,但清扫有人,洁净为人力所能办到;我们应该积极去扫除,不应消极的去不理。

返京后就逢着母校遭此惨劫,连日校务繁忙,心情又觉烦乱。已去函三次,请你快来,我想白菊开时,和你同饮于北海畔,月夜下,望小湖繁灯如星,看草间萤虫闪烁,乘此良夜,一倾离绪。想翠湖畔归来的诗人,定能用一杯甘甜的美酒,沉醉我这漂泊异乡的孤魂!

（见《京报副刊·妇女周刊》第三十六号,一九二五年八月十九月,第五、六、七、八版。）

女师大惨剧的经过
——寄告晶清

我恍惚不知掉落在一层地狱,隐约听见哭声打声笑声胜利的呼喊!四面都站着戴了假面具的两足兽,和那些蓬头垢面的女鬼;一列一列的亮晶晶的刀剑,勇纠纠气昂昂排列满无数的恶魔,黑油的脸上发出狰狞的笑容。懦弱的奴隶们都缩头缩脑的,瞪着灰死的眼睛,看这一幕惨剧。

在光天化日之下,发生了这幕惨剧。而我们国的教育确是整顿的肃清了,真不知这位"名邦大学,负笈分驰"的章教长,效法哪一名邦,步尘哪一大学,使教育而武装？

自从报上载着章士钊、刘百昭等拟雇女丐强拖女生出校的消息后,她们已经是一夕数惊,轮流守夜,稍有震动,胆破欲裂,在她们心惊胆跳的时候,已消极的封锁校门,聚哭一堂,静等着强暴的来临,她们已抱定

校存校亡，共此休戚的决心。八月二十二号上午八点钟，女师大的催命符，女子大学筹备处的降主牌就挂在门口了。下午二时余，刘百昭带着打手、流氓、军警、女丐、老妈，有二百多人，分乘二十余辆汽车，尘烟突起处，杀向女师大而来！这时候我确巧来女师大看她们。

我站在参政胡同的中间，听着里面的哭声震天，一阵高一阵远，一阵近一阵低的在里边抵抗、追逐、逃避、捕捉。虽然有高壁堑立在我面前，使我看不见里面女同学们挣扎抵抗的可怜，但是在那呜咽的哭声里，已告诉我这幕惨剧已演成血肉横飞，辗转倒地了。正在用心望她们狼狈状况时，忽然擦、擦的鞭打声起了，于是乎打声哭声绞成一片，我的心一酸懦弱的泪先流了！这时哭喊声近了，参政胡同的小门也开了，由那宽莫有三尺的小门里，拖出一个散发披襟，血泪满脸的同学来，四个蛮横的女丐，两个强悍的男仆，把她捉上汽车。这时人围住汽车我看不清楚是谁，但听见她哭骂的声音，确乎像琼妹。晶清！你想我应该怎样呢？我晕了，我一点都不知道的倒在一个女人身上，幸亏她唤醒我；我睁开眼看时，正好一辆汽车飞过去，她们的哭声也渐渐远了，也不知载她们到什么地方去。那时薇在我旁边，我让她坐上汽车去追她们去，知道她们在什么地方时，回来再告我，我在这里想着等韵出来。

呵！天呵！一样的哭喊，一样的鞭打，有的血和泪把衣衫都染红了！第二辆汽车捉走的是韵了，看见我时，喊了一声我名字她已不能抬头，当我嚼紧牙齿跑到汽车前时，只有一缕烟尘扑到我鼻里，一闪时她仍也都去了。这时里面的哭声未止，鞭打声也未止，路旁许多看热闹的女人们都流下泪来，慨叹着说：

"咳！这都是千金小姐，在家里父母是娇贵惯的谁受过这气，谁更挨过这打呢！"

"上学上成这样，该有多么寒心！咱们家女孩快不要让他们上学受这苦！"

薇来了，告诉我说把她们送在地检厅不收，现在她们在报子街补习科里。我马上坐上车到了那里，两扇红门紧紧地关着不许人进去，我那时

◎ 散文

真愤恨极了，把门捶得如鼓般响，后来一辆汽车来了，里面坐着油面团团的一位官僚，不问自然知道是教育部的大员，真该谢谢他，我和许多同学才能跟着他进来。一进门，琼和韵握着我手痛哭起来，我也只有挥泪默然的站着。这时忽然听见里边大哭起来，我们跑进去看时，李桂生君直挺挺的在院里地下躺着，满身的衣服都撕破了，满身上都成了青紫色的凸起，她闭着眼睛，口边流着白沫，死了！

那位面团团的部员大概心还未死，他看见这种悲惨的境地，他似乎也有点凄然了。但是同学们依然指着他赶着他骂走狗。我见他这样，我遂过去同他谈话，我质问他：教育部为什么要出此毒手？我问他家内有莫有姊妹儿女？他很恳切表明他不赞成章刘的过激，此来纯系个人慰问，并非教部差遣。事已至此，我也不便和他多谈，就问他对于李桂生的死去，教部负不负护救责任？他马上答应由他个人负担去请医生，过了半小时，北京医院来了一位医生，给她打了一针。她才有一口气呼出，不过依然和死去一样躺着不能动。我听琼说：" 她这次受伤太重，医生诊察是内部受伤；加之三次军警打她们时，她三次都受伤，才成了这样。" 生命维持到何时未可知，到今天，才送进德国医院。又听人说是头部受伤，因为下车时，她已哭晕过去，由两个流氓把她扔在地下，大概扔的时候头部神经受震动了。

这位部员对于李桂生的病，似乎很帮忙救护，我们不知他是否章士钊派来，还是真的他个人来慰问。但是他曾愤极地说，假如这事成讼，李桂生受伤我可以作证人。那时我们只鄙视的笑了笑！

第二天我和罗刘两位又回到女师大，我们意思要劝她们好好出来，不必受他们的毒打和拖拉，可巧我们走进角门时，正好秀和谛四人捉上车去，她们远远望见我们来，又放声大哭起来，我们都站在车上温慰了她们几句，劝她们节哀保身。秀的衣襟撕的真成捉襟见肘，面色像梨一样黄，她哭的已喘不上气来，她们都捉尽了，她是最后的奋斗者。当汽车开时，她们望着女师大痛哭！那红楼绿柳也暗然无光的垂泣相送。

晶清！你在翠湖畔应该凭吊，在他们哭喊声嘶后，女师大已一息斩断，从此死亡！然而那一面女子大学的牌匾也一样哀惨无光，这是我们女

界空前未有的奇耻,也是我教育界空前未有的奇耻!那一面女子大学筹备处的牌匾下,将来也不过站一些含泪忍痛,吞声咽气的弱者。

琼告我当她们严守大门时,殊未想到打手会由后边小门进来,进来后,她们牵作一团抵抗着这般如虎似狼的敌人。一方面有人捉人拖人,一方面便有许多人跑到寝室里去抢东西。一位女同学被拖走时,要回去拿点钱预备出来用,回到寝室时见床褥已满翻在地下,枕头边的一个皮包已不翼而飞。她气极了,向刘百昭骂他强盗,刘百昭由皮夹里拿出五十元给她,她掷在地下,刘又笑嘻嘻的拣起。这次女丐流氓混入女师大之后,定有许多人发财不少,然而这万里外无家的同学们此后无衣食无寝栖,将何以生存?教育部是否忍令其流离失所,饿毙路旁?

十三个人被困在补习科,还有四五人不知去向,有七八人押送地检厅,尚有赵世兰同姜伯谛被押至何处不知,闻有人逢见在司法部街上毒打已体无完肤,奄奄待毙。晶清!幸而你因父丧未归,不然此祸你哪能侥免,人间地狱,我女子奋斗解放数十年之效果,依然如斯,真令人伤心浩叹!野蛮黑暗,无天日到这样地步。

教部把她们捉送到补习科即算驱逐出校,校内一切铺盖概不给与,那夜大雨。她们又饥又寒,第二天已病倒不少,琼妹面色憔悴黄瘦,尤令我看着难受!今天她东倒西歪已经不能支持了,躺在地板上呻吟!那种情形真惨不忍睹。

昨夜大雨,补习科因已无人住,故纸窗破烂,桌椅灰尘,凄凉黯淡,真类荒冢古墓;那一点洋灯的光,像萤火一样闪亮着,飕飕的凉风吹的人寒栗!她们整整哭了一夜莫睡眠,今天我们送了些东西,才胡乱吃了点,有的几位朋友,送了几件衣裳,她们才换上,脱下那破撕成条的衣衫,不禁对着那上边斑点的血迹流泪!

中国教育界已成这种情形,还有什么话可说呢!我从前希望他们的现在已绝望了。无公理,无是非,只要有野蛮的武力,只要有古怪的头脑,什么残忍莫人道,万恶莫人心的事做不出来呢!她们也算抗争公理了,然而结果呢,总不免要被淫威残害。别人看着滑稽的喜剧高兴,痛痒既不关心，同情更是表面授助的好名词。

　　写到这里我接到朋友一封信，说昨夜十一钟她们都不知林卓凤的下落，后来有人说她仍锁在女师大。她们听见回到学校去找，军警不让进去，再三交涉，才请出女师大庶务科一位事务员，他说林君已越窗逃出。现在听说在一个朋友家，她神经已有点失常了，恐怕要有疯症的趋势。你是知道她的，她本来身体素弱，神经质衰的一个人，怎能经过这样的磨难呢！晶清！你归来呵！归来时你当异常伤心，看见她们那种狼狈病容、衰弱心神的时候。我们永久纪念这耻辱，我们当永久地奋斗！这次惨剧是我们女界人格的奇耻，同时也是中国教育破产的先声！

八，二十三，夜十时半

　　（见《京报副刊·妇女周刊》第三十七号，一九二五年八月二十六日，第四、五、六版。）

灰　烬

　　我愿建我的希望在灰烬之上，然而我的希望依然要变成灰烬；灰烬是时时刻刻的寓在建设里面，但建设也时时刻刻化作灰烬。

　　我常对着一堆灰烬微笑，是庆祝我建设的成功，然而我也对着灰烬痛哭，是抱恨我的建设的成功终不免仍是灰烬。

　　一星火焰起了，围着多少惊怕颤战的人们，惟恐自己的建设化成灰烬；火焰熄了，人们都垂头丧气离开灰烬或者在灰烬上又用血去点燃建筑起伟大的工程来！在他们欣欣然色喜的时候，灰烬已走进来，偷偷的走进来了！

　　这本来是平常的一件事，然而众人都拿它当作神妙的谜。我为了这真不能不对聪明的人们怀疑了！

　　谁都忍心自己骗自己，谁都是看不见自己的脸，而能很清楚的看别

人的脸,不觉自己的面目可憎,常常觉着别人的面目是可憎。上帝虽然曾告诉人们有一面镜子,然而人们都藏起来,久之久之忘了用处,常常拿来照别人。

这是上帝的政策,羁系世界的绳索;谁都愿意骗自己,毫不觉得诚心诚意供献一切给骗自己的神。

我们只看见装璜美丽、幻变无常的舞台,然而我们都不愿去知道,复杂凌乱,真形毕露的后台;我们都看着喜怒聚合、乔装假扮的戏剧,然而我们都不过问下装闭幕后的是谁?不愿去知道,不愿去过问,明知道是怕把谜拆穿。可笑人们都愿蒙上这一层自己骗自己的薄纱,永远不要猜透,直到死神接引的时候。

锦绣似的花园,是荒冢,是灰烬!美丽的姑娘,是腐尸,是枯骨!然而人们都徘徊在锦绣似的花园,包围着美丽的姑娘。荒冢和枯骨都化成灰烬了,沉恋灰烬的是谁呢?我在深夜点着萤火灯找了许久了,然而莫有逢到一个人?

谁都认荒冢枯骨是死了的表象,然而我觉着是生的开始,因此我将我最后的希望建在灰烬之上。

在这深夜里,人们都睡了,我一个人走到街上去游逛,这是专预备给我的世界罢!一个人影都莫有,一点声音都莫有,这时候统治宇宙的是我,静悄悄家家的门儿都关闭着,人们都在梦乡里呓语,睁着眼看这宇宙的只有的我!我是拒绝在门外和梦乡的人,纵然我现在投到母亲的怀里,母亲肯解怀留我。不过母亲也要掠夺的,她的女儿为什么和一切的环境反抗,众人蠢动的时候,她却睡着,众人睡梦的时候,她却在街上观察宇宙,观察一切已经沉寂的东西呢?

其实这有什么惊奇呵!一样度人生,谁也是消磨这有尽的岁月,由建设直到灰烬;我何尝敢和环境反抗,为什么我要和它们颠倒呢?为了我的希望建在灰烬之上,而他们的希望却是建在坚固伟大的工程里。

我终日和人们笑,但有时我在人们面前流下泪来!这不过只是我的一种行为,环境逼我出此的一种行为。我的心绝对不跑到人间,尤其不会揭露在人们的面前。我的心是闪烁在烨光萤火之上,荒墟废墓之间;在那里你去低唤着我的心时,她总会答应你!而且她会告诉你不知道的那个世界里的世界。萤火便在我手里,然而追了她光华来找我的却莫有人。

我想杀人,然而人也想杀我;我想占住我的地盘,然而人也想占住我的地盘;我想推倒你,谁知你也正在要推倒我!翻开很厚的历史,展阅很广的地图,都是为了这些把戏。我站在睡了的地球上,看着地上的血迹和尸骸这样想。

一把火烧成了灰烬,灰烬上又建造起很伟大庄严美丽的工程来。火是烧不尽的,人也是杀不尽的,假如这就是物质不灭的时候。

人生便是否相仇杀残害,然而多半是为了扩大自己的爱,爱包括了一切,统治了一切;因之产生了活动的进行的战线,在每个人离开母怀的时候,这是经验告诉我的。

烦恼用铁锤压着我,同时又有欲望的花香引诱我,设下一道深阔的河,然而却造下航渡的船筏。朋友们,谁能逃逸出这安排好的网儿?蠢才!低着头负上你肩荷的东西,走这万里途程罢,一点一点走着,当你息肩叹气时,隐隐的深林里有美妙的歌声唤你,背后却有失望惆怅骑着快马追你!

朝霞照着你!晚虹也照着你!然而你一天一天走进墓门了。不是墓门,是你希望的万里途程,这缘途有高官厚禄娇妻美妾,名誉金钱幸福爱人。那里是个深远的幽谷,这端是生,那端便是死!这边是摇篮,那边便是棺材。

我看见许多人对我骄傲的笑,同时也看见许多人向我凄哀的哭;我分辨不出他们的脸来,然而我只知道他们是同我走着一条道的朋友。我曾命令他们说:

"俘虏!你跪在我裙下!"

然而有时他们也用同样的命令说:

"进来吧!女人,这是你自己的家。"

这样互相骗着,有时弄态作腔的,时哭时笑;其实都是这套把戏,得

意的笑,和失望的哭,本来是一个心的两面,距离并不遥远。

势不两立的仇敌,戴上一个假面具时,马上可以握手言欢,作爱的朋友;爱的朋友,有时心里用箭用刀害你时,你却笑着忍受。看着别人杀头似乎是宰羊般有趣,当自己割破了指头流血时,心痛到全部的神经都颤战了!

我不知道为了犯人才有监狱,还是有了监狱才有犯人;但是聪明的人们,都愿意自己造了圈套自己环绕,有宁死也愿意坐在监狱里,而不愿焚毁了监狱逃跑的。

我良心常常在打骂我,因为我在小朋友面前曾骄傲我的宝藏,她们将小袋检开给我看时,我却将我的大袋挂在高枝上。我欺骗了自己,我不管她,人生本来是自骗;然而几次欺骗了人,觉得隐隐有鬼神在嘲笑我!而且深夜里常觉有重锤压在我心上。其实这是我太聪明了,一样的有许多人正在那里骗我,一样有许多人也挂着大袋骄傲我?

我在睡了的地球上,徘徊着,黑暗的夜静悄悄包围了我。在这时候,我的思想落在纸上。鸡鸣了!人都醒了,我面前有一堆灰烬。

母亲!寄给你,我一夜燃成的灰烬!

然而这灰烬上却建着我最后的希望!

(见《京报副刊·妇女周刊》第四十二号,一九二五年九月三十日,第四、五版。)

董二嫂

夏天一个黄昏,我和父亲坐在葡萄架下看报,母亲在房里做花糕;嫂嫂那时病在床上。我们四周围的空气非常静寂,晚风吹着鬓角,许多散发飘扬到我脸上,令我沉醉在这穆静慈爱的环境中,像饮着醇醴一样。

这时忽然送来一阵惨呼哀泣的声音!我一怔,浑身的细胞纤维都紧

张起来,我掷了报陡然的由竹椅上站起,父亲也放下报望着我,我们都屏声静气的听着!这时,这惨呼声更真切了,还夹着许多人声骂声重物落在人身上的打击声!母亲由房里走出,挽着袖张着两只面粉手,也站在台阶上静听!

这声音似乎就在隔墙。张妈由后院嫂嫂房里走出;看见我们都在院里,她惊惶地说:"董二嫂又挨打了,我去瞧瞧怎么回事?"

张妈走后,我们都莫有说话,母亲低了头弄她的面手,父亲依然看着报,我一声不响地站在葡萄架下。哀泣声,打击声,嘈杂声依然在这静寂空气中荡漾。我想着人和人中间的感情,到底用什么维系着?人和人中间的怨仇,到底用什么纠结着?我解答不了这问题,跑到母亲面前去问她:

"妈妈!她是谁?常常这样闹吗?"

"这些事情不稀奇,珠,你整天在学校里生活,自然看不惯。其实家庭里的罪恶,像这样的多着呢。她是给咱挑水的董二的媳妇,她婆婆是著名的狠毒人,谁都惹不起她,耍牌输了回来,就要找媳妇的气生。董二又是一个糊涂人,听上他娘的话就拼命的打媳妇!隔不了十几天,就要闹一场,将来还不晓得弄什么祸事。"

母亲说着走进房里去了。我跑到后院嫂嫂房里,刚上台阶我就喊她,她很细微的答应了我一声!我揭起帐子坐在床沿,握住她手问她:

"嫂嫂,你听见莫有?那面打人!妈妈说是董二的媳妇。"

"珠妹!你整天讲妇女问题,妇女解放,你能拯救一下这可怜被人践踏毒打的女子吗?"

她说完望着我微笑!我浑身战栗了!惭愧我不能向她们这般人释叙我高深的哲理,我又怎能有力拯救这些可怜的女同胞!我低下头想了半天,我问嫂嫂:

"她这位婆婆,我们能说进话去吗?假使能时,我想请她来我家,我劝劝她,或者她会知道改悔!"

"不行,我们刚从省城回来,妈妈看不过;有一次叫张妈请她婆婆过来,劝导她;当时她一点都不承认她虐待媳妇,她反说了许多董二媳妇的坏话。过后她和媳妇生气时，嘴里总要把我家提到里边，说妈妈给她媳妇支硬腰，合谋的要逼死她；妹！这样无知识的人，你不能理喻的；将来有什么事或者还要赖人，所以旁人绝对不能干涉他们家庭内的事！咳！那个小媳妇，前几天还在舅母家洗了几天衣裳，怪可人的模样儿，晓得她为什么这般薄命逢见母夜叉？"

张妈回来了，气的脸都青了，喘着气给我斟了一杯茶，我看见她这样忍不住笑了！嫂嫂笑着望她说：

"张妈！何必气成这样，你记住将来狗子娶了媳妇，你不要那么待她就积德了。"

"少奶奶！阿弥陀佛！我可不敢，谁家里莫有女儿呢；知道疼自己的女儿，就不疼别人的女儿吗？狗子娶了媳妇我一定不歪待她的，少奶你不信瞧着！"

她们说的话太远了，我是急于要从张妈嘴里晓得董二嫂究竟为了什么挨打。后来张妈仔细的告诉我，原来为董二的妈今天在外边输了钱。回来向她媳妇借钱，她说莫有钱；又向她借东西，她说陪嫁的一个橱两个箱，都在房里，不信时请她去自己找，董二娘为了这就调唆着董二打他媳妇！确巧董二今天在坡头村吃了喜酒回来，醉熏熏的听了他娘的话，不分皂白便痛打了她一阵。

那边哀泣声已听不到，张妈说完后也帮母亲去蒸花糕，预备明天我们上山做干粮的。吃晚饭时母亲一句话都莫有说，父亲呢，也不如平常高兴；我自己也莫名其妙的荡漾起已伏的心波！那夜我莫有看书，收拾了一下我们上山的行装后，很早我就睡了，睡下时我偷偷在枕上流泪！为什么我真说不来；我常想着怎样能安慰董二嫂。可怜我们在一个地球上，一层粉墙隔的我们成了两个世界里的人，为什么我们无力干涉她？什么县长？什么街长？他们诚然比我有力去干涉她，然而为什么他们都视若罔睹，听若罔闻呢！

"十年媳妇熬成婆"，大概他们觉得女人本来不值钱，女人而给人做媳妇，更是命该倒霉受苦的！因之他们毫不干涉，看着这残忍野狠的人们猖狂,看着这可怜微小的人们呻吟!是环境造成了这个习惯,这习惯又养了这个狠心。根本他们看一个人的生命,和蚂蚁一样的不在意。可怜摈弃在普通常识外的人们呵!什么时候才认识了女人是人呢?

第二天十点钟我和父亲昆侄坐了轿子去逛山,母亲将花糕点心都让人挑着,那天我们都高兴极了!董二嫂的事,已不在我们心域中了!

在杨村地方,轿夫们都放下轿在那里息肩,我看见父亲怒冲冲的和一个轿夫说话,站的远我听不真,看样子似乎父亲责备那个人。我问昆侄那个轿夫是谁,他说那就是给我们挑水的董二。我想到父亲一定是骂他不应该欺侮他自己的女人。我默祷着董二嫂将来的幸福,或许她会由黑洞中爬出来,逃了野兽们蹂躏的一天!

我们在山里逛了七天,父亲住在庙里看书,我和昆侄天天看朝霞望日升,送晚虹迎月升,整天在松株青峰清溪岩石间徘徊。夜里在古刹听钟声,早晨在山上听鸣禽,要不然跑到野草的地上扑捉蝴蝶。这是我生命里永不能忘记的,伴着年近古稀的老父,偕着双鬓未成的小侄,在这青山流水间,过这几天浪漫而不受任何拘束的生活。

七天后,母亲派人来接我们。抬轿的人换了一个,董二莫有来。下午五点钟才到家,看见母亲我高兴极了,和我由千里外异乡归来一样,虽然这仅是七天的别离。

跑到后院看嫂嫂,我给她许多美丽的蝴蝶,昆侄坐在床畔告诉她逛山的所见,乱七八糟不知她该告诉母亲什么才好。然而嫂嫂绝不为了我们的喜欢而喜欢,她仍然很忧郁的不多说话,我想她一定是为了自己的病。我正要出去,张妈揭帘进来,嘴张了几张似乎想说话又不敢说,只望着嫂嫂,我奇怪极了,问她:

"什么?张妈?"

"太太不让我告小姐。"

她说着时望着嫂嫂。昆侄比我还急,跳下床来抱住张妈像扭股儿糖一样缠她,问她什么事不准姑姑知道。嫂嫂笑了!她说:

"其实何必瞒你呢,不过妈因为你胆子小心又软,不愿让你知道;不

过这些事在外边也很多,你虽看不见,然而每一天社会新闻栏里有的是,什么稀奇事儿!"

"什么事呢?到底是什么事?"我问。

张妈听了嫂嫂话,又听见我追问,她实在不能耐了,张着嘴,双手张开跳到我面前,她说:

"董二的媳妇死了!"

我莫有勇气,而且我也想不必,因之我不追问究竟了。我扶着嫂嫂的床栏呆呆地站了有十分钟,嫂嫂闭着眼睛,张妈在案上检药包,昆侄拉着我的衣角这样沉默了十分钟。后来还是奶妈进来叫我吃饭,我才回到妈妈房里。

妈妈莫有说什么,父亲也莫有说什么,然而我已知道他们都得到这个消息了! 一般人认为不相干的消息,在我们家里,却表示了充分的黯淡!

董二嫂死了! 不过像人们无意中践踏了的蚂蚁,董二仍然要娶媳妇,董二娘依然要当婆婆,一切形式似乎都照旧。

直到我走,我再莫有而且再不能听见那哀婉的泣声了! 然而那凄哀的泣声似乎常常在我耳旁萦绕着! 同时很惭愧我和她是两个世界的人,我感觉到自己的力量太微小了,我是贵族阶级的罪人,我不应该怨恨一切无知识的狠毒妇人,我应该怨自己未曾指导救护过一个人。

(见《京报副刊·妇女周刊》第五十号,一九二五年十一月二十五日,第六、七、八版。)

血 尸

我站在走廊上望着飞舞的雪花,和那已透露了春意的树木花草,一切都如往日一样。黯淡的天幕黑一阵,风雪更紧一阵,遥望着执政府门前的尸身和血迹,风是吹不干,雪是遮不住。

走进大礼堂,我不由得却步不前。从前是如何的庄严灿烂,现在冷风切切,阴气森森,简直是一座悲凄的坟墓。

我独自悄悄地走到那副薄薄的小小的棺材旁边。低低地喊着那不认识的朋友的名字——杨德群。在万分凄酸中,想到她亲爱的父母和兄弟姊妹时,便不禁垂泪了!只望她负笈北京,完成她未来许多伟大的工作和使命,哪想到只剩得惨死异乡,一棺横陈!

这岂是我们所望于她的,这岂是她的家属所望于她的,又岂是她自己伟大的志愿所允许她的,然而环境是这样结果了她。十分钟前她是英气勃勃的女英雄,十分钟后她便成了血迹模糊、面目可怖的僵尸。

为了抚问未死的伤者,便匆匆离开了死的朋友,冒着寒风,迎着雪花,走向德国医院。当我看见那半月形的铁栏时,我已战栗了!谁也想不到,连自己也想不到,在我血未冷魂未去以前,会能逼我重踏这一块伤心的地方。

样样都令人触目惊心时,我又伏在晶清的病榻前,为了她侥幸的生存,向上帝作虔诚的祈祷!她闭着眼,脸上现出极苦痛的表情。这时凄酸涌住我的喉咙,不能喊她,我又轻轻地用我的手摇醒她。

"呵!想不到还能再见你!"她哽咽着用手紧紧握住我,两眼瞪着,再不能说什么话了。我一只腿半跪着,蹲在病榻前,我说:

"清!你不要悲痛,现在我们不入地狱,谁入地狱?便是这样的死,不是我们去死,谁配去死?我们是在黑暗里摸索寻求光明的人,自然也只有死和影子追随着我们。'永远是血,一直到了坟墓'。这不值得奇怪和惊异,更不必过分的悲痛,一个一个倒毙了,我们从他们尸身上踏过去,我们也倒了,自然后边的人们又从我们身上踏过去。"

"生和死,只有一张蝉翼似的幕隔着。"

"看电影记得有一个暴君放出狮子来吃民众。昨天的惨杀,也是放出野兽来噬人。只恨死几十个中国青年,却反给五色的国徽上染了一片污点,以后怎能再拿上这不鲜明的旗帜见那些大礼帽、燕尾服的外国绅士们。"

这时候张敬淑抬下去看伤,用X光线照弹子在什么地方。她睡在软

床上,眼闭着,脸苍白的可怕。经过我们面前时,我们都在默祷她能获得安全的健康。

医院空气自然是很阴森凄惨,尤其不得安神的是同屋里的重伤者的呻吟。清说她闭上眼便看见和珍,耳鼓里常听见救命和枪声。因此,得了狄大夫的允许,她便和我乘车回到女师大。听说和珍棺材,五时可到学校,我便坐在清的床畔等着。

我要最后别和珍,我要看和珍在世界上所获到的报酬。由许多人抚养培植的健康人格,健康身体,更是中国女界将来健康的柱石,怎样便牺牲在不知觉的撒手中?

天愁地惨,风雪交作的黄昏时候,和珍的棺材由那泥泞的道路里,抬进了女师大。多少同学都哭声震天的迎着到了大礼堂。这时一阵阵的风,一阵阵的雪,和着这凄凉的哭声和热泪!我呢,也在这许多勇敢可敬的同学后面,向我可钦可敬可悲可泣的和珍,洒过一腔懦弱的血泪,吊她尚未远去的英魂!

粗糙轻薄的几片木板,血都由裂缝中一滴一滴的流出,她上体都赤裸着,脸上切齿瞪眼的情形内,赠给了我们多少的勇气和怨愤。和珍,你放心的归去吧!我们将踏上你的尸身,执着你赠给我们的火把,去完成你的志愿,洗涤你的怨恨,创造未来的光明!和珍!你放心的归去罢!假如我们也倒了,还有我们未来的朋友们。

她胸部有一个大孔,鲜血仍未流完,翻过背来,有一排四个枪眼,前肋下一个,腋下一个,胸上一个,大概有七枪,头上的棒伤还莫有看出。当扶她出来照像时,天幕也垂下来了,昏暗中我们都被哭声和风声,绞着;雪花和热泪,融着。这是我们现时的环境,这便是我们的世界,多少女孩儿,围着两副血尸!

这两副血尸,正面写着光荣!背面刻着凄惨!

大惨杀的第二天

(见于《京报副刊》第四四六号,一九二六年三月二十二日。)

痛哭和珍

和珍！冷的我抖颤，冷的我两腿都抖颤！一只手擦着眼泪，一只手扶着被人踏伤的晶清，站在你灵前。抬起头，香烟缭绕中，你依然微笑的望着我们。

我永不能忘记你红面庞上深深的一双酒靥，也永不能忘记你模糊的血迹，心肺的洞穿！和珍，到底哪一个是你，是那微笑的遗影，是那遗影后黑漆的棺材！

惨淡庄严的礼堂，供满了鲜花，挂满了素联，这里面也充满了冷森，充满了凄伤，充满了同情，充满了激昂！多少不相识的朋友们都掬着眼泪，来到这里吊你，哭你！看那渗透了鲜血的血衣。

多少红绿的花圈，多少赞扬你哀伤你的挽联，这不是你遗给我们的，最令我们触目惊心的便是你的血尸，你的血衣！你的血虽然冷了，温暖了的是我们的热血，你的尸虽然僵了，铸坚了的是我们的铁志。

最懦弱最可怜的是这些只能流泪，而不敢流血的人们。此后一定有许多人踏向革命的途程，预备好了一切去轰击敌人！指示我们罢，和珍，我也愿将这残余的生命，追随你的英魂！

四围都是哀声，似乎有万斤重闸压着不能呼吸，烛光照着你的遗容，使渺小的我不敢抬起头来。和珍！谁都称你作烈士，谁都赞扬你死的光荣，然而我只痛恨，只伤心，这黑暗崎岖的旅途谁来导领？多少伟大的工程凭谁来完成？况且家中尚有未终养的老母，未成年的弱弟，等你培植，待你孝养。

不幸，这些愿望都毁灭在砰然一声的卫士手中！

当偕行社同学公祭你时，她们的哀号，更令我心碎！你怎忍便这样轻易撒手的离开了她们，在这虎威抖擞，豺狼得意的时候。自杨荫榆带军警

入校,至章士钊雇老妈拖出,一直是同患难,同甘苦,同受惊恐,同遭摧残,同到宗帽胡同,同回石驸马大街。三月十八那天也是同去请愿,同在枪林弹雨中挣扎,同在血泊尸堆上逃命;然而她们都负伤生还,只有你,只有你是惨被屠杀!

她们跟着活泼微笑的你出校,她们迎着血迹模糊的你归来,她们怎能不痛哭战线上倒毙的勇士,她们怎能不痛哭战斗正殿中失去了首领!

一年来你们的毅力,你们的精神,你们的意志,一直是和恶势力奋斗抵抗,你们不仅和豺狼虎豹战,狗鼠虫豸战,还有绅士式的文妖作敌,贵族式的小姐忌恨。如今呢,可怜她们一方面要按着心灵的巨创,去吊死慰伤,一方面又恐慌着校长通缉,学校危险,似乎这艰难缔造的大厦,要快被敌人的铁骑蹂躏!

和珍!你一瞑目,一撒手,万事俱休。但是她们当这血迹未干,又准备流血的时候,能不为了你的惨死,瞻望前途的荆棘黑暗而自悲自伤吗?你们都是一条战线上的勇士,追悼你的,悲伤你的,谁能不回顾自己。

你看她们都哭倒在你灵前,她们是和你偕行去、偕行归来的朋友们,如今呢,她们是虎口余生的逃囚,而你便作了虎齿下的牺牲,此后你离开了她们永不能偕行。

和珍!我不愿意你想起我,我只是万千朋友中一个认识的朋友,然而我永远敬佩你作事的毅力,和任劳任怨的精神,尤其你那微笑中给与我的热力和温情。前一星期我去看晶清,楼梯上逢见你,你握住我手微笑的静默了几分钟,半天你问了一句:"晶清在自治会你看见吗?"便下楼去了。这印象至如今都很真的映在我脑海。第二次见你便是你的血尸,那血迹模糊,洞穿遍体的血尸! 这次你不能微笑了,只怒目切齿的瞪视着我。

自从你血尸返校,我天天抽空去看你,看见你封棺,漆材,和今天万人同哀的追悼会。今天在你灵前,站了一天,但是和珍,我不敢想到明天!

现在夜已深了,你的灵前大概也绿灯惨惨,阴气沉沉的静寂无人,这是你的尸骸在女师大最后一夜的停留了,你安静的睡吧!不要再听了她们的哭声而伤心!明天她们送灵到善果寺时,我不去执绋了,我怕那悲凉

的军乐,我怕那荒郊外的古刹,我更怕街市上,灰尘中,那些蠕动的东西。他们比什么都蠢,他们比什么都可怜,他们比什么都残忍,他们整个都充满了奴气。当你的棺材,你的血衣,经过他们面前,触入他们眼帘时,他们一面瞧着热闹,一面悄悄地低声咒骂你"活该"!他们说:

"本来女学生起什么哄,请什么愿,亡国有什么相干?"

虽然我们不要求人们的同情,不过这些寒心冷骨的话,我终于不敢听,不敢闻。自你死后,自这大屠杀闭幕后,我早已失丢了,吓跑了,自己终于不知道究竟去了哪里?

和珍!你明天出了校门走到石驸马大街时,你记得不要回头。假如回头,一定不忍离开你自己纤手铁肩,惨淡缔造的女师大;假如回头,一定不忍舍弃同患难,同甘苦的偕行诸友;假如回头,你更何忍看见你亲爱的方其道,他是万分懊丧,万分惆怅,低头洒泪在你的棺后随你!一直向前去罢,披着你的散发,滴着你的鲜血,忍痛离开这充满残杀,充满恐怖,充满豺狼的人间罢!

沉默是最深的悲哀,此后你便赠给我永久的沉默。

我将等着,能偷生时我总等着,有一天黄土埋了你的黑棺,众人都离开你,忘记你,似乎一个火花爆裂,连最后的青烟都消灭了的时候,风晨雨夕,日落乌啼时,我独自来到你孤冢前慰问你黄泉下的寂寞。

和珍,梦!噩梦!想不到最短时期中,匆匆草草了结了你的一生!然而我们不幸的生存者,连这都不能得到,依然供豺狼虫豸的残杀,还不知死在何日?又有谁来痛哭凭吊齿残下的我们?

冷风一阵阵侵来,我倒卧在床上战栗!

三月廿五日 赴和珍追悼会归来之夜中写

(见《京报副刊》第四五三号,一九二六年三月二十九日,第四、五版。)

附：

纪念刘和珍君（鲁迅原文）

鲁　迅

一

　　中华民国十五年三月二十五日，就是国立北京女子师范大学为十八日在段祺瑞执政府前遇害的刘和珍、杨德群两君开追悼会的那一天，我独在礼堂外徘徊，遇见程君，前来问我道："先生可曾为刘和珍写了一点什么没有？"我说"没有"。她就正告我，"先生还是写一点罢；刘和珍生前就很爱看先生的文章。"

　　这是我知道的，凡我所编辑的期刊，大概是因为往往有始无终之故罢，销行一向就甚为寥落，然而在这样的生活艰难中，毅然预定了《莽原》全年的就有她。我也早觉得有写一点东西的必要了，这虽然于死者毫不相干，但在生者，却大抵只能如此而已。倘使我能够相信真有所谓"在天之灵"，那自然可以得到更大的安慰，——但是，现在，却只能如此而已。

　　可是我实在无话可说。我只觉得所住的并非人间。四十多个青年的血，洋溢在我的周围，使我艰于呼吸视听，哪里还能有什么言语？长歌当哭，是必须在痛定之后的。而此后几个所谓学者文人的阴险的论调，尤使我觉得悲哀。我已经出离愤怒了。我将深味这非人间的浓黑的悲凉；以我的最大哀痛显示于非人间，使它们快意于我的苦痛，就将这作为后死者的菲薄的祭品，奉献于逝者的灵前。

二

　　真的猛士，敢于直面惨淡的人生，敢于正视淋漓的鲜血。这是怎样的哀痛者和幸福者？然而造化又常常为庸人设计，以时间的流驶，来洗涤旧迹，仅使留下淡红的血色和微漠的悲哀。在这淡红的血色和微漠的悲哀中，又给人暂得偷生，维持着这似人非人的世界。我不知道这样的世界何时是一个尽头！

我们还在这样的世上活着；我也早觉得有写一点东西的必要了。离三月十八日也已有两星期，忘却的救主快要降临了罢，我正有写一点东西的必要了。

三

在四十余被害的青年之中，刘和珍君是我的学生。学生云者，我向来这样想，这样说，现在却觉得有些踌躇了，我应该对她奉献我的悲哀与尊敬。她不是"苟活到现在的我"的学生，是为了中国而死的中国的青年。

她的姓名第一次为我所见，是在去年夏初杨荫榆女士做女子师范大学校长，开除校中六个学生自治会职员的时候。其中的一个就是她；但是我不认识。直到后来，也许已经是刘百昭率领男女武将，强拖出校之后了，才有人指着一个学生告诉我，说：这就是刘和珍。其时我才能将姓名和实体联合起来，心中却暗自诧异。我平素想，能够不为势利所屈，反抗一个有羽翼的校长的学生，无论如何，总该是有些桀骜锋利的，但她却常常微笑着，态度很温和。待到偏安于宗帽胡同，赁屋授课之后，她才始来听我的讲义，于是见面的回数就较多了，也还是始终微笑着，态度很温和。待到学校恢复旧观，往日的教职员以为责任已尽，准备陆续引退的时候，我才见她虑及母校前途，黯然至于泣下。此后似乎就不相见。总之，在我的记忆上，那一次就是永别了。

四

我在十八日早晨，才知道上午有群众向执政府请愿的事；下午便得到噩耗，说卫队居然开枪，死伤至数百人，而刘和珍君即在遇害者之列。但我对于这些传说，竟至于颇为怀疑。我向来是不惮以最坏的恶意，来推测中国人的，然而我还不料，也不信竟会下劣凶残到这地步。况且始终微笑着的和蔼的刘和珍君，更何至于无端在府门前喋血呢？

然而即日证明是事实了，作证的便是她自己的尸骸。还有一具，是杨德群君的。而且又证明着这不但是杀害，简直是虐杀，因为身体上还有棍

棒的伤痕。

但段政府就有令,说她们是"暴徒"!

但接着就有流言,说她们是受人利用的。

惨象,已使我目不忍视了;流言,尤使我耳不忍闻。我还有什么话可说呢?我懂得衰亡民族之所以默无声息的缘由了。沉默呵,沉默呵!不在沉默中爆发,就在沉默中灭亡。

五

但是,我还有要说的话。

我没有亲见;听说,她,刘和珍君,那时是欣然前往的。自然,请愿而已,稍有人心者,谁也不会料到有这样的罗网。但竟在执政府前中弹了,从背部入,斜穿心肺,已是致命的创伤,只是没有便死。同去的张静淑君想扶起她,中了四弹,其一是手枪,立仆;同去的杨德群君又想去扶起她,也被击,弹从左肩入,穿胸偏右出,也立仆。但她还能坐起来,一个兵在她头部及胸部猛击两棍,于是死掉了。

始终微笑的和蔼的刘和珍君确是死掉了,这是真的,有她自己的尸骸为证;沉勇而友爱的杨德群君也死掉了,有她自己的尸骸为证;只有一样沉勇而友爱的张静淑君还在医院里呻吟。当三个女子从容地转辗于文明人所发明的枪弹的攒射中的时候,这是怎样的一个惊心动魄的伟大呵!中国军人的屠戮妇婴的伟绩,八国联军的惩创学生的武功,不幸全被这几缕血痕抹杀了。

但是中外的杀人者却居然昂起头来,不知道个个脸上有着血污……

六

时间永是流驶,街市依旧太平,有限的几个生命,在中国是不算什么的,至多,不过供无恶意的闲人以饭后的谈资,或者给有恶意的闲人作"流言"的种子。至于此外的深的意义,我总觉得很寥寥,因为这实在不过是徒手的请愿。人类的血战前行的历史,正如煤的形成,当时用大量的木材,结果却只是一小块,但请愿是不在其中的,更何况是徒手。

然而既然有了血痕了,当然不觉要扩大。至少,也当浸渍了亲族,师友,爱人的心;纵使时光流驶,洗成绯红,也会在微漠的悲哀中永存微笑的和蔼的旧影。陶潜说过,"亲戚或余悲,他人亦已歌,死去何所道,托体同山阿。"倘能如此,这也就够了。

七

我已经说过:我向来是不惮以最坏的恶意来推测中国人的。但这回却很有几点出于我的意外。一是当局者竟会这样地凶残,一是流言家竟至如此之下劣,一是中国的女性临难竟能如是之从容。

我目睹中国女子的办事,是始于去年的,虽然是少数,但看那干练坚决,百折不回的气概,曾经屡次为之感叹。至于这一回在弹雨中互相救助,虽殒身不恤的事实,则更足为中国女子的勇毅,虽遭阴谋秘计,压抑至数千年,而终于没有消亡的明证了。倘要寻求这一次死伤者对于将来的意义,意义就在此罢。

苟活者在淡红的血色中,会依稀看见微茫的希望;真的猛士,将更奋然而前行。

呜呼,我说不出话,但以此纪念刘和珍君!

四月一日

(发表于一九二六年四月十二日《语丝》周刊第七十四期。

选自《华盖集续编》,《鲁迅全集》第3卷,人民文学出版社1981年版。)

再读《兰生弟的日记》

八月底从山城到北京的第二日,在朋友案头看见了沙漠中满载归来的骆驼,那夜和翌晨读完了《兰生弟的日记》。莫有什么话可表示我那时的心境,似乎是在一种不宁静的心情中,更添加了几许人间共有的惆怅!

过了几日在书摊上又看见那青衣白签的单行本,在万紫千红各色都有的新书堆里,它为什么那样清淡那样孤独呢!直觉的给与我一种悲绪后,买了一本归来。白天我是勤苦的工作着,晚间夜静,在灯下我咽着自己的悲哀,再读《兰生弟的日记》。

真不知道是怎样过去的,如我们现在这种繁剧压迫愤怒恐怖中的生活。我们的生命是沉下去,沉下去,沉到不可深测的洞底去了。在悲哀、颓丧、肤浅、懒惰中悄悄走过去的,也许是我们这莫有力,莫有声,莫有动的空洞的生命罢!

这年头儿,我们都是咽着泪,流着血,按着创痛,鼓着余勇,在枪炮场中,尸骨堆里,找寻理想的绿洲的人群。假使成功胜利是建筑在失败绝望的基础上,那么我们是应该怎样燃烧着内心的希望,向黑暗的,崎岖的,荆棘丛生的道路中摸索着去更深更深的人生内寻求光明呢。《兰生弟的日记》中告诉我们的,或者就是这些。

厨川白村[①] 说:艺术的天才,是将纯真无杂的生命之火红焰焰地燃烧着的自己,就照本来面目投给世间。把横在生命的跃进的路上的魔障相冲突的火花,捉住它呈献于自己所爱的面前,将真的自己赤裸的忠诚的整个的表现出。

我读完《兰生弟的日记》后,使我认识了自己生命力量的无限。一直到现在,我都感谢作者所指示所给与的是那样丰富而充实。我比拟它如一只小小的慈航,在瀚海汪洋中,作我们多少青年的摆渡,使我们在波浪汹涌的海上,有了平静的强毅的把舵的力量和进行的方向。作者所表现的是我们现在的世界内,他的人格和个性在环境中冲击出的火花,他整

---

① (1880~1923)本名辰夫,生于京都,日本文学评论家。毕业于东京帝国大学英文科,曾任东京帝国大学教授,后任京都帝国大学文学部助教。他发表评论,介绍十九世纪末二十世纪初欧美资产阶级文学和文艺思潮。有《厨川白村全集》(8卷)行世。

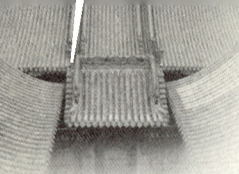

个把内心经验的总量供献告诉给我们后,他又去更深更深的去处追求着,他是认识了生命,欲将生命安置在他理想的眠床上而努力的人。

谁也说文学家们的小说似乎不能坚认为诚实。所以最率真坦白能表现了自己的,还须在日记和尺牍中,比较能找到。这本《兰生弟的日记》,是一种告白录的体裁,是近代人所最流行的。内容很简单,是主人翁罗兰生寄给薰南姊告白恋爱的一封信。仿佛兰生弟是一个多愁多病林黛玉式的青年,然而他却又是世界上最有力量,最有勇气,最能容忍,最能奋斗,百战中经烂熟的一位英雄。如:

"今天搬家了!五个月的生活沉溺到不可超渡。拍拍身子满是锈屑,朝上收拾行车时衷肠百结。临别时我真欲哭……脱去旧皮必定有血斑淋漓的苦痛的,我须耐得住这个苦痛!"

"……我说人是战胜一切而生存的。我对你说我和失恋战,和失学战,和贫困战,和病苦战,到处都是苦战……"

"……天上的神!你为什么如此苛酷?你一步一步逼到我如此!逼到我发狂,我忍住!我咬定牙齿忍住。我从死中求生,求光明,求爱!但是仍旧一步一步逼到我死,到黑暗,到绝望!"

"……我离死期不远了,但是我自己还莫有决心自杀,我在那个时期体验到失了一切光明,失了一切希望的人还不能对于现世否定生存欲的那种人类的确执性。我在那个时期意识到自己虽是力竭声嘶还不肯放手,硬要和现实抓攫胜负。"

"……我匆匆告别回来,走进宿舍,何以说不出理由的流了很久很久的眼泪!岛崎藤村在一部作品里说主人公初入社会时往往泪流满颊的。我那天的眼泪否则也无从说明理由起。"

这点滴着血泪的人生,兰生弟是怎样挣扎着去追求他的幻梦。似乎大海中的扁舟,一个大浪滚卷在雪花中了,浪落下时扁舟又颠覆在另一个大浪里。如斯一浪接一浪,他的生命的光荣和富丽,都在这起落的雪花中飞舞着闪烁着!这是多么值的赞美敬佩的精神!

我是信仰恋爱专一有永久性的,我是愿意在一个杯里沉醉或一个梦里不醒的。假使我的希望作了灰,我便将这灰包裹了我这一生,假使我的希望陷落在深涧底,我愿我的心化作了月亮,永久不离的照着这深涧的。最令我敬佩的,便是兰生弟也是在这方面努力的人。他的爱是和他的生命一样,皈依在上帝的神座下永久祈祷着!

"八月二日那天醒来时觉得做着了你的梦,日记上说:今朝醒来时还记着一个刻印心肝的梦!心肝心肝的梦呵!我今生为此梦而终了!"

"我那能忘你,我那能忘你!沉默以终,他生记忆。我那能忘你,我那能忘你!"

"……于是大家一致认我是最有希望。我着力的否定道:'我有眼中看不见的羁束。'"

这些镂心刻骨的誓言,这真诚勇往的精神,是能令乐园的石门撞开的。我祝福多少青年们有这种精神的,假使就是失败了,绝望了,也是胜利圆满。

我常想只有缺陷才能构成理想中圆满的希望,只有缺陷才能感到人生旅途中追求的兴味。厨川白村在《缺陷之美》内曾这样说:

"……看起各人的境遇来,也一定总有些什么缺陷。有钱却生病;身体很好然而穷。一面赚着钱则一面在赔本。刚以为这样就好了,而还莫有好的事立刻跟着一件一件地出来。人类所做的事,无瑕的事是没有的,譬如即使极其愉快的旅行,在长路中,一定要带一两件失策,数着什么苦恼,不舒服的事。于是人类就假想了毫无这样缺陷的圆满具足之境,试造出天国或极乐世界来,但是这样的东西,在这地上,是没有的。

性格上,境遇上,社会上,都有各样的缺陷。缺陷所在的处所,一定现出不相容的两种力的纠葛和冲突来。将这纠葛,这冲突,从纵,从横,从上,从下,观看了,描写出来的,就是戏曲,就是小说,倘使没有这样的缺陷,人生固然是太平无事了,但同时也就再没有兴味的,再没有生活功效了罢。正因为有暗的影,明的光这才更加显著的。"

兰生弟或者正因为能爱琴子而不能去爱,不能爱薰南姊而必须去爱的缘故,才能有勇气表示这四五年浸在恋爱史中的一颗沉潜迂回的心,才能有这本燃烧着生命火焰的日记告白给我们。我更祝贺作者能有这样伟大的艺术天才，能有这样真诚的叙述催眠读者，或许是正因为罗兰生的缺陷成全了他。矫情的再深一层说，我是崇拜悲剧的。我愿大文学家大艺术家的成就，是来源于他生命中有深的缺陷。惨痛苦恼中，描写着过去，又追求着未来的。

在现世界，逢见一个人，踏着一块地，都能给与你一种最激骨沁脾的创痛。我们的命运是箭垛。我们只有沉默的容忍着，屈伏着，而潜藏我们另一种能掉换宇宙毁灭宇宙的力量。我们是希望有一天命运成了手中的泥，愿意塑成什么便是什么的。所以兰生弟不怕悲伤，他说：

"唉！我不会过于悲伤的。我正要寻些悲伤滋味润泽一下这个干枯沉淀不过的心！"

"呀！我如今痛切的感到被人践踏后的怨愤，所以要被人践踏，缘由我不想做恶人，示露了善良性的软弱处……人群生活完全是战争。能够发挥残忍而不感不安的人乃是最适当的生存者。如果中途反悔，那么只好被人落刀下来结果了自己的性命。"

在人群中扰攘着，是找不到安慰和了解的，只要没有那利锐的、恶毒的意外来袭击，已经算很侥幸了。我们只可投到自然母亲的怀里，承受她的催眠和抚慰。滋润休养着这灰尘中千疮百洞的心身。作者似乎屡屡诏示我们。每在一种烦苦欲狂的心情中，展开一幅最幽静、最清雅、能忘了自己、融化在自然里来抚慰我们的景致，如：

"有时暗夜里，一个人披上斗篷，不戴帽子，赤脚踏了高屐，穿过冷落街道，隐进一个山边的森林里去。在沉默无光的枯林里瞥见天空的小星，远处的街灯。一回又发现自己走了出来，站定了脚，在一个有狐狸精出没神情的阴风惨惨的古庙口，尽是向里面的黑影子窥望。不知怎样，自己又走下山道，站在街边一个有灯光的纸窗边，听里面有两个小女孩子卿卿哝哝伴着一个母亲似的妇人谈话。人类最宝贵的母爱流露到这纸窗外了。"

"去罢去罢！进了中央公园，靠东从今雨轩一直往北去转过两个红圈洞走过古柏下的通路，到了目的地的御沟边来了。在这瞬间才发现濠水已经结冰。呆立了一下,回到长凳上坐下。尽是沉想。好像又被什么东西追着似的轰然站起来,再到花房前的池水边。看见也结了冰,只有铁丝网内冰块间有一个水塘,一群鹅鸭,杂有鸳鸯在那里无心的游叫着。冬天的淡阳光照着池边的萧条景象。在我旁边隔开一张椅子上坐着一个少妇在那里打绒绳。一个学步的小孩绕在身边。我想到不一定那些水鸟才能无心,人也有能无心的。"

一个人到了失败绝望无路可走人力无可为的时候,总幻想出一个神灵的力量来拯救他,抚慰他,同情他,将整个受伤的心灵都捧献给神,泄露给神,求神在这失败绝望中,给他勇气,给他援助,使一个受了创痛的心头,负了罪恶的心头,能有一个皈依忏悔的机会。所以凡受过宗教的洗礼的,他必能用平静的、慈爱的、温和的心情去宽恕别人,去发现自己。作者所描写的兰生弟,便是背着十字架忠心于上帝的门徒。他在池袋隐者那里忏悔皈依神了之后,他归来是:

"走在路上,觉得一草一木都像另有生气似的,在心胸宽松了许多。"

他的敬虔心的出发,也是想用人力以外的力量来解决矛盾防止矛盾的,他是想在没有路的道上,用上帝的意志去开辟道路的。我从前也是轻蔑基督教的一个叛徒,然而现在我虽未曾正式受洗作上帝的门徒,不过我心里除了母亲外,已有了上帝的位置,我在一种特殊的心境时,总是口口声声默唤着上帝,求佑于上帝的。虽然我自己也明知道那是个虚无的神。

所以我们可以根据了这种精神,看出兰生弟的容忍和宽大。他虽然在薰南姊面前受了创痛,在大伯父面前尚不知结果。然而这都是不值的忧虑的事,他自己的本身已成了艺术化的人生,还有什么不满足呢!

谈到兰生弟的日记形式上的批评。我是很慕敬作者那枝幽远清淡的笔致,处处都如一股幽谷中流出的清泉一样,那样含蓄,那样幽怨,那样凄凉,那样素淡。据全书个性特有的表现,作者许是一位最沉静,最细腻,最孤高,最多情的,在人间收获了许多经验的人。

这册书内容因为是一封信,又在里边插入了许多日记,似乎有时读

者感到冗杂和厌倦,有些人读不下去的原因或者是缘乎此。这是属于心灵上体验上能否同作者共鸣的问题。在一个不能沉醉于酒的人,你问他饮过后的余味,他自然是告诉你感到酸涩的。世界上也许有不需要饮酒的人,自然也许有不需要沉醉的人。

一九二六,十月二十六日

(见《语丝》第一百〇四期,一九二六年十月三十日。)

雪 夜

北京城落了这样大这样厚的雪,我也没有兴趣和机缘出去鉴赏,我只在绿屋给受伤倒卧的朋友煮药煎茶。寂静的黄昏,窗外飞舞着雪花,一阵紧似一阵,低垂的帐帷中传出的苦痛呻吟,一声惨似一声!我黑暗中坐在火炉畔,望着药壶的蒸汽而沉思。

如抽乱丝般的脑海里,令我想到关乎许多雪的事,和关乎许多病友的事,绞思着陷入了一种不堪说的情状。推开门我看着雪,又回来揭起帐门看看病友,我真不知心境为什么这样不安定而彷徨?我该诅咒谁呢?是世界还是人类?我望着美丽的雪花,我赞美这世界,然而回头听见病友的呻吟时,我又诅咒这世界。我们都是负着创痛倒了又扎挣,倒了又扎挣,失败中还希冀胜利的战士。这世界虽冷酷无情,然而我们还奢望用我们的热情去温暖;这世界虽残毒狠辣,而我们总祷告用我们的善良心灵去改换。如今,我们在战线上又受了重创,我们微小的力量,只赚来这无限的忧伤!何时是我们重新扎挣的时候,何时是我们战胜凯旋的时候?我只向熊熊的火炉祷祝他给予我们以力量,使这一剂药能医治我病友霍然使她能驰驱赴敌再扫阴霾。

黄昏去了,夜又来临。这时候瑛弟踏雪来看病友,为了人间的烦恼,令他天真烂漫的面靥上,也重重地罩了愁容,这真是不幸的事,不过我相

信一个人的生存,只是和苦痛搏战,这同时也在一件极平淡而庸常无奇的事吧!我又何必替众生来忏悔?

给她吃了药后,我才离开绿屋,离开时我曾想到她这一夜辗转哀泣的呻吟,明天朝霞照临时她惨白的面靥一定又瘦削了不少!爱怜,同情,我真不愿再提到了,罪恶和创痛何尝不是基于这些好听的名词,我不敢诅咒人类,然而我又何能轻信人类……所以我在这种情境中,绝不敢以这些好听的名词来施恩于我的病友;我只求赐她以愚钝,因为愚钝的人,或者是幸福的人,然而天又赋她以伶俐聪慧以自戕残。

出了绿屋我徘徊在静白的十字街头了,这粉装玉琢的街市,是多么幽美清冷值得人鉴赏和赞美!这时候我想到荒凉冷静的陶然亭,伟大庄严的天安门,萧疏辽阔的什刹海,富丽娇小的公园,幽雅闲散的北海,就是这热闹多忙的十字街头,也另有一种雪后的幽韵,镇天被灰尘泥土蔽蒙了的北京,我落魄在这里许多年,四周只有层层黑暗的网罗束缚着,重重罪恶的铁闸紧压着,空气里那样干燥,生活里那样枯涩,心境里那样苦闷,更何必再提到金迷沉醉的大厦外,啼饥号寒的呻吟。然而我终于在这般梦中惊醒,睁眼看见了这样幽美神妙的世界,我只为了一层转瞬即消逝的雪幕而感到欣慰,由欣慰中我又发现了许多年未有的惊叹,纵然是只如磷火在黑暗中细微的闪烁,然而我也认识了宇宙尚有这一刹那的改换和遮蔽,我希望,我愿一切的人情世事都有这样刹那的发现,改正我这对世界浮薄的评判。

过顺治门桥梁时,一片白雪,隐约中望见如云如雾两行挂着雪花的枯树枝和平坦洁白的河面。这时已夜深了,路上行人稀少,远远只听见犬吠的声音和悠远清灵的钟声。沙沙地我足下践踏着在电灯下闪闪银光的白雪,直觉到恍非人间世界。城墙上参差的砖缘,披罩着一层一层的白雪,抬头望:又看见城楼上粉饰的雪顶,和挂悬下垂的流苏。底下现出一个深黑的洞,远望见似乎是个不堪设想的一个恐怖之洞门。我立在这寂静的空洞中往返回顾而踟蹰,我真想不到扰攘拥挤的街市上,也有这样沉寂冷静时候。

　　过了宣武门洞，一片白地上，远远望见万盏灯火，人影蠕动的单牌楼，真美，雪遮掩了一切污浊和丑恶。在这里是十字街头了，朋友们，不少和我一样爱好雪的朋友们，你们在这清白皎洁的雪光下，映出来的影子，践踏下的足踪，是怎么光明和伟大！今夜我投身到这白茫茫的雪镜中，我只照见了自己的渺小和阴暗，身心的四周何尝能如雪的透明纯洁。因为雪才反映出我自己的黑暗和污浊，我认识自己只是一个和罪恶的人类一样的影子，我又那能以轻薄的心理去责备人类，和这本来不清明的世界呢！朋友！我知所忏悔了！

　　爱恋着雪夜，爱恋着这刹那的雪景，我虽然因夜深不能去陶然亭、什刹海、北海公园，然而我禁不住自己的意志，我的足踪忽然走向天安门，过西安门饭店的门前时，看见停着的几辆汽车，上边都是白雪，四轮深陷在雪里，黑暗的车箱中有蜷伏着的人影，高耸的洋楼在夜的云霄中扑迎着雪花，一盏盏的半暗的电灯下照出门前零乱的足痕，我忽然想起赖婚中的一幕来，这门前有几分像呢！

　　走向前，走向前，丁丁当当的电车过去了，我只望着它车轮底的火花微笑！我骄傲，我是冒着雪花走向前去的，我未曾借助于什么而达到我的目的，我只是走向前，走向前。

　　进了西长安街的大森林，我远远看见天边四周都现着浅红，疏疏的枝桠上堆着雪花，风过处纷纷地飞落下来，和我的眼泪滴在这地上一样。过这森林时我抱着沉重的怆痛，我虽然能忆起往日和君宇走过时的足踪在那里，但我又怎敢想到城南一角黄土下已埋葬了两年的君宇，如今连梦都无。

　　过了三门洞，呵！这伟大庄严的天安门，只有白，只有白，只有白，漫天漫地一片皆白，我一步一步像拜佛的虔诚般走到了白石桥梁下，石狮龙柱之前，我抬头望着红墙碧瓦巍然高耸的天安门，我怪想着往日帝皇的尊严，和这故宫中遗留下的荒凉。一踏上了无人践踏的石桥，立在桥上远望灯光明灭的正阳门，我傲然的立了多时，我觉着心境逐渐的冷静沉默，至于无所怀感这又是我的世界，这如梦似真的艺术化的世界。下了桥我又一直向前去，那新栽的小松上，满缀了如流苏似的雪花，一列一列远望去好像撑着白裙的舞女。前面有一盏光明的灯照着，我向前走了几步，似乎到了中山先生铜像基础旁便折回来。灯光雪光照映在我面上。这时我觉心地很洁白纯真，毫无荫翳遮蔽，因为我已不是在这世界上，我脱了一切人间的衣裳，至少我也是初来到这世界上。

　　我自己有免受人间一切翳蒙，我才爱白雪，而雪真能洗涤我心灵至于如雪冷洁；我还奢望着，奢望人间一切的事物和主持世界的人类，也能给雪以洗涤的机会，那么，我相信比用血来扑灭反叛的火焰还要有效！

十六年一月十四日雪夜

（见《语丝》第一百十六期，一九二七年一月二十九日。）

爆竹声中的除夕

　　这时候是一个最令人撩乱不安的环境，一切都在欢动中颤摇着。离人的心上是深深地厚厚地罩着一层乡愁，无论如何不想家的人，或者简直无家可想的人，他都要猛然感到悲怆，像惊醒一个梦似的叹息者！

　　在这雪后晴朗的燕市，自然不少漂泊到此的旅客游子，当爆竹声彻夜的在空中振动时，你们心上能不随着它爆发，随着它陨落吗？这时的心怕要和爆竹一样的爆发出满天的火星。而落下时又是那么狼藉零乱，碎成一片一节的散到地上。

　　八年了，我在北京城里听爆竹声，环境心情虽年年不同，而这种惊魂碎心的声音是永远一样的。记得第一年我在红楼当新生，仿佛是睡在冰冷的寝室床上流泪度过的。不忍听时我曾用双手按着耳朵，把头缩在被里，心里骗自己说："这是一个平常的夜，静静地睡吧！"第二年在一个同乡家里，三四个小时候的老朋友围着火炉畅谈在太原女师时顽皮的往事。笑话中听见爆竹，便似乎想到家里，跪在神龛前替我祝福的母亲。第

三年在红楼的教室中写文章，那时我最好，好的是知道用功的读书，而且学的写白话文，不是先前的一味顽皮嘻笑了。不过这一年里，我认识了人间的忧愁。第四年我也是在红楼，除夕之夜记得是写信，写一封悲凄哀婉的信，还做了四首旧诗。第五年我已出了红楼，住在破庙的东厢，这一年我是多灾多难，多愁多病的过去了。第六年我又到了一个温暖的家庭里寄栖，爱我护我如我自己的家一样；不幸那时宇哥病重，除夕之夜，是心情纷纭，事务繁杂中度过的。第七年我仍是寄居在这繁花纷披的篱下，然相形之下，我笑靥总掩饰不住啼痕；当一个由远处挣扎飞来的孤燕，栖息在乐园的门里时，她或许是因在银光闪烁的镜里，现出她疮痛遍体的形状更感到凄酸的！况且这一年是命运埋葬我的时候。第八年的除夕，就是今夜了，爆竹声和往年一样的飞起而落下，爆发后的强烈火星，和坠落在地上的纸灰余烬也仿佛是一样；就是我这在人生轮下转动的小生命，也觉还是那一套把戏的重映演。

八年了，我仔细回忆觉我自己是庸凡的度过去了，生命的痕迹和历程也只是些琐碎的儿女事。我想找一两件能超出平凡可以记述的事，简直没有！我悔恨自己是这样不长进，多少愿望都被命运的铁锤粉碎，如今扎挣着的只是这已投身到悲苦中奢望做一个悲剧人物的残骸。假使我还能有十年的生命，我愿这十年中完成我的素志，做一个悲剧的主人，在这灰黯而缺乏生命火焰的人间，放射一道惨白的异彩！

我是家庭社会中的闲散人，我肩上负荷的，除了因神经软弱受不住人世的各种践踏欺凌讪讽嘲笑，而感到悲苦外，只是我自己生命的营养和保护。所以我无所谓年关的，在这啼饥号寒的冬夜，腊尽岁残的除夕，可以骄傲人了；因为我能在昏暗的电灯下，温暖的红炉畔，慢慢地回忆过去，仔细听窗外天空中声调不同的爆竹，从这些声音中，我又幻想着一个一个爆竹爆发和陨落的命运，你想，这是何等闲散的兴致？在这除夕之夜不必到会计室门前等着领欠薪，不必在冰天雪地中挟着东西进当铺，不必向亲戚朋友左右张罗，不必愁明天酒肉饭食的有无，这样我应该很欣慰的送旧迎新。然而爆竹声中的心情，似乎又不是那样简单而闲逸，我不

知怎样形容,只感到无名的怅惘和辛酸!为了这一声声间断连续的炮竹声,扰乱了我宁静的心潮,那纤细的波浪,一直由感官到了我的灵魂深处,颤动的心弦不知如何理,如何弹?

我想到母亲。

母亲这时候是咽着泪站在神龛前的,她口中呢喃祷告些什么?是替天涯的女儿在祝福吧?是盼望暑假快临她早日归来吧?只有神知道她心深处的悲哀,只有神龛前的红烛,伴着她在落泪!在这一夜,她一定要比平常要想念我,母亲!我不能安慰你在家的孤寂,你不能安慰我漂泊的苦痛,这一线爱牵系着两地相思,我恨人间为何有别离?而我们的隔离又像银河畔的双星,一年一度重相会,暑假一月的团聚恍如天上七夕。母亲,岁去了,你鬓边银丝一定更多了,你思儿的泪,在这八年中或者也枯干了,母亲,我是知道的,你对于我的爱。我虽远离开你,在团圆家筵上少了我;然而我在异乡团贺的筵上,咽着泪高执着酒杯替别人祝福时,母亲,你是在我的心上。

母亲!想起来为什么我离开你,只为了,我想吃一碗用自己心血苦力挣来的饭。仅仅这点小愿望,才把我由你温暖的怀中劫夺出,做这天涯寄迹的旅客,年年除夕之夜,我第一怀念的便是你,我只能由重压的,崎岖的扎挣中,在远方祝福你!

想到母亲,我又想到银须飘拂七十岁的老父,他不仅是我慈爱的父亲,并且是我生平最感戴的知己。我奔波尘海十数年,知道我,认识我,原谅我,了解我的除了父亲外再无一人。他老了,我和璜哥各奔前程,都不能常在他膝前承欢。中原多事,南北征战,反令他脑海中挂念着两头的儿女,惊魂难定!我除了努力做一个父亲所希望所喜欢的女儿外,我真不知怎样安慰他报答他,人生并不仅为了衣食生存。然而,不幸多少幸福快乐都为了衣食生存而捐弃;岂仅是我,这爆竹声中伤离怀故的自然更有人在。

我想倦了娘子关里的双亲时,又想到漂流在海上的晶清,这夜里她驻足在哪里?只有天知道。她是在海上,是在海底,是在天之涯,是在地之

角,也只有天知道。她这次南下的命运是凄悲,是欢欣,是顺利,是艰险,也只有天知道。我只在这爆竹声中,静静地求上帝赐给她力量,令她一直扎挣着,扎挣着到一个不能扎挣的时候。还说什么呢!一切都在毁灭捐弃之中,人世既然是这样变的好玩,也只好睁着眼挺着腰一直向前去,到底看看最后的究竟是什么。一切的箭镞都承受,一切的苦恼都咽下,倒了,起来!倒了,起来!一直到血冷体僵不能扎挣为止。

走向前便向前走吧!前边不一定有桃红色的希望;然而人生只是走向前,虽崎岖荆棘明知险途,也只好走向前。渺茫的前途,归宿何处?这岂是我们所知道,也只好付之命运去主持。人生惟其善变,才有这离合悲欢,因之"生"才有意义,有兴趣;我祷告晶清在海上,落日红霞,冷月夜深时,进步觉悟了幻梦无凭,而另画一条战斗的阵线,奋发她厮杀的勇气!

我盼望她在今夜,把过去一切的梦都埋葬了,或者在爆竹声中毁灭焚碎不再遗存;从此用她的聪明才能,发挥到她愿意做的事业上,那能说她不是我们的英雄?!悲愁乞怜,呻吟求情,岂是我们知识阶级的女子所应为?我们只有焚毁着自己的身体,当后来者光明的火炬!如有一星火花能照耀一块天地时,我们也应努力去工作去寻觅!

黄昏时,我曾打开晶清留给我的小书箱,那一只箱子上剥蚀破碎的痕迹,和她心一样。我检点时忽然一阵心酸,禁不住的热泪滴在她的旧书上。我呆立在火炉畔,望着灰烬想到绿屋中那夜检收书箱时的她,其惨淡伤心,怕比我对着这寂寞的书籍落泪还要深刻吧!一直搁在我房里四五天了,我都不愿打开它,有时看见总觉刺心,拿到别的房里去我又不忍离它。晶清如果知道它们这样令我难处置时,她一定不愿给我了。

我看见时总想:这只破箱,剥蚀腐毁的和她心一样。

在一个梦的惊醒后,我和她分手了。今夜,这爆竹声中,她在哪里呢?命运真残酷,连我们牵携的弱腕,他都要强行分散,我只盼望我们的手在梦中还是牵携着。

夜已深了,爆竹声还不止。不宁静的心境,和爆竹一样飞起又落下,爆裂成一片一节僵卧在地上。

208

十五年除夕之夜

（见《世界日报·蔷薇周刊》第十一期，一九二七年二月八日，第一、二、三版。）

寄到鹦鹉洲

娜君：还记得绿屋吗？深秋天气溢扬着菊香的绿屋，人生穷途充满了悲愁的绿屋。如今想起来真是画景诗情的环境，但当时我们是认为黯淡的地狱般过去了。这时候又是一样的秋深冬初，我独坐在炉畔沉思着，偶然在书架上抽一本书，揭开来里面总有几片鲜红的叶子，叶上还是题着你喜欢的许多诗句。这是你临走前乘我不知偷偷夹在我书内的。现在无论我怎样漠然，看到时总不免心弦紧张起来，常黯然的抬起头望着辛哥的遗像，似乎告诉他我心中的压抑呢！此时凄绝孤灯畔的心情，怕只有案头的辛哥知道。

自从你鼓勇气逃出了古城后，你虽毅然摆脱开往日一切的桎梏束缚，去做一个轰轰烈烈的英雄。但我这里日夜在祷祝你：愿你另创造一个有声有色的环境，来安置你聪敏伶俐的灵魂，除此外我不愿想到我自己，也不愿谈到我自己。我愿沉默，沉默中我独自咀嚼这梦幻的人生，咽泪微笑也只愿自己知道。日子是这样快，我们别离已将一年了，我这沉默因循的颓废生活，也这样过去了，想来真令人惊叹呢！

你这一年中枪林弹雨，出生入死，有时做筵上贵客，有时当阶下囚徒，有时是骋驰战场的英雄，有时是运筹帷幄的谋士，从黄浦江上流浪到百花洲，从石头城漂泊到黄鹤楼，真是一叶扁舟航行于大江南北，我羡慕你这流浪的，是最有兴趣最有收获的人生。想来腹稿已有数十万言了，将来栖息山林时，披卷濡毫，写下这一生的阅历，也就是这个时代中的文学。你自己当然知道所努力了，你临行不是说为了搜寻好的材料写文章，

才投身到这幻变危险的漩涡中辗转升沉吗?

提起笔来话太多了,真不知如何写下去。我是正在一种极愁苦的心情中扎挣着。你自然知道我的故乡如今正在枪炮火星中迷漫着,双亲念着我只身飘零的女儿,我也焦虑着暮年受惊的双亲。我不敢诅咒一切怨恨一切,在两方厮杀兴浓时,我们这无枪无力的小民,一切安宁灾难也只应付之上帝的命运安排。不过驰驱于灰尘车轨中时,我常颦眉哀愁,觉这孤凄的旅程万分哀绝,我已倦了,想回到母亲怀里去呢!十分无奈时,独自到辛哥墓头伫立东望,哭也哭不出,只觉遍体寒颤,心情惨淡,回顾前尘已成梦寐,就是这未知的将来,也一样是更增愁怀。

娜君:这冷森阴惨的人生,我常觉战栗恐怖呢!到这时候我常常想到你,想到贤哥、菊姊和云弟,但是你们都离开我这样远了。我现在愿意你们都不要理我,使我忘记一切的往事,像一个醺醉或睡梦的人,每次收到你们信时,总觉心头的创口异常疼痛,前几天云弟由上海来信,他仍迷恋着古城的雪景,北海的冰场,他说:

半夜里醒来,
听沙沙窗外;
落叶秋风吹,
忆柳絮纷飞。

说什么秋悲,
道甚春欲喜;
一年年过去,
似落叶飞絮。

他虽然还依稀流露着往日的天真,不过经历岁月的剥蚀,他已不能如昔日那样烂漫幸福了。我想到死去的辛哥,离开的诸友,我心常黯然凄绝。娜君:三四年来我仿佛如秋林落叶,如今死寂的寒灰,愿狂风也一齐吹散她罢!

我独自徘徊于古城,自然也有许多貌合神离的人们,和我扮演着滑

稽的喜剧。有时我是在狂笑,常偷偷咽着泪,有时温暖的环境中,会感到冰冷的寒风由人们的面上吹来。有时啮着牙齿屏声静气,接受讥讽的利剑袭刺。同时我完全是个懦弱者,不愿有丝毫的反抗和不满,常用着微笑的面靥,和蔼的态度接受一切的赐与。因之按着创痛奔走忙碌,我不肯有些许闲暇,因为闲暇便要沉思,沉想起来我恐怕连这自己骗着混日子的勇气也继续不下去。

这是一件你喜欢的事。就是去年秋深,我们在写红叶作秋的礼赠时,偶然高兴培植了的那一株蔷薇,已经荣发到周年了——这自然要感谢替我们护持灌溉的几位朋友。她虽然在冷寒枯荒的古城扎挣着她特有的丰姿,不过凄风暴雨,也算历经的不少,我希望她以后貌如蔷薇,质似松柏呢!世间有许多事情未想到已做到了,有许多想到了偏做不到,遗憾怕是永远在人们追逐的心里低叹了,还说什么!

近来性情变得异常冷漠,觉任何事都可以令我伤感,令我畏惧。为了避免这凄酸的来头,所以我不愿提笔,五六月来只不过写了四五篇东西,还是那样浅薄无内容。我想像我这样不知努力的人,真该死去,这时代似乎不需要不适宜这种人的生存罢!

暑假时我曾想摆脱一切,另辟生路,无奈环境使我不能任兴奔放,作云中天马,依然蜷伏在旧槽中,走旧的足印,喘息着这微小的生命于此艰苦的生之轮中。这样既不能建设又不能毁灭的我,想到时总觉自己太可怜了,世界上最耻辱的大概就是一个被可怜的人;因此我心中常觉耿耿不快。

滇放信已替你写了,你安然去登你的新旅程罢!我默祝你的幸福!

十六年十二月一号 北京

(见《世界日报·蔷薇周刊》周年纪念增刊,一九二七年十二月二十八日,第九十九、一○○页。)

遗稿收录
——晶清寄语

两年前,在落叶声中我和评梅共植了这株不希望有色香的蔷薇,原是偶然间佯装着高兴播下的种,当时并没有预计到这株蔷薇是要长久的在人前开放。随后不久我就登上流浪的旅程南下了,评梅为着纪念我们的友谊不忍使我和她共同栽植的蔷薇仅一现人前而就枯萎,所以她于不甚安定的苦辛心情下挣扎了两年维护这株蔷薇,也亏得许多熟识的朋友帮着她。

我,虽然也是蔷薇的播种者,但两年来尽在奔驰流浪的道上,是从没有问过蔷薇的生死或荣枯。在南方纵然偶尔能看到几期有过关系的蔷薇,仅只是增加我回忆的酸辛和怜悯评梅的苦心,因为我正是有如褪色残花漂泊于狂风中,不安定的心灵是不容许我可以写成点什么东西来装点蔷薇。

最堪悲痛自然是评梅的死!她不惟扔下她苦心栽培的蔷薇,也扔下了一切,便悄悄的于三月前的一个静夜死去。我得讯后北来哭她时得见蔷薇依然存在,才知是朋友们为纪念评梅已决定了愿意共同来维护她手植的这株蔷薇,也就是继续她的遗志。

这些天,《蔷薇》的读者因为久久没有见到评梅深切哀怨的作品,当是增加了悲悼她的情绪,在我们——评梅熟识的朋友们,更是不能为了她辞世日月的久远而遂减少我们的哀痛,我们为了慰安同情评梅作品的读者,现时是正在整理着她的遗著,期于最近能将她的作品装印成册,献诸亲爱的读者的案头。

在清理评梅遗稿的时候,我们发现了她写的许多残缺稿件,虽然是些未完成或为她自己觉着不甚满意的作品,但却都是她的一滴滴心血,

是为同情她的作品的读者所愿意见到的,尤其是在她死后,所以由我代她拼凑整理过,以后将渐次的在《蔷薇》上发表。

读者们从《蔷薇》上所能见到的评梅的作品。就仅只有这一点!

晶清

十八年(1929年)元旦于女师大

遗稿之一

凄其风雨夜

已是小春天气,但为何却这般秋风秋雨?昨夜接读了贤的信,又增加我不少的烦闷。可怜我已是枯萎的残花了,偏还要受尽风雨的欺凌。

这几夜在雨声淅沥中,我是整夜的痛哭。伴我痛哭的是孤灯,看我痛哭的只有案头陈列着的宇的遗像。唉,我每想到宇时,就恨不立即死去!死去,完成我们生前所遗憾的。至少,我的魂儿可以伴着宇的魂在月下徘徊,在花前笑语;我可以紧紧的握着他的手,我可以轻轻的吻他的唇。宇,世界上只有他才是我的忠诚的情人,只有他才是我的灵魂的保护者,当他的骨骸陈列在我眼前时我才认识了他,认识他是伟大的一个殉情的英雄!

而今,我觉得渺渺茫茫去依附谁?去乞救于谁?我不愿意受到任何人的哀怜,尤其不愿接受任何人的怜爱;我只想死,我想到自杀,就我自杀的时候,也要选个更深人静,万籁俱寂的辰光。

今天下午我冒雨去女师大看小鹿,在琴室里遇见玉薇,她说:"梅!祝你的新生命如雨后嫩芽!"这是什么话呵?连她都这样不知我,可见在人间寻求个心的了解者是很难的事;不过,假如宇是为了了解我而死,那么,这死又是何等的悲惨?我也宁愿天下人都不了解我,我不愿天下人为了解而死。

红楼归来,心情十分黯淡,我展开纸,抹着泪给玉薇写这样一封短信——

玉薇：

我现在已是一个罩上黑纱的人了，我的一切都是黯淡的，都是死寂的；我富丽的生命，已经像彗星般逝去，只剩余下这将走进坟墓的皮囊，心灵是早埋葬了。

我的过去是隐痛，只可以让少数较为了解我的人知道。因为人间的同情是幻如水底月亮，自己的苦酒只好悄悄的咽下，却不必到人前去宣扬。

对于这人间我本来没有什么希望的，宇死后我更不敢在人间有所希望，我只祈求上帝容许我忏悔，忏悔着自己的过错一直到死时候，朋友，你相信我是不再向人们求爱怜与抚慰的，我要为死了的宇保存着他给我的创伤，决不再在人们面前透露我心琴的弹唱了。

近来我的心是一天比一天死寂，一天比一天空虚，一天比一天走进我的坟墓，快了，我快要到那荒寂的旷野里去伴我那殉情的宇！

"祝你的新生如雨后嫩芽"的话，朋友，恕我不收受，还给你罢，如今我已是秋风秋雨下被人践踏腐烂了的花瓣。

可怜的梅

宇死去已是一月了，飞驰的时光割断人天是愈去愈远，上帝！请告诉我在何时何地再能见到宇？

（见《世界日报·蔷薇周刊》第九十三期，一九二九年一月八日，第一、二版。）

遗稿之二

寄露沙

你满接着同情心的几句话，我看了后哭了！我的泪依然还不曾流完，仍然这样汹涌，这样泛滥；我真不解为了什么这样？是我懦弱的表示吗？

我是最后战死的先锋。我总算牺牲了感情让意志去杀人的女魔；我何尝真的如一般女子那么懦弱呢？

造物小儿有意弄人，使我用那极神妙奇异的心之手去杀人，同时又使我迷惘怨愤陷于自杀；朋友！幸我素量宽大，不然，经此次打击，能免于死，大概也难免于疯吧？陷入如斯命运之人，已不能拯救，而且不必拯救；你又何须为了我的颓丧而叹息呢？

往昔春花如锦的生涯，在我觉着是枯叶飘泊的命运；到如今真的到这种绝境时，我已无语能藉以比拟。才知道人间极苦痛的事是不能写不能造的。朋友！我将告诉你什么？

世界上是一条绳子系着的，我是紧缚在母亲绳上的一个小扣，我为母亲的绳子安全，我没有勇气去斩断而破坏一切的忍心；因之，我才感到生不愿而死不能的痛苦！宇的观念战胜了，我愿葬他埋他之后，我也飘然远去，不论沧海畔，深涧旁，都可以作我埋心葬骨之地。母亲的观念战胜了，又觉着以宇死后我感到的惨痛，而让我年高无依的老母去承受，我心何忍！如斯两相抵触，最后的胜利，朋友！我真不知如何判决了。

此身不死，即此心不死，此心不死，即此情更难死。从此风雨之夕，花前月下，常飘浮着我这凄清的瘦影；自然，我有时也要哽咽地唱出那悲惨哀怨像夜莺一样的曲子；假如君宇有灵，这便是我的那颗心。

人生大概是不能脱离痛苦的，如此缠绵悲惨哀艳的痛苦，是千百人中，千百年间难以遭逢的事。所以我当俯伏着向上帝的手中接受了这样特别的礼赠，我无怨言，更无怒容。

现在这种悼亡追悔的心情，是爱我的人最后留给我的纪念。因之，我要赞美珍贵我今日所觉到的一切异感，和我将来一切的觉悟。相信这是爱我的人由他最可爱的手递给我的。那末，朋友！你又何须为我而倍增凄伤呢？

十四年四月七日夜

（见《世界日报·蔷薇周刊》第九十四期，一九二九年一月十五日，第一、二版。）

遗稿之三

朝霞映着我的脸

上了车便如梦一样惊醒了我，睁眼看扰攘的街市上已看不见你们。我是极寂寞地归来；月光冷冰冰的射到我白围巾上，惨白的像我的心，一年之前我也在这样月光下走过。如今，唉！新痕指在旧痕之上，新泪落到旧泪之上，孤清的梅仍幽灵似的在这地球上极无聊的生存着。明知道人生如梦，万象皆空，然而我痴呆的心有时会糊涂起来，我总想尽方法使我遗弃一切，忘掉一切。不过，事实上适得其反，在我这颗千疮百洞的心，朋友，你是永也不知道她的。我心幕有朝一日让风吹起你看时，定要惊吓这样的糜烂和粉碎，二十年来我受了多少悲哀之箭和铁骑的践踏，都在这颗交付无人的小心上。

看见冷清的月儿，和凄寒晚风吹着，我在兰陵春半醉半醒的酒已随风飞去；才想到我们这半天的梦又到了惊醒的时候。

就是在这种心情下，读你那充满了热诚和同情的信，可以说这是我年来第一次接收朋友投给我的惠敬，我是感激的流下泪来！我应该谢谢上帝特赐我多少个朋友来安慰我这在孤冢畔痛哭的人。

你大概是还不十分知道我从前的生活。我一年之前，是脸上永没有笑容，眼泪永远是含在眼眶里的；一天至少要痛哭几次，病痛时常缠绕着我。如今，我已好了，我能笑，我能许久不病，我能不使朋友们看见我心底的创痛和咽下去的泪，我已好了，朋友！一年前，你不信问问清，便知那时憔悴可怜的梅，绝不是现在这样达观快活的梅。这样，你还有什么不放心？况且有你这样幸福天真可爱的孩子逗我笑，伴我玩，我又那好意思再不高兴呢，朋友呵！你说是不是？

我今天未接你信以前，你从清处走后，清便告诉我你对我的心，怕我忧伤的心，那时我已觉到难受！为什么我这样的人，要令人可怜和同情呢?因之,我便想到一切,而使我心境不能再勉强欢笑下去。你不觉吗?你再回来时我已变了。到兰陵春我更迷惘,几次我眼里都流出泪来,使我不能把眼闭上。朋友!我到了不能支配自己、节制自己的时候,不仅朋友们看见难过,自己也恨自己的太不强悍。每次清娇憨骄傲的说到萍时,我便咽着泪下去,我是不能在人前骄傲的,我所能骄的,只有陶然亭畔那抔黄土。写到这里,我的泪不自禁地迸射出来。朋友呵!这是我深心底永不告人的话,今天大概为了醉,为了你那封充满热诚同情的信,令我在你面前画我心上的口供。然而你不准难受,也不准皱眉头,更不要替我不安。我这样生活,如目下,是很快乐的,是很可自慰的。有朝一日你们都云散各方,遗弃忘掉了我时,我自己也会孤寂的在生死的路上徘徊。朋友!你不要太为我想罢!我是一切都完了的人,只有我走完我的途径,就回到永久去的地方了。我只祷告预祝弟弟们妹妹们朋友们的桃色的梦的甜蜜罢!大概所谓新生命,就是我从一年前沉郁烦结的生活中,到如今浪漫快活的生活中的获得;我已寻到了,朋友!我还有什么新生命?

"忘掉它",我愿努力去忘掉它,但到我不能忘掉的时候,朋友!你不要视为缺憾罢!

一溜笔,写了这许多,赶快收住。

从此我们不提这些话罢!我是愿你们不要知道我夜里是如何过去,我只要你们知道我白天是如何忙碌和快活才好。在幸福如你朋友的面前,我更不愿提及这些不高兴的话,原谅我这一次罢!

写到此,不写了。写下去是永不完的。告诉你我一年多了,未曾写给人这样真诚而长的信。这样赤裸的把心拿出来写这长的信,朋友!愿你接收了梅姊今夜为了你信的真诚所挥洒的眼泪!

愿人间那些可怕的隔膜误会永远不到我们中间来,因之,我这封信是毫无顾忌,毫无回避地写的,是我感谢这冷酷残忍无情的人间一颗可爱的亮星而写的。昨夜写到这里我睡了,今朝,酒已醒了,便想捺住不投邮,又想何必令你失望呢。朝霞现在映着我的脸,我心里很快活呢!

梅　十五年十一月十八日晨

（见《世界日报·蔷薇周刊》第九十六期，一九二九年一月三十日，第一、二版。）

遗稿之四

低头怅望水中月

开完会已六时余，归路上已是万盏灯火，如昨夜一样。我的心的落寞也如昨夜一样；然而有的是变了，你猜是什么呢！吃完饭我才拆开你信，我吃饭时是默会你信中的句子。读时已和默会的差不多。我已想到你要说的话了，你看我多么聪明！

我最忘记不了昨夜月下的诸景。尤其是我们三人坐在椅上看水中的月亮，你低头微笑听我振动的心音；你又忽然告清我被犀拖去的梦。那时我真是破涕为笑了！朋友！你真是天真烂漫的好玩。你的洁白光明，是和高悬天边的月一样，我愿祝你，朋友，永远保有你这可爱的童性。一度一度生日这夜都记着我们这偶然的聚会，偶然的留迹。

朋友！你热诚的希望和劝导，我只咽泪感谢！同时我要掏出碎心向你请求，愿你不要介意我的追忆和心底的悲哀，那是出自一个深长的惨痛的梦里，我不能忘这梦，和我不能忘掉生命一样。我在北京城里，处处都有我们的痕迹，因之我处处都用泪眼来凭吊，碎心来抚摸。这在我是一种最可爱可傲又艳又哀的回忆，在别人，如你的心中或者感受到这是我绝大的痛苦罢！其实我并不痛苦，痛苦的或者还是你们这些正在作爱或已尝爱味的少爷小姐，如清如你。我再虔诚向你朋友请求，你不要为了我的伤痕，你因之也感到悲哀！

朋友！我过去我抱吻着旧梦，我未来我寻求生命的真实和安定，我是人间最幸福的人。朋友！你应该放心，你应该放心。

你所指示的例子，确是应该如斯释注。不过，我告诉你朋友，理智有时是不能支配感情。不信，留你自己体验罢！

我如今,还羡慕你的生日是这样美丽,神秘,幽雅,甜蜜。假使明年那天我已不能共你度此一日,愿你,愿你,记得依你肩头怅望水中月的姊姊。愿你,愿你,记得影双履齐,归途上默咽酸泪的姊妹。愿你,愿你,记得松林下并立远望午门黑影的姊姊。

我过去有多少可念可爱的梦,而昨夜是新刊下的印痕,我是为了追求这些梦生,为了追求这些梦死的人,我自然永忆此梦而终。

今天我说错了一句话,你马上的脸色变成那样苍白,我真惊,不过我也不声张;所以我一直咽下去。后来你二次回来时,已好些了,不过我已看出你,今天居然仍会咽下悲切假装笑脸的本事了!我们认识后,我是得了你不少的笑和喜欢。我也愿我不要给忧愁与你;你不要为了清知道人生,为了我识得愁。此后再不准那样难过才好,允许了我,朋友!

清那样难过,我真无法想。我还是懦弱不能在她所需要的事上帮助她。因之我为她哭,我为了恨萍哭!写的多了,再谈罢。

梅 十五年十一月二十二日夜中

(见《世界日报·蔷薇周刊》第九十六期。一九二九年一月三十日,第二、三版。)

遗稿之五

我沉沦在苦忆中

我回来又去了彭小姐家一次,满天星斗中归来,我想起了君宇!

回来并不曾做稿,翻书箱找出若干旧稿不但可用而且还是好的稿子,我喜欢极了!你也该喜欢罢,朋友!不只这期,许多期的论文都有了。不过我又翻出旧信来,看见F君从前写给我美丽的各色的许多信时,我才知道他如今是变了,不是我变,是他变了,变成了可怕的虚伪的敷衍。看见C君许多天真可爱的小信,令我热烈的想念他,我多时未看见他沉默而黄白的脸了,我真想到他一种令人不能忘的印象。看见萍的信,我觉

得人间的可怕和人情的不可靠,别人信我未看。露沙的信都检出来了,没有看。总之,在这些旧信中,令我感到一种悼亡的伤感!唉!什么都过去了,往日如梦!想到你——朋友,你也是我朋友中之一,将来,或者你给与我的印象,大概也是这浅青色的几封信吧!梦醒后我所追求得到的,所遗给我的大概也仅仅是这点东西罢!她帮助我联想起一切的往事的,大概也是她们罢!世事人情。我真看透了,当时未尝不认真,过后呢,才不过是那么会事呢!可恨可怕的人心,我诅咒他,我怨恨他!

我又找出君宇初死时我给乃贤的信,披展开时,朋友!我真觉又冷森,又抖战,那零乱的字痕上,满染着泪迹,模糊中系埋着多少尸骸一样的可怕!我要寄给你看,怕伤你心,我不寄了,总之我的泪迹你也见了不少了。

大概我们都高兴吧!今天灯光炉火下,双立着印在墙上的人影。假如我是有颗完整心的人时,那是多么快活呢!一对无虑的小儿女。但是,朋友!人间是只有缺陷的,所以我们立在那种神秘恬静的灯火下,只是一对负伤的小鸟,互相呈露出自己的悲怆在默默无语中,在这样如画如诗的环境中,我们只为了这环境,更增我们宇宙缺陷之感!我那样心情下,第一令我难受的便是君宇了,我每次在一种静的环境中对着你朋友时,我总想到君宇。真对不住你,而且也有点唐突你,我几次想喊你作"君宇",当我看是朋友你的脸时,我自己苦笑了,今天我几次的笑都是笑我这样可怜的心呢!朋友!我真想他,假如他现在能如朋友你一样这样活活泼泼和我玩,我愿我马上死了都可以,不过,不能了,他是死了,谁都说他是死了两年之久了。然而,天呵!为什么他不能在我心头死去呢?朋友!我今夜心海汹涌极了,我想死了的宇,我想到了母亲,我又想到这漂泊无人管的自己。这是十五年除夕之夜,然而朋友呵!我只沉沦在这样苦忆中而瞠目向天作无声之泣!

朋友!这是最后一张了,我不自禁的觉得万分悲怆!朋友!在这个信纸期中,我们是已经醒了多少次梦了,不过,朋友你和我的梦尚未全醒,但是,朋友!你千万不要为了可怜伤心的我这样的朋友而难受而悲怆!我

早就不愿我给你印象太深,怕你将来难过,然而我见了你时,我又不能而且不忍压伏你和我自己的自然和天真。这样,我自己是时时觉醒着,我只怕你太难过呢!所以你自然不能不为了你可怜的朋友而伤心,不过,你千万不要把自己也卷入伤心的漩涡才好,我真有点怕呢!

我呵!认识你以来,大概给予了你的只是悲怆,令你变成了悲哀而失快乐的可怜小孩。我自己呢?自然是一半欢欣,一半悲怆!不过我总笑欢,如今,除了天涯几个知交外,你是可怜我同情我,愿给我安慰快乐的一个忠诚的朋友!君宇有灵,他该怎样感谢你呵!你是这样待他遗给人间的梅妹。这时已一点半了,夜静得真有点冷,有点怕,我要睡了,祝君宇来入梦!这最后一天,不愿睡,我真想直坐到天明,想想这一年中的往事,有多少值得欢欣?有多少值得悲哀?有多少值得诅恨?多少值的爱恋?

这一夜,愿梦神吻着你的笑靥,赐以未来的幸福,和红豆主人的来临!

梅　十五年除夕

今夜简直不想睡了,我想理理东西,觉着什么都有点留恋,其实,不是什么都有点留恋,是有点留恋这十五年罢!我又开了手提箱,理了理你的信,今年是有这样厚厚的一束信。我是惊奇的笑了!

梅　二时半又写

(见《世界日报·蔷薇周刊》第九十七期》一九二九年二月十八日,第一、二版。)

遗稿之六

我是有福的人

多少惊人的事件都在你走后发生。

三月十八我虽然没去听枪声,然而我看见了两副血尸,和几件斑烂的血衣,和几副木漆的棺材。这已经是值得惊骇的事了,那想到北京四面受困,兵临城下,四月以后联军飞机天天来城里抛掷炸弹,飞机过去时便有多少人在砰然声中消逝了他的生命。夜里面听见如爆竹似的炮声,如潮的涌来,又如潮的过去,整夜都是这样伴你的不寂寞。联军进了北京,我们更是俘虏,邵飘萍①便背上"赤化"在天桥枪决了,京报从此永别,如今我还觉着京报是能伴多少青年的思想的。思想界权威的老骆驼们呢,也一只一只的踱进了东交民巷,在帝国主义的旗帜下装睡觉,真可怜可叹呢!

那时谁都感到了生命的脆弱,尤其我的朋友们。我呢,既不死于"三·一八"的请愿,又不死于联军的炸弹,更无负罪赤化枪决于天桥;尚能挥毫狂谈,真是万幸,并不是为了自己,是为了我的老母和年达古稀的老父。今年回去,乘凉时又有我谈故事的资料了,人生这样也有意思,惊风骇浪虎口余生的人,的确比一生平安的人好些。

我近来忙煞!忙碌对我虽剥夺了我许多兴趣的自由,然亦减少了我不少的无聊的烦闷。一个成了机械的人,是有福的人。

我欢迎你由故乡来的使者!

评梅　五月十七号

(见《世界日报·蔷薇周刊》第九八期,一九二九年二月二十七日,第一版。)

遗稿之七

心情底践踏

像我们这样玩,这样吃,真是上帝的幸福儿女,我已感到了满足。公

---

① 邵飘萍(1886~1926),原名镜清,后改振青,浙江东阳人,中国近代新闻史上著名报人,《京报》创办者、新闻摄影家,中国传播马列主义、介绍俄国十月革命先驱者之一,杰出的无产阶级新闻战士,是中国新闻理论的开拓者、奠基人,被后人誉为"新闻全才"、"乱世飘萍"、"一代报人"、"铁肩辣手,快笔如刀"等。

园宫门下你对着斜阳说了的话自然尚能忆起,我很受你那句话的感动。寒风刮来直透我的皮肤,然而我始终未表示,怕破坏了你那刹那间的幻梦!我愿博你的笑颜,强咽着我自己的悲哀!

心情像一匹骏马,我无力羁束它时,它被意志便践踏了一切。今晚筵上我几次咽下去的泪,便是这莫明其妙的神思之颤动!朋友,你让我怎样告诉你,你怨我对你"不诚"的话是误会了我了!

清今天算是还高兴罢!她对你信并无何惊奇之处,望你放心好了。

淡淡的光下,能看见模糊的双影。慢慢走着合拍的步伐向那盏路灯时,双影又变成一团黑影。那刹那的影,便是在这人间偶然映演下的梦,这梦,是能令上帝微笑的!然而我呢!却深深地在黑暗的夜里忏悔,忏悔什么?朋友,你,自然不必知道。

一路我都无语,几次想说话不知说什么好,你也是这样吧?不必说了,朋友!人间有许多神秘奇迹是不能用言语文字代表的,只可任神思去颤动。那末,朋友,我们又何必用人间的言语,惊破这天上的好梦!

不知为何,我好像遗失了什么一样。后来才想到原来清未回西城来,你该笑我吧!祝你今天的快乐!

评梅 十二月五号夜十时

我由梦中醒来,我还依稀记着我的梦。我在一个树林里,寻不见你们了,我正在焦急烦燥时,有一缕琴声送来,我去缘着琴声(找),忽然看见一女郎,穿着一套缟素衣裳,弹着一个长方形的琴,向前走着。我没有和她说话,也默默低了头随着她走着,心里似乎什么都没有了,也没有过去,也没有未来;我沉醉在她的弦上!

醒来,窗外映的雪清亮极了,昨夜的炉火还未熄,小丫头进来拿给我你的信。我在枕上被里,睁着惺忪的睡眼读着,我感到了温暖。朋友!你给与我的同情每次都令我惊讶!为了你改正了我许多厌世愤激的观念,诅咒人类冷酷无情的观念,我才知道我自己未逢见遇到的东西不能归咎宇宙并未曾有!朋友!我接受了你给予我的热情和安慰,我报以你欢喜中

流出的眼泪,好不好?

　　一路来学校时的雪景,真美丽!我忽然想着逢见你,那知未曾。今天又想去陶然亭了,可惜清去了东城。《涛语》又有了文章了,为了今天的雪,你猜我写什么呢?

　　本来想这封信要写的很长的,那知一提笔什么都跑了,怎好?

梅　六号晨十时在白屋中又写

（见《世界日报·蔷薇周刊》第一〇二期,一、二版,一九二九年三月二十六日,原署名评梅。）

遗稿之八

我永远没有明天

　　今夜失望了,案头你没有我的信?

　　我的泪才不珍贵呢,不过,近来在人前掉得不容易,昨夜算是我失败了。为了衣襟上一颗泪珠,你那样珍视、惊讶,我真羞悔,真的不该在你面前捺不住悲哀,重伤你的心!朋友!你原谅我!

　　清真可怜,那副青白的脸,深陷的眼真怕人,假使她要不测,我的此后的生命也日陷悲寂,大概连目下这样环境都要追慕成好梦的!

　　现在我们忠诚地说,你认识我,都为了萍,为了清,然而我们是多么无力帮助成全他们,反而在我们眼底看着清日陷痛苦,你想,朋友,这是怎样难堪的事!我每次想到都要垂泪的!我简直恍如身受,好几天失眠了,一闭眼我便想起清的愁苦。

　　静夜我常想,想到我和你,假使朋友,你早几年认识我,一定是要给你无限的喜欢,现在呢,朋友,我给与你的都是悲哀!虽然有时你或许认为是欢慰,然而我心深处是正在极悲哀的哭泣!不过,朋友,你屡次愿意为我担受悲哀,那么,朋友,我也忍心把自己的悲哀,流到你心里。朋友,

你真愿你的,天真幸福的心,浸在辛酸的悲哀吗?

今天你看了天辛的遗书,你为什么要说那些话,都是你要说的?我不要你看它的原故,因为在那里面我是一个值得诅咒的女子,我是万分的对不住他,我是万分的欺凌他!我的罪恶自然不愿献给人们;所以我不愿你看完它,因为不知道我的人,是要误解我的。我和你做朋友,自然是比什么朋友都亲热,我不愿在你面前,表现我的罪恶;虽然已是表彰了许多。我愿有一天你能看完它,而且我死以后,我要请人把它出版,内容自然不亚于《少年维特的烦恼》①。我所以不给他付印的缘故,也是我不愿表扬我的罪恶尚在我生存的时候。

我今天倦极了,头也有点疼,不写下去了。你看见我信时,或许这天不见面的。到如今,朋友,我还是过一天说一天,永远没有明天。

我祝我朋友有甜梦来临!

评梅 十二月八号夜一时

(见《世界日报·蔷薇周刊》第一〇三期,一、二版,一九二九年四月二日,原署名评梅。)

遗稿之九

浅浅的伤痕

我现在已好了,也不抖颤,也不心跳了!因为梦已惊醒了。不管它吧,是悲哀,是欣喜,刹那间已逝去了。不过朋友,盼望你不要追忆它,追忆它时你或者还感到悲哀的,是不是?

有人来告诉我某校体育主任请我去当教授,原来是个骗局。你看笑话不笑话?也可见社会上的黑幕,人心的鬼蜮了!这事幸好我完全是被动

---

① 德国著名诗人歌德的作品,创作于1774年。1922年由郭沫若翻译,在国内出版发行。

的,而且我也不愿意,因为他们皆愿我去,我才勉强去陪小姐们玩,哪里想到是骗我!告我时我只笑了笑,我说本来就未曾愿去的,我回答他是:"你们如请不着教员时。我可以去代几天的。"

这事是小事,不过我忽然想到萍来,真像萍对清始求而终弃之,原来世间竟多此等事。何足介意呢!朋友,你看见一定生气吧!今天下午开校务会,他们都在会上,提出来才知是L女士,他们都气了,幸好未发作,不然倒与我脸上不大好哩!我已劝他们息气,我们不和那般无耻人争斗,我一生是宁人负我,我不负人。

今夜本想不写信给你,但这事我又愿你知道,所以又提笔了。我今天还未记日记,不过自从它离开我两天两夜后,我这次看见它,总觉它变了。怎样变自然是说不出的。

我不知你今天回去是迷惘还是晕醉!你今天酒虽未多喝,不过我知道你是醉了!醉了姊姊给你斟满的酒杯!愿你清醒罢!愿你清醒罢!那不是琼浆,那是毒汁,朋友,你仔细地尝,你仔细地尝!那是毒汁,那不是琼浆!

今天在你日记里发现了她对你说"梅不谅我"的话,不知此语何指?当时我很伤心!我觉我不说以前,就这几个月中我是绞尽脑汁,费尽心机来安慰她劝解她,我若不能谅她,我何能如此?然而结果呢,只博得这几字来给我,我自然要难过!我是不要令人知道我的,不过我也还奢望着人能了解我心,这样,我还说什么呢?今天一天我如浸入冰窖,我感到了冷寞。所以我今天在火炉畔才那样晕厥似的兴奋,抖颤似的寒战,都是我觉四周空气太令我不安了。不知你觉到没有?你觉到没有我那时心深处的低泣!

朋友!一切我都能承受。刀剑箭镞都可以,总之有一颗千疮百洞的心承受它们。

我处世接物以来,像骗我当教授这还是第一次,大概也是我"浅浅的伤痕"罢……

清现不需要我安慰她,我也又回到清静平淡的生活了。所以旧日的

悲绪又侵袭来抱绕着我,我这两天感到极度的悲哀。我忽然想母亲,想故乡,想到爱我的辛。我愿一切朋友都拒绝了,我整个孤独的生活。

星期五我们再给清过生日罢。这两天中我们回复到往日的沉默吧!我愿追寻我自己的梦去。

朋友,祝你好梦正酣!

评梅 十二月十四号夜中

(见《世界日报·蔷薇周刊》第一〇三期,二版,一九二九年四月二日,原署名评梅。)

遗稿之十

触目的痛创

我已料到我们最近不能见面了,从前我只是盼你来信,这几天我只怕看你的来信,我每次拿到你信都要抖颤心跳和感到凄楚!我幻梦着的一个悲哀点的结果似乎已临到了。你不能不承认罢,像我们这几天的心境和际遇。你也许能知道我这几天不能见清和你的寂寞,好像有了深沟限隔住,我真是欲哭无泪了!

今晨去看清,彼此换上笑脸没有说几句话后我便走了,我本想再去,看她无语中的拒绝我,我不愿去扰她了,我一直在白屋中呆坐到二时半,我才昏迷的回到家里。换了衣裳后,我又昏迷的去了P小姐处,她那里是金迷纸醉的环境,电灯下几个小姐在打牌,我连看都不看,我在她写字台边拿一张白纸写字,我一张纸上写遍了小鹿和你的名字我撕了又写,我幻想着清在北馆低泣的情景,你在家中藤椅上呆坐的情景。我又想到前星期斜阳照着一角碧纱,和踏月归来种种隔梦都来了。朋友!如今,我是旧梦加上新梦,旧泪痕上加上新泪痕!我这样孤清的生活,也是我不愿而环境倘要我如此的,你教我如何快乐,如何高兴呢,朋友!我连哭都无泪了。我们万想不到会有今日的。

吃完饭谈谈话我九时返家,冷月高悬在天空中照着我的只影,我冷森凄清的把眼闭上;回到家门便由门房的手中接过你的信,我咽着泪读你洒满凄愁的信,我真要晕厥了!

经过这次后,怕往日的梦不能再现了,朋友!我真怕你的希望要成灰呢!朋友!你不要难过!我们听自然去摆布好了,我也希望清目下的心境是一种变态,她将来会好的。我真怨萍,他假如知道多少人为她如斯,为他如斯,他要有人心真该痛哭!然而在现在说到简直是梦呓。

关乎清,我忽然怕她这样拒绝我们后更要有神经过敏的意外举动,如果那样又怎好,我们将来遗后悔可有点来不及。我真怕,我们去包围她,她逃避,我们不去又怕她出意外,"怎么好?"朋友!我抖颤的问你:"怎么好?"

看这信时大概《歌场魅影》你已看完了,看时我猜你一定想到我和清的,你一定要更感悲哀罢!假使你不和我们相识而且这样熟惯了,那么你对于清这件事只是一种想象的同情和悲愤,一定莫有这样触目的痛创给你。说到这里,我真觉我和清对不住你,天真烂漫幸福的你。

你想,我是在悲哀中逃出来的人,如今又令我受这身受的痛苦,我怎能忍受!清更如何能忍受!?

朋友!我也愿在你面前痛哭一场,真的,哭时最好去陶然亭,那个地方是适宜于哭的。我和清曾在那里痛哭过一次,好不好那天去,哭了或者心头要松快点。

关于教授事,我今天下午去问问那个介绍人。

我明天下午在校赛球,完事后即返家,希望能看你信。后天呢,我不知去那里好,想去看清,不然我去L君处。不过那里我去了,只有把我心情更弄坏点,所以我也不想去,在家里看着书写点文章也好。愿你快乐!

评梅 十五年十月十七日夜

(见《世界日报·蔷薇周刊》第一〇四期,一、二版,一九二九年四月九日,原署名评梅。)

游 记

模糊的余影
——女高师第二组国内旅行团的游记

（一）车站上的离人泪

　　天空中布满着奇特变幻的云峰，把一颗赤日轻轻地笼罩着；微微底刮着些惠风，从树叶中发出一阵阵的音调；枝头的小鸟，也婉转啁啾着，都蕴蓄着无限恼人的深韵；我在不经意中醉化在这自然的环境内。我那时拿着一枝将枯的牡丹花嗅着；眼睛只望着窗外发呆；在讲堂的桌上堆着我那很简单而轻巧的行装——一个帆布箱，一只手提皮夹，一条绒毯；一把洋伞放在窗台上。此外还有芳蘅的几件同我一样。我们预定是十点钟到车站去。但在这几个时候中间，我觉着异常的沉闷，正这时光瘦梅来约我去找一位国文部同乡辞行去；在这一路上她告诉我旅行的检要和应当谨慎留意的地方，她拿着诚恳的声音说着，但在这言语的中间已略带着几分酸意，眼圈也印出一条红纹来。我把我托她的事都告诉她，她很会意，我们的交情是彼此心喻的，所以皮相上莫有什么可应酬的。

　　十点钟余由校中到车站去，我们一系共十二位，此外尚有博物系的十四位，坐了一大溜的洋车，路上的人异常注目。卧薪为了这次去南是不返北京的，所以她对这三年久住的学校未免有情，很依恋的不忍离开；走多远了她还在车上回顾那巍峨的校门。到了车站把行装安置好，我们另挂着一辆包车，所以很舒适宽大，空气也比较清爽些；在车门上插着一面白绸三角形的旗子，上边镌着"女高师旅行团"六个蓝呢字，顺着风飘荡着；月台上有许多朋友来送行，倍觉热闹。瘦梅一句话都不说，只默默地望着道旁的火车出神；她的心思现在必很复杂。我的枯花仍在我手绢中

包着,她将永远萎死在这幅罗绫作墓田吗?我想些零碎的事情,不禁微笑了一声,瘦梅抬起她那冷静的面孔,向我脸上望了一下,也陪了一个苦笑,这时候我们的思想偕手了。

　　车站上的铃叮当声,把一个很热闹的空气,顿时消沉。每人心里都感到一种深刻的刺激;我们走的人都和送行的朋友握手告别,纷纷地都上了车。我在车上向下一望,一个京汉车站,都让我们女高的同学占满了;这时光我微弱的小心,都渐次收缩起来,在每人的面孔上都现着一种勉强的苦笑!最痛苦不过的就是那平素寸步不离,寝食与共的要好朋友。花前月下,有影皆双,猛然令她们受这种黯然消魂的离别滋味,这是多么伤心的事啊?当汽笛一声未完的时候,送竹雅的懿徽已不能再忍下去,如怒潮激山一样放声大哭起来!同情心的刺激,看了这种惨景,也不免落几滴热泪。当时车站上罩了一层愁幕——在旁人自然讥笑我们富于感情了!但我很希望这种同情心,都种在人的心田里,这细微的一点美德,足能够创造那和平的基石,在这崎岖的心腹中。

　　车慢慢地蠕动着!我同送行的同学都握别了;"前途珍重"的微细悲颤的小声音,都从那愁幕铺张的面孔表现出,不能不领着这微弱的心去悲哀的洞里去。白帕渐渐隐在树阴里了!火车的速度也增加了,她们的心魂大概都追随着辗转在车轮下,但这无情的车轮已飞驰电掣,载着我们去了。只留得车外几行杨柳,隐约在两边窗外飞度;茫茫的一片青田,送来一阵花香的馨味;我们几双泪眼望了望,都默默地坐下。竹雅依然在哭泣,许多人都安慰不了,车里都薄薄罩着一层愁幕。我把绒毯铺好,睡下闭着眼回想那一幅图画,不知不觉地又笑起来,痴呆的人类呵!沉醉的朋友啊!这又何苦来,只不过一月的离别罢了:就是从此永别,也是人生的解脱;又何苦做这无味的悲泣呢?不过这是事后的心里,当那时候,我知道谁也莫有那样无动于衷的勇气吧?

(二)京汉路中的残痕

沉寂了有一个钟头,离别的滋味也由浓淡下去,有几位同学搬出食物的匣子找点心吃。我在女高这几年,考察我们女高的特别生活就是旅行中的吃喝生活;每当春秋远足,或长途旅行,天字第一号的必需品,就是零碎食物;这点嗜好遂破了这无聊的空气。

到了保定我们都下车玩去,有许多同学去买熏鸡;孝颜同子赫的母亲知道她路过这里,特来看她们;我看见她们那种母子之爱,我就猛想到家乡的母亲来了。我这漂泊的孤儿,谁能安慰我那羁旅的痛苦哩!车慢慢开了,她们在三十分钟内包括了聚喜离悲的滋味;人生的究竟,也不过是这么个大舞台啊?

车在夹植杨柳的轨道中,风驰电掣的飞度,只能看见远远的青山,茂郁的森林,和天空中的散云,是很清闲的不动。想象我这次旅行,家里的父亲曾让我去第三条路线——青岛。不愿意令我去征这万里的长途。此外尚有些黄河桥断——临城匪劫的印象在脑海中波动,但终究为理智降下去。离开了软红十丈的北京,去作天涯的飞鸿!

暮色的云渐渐地由远的青山碧林间包围了大地,一阵蕙风香草,把我一天的不快早完全的消灭下去;我伏在窗上看那日落西山的景致;在万绿荫蒙中,一轮炎赤的火球慢慢的隐下去,那时照着孝琪酣睡的面孔,映着一道一道的红霞。

晚风是非常温和,暮霭是非常的美丽,在宇宙中之小我,也不知不觉的融化在自然的画图中;但在一刹那间的印象,无论你如何驻目,在时间中是不少逗留的,仅留了很模糊的一点回忆罢了。我把零碎的思想寄出来!也就是在京汉途中临时的摄影——

  人生都附在轮下去转着,
  谁都找不到无痕的血泪啊!

◎ 游记

命运压在著满伤痕的心上，
载着这虚幻的躯壳遨游那茫茫恨海！

别离是黯淡吗？
但斟清泪在玛瑙杯内，
使她灌在那细纤柔嫩的心花里，
或者能把萎枯的花儿育活？

攘攘底朋友们，
痛苦的胁迫，
都在心的浅处浮着。
痛苦啊，
你入不了庄严的灵境！
在坦荡清朗的静波里，
没有你的浮尘呵！

啊！
夜幕下是何等地寂寞萧森哪！
憧憧的黑影，
伴着那荒冢里的孤魂。
尘寰中二十年的囚庐啊！
那一块高峰？
那一池清溪？
是将来的归宿啊！
在永镌脓血的战地，
值的纪念吗？
我只见鲜血在地中涌出！
我只见枯骨在坟上蠕动！

233

恨呵！
在这荒草中何能瞑目！

朦胧的眉月，
分开那奇特云峰，照着这凄惨的大地。
月中的仙子啊！
可能在万象肃静中，
抚慰那睡着的爱儿，
在脓血里洒一把香艳之花，
在痛苦里洒一付甜蜜之泪。

咳！
月儿也黯淡了，
泉声也哽咽了；
只闻着——
荒山中的惨鸣，
烂桥下的呻吟！
梦吗？
玉镜碎了，
金盘化了，
杜鹃花为着落花悲哀了！

地上铺着翠毡，
天上遮着锦幕，
空中红桃碧柳织就了轻轻的罗帐，
江畔白鹅唱着温柔的睡歌，
何日能这样安稳地睡去啊！

黑暗中的红灯呵!
萤耶?
磷耶?
像火珠似的缀起来,
簪在我的鬓旁;
把浓浓的烟在空中浮着,
将这点热力温我这冷冰了的心房。

叫我去何处捉抹(摸)啊?
她疾驰的像飞燕一般掠过去!
你既然空中来的无影,
空中去的无踪,
又何必在人间簸弄啊?

我想乘上青天的彩虹,
像一条破壁的飞龙,
去追那空泛的理想去;
但可怜莫有这完美的工具啊!

我扶在铁栏杆望着那夜之幕下的风景,
在黑的幕上缀着几粒明珠的繁星,
惨惨地闻松林啜泣,
呼呼地听那风声怒号,
我的心抖颤着,
宇宙之阴森呵!

清溪畔立着个青春的娇娃!
收地上的落花撒在流水里荡着;

◎ 游记

恰好柳丝绾住她的鬟角,
惠风来吹拂在肩头,
她微嗔的跑回了竹篱去了;
依然回眸。

烂缦(漫)天真的女郎呵!
我愿化作枯叶任你踏躏,
我愿化作流云随你飞舞,
悲哀的心,
只有这样游戏啊!

我猛忆起荷花来了,
你清白的质呵!
在污泥中也自有高雅的丰采;
但是险恶的人类,
又拿着火焰的扇来拂你。

孤独者啊!
在沉寂中谁吹着角声?
我愿在暖暖的幕下,
寄寓我这萍蓬呵!
同情心的花太受摧残了,
我哭着我的前尘后影;
但梦境啊!
依然空幻。

当我梦境香浓的时候,
江南的画片,

印入我的残痕;

这生命中的历程啊,

在枯叶上记下吧!

(三)女师范楼上的晚眺

  寂寞阴森的夜幕下,我同孝琪、宝珍坐在车门外的铁栏前,望着那最沉静幽暗的夜景;除了天空中镌着几粒明星外,目底的风景,都如飞的度过去,模糊中能看到磷的闪烁,萤的辉煌;我那时睹着宇宙的休息,我也静静地伏在孝琪的肩上,闭着眼想我一切的事情,耳旁除了车轮激激轧轧之声外,另有松林的啜泣,悲风的怒号;这是何等的凄凉啊!夜寒了,凉风吹着不禁生栗,我为了要特别珍重自己的精神,所以向她们说了声晚安,我遂走进包车里。一股热气扑鼻欲呕,一盏半明半暗的电灯,在那车顶上颠簸着;隐隐地照着许多已经入梦的静闲面孔;这都是天涯的飘萍啊!

  我把毡子铺好,也蜷伏在车上,预备在这车上寻个浓梦,去找忘丢一切的生活。但这是不能的事情,一桩桩陈事都涌现在心头,"长夜漫漫何时旦"啊?在无意中一伸手,忽然拿到早晨手绢内所包的牡丹花,我在暗淡的电灯下打开一看,咳,已枯萎成了一团枯瓣,我不禁流下几滴热泪来写了:

  当那翠影摇曳窗上,
  红烛辉映雪帐的时候!
  美丽的花儿啊!
  你在我碧玉的瓶中住宿,
  伴着我检点书囊。

  静默的夜幕下,
  星光黯淡,

月色洁蒙,
我的心陷在悲哀的海里,
猛想到案头的鲜花,
慰我万千愁怀。
"哭花无语泪自挥",[①]
在你轻巧的花瓣上,
染遍了模糊泪迹,
可爱的花儿啊!
你的"爱"我已经深印了,
魂啊!你放心的归去。
幻景中的驻留啊!
抛不下的帘影月痕,
茜窗檀几,
将常常印着你的余痕;
我将展开命运的影片,
把你作了我身后的背景。

花魂呵!静静地睡去吧!
明年今日在花丛里,
我们再会啊!

  在梦境恍惚的时候,茶房说:"黄河桥快到了。"我翻身起来,见窗外已渐渐发白,已能模糊的看出青山碧水,这时候同学都醒来,梳洗的时候,慢慢已将黄河桥过了。我就在车上写了一封信与父亲,告诉这一日的情形。
  目的地快到了,南方的风俗已能在铁道旁的乡村看出一点;气候已

[①]我的旧诗《哭落花》中之一句。

比较北京润泽多了，第一个明证，就是惠和的卷发已慢慢地垂下来。在稻田和荷池中间，常看见赤足带笠的老农，驻着足望我们车过去，他才慢慢地低头去做他的工作。我们快赶到汉口的时光，我们都异常的有精神！到了车站，有我们体育系旧教授鲁也参先生来接。他现在任武高的体育主任。当时我们检点自己的行李，从车站上搬到月台上，集起来多极了，但仅有五十六件而已。有庶务招呼着雇人担过江去。我们同艾一情先生（领导员）到六码头上船，只见江水滔滔，东流不绝，两岸船只如鳞。迨开船后，我站在甲板上，临风披袂，风景殊非笔墨所能形容。抵汉阳门下船乘洋车至洪兴街女师范，距离很远，所以一路上见闻可叙的很多；不过每到一生地，初到时所受之印象很深，一经多见则反不以为然，故今日追记，殊不易易。武昌街市狭而不洁，下雨时多，路多泥泞，鱼腥潮气，扑鼻欲呕。劳动人在街市中往来，凡肩挑手提重物的人，口中都发出一种很合韵的歌声，前后相应，长短相续；一经我细心的研究，始知应用心理的作用，减少疲劳和困乏。

　　女师范和武高及武高附中都相距甚近，门前为极宽广之荷花池，杨柳阴浓，荷花香馥，想月圆日落时之美景，该校同学当不肯辜负，不禁欣羡！

　　应接室的陈设很古，有大红的靠枕椅垫，坐着太师椅，吃着龙井茶，这也是几天在火车上劳顿的绝好报酬和安慰。该校新校长见我们说了几句谦语，遂让我们到里边去。这个学校很大，树木很多，草花茂盛，又逢着阴沉的天气，一阵阵浓香在鼻端吹过，精神上觉着很愉快！应接室距离内堂很远，过了几道屏门才到寄宿的地方——楼上。共总给我们二十间的房子；我们两系分开住恰好。在楼上扶栏一望，修竹碧柳掩映窗外，蝉声鸟语啁啾枝头；在草地上有女师范同学数人，联袂谈心，慢步其下，风景殊佳。数日劳顿，铺好了床，我本想静养一下精神，预备明天好提起精神去参观，但是睡不着；只好听着别人的鼾声羡慕吧！这时光约有一点多钟，外边静静的万籁无声，有时只听见风过处几点宿雨由树上落下。我觉着睡的不舒服更难过。遂披衣下床，到了门外的栏杆前，望着那碧蓝中镌破了的一湾眉月，正在含笑窥人；树叶被风拂着，慢慢地颤动；满地印着

树叶间的花痕。静静地死卧在地上的树影,像永眠了一样。这时光我心中觉着宇宙之伟大和神秘,惟有静时可以领略到,当时的零碎感想写在下面:

我在浅蓝软松的罗帐下,
捧着一颗碎了的心,
睁着一双枯了的眼;
望着那晶莹清朗的星月祈祷了!
杨柳的丝呵!缚不尽人间的烦恼;
温和的风呵!熄不了心头的微光;
在这薄薄的幕下,
涌现着生之荆棘!
掩映着死之悲痛;
沉睡在美丽玉石的墓碑上,
在花丛里嗅着余香,
静听那深山猿啼,
杜鹃泣血;
林中的落叶也助着叹息!
美丽的花圈,白玉的架前;
将宇宙的一切,轻轻地掩覆。

人类是无情啊!
像残秋的荒冢,
寂寒的绝漠;
一颗热的心埋在冷云下,
一腔鲜的血流入洋沟旁;
在生之幕下只看见:
骷髅披了绛纱舞蹈!
枯木戴着花冠祝贺!
生啊!春花的绮丽,

死啊!香梦的温柔,

虚幻的人生哟!

只有啼痕泪痕,

绝漠荒冢是宇宙的"真"景。

(四)湖北的教育

天气特别的清朗,俨然像含笑的面庞,映出明媚的容光,异常焕采,我坐在楼上的窗前写信,杨柳一缕缕向我飞舞,小鸟呢喃着向我告诉;树影的花纹印满了我的信笺,当时我把目前的风景,描写了告诉与我的朋友。信刚写完艾一情先生来领我们参观本校;这是我们实行参观的第一天。

湖北女师范风潮的事,我依稀在报纸上看见过,但我因那时并不十分注意,所以内容如何,我不知道。就表面看来是校长问题,这本是极容易解决的事情。办教育的人,知道校长不能胜任,使学生满足;那么就该鉴谅学生的苦衷,允他辞职另选贤能,何能为一个人的进退——饭碗问题,牺牲了学生一年的功课,和黄金的光阴?这未免太对不住学生,而且对不住教育——女子教育。当时解散后,二百余名失学的同学,这种痛苦无可形容;又无相当的学校转学,男附中仍持闭关主义,不肯解放。想当时同学有多么可怜啊!

一年的痛苦,现在比较是愉快了:因为在我们未到湖北的前一星期,已恢复原状,这也是我们最欣慰的事,为湖北女子教育可以祝贺!张健是该校新任的校长,系美国留学生,表面上看来办事尚热心,学生也十分满意。不过损失太大,此种善后办法,自然很难措手,但就表面上看来,女师开课第一星期,而教授管理方面,已粗具规模,这或者是一个绝好的成绩。我很希望湖北女子教育为了这一次的摧残大放光明!

学级编制分师范五班,预科一班,人数共二百余人,经费一月需一三一三(元),小学和蒙养园都在内,学生生活的组织,因初开课尚未就绪,但湖北学生的精神活泼,精明强干之才,常溢于眉宇,是一眼能断定的。

附小即在师范的前院,人数得有三百;我们参观的时候恰值下课;仅见满院的小朋友,乱跃乱窜,如珠滚玉盘,异常的活跃。有几个手里拿着小皮球看着我们,在那里窃窃议论;我走到一个打红结辫子的小朋友面前,意欲问她几句话,但她只微笑着望着我,我愈亲近她,她愈远避。至今我回忆起来,依然能想到她那粉红的腮,墨黑的发,和那最含情的微笑。上课铃打了之后,一闪时都回到课堂里去,端端地坐在那里,眼只望着黑板,但有时依然要回头看着我们微笑。天真烂漫活泼可爱的小朋友,只在不经意的微笑中涌现出爱的苗来!

参观高小二年级的体育教授,教师纯以哨声作口令,倒很别致;不过不容易引起学生的精神,未免失之机械。运动多半属于四肢,莫有躯干的练习,胸部简直是莫有运动,所以学生多半是弓腰和头前倾的不正姿势。教员未免太舒服了,只站在旁边背着手瞧着,反而让学生一个个出来示范;一切不正确的姿势,教师概不加以临时的矫正,和自己模范的示范。总括起来批评,教师莫有明了体育的真目的,学生自然得不到体育的真精神,这是无可讳言的。蒙养园因时间的短促,未得去参观,未免觉着遗憾,因为蒙养园主任,是我们女高保姆科毕业的同学罗君,那么,一定另有一番新的教材和教授,但现在只可想象罢了。

出了女师范依然看见莲渠清溪,岸旁杨柳,一阵阵清风送着荷香,慢慢地卷起我的衣襟。在树木阴蒙的对岸,依稀能看见高师附中的楼房和电灯公司的烟筒。跋过了小桥,在石级上见许多妇人在那里洗衣服,见我们过去,都赞美我们的伞的美丽,停了她们的工作,望着我们过去。

武昌高师附中的校舍,前面一排楼房是刚竣工的,对于采取光线和流通空气尚好;临窗可以看到我们经过的莲池和柳堤。

参观四年级甲组会话,系外国人教授,桌上放着教授中所应用的实物。四年级乙组上几何。学级编制有五级,一、二、三、四年级共分甲组乙组,全校人数共二百,寄宿者一半,经费每月一八八四(元)。管理方面,每日整队点名后,朝操十分;七时半朝会,大旨是鼓励其善,劝勉其不善。体

育方面的组织,有网球队、篮球队、垒球队、田径赛队及各种游艺。

学生自治的能力很强,学生自治会能使学校中校务公开,经济公开。并不是虚牌号,他们调查实行的成绩、报告、一览表,还挂在壁间,我们都能一目了然的。这一层我异常的佩服附中同学自治的能力。

我零碎看到的事物和感想,不妨在这里略叙一点:我看见附中的学生比较上看来,年龄上有许多很大的,而且对于清洁方面绝少讲求,寝室里面限于地方狭小,故空气不甚流通,清洁亦殊欠讲究。寝室和饭厅距离很近,虽限于地址,但对于卫生方面似不合适。如有机会仍以隔开为佳。

高师的附小,民国四年时同附中是合并在一起的。七年的时候不戒于火,故八年始将楼房建起的,因不宜于小学之故,九年遂实行分居,但因校款拮据经费无着,不能继续建造,几间校舍已不敷用;十一年校款解决后,始着手进行,现正在建筑中。

小学的编制现在都是单级,无复级,小学共七级,高小三级,去年改其编制,故科目亦稍有变动:

唱歌,谈话(修身科),国文,教学,读书(有一二年级合读或工作),自然研究(在低年级为观察室内外极简单之事物,如有问题,使学生提议,书于板壁,第二日研究其心得)。社会科有三钟,自然科有一钟,室内实验共三十分钟。

教授的方面在国民三四年级,仍照惯例,在其他科目教授的方法次序都有不同:讲演科先由学生提出问题,然后教师指导其读书,读毕教师令其研究讨论,实地发展其心得;而后教师再加以引导和矫正。文艺有课本,不过因其教材多缺乏文学兴味,所以另选文艺排印好付学生。此外数学有书,史地有书,另外尚有笔记和讲义作参考。

现无蒙养园,因无地址故,拟在明年成立。校中经费一月需一二一八(元)。教职员十五人中有女教员五人,学生得分七班,人数二百余。附小的教授训练管理,我觉着非常的满意,所培养的学生,完全是民治主义时代的产物,有活泼的精神,充足的常识,重公德,守规律,整齐清洁,莫有一样不讲究,足见教师们的苦心训练,及学生的自动能力。在湖北的教

◎ 游记

243

育,这个学校最令我满意。

国二一年级的小学生的教室,装饰的异常美丽,有名人的照像,著名的风景,美丽的画片和图画,琳琅满目,美不胜收。有小的玻璃橱,里面放着儿童的用书,可以随便阅览。每级教室的门壁上,有每周学生出版的新闻纸,里面有文艺小说、笑话、论坛、时论、滑稽画,大半多是关于国事痛心,唤醒民气的作品。可惜是下午去的,莫有赶上参观教授。

昨夜梦同纫秋共舟渡江,在甲板上清风徐来,水波不兴,正亢喉高歌,俯仰宇宙的时候,纫秋凭在我的肩头,指着东北角上让我看:只见一道白光起伏江中,渐渐地扑着我们的船头而来,风声呼呼地如虎一般怒吼,一个白浪扑头而来,当时把我惊醒。恰好窗外雷电交集,大雨倾盆,在旅客的心中发生了许多感想,默计明天一定不能出去参观。窗上现鱼白色后,我起床梳洗毕,握管与北京的朋友写信。用早餐后我看《创造》几页。下午同艾一情先生参观高师。高等师范的校舍规模很大,校舍亦建筑的合宜,地势很好,建在蛇山的旁边。这是湖北教育最高机关,所以一切设施,也比较完备,但不过也是同北京教育界一样的闹穷。

分科为八系,男生共四百人,女生正科九人,旁听生二十人,去年开始完全开放,招收女生;下学期拟开文学教育研究科,数学研究科。经费每月二万八千(元),临时一万(元)。设备有博物标本室,动、植、矿、生理标本分列一室。关于此类,武昌标本特别丰富,所以武高的博物科学素负盛名,诚然。理化实验室、标本室同化学用品室,设备尚完全。自修室每一间六人,同北高仿佛;在楼上空气清鲜,光线也明亮。寝室每一间四人,比较附中已清洁整齐多了。女生寄宿舍另住一偏院,很僻静。

武高学生会昨日已来公函与我们参观团,定在今天下午二时在本校大礼堂开欢迎会并设茶点。所以我们略一参观之后,已经到了时候,学生会主席请我们赴会。大礼堂在蛇山上,稍高,有石阶可达,由下边看去,掩映在树叶飘动的碧柳中,很露着一种伟大而幽雅的景象。当我们上去的时候,已经看见大礼堂黑压压地站着许多人,见我们进去,都一齐鼓掌欢迎。他们是很诚恳地欢迎我们。主席报告了之后,有五六位同学随便讲演,他们的唯一共同目的有三点:一、武高北上请愿,感谢我们的援助;二、希望我们奋斗去作教育事业,谋未来的光荣;三、就是对于湖北教育,痛加批评。我是参观团内的交际,所以致答辞是我不容辞的职务,只好上台去答复几句。但是一阵掌声,几乎把我的灵魂收不拢来!欢迎会完了,在应接室用茶点,有几位学生会的干事陪着,三钟始尽欢而散,我们遂回到女师范去。

总结起来说湖北的教育,环境非常恶劣,上等有力的社会中坚人物,他视教育是无足重轻,可有可无。所以湖北的小学教育,异常的不发达!路上失学的儿童举目皆是,全省小学教育不到二十处,只有五千就学的儿童,失学的儿童有五万之多。我们在路上常常能听到诗云子曰的朗诵声,私塾多于小学有数倍。凡上等社会科长秘书等类的子弟,大概都不准入学,仅会写自己的一个名字,往往有十五六岁而不懂加减乘除,仅能临帖、做八股。这是何等的可怜啊!所以我以为湖北现在需要的就是小学教育,施行普及的方法,和救济一般贫穷失学儿童,只有广设平民学校是唯一的妙谛,我很希望中学和中学以上的学校,努力做这种事业去。三四天的形式上参观,如何能看到教育上的利弊,但这一点意见我观察的结果,觉着是很急需的!官厅既不可靠,那么,我们青年应该努力地做去。

(五)武昌的名胜

天晴后空中幻出五色彩云,捧着一轮赤日,慢慢地披开了砌叠的云幕,撇开了朦胧的愁网,冉冉走出,在宇宙中当时焕着耀目的奇彩!我们参观团在这时光,遂蹀过莲池,经过鄂园,向着抱冰堂而来。

抱冰堂建在蛇山上,由下边一级一级地上去,绿树阴蒙中,隐现着红绯娇白和画楼雕梁。一阵惠风披襟,花香浮动,只见万紫千红涌现眼底,我们进了抱冰堂的大厅,壁上系着古画屏联,中间放着古瓶二个,高约四尺;凡武昌雅人伟士都在这个地方宴会。地周围约有一万二千九百四十八方丈。抱冰系张之洞的别号。张之洞督鄂的时候,鄂人感公盛德,故建此堂,为公生祠。大厅的西面,相距约五十步,有很庄严的五间大厅,双门锁闭甚严,推开门只见灰尘满地,蛛丝满壁;中间的神龛供着张文襄公的牌位,旁边有黎元洪立的碑。

晴后小径中青石粘土,十分泥滑;两旁千条垂柳,常绾鬓角。再上去是十桂堂,张叶如幕,桂树林立,可惜这不是秋高月圆时。站在十桂堂的中间由树缝里看见长江如练,民房似栉,可以看见纺纱厂的烟筒;黑云萦绕,烟雾轻罩,凉风过处,心神为之一爽!这是何等舒适逍遥的境界啊!可惜上去了一大群丘八,我们只得远避。从石砌的道上过去,有小亭有假山,怪石奇岩,嶙峋无状,我们在这里照了一个游像作纪念。他们都走过去了,我坐在小石上,听着小鸟的啁啾,布谷的婉转,一声声都令人感到一种超然神游的景象。碧天的游云,阶前的落叶,飘萍无踪,荣枯靡常。转瞬间我又车声帆影,飘游于何处何乡?人生如逆旅,在浅的心里常印着斑点模糊的追忆迹象……在我思想深入的时候,忽然有人在我肩头一拍,吓的我跳起来,回头一看,原来是惠和,她笑嘻嘻地手里拿着一束草花。我遂携了她的手,由小径中穿出,浓茵铺地,碧草拂鞋,一阵草香扑鼻欲醉。地址虽不大,但结构异常精巧合度,风景如画,涌现千里,而且寂静阴蒙幽雅最宜人。比较黄鹤楼的术士乞丐汇集者,当然有雅俗的分别了。

二十五号的下午,参观了附小以后,雇车到黄鹤楼去。我同芗薏先到的。只看见些败壁颓垣,萎靡万状,乱石堆集。我同芗薏也不知道黄鹤楼是何处上去。后来逢到一位小学生,是附小的学生,请他给我们领路,上了一道石坡就到了。只看见很巍峨灿烂辉煌的高楼,我以为是黄鹤楼了,原来是照像馆。这楼的顶上,镌着个展翅的黄鹤,两旁有一副对联是:

眼底汉江空色相,

楼头云鹤复归来。

由这楼往西,就看见一座一座的相面算卦的棚和命馆,进了张公祠,登了奥略楼,临窗一望:江水滔滔,涌现眼底,帆影如雁,鸥跹上下。在碧云黄涛的尽头,依稀如翠螺堆集的,就是龟山,对着奥略楼有一座西式茶楼。高出云霄的,就是黄鹤楼故址,在我们未到杭州之先,就听说这楼又塌了。

张公祠就是张文襄公的祠,现在湖北教育联合会在里面;所以奥略楼上有张之洞自题的"日朗云空"四个字的大匾!

两旁的对联是:

昔贤整顿乾坤,缔造都从江汉起;

今日交通文轨,登临不觉亚欧远。

这是张之洞所撰,辛亥之役,不知沦于何所,壬戌秋重建,请教育厅宗蔡重书。奥略楼下壁上有王羲之的一笔"鹅"。从奥略楼下去,就是吕祖庙,里面香烟缭绕,令人头晕。里面有吕祖的骑鹤吹箫的像在壁间挂着,对联是:

鹤飞楼在名千古,

地缩仙归道一家。

我同惠和在签筒里抽了一棱上上签,她们都笑我们迷信。出了吕祖庙,走不了三步,就有乞丐来索钱,男女老幼都有;原来这是黄鹤楼的出产。黄鹤楼在我心坎中的印象很深,但我觉着除了上了奥略楼望长江外,没有一样入目的东西,只见龌龊的乞丐,崎岖的道路,败垣乱草中,又有金碧辉煌的大餐馆显真楼,中国人不知正当的保存古迹是何等的可惜。

二十六号的上午我们乘着汉阳兵工厂的武胜轮破浪直进,在烟波江上,只见风帆上下,浪花飞溅,放眼望去,龟山临左,蛇山傍右,武昌、汉阳、汉口鼎足相向,湖北形势为历史上最著名,实在,诚然。船入汉水未久,而汉阳已在目前,两岸树木林立,浓绿阴深,不觉忆及古人诗:"晴川历历汉阳树,芳草萋萋鹦鹉洲,日暮乡关何处是,烟波江上使人愁。"武胜轮拢岸后,我们遂舍舟登陆,陡觉炎热凌人,清凉隐逸。走得十余步,已抵汉阳兵工分厂。地址阔广,每一工厂,相距甚远;汽炉炉煤之气,扑鼻欲呕!先至漂棉厂,就是将烂棉花入锅漂过。磨棉厂,汽炉房,马力房,都在这一方,比较尚近,不需多走路就到了。此外又到拌药房、切药新厂、压药新厂、矿炉房、硫酸厂、真空房、酒精厂、枪厂、木枪房、炮厂、钢壳厂、机关枪厂、枪弹厂、打铁厂、木样房、机器厂、图案课。由上午九点钟参观到十

二点钟,赤日当空已属炎热万分,再加上参观的工厂,不是机声轮轮,就是汽煤呕人,头晕目眩,痛苦万分。但一想到工人的辛苦,我们也只好勉力的向前;对于工厂的组织和化学配合,纯粹是门外汉,参观所得仅仅一种形式而已。参观完兵工分厂后,遂返汉水原下船处,仍乘武胜轮至兵工总厂,其督办杨文亮的夫人偕其大女公子、大少爷在门外欢迎,至会客厅稍息,幸而有几瓶汽水,才把这一上午的积热逐去。又至总厂参观造枪炮之机器及程序,其工厂分法与上所述分厂同,不详。我看过一遍,见工人在煤气中生活是何等危险;而其点滴血汗所造成的杀人利器,既不能保障国家的富强,反用以作残杀同胞的工具,这是何等可怜,可惜!中国军阀!中国军阀!何其浑昧如斯呵?炮厂现在正为某军阀赶做绿(氯)气炮,可知其阴蓄之久,而中国内乱其有已时吗?

参观完又返总厂的会客厅,督办请我们吃大餐;最有趣的事是督办的母亲杨老夫人,她很奇怪我们这次出来参观。她的心理仍以为是闺阁小姐何能事万里长征。所以她在会餐的时候,问了我们三句有趣的笑话,第一句是:谁家有这些女儿?第二句是:谁家要这些媳妇?第三句是:何处找这许多婆家?这是个很难答的答案,我们只好付之一笑吧!饭后,杨督办拿来许多纸,让我们每人随便写几句话留作纪念。我们为了这一饭之德,更不好推辞,只好每人随便写几句感谢祝贺的话;这一来把我们女高师的程度都考去了。

客厅后面有极幽雅的小园,绿树阴覆如遮翠幕,遇一极小之茅亭,碧波荡漾,游鱼上下,池心有朝天荷叶,映此红莲;池旁杨柳树下,有白鹇一双,头藏内颈内,正在酣眠。由树林中望去,真神仙佳境。我在这里忽然想到一件极悲哀的事,一腔热泪,夺眶而出,故人何在?旧景虚幻,所留的仅这点触景的回忆,和我这天涯的飘萍!

四围黑云渐渐地包拢来,一轮赤日已隐回去,清风送着草香荷馨,令人神醉。我们二十余人,掩映出没在这小园中,陡觉园林生色,草木欣然。我同芗蘅在一片山石上坐着,谈去年今日在北京时的情景。看看天上云愈堆愈厚,照像馆已有人来了,我们就择一块前有小泉,后有青山的地方,站着的坐下的照了个像。

照像后,尚有一个铁厂未去参观。我因为精神困倦的缘故,所以同艿蘅、惠和走到江岸去找船。但这时候江里的风浪很大,天气阴沉,不久即雨,我不敢去冒险,遂又回到铁厂的应接室休息。里面有茶点有电扇,我遂躺在睡椅上假寐,略养心神。这时候雨声淅沥,乱洒蕉叶,又换一幅无聊之景。五时天始霁晴,去参观铁厂的同学已回来,遂一同至江畔,仍乘武胜轮返武昌。一路风浪甚大,汉江苍碧,一望无际,远眺云霞灿烂,虹采耀目,江上风景殊觉宜人。我们在甲板上曼声唱《卿云》之歌,余音萦绕江上,许久不息,临风披襟,心神为之一爽!

(六)江新船上的生活

二十八号的清晨,我朦胧中被艿蘅唤醒,遂整理行装,至十时遂乘车到六码头上船至汉口。下了船我提了自己的提箱,上了江新船。慧文、永叔她们都住在二层舱,我同艿蘅住在三层舱中房舱六十六号,地方虽不大,但比较火车是很舒服。连日在湖北精神劳顿,异常困乏。艿蘅约我去汉口街上买点东西去。我想息一息,遂托她与我买浅蓝夏布。她走后我闭上房门,把床铺好,遂在床前一个小桌子上与我的朋友纫秋写信。下午二点钟的时光,船上的客人,已都搬来,人声嘈杂;我脑中不胜其烦嚣,只好伏在那五尺长的床上觅梦中的生活去。

晚十时开船,艿蘅唤醒我,那时夜寒澈骨,我开了衣箱,找出我的围巾披上,遂同我们同学到甲板上去。现在船开了已有一点多钟,岸上明灯闪烁,映在碧苍的江水里,间有一二小划子在里面荡漾着,依稀看见竹笠蓑衣的渔翁。慢慢地离开汉口远了,灯光也减了,岸也远了;只留着一支船载着我们激荡前途。我遂返房舱,在那黯淡的灯光下,与父亲写信,叙我今天的经过。

二十九号余醒已七时,昨晚在船上睡眠很安适,但精神甚倦,早餐亦未用,觉头晕目眩,心中万念起伏,欲睡弗能,遂找肖岩同我至甲板上眺望，只见云峰起伏，远山含烟，风平浪静，波纹如绉。我凭栏同肖岩谈故邻佳话，旁有一老人倾听，看他的样子，像个名刹的老僧。上午抵九江，卖瓷器的很多，我们同学都提了钱包预备正式的贩货，我买了一尊观音像，同几个洋妞妞。我下了二层舱见永叔的床上堆满了瓷器，果盘啊！碗碟啊！弥勒佛像啊！我们每个人的瓷器合拢来，不知能装几箱。

下午三时，小孤山已在望，在江心矗然而立，青翠如螺浮江上，临近楼阁始现，船绕其下，仰望清媚江山，其风景只可臆想，不能笔描。芗蘅回舱取铜箫吹之，觉哀怨幽婉之情，萦绕水面，不绝如缕，舱外星斗争辉，江风萧瑟，只微波渺茫，浪花上下而已。晚九时抵安庆，买笔数支后，遂寐。

三十号早，我只觉凉风透窗而入，精神清爽，比昨日已大有兴致，梳洗后，略用早点，遂偕芗蘅至甲板，眺望江心烟雾迷漫，朦胧中隐着轮晓日，风景殊佳。见宝珍拿着一本《花月痕》看，她已看完上册。我素闻这本书的名，但确未看过，乘此无聊中，遂向着宝珍借了，回到房舱里倒在床上去看。下午到芜湖停船后，我才抛了《花月痕》，到甲板上来。这时人很多，因为安徽一师的学生也是赴南去参观，恰好这时也上船来，原来已有武高的同学二十余人。有女乞丐坐着大木盆要钱，木盆里面像家庭一样，年老的像祖母，中年的像母亲，睡着的像哥哥，母亲怀里抱着哺乳的小弟弟。我们看着很起了同情，争拿着铜子向她们的木盆里投去，有投准的，她们喜欢的赶快拿着放在沙锅里，有未投准的，她们急着向江心里乱抓。卧薪的一个铜子恰好投在睡在木盆里的哥哥，他陡然的哭起来！他祖母抱起他来向我们鞠躬，表示很感谢的意思。船开了，木盆也慢慢地划到岸那边去了，我们因为今天下午就到南京，所以赶快回舱去取拾行装。我并且继续看我的《花月痕》。两点钟到南京码头下船，仲鲁的皮包被刀子划破不说，一管自来水笔也不翼而飞了！南京的境象，地很辽阔，比较北京荒凉的多，但空气清鲜，树木林立，城市有乡村风致，比北京尘土迷目，车马嚣烦，自各有不同。我们乘着马车，走了约有七八里地，都是除了颓垣坏壁外，就是荒草萋萋，古木森森，别有一种的感慨发生。经过了东大农

业试验场,和东大女生寄宿舍,遂到督署新街华洋旅馆停车,收拾行装后,与东京和北京的朋友写几封信去告我的行踪。

(七)南京的几个学校

一、东南大学

三十一号的清晨八点钟,我们乘着车去东大,不想走错了路,后来又绕回来才找到。东大和南高早已合并,校舍亦在一起;所以我们参观实在分不出何为大学,何为高师。地址很辽阔,建筑尚有未竣工的,据云校款下有五万七千的建筑费。我们先到体育馆去参观,规模很大,分三层,第一层楼下,为器械贮蓄室、洗澡室、换衣室、体育研究室等处,里边尚未竣工。第二层楼上,即体育房,装着十二个篮子;中间有帆布一卷悬梁上,如女生上体操时可放下,隔为两间,毫不妨碍。地板系以七分宽七寸长的木板砌成,清洁,而且不易滑倒,时适普通科练习队球,参观约三十分钟始至馆前草地,看体育科垒球,系麦克乐先生教授。孟芳图书馆尚未竣工;我们参观的阅书室比较他处已很大,分中西两部,每一部有管理一人;迨孟芳图书馆工竣后,即将此阅书室迁入而加添书籍,稍事扩充,其规模当可与清华颉颃。

农业试验场在校外,出后门可达;约有十顷余,建费共需六千;分畜牧、园林两部,树木荫森,畦田青碧,大有农家风。中有菊厅一所,内有中西餐及各种水果、冰淇淋等食物,专为学生消遣宴客。管账系一女子,此事殊觉有趣而且清闲。旁有小公园,草花遍植,荷香迎人,有小山,有清溪,有荷亭,有极短之小桥;应有尽有,精小别致,结构佳妙之处尤多。由草径过去约百步,有兽医院,有农具陈列所,有牛舍鸡舍猪舍;因时间匆匆,故未能尽行参观。

东大每月经费五十万,学生共六百余人,女生四十四人,特别生二十九人。校务纯属公开,由学校评议会、组织行政委员会负责。学制为选科制,规定学分最多每学期二十——十二,其中自由可以增减,够一百六十分为毕业,不计年限。学校中的考试注重平时自修和笔记。学生自治会,皆关于学生生活方面的事情。集会有英文,国文,文艺,图画,体育,音乐研究会。

东大以学系作主体,暂设下列各系:

(1)国文系,(2)英文系,(3)哲学系,(4)历史系,(5)地学系,(6)法政经济系,(7)数学系(附天文),(8)物理系,(9)化学系,(10)生物系,(11)心理系,(12)教育系,(13)体育系,(14)农业系,(15)园艺系,(16)畜牧系,(17)病虫系,(18)农业化学系,(19)机械工程系,(20)会计系,(21)银行系,(22)工商管理系。每系有研究室。

以有关系的学系,分别性质,先行组成下列各科:

(一)文理科,(二)教育科,(三)农科,(四)工科,(五)商科(在上海)。

另外有推广部如下:

(一)校内特别生,(二)通信教授,(三)暑期学校。

走马观花,其大略情形如上述;至其内容组织详则,和学生校内生活,不是在几个钟头里所能看到的。

二、南京高师的附中和附小

参观完了东大遂到附中,经过了许多(室):化学室,研究室,会议室,出版室,生物标本用品预备室和附中银行,就到初级中学二年级去参观,这一点钟是公民;功课也不引人的兴趣,而且又是饭后第一时,所以我们一组人进去,到惊了不少学生的睡!教室内光线充足,窗外风景,有青山草田,很能引起学生一种自然美的诱导。初级三年级国文,见在板壁上写着"鲁有秋胡……"的一段故事,教师在讲台上口讲手画的津津有味,所以学生在下面,都欣然听着,课堂中的空气,当时能引起人的精神。我们约参观了有十几分钟。图画教室,装置异常合适,用途亦很大;满壁画图,可惜无暇细看。图书室很普通,有各种杂志和报纸。

高级中学二班,初级有三级,一、二、三,共六班,此外尚有两班四年级生。经费每月四千,学生三百六十人。学生精神比武高附中活泼,设备

亦比武高稍为完全,这是极显明容易看到的。

附小离高师很近,所以我们就走过去;这个学校,我在北京常听说是小学中最好最新的一处。我今天来,比较的兴味很浓厚;不但我一人,我们同学心理都是这样。大门是一个旧式的黑漆门,到门房艾一情先生拿了一张学校的片子给他,让他传去;这个门房很骄傲的样子,把我们打量一下才进去,这一进去,准有十几分钟才出来,说:"等一等。"我们这时光站都站累了,就坐在檐下待着,猛抬头见中门上有一大匾,上边有八个红字:"随地涕吐,罚倒痰盂"。待了又有十分钟,才出来一位先生,很不高兴的样子——或是我们扰了他的午眠?走出来勉强的招呼了一下,我们才进去,这时光我们的兴趣,已打消在那二十分钟的等候里边了。

中门里有学生名牌,白色在校,黑色不在校。右边挂着的是"薛容七郜磬"。这是有别人见薛容有错处不守规则的时候,可以找七级的教师郜磬教训他。中间放着一个竹屏,上头有白纸条:"此屏已坏,如有人动,请其赔偿"。罚倒痰盂,赔偿竹屏,都是铁面严厉的布告!

藤工场有各种精巧之小筐小篮,皆为学生的成绩;我们参观的时候,他们正在上课。有极小的图书馆博物馆。壁有木板,写着国内要闻数则。

维城院——(昔日女高教务长所捐)中有清洁处,为儿童洗面擦面处,议事厅,新图书馆等;院中有白兔两只,旁边蹲着两个小朋友,在那里抚他的毛。院中分级,现已下课,故不去参观教室。

杜威院——(为杜威博士所捐修)。院中有游戏室,音乐室,作业室;地板异常光采,儿童进去,都要换鞋;所以我们只可在外边瞻望。出了杜威院,那位领导的先生说:"重要的地方都完了,还要看就请自便吧!"说完扬长而去。我们对于这学校的内容组织,既无从打听,除了仅知道学生有五百人外,一概都茫然!只好自己找路出来,我们同学都觉着可笑!这学校招待参观的规则我们莫看见,不知道这种先等二十分失陪二十分,是该校的招待定例呢,还是参观的太多厌烦了呢,还是那位先生莫有睡醒呢?这几个问题,在我脑中,现在还萦绕着。那位先生的官僚气概那样足,如果要是该校的重要人物,岂不是把教育官僚化了吗?

三、江苏省立第四师范及其附小

六月一号的九时,我们乘着车去四师参观,一路所经的街市,据云在南京为最热闹,如吉祥街等。到了四师,在门上有"英灵蔚起","正谊明道"的匾,写的异常挺秀,此外尚有横额为"十年树木长风烟",此校舍为从前的钟山画院改建,故尚有旧址存在。我们先到应接室,图画满壁,美丽耀目,玻璃橱内有竹工和国文成绩等陈列。

课务为选科制,分三科,选科范围较大,分国文、英文、技能。学校组织分教育、事务、训育,每年训育考察,有训育会议。学级编制,师范五班,预科一班,学生二百四十人,教员五十人。每月经费四万九千。薪俸重要者一元半,次要者一元。

一年级文字学,系南京文字学家王栋培先生教授。二年级数学教员,为佘先生,系国会议员,讲解明了,磊落有名士风,无官僚气。理化器械尚敷用,博物教室、标本室、研究室皆在一起,甚方便。标本多系学生自己采集。

校舍中有湖甚清。湖前有话雨轩,极苍老有古风。此校校舍环境既多古风,故学生精神,比较为不活泼,而对于研究功课比较苦学。

出了师范的门,就是小学的校舍,距离很近;校地很大,而且遍植花草,清气宜人;院中有滑下台,小朋友们都活泼泼地在那上边滑下,顽憨可爱!

参观教授,都是教生实习,态度一望就能看出;高级二年上博物,教生的年龄,和学生差不多,活泼一堂,每个儿童的脸上,都映着红霞,现出微微的笑容!高三上国文,教生的态度极不自然,看见我们进去,更觉不安,在板壁上写字都写不来。我们都觉着抱歉,即刻就退出去。初级二年级,教生实习国文,态度异常诚恳,把自己的精神完全注在学生身上,启发儿童的心理和见识,常如一朵花一样的在心里展开。他在一问一答之中,都含着几分诚意,而在面孔上现出笑容,使学生的心神,也完全贯注在教师的精神内,发出一种特别的彩色。他们所作的功课,是给滇级的同级写信,教师问学生一句,就写到板壁上,成了一封很简单的信。

初级三年级算术,教生同学生的精神很统一,他们共同的作业在极静的空气里;我们进去未免有点惊破他们的空气。总之在这小学里,完全是参观教授,而且很令人满意。小学除武昌高师附小,此比较为最好,学生比武昌活泼;而训育上比较稍逊武高附小。

四、江苏第一女师范及其附小

女学校里特别有一种色采,是优美的表现,一进门就感到种和暖幽美的空气!我们在应接室里稍待了一会,出来位图书馆管理员(女)带着我们参观。

学级分九班,中学三班,本科四班,预科一班,幼稚师范一班,学生约有四百余人,每年经费五万余。参观中三的体操、垒球,教师系体育师范毕业,精神活泼,姿态优美;故学生极有规律而姿势正确。

参观成绩室,书画甚佳,笔势挺秀,有绣屏数幅,远山含翠,绿树荫浓,手工很精巧。有一对绣花枕头,亦极尽巧工。标本器械室,设备在初级师范尚属敷用;特别有烹饪室,结构甚完美、简单。国画教室极优美,清雅之气,扑人眉宇。娱乐室有各种中西乐具陈列,此外尚有家事实习室,结构精美,布置井然,有桌椅床铺,镜台围屏。我们去参观的时光,有几位女同学在那里看书。桌上的鲜花,娇艳解语,作为读书的伴侣,极有趣。学校布置点缀极尽幽美,学生态度又极其活泼,由竹篱花间,偶闻歌声抑扬,纱幕低垂,琴声嘹亮,拨动了我游子的心弦!适在午餐,未得参观教授殊憾!

附小距离师范甚近,幼稚师范和蒙养园因时间匆促,未能去参观,可惜!小学一进门就看见许多牌子,上边写着"上海路""吴淞区",一月以后,变换一次,凡一路中各区颜色皆相同,同他路是异色的;每区内再分为某级。学生共三百四十人,经费每年一万。有作业室、游戏室、读书室,教室内有儿童用书橱。高级学生去参观试验飞机,初级因该校将开游艺会,去讲演厅表演;我们因来的非时,送返华洋旅馆。晚,陶行知妹妹请我们去赴茶话会。

五、金陵大学

校舍建筑规模略同协和医学。分农、商（上海）、文、理、蚕、林、医、师范等科；学生，大学约三百余人，小学，幼稚合计将千人；每年经费四十万。参观理化用品标本及研究室之多，约有七八处，分高级同低级。有气压机可供全校之用；有炉，利用木屑，烧至六百度，将木屑中的汁泄出，由汽变水，分析后遂成酒精同油；以此可以研究木屑中的含有物。化学教员预备室中之药品，已可抵平常学校一校之用；化学教室中，有雨水管、井水管、煤气管，每二人用一桌，每桌必有此三管。学生如借用东西，即一玻璃管必记账，每学期结算一次。此外参观的有：工业化验室、棉花研究室、电汽化验室、化学分析肥料豆科室、生物公共卫生科。有一个英国人，给我们讲昆虫学与病理学的关系，蚊同飞虫的害人。

图书馆的墙，都砌的是明太祖的城墙上的砖，有洪武二十五年的碑文，和大秦景教流行中国碑，关壮穆的神像，所藏中西书籍很富。大礼堂比协和大，为镜框式的舞台形，可容一千人。

已散课，故未能参观教授；天阴欲雨，未能尽兴，匆匆返旅舍。

（八）金陵的古迹

一、鸡鸣寺

由东大参观后，步行游鸡鸣寺。缘途张绿树幕，铺苍苔作毡。慢慢地上台山（即鸡鸣山），幸而有两旁的杨槐遮赤日，山间的清风拂去炎热。到了半山已望见鸡鸣寺，隐约现于浓阴中。惠和拉着我坐在路旁的一块石上稍息。望下去，只见弯曲的成了一道翠幕张满的道。赤日由树叶的缝里露出，印在地下成了种种的花纹。在那倾斜的浓绿山下，时时能听到小鸟啁啾，和她们娇脆的笑声，在山里回音，特别觉着响亮！我同惠和、宝珍并着肩连谈连笑的上山去，约摸十分钟的时间，已到了鸡鸣寺前，一抬头就看见对面壁上，画着一幅《水淹金山寺》的图；寺门上有四个大红字是"皆大欢喜"。进去转了有一二个弯就到了正殿；钟声嘹亮，香烟萦绕，八大罗

汉里边,只有二三个穿着新衣服——金装,其余都破衣烂裳,愁眉苦眼,有种很伤心的样子!罗汉中同时有幸有不幸啊!

临窗为玄武湖,碧水荡漾,平静如镜。苍苔绿茵,一望皆青。远山含烟,氤氲云间。我问庙里的道士,说是"幕府山"。窗下一望,可摸着杨柳的顶头,惠风中颤荡着的杨柳,婀娜飘舞,像对着我们鞠躬一样!湖山青碧,景致潇洒,俯仰之间,只觉心神怡然,融化在宇宙自然之中。我们六七个人,聚在一桌吃茶,卧薪伏在窗上慢慢地已睡去。我们同芗蘅谈到北京东岳庙里的鬼,说着津津有味的时候,艾一情先生说:"天晚了,走吧!"我们遂出了正殿,我临走的时候,向窗下一望,已披了一层烟云的幕,把湖山风景遮了起来。一路瑟瑟树声,哀婉鸟语;深黑的林内,蕴蓄着无穷的神秘和阴森。台城的左右,都是革命志士的坟墓,白杨萧森,英魂赫耀,一腔未洒完的热血,将永埋在黄土的深处!

二、明 陵

六月二号的清晨,我们由华洋旅馆出发,坐着马车去游明陵。一路乱石满道,破垣颓壁,倾斜路旁;烬余碑瓦,堆成小屋,土人聊避风雨;一种凄凉荒芜景象,令人不觉发生一种说不出的悲哀!行了有三里路,就到了朱洪武的故宫,现在改为古物陈列室。里边的东西很多,但没有什么很珍贵;有宋本业寺嘉定经幢,冶山阴八卦石的说明:

朝天宫宋为天庆观之玄妙观,又改永寿宫;明洪武十七年,赐令百额朝贺习仪于此,自杨溥以来即为宫观。此石传有四世。又传冶山之清殿下,为明太祖真葬处。石为青石所刻,在美正学堂在东北角治操场,握得此石。

(还有)方氏荔青轩石刻残石,凤凰台诗碣残石,六朝宫内的禁石础。《凤凰台碑记》节录如下:

金陵凤凰台在聚宝门内花盝冈,南朝宋元嘉中有神爵至,乃置凤凰里,起台于山中……台极壮丽,凭临大江,明初江流徙去,凤去台空,此碑始出土。

此外尚有多种，不暇细看：有明隆庆井床，旧在聚宝门内五贵桥上；鸡鸣寺甘露井石，铜殿遗迹，系粤军毁殿时所余，重十八斤，佛十七座；明报恩寺塔砖（第八层），高一尺四寸，宽一尺，为苏泥制，上镌佛像多尊。一大明通行宝钞铜版；六朝法云寺铜观音像；清瑞云寺古藤狮像，此像神奇如活现；上坐佛极壮丽活泼，刻工非常精细，高约四尺余。此外有宋朝刀剑数种，梁光宅寺铸名臣铜像。最令人注意的就是中间所立的方孝孺血迹碑，据云天阴时血迹鲜赤晶莹；有左宗棠书明靖难忠臣血迹碑记。在此逗留仅二十分钟，故所得甚少。上述皆当时连看连写，惜未能多留。此团体旅行之不便处。我出了陈列所的门，她们已都上车，芎蘅仍在车旁等着我。一路青草遍径，田畦皆碧；快到明陵的时候，已看见石人石马，倒倾在荒草间，绿树中已能隐约地望着红墙。我们下车走了进去，青石铺地，苍苔满径，两旁苍松古柏，奇特万状；有治隆唐宋大碑，尚有美、英、日、俄、法、意六国保存明陵碑。中国古迹而让外人保存，亦历史怪事。正殿内有明太祖高皇帝像，下颚突出，两耳垂肩，貌极奇怪，或即所谓帝王像应如此。入深洞，青石已剥消粉碎；洞尽处，一片倾斜山坡，遍植柏槐；登其上，风声瑟瑟，草虫唧唧，小鸟依然在碧茫中为数百年的英魂，作哀悼之歌！

三、紫霞洞

循着孝陵的红围墙下，绕至紫金山前，我一个人离了他们，随着个引路的牧童走去，在崎岖的山石里，浓绿的树荫下，我常发生一种最神妙幽美的感觉。在那草径里时有黄白蝴蝶翩翩其中，我在野草的叶上捉了一个，放在我的笔记本里夹着。我正走着，山石崎岖，厌烦极了，觉着非常干燥，忽然淙淙的水声，由山涧中冲出，汇为小溪，清可鉴底，映着五色的小石，异常美丽。我遂在一块石头上洗我的手绢，包了一手绢的小石头。我正要往前走，肖岩在后边说："等等我。"她来了，我们俩遂随着牧童去。路经石榴院，遍植榴花，其红如染，落英满地，为此山特别装点，美丽无比。

牧童说："看！快到了！"只见一片青翠山峰，岩如玉屏，晶莹可爱！遇石桥，拾级而上，至半山已可望见寺院，犬闻足音，狂吠不已，牧童叱之，

遂默然去。至紫霞道院,逢一疯道人,是由四川峨嵋山游方至此。其言语有令人懂的,有令人百思不解的;其疯与否不能辨,但据牧童说是"不可理,说起来莫有完"。紫霞道院中有紫霞洞,其深邃阴凉,令人神清,有瀑布倒挂,宛然白练,纤尘不染,其清华朗润,沁人心脾!忽有钟声,敲破山中的寂寞,拨动着游子的心弦。飘渺的白云,也停在青峦。高山流水,兴尽于此。寻旧径,披草莱,回首一望,只见霞光万道随着暮云慢慢地沉下去了。

四、莫愁湖

进了花岩庵已现着一种清雅风姿,游人甚多,且富雅士。楼阁虽平列无奇,但英雄事业,美人香草,在湖中图画,莲池风景内,常映着此种秀媚雄伟,令人感慨靡已!

登胜棋楼,有徐中山王的像;两旁的对联好的很多:

英雄有将相才,浩气钟两朝,可泣可歌,此身合画凌云阁;
美人无脂粉态,湖光鉴千顷,绘声绘影,斯楼不减郁金香。
风景宛当年,淮月同流商女恨;
英雄淘不尽,湖云常为美人留。
六代莺华,并作王侯清净地;
一湖烟水,荡开儿女古今愁。

同惠和又进到西院,四围楼阁,中凿莲池,但已非琼楼绮阁,状极荒凉!有亭额曰"荷花生日",两旁的对联是:

时局类残棋,羡他草昧英雄,大地山河赢一著;
佳名传轶乘,对此荷花秋水,美人心迹更双清。

对面有楼不高而敞,额曰"月到风来",惜隔莲池,对联未能看清楚。再上为曾公阁,横额为"江天小阁坐人寰",中悬曾文正公遗像一幅,对联为:

玳梁燕空,玉座苔移,千古尚留凭吊处;
天际遥青,城头浓翠,一樽来坐画图间。

凭窗一望,镜水平铺,荷花映日,远山含翠,阴木如森,真的古往今来,英雄美人能有几何?而更能香迹遗千古,事业安天下,则英雄美人今虽泥灭躯壳,但苟有足令人回忆的,仍然可以在宇宙中永存。余友纫秋常羡英雄美人!但未知英雄常困草昧,美人罕遇知音,同为天涯憾事,质之纫秋,以为如何?

壁间有联,如:

红藕花开,打桨人犹夸粉黛;

朱门草没,登楼我自吊英雄。

憾江上石头,抵不住浊流尘梦,柳枝何处,桃叶无踪,转羡他名将美人,燕息能留千古(容);

问湖边月色,照过了多少年华,玉树歌余,金莲舞后,收拾这残山剩水,莺花犹是六朝春。

江山再劫,收拾残局,好凭湖影花光,净洗余氛见休壑;

楼阁周遮,低回灵迹,中有美人名将,平分片席到烟波。

莫愁小像,悬徐中王像后凭湖的楼上,轻盈妙年,俨然国色,眉黛间隐有余恨!旁有联为:

湖水纵无秋,狂客未妨浇竹叶;

美人不知处,化身犹自现莲花。

因尚有雨花台未游,故未能细观湖光花影,殊为长恨。莫愁俗人,或以为楼阁平淡,荷池无奇,湖光山色,亦不能独擅胜概。但仁者见仁,智者见智;胸有怀抱的人登临,则大可作毕生逗留!湖光花影,血泪染江山半片,琼楼绮阁,又何莫非昙花空梦!据古证今,则此雪泥鸿爪,草草游踪,安知不为后人所凭吊云。

未游秦淮河,未登清凉山;雨花台草厅数间,沙土小石,堆集成丘。除带回几粒晶洁美颜的石子外,其余金田战绩,本同胞相残,无甚可叙,省着点笔墨,去奉敬我渴望如醉的西湖罢!

（九）浙江的教育

一、浙江第一师范及其附小

六月四号的下午由沪杭车抵沪，博物系的同学住在教育会。但教育会没有这许多床搭铺，一定要睡地板；我们都觉着不便，遂住在湖山新旅社。一间房内有两张床，可以住四个人，我就和芎藭、金环、竹雅住了一间。晚间无事把《流萤的火焰》录出。五号早八时遂到一师——即大毒案发现地——参观，一进门即觉阴气森森，自是心理上的作用；至接待室，同该校招待询谈此案真相，现尚未结束云。我们心理都抱着一种特别感触，略略把大概参观一下。

这学校是清光绪三十四年设立，名浙江两级师范学堂，民国二年始改为今名。每年经费三万八千八百二十二元，学生共三百七十六，班次共八班，预科有两班，一年级师范有两班，二年级有两班，三、四年级各一班。博物标本室尚完全，多为学生自己所采集；博物陈列室，即成绩室，有生物、植物、动物模型，同画图、竹工、编工等成绩。图书馆未进去参观，仅知下午一时开，九时闭而已，作工室，手工器械室，手工标本室，中以铁器为多。博物实验室中之设备甚精巧。画图教室，琳琅满目，美不胜收；大半皆西湖风景。有西洋画研究会，每月展览一次。理化教室设备甚完全。现化学用器，都置橱内锁闭甚严；因前次毒案中之毒质，系由此取出故。学生精神活泼，唯面黄肌瘦，因曾服毒新愈的缘故；据云现尚有五六人仍在医院中。

此校校舍宏壮，而设备异常完全，井然不紊；学生自动力，特别发达。虽几十分钟内一瞥的成绩，但江浙教育素来闻名，观南京同此地，知其教育实有可观。

附小在校内，共十二班，高初各六级，学生三百八十人，经费五千六百八十。教授为教生实习，我们去参观的时候，正是下课；学生精神活泼，天真烂漫，令人可爱。我本想参观教授，后来湖山新旅社有人打电话说，有人找我，所以我只可回去。

二、浙江省立女子师范及其附小

学校建筑情形甚古老，为资本家的旧居，每月租金三百元。招待室两旁壁上，有许多奖状同褒状，鹄候了有几分钟，遂入招待室。成绩室绣工最佳！尤有特色的就是曾在万国博览会得第一的《巴拿马运河》，尚有《雷峰夕照》，景致俨然与雷峰真景无差分毫。其他木工、编花、图画、书法，皆极有可观。此校学生共三百二十人。经费，小学在内约三万余；师范六班，中学二班。本二年级分东西两级，皆上国文；本三上几何；壁上有横额题为："人淡如菊"。左为礼堂，兼音乐教室，我们参观的时候，正上《音乐通论》；教师讲得很清楚。院中凿石为洞，幽深清凉，遍植修竹；有四五女同学，坐其下观书，浓阴笼罩，俨然画图中。中学一年级上文法，二年级上作文，三年级上代数，为女教员教授，沿途中参观学校，女教员上课，此为第一次遇见。理化用品陈列室，女学校设备比较皆多不完备，但此校设备已大有可观，理化教室桌凳亦比较合适；三四年级分组实习，另有公共用品。

中学学生，皆年幼而比较活泼，在教室中亦自动力发达，发问很多；女学校我以为以此为最佳。

附小下课，唯见学生在院中玩绳环，及滑下台，旁有女教员数人，在此保护指导。蒙养园尚未下课，遂去蒙养园参观。分五个桌子教授，每一桌有六人；有认数码的，有穿珠的，都是四五岁的小孩。低着头默默地作她们的工作。有一极美而极活泼之小孩，眉黛如画，桃腮欲滴，我爱极，俯吻其墨染的短发！孝颜笑着推我一下，拉着我的手到一个画图的桌上（看）小孩随意画，有画狗的，有画兔的；画下的居多是怪样。我们笑，小孩也笑。我们出来，无他处可参观，遂乘车返旅馆。浙江为了西湖的缘故，只参观了这两个学校。

我出了校门上了车的时候，第一组参观团的许先生跑来递给我一封

信,原来是由北京纫秋寄来的。以下就是我的西湖生活,也就是我参观的目的;我将要把一切抛去,静着心去领略西湖的妙处。

(十)西湖的风景

(另有诗独咏西湖,题为《烟水余影》,登《诗学》刊十一期)

西湖风景,我怀慕渴望已非一日;在学校我的朋友多是浙江人,往往月下花前,谈西湖名胜,辄令我神游梦寐;在那时"西湖"已深深地镌印在我的心里,种着很深的苗。所以当时我能把心神都化在那里,在细纹的湖水里,反映出我的影子;我才知道不是梦境的虚幻。但我在西湖逗留了五六天,所得的印影,都如电光一瞬;现在想起来,依然是梦境,所余的仅仅一点模糊回忆。我现在幽居在山城里,窗外雨声淅沥,恼人愁怀;欹斜花影,反映纸上;我披卷握管,预备把我的回忆和当时情形,写在纸上;但这是最令我胆怯的。我的心异常的懦弱,竟使我写不下去。这时候我接到君宇的一封信,他这信是和我谈风景的,中有一段和我现在濡毫难下的情形相同:

  本来人与宇宙,感着的不见得说得出,说出的不见得写得出;口头与笔端所表示的,绝不是兴感的整个。就像我自己,跑遍了半个地球,国内东部各省都走过了。山水之美虽都历历犹在目中,但是要以口或笔来形容它们,我总是做不出。有时我也找得最好的诗句,恨笔不在手底不能写出来,然而就是当时笔在手边又何尝写得出呢?好的诗句,是念不出的,更是写不出的;好的风景是画不出的,更是描不出。越是诗人,越多兴感,越觉得描写技短,又何怪你觉你游过的景物不可写出呢?然而我总愿世人应得把他的才能志愿,将宇宙一切图画了出来。你不笑这是个永不能达的妄想吗?

这信内说的非常透彻,但我准不能为西湖而搁笔,只好尽我的能力做去。

六月五号的下午,我们去游西湖。一望湖水潋滟,一片空明,千峰紫翠;冠山为寺,架木作亭,楼台烟雨,绮丽清幽;昔日观画图恐西湖不如画,今乃知画何足以尽西湖?我们坐着小艇慢慢划着;微风过处,金鳞涌游,烈日反映,幻作异彩。只见碧波茫茫,云天苍苍,远山含翠,若烟若雾;一只小艇飘荡着如登仙境。我们同学都衣裳翩翩,意欲凌仙;惠和穿着极薄的绛纱,永叔服着一套绡裳,映在碧波中未尝不与西子增色!慧文向划船的要了桨,想自己撑,但不料反退了回去;我们都笑了起来!两岸绿树之影,映在湖中,碧嫩欲滴,我们一齐都唱起《杏花村》来,协着水中反应,声如玉磬。柳扬水面,映着阳光万点,如绢上的云霓宝钻,撒手一幅彩光万道(图)。美哉!西子。

我们到了苏堤东,有洲,洲旁有三塔影入洲中,就是"三潭印月"。船拢岸上陆,为"小瀛洲";四围碧树阴蒙,如遮绿幕,回亭水上,横匾为"饮渌",联为"一桥虚待山光补,片席平分潭影清"。过假山有亭,横匾为三亭字"亭亭亭",联为"至此地空邀明月,问谁家秋思,吹残玉笛到三更?记故乡亦有仙潭,看一样湖光,添得石桥长九曲"。此处如:

波上平临三塔影,湖中倒映一轮秋。

四面山光湖水,相映皆碧;中有三塔,内分三潭,青山映潭,潭水印月,宇宙之美,即非中秋来此,俯仰之间都是良辰佳景。几排疏柳中,可以望见断桥残雪;几扇翠屏里,可以看着"雷峰夕照"。仰视青天白云,潭水映影,顿现我象;惜无明月对我,斟酒当歌!莲荷摇曳其上,游鱼游荡于下,小艇一只,撑破荷叶,缓缓渡来,人耶?仙耶?杨万里咏西湖有句:

毕竟西湖六月中,风光不与四时同;

接天莲叶无穷碧,映日荷花别样红。

诚然!不到其处,不知古人写景之妙。我来恰在六月(但非阴历),虽荷花未映日,而莲叶接天,一望皆碧。返故道上船,有月门额曰"竹径通幽"。我拉了金环进去一望,只见青竹撑天,曲折九回,从篱中能望见湖水,其明如镜。尚有明孝贤祠,卧薪说无奇,故牺牲不去看。上船又至白云庵,清高宗题为漪园。净慈寺里有运木古井,济颠当日曾在此运木,留在井中的。老和尚给我们把烛系在绳端放下去看,真是一块木头在里边。

"南屏晚钟",南屏在净慈寺之后,正对着苏堤,寺钟一动,山谷皆应。据说是济公的显圣处,因为他曾在净慈寺做过书记。雷峰塔在净慈寺前,现已倾塌中空,我同孝颜,披蒙茸,拂苍苔,拾级登雷峰,乱石堆集,悬石欲坠。"俗传这里的砖作炉灶可集福,所以现在的砖都被人拿去",这是慧文告我说的。我只觉四面风来,摇摇欲倒;吹我衣襟,翩然欲飞,阴沉之气扑人欲咽。俯望西湖,银光灿烂。塔为绛色,矗立于碧绿里,反映在湖水中,而其美丽更在夕照时。昔有姓雷的筑庵于此,后吴越王妃黄氏,就此处建塔,遂名雷峰塔。俗传青白两蛇,镇压塔下,此塔现已倾颓,苟白蛇有能,想早已腾空逸去?

"花港观鱼",在"映波"和"锁澜"二桥的中间,池中有大金鱼,以饼作饵,鱼始现出。茅亭上遍植藤萝,景致幽雅,卧薪在这里请我们吃茶;清凉草香,令人心醉。竹篱外隐约能看见游人的衣衫飘动。上船后到红栎山庄,俗称高庄,两旁竹高丈余,风过处瑟瑟作声,有一种特别的韵调。我们在高庄的后门等船,只见一支白帆的小艇,慢慢地由断桥下撑来;我眼睛只望着这小船,忽然卧薪在后边叫我去看她买的香珠。从这里上船到水竹居,俗叫"刘庄",在秀隐桥西,是香山刘学询所建。它的风景佳处,可以在联语中看出:

　　山色湖光,倒影浑成天上下;

　　花明柳暗,闻香不辨路西东。

泉石亦经纶,揽全湖多少楼台,试大开绮户,偏倚雕栏,对西子新装,如此文章真美丽;

琴尊容啸傲,游佳日联翩裙屐,有万树琪花,四围岚翠,话天台轶事,本来家世即神仙。

其亭台楼阁花草之美,为湖上庄墅的第一;有藏书处叫望山楼,登其上觉一湾碧水,万叠青山,看烟云变态,共风月清淡,并可以领略万壑中的涛声,六桥间的烟景。

"湖心亭"是明朝知府孙孟建的,初名"振鹭亭",清圣祖题"静观万

类"楼。如明月一轮镌入碧青,如微云一朵,点上河汉;翼然水面,恰在湖心。有"静观万类,天然图画"八字,为清圣祖御书。有联为:

　　春水绿浮珠一颗,夕阳红湿地三弓。

　　游毕"湖心亭",遂棹归桨;云山模糊,暮烟朦胧;像撒了满天的红霞,被罩着西子,愈增其艳,真是浓妆。(忽有)一种激昂的歌声入耳,陡觉心胸辛酸;半天西湖揽胜凭吊,感慨甚多! 迨暮霭迷漫,蓦地一片的时候,我的心又沉在深深的悲哀之渊里。湖水深,恨无穷! 幸万灯辉煌,已抵第一码头,拢船上岸,无精打采地回了我们住的旅社。这是第一天游的西湖,在此暂且收束吧。

　　六月六号上午参观女师,下午仍游西湖。仍由第一码头上船,过卧龙桥。两岸杨树丝丝,芦草瑟瑟,野花一阵阵的香味,送拂襟头;平湖似镜,时闻小鸟啁啾婉转;俨然置身碧玉池内,映影皆绿。舍舟上陆,有船夫给我们引路,一直向灵隐去。两旁松柏杉杨,茂然荫森,如张绿幕。苍苔草径中时有贞节牌坊,和某府某堂之墓道;由黄土小道,蜿蜒而上,则累累皆荒冢。幽深的环境里常有小鸟婉转唱歌,似安慰千古的孤魂,声极凄凉。慢步同芗蘅、惠和联袂相偕。青石铺道,绿阴林下,时有瀑布如挂练,激在小石间,发出极自然的韵调,其声淙淙,清凉芬香,日影映地,仅见花纹零乱。惠和谈她们家乡惠山的风景与我听。走了约有五六里,已到灵隐寺的山门。只见两旁古树参天,青碧一片;奇峰特峙,流水环周。旁有理公塔,上为理公岩;晋时西僧慧理至杭,登山见怪石森立,千态各出,曾云:"此中天竺国,灵鹫峰之小岭,不知何年飞来?"后遂名飞来峰,亦呼灵鹫峰。山石不杂土壤,山势若浮若悬;小隙中时(见)生瘦藤古木,都是抱石合皮;云霞横生,孔穴贯达。山壁间满镌佛像,盈千累万不计其数,大小粗细,其工不一。洞在山腹,桥当洞口;度桥进洞里,只见岩崖空幻,石骨玲珑,乳泉滴沥,韵音清心,名"玉乳洞",又叫"一线天";香烟萦绕,供铜佛一尊,和尚以长杆,指岩顶裂缝,可见一线天色,故叫"一线天"。静同、永叔在洞外摄一影留念。我们又向前行,清溪边,山岩下,石形奇秀,卓立林间;此地风景殊佳,遂同金环、芗蘅在此摄一影,我斜蹲在山峰上,脚下有

清泉一股,白石磷磷突然而起。山侧有放生池,池下为冷泉亭,即八景中的"冷泉猿啸"。亭旁联语甚多,有左文襄公一联为:

　　在山本清泉,自源头冷起;
　　入世皆幻峰,从天外飞来。

这亭高不倍寻,广不累大,振前搜胜,真为神仙境地。春天即花碧草香,可以导和纳粹,畅入怀抱;夏天即风冷泉亭可以祛烦消暑,兴我幽情;秋冬即山树作盖,岩石为屏,另有一种悲歌激昂的状况。我在亭栏上俯望清溪内怪石昂藏,流泉湍急,游鱼喷沫,碧藻澄鲜;望着飞来峰峭峻嵯岈,宛如一朵千叶莲花,望奇莫名,亭下为石门涧,涧旁有壑雷亭,东为"春淙亭"。

云林寺——即灵隐寺,在冷泉的北面,晋僧慧理建;现在系清初僧宏礼重建,为西湖名刹。入正殿见佛高数丈,跪着许多小和尚,两旁的大和尚都披着袈裟,坐着念经。这种生活,亦有趣味,但他们念经时心未必能专一吧?老和尚木鱼一敲,手中拿着的乐器也叮当的奏起来,念经的声音,也特别洪亮。寺左有罗汉堂,内里有五百个罗汉,也是男女老幼,千态万状,以笑容可掬,慈眉善眼的居多数。灵隐寺的对殿,有一副对联是:

　　胜境重新,门前峰列如屏,未必飞来不飞去;
　　优游若昔,亭畔水清可掬,漫论泉冷与泉温。

天竺韬光,天色已暮,容后游;遂乘洋车去岳坟,路经栖霞岭、桃溪。岳王庙在栖霞岭下,金碧辉煌,系重建未久;仰庄严之像,不觉凛然。联语甚多,兹择三联,为:

　　暇日矢忠心,千古仰军人矩矱;
　　栖霞新庙貌,万方拜中国英雄。

　　专制杀英雄,千载何人雪国耻?
　　横流遍宇宙,九州无地哭忠魂。

　　忠孝节义,萃于一门,间拔南宋伤心史;

祠衬尝蒸，昭乎四祀，可绝西湖堕泪碑。

寺左有启忠祠，祀岳父母，旁有五侯及五夫人祠；精忠墓在寺内，其树木皆向南，秦桧、王氏铸铁像，背缚跪于墓前。门联为：

宋室忠臣留此冢，岳家母教重如山。

有精忠柏，相传为岳坟柏树历久变石，真的碧血丹心，草木亦为之感动吗？出岳王庙，见湖内泊一帆船，中坐一人，绝类纫秋！询之诸友，亦谓极像。下船渡跨虹桥已望见苏小的墓！所谓"英雄侠骨儿女柔情"又点缀在湖山图画中。旁为鉴湖秋(瑾)墓，草径荒凉，侠气犹存。卧薪说："这是女界的英雄，我们后生应该行全礼。"我们很恭敬地行了三鞠躬的礼。佳联很多，如：

浙东西冤狱成三，前岳后于，浩气英风侠女子；

湖南北高峰有两，残山剩水，惊魂血泪葬斯人。

共和五载竟前功，英名直抗罗兰，欧亚东西，烈女双烈。

风雨一亭还慧业，抔土重依武穆，湖山今古，秋社千秋。

慧文拜谒了秋瑾①墓，要去玉泉看金鱼；我们说，天晚了明天再游。后来，我见她很热心的要去，我们遂把船划到清涟寺。御书为"清涟禅寺"。进门为大雄宝殿，殿后有方池二——即玉泉，清澈鉴底，有五色大鱼数百，映日金鳞耀目，美丽无比！再进内有珍珠泉，再进为鱼乐国，大鱼约有三尺许，以石击之，一翻身，水花四溅。上有洗心亭，凭栏投饵，此为最佳。遂棹归舟，时暮霭笼罩，高歌一曲，余音缭绕水面；晚风拂面，胸襟皆

---

①秋瑾(1875~1907)，近代民主革命志士，原名秋闺瑾，字璇卿，号旦吾，乳名玉姑，东渡后改名瑾，字(或作别号)竞雄，自称"鉴湖女侠"，笔名秋千，曾用笔名白萍。祖籍浙江山阴(今绍兴)，生于福建闽县(今福州)，其蔑视封建礼法，提倡男女平等，常以花木兰、秦良玉自喻，性豪侠，习文练武，曾自费东渡日本留学。积极投身革命，先后参加过三合会、光复会、同盟会等革命组织，联络会党计划响应萍浏醴起义未果。1907年，她与徐锡麟等组织光复军，拟于7月6日在浙江、安徽同时起义，事泄被捕。7月15日从容就义于绍兴轩亭口。

清；此种清凉福几生修到？

昨夜十时余我伏在电灯底下，给北京的朋友写信，写完我正要归寝，忽然淅淅沥沥的落起雨来，洒在芭蕉叶上，奏出很凄凉的音韵。这时景色渐黯淡起来，电灯也惨然无光。由窗外看出去只见黑漆漆一片，雨愈下愈大，我想到一切的旧事，都浮在我的心

秋瑾墓

阈里，烦恼极了。最令我挂念的，就是雨要不止，明天怎样游西湖呢？果然恨事，今天早晨到下午雨犹未止，且愈下愈大，今日的西湖是不能去了，未免扫兴。并且我们有极短的规定；耽误一天，西湖就少游一天，这是多么可惜的事啊！一直到八号的下午，雨稍止，我才能再见到西湖。别后的怅惘是多么幽怨啊！幸而又能三次与西湖把晤。只见细雨蒙蒙，湖水微绉，烟雾成霞，山岚抹黛。

东坡有诗咏西湖初雨："水光潋滟晴方好，山色空蒙雨亦奇；欲把西湖比西子，淡妆浓抹总相宜。"可知西湖之晴雨皆为佳艳；我不禁欣喜，能看到雨后的西湖：望去如云如烟，似山非山；如月光射到梨花时，由楼上望梨花后之美人，其美在隐约间。船抵葛岭拢岸。葛岭在宝石山西，相传为葛洪炼丹处。上船后雨已止，唯径湿草滑；花草欣然，欲滴露珠；路旁有荒冢，覆满青碧，旁有白泉涌出，其声淙淙。过"兰若精舍"，再进杨柳夹道，槐青松香，满山苍翠。岩间有大瀑布冲下，声犹裂帛，洁如绡练。对面有奇峰峙立，俨如一石砌成，上有"喜雨亭"，一望满湖风景，翠峦如屏；苏堤杨柳，犹自随风飘舞，历历如涌眼底。有联为："雨后山光分外青，喜看湖水浓于碧"。在此仰视则红旭一轮，俯窥则翠峦千叠，诚为宇宙内之奇观，愈登愈高至顽石亭，无奇可叙。"揽灿亭"有联为："江痕斜界东西浙，

山色都收内外湖。"能望见全湖，风景历历如画，钱塘如带，横系天边。再上有石碑，额曰："渥丹养素"，中有古葛岭院，即葛洪住处。再进为玉泉殿，旁有抱朴庐——抱朴，葛洪之别号。再上为炼丹台，石洞中供葛仙像。登炼丹台，已能全望钱塘。在湖中的小舟，宛如凫鹅游泳；四围碧青，拥护仙寰。有联为："岭上白云千万片，时闻鸾鹤下仙坛"。再上为"观光"，有联为："晓日初升，荡得山色湖光，试登绝顶；仙人何处，剩有石台丹井，来结闲缘"。此处有关内侯葛洪像。有碑曰："初阳台"，地处高朗，最宜远眺，每岁十月朔日，可观月日并升。朝吞旭日，夜纳归蟾，湖光浅碧，层峦矗立；登其上，俯视岩下，烟云由脚下生，风声瑟瑟，殊畏衣薄！开旷心胸，无负披荆棘，出岩砾之苦。葛岭左有"智果寺"，寺旁有杨云友女史墓；南有"云龛亭"，联有："雾鬓云裳曾入梦，柳塘花屿对是亭。"下葛岭即命船至孤山，一屿耸立，四无依联，又名孤屿；环山迭翠，如列屏几案，一镜平湖，澄波千顷；踞全湖之胜，而能爽然四眺。为林和靖隐处，有"放鹤亭"、"巢居阁"、"林下亭"诸胜。那时我极目水云，由低莲内看游鸥；昂首霄汉，想从林亭中放鹤归；处士风流不羁，看破人生真谛，梅妻鹤子，是真能自乐其生。想当年红梅百本，雪鹤一双，潇洒艳福，谁能比此？"巢居阁"后为林处士墓，有吴唯信题联最佳：

坟草年年一度青，梅花无主自飘零；
定知魂在梅花上，只有春风唤得醒。

墓旁有鹤冢，其形俨然如岳家父子(坟)，墓后壁上镌"孤山一片云"五字。后有赵公祠及财神庙。林处士墓侧，马菊香墓前，即为冯小青墓。小青薄命，遗憾千秋。西湖胜景，春花秋月皆为赏心悦目之行乐地，但小青葬孤山，遂与西湖另辟一凄凉境界。读其诗如："新妆竟与画图争，知在昭阳第几名？瘦影自怜春水照，卿须怜我我怜卿。"其哀怨悲婉，我欲为小青大哭。但我今日能凭吊孤冢，怀想美人在夕阳青紫之间者，抑天之不成就小青于当时，正成就小青于千古。

杨庄为前清杨士琦的别业，现属严姓；风景殊佳，有眷属在内。在客厅稍息吃茶后，遂到西泠印社，内祀丁敬，为印学浙派所宗，丁仁叶铭吴

隐王寿祺所创立,内有假山小池,结构精巧。由草径中看见石上镌有"清心佳境"四字,遍植修篁,上有茅亭。再上为仰贤亭,豁然开朗,风景幽秀;水中有石刊"西泠印社"四字,旁有敬身先生石像,有石碑,上刊:

　　古极龙泓像,描来影欲流;看碑伸鹤颈,柱杖坐苔矶。

　　世外隐君子,人间大布衣,似寻蝌蚪文,苍颉庙中题。

(袁枚题)

再进有茅亭,名曰"剔藓"。再上即为"观乐楼",及"四照阁",阁上有叶翰仙女史所撰:

　　面面为情,环水抱山山抱水;

　　心心相印,因人传地地传人。

此外尚有泉唐丁不识所撰一联:

　　亚字阑,卍字墙,丁字箔,心字香,翼然井然,咸宜左右;

　　东瞰日,西瞰月,南瞰山,北瞰水,高也明也,宛在中央。

壁间无名诗一首:

　　搔首乾坤几醉醒,年来游屐未曾停;双柑斗酒孤山路,一片风云护落星。

　　六桥三竺两模糊,野鹤寒梅一屿孤,删尽繁华归淡泊,寥寥千载一林逋。

　　山顶荷池,颇宜消夏;湖中风景,此为最佳,因俯瞰环眺,处处皆为胜境,竹韵荷香,总是雅人深致。

公园即行宫改建,复阁回廊,周环相通,凿石为基,削岩成壁,道水成池,植花成崿,以湖山自然之胜,略加人工,其富艳可想。渡桥登山,到后边宫殿建山上,含岩石于殿中,注清泉于座下,一室之中,山水奇观毕具。左右高楼,近可挹湖光,远可以吞山色,惜现多倾颓,已非旧观。

"平湖秋月"为十景中之一,前临外湖,旁构重轩,曲栏画槛,直挹波际;想秋月圆时其风景之美,始能全现;乍视觉一湖蒙溦,几栏回廊,是无足奇。额曰:"湖天一碧",有彭玉麟一联为:

　　凭栏看云影波光,最好是红蓼花疏,白苹秋老;

把酒对琼楼玉宇，莫辜负天心月到，水面风来。

平湖秋月，来时非秋更无月，故无景；断桥残雪，来时非冬更无雪，故无景；草径中虫鸣，湖岸旁蛙叫；暮夜风清，飘荡湖中，凝眸望去，俨然海上仙山，隐约恍惚于飘渺虚无之间；望岸上明灯千盏，我又归繁华境地，作无味敷衍的生活，非我所欲的生活啊！

湖上风景，已游其大概，唯异境在山中人迹罕至之处；故今日之游，舍船用竹轿，游行万岩中，希望探窥深幽间的妙处。缘着内湖、白堤，过卧龙山庄、白莲祠面抵葛岭山脚。时天气阴沉，空气清爽，两旁杨柳，碧绿夹道，落花铺地，鸟语如簧，竹轿拂杨披柳，隐约望之，俨然人入画图中！坐轿中不如地行舒适，且无谈伴，幸蝉声抑扬林间，如慰我的沉闷！过玛瑙寺未入内，在此能望见初阳台上顶；黄牛踟蹰于芳草中间；石像已生满苔藓，倒卧草中；处处皆为极雅致之风景。绕岳庙栖霞岭到香山小洞，小湖碧青四环，岸上柳，湖中影，一样碧绿，人影反映亦浸成绿色；俨然游于翠玉浴池！有殿供金佛数尊；洞中供观世音；建于洞壁上，玉乳下滴，幽深清凉；令人生惧心！旁有小楼数间，为夏日避暑地，清凉如秋。上轿过清溪稻田，万顷青碧；野花小草间，时有白黄蛱蝶飞舞其间。路旁峭岩削壁，万骨嶙峋，山势既高，故轿行亦慢；上下振动的速度遂增加。枫叶朱染，映在碧绿的林内，红艳可爱！山坡有花，白黄相间；问轿夫，他说是栗子花。轿抵紫云洞落下；有石坊，额曰"紫云胜境"，有联为"灵鬼灵山风马云车历历，一丘一壑玉阶凉夜愔愔"。缘石阶上去，有寺名"智禅寺"，再进为大雄宝殿，旁有小门，额曰"洞天福地"，进小门陡觉阴深幽凉，顿使罗衣生寒。缘怪石下去，峭耸嵌空，奇崖削壁，色如暮云凝紫，几疑身入仙府！从洞口下石级二十余，豁然如堂，内外明朗；岩间玉乳滴沥，声如玉磬；空中石楼倒垂，上设峻槛；拾级上在岩洞中供西方三圣神像，张颂元题"云根净土"于其上。中有泉方可三尺，水极清澈，深不可测，名"七宝泉"。石上满生苍苔，油绿可爱。此洞状既幽深，石都嶙峋，清凉澈骨，寒沁胸襟，真夏季的福地。西湖山中妙景，此其一。壁上石刊诗数首，择一录如下：

黄龙带左栖霞右，牝洞居然居路中，

未可鸣鞭过弗入,春风坐似拂秋风。

下山时在稻田中有一碧头红嘴的小鸟,在水里喝水,见我们轿子过去,它走近两步向我点点头,飞着向碧林中去了!小鸟啊!你认识的故人吗?在我的家乡梅树的枯枝上,我在前二年曾看见一支碧头红嘴的小鸟,在那里啁啾;一天,就飞去永没有再回来;今天这小鸟似非似是,令我不解!但宇宙间事物只可遇之无意中,又何必斤斤然去计较是非呢?当时引起我不少的感想来——我只顾想着这最虚无飘渺的幻想,已经过了灵隐寺,一直上韬光去。一路落花沉涧,鸟语如簧,竹韵涛声,别饶风致!缘石阶曲折而上,有石亭额匾"韬光"两字。再登为韬光禅寺,入内有引水处,金莲池鹤岭,风景幽雅,读书其中,真能足迹不到城市。再上为吕金仙宗祠,两峰夹峙,翠螺如黛。再上为观海楼,有高宗御书"云岑日观",有骆宾王之"楼观沧海日,门对浙江潮"。登此真觉海阔天空,别开眼界。再上为炼丹台,有吕仙洞,嵌"丹崖空洞"四字。崖下有水,点滴如乳泉,有老和尚向我们谈吕洞宾故事,颇津津有味。云烟苍茫,风高衣寒;身体摇摇欲坠,几欲飞去!真是"岭树湖云沉足底,江潮海日上眉端";依稀能看见一线沧海。北高峰我本欲去,后惠和说:"不用去吧,太高了!"下山时,枫叶遍落山涧,红艳可爱!我择了几叶夹到书里。林中徐步,翠幕下甚觉清凉。壑雷亭前瀑布,因雨后更觉美丽,有联如:

飞瀑停水,迹在名山偏耐冷;

巨雷纵壑,心如止水总无惊。

据卧薪告我,北高峰上有景晖亭,亭中有碑,人登其上,如入云中,四面风拂,袖袂生寒,望见西湖如丸,钱塘江已全如瞭掌。十二时我们在灵隐寺旁的饭店,略吃点点心;吃完饭后遂乘轿到天竺去。先到下天竺,自灵隐寺至天门,周围数十里,两山相夹,峦岫重裹,林壑之美,实聚于下天竺。入内香烟紫绕,嗅之欲醉,有许多太太们拿着香烛进香。观音殿上有仙山一座,上有多神,男女皆有;再进为大佛殿,有子孙娘娘神,龛前有许多小孩。庙前有无数香铺,想都是很兴旺的生意!一路上进香的妇女,都联络不绝于道,或坐轿或走。中天竺距下天竺约一里路,法真寺中有池碧青，(有鱼)非金鱼似鲫鱼，长约尺许，亦皆五色。上天竺我们因为都是庙和佛殿，并且听轿夫说和中天竺、下天竺相同，所以我们决计不去上天竺，去龙井山去。

　　当我轿子过那青翠的山时，我不禁觉着我现时的心太繁杂了，充满了人间的污点同烦闷；我想在西湖的山川里，一濯我二十年来沾染的人间污点。但我的心是最懦弱不过的；我的身体是不自由的。为了白发的双亲、期望和爱恋，我只得在那万恶的深渊里浮沉去，人间的丝已缚得我紧紧地；我斩不断我天性中的爱恋啊！万绿丛中我在轿里想着，这许多风景，也是一时的印痕，如电光一般的过去了；离合聚散，都在这一瞥里；明天我将要别了我永久爱恋的西湖去。白香山说："未能抛得杭州去，一半勾留为此湖。"我不禁也感到这种痛苦；愿留着我未画的西湖，作我他日的逗留。

　　两岸稻田秧穗，一束束在水的浅处浸着。前面屏着青翠的山，旁边临着碧绿的泉；天上啊？人间？每一个枝头，都留我一点粉屑碎了的心在里边。过路里鸡龙山的中间，有庙正在唱戏，观者很多。时时能看见草里的荒冢，山坡下有几间瓦房，小鸡都散在坡下的草地上觅食，其间花香扑鼻，水声淙淙，竹韵瑟瑟，这好景在我的脑海里已堆集成好几层；所以使我更觉着模糊。不觉已到龙井，亭曰"过豁亭"，有泉自山巅冲下，汇成小溪，绿萍满覆，旁有茅屋数间。抵龙井寺，遂下轿，见墅上碑字已模糊不能辨，再进，匾为"引人入胜"，壁上有"风篁余韵"，"爱其瑰青"，皆高宗御笔。圆洞中出泉，激成瀑布，如练下奔，井水供品茶用，有"钟灵毓秀"刊石上，有"龙泉试茗"刊其崖顶，山石成阶，琢自天成。有极大山洞，石洁如玉，雨后润泽欲滴。右行有小亭，有康有为题"江湖一勺亭"；茶树尚在狮子峰，距此尚有二里遥。至小亭稍息，茶淡而香，亭上可观西湖之一角，白银一片，民房如鳞，清风徐来，心胸皆醉，竹韵冷然，如置身清凉画图中。

　　轿行山下，蜿蜒而上，俯视下方，云烟脚底；至绝顶，同学辈皆下轿步行，隐约碧绿中衣衫鲜丽。抵烟霞洞，旁有石极光滑，皆山水浸泽的缘故。绿槐修竹，张天如幕。(沿)阶级登其顶有"烟霞此地多"五字嵌石壁内，有诗刊石上:"初入烟霞片乱无,老僧学信住茅屋;往来三十余年后,琼岛瑶台曲径铺。久仰名山幽境寻,六旬有二惯登临;自来小住清阁课,煮茗浇花乐更深。"壁皆满刊佛像,如飞来峰,有洞甚深,轿夫云内有蛇,故未敢进去。壁刊"天留胜地"四字。再上为"陟屺亭",有联为:"得来山水奇观,与君选胜;对此烟霞佳景,使我思亲"。山壁上有"佛地诗情"。登此一望,群峦列笏,迎风长啸;修竹万竿,幽寂高岑;我觉西湖各风景,此为我最爱。有"吸江亭",旁有题词为:"学信开土新辟一亭,自烟霞洞凿石通径而上;远吞山光,俯挹江潮,往来空气呼吸可通,请题客额,以吸江称之。"有联为:"四大空中独留云往,一峰缺处远看潮来"。远望旭日出海,江湖涌金,晓雾成霞,山岚抹黛。烟云冉冉,生于脚下;幽壑深林,风景特殊;我不禁留恋久之。下有双栖冢,系周兑枳与其夫人金凤藻女士合葬于此。再上为师复墓,师复为世界语学者,社会主义宣传者,创晦鸣学舍世界语研究会,发刊《民声》杂志,后呕血死,葬于此地。有卧狮阁,因匆匆下未探其秘,至洞口,有慧文同孝琪购茶。我拾级下,俯望万绿荫遮,烟霞丛生,瀑流喷薄,坠玉飞珠,洞水深幽,调笙鼓瑟,仰视可摸罗松之末,飘渺入云。那时我的灵魂不禁出云霄而凌驾烟霞,冉冉扶摇直上!再上为南高峰,为经济时间,未暇登其巅。乘轿过夕岚亭,对面为"南高揽胜",登南高必经之途。时已夕阳西下,赤日已敛其光辉,清风徐来,胸襟豁然开朗;山坡下有白羊游于碧草间,山崖中有鸡觅食稻粟,有携筐村女,其清艳不带俗像,岂亦西湖之钟秀欤?

大仁寺内有石屋洞,壁刊"印心石屋";洞门嵌"沧海浮螺",崖如刀削,嶙峋作顶,上刊无数佛像。池中一有青红小石,晶莹可爱,水清可鉴底,有二飞仙,系裸体女神,面相向嵌两壁顶上。有汇真泉,再上有乾坤洞小石屋,奇石卧地,圆滑可鉴;再上为青龙洞,蜿蜒深入;唯惜时间已暮,故未能尽兴探奇,今回忆之殊甚怅怅!出此洞,一路秀峰削立,小溪横流。抵定慧禅寺,山门有石塔旁立,高约五尺。无山不青,无水不韵,石洞中涌泉,喧声如西子呢喃!于荫清凉,杜鹃唧啾;美景皆是,惜我无生花妙笔。佛殿内有方池,宽长各二尺,水取之不竭,亦不溢出,名"虎跑泉"。壁上东

坡题诗,已模糊,不过尚可观其大概,为:

紫李黄瓜村路香,
乌纱白葛道衣裳;
凉避门野寺松荫,
转欹枕风轩梦长。
因病得闲殊不恶,
心安是药更无方;
道人不惜阶前水,
惜与匏樽自去尝。

后有济祖道院。再进为紫金罗汉阿那尊者济公佛祖的塔。游完至亭稍息,略品虎跑清泉,遂出寺。一路风来夜寒,碧崖翠峦皆笼罩在烟云中。蝉声喧谷,山林欲眠,湖水苍碧,雷峰默立中;崖中隐约间吐出烟云,遮遍湖中。暮云四合,晚景模糊;山水烟云浑成一片。我在共游四次,而湖光山色,峰峦迭翠,在在皆觉恋人。我在船中只觉着山色依依,尚知不舍;湖水漾漾,宛若留人;可怜我"征途行色惨风烟,祖帐离声咽管弦","处处回首何堪恋,就中难别是湖边"。(可)把白香山别西湖的诗,拿来表我当时的情形。

(十一)一瞥中的上海

六月十号的早晨,我们坐了船到"三潭印月"照一个全体像,作为此次旅行团的纪念,藉此又和西湖把晤了一小时。返旅馆后收拾东西,用午餐已十一时;餐后乘车到车站。武高的同学,恰巧也是同天到上海,我们遂挂了一辆车。在车里很愉快地谈天,惠和给我口述《红泪影》的始末,永叔听着津津有味,遂同金环借了去看。当时车里静寂了许久。我闲着无聊的很,遂蜷伏在车上睡去,想想西湖的影片,验验我的脑海里印了许多。这样很模糊地睡去,到了下午四时,芳蘅才喊我起来,同到车外的扶拦上看风景。这样遂把时间慢慢地挨延过去。下午七时到上海,寄宿在女青年

会；已有家事工组的同学王、郑两君接我们去。女青年会很方便，并且招待的也好，有一个小姑娘服侍我们，我们的生活也就稍微因地方变更了一点。

上海的天气热极，十一号的上午，商务印书馆的招待黄警顽先生已来领导我们去参观上海的学校。我们因为上海的体育学校比较多，所以我们参观的学校，居多是体育学校。第一个就是中国女子体育学校，距离昆山路很远，在西门林荫路精武体育会内；是个私立学校，在光绪三十四年秋季开办，统计先后共毕业十三次。凡高小毕业就可投考，是个中等程度的性质。所授科目分学、术两部分，就是理论和技术两部分；并余外注重音学，修业年限是二年毕业，经费一学期两千多（自费收入），支出约三千；教员共十三位，女教员五位，舞蹈三人，体操两人。现学生共四十名，分两班教授；我们去参观的时候正上英文，课堂在楼上，拿布屏分作两间；现在校舍正在建筑，此系暂时借住，故一切甚杂乱无章。操场、网球场都是同精武会共用，有拿竹子作下的盾阵，中心为小亭；这也是中国国技的一门。

参观完中国女子体操学校以后，我们就到体育师范参观去；因考试温课，故不能参观上课。这是个比较很有名的学校，我们耳鼓里常听见人说，所以我们特别注意。设备的器械，同女高同；尚有窗梯水平杠等没有；体育房比较女高宽而短，木板刊地较为合适。有两班学生四十余人，课程亦分理论和技术，性质是中等程度，毕业期限从前是二年，现亦改为三年。外国学校，比较清洁，而校舍四围的风景特别美丽。校园中网球场，碧草平铺，如绒毡然。树木阴森，风景甚佳，有小水池，金鱼数头，游泳其中。

沪江女子体育专门学校，在上海西门唐家湾小菜场南首，地址甚小，大概可以够住；性质系高等专门，以中学毕业者为合格，期限是二年毕业，一年分两学期；现分一年级二年级，每级共四十名，每年春秋二季，各招生一次。科目亦分理论同技术。开办尚未及半年，今年正月才开课，现仅有学生二十四人，经费每月两千元。章程上的预定，皆按学期实行；教员选择亦甚严格，均富有学识及经验者。据主事孙和宾云，办体育学校在上海很困难,同行的阻力和妒忌很厉害,所以他日日都是在奋斗之中勉力!学生上课无论技术、理论都一律着操衣,雄赳赳的很有点气概。参观国文上古诗。壁上遍挂矫正姿势的基本体操图。参观器械室,仅几种简单的轻器械,饭厅同栉沐室在一块,尚属清洁。操场在学校对面,拿竹席把上面左右四围都遮起来,非常清凉,系租借民地用的。孙和宾先生令他们的学生,表演二十分钟的舞蹈给我们看:二年级是"雁舞""黄莺舞";一年级表演"蝴蝶舞"同"形意舞",成绩很好。苟此校能抱着他那最完善的宗旨继续下去,即体育人才将来产出,必较他处为佳。

中华武术会附设体育师范同公共运动场,此外尚有妇孺运动会,无可述者。遂至务本女学参观,学生共五百余,中学四班,高小四班,小学四班;职员,中学十七人,女十二人,小学九人,女教员十五人。经费,中学七七三○,小学五六三七。地址很大,系女校长。参观体育教授,教员姿态太软,宜于教舞蹈,不宜教体操;教师姿势太快,不能正确,故学生之姿势大半无一个正确的,下肢运动太多,胸腹两部分无运动,放学生多为狭胸弓背,腹部挺出。中学学生,看去像高等小学的学生,成绩既佳,且甚活泼;画画尤以桐乡严蔚然女士为最佳!校园亦很别致巧小;在此用午餐后,遂到第二师范去参观。

第二师范学校,我们先到的是卫生模型展览会,中有花柳病的全体模型,脑充血之各种模型,设备很完全。学生共三百二十,中有女生十人。学级编制一部五班,中有预科一班,二部一班。常年经费连小学四万余。课堂同实验室相连。本二上国语,系北高毕业生教授,端坐在椅上,拿北京话谈故事,听起来和他的神气很像游艺园说大鼓书的。体育馆刚竣工,尚未布置好,共分楼上下两层。学生精神活泼,对于体育甚有兴味研究,所以能产出王庚君之富于研究体、音(者),而在体育界将来必大有贡献!其所著小学体育教授法规现正在付印中。

美术专门学校,为武进刘海粟先生创办,民国元年起至今已二十年。校址共分三院:第一院西门白云观,二院西门林荫路口,三院上海林荫路底。分西洋画科,高等师范科,中国画科,雕塑科,工艺图案科。西洋画科

修业期四年，初级师范为二年，其余都是三年。学生二百八十六人，十年度经费为五万二千元。学生课外研究有各种集会，如书学研究会，乐学研究会，工艺美术研究会，文学研究会，画学研究会，舞蹈研究会，讲演会等。我们参观裸体写生，是从外边雇的女子，每月二十元的酬金。补习教育有函授学校，系美术附设。

在上海除参观学校外，蒙黄警顽先生导领参观商务印书馆，他的组织是股份有限公司，现已二十余年，资本金五百万元。分印刷所、编辑所、发行所三大机关，每所又设有所长、总理一切事务。我们到印刷所，在招待室略稍息用茶后，遂参观各处，规模很大，占地约七十余亩，布置极为完备，有印刷工场四，铁工厂、铸工场、各种制造工厂十余处，均系极大之厂屋。各种制造工场十余处，水塔一座，可常储二万加仑之清水。女工哺乳室专为女工有小儿哺乳之用；此外尚有花园同聚院，亦清洁而幽雅。自制机器陈列室，陈列机器各种，皆该所自制品。印刷所工友计男子二千五百余人，女子五百余人，此外零件杂工复不下千余人；尚另联有高等技师，及专门学者。并附设有尚公学校，及养真幼稚园，商业补习学校，毕业后可在本公司服务。因时间关系，仅参观大概而已。

上海地方繁华嚣乱，简直一片闹声的沙漠罢了！所以我除了参观了几个学校和买一点东西外，就在女青年会伏着看书。我半分的留恋都莫有，对于这闹声的沙漠。

（十二）海轮上的生活

我好容易盼到是今天下午上船去——六月十五号。我觉着异常的高兴，宛如我去西湖一样。下午乘着小船渡到黄浦江，因为颖州船在浦东停着。这船是明天清晨才开往青岛去，所以今天晚上还是住在船上；我们包了一个舱，比较的还减轻点痛苦。热气腾沸，煤炭铺满了甲板，令人感着一种说不出的感觉来。我和芍蘅住了一间房舱，把行李收拾后，遂把那圆形的窗打开，让换换这清鲜空气。我们遂锁了门，到甲板上换空气；看小船都在那风浪中挣着进行,我们看见险极了!望黄浦江岸上的灯光辉煌,像缀了一列的夜光珠。江上帆船、海船都一列的排着,红灯绿灯在波光中闪烁着,映出一道光路,照在我的眼帘内。现时暮色苍茫,包围着黑暗之神临到。我觉着很怅惘,遂回到我那六尺长四尺宽的官舱内寻那飘泊的梦去。

今日(十六日)我从迷惘的梦中醒来,从那圆窗中望去,白烟氤氲,雾气沉沉,把一片黄浦江,撑了一支白罗的幕帐,一切的船只都锁在那白雾中间。我梳洗后(到)甲板上去看看,只见一提提的黑煤由浦东往船上挑,黑脸黑手的苦工可怜极了!那时西北角涌来一阵阵的黑云都阴沉沉地陷在最沉闷的幕下!果然没一刻,倾盆的大雨下起来!把甲板上煤冲了个干净。待了一会,我回到房舱去躺着,但无聊极了,只好把《小说月报》拿出来看看;听着窗外雨声浙沥,杂着各种噪音,一阵阵都送入我耳鼓。

十二时,船慢慢地开驶了!遂到甲板上望着吴淞,乘风破浪地向目的地进行去。下午六时已入海,稍觉簸荡,尚不十分的痛苦,一埋首我又回到睡乡找生涯去。晚上一点钟的时候,我醒来睁开眼,开了房舱都静静地在觅香甜的梦哩;残淡的电灯(光)印在我的脸上,耳中只听到船走的声音,我脑筋非常的清楚,清醒。夜寒了,我加了一层毡子盖上,闭着眼凝神的静养着。我忽然想到我毕业后,也一样同在这大海里的波浪危险一样。神秘的人生啊!将奈何?我负着这莫大的恐惧,去敲那社会的门呵……

十七号早晨,梳洗后我出了舱门,一望水天相接,青翠的海水,激着白色的浪花,荡着鱼鳞般的波纹;这是何等的伟大美丽啊?俄而太阳出来,映着碧波,幻出万道银光,直射入我的眼帘。波涛滚滚,破浪直进。我遂把日记本拿到甲板上写着。我同惠和又谈到北京的绣妹情形,她非常的焦忧!俄而孝颜来叫我回到房舱去吃饼干去。用午餐后睡得二小时,醒来时只见芎薇同慧文下棋。下午起大雾,船行甚慢;我不觉的发生了无数感慨!晚十二时船停多时,因雾大,不能前进的缘故;同学都头晕呕吐,我同芎薇倒非常舒适。

十八号,早晨,向海上一望,白雾漫漫,船仍不能开驶,同学大半皆面

黄肌瘦,状态极其狼狈。海中浪花翻激,有水母游泳其中。十二时已抵青岛,风景殊佳;下船时大雨倾盆,衣单天寒,此种滋味,真第一次领略。到青岛这天,正是端午节,我们住到了东华旅社的楼上。

(十三)图画中的青岛

青岛的风景,我已听见过朋友告诉我,所以早就深印在脑海中,我常常在理想中有一个青岛据着,但和实际上的青岛是一点也不同。六月十九号的清晨,我们坐着马车去参观:一路风景之美俨然图画,前有碧青的大海,后背翠螺的山峰;两旁小树,剪的非常整齐,嫩绿可爱。洋式的楼上,都是绛黄色的房顶,覆满了紫的藤,红的花,绿的草。道路的清洁,较东交民巷之外国租地,尤讲究。在青岛的街上走,和游园一样的舒适。

青岛私立中学校,今年四月二十号开学,为刘子山先生所创办,地址同经费,皆刘先生所捐助;刘先生系东莱银行股东云。校舍建于海滨,空气清鲜,风景优美;学生在此读书,诚不知几生修到?至接待室楼上,极目远眺,俯望大海荡漾,青翠一碧,红瓦如鳞,一间有绿树荫蒙,较登黄鹤楼望长江,风景甚殊。学生皆一律着黑色制服,学生精神稍欠活泼,课堂内异常严肃。共有一班学生四十余人,分两组,AB两组,英文和算术,学生外籍者多,内地人甚少,教室光线充足,清洁,壁作西湖色,故不伤目力,寝室在楼上,每屋约可住五六人,皆一律铁床,覆以白毯,整齐清洁之至。举目一望,水天一色;海光山色,云霞满目;想当夜阑人静时,凭窗远眺,对此美景,当不忍负此佳景在黑甜乡中!一幅图画包围着,其日夜之静养,当可产生几个大诗人大文豪!

青波荡漾,云山苍茫,由窗中望去,有清溪,有小桥,有山有树,碧荫如幕,朱房碧水,隐约其中。学生客厅,以围屏障之,隔为游艺室,有乒乓房。

此校虽系初办,但职员皆异常热心;青岛中学,仅此一处,故我甚望该校日益发达！青岛教育，实利赖之。

由此校出门坐车，路经树林，成坡形，两旁树木阴森，碧绿可爱，时闻花香鸟语，入耳清脆可听。俄而至日本中学，门如宫门成圆形，大理石作柱石，以花纹砌地。此校共四百人，有五级，经费每年十二万。学生下课上课以喇叭为号，精神异常活泼！设备甚完全，在山东采集的动物标本最多。据云此校之设备，比日本国内之中学校为更完全。物理化学实验室，设备亦完全。武道场——即体育房，分两部分，中间部分为柔道，外边为剑击，柔道之地板有弹性，可免危险，旁有洗澡室、脱衣室。

画图教室，壁上有各种油画，风景皆青岛本地风景。露天操场，设备完全，有水平杠、铁杠、跳高架等……大礼堂兼音乐教室；壁上挂历代帝王像，中悬"天壤无穷"四字。略一参观遂到日本女学校去。

日本青岛高等女学校，建于大正六百十七年，学生三百余，共分八班，每班分两组，此外尚有补习科；经费每年七万。博物同理科器械室同实验室相连，设备极完全，与女高师同。作法教室，即家事实习室，铺席于地，有一块深色之木窗，离地约有二尺，中有一花瓶，插花按季节；门外有铁茶具一，有假垫二。日本的女子教育，是专为做成贤妻良母的，所以缝纫、烹饪特别注重。体操场甚大，正上课，学生精神活泼，姿势正确；这一点中国学生，我参观一周（所见），几无一校能比得上；此次远东失败诚然！史地标本室，有上古时代至今日之模型。寄宿舍有洗面室、理发室、浴室、阅览室、面会室、病室、储藏室，楼下有炊事室。寄宿处同讲堂间隔，不在一处。

胶济商埠屠兽场，已成立二十年，德人所建，共需八十四万马克，现为中日合办，有机器做冰室、细菌检验室、藏肉室，设备甚完全，皆分部分宰割，日可宰数百头，以铁钻罩于牛（或猪羊）首，以锤一击即死，然后解剖为各部分，分售于外，或做成罐头售于国外，以国外售者为最多。并有陈列室，陈列各种成绩在内。据云六时内可宰牛八百五十头，猪羊一千头。

下午三时出发游青岛名胜，一路至龙江路，路甚平坦，两旁杨柳荫

浓，日本中学学生在道旁赛跑，有几个体育教员，一路监督。于此见日本人对于体育之热诚，无怪其在远东运动会夺得标旗了。

海上烟雾迷漫，浪花一层层推来，激石成白花，淙淙可听；至德国炮台，草地有两个外国人，睡着呼吸空气。其上有个炮台，转到树林后，拾级而下，有炮台密室，中有机器，可转炮眼的方向，以前此地系禁地。兵房建于地下，我们都执着烛进去，满地皆水，尚有烂木，堆在地下；再进去，有德兵煮好之牛肉一锅，现尚保存为古迹。中有汽锅汽炉，皆已锈绿不堪。登炮台一望，大海青碧，中有小岛，上建一灯塔，即青岛是。

第一公园，风景甚美，两旁遍植樱花，叫樱花路；中有忠魂碑，系日本为其阵亡兵士所建。惟尽属人工，故无甚曲折。又至外国茔，皆为极美丽之石镌，上有各种花纹，同刊成之人物。凡雕工良者，多被日本人拿去，尚有掘去痕迹。有中国女子坟，系一广东人，同德国人结婚，死后葬此。以铁栏栏之，上刻一极美之女像，手拈玫瑰花一枝，含笑低首，西装而中国人的面貌。旁有两个女神，长着翅，可惜一个手臂已击断。坟上花香扑鼻，蛱蝶纷飞，较我国之荒冢凄凉，别有风致。似觉泉下人可含笑静眠，无感着惨凄的景象。

参观督办公署，同省长行辕，即昔日德人之领事馆，建筑之美，莫可形容，灯皆极美丽之流苏，毯皆极绒厚之花纹，玻璃砖砌地，云母石作顶，壁悬极美丽之风景画。有花房，有跳舞场。种种花样之帐幔垂地，寂寂无声，不禁令人生一种今昔之感。

青岛地既傍海，且可直泊岸，故在商业上极便利；一下轮船即可直接上火车，此天津、上海不如青岛。但航权操之外人手，上岸者又都是外国货，在我国的利益殊无可图。教育私立学校最宜，因青岛为特别区域，对于济南不能脱离，不能混合，故经费甚困难，不易开办，现拟办青岛大学云。

森林有三十英里，青岛海水多，河水少，森林可以为间接取水用。北方山枯，有森林可润泽空气，又可加美风景；但民多砍伐，只好每年多植。

在青岛逗留约一日，由青岛私立中学，转来女高师拍来电报，令我们从速回去行毕业式,所以我们只好赶回去。晚上私立中学校,给我们开欢迎会,我因头痛未去。日本女子高等学校,给我们送来糖果数种,第一组来的时候,曾请她们聚餐,因为我们走的匆忙,故给我们送东西来;这也是友谊周到处。

(十四)匆忙中的济南

六月二十号的早晨八时,我们遂上了胶济车,到济南去;我又埋首去睡。芍薇在梦中唤醒我,同我谈那将来的事情,和我们到社会上去的困难。下午八时到济南,我们到山东女师范寄宿,适值她们开送别会,因为有毕业的学生。我一路强挣精神,到此已身疲力竭,不能强再支持;不料金环得了脑贫血,请了齐鲁大学医科的医生来看,吃了点药水,打了一针,才好点。一晚都朦胧着,我身上发热,我想或者明天不能起来!

二十一号勉强起床,我上午未去参观;下午去游大明湖。

大明湖,我常听永叔说风景不错,所以我想未得和西湖一样,或者也有点特别风韵,勉强支持去品评它去。到湖边一望,芦草绿浓,风过处,一片瑟瑟声。在芦苇的缝里,或可看一点很浊的湖水。我当时就觉着失望!我们雇扁舟先到历下亭,两旁都芦草,中间有三个船宽的一条绿水。到历下亭,亭中有石碑,乾隆题着"渔歌隔浦远,桥影卧波湾";有轩,联为:"抱树石泉流添几分人影衣香风月都教山水占;凭栏鱼鸟过睹四面柳塘莲溆渔樵还让鹭鸥来。"写的风景未免太佳,但可惜吹的只吹,而大明湖,固俨然自守其为朴素之村女,不作明媚之西子。"万迭鱼鳞漾空碧,千丸佛髻拥遥青",这两句是实写,大明湖的佳处,就在望中有千佛山。"云蓝水碧之间看杨柳楼台荷花世界,树绿山青而外认圣贤桑梓齐鲁封疆",写大明湖偏借重孔子和封疆,是遮饰语。

由此到汇泉寺,有妇人(苏州)烧香,使我猛忆到天竺路上!内有弥勒佛一尊,现在改为武术教育讲习所。无景,只壁上有"靠天吃饭"石。出此到张公祠,供前清山东巡抚张曜;"伟绩竟黄河两岸昆仑东至海,崇祠壮

青岱遥连鹊华近凭湖"，写景写实。有一件为民的事，百姓绝不致忘德的。民国以来的大人物，眼睛只在地位高、洋钱多，将来只好多铸几尊铁像供奉吧！此外尚有北极阁等，因天晚亦无好景，仅闻芦苇瑟瑟而已。惠和促令返棹，遂满载荷香而归。登岸一望，不见湖水，只见芦苇摇曳。徐世光题历下亭："最好是秋月圆时春晴雪后"，惜哉！我来既非秋月圆时，又非春晴雪后，冒然评之，当然大明湖有几分不服气吧！

返女师后，整顿行装，又购无数的玻璃字镇和玻璃丝，遂于翌日乘津浦车返京。匆匆游踪，遂告结束。返京后，情景依然；回思种种，恍如梦境之难可追忆；仅脑海中荡漾着几幅很模糊的影片而已。

假期中乘窗前花影，皎洁月色，暇来握管追忆，模糊恍惚中，成此余影。脑海中堆集既多，不免淆乱，一切谬误，尚祈见者见谅！作后所以发表于此者，藉以答好友质询，及（向）学校中报告。

评梅附识。

十二年九月三号女高师

（见《晨报副刊》一九二三年九月四日至十月七日，在"游记"栏连载，分二十二次登完，原署名评梅。）

附录：

《模糊的余影》中提及评梅与一些同学的对话、行止，现据女高师毕业同学录的记载，将评梅同班毕业生姓名、籍贯录载于下，以备参考。

编者

女高师第二期民国十二年（一九二三年）体育系毕业生，共十五人：

王静贞	云南昆明
王紫芝	福建闽侯
王孝颜（肖岩）	直隶清苑
石道瑶	湖南醴县
石汝璧（评梅）	山西平定

甘溶昌（之泉）	四川酉阳
李金环	陕西乾县
李秀兰	吉林吉林
吴慧文	浙江义乌
孙儒珍	浙江临海
黄淑贞	湖南沅陵
黄宝珍	贵州贵阳
彭　修	江苏吴县
张纹瑛	直隶清苑
曹惠和	江苏无锡

烟霞余影[①]

一　龙潭之滨

细雨蒙蒙里，骑着驴儿踏上了龙潭道。

雨珠也解人意，只像沙霰一般落着，湿了的是崎岖不平的青石山路。半山岭的桃花正开着，一堆一堆远望去像青空中叠浮的桃色云；又像一个翠玉的篮儿里，满盛着红白的花。烟雾迷漫中，似一幅粉纱，轻轻地笼罩了青翠的山峰和卧崖。

谁都是悄悄地，只听见得得的蹄声。回头看芸，我不禁笑了，她垂鞭踏蹬，昂首挺胸的像个马上的英雄；虽然这是一幅美丽柔媚的图画，不是

[①]《烟霞余影》包括两篇游记，都是写于为高君宇举行葬礼之后不久。文中写了友人对评梅的多方宽解，自然也显露了她自己痛不欲生的情绪。她为战胜痛苦经过多少磨炼，后来愈加奋力从事新文学创作。这两次游历的情景，她曾在致玉薇的散文里、致李惠年的信里，也都曾写过，可参读，从中可以了解她的思想经历。

黄沙无垠的战场。

天边絮云一块块叠重着,雨丝被风吹着像细柳飘拂。远山翠碧如黛,如削的山峰里,涌出的乳泉,汇成我驴蹄下一池清水。我骑在驴背上,望着这如画的河山,似醉似痴,轻轻颤动我心弦的凄音;往事如梦,不禁对着这高山流水深深地叹了一口气!

惭愧我既不会画,又不能诗,只任着秀丽的山水由我眼底逝去,像一只口衔落花的燕子,飞掠进深林。

这边是悬崖,那边是深涧,狭道上满是崎岖的青石,明滑如镜,苍苔盈寸;因之驴蹄踏上去一步一滑!远远望去似乎人在削壁上高悬着。危险极了,我劝芸下来,驴交给驴夫牵着,我俩携着手一跳一窜的走着。四围望不见什么,只有笔锋般的山峰像屏风一样环峙着。涧底淙淙流水碎玉般声音,好听似月下深林,晚风吹送来的环佩声。

跨过了几个山峰,渡过了几池流水,远远地就听见有一种声音,不是檐前金铃玉铎那样清悠意远,不是短笛洞箫那样凄哀情深,差堪比拟像云深处回绕的春雷,似近又远,似远又近的在这山峰间蕴蓄着。芸和我正走在一块悬岩上,她紧握住我的手说:

"蒲:这是什么声音?"

我莫回答她:抬头望见几块高岩上,已站满了人,疏疏洒洒像天上的小星般密布着。苹在高处招手叫我,她说:"快来看龙潭!"在众人欢呼声中,我踟蹰不能向前:我已想着那里是一个令我意伤的境地,无论它是雄壮还是柔美。

一步一步慢腾腾的走到苹站着的那块岩石上,那春雷般的声音更响亮了。我俯首一望,身上很迅速的感到一种清冷,这清冷,由皮肤直浸入我的心,包裹了我整个的灵魂。

这便是龙潭,两个青碧的岩石中间,汹涌着一朵一片的絮云,它是比银还晶洁,比雪还皎白;一朵一朵的由这个山层飞下那个山层,一片一片由这个深涧飘到那个深涧。它像山灵的白袍,它像水神的银须;我意想它是翠屏上的一幅水珠帘,我意想它是裁剪下的一匹白绫。但是它都不能比拟,它似乎是一条银白色的蛟龙在深涧底回旋,它回旋中有无数的仙云拥护,有无数的天乐齐鸣!

我痴立在岩石上不动,看它瞬息万变,听它钟鼓并鸣。一朵白云飞来了,只在青石上一溅,莫有了! 一片雪絮飘来了,只在青石上一掠,不见了! 我站在最下的一层,抬起头可以看见上三层飞涛的壮观;到了这最后一层遂汇聚成一池碧澄的潭水,是一池清可见底,光能鉴人的泉水。

在这种情形下,我不知心头感到的是欣慰,还是凄酸?我轻渺像晴空中一缕烟线,不知是飘浮在天上还是人间?空洞洞的不知我自己是谁?谁是我自己?同来的游伴我也觉着她们都生了翅儿在云天上翱翔,那淡紫浅粉的羽衣,点缀在这般湖山画里,真不辨是神是仙了。

我的眼不能再看什么了,只见白云一片一片由深涧中乱飞!

我的耳不能再听什么了,只听春雷轰轰在山坳里回旋!世界什么都莫有,连我都莫有,只有涛声絮云,只有潭水涧松。

芸和苹都跑在山上去照像。掉在水里的人的嘻笑声,才将我神驰的灵魂唤回来。我自己环视了一周山峰,俯视了一遍深潭,我低低喊着母亲,向着西方的彩云默祷!我觉着二十余年的尘梦,如今也应该一醒;近来悲惨的境遇,凄伤的身世,也应该找个结束。萍踪浪迹十余年漂泊天涯,难道人间莫有一块高峰,一池清溪,作我埋骨之地。如今这絮云堆中,只要我一动足,就可脱解了这人间的樊篱羁系;从此逍遥飘渺和晚风追逐。

我向着她们望了望,我的足已走到岩石的齿缘上,再有一步我就可离此尘世,在这洁白的潭水中,谢浣一下这颗尘沙蒙蔽的小心,忽然后边似乎有人牵着我的衣襟,回头一看芸紧皱着眉峰瞪视着我。

"走罢,到山后去玩玩。"她说着牵了我就转过一个山峰,她和我并坐在一块石头上。我现在才略略清醒,慢慢由遥远的地方把自己找回来,想到刚才的事又喜又怨,热泪不禁夺眶滴在襟上。我永不能忘记,那山峰下的一块岩石,那块岩石上我曾惊悟了二十余年的幻梦,像水云那样无凭呵!

可惜我不是独游,可惜又不是月夜,假如是月夜,是一个眉月伴疏星的月夜,来到这里,一定是不能想不能写的境地。白云絮飞的瀑布,在月下看着一定更美到不能言,钟鼓齐鸣的涛声,在月下,听着一定要美到不敢听。这时候我一定能向深潭明月里,找我自己的幻影去;谁也不知道,谁也想不到;那时芸或者也无力再阻挠我的清兴!

雨已停了,阳光揭起云幕悄悄在窥人;偶然间来到山野的我们,终于要归去。我不忍再看龙潭,遂同芸、苹走下山来,走远了,那春雷般似近似远的声音依然回绕在耳畔。

（见《京报副刊·妇女周刊》第三十二号,一九二五年七月二十二日,第五、六、七版。原署名蒲侬。）

二　翠峦清潭畔的石床

黄昏时候汽车停到万寿山,揆已雇好驴在那里等着。梅隐许久不骑驴了,很迅速的跨上鞍去,一扬鞭驴子的四蹄已飞跑起来,几乎把她翻下来,我（骑）的驴腿上有点伤不能跑,连走快都不能,幸而好是游山不是赶路,走快走慢莫关系。

这条路的景致非常好,在平坦的马路上,两旁的垂柳常系拂着我的鬓角,迎面吹着五月的和风,夹着野花的清香。翠绿的远山望去像几个青螺,淙淙的水音在桥下流过,似琴弦在月下弹出的凄音,碧清的池塘,水底平铺着翠色的水藻,波上被风吹起一弧一弧的皱纹,里边倒影着玉泉山的塔影;最好看是垂杨荫里,黄墙碧瓦的官房,点缀着这一条芳草萋萋的古道。

经过颐和园围墙时,静悄悄除了风涛声外,便是那啼尽兴亡恨事的暮鸦,在苍松古柏的枝头悲啼着。

他们的驴儿都走的很快,转过了粉墙,看见梅隐和揆并骑赛跑;一转弯掩映在一带松林里,连铃声衣影都听不见看不见了。我在后边慢慢让驴儿一拐一拐的走着,我想这电光石火的一刹那能在尘沙飞落之间,错错落落遗留下这几点蹄痕,已是烟水因缘,又那可让他迅速的轻易度过,而不仔细咀嚼呢!人间的驻停,只是一凝眸,无论如何繁缛绮丽的事境,只是昙花片刻,一卷一卷的像他们转入松林一样渺茫,一样虚无。

　　在一片松林里,我看见两头驴儿在地上吃草,驴夫靠在一棵树上蹲着吸潮烟,梅隐和揆坐在草地上吃葡萄干;见我来了他们跑过来替我笼住驴,让我下来。这是一个墓地,中间芳草离离,放着一个大石桌几个小石凳,被风雨腐蚀已经是久历风尘的样子。坟头共有三个,青草长了有一尺多高;四围遍植松柏,前边有一个石碑牌坊,字迹已模糊不辨,不知是否奖励孝节的?如今我见了坟墓,常起一种非喜非哀的感觉;愈见的坟墓多,我烦滞的心境愈开旷;虽然我和他们无一面之缘,但我远远望见这黑色的最后一幕时,我总默默替死者祝福!

　　梅隐见我立在这不相识的墓头发呆,她轻轻拍着我肩说:"回来!"揆立在我面前微笑了。那时驴夫已将驴鞍理好,我回头望了望这不相识的墓,骑上驴走了。他们大概也疲倦了,不是他们疲倦是驴们疲倦了,因之我这拐驴有和他们并驾齐驰的机会。这时暮色已很苍茫,四面迷蒙的山岚,不知前有多少路?后有多少路;那烟雾中轻笼的不知是山峰还是树林?凉风吹去我积年的沙尘,尤其是吹去我近来的愁恨,使我投入这大自然的母怀中沉醉。

　　惟自然可美化一切,可净化一切,这时驴背上的我,心里充满了静妙神微的颤动;一鞭斜阳,得得蹄声中,我是个无忧无虑的骄儿。

　　大概是七点多钟,我们的驴儿停在卧佛寺门前,两行古柏萧森,一道石坡欹斜,庄严黄红色的穹门,恰恰笼罩在那素锦千林,红霞一幕之中。我踱过一道蜂腰桥,底下有碧绿的水,潜游着龙眼红鱼,像燕掠般在水藻间穿插。过了一个小门,望见一大块岩石,狰狞像一个卧着的狮子,岩石旁有一个小亭,小亭四周,遍环着白杨,暮云里蝉声风声噪成一片。

　　走过几个院落,依稀还经过一个方形的水池,就到了我们住的地方,我们住的地方是龙王堂。龙王堂前边是一眼望不透的森林,森林中漏着一个小圆洞,白天射着太阳,晚上照着月亮;后边是山,是不能测量的高

山,那山上可以望见景山和北京城。

刚洗完脸,辛院的诸友都来看我,带来的糖果,便成了招待他们的茶点,在这里逢到,特别感着朴实的滋味,似乎我们都有几分乡村真诚的遗风。吃完饭,我回来时,许多人伏在石栏上拿面包喂鱼,这个鱼池比门前那个澄清,鱼儿也长的美丽。看了一回鱼,我们许多人出了卧佛寺,由小路抄到寺后上山去,揆叫了一个卖汽水点心的跟着,想寻着一个风景好的地方时,在月亮底下开野餐会。

这时候暝色苍茫,远树浓荫郁蓊,夜风萧萧瑟瑟,梅隐和揆走着大路,我和云便在乱岩上跳蹿,苔深石滑,跌了不晓得有多少次。经过一个水涧,他们许多人悬崖上走,我和云便走下了涧底,水不深,而碧清可爱,淙淙的水声,在深涧中听着依稀似嫠妇夜啼。几次回首望月,她依然模糊,被轻云遮着;但微微的清光由云缝中泄漏,并不如星夜那么漆黑不辨。前边有一块圆石,晶莹如玉,石下又汇集着一池清水。我喜欢极了,刚想爬上去,不料一不小心,跌在水里把鞋袜都湿了!他们在崖上,拍着手笑起来,我的脸大概是红了,幸而在夜间他们不曾看见;云由岩石上踏过来才将我拖出水池。

抬头望悬崖削壁之上,郁郁阴森的树林里掩映着几点灯光,夜神翅下的景致,愈觉的神妙深邃,冷静凄淡;这时候无论什么事我都能放得下超得过,将我的心轻轻地捧献给这黑衣的夜神。我们的足步声笑语声,惊的眠在枝上的宿鸟也做不成好梦,抖战着在黑暗中乱飞,似乎静夜旷野爆发了地雷,震得山中林木,如喊杀一般的纷乱和颤噤!前边大概是村庄人家罢,隐隐有犬吠的声音,由那片深林中传出。

爬至山巅时,凉风习习,将衣角和短发都(吹)起来。我立在一块石床上,抬头望青苍削岩,乳泉一滴滴,由山缝岩隙中流下去,俯视飞瀑流湍,听着像一个系着小铃的白兔儿,在涧底奔跑一般,清冷冷忽远忽近那样好听。我望望云幕中的月儿,依然露着半面窥探,不肯把团圆赐给人间这般痴望的人们。这时候,揆来请我去吃点心,我们的聚餐会遂在那个峰上开了。这个会开的并不快活,各人都懒松松不能十分作兴,月儿呢模模糊

糊似乎用泪眼望着我们。梅隐躺在草上唱着很凄凉的歌,真令人愁肠百结;揆将头伏在膝上,不知他是听她姐姐唱歌,还是膜首顶礼和默祷?这样夜里,不知什么紧压着我们的心,不能像往日那样狂放浪吟,解怀痛饮?

　　陪着他们坐了有几分钟,我悄悄的逃席了。一个人坐在那边石床上,听水涧底的声音,对面阴浓萧森的树林里,隐隐现出房顶;冷静静像死一般笼罩了宇宙。不幸在这非人间的,深碧而睿渺的清潭,映出我迷离恍惚的尘影;我卧在石床上,仰首望着模糊泪痕的月儿,静听着清脆激越的水声,和远处梅隐凄凉入云的歌声,这时候我心头涌来的凄酸,真愿在这般月夜深山里尽兴痛哭;只恨我连这都不能,依然和在人间一样要压着泪倒流回去。蓬勃的悲痛,还让它埋葬在心坎中去辗转低吟!而这颗心恰和林梢月色,一样的迷离惨淡,悲情荡漾!

　　云轻轻走到我身傍,凄(然)的望着我!我遂起来和云跨过这个山峰,忽然眼前发现了一块绿油油的草地。我们遂拣了一块斜坡,坐在上边。面前有一棵松树,月儿正在树影中映出,下边深涧万丈,水流的声音已听不见;只有草虫和风声,更现的静寂中的振荡是这般阴森可怕!我们坐在这里,想不出什么话配在这里谈,而随便的话更不愿在这里谈。这真是最神秘的夜呵!我的心更较清冷,经这度潭水涛声洗涤之后。

　　夜深了,远处已隐隐听见鸡鸣,露冷夜寒,穿着单衣已有点战栗,我怕云冻病,正想离开这里;揆和梅隐来寻我们,他们说在远处望见你们,像坟前的两个石像。

　　这夜里我和梅隐睡在龙王堂,而我的梦魂依然留在那翠峦清潭的石床上。

　　(见《京报副刊·妇女周刊》第三十四号,一九二五年八月五日,六、七、八版。原署名蒲侬。)

诗 歌

夜　行

（一）

凉风飒飒，
夜气濛濛，
残星灿烂，一闪一闪的在黑云堆里，
松柏萧条，一层一层的在丛树林中。
唉！荆棘夹道，怎叫我前进？
奋斗呵！你不要踌躇！

（二）

行行复行行，
度过了多少黑沉沉的枯森林，
经过了无数碧草盖的荒冢，
万籁寂寞美景遁隐，
凄怆！凄怆！
肮脏的环境，真荒凉！

（三）

车声辚辚，好像唤醒你作恶梦的暮鼓晨钟！
萤火烁烁，好像照耀你去光明地上的引路明灯！
你现时虽然在黑暗里生活，动荡；
白云苍狗，不知变出几多怪状，
啊呀！光明的路，就在那方！

(四)

哦!一霎时,青山峰头,
拥出了炎炎的一轮红光;
伊的本领能普照万方,
同胞呀!伊的光明是出于东方!
你听那——
鸟声喈喈,不住的叽叽!咋咋!
溪水曲径,不断的湫湫!潺潺!
你看那——
山色碧翠,烟云猕漫;
田舍炊烟,一缕一缕的扶摇直上。
呵!
美呵!
自然的美呵!
我愿意和它永久生长。

(见于《新共和》不定期刊,国立山西大学新共和学会印行,一九二一年十二月十日出版。第一卷第一号,一八七至一八八页。原署名评梅。)

注:《夜行》这首诗是现在读到的评梅最早的一首诗。诗中写出在暗夜中追求光明的心志,表现了战胜困难奋斗前进的精神。诗中借着对朝阳的讴歌,抒发了对祖国自然美和光明前景的热烈情感。这一诗的意境又正好写于五四运动后,以新诞生的中国共产党为代表的革命力量兴起于中国大地上的时期;虽然对作者具体创作过程有待仔细研究,但这首诗强烈的时代气息,无疑是值得注意的。

◎ 诗歌

疲倦的青春

疲倦的青春啊,
载不完的烦恼,
运不尽的沉痛:
极全身的血肉,
能受住几许的消磨?

天公苦着脸,
把重重叠叠的网都布好了?
奋斗的神拿鞭赶着:
痴呆的人类啊,
他永不能解脱?

缠不清的过去,
猜不透的将来?
一颗心!
他怎样能找个恬静的地方?

凭一时的春,
扶持不住永久的人生;
严厉的风霜逼着,
冷峭的冰雪浸着;
眼看着沉溺在暴风的威权下!

疲倦的青春啊！
你心幕内的繁星闪烁，
蕴藏着温柔之光！
闪耀着爱神的华！

（原载《北京国风日报·学汇副刊》第三期，一九二二年十月二日。原署名评梅。）

春之波
——散文诗

　　春之波在爱之河荡漾着，人类的宝贵者，他乘着光阴的船驶行了；只留下碧蓝的幕上，镌着一轮皓月，照着那梨花树叶——一缕缕含着惠风的颤动。她跪在那清净寂寞的天心下，倾她心里所有的，贡献于上帝。她祈祷那汹涌澎湃的怒浪巨波，不要覆了她幸福船！

　　自绫船的泉水，滚着浪花，由山崖冲出的时候，他不回顾那亲爱的川渊，只带着他洁净的本质，悠悠地去了，沉闷的诗人啊，把伊郁结的心血，都化作了泪泉——一滴滴的从眼腔内滚到那清冷的泉心，泉心振动了，皱着眉头说："这是人类苦痛的余沥，我愿意拿欢乐之泉洗净他。"

　　一片一片红花瓣，辞了她亲爱的枝柯，落在地上的时候，她心里很舒服逍遥底随着风儿飘荡，任那水去浮沉；她不希望锦囊收艳骨，涛笺书孤魂！花开花落，她一任天公。但沉闷的诗人啊！从他心灵中搏动的余韵，知道他能安落花之魂吗？牡丹啊！你艳红的腮儿上，沾了谁的泪痕？当她驻了足，拿心灵的碎片，要问她时，他的泪又洒在伊的腮上。

一九二二年十月二日

（原载《北京国风日报·学汇副刊》第六期。原署名评梅。）

一瞥中的流水与落花

（一）

欢乐的泉枯了，
含笑的〔花〕萎了！
生命中的花,已被摧残了！
是上帝的玄虚？
是人类的错误？

（二）

曲水飘落花,悠悠地去了！
从诗人的脑海里，
能涌出一滴滴的温泉，
灌溉滋润那人类的枯槁——干燥。

（三）

曲水飘落花,悠悠地去了！
从诗人的心田里，
发出一朵朵绯红的花，
去安慰凄凉惨淡的人生。

（四）

流水寂寂，
落花纷纷；

何处是居停?
自然界一瞥中的安慰,
默默无言地去了;
在诗人脑海里,留下什么镌痕?

(五)
明媚的春景,
只留下未去的残痕,
青年人的心,一缕缕的传着,付与春光吧!

(六)
烂漫如锦的繁华,
一瞥,
朋友们的兴奋又受打击;
流水落花是生命中的蹉跎。
进行呵!
空掬伤春泪,难挽回落花流水辞春归。

(见《新共和》不定期刊,第一卷,第三号,诗部分四至五页,一九二二年十二月二十四日出版。原署名评梅,并注"子兴投寄"。)

注:评梅此稿经子兴投寄。据《新共和》第二号介绍,一九二二年三月二十四日新共和学会临时会改选学会职员时,被新选的出版股新任经理中有苏凤祥(子兴)。第四期会员录中载:苏凤祥,别号子兴,二十七岁;山西平定人,通信址为平定县城内。会员录末介绍当年新毕业的会员时,其中也提到苏凤祥为自法科政治学门毕业。由此可知,苏子兴是评梅同乡里的青年,又是新共和会员,可初步认为即是由他经手投寄此诗的。一九二二年冬是评梅在北京上学的末一学年的上学期。这首诗的写作与《夜行》比较,已有了些伤感的调子。这可能与初恋遭到挫折有关,但诗中写

到"朋友们的兴奋又受打击",显然又不仅是个人的顺逆所致,而是还反映了一些追随"五四"精神的青年由于目睹进步力量遭受反动势力的压迫和理想不易实现而产生的彷徨、苦恼的情绪。伤春是借用中国文艺传统中常有的一种表现形式,这样解释也许接近于这种伤感意味在评梅诗中出现的实际。

附:

松　树
苏子兴

深山里的松树,
孤立挺立。
夏日热似火的红日,
晒着你的身侧;
冬日寒于刀的白雪,
压着你的头上。
呵,松树呀!
你独看穿了那"炎凉世态"!
(见《新共和》一卷三号诗部分八页。)

微细的回音

十一月二十四号敝校请爱罗先珂讲演"女子与其使命"一题,我觉得他温和的态度,诚恳的呼声,使我心中反应出一种微细的回音,我不愿摧残我一时的心潮。写出以博我心灵的安慰!

月色迷蒙，
一层淡红的幕纱罩着；
她拖着雪色的披纱，俯着头，
伏在荒芜黑暗的花园里祈祷着！
她的泪洒活了自由花！

她仰起头啊！望着碧苍的天，
隐隐微细的呼声，
欲唤醒沉沉数千年的同胞，
和恶魔奋斗！

她说：
朋友啊！
在荒芜纷靡的花园内，
荆棘布满的小径里；
鹰搭了巢！蜂做了窝！
我们的生命是怎样痛苦啊？
呻吟在地狱生活的同胞！胜利的魔鬼狞笑！

朋友啊！
在黑云阴霾的夜里，
灿烂的繁星，
缀成了光明的烛球，
照着那美丽的花园。
朋友啊！
拿你的血泪去改造粉饰那荒芜的花园。

朋友啊！

◎ 诗歌

假如你遇见些活泼安琪儿。
你怎样安慰她呵？怎样导引她呵？
我相信宇宙间，最快乐欢欣的，
是我把上帝的心，告诉我可爱的人。

朋友啊！
记着！
在小朋友烂漫天真的灵魂里，
告诉他：
"世界是我们的摇篮，人类是我的母亲。"

朋友呵！
记着！
在小朋友洁白无尘的脑海中，
你指引着：
航着生命之楫，
摇着幸福之橹。
在波涛汹涌的生命流中，
燃两支爱真理爱自由的红灯——照着——
前途的成功建设！
(见《晨报附刊》一九二三年二月二十七日，第三、四版。原署名评梅。)

模糊的心影

春波激荡着，

人类所宝贵的乘着光阴的船驶行来；
只留下碧蓝中拥护的皎月，
照着那憔悴的梨花；
一缕一缕含着那惠风的颤动！
他披着白色的肩巾。
伏在那清静寂寞的天心下，
罄她心里所蓄的，贡献于上帝；
祈祷那汹涌的怒涛，
不要了她……和人类共搭乘的幸福船。

白绫般的泉水滚着浪花冲出去的时候，
不问那下流的阻礁和污浊，
带着他那清净的本质，
悠然的去了！
沉闷的诗人呵！
玫瑰艳红之心哟，
如荼如火之情哟，
都化作点滴的泪珠，直滚到那清冷冷的泉心里！
微波振荡着，仿佛说：
"人类痛苦之余沥呵！
命运之神的成功啊！"

落花在亲爱的枝头，
终于抛弃了；
随着风去飘泊，
任那水去浮沉；
她何曾希望锦囊收艳骨，
涛笺吊香魂。

在沉闷的诗人之心魂里,
已充满了人生辛酸,懦弱的小心呵!
伏在花旁呜咽了!
在惨淡的生之幕内,闪耀着些微光!
花之魂耶?
诗之神耶?

密密的林阴,
浓浓的花影,
回旋着悠扬悱恻的哀音,
轻轻笼罩着和暖的惠风。
看哪!
不幸的梨花,坠在地上终于尽了生之期呵!
不尽的余香,犹在枝头芬芳,
不尽的余音,犹在枝头绕着。
命运之神呵!
在梨花灿烂的香魂里,
已把懊恼的灰色网与她罩上。

诗人在静默的夜里,
银光团团拥护着,
终于为使命而祈祷了!
艺术之神呵!
在沙漠般枯寂的园里,
太荒芜了!
在你的花篮里,散几朵艳红的花片;
在你的露瓶中,洒几点香润的甘露;
将来你能看到:

青年之光的灿烂！
青年之华的美丽！
诗人倦了！
心灵飞进花丛中舞蹈！
嗅着那紫罗兰的香魂，
沉沉如醉！闷闷地睡去！
(见《晨报附刊》一九二三年三月三十日，第三版。原署名评梅。)

别　后

在沉默肃静的夜之幕下，
花影披离，
馨香飘浮；
映出那过去的幻影闪烁着！
迷离恍惚中，
我伴着柳丝儿，
回味那人间的酸辛，
猛忆起往年旧痕。

皎皎的明月，依然照着茜窗；
婀娜的人影，依然印在墙上；
未眠稳的黄莺儿，依然在枝上啼着，
听何处送来的：
低徊小吟，
悠扬琴声？

猛感到别后的怅惘呵!

生命之花同时灿烂芬芳的时候:
命运之神呵:
在未来的光辉里,
闪烁着懊恼的残影,
笼罩着人间的悲哀!
忆哪!黑云阴森的夜景,
光明的烛珠在沉沉的幕下燃着!
银涛起伏中,
载着幸福之船航去了!
那时我忍了一腔热血,
一松手把幸福之楫抛去;
人间的失望呵,
成了群中的遗物!

忆哪!清风飘荡着花香,
皎月彩映着人影,
旧痕永镌呵!
那时我忍了一时悲哀,
把系在枯枝上的心摘下,
埋在那白云笼罩的红梅树下。

总可以大声的痛哭呵!
为了不能发泄的酸楚!
在别之后,
但一把麻木的神经,
付与命运之神的手中了。

梦中的追忆,
或有时能模糊的现出那淡淡底影,
深深的痕,
在你心底反映中……

　　　　　　　　　　一九二三,四,三,北京女高

(见《诗学半月刊》第二号,一九二三年四月十四日,第二版。原署名评梅。)

我愿你

当我按着心潮,
伏在铜像下祈祷的时候,
惠风颤动的桃花,
像你含笑的面靥。
高悬穹苍的眉月,
似你蕴情的秋波;
翁郁林中的小鸟,
宛如你临纸哽咽的悲调;
暮霭笼空时的红霞落日,
描画出故人别后的缠绵呵!

我诚意的祈祷了;
仁爱的上帝呵!
我仅仅是个最小的希望;
我愿你如那含苞未吐的花蕾;

不愿你如那花瓶中的芍药受人供养；
我愿你做那翱翔云里，
夷犹如意的飞鹏；
不愿你像那潇湘馆前，
黄金架上的红嘴鹦哥；
我愿你宛如雪梅的清高，
蕙兰的幽香；
在你生命之花灿烂的时候；
阳光永远照着！

生之期内，
朋友啊！
我愿为你时时祈祷着；
庄重的山岳，
澄清的瀑泉。
野鹤孤云的闲散呵！
自然之美与你造理想之园，
人类之爱与你建创造之塔。
那时你或者晓得，
宇宙之孤独者，
群众之抛弃者；
曾将他自己的血泪，
洒在你生命花上。

一九二三年，四，八，评梅

（见《晨报附刊》一九二三年四月十五日，第三版。原署名评梅。）

陶然亭畔的回忆

淡淡的梦中,
常映着过去的残痕。
当晚霞射在纱窗上的时候:
生命的图画终难拒绝地涌现了,
——在笔底涌现了。

"春"呵!
我终于说不出:
那时池水的波荡漾的是"春",
枝头的鸟歌舞的是"春",
柳梢头传来了"春",
花蕾中蓄满了"春",
司春的神布了那灿烂的春之幕,
散着那芬芳的春之花,
歌着那婉扬的春之歌。
在过去"春"的历程中,
感想着无限的"春"。

亭台依稀去年,
只添了窗外一池碧波,
坝头口一株新柳;
风吹着片片桃花,

散在我的襟肩。
不知道,
我的心灵寓在哪一片?

陶然亭畔,
鹦鹉冢旁,
浅浅的草印着我的足痕,
浓浓的花遮着我的幻影。
他年回忆,
梅啊!
招魂兮何方?

黛翠的山,
都漫在白云的怀抱里;
晚霞照在野花的颊上,
凝眸微笑着。
但他年花萎,泉枯,
他的心埋在何处?

一九二三,四,十八,北京女高师

(见《诗学半月刊》第三号,一九二三年四月二十八日,第二版。原署名评梅。)

碎 锦

(一)

在轻微的软松的,

粉色锦绫中,
谁能在薄翼般的纱下
发现骷髅呵!

(二)

洁白的花蕾中,
何必用玫瑰的颜色点染呵!

(三)

是耶?
非耶?
淡淡的白云,
笼罩着人间的虚幻!

(四)

一只白的雁儿微笑了,
任意的翱翔着。
"归来呵"!
前途的危险,
伏于弓弦了!

(五)

我常愿将我的心花,
藏在鸿雁的翅下:
向云中翱翔去呵!

(六)

一幅黑云迷弥的夜里,

◎ 诗歌

几粒洁白晶莹的小花煸耀着；
在惠风颤动的波中,
嗅那夜来香之芬芳呵!

（七）

心花揉碎的时候,
爱情的火焰终于消灭了。

（八）

心弦上弹着,
心波中拥着,
在笔尖上涌着那悲哀的残痕!
她的泪在那……花儿上……
运命啊:
"最后的光荣,
赞颂那未来的芬芳啊!"
（见《诗学半月刊》第三号,一九二三年四月二十八日,第一、二版。原署名评梅。）

罪恶之迹

同情之泪呵!
我不禁为人类而洒!

罪恶之迹啊,
我不禁为人类而悲!
压在心尖上的雁儿,
终于为了宣传正义,
飞在空中狂呼了!

浓浓的花荫下,
密密的草地上,
我常看你为了人生沉吟着!
墨云似的发披肩;
新月似的眉如画;
在春之园里,
你宛然像一枝向阳玫瑰花。

我傍着花慢慢地走过去,
恐怕我的裙角,
飞吓你的幽思;
心中蓄满了的爱慕和敬仰,
只可在我的灵府供养,
不愿在你面前张扬。

为了创造新文化,
为了建设新国家,
为了警觉沉睡的同胞,
为了领导迷途的朋友,
我情愿伏在你的裙下,
求仁爱的上帝挈助你。

◎ 诗歌

光明的使者,
微笑张臂的欢迎你;
幸福的使者,
将意园备好招待你;
他们把一把锄与你,
开辟那文艺的田地。
一支担与你,
肩起那一生的命运。
在你娇小的躯壳上,
有怎样大的希望呵?

你似紫罗兰,
你似白丁香,
在生命之园里,
你前途是何等的光明、灿烂、芬芳!

但我不忍说了,
终于使我失望!
终于使我心伤!
是人类永久的悲哀呵?
玫瑰花,
紫罗兰,
白丁香,
无端受了暴风雨的摧残;
捡起来供在恶魔的几上,
折下来簪在恶魔的襟上,
一切…一切…都牺牲了!
堕落在不可施救的深渊下。

不幸呵!
堕在数千年布好的旧网!
染遍了污浊!
传尽了网罗!
懦弱哟!
你终于为眩目的虚荣战败了!
你终于为虚伪的爱情牺牲了!

在黑沉沉夜之幕下,
恶魔狞笑着,
小小……的魔术,
将空中翱翔的鸿雁,
消灭了万里鹏程愿。
可怜呵!
人类的罪恶!
将鲜花揉碎,
装他的辉煌。

陷阱布满了人间,
罪恶都隐在心尖——
白云遮不尽,
血泪洗不清!
心灵上的伤痕是多么深呵?
我爱慕敬仰的朋友呵!
"莫能助"吗?
"命运"吗?
这是懦弱自掩的话!
总之朋友呵!

诗歌

我不为多才多艺的你吊！
我要为云雾沉沉的女界吊！

一九二三，四，二十八日，北京女高师

（见《诗学半月刊》第四号，一九二三年五月十四日，第二、三版。原署名评梅。）

京汉途中的残痕

《诗学半月刊》编者绍谷所加诗前按语说：
"评梅女士这篇创作寄来时，五期诗学已发稿，不及付印，现在发表于此，下期有伊莫愁湖畔所作之《流萤的火焰》，阅者注意。"

人生都付在轮下去转着，
谁能找到无痕的血泪啊！
命运压在着满伤痕的心上，
载着这虚幻的躯壳遨游那茫茫恨海！

别离是黯淡吗？
但斟清泪在玛瑙杯内，
使她灌在那细纤柔嫩的心花里，
或者能把萎枯的花儿育活？

攘攘的朋友们，
痛苦的胁迫，
都在心的浅处浮着。

痛苦呵,
你入不了庄严的灵境!
在坦荡,清朗的静波里,
没有你的浮尘呵!

呵!
夜幕下是何等的寂寞萧森哪!
幢幢的黑影,
伴着那荒冢里的孤魂。
尘寰中二十年的囚俑呵!
那一块高峰!
那一池清溪!
是将来的归宿哟!

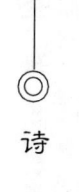

诗歌

在永镌脓血的战地,
值得纪念吗?
我只见鲜血在地中涌出!
我只见枯骨在坟上蠕动!
恨呵!
在这荒草中何能瞑目!

胧朦的眉月,
分开那奇特云幕,
照着这凄惨的大地。
月中的仙子哦!
可能在万象肃静中,
抚慰那睡着的爱儿,
在脓血里,洒一把香花,

在痛苦里，洒一付甜蜜之泪？

咳！
月儿也黯淡了，
泉声也哽咽了，
只闻着！
荒山中的惨鸣，
烂桥下的呻吟！
梦吗？
玉镜碎了，
金盆化了，
杜鹃为着落花悲哀了！

地上铺着翠毯，
天上遮着锦幕，
空中红桃碧柳织就了轻轻的罗帐，
江畔白鹅唱着温柔的睡歌，
何日能这样安稳地睡去呵！

黑暗中的红灯呵！
萤耶？
燐耶？
像火珠似的缀起来，
簪在我的鬓旁；
把浓浓的烟在空中浮着，
将这点热力温我这冷冰了的心房。

叫我去何处捉摸呵！

她疾驰得像飞燕一般掠过去！
你既然空中来的无影，
空中去的无踪，
又何必在人间簸弄啊？

我想乘上青天的彩虹，
像一条破壁的飞龙，
去追那空泛的理想去，
但可怜莫有这完美的工具啊！

我扶在铁栏杆望着那夜之幕下的风景，
在黑的幕上缀着几粒明珠的繁星。
惨惨地闻着松林啜泣，
呼呼地听着那风声怒号，
我的心抖颤着，
"宇宙之阴森呵！"

清溪畔立着个青春的娇娃，
收地上的落花撒在流水里荡着，
恰好柳丝儿挂住她的鬓角，
惠风来吹拂在肩头，
她微嗔着跑去了。

烂漫天真的女郎呵！
我愿化作枯叶任你踏躏，
我愿化作流云随你飞舞！
悲哀的心，
只有这样游戏罢！

◎ 诗歌

我猛忆起荷花来了!
你清白的质呵!
在污泥中也自有高雅的丰采,
但是险恶的人类,
又拿着火焰的扇来拂着你了!

孤独者呵!
在沉闷中谁吹着角声?
我愿在这暖暖的幕下,
寄寓我这萍蓬呵!
同情心的花太受摧残了,
我哭着我的前尘后影,
但梦境呵,
依然空幻!

当我梦境香浓的时候,
江南的画片,
印入我的残痕。
这生命的历程啊,
在枯叶上记下吧!

五月二十三号,武昌女师范

(见《诗学半月刊》第六号,一九二三年六月十四日,第二、三版。原署名评梅。)

流萤的火焰

心头堆满了人间的怅惘，
走进了静寂迷漫地夜园里，
藉着流萤的光焰，
访那已经酣睡的草花，
暗沉沉呵！
无明月之皎洁，
无繁星之灿烂，
无烛光之辉煌。
蝙蝠在黑暗里翱翔，
朔风吻着松林密语，
踽踽者笼罩在花影飘荡的亭上，
望着云天苍苍，
回忆那人间的前尘后影呵！
"前尘后影呵！"
那堪回忆！

美艳的牡丹，
变作了枯紫的花片烂埋在地下；
青春地少女，
红粉化作了骷髅；
锦绣般地花园，
他年变了荒凉的古冢！

造物哟！
花呵不常红，
草呵不常青，
徒苦了勤恳的园丁！
香梦正酣的花儿，
可知道荷亭下有人悲恸？

夜寒衣薄，
倚着悽淡的梨花共寂寞！
没个鸟儿来同她共话？
没个虫儿来伴她幽唱？
只闻到风卷涛声，
激荡着宇宙之狂谜，
发挥那人间的激昂。
有这点声息，
我涌血的心房，静静地为自然高唱呵！

当我花心香焚炽的时候，
浓馥地烟云，
沉醉了众花的魂魄；
心之光，
复活了满园地的春色。

夜来香放出馨兰的气味，
诱着浮游的飞萤，
冷死在紫藤上、这是何等的凄凉呵！
留一点余光伴着孤寂的花儿。
她们都怨那流萤！

去的匆忙,
夜来香遗下了终生的怅惘,
她们为他挂起了鱼白色的云帐,
铺花瓣,毡苍苔,
杨柳千条挽他的余芳;
绿荫的松柏支起了灵床,
把飞萤的尸首葬在梨花树傍,
好拿梨花的悱恻,
慰他的寂寞凄凉!

花梦醒来,
流萤何在?
人间的落伍者呵!
在夜色迷漫的花里,
幻想着人间的悲哀,
败叶中都包满了尸骸,
痴狂的梦境呵!
流萤呵!
你复活在紫藤上,
把你的光放大来,
人间的罪恶原没有沾染你?
明月的光——皎洁啊;
繁星的光——灿烂啊;
烛光爆开了红花——辉煌啊!
都赞美流萤的复活!
美艳的花枝婀娜着,
幽扬的鸟声歌唱着,
一轮红日捧出,光明了锦绣的花园;

◎ 诗 歌

人间的乐园出现了！
飘渺中奏着天乐。

一九二三,六,三,南京莫愁湖畔

（见《诗学半月刊》第七号,一九二三年六月二十八日,第一版。原署名评梅。）

烟水余影——西湖

窗外雨声淅沥——
一缕缕愁丝。
抖起了脑海中的旧痕；
乘着这花香人静的深夜里，
我轻轻地握着管笔儿，
在无痕的纸上，
要写这人间的花纹。

眼底涌现着宇宙的神秘，
脑中摄取着人间的美丽；
笔尖儿刺破了纸儿，
依然捉不到,我的话儿；
望着窗上的人影儿，
案头的花香，
沉吟着！

何时,仙宫里坠下碧玉池？

神山中飞出灵鹫峰？
尘世的游魂哟，
要在碧玉池里洗他的心灵！
要在灵鹫峰头换他的真神！

自然能抛了人间的一切！
扁舟渡那滟潋的湖，青螺的山；
宛如西子明眸中的水晶液，
挽着那青松的凤凰髻！

烟耶？雾耶？
羽衣翩跹，
轻蕙的风在裙底飘着，
缋裳绛纱在峰头舞着；
恐仙鹤飞来，
凌空复归去？

玉磬般的音韵，
抑扬湖面，
轻波微荡着，
娇音犹闻"杏花村"，
隔岸渔歌和声轻。

一幅红绛色的云霓呵！
谁撒手为人间搭了渡桥？
几粒宝钻，
万道金光，
作那照遍人寰的路灯。

◎ 诗 歌

月儿呵！
笛声中，
有多少泪痕沾胸？
立破残更，犹恋着湖中三潭影，
何处玉人？

疏柳中挂着荷香缕缕，
魂耶？神耶？
融化在一片空明里。
断桥在清波上横卧，
雷峰在苍松中孤望，
无明月，
无浓酒，
只对着平镜的西湖，
咽一些人间的清泪！

乱石堆着，
像我心头的沉闷！
苍苔活着，
记我旅客的行程；
从那银色皎洁的湖底，
看到这古苍巍峨的雷峰！

明月一轮耶，
嵌入碧蓝的天空？
红云一朵耶，
浮在清朗的霄汉？
呵！西子胸头的一粒宝钻！

披了浓黑的面纱,
罩着翠绿的绡裳;
由红云的日内,
慢慢地进了她的闺房。
把一颗夜明珠,
抛在湖心里荡漾着!

我扶着雕栏望着,
泉声幽咽,
鸟语喧哗;
一片片红叶由峰顶飘落!
飞来峰头的嵯峨,
宛似西子襟上的,
一朵千叶莲花!

在虚幻的生内,
原可留点余痕啊?
美人的艳迹,
英雄的伟业,
都在淡淡的湖色中映着!

夕阳的余辉,
恋着秋墓;
杨柳翘首,
似哀神州之陆沉。

细雨漾漾,
湖色微皱,

一层薄薄的烟霞；
罩着模糊的翠峦，
把"美"啊！
留在淡淡的妆里。

雨后的西湖，
似淡月下的梨花，
隐约着绡装的美人；
对着模糊的花草，
低徊叹息。

一幅白绫，
斜挂在碧苍峰头；
激成了碎玉般的音乐，
唱破了深山中的沉寂。

登了葛岭的高处，
看哪，
翠峰屏立，
碧湖环绕，
红旭一轮，
慢慢地由烟雾中涌出；
映在碧苍中，
像醉了的西子，
两腮微红。

脚底涌现着，
白云千万片！

诗歌

天边横系着,
银线一缕缕;
西子的雾鬟云环,
尽在我低头一看。

烟波千顷,
红莲内藏着白鸥;
依稀啊:
鹤子在空中飞翔,
梅妻留孤屿余香;
梅在魂内?
魂在梅上啊?
处士墓旁,
永志着流芳。

碧水盈盈内,
可有小青的瘦影?
梅花的芯里,
可含着小青的泪痕?
听啊,
夜半啼莺。
哀怨犹自歌长恨。

万岩中的妙境,
渐渐探出去;
落花沉涧,
鸟语落风,
黄白蝴蝶飞翔;

329

我的灵魂沉醉在红叶堆内。

万峰苍茫,
峭耸嵌空,
洞口涌着暮云,
凝着紫絮;
在炎热的火球中,
这是清凉地。

柳梢头,
寓着我碎了的心片!
竹韵里,
听到我颤动的脉浪!
脚下涌出了云烟,
晓雾抹成了绯霞。

山色湖光,
都卧着默默地睡去。
依稀模糊,
似海上涌现出一座神山!

可爱的湖色啊!
暮云,
晚霞,
都嵌着碧崖翠峦;
在淡淡的烟里笼罩着。

梦中的恋影,

留下深深地嵌痕。
一幅图渐渐地隐去了,
未来的深情,
在湖水漾漾地凝眸中。

一九二三年六月十号,西子湖畔

(见《诗学半月刊》第十一号,一九二三年八月二十八日,第一、二版。原署名评梅。)

红叶的家乡

在深山的岩上,
拣了一片红叶,
把清泪洗它的泥迹,
鲜血染它的颜色;
一缕缕的愁思,
都付与它,
郑重地系在燕儿脚上,
任它去天涯飞翔。

明皎的天空,
笼罩着五彩云峰,
照着一片茫无边涯的沙漠。
月儿很惨淡地望着……
一只白的燕儿,
在沙漠里呻吟着,

红叶枯萎在它的脚下!

唉!燕儿留下了终身怅惘!
寻遍了天涯,
不知红叶送归谁家?
飞过了无数的青山,
渡过了许多碧泉,
曾在秀媚的峰头望着,
浓荫的林中待着;
但找不到何处是红叶的家乡!

红叶的香也消沉了!
红叶的色也枯萎了!
燕儿毙在沙漠上,
没有青山凉泉,
更无香草解花!
月儿也黯淡了!
风声也凄切了!
黄沙作了墓田,
饿鹰发出了悲哀的呼啸!

朋友呵!
人间的遗恨,
岂只燕儿找不到红叶的家乡?
沙漠之一片黄沙,
就是红叶的故乡!
痴呆的人类呵!
枯萎的黄叶,

原本是绯艳的红叶呵！

一九二三，西子湖畔

（见《诗学半月刊》第十二号，一九二三年九月十四日，第一版。原署名蒲侬。）

附：
致《诗学半月刊》编者黄绍谷信

绍谷先生：

我挟着满腹久蓄的意思，终于我拿起纸来写这封信。我是《诗学半月刊》最终抚爱者，我诚想把我的血泪来妆点她的辉煌。我愿意把我所有的心血，都结起来，扎个鲜赤的花球赠她。我们都应当注意到她的生长，因为她原是极幼稚而自信迷茫的青年啊！诗无论其为旧或新，总有其特点可谓之诗的，然后可以加上诗的花冠。认识之无的人，提起笔来一概都可以说"一片白云"，"她是可爱"。人人皆有写诗权力。但诗人绝非人人皆可谬加的。创作人人都有这权力去创造去，但我们去采这大堆花儿的时候，就不能不审一审这一样可意的花。她是美抑是香？莫有美莫有香。我们不让她在我们馨芳美艳的篮儿内待着。她若另具种特别的气息，并可以使我们篮内的花儿，染着同样的灰色网，那么，我们应当怎样去安置她？

不十分像诗的创作，摒弃了反可以引起他自己的反省。他或者去诗的路境找诗神去，若我们赞扬着这类诗，不但在诗之国内种下了极浑浊的空气，而且对于作者方面是阻止她到诗国的罪人。因为她正自豪是创作的诗人的缘故。

《诗学半月刊》她本披着是雪白的绡纱。我们只宜缀许多钻石上去妆她的美和光，我们不应拿一瓶有臭味的墨水向她洒呵！我们是勤恳的园丁，将来的收成我们应当计及的？我末一句，是请每一期的编辑，在珠光辉煌的盘里拣拣那鱼目的瞎撞哪。至于怎样才唤做诗，这是我们大家都知道的——并且是诗学社同人。这意思我曾经向天放说过，他也很赞成。

◎诗歌

我今天为了爱惜诗学刊的自身发展和社会上的注目。特向先生略吐一下我小小的一点儿意思，因为小孩儿的好坏，只有向保护人说话。

评梅

黄绍谷复评梅信

评梅先生：

《诗学半月刊》今天是整整的半岁。这仅仅半岁的小孩儿，她的爱者自然应当注意她的生长，她的保护人更应注意她的好坏。她既不能让那含有臭味的墨水洒在她的雪纱上面，她也不能让那带有毒汁的牛乳灌进她的小小生命里。她这小小生命，我们加意调护，犹恐不及。哪能让那含有毒汁的牛乳灌进去，危害她的生长。可是，今天以前的确有人送来含有毒汁的牛乳，请求我们保护人拿去喂她。我们也太不勇敢了，经这送乳者的几次催迫，我们只索挥泪忍痛，眼睁睁地喂了她这含有毒汁的牛乳。倘若经过催迫之后，我们还不拿去喂她，绿衣人将要从他绿色袋内取出几封更严厉的质问交给我们，这质问是："先生，我的乳就这样不好吗？"满腹怨气，满脸怒气，都在这质问完全表演了。本来，你们既然是这小孩儿的保护人，于其发展负有完全责任，对于那些质问可以不必在意。不过，今日以前，我们的确因这质问而喂了她许多有毒的牛乳。

这种办法，我觉得犯了两种罪过：一种是，对于我这小孩儿犯了保护不力的罪；一种是，对于作者犯了虚伪不实的罪。这两罪。我们此后决不再犯。我想等着天放来时，为这小孩再商量一个更好的"保护策"。

我很赞同你的这几句话，"不十分像诗的创作，摒弃了反可以引起他自己的反省，他或者去诗的路境找诗神去，不然，便是对于作者方面阻止他到诗国的罪人。"

绍谷

（见《诗学半月刊》第十三号，一九二三年九月二十八日，第四版。）

血染的枫林

我载了很重的忧闷,
低头向深林里走去;
踏着细碎的落叶,
嗅着将灭的余晴;
几缕淡黄的光线,
闪耀在血染的枫林上。

墨云里闪露着一只美丽的眼睛。
她将慢慢地放大,
我们都笼罩在光下;
那时我们只知道,
天空中有蔚蓝的锦幕,
白绒的堆花,
染入缕血红似的霞!

血染的枫林呵!
它瑟瑟地喧嚷;
树叶的梢儿抖颤着,
清冷冷的风微拂着;
听呵!
不是春的呢喃?
不是夏的微语?

诗歌

335

是秋在喧嚷啊！

园中的花草都静静地睡去；
梦神把一幅秋幕，
遮在酣睡朋友的身上；
那时在迷离恍惚中。
只看到血染的林，
一片片红叶遮了大地的凄切！

朋友呵！
你曾作过各种的梦，
在春的美丽灿烂中，
夏的花芬绚缦中，
天风的飘飘啊，
海水的滔滔啊！
曾经在生之幕内，
印下浅浅的余痕？
一切呵！
电光似地飞骋去了；
我只洒泪向风中遥送呵！

（见《诗学半月刊》第十四号，一九二三年十月十四日，第二版。原署名评梅。）

秋　菊

园中是何等的凄凉萧瑟？

只闻到虫儿悲泣,
花儿微语;
秋呵,
将要送她们归去。
白雪似的霜,
敷着在花的腮上;
陡然间变了朱颜!

秋在示骄呵!
朋友们,
在凄风凄雨的园中,
它握着轻小的帚儿,
扫人间的富丽!

浓浓的香,
拥着孤高晚芳的她!
在荒凉的园儿里!
点缀着碧空中一轮明月,
淡幕下几枝桂花。

阿菊!
人间处处呵!
秋思在谁家?
雁儿南归,
蝉儿隐去;
只剩着蟋蟀在空庭微语。
静默默的几株梧桐,
疏剌剌几枝桂花,

伴汝的孤契。

中秋前一日,附中主任室

(见《诗学半月刊》第十四号,一九二三年十月十四日,第二版。原署名评梅。)

残夜的雨声

一点冰冷的心血,
转着低微的浪音;
在一叶的生命上,
又映着惨切的深秋!
朋友呵!
听窗外渐……沥,
想到了篱畔黄菊,
点了支光明的烛——
走出了梅窟。

花下映出我影儿的彷徨,
黯淡的月光——
照出我心中的凄凉;
树荫里落下的雨珠儿,
慢慢地向身上。
那时:
夜莺奏着深秋的挽歌!
篱旁黄菊,

她正在迷惘的梦中。

深宵远远的送来鸡声，
似银铃的摇荡，
惊醒了雨中阶下的痴魂！
执着熄了的烛儿，
回到梅窟。
斜倚着枕儿，坐送残夜；
听窗外芭蕉的滴沥，
梧桐叶满载着秋夜雨；
一声声，
一叶叶。
凄切切滴到天明。

十，十八，北京

（见《晨报附刊》一九二三年十月二十四日，第三、四版。原署名评梅。）

母亲的玫瑰露

灵魂被梦魔逐出的时候，
我卧在淡湖色的绒毡下，
咀嚼着母亲赐给的玫瑰露。
那时雪笼的一枝白菊，
斜对着我微笑！

书案上，
浮着浅灰色的尘埃；
雪莱诗集内：
发现了昨夜飘落的——
已被风雨残蚀的桐叶。

猛忆到乡音沉寂，
濡着泪珠儿，
在桐叶上写几句话，
让秋风顺便寄与——
天涯的母亲。

"母亲：
我是昨夜梦里，
由你那温暖怀中，
逸去的小羊啊？
一刹那梦魇送我到梅窟。

谢谢母亲赐给的玫瑰露，
已将孩儿枯干了的肺腑，
烧焦了的心血，
滋润漫泽在母亲的爱里。"
玫瑰露啊！
母亲之爱耶？

十月十八号，北京

（见《诗学半月刊》第十五号，一九二三年十月二十八日，第一版。原署名评梅。）

人间的镌痕（选录）

（一）

我将把彩霞作毡，
白云作床，
静静地卧在渺茫的天空里；
赞祝那一颗尝遍人间辛酸的心，
找到了故乡。

（九）

我提着笔写了几次，
都化作蝴蝶飞去了！
虽然莫有寄与她，
但她心里已有了浅浅痕迹的？

（十二）

一幕剧完了，
人都纷纷找归宿去，
但我呢？
在生之路上只踽踽而怅惘呵！

（二十五）

她送了我一束白丁香，
我将簪在鬓旁？

我将挂在襟上？
昨夜我悟到了！
把它埋在园中的地下。
我不忍着它枯在我鬓旁，
死在我襟上，
宁使在地下做她的美丽迷惘之梦；
何必定受人间的枯萎啊？

（三十二）

心血未枯竭，
将握着这破叉的笔头，
在无痕的纸上，
画人间的泪迹。
（见《诗学半月刊》第十五号，一九二三年十月二十八日，第一版。原署名评梅。）

迷惘的残梦
——谢晶清

昨夜迷惘的残梦里，
秋风枯萎了美丽的花篮！
我含着别离的酸泪，
将最爱的紫罗兰遗弃在——
春的梦里。

燕儿伏在梁上悲啼了！
这里有素兰的余痕，
晶莹的泪迹。
燕儿伏在梁上悲啼了！

"使命"！
令我离了旧巢，
把人间的余痕都留在梦内。
将振荡着银铃，
曼声低歌，
走向人间！
唤醒那沙漠上沉睡的青年！
指导他去开辟人间的乐园。

灵幻的光流；
惊醒了留恋的残梦；
我已换了个生活的花篮！
朋友！
那时金钗叩门，
你挟着素兰的芬芳，
来到了凄凉的梅窟。

一切……人间的一切，
我不知何所憎？
何所爱？
上帝错把生命花植在无情的火焰下，
只好把一颗心，
付与归燕交还母亲；

诗歌

343

剩这人间的躯壳,
宁让他焚炽成灰!

纵使"鲜红的血丝,辛酸的泪泉"
注满了人间的摇篮。
也不过是残梦的虚幻,
能博谁的怅惘——
在枯萎的花篮?

朋友呵!
记忆的灯儿永久燃着!
残梦的余影仍在幌荡!
"明月夜
人静后"
我将伏在蔓草,
蛛网结织的小亭,
望着晶洁的月儿祈祷!

那时:
亲爱的诗神,
拿他温暖的角,
吹起了希望的火焰!
将草亭梅魂,
燃在金色的光流内!

除了握枝破叉的笔儿,
记记梦中的残痕;
朋友呵!

胸头缀着忘忧草的花球,
手中执着红甘的美酒;
当白云来时,
把魂儿骑在它的背上,
飞渡关山望母亲!

十,二十三,答晶清女士《一瞥中的凄凉梅窠》

(见《诗学半月刊》第十六号,一九二三年十一月十四日,第一、二版。原署名评梅。)

附:

一瞥中的凄凉梅窠

晶 清

中秋前一日,评梅由女高移住师大教员寄宿舍,我为同着她去的原故,遂得相识了她所谓的"凄凉梅窠",而评梅又以乍离开相依三年的女高,颇感不快,故书此以慰之,班门之下,固无我弄斧之地,不过聊博评梅一笑耳!

迷漫漫,
如雾,如烟;
花呵黯淡,
鸟呵无言,
正当这愁惨而寂寞的刹那间——
我便轻轻的
踱进凄凉的梅窠了。
萧条呵——梅窠,
枯瘠呵——梅窠,

它正待着血泪来装点呀！

朋友，
快掏出你鲜红的心血，
快开放你辛酸的泪泉吧；
装点它——
它便是你的理想的乐园！
看呀！
蔓草做了小亭的金冠，
蛛网妆饰成小亭的纱裳，
朋友，
这是多么的美妙，
自然？
你莫谓它不如你的摇篮？

明月夜，
人静后，
你偕着你的影儿
悄悄地踱进了小亭，
热泪当酒，
素诗作肴，
那时候——
寂静的院里，
淡抹上
一幅美妙的图画！

朋友呵！
宇宙原是逆旅，

何用惆怅?
在电驶的生命途中,
我们都是无牵挂的游客哟!

一九二三,十,四日于女高师

(见《诗学半月刊》第十五号,一九二三年十月二十八日,第二版。)

玫瑰花片的泣诉
——寄纫秋

（一）

她赠我一束美丽的玫瑰花,
在园中的淡月下。
我走向紫罗兰面前告诉她;
她说:
"玫瑰花有锋利的针芒,朋友你自去斟酌吧!"

（二）

你的心变作了琵琶,
我的心变作了弦。
当音乐家置你在他膝上调理的时候,
我的悲哀,
都流在你的心里。

（三）

时间已如沧海一样的碧波逝去,

地球已如落花一样的飘零粉碎；
但我心中的信仰，
仍燃着永久的火焰！

（四）
流水漂着许多落花游泳着：
牡丹花瓣无意中和玫瑰接吻了！
但一个乳雁掠过水面时，
他们已迅速地分离开。

（五）
我的黄金明珠结扎的美丽花冠：
已被个狂疯的青年撕碎！

（六）
一天：
我在白银的瀑布下凝望！
当我沉迷如醉的时候；
忽然诅咒母亲为什么要爱我？

（七）
披着翠羽的鹦鹉呵！
当他含泪问我的时候：
请你不要泄漏了我的凄悲，
在你那珊瑚嘴里。

（八）
灯前：

披读那有梅花的信笺,
余痕已模糊了!
但朋友呵!
找不到的真心只在瞬间哪?

(九)

看阶下踯躅的落花,
悔当初何须在枝上繁华呵?

(十)

昨夜里:
杜鹃拟了篇招魂赋,
托了我檐下的燕儿代他泣诉。
他说:
"秋风太煞无情!把人间并蒂花摧残尽!"

(十一)

宁把枯萎的花魂唤不醒,
好让勤恳的园丁不栽种。

(十二)

写出来是罪戾,
歌出来是凄悲,
只好咽在心里。

(十三)

我的心扉是极薄的玻璃,
只要有一些接触,

就发出清脆的回音——
——甚至于立刻粉碎！

（十四）
我的眼中满含着清晨花上的露水，
只要风微微的一吹；
即刻涌出那同情的热泪！

（十五）
一阵秋风，
卷去了园中的绮丽，花魂的青春！

（十六）
晚霞照在柳丝上，
燃着我檀香般如焚的怅惘！

（十七）
我的泪都流向人间，
我的爱都遗在梦里，
我的心埋在冰天的红梅树下；
只可怜我这飘泊的躯壳，
陷在世界的尘泥里。

（十八）
几次把握紧了的笔儿放下：
乱云似的情丝，
教我从何处写出？
朋友呵！纫秋呵！

只有你能听到玫瑰花片在这里悲诉!
（见《诗学半月刊》第十六号，一九二三年十一月十四日，第一版。原署名蒲侬。）

星火（一）

满地落叶，
铺遍了初冬的黄昏，
我手握束鲜丽的花儿，
去敲那魔宫之门，
淡青锦被下，
现出了人间箭儿射伤的香谷；
麝兰般的气息内，
蕴扬着几丝儿微恨。

朋友呵！
在春园中的玫瑰花畔，
我救只刺伤了的杜鹃；
群花都诅咒玫瑰花的残忍，
但玫瑰花方自恨把保护的枪，
误伤了多情的杜鹃。

朋友呵！
在你檀香焚烧的心中，
灭却那悲愤的火，

腾起那快乐之焰；
把宇宙呵！
将你的温暖的心房幻化？

人生：
秋的飘零，
春的繁华
朋友呵！
值得在静沉沉的深宵一想？

案上的黄花在笑，
窗外的小鸟在唱；
何不打碎人间的桎梏，
睡在那摇篮而微笑！
聪明的朋友！
人间的网！
原不能把你笼罩。

病魔原是心里的"撒旦"呵！
要把他炸得粉碎，
试抛一粒开花之丸。

昨过女高访我友香谷病，返后，颇悟人间一切多由神秘作用，乃写诗寄慰。越日把晤，香谷遂以笑靥相迎，知其病已在外而不在内矣，为之一笑。

十二，十一，十二，识于梅窠

（见《诗学半月刊》第十七号，一九二三年十一月二十八日，第一版。原署名评梅。）

飞去的燕儿

在美丽香馥的梦里:
我曾抚爱着,
一支披满雪绒的燕儿。
在檐下悬了个银丝笼,
让燕儿捆在这温暖春园中。

镇日我在花影阑珊的窗前,
握着管破叉的笔儿沉吟!
望着凉云呵——不羁,
听着鸟语呵——神往。
那时,
雪绒可爱的燕儿,
隔着银笼——
向梨花呢喃低诉!

她说:
"朋友呵!
聪明的人类,
原想将宇宙缩小,
藏在他黄金匣内。
你看:
白云呵——悠悠,

诗歌

树叶呵——颤荡,
只隔了口眼与银栏,
困在这樊笼里生活"。

这样低微的声儿,
沉寂中令我心荡。
"羞愧"趁着我走到檐下,
用理智的手压着这抖颤的心房!
紧嚼着唇儿,
将"自由"花冠——戴在燕儿的头上。
迷惘中,
我晕倒在梨花树旁!

月儿照着我憨情微笑!
花影印着我孤身飘荡!
残梦呵——醒来,
银丝笼犹握在我的手中;
但燕儿呵,
她早已很快地飞去——
由我绯红温暖的心窠中飞去!

一九二三年,十二,三,北京

(见《晨报附刊》一九二三年十二月十四日,第二版。原署名评梅。)

叫她回来吧!

(一)

幔底的余香缭绕,
筵上的灯花舞蹈,
寂寞的空庭,
颤动着心头的爱影!
他执着热烈的火焰,
向那黑暗修长的远道。
张臂狂呼:
叫她回来吧!——
由爱之园。

(二)

海鸟在沙滩畔私语,
浪花在碧波中腾跃,
疏剌剌几粒星,
碧茫茫一片海。
他扬着轻翼似的白裾,
求那海啸的声音:
叫她回来吧——
由恨之海。

(三)

篱畔的蔷薇枯黄,

枝头的桃杏萎落,
空虚的心窠,
感受着过去的创伤。
他哀求着月儿的清辉,
照着她影儿的踪迹!
叫她回来吧——
由邈阔的地角。

(四)

遭了黄莺的怨恨,
受了玫瑰的刺伤!
血泊中他捧着箭穿的心儿,
晕倒在崎岖的道上。
求上帝哀怜他,
使漂泊的灵魂,
重做那温馨的梦。
叫她回来吧——
由渺茫的天涯。
(见《晨报附刊》一九二三年十二月十九日,第三版。原署名评梅。)

梅花树下的漫歌
——纪念"一七"

荒凉的古道呵,
行人稀寥;
两旁伞形的松柏,

很骄傲地耸入云霄!
伴着烟云,
陪着孤鸿;
笑人间的枯荣。

呵,
冷风中雪花飞舞,
笼罩了这肮脏的宇宙!
听那松声涛音,
奏出悲壮的歌调;
荒凉的古道呵,
愈增荒凉,
苍松都披了雪绒的大氅。

漫天冰雪里;
她披着绛绒的外衣;
踏着雪花——
走到隔岸的山内,
访她最爱的梅去,
眉如远山的含翠,
眼如澄晶的清溪,
空静寂莫的宇宙里,
她燃着生命的光华!

清香呵!
望去只见漫山崖的红梅——白梅;
像一座云幔霞帷的花宫,
笼着层薄薄雪纱——

◎ 诗歌

更形美丽？
她伏在梅花树下赞美着——
毫不管那漫天的大雪，
堆集在她的绛氅上。
清香拂去了松散的流云，
听呵！
她幽扬的歌声；
梅呵！
你吐着清淡的暗香，
开放着窈窕的好花；
假使冬天莫有花？
这世界呵！
有多么荒凉。

梅呵！
"春风一梦无桃李，
留得梅花共岁寒"；
在枯寂的生命中，
你灵魂儿氤氲着温香，
从未曾在绮丽的筵上争艳，
孤高清幽可爱的花呵！

常为你祈祷着上帝……
梅呵！
我把生命花，
植在你的蕊里；
心苗中的一点爱意，
消融在你的暗香里；

我将把宇宙的繁华舍去，
偕着你孤零零的魂儿！
——同埋在冰雪里！
她轻冷冷的歌声，
渐渐低微；
风拂着梅林，
又依稀悲啼？
雪花正在飞翔；
暮云又将笼罩！
她仍伏在梅花树下，
——为了爱慕竟不找归路？
霁日一轮，
慢慢从烟云中涌出，
万道霞光，
射在梅花的枝上，
雪地内倒卧着绛裳的女郎；
为了爱慕——竟不找归路？
梅蕊里浸出血样的知己泪！

（见《诗学半月刊》第十九号，一九二三年十二月二十八日，第二、三版。原署名评梅。）

女神的梅花和银铃

（一）

我们原是梦里相会呵！
但在这梦痕上，已凝结了多少血泪？

我们原是梦里相会呵!
但在这梦境中,又经过如许的年华?
朋友呵;
毋须笑笼中鸟,
毋须讥网中的鱼;
在这沉静的夜幕底;
你原是卧在宇宙的摇篮内!

(二)

彩霞揭开了眼帘!
夜莺唤醒了灵魂!
逃出了沉醉的花宫,
脱解了羁束的罗网;
由那惊惶的梦境内醒来!
呵!
苍松翠柏的枝上,
飘舞着十三层五彩的国徽——荡扬!
朋友呵!
在无意中惊悟了过去的流水和落花!
换上我霜雪般的绡裳!
戴上我繁星似的珠冠!
抱一束血泪化成的玫瑰花篮!
祈祷着!
爱的女神抚慰这梦中的飘魂———
和那可怜的人类。

(三)

晚霞正射着白玉的神像!

双翅上遍耀着爱的红光!
女神的手里;
握着几枝龙蟠的寒梅!
寒梅上悬垂着白雪般的银铃儿叮当响!
朋友呵!
我们原是梦中相会呵!
但在这梦痕上已凝结了多少血泪?
我们原是梦中相会呵!
但在这梦境中又经过几许年华?
我嗅着梅香馨馥!
醉卧在女神的足下。
——任那霜雪掩埋!寒风吹化!
(见《诗学半月刊》第二十号,一九二四年一月十四日,第二、三版。原署名评梅。)

青衫红粉共飘零

怜君青衫感飘零,
怨她红粉弹别弦;
世事无常唯余恨,
人情悟尽便是禅。

花魂诗神证夙缘,
杜鹃泣血不知年;
冰天博得知己泪,

英雄心情总黯然!

(见《诗学半月刊》第二十号,一九二四年一月十四日,第四版。原署名蒲侬。)

灵魂的漫歌

(一)

我是人间驱逐的罪囚,
心情逃在檀香焚炽的炉内:
燃着浓馥的烟——在空中萦绕。
炉中有烧不尽的木屑,
将继续永久这样燃烧!
灵魂儿——附着几缕不绝的轻烟,
向云头浮飘。
听哪!
人间的朋友们,
正在那浓梦内咀嚼!

(二)

宇宙之谜呵,
我终永难猜!
为什么春园繁华?
秋园萧瑟?
雁儿又要南北忙?
在这月光清辉的银幕下,

深邃黑暗里；
又满含着恐怖的神秘！
朋友呵！
在人类浓迷的梦里，
听听：
他们诉说的呓语是什么？

（三）

青山满被雪罩，
碧水都结冰屑；
园中的花木雕落！
墓头的青草枯黄！
朋友们呵！
都在冰天冻雪里缩抖着；
等那金红色美丽的太阳！
永久呵——希望，
永久呵——失望，
浮云已把美丽的太阳！
笼罩在那黑邃的深崖！

（四）

岸头堆遍了尸骸！
海流波荡着血花！
朔风又乘着深夜——在松林里怒号！
那堪呵！
野鹫站在古木上冷笑；
饿狼伏在黄草中悲啸；
血呵——腥；

尸呵——腐；
清洁美丽的园儿，
变作了荒燕鸟兽的山薮，
这样冷酷似的宇宙，
莫有一只善鸣的鸟儿歌唱！
莫有一朵美丽的花儿开放！
只有静沉沉的海水，
流呵——流呵，
带着这腥臭的血波荡漾！

（五）

是谁把血变作了河？
是谁把尸骸堆满山？
只落得喂了野兽的肉，
满了饿狼的欲！
将繁华的园儿，
遮在这黯淡的幕下，
明锐的矛头，
霜雪的剑刀，
都在那血花中——讪讽的微笑！

（六）

朋友们：
醒醒这醉迷的噩梦呵；
在云烟渺茫里，
去觅那女神的摇助！
白玉的神座下，
祈祷着！

赠一杯玫瑰的甘露,
将人类所有的不平,
都融化在这碧玉杯内。

(七)

朋友们:
醒醒这醉迷的噩梦呵;
在云烟渺茫里,
去觅那女神的援助!
白玉的神座下,
祈祷着:
赐一支光明的烛枝,
将人类所有的黑暗,
都燃起了辉煌的华!

(八)

焚毁了这肮脏的宇宙!
烧断了那笼罩的尘网!
涌现出美丽的太阳!
射在那青翠的山峰,
映在那碧绿的苍海;
花儿在惠风里舞蹈!
夜莺在树林里歌唱:
一切重生了!
复新了;
宇宙原不是那么荒凉?
朋友呵!
这迷惘的浓梦醒来!

我附着在烟云中的灵魂,
爆烈了檀香焚炽的火炉!
又返到人间的故乡。

十二年除夕,北京梅窠

(见《诗学半月刊》第二十号,一九二四年一月十四日,第三版。原署名评梅。)

灵感的埋葬

我感不着深长的苦痛,
惨切的凄怆;
确是证明了我灵感的埋葬。
在这沉静深蓝的夜幕上,
谁缀了几粒闪荧的美丽星花?
在这凄切哀婉的笛声中,
谁歌出人间难诉的怨恨?
原不过是刹那的心浪:
乘着这血未凉,
墨未干,
我把这残痕留在纸上。

诗人沉醉在悲哀的杯里,
他怀疑:
愉快的帷里,
为何隐几枝黯淡的红烛啜泣?

人生呵：
永远是在这怒涛汹涌的海上，
摇着这叶似的船儿飘荡；
但静默的灵光；
又在何处辉煌？
永远是伴着枯萎的花篮，
卧在蔓草中做梦吗？
但是春风呵；
又何曾吹到枕边？
人间的迹踪，一层层加深；
心中的悲哀，一重重罩笼；
朋友呵：
这便是人生。
对着惨淡的灯光，
望着壁上的影儿摇晃，
这时心情，是怎样梦绕着故乡？
月光映下窗上的花痕，
猛忆起三年中迷恋的旧梦？
这时心情是怎样悔悟的讪讽？
清静沉寂的深宵：
听夜莺的悲歌，
想人间的波纹；
这时心情是怎样清醒的惊悟？
寒寂的古庙中，
黯淡的佛灯旁；
细捻着念珠，
忏悔这半生迷惘，
这时心情是怎样空洞？怎样平静？

◎ 诗歌

我曾将檀香炉中焚炽的火球,
浸入那阴寒的冰雪地窖;
我曾将毒汁沸腾的药酒,
滴在温热的柔脆心房。
这种澈骨的辛酸泪,
洒满了深宵的枕衣;
到而今才悔悟作末次的忏悔。
斩断了难断的血丝,
补好了难补的洞伤;
乘着繁星在天,
花影已睡。
航了这飞快的船儿,
逃出了深长的孽海!

人间奇想,
满裹了血泪的丝网,
在冰雪沙漠中埋葬。
更泣祷上帝,
不再开红艳的希望之花。
谁料忠诚的灵魂,
搴揭起叛旗?
但这不值怀疑;
为了忠诚:
对着惨淡的灯光,
才含泪忍痛这样地牺牲。

宇宙中的一切,

都漠然的冷笑！
我感不着；
箭射是怎样深？
刀刺是怎样痛？
少女的憨笑是怎样含情？
青年的啜泣是怎样动人？
那不忍南去的雁儿，
归歌是怎样凄怆？
确是证明了！
——我灵感的埋葬。

一九二四，一，十三，神清夜静时

（见《诗学半月刊》第二十一号，一九二四年一月二十八日，第二、三版。原署名评梅。）

山灵的祷告

当我随着银瀑冲下的时候：
中途逢着了明莹可爱的礁石，
伊携了我的手，
暂卧在这巉壁的崖上。
可以望见灿烂的云霞，
微渺的星河；
深林里：
依稀听到鸟韵歌唱，
我战兢兢向这银瀑下瞭望！

恐怖里：
依稀又听到蛟龙的低语。

朝霞披了淡红的面纱，
阳光怒射着金箭似的光芒！
鸟儿赞美着这火烧似的红光！
天空中漫飞着白云飘荡。
那时我也和着小鸟儿；
歌颂着宇宙的光华！
猛然见树林摆动；
山灵拖着灰白的云裳，
向着这金盆里的生命火光，
祈祷着希求的欲望。
龙鳞闪闪的太阳呵：
红的希望之花蕾，
已开遍了这翠笼的山；
碧的青春的草儿，
已铺遍了这绿浸的泉；
樵夫的鬓丝满染了银辉，
村女的红颜敷着了玫瑰。
但我一天所祈祷的呵！
永远是空虚！

宝座辉煌的太阳呵！
淡淡的雾，浓浓的烟，
永笼不住生命的火焰！
流水飘送了落花——去，
雁儿逢着了秋菊——归，

生命的花,
一度一度开了又谢!
神执着的红烛仍未灭熄!
我要把青春系住;
我要把夕阳挽留,
愿你的光焰,
永照着我这美丽的山,
但我天天所祈祷的呵!
永远是空虚……

这低微的声息,
留在我耳鼓中荡漾;
不料无情的瀑布,
已送我到不可思议的渊底!
山灵呵!
这刹那的人间,又何须奢望呵?
听歌的人儿,已同蛟龙赴水宫作伴,
仅留着未尽的祈祷余韵——在这深深的流水声里。
当我感叹的气息停止时,
原是场迷惘的梦境!

一九二四,二,一,北京

(原载《新民意报·绿波周报》第十一期,一九二四年二月十一日。原署名评梅。)

末次的泣祷

朋友呵,
请原谅我!
因为人生是这样颠倒!
我才将三年的索绊,
用无情的斧儿,
斩断了一切的迷恋!
我们的过去,只不过是梦;
梦幕上我赠你几粒明莹的星!
我们的过去,只不过是梦;
梦境中我赠你无限的隐痛!

朋友呵:
请原谅我!
为了你的愉快和幸福,
我怎忍陷你在迷惘难宁的心境。
朋友呵:
愿你只诅咒我是病伤了,
我是疯狂!
只看作北来的雁儿,
停息在你的檐下——
无几天的羁栖。
墨浪停滞着,

我的泪不禁向心头流,
但朋友呵:
你毋须想到我的悲苦!
宇宙呵:
原是游戏场。
只当作流水载了落花,
无意中飘到你的门前;
只当作无家的燕儿,
无意中曾栖在你的树巅;
为了这未尽的缘,
何须忆;
从前血泪怎样流?
从前的友谊怎样坚固?
我已狂领了毒汁的浓酒,
醺醉中聊寄这无限的悲苦!

生命波纹上起了几点浪花,
生命途程中印了几层深痕;
朋友呵!
你的心情本早毁伤!
我的灵感业已埋葬!
乘着神座前的红烛未熄,
夜莺正歌着临死的挽歌,
我们共爱的紫罗兰,
也伏着身驱萎在神的足前,
那时我们同伏在这静默含笑的白玉像下,
含着人间的隐痛,
负着深长的创痕,

作这不得不如此的——
末次的泣祷！
(见《诗学半月刊》第二十二号，一九二四年二月十四日，第一、二版。原署名评梅。)

星火（二）
——慰兰姊

我载了人间飘泊的躯壳。
踏着憔悴的黄叶，
拂着抖颤的枯柳；
抱了束美丽的黄菊。
去叩你病宫的玉门！
药香里，绒毡下，
出现了箭儿射伤的你！
馨兰般的气息中。
都带着几丝怨恨！

朋友呵！
我曾在春园中的玫瑰花畔，
救了个玫瑰刺伤的杜鹃！
群花都诅咒玫瑰的狠残；
但我早悟到了。
玫瑰自愧伊有护卫的枪；
误把多恃的杜鹃受了伤！

朋友呵！
在你檀香焚炽的心炉中。
灭了那悲愤的火。
燃那快乐的焰，
都把它焚毁！
宇宙呵！
原也是乐园，
原也是荒薮，
全恃你心灵去幻化！

人生——
又何须猜想？
秋呵飘零，
春呵繁华；
心房中的炎凉原也是这样！
朋友呵你想——
在静沉沉深宵——
你抚心想！

案头的黄花在含笑！
窗外的小鸟也在歌唱！
你何不抖抖人间的桎梏。
静静地睡在那摇篮内微笑！
聪明的朋友呵！
人间的网，
原不能把你笼罩——！

病魔原是心魔。

你心炉中燃一颗愤悟的炸弹，
把它粉碎！
我把这小小檄文——
将它驱逐，
这一星心火，
消了你满腹冰雪！

十一月十二日旧作，北京

（原载《新民意报·绿波周报》第十二期，一九二四年二月十八日。原署名评梅。）

你告她

（一）

斜阳照着古道。
马儿载着惆怅；
离曲低低吟。
别恨默默咽。
深林里啼血的杜鹃呵！
你告她：
"我原是密网底逃出的飞鸿，
振翼向故乡来看母亲。"

（二）

过着无数的悬崖深涧，
听：

天风的飘飘呵!
流水的滔滔呵!
灿烂的夕阳西陨,
夜莺的歌儿更凄清!
你告她:
"我想任马蹄踏遍了地球,
燃起我光明的火把!"

(三)

采道旁的蔷薇,
收清晨的露珠;
编织顶美丽的花冠,
请燕儿衔献到她的妆台前。
你告她:
"途中无纸笔,
权作一幅相思笺?"

北京,梅窠,蒲节后一日

(见《晨报附刊》一九二四年六月二十日,第五版。原署名评梅。)

春的微语

我依稀是一支飞鸿,
在云霄中翱翔歌吟;
我依稀是一个浪花,
在碧海中腾跃隐没。

缘着生命的途程，
我提着丰满的花篮儿，
洒遍了这枯燥的沙漠。

我只想环绕着，
繁星的宝座飞翔；
静听着天宫的群神，
颂扬那创造者的光华！
玉琴的悠扬里，
上帝把一束春之花，
戏簪在我的鬓旁。

洁白的波涛，
在深涧的生命海中浮飘，
光华的明珠。
在瀑泉底迸跃。
这音韵似偷弹玉琴，
似静听裂冰。
深茂的松岭上，
悄悄地捧出了微笑的朝阳！

聪明的朋友呵！
泪珠儿为何要洒向天涯？
埋葬了花魂，
蛰伏了秋虫，
都在彩色的尘土中复生！
朝阳呵如烘！
云涛呵上涌！

桃妹妹和柳姊姊,
替杜鹃结识了一座音乐亭!

沉醉在惠风的怀里,
把柔和的暖意。
沁入枯冷的心脾;
拥抱着天河畔的七星,
将熠耀的翅儿,
惊醒了梦里的花魂!
纵然少女诅咒我的皎颜,
青年忌妒我的多情;
我将用困倦的网儿,
把永久的邈远的宇宙罩定!

四,十,北京

(见《晨报附刊·文学旬刊》一九二四年六月二十一日,第三版。原署名评梅。)

留 恋

(一)

依稀是风飘落花,
依稀是柳絮天涯;
问燕子离开旧巢,
含泪飞向谁家?

(二)

惠风撩乱了诗情,
晚霞横抹成诗境。
只点染了一轮月,
几株松,
惹我留恋着,
梅窠的烟云。

(三)

疏刺刺几枝梅花,
冷清清一盏孤灯;
听:
远处送来的古庙钟声,
窗前唱和着草虫低吟,
惹我留恋着,
梅窠的幻梦。

(四)

铸成了铁样的素心。
包住了海样的深情;
榻上遗下泪迹,
案上留着药馨;
风霄月夜,
少了个瘦影。

评梅写于离梅窠前一日

(见《晨报附刊》一九二四年七月十三日,第四版。原署名评梅。)

宝剑赠与英雄

（一）

霜雪的宝剑，日日呵长啸！
珠钻的剑匣，时时呵舞蹈！
要觅人间的壮士，抒他的光芒，
要滴人间的鲜血，解他的消渴；
掬着满怀的郁结，
他泣向和平的女神祈祷：
"神呵！
和平原须战争；
战争原为和平，
莫有战争呵——又何须和平？
我的雪裾要血濡！
我的锋花要（绽）苞！
我誓愿把希望的种儿，
洒向人间，开一树灿烂的红色！"

（二）

云天苍茫，
女神拖着雪白的云缎飘荡，
戴着繁星的珠冠辉煌！
捧着这长啸的宝剑；
乘着春的帆儿，

向云头四眺。
云锁深山只闻着猿啼，
烟笼水涧只看到鱼戏，
四方晚霞怒射着最后的余辉。
她飘落在万岭的峰头，
向着苍苍的松林——亢喉高呼：
"英雄呵何处？
英雄呵何处？"

（三）

晚霞照映着松林微笑！
女神猛看见——
看见个玉雪的孩儿在苍松下睡觉。
红艳的花儿，
洒满了他美丽的粉腮；
五彩的蝶儿，
围了他散发飞翔；
白云浮堆着锦被，
松柏支罩着罗帐；
不知道何年何日？
他酣睡在这软柔的草上？

（四）

警悟的银铃儿乱响；
希望的红花呵飘扬！
繁星轻轻地揭开他的眼帘，
夜莺在松枝上，
努力的叫喊！

他玫瑰唇上,浮着憨漫的微笑!
雪绒的翅上,
遍映着可爱的红光!
女神轻轻向耳旁——
唤醒他梦中的迷茫。

(五)

蝴蝶枕着花儿,
已进了甜蜜梦乡。
半弯银梳儿,
映着树影地摇曳飘荡;
宇宙呵,
都罩在这静寂的幕下,
这玉雪的孩儿。
微笑着向女神呢喃祈祷!
"在这迷惘的人间呵,
使命的担儿怎样挑?"

(六)

暮云下:
他捧着寒光四射的宝剑赠他,
她说:
"英雄呵,
取人间的血,
濡染你刀上的花。"
清风飘送着去后的余音,
天空中舞蹈着他的云裳;
依稀犹听见:

"英雄呵；
取人间的血，
濡染你刀上的花。"

一九二四，一，一四，北京梅窠

（见《晨报附刊·文学旬刊》一九二四年七月二十一日，第一版。原署名评梅。）

微 笑

（一）

春悄悄地含着微笑！
唱着恋歌，
走近林边的时候，
梦中的云雀，
互相问着这是什么消息？

（二）

我陨泪——向万仞的深崖，
我长歌——向无垠的穹苍；
拼将多少旅愁，
都付与黄昏的归鸦。

（三）

捣碎了幻景的玉杯。
盛满了虚渺的诗瓢；

去吧——一切……
我将笑受山风和海涛的祈祷!

(四)

母亲!
你赐我蜜一般的甘露,
我还你血一样的热泪;
懦弱的儿,
将数数你鬓上银丝又添几许?

(五)

撷取幽径中的芳草哟,
摘取天海内的明星哟!
这都是幻空。
千古银辉的月儿,
却照瓦砾沙层。

(六)

问——云宫的皎月?
问——松林的涛风?
人间呵!
何处是魂儿的归程?

(七)

听碧海银涛的呜咽!
看乱云中闪烁的疏星!
诗人的心波颤动了。
她说:

去吧——心中的烦闷！
去吧——少年的梦痕！

（八）

心里只含着酸泪，
到了她门前，
踟蹰着我又不忍进去。
原知——落花飞絮似的生命——无凭，
但上帝又不赐给我——无情。

（九）

诗兴滞了
没到笔尖儿上，
就慢慢又回到心里。
我的朋友啊！
把这没字的纸儿寄你。

（十）

心头的酸泪逆流着，
喉头的荆棘横梗着；
在人前——
都化作了轻浅的微笑！

一九二四，七，二十二，平定山城

（见《晨报附刊·文学旬刊》一九二四年八月一日，第二版。原署名评梅。）

此生不敢再想到归鸦

小峰先生：

　　树声君的《抄袭的诗人》读过了。学诗年余，才得到这点回响，不能不说是评梅的荣幸！不过我怀疑了——或者是我自己的浅陋——我觉着在宇宙内，自然赐给我的也不就是"翠峦碧溪夜莺杜鹃玫瑰紫罗兰宫殿楼阁……山川鸟兽人物花卉"——也可以说是在人间所闻见的就是这些。

　　可惜我不是女神，不是天仙，不是和诗圣并肩站着的大文学家，我仅仅是个漫歌低唱的小女孩，怎能感到极伟大的神秘在宇宙里？

　　当我写我的《微笑》时，我实不知"黄昏的归鸦"和"互问着消息"已暗暗地犯了抄袭的嫌疑；那么，我或者在这一生里不敢联想到"归鸦和消息"等……虽然，我总觉着太诙谐了。我不禁望了这广博的宇宙微笑了！

　　这一跌，评梅并未感到不安和损伤，但树声君的主观的教训，评梅……在这里深深的感谢了！

　　附晶清女士及梅近作[①] 请教。

评梅
二十号

（见《晨报附刊》一九二四年八月二十七日，第四版。）

[①]指下篇《心影》和晶清的《归梦》。

附：

心　影

（一）

夜深了，
我想看天上散布的繁星。
忽然由村林里——飞出一只小鸟，
落到我的襟肩，
原来是秋风赠我的枫叶诗笺。

（二）

"牧童倦了。
羊儿眠了。
晚霞看的醉了。
夕阳微笑的回去了。"
这是小朋友逛山带回的消息！

（三）

白银似的小河睡在碧青的天空，
蔷薇般的紫云笼着明闪的小星；
小诗人呵！
你能在美婉的诗意里，
捕捉那倏忽飞行的自然心影！

（四）

似流星的光焰，

似少女的娇颜；
似游丝般一缕恋感！
雨正潇潇,
风正飘飘,
我不禁把一支可爱的银毫——
向窗外一抛！
（见《晨报附刊》一九二四年八月二十七日，第四版。原署名评梅。）

归　梦

晶　清

（一）

依稀是——
向仙鹤借来了雪白的双翅，
乘长风。
飞过重重大山，
飞过无边际的海洋，
回到了久别的故乡。
华山呵依旧，
翠湖呵无恙。

（二）

依稀是——
带着遍体的风尘，
倦偎在老父膝头——
细认他两鬓上的霜雪。

（三）

依稀是——
黄昏时候，
流萤遍野，
跪伏在阿母坟前——
低诉我满腔的哀怨！

一九二四,八,二十于女高师

（见《晨报附刊》一九二四年八月二十七日,第四版。）

谁的花球

（一）

昨夜：
银彩洒满我的睡靥，
像母亲的柔荑托着我安眠。
忽然！
听见天鹅振翅的声音，
仿佛有人悄悄走过窗前。

（二）

我轻轻下了床，
向碧纱窗上往外看：
只见寂静的树枝，
随着风儿颤，

只见斑驳的花纹,
死卧在檐前;
莫有个人影!
莫有些儿声音!

(三)

今天,
我背起囊儿,
要捡收萎落的花瓣;
推开门,
发现了一个花球在我门前!
她是红玫瑰围着一圈紫罗兰。
(见《京报副刊·妇女周刊》第二号,一九二四年十二月十七日,第六版。原署名评梅。)

归　来

(一)

因为她窗前有一盏灯;
我由悠长的远道,
找星星光明!
不怕黑暗中鬼灵的追逐,
不怕荆棘里冻血的凝滴。

（二）

因为她帏下有一架琴，
我由悠长的远道，
听冷冷心声！
忘了夕阳已晒在玫瑰花上
忘了花儿未萎前要戴在她襟旁。

（三）

因为她确有一颗心，
我由悠长的远道，
想问问同情。
那管云深的山里，牧歌的渺茫；
那管波涛的海上，船儿的恐慌。
（见《京报副刊·文学周刊》第三号，一九二四年十二月二十七日，第四版。原署名评梅。）

静听银涛咽最后一声

（一）

我的散发，
似细柳在风前飘动。
我的羽纱，
似龙鳞在波上推涌；
红霞内横掠着海鸥的幻影。

碧霄中颤荡着孤雁的哀鸣!

(二)

葡萄酒斟满了玻璃杯,
遥邀明月,
遥邀繁星,
留一个永久的沉醉。
这是纤软绒松的眠床,
这是晶莹如玉的墓碑。

(三)

这颗心,
飘浮在海上,隐没在云中,
不如交还给母亲。
归路——滚滚像玉龙翻腾,
汹涌着万层波云;
我原是天涯倦游的病鸿,
静听银涛咽最后一声!

圣诞节前夜

(见《京报副刊·妇女周刊》第四号,一九二四年十二月三十一日,第八版。原署名评梅。)

血 泪

(一)

杯里盛着上帝赐我的血,

我想洗尽天鹅玉毫,
蘸着它在我雪净的手绢上写几个字,
但我不知应该写什么。
乱洒在上边吧,
它偏不像桃花,像梅花,
因为我爱梅花。

(二)

杯里盛着上帝赐我的泪,
我想洗尽天鹅玉毫,
蘸着它在我紫罗兰的襟上写几个字,
但我不知道应该写什么。
乱洒在上边吧,
它不像雪花,像繁星,
因为我爱繁星。
(见《晨报副刊》第十四号,一九二五年一月二〇日。原署名蒲侬。)

再悼曼君

曼君!
就这样——
悄悄的,
无牵挂的去了?
在阴风惨淡的死路上,
你曾否忆到——

人世间
尚有招魂没处的朋友？
尚有孤苦无依的老母？

曼君！
就这样——
悄悄的，
无牵挂的去了？
当老母泣血，
病榻气绝时，
你曾否自究——
是：
为病而死？
为恨而死？

一九二四年十二月二十九日夜

（见《京报副刊·妇女周刊》第十一号，一九二五年二月二十五日，第五版。原署名漱雪。）

"我已认识了自己"

（一）

夜里经过了深林，
这清香飘动了我的衣襟；
不知道是风的柔翅？
还是花的温馨？

沉醉了的魂儿,
浸入冷清死寂的湖心。
我跪在月明星灿的湖滨,
祷告着说:
"主呵!
我已认识了自己。"

(二)

悄悄走进了丁香花丛,
看见睡在花架底的园丁,
他正在呓语着:
"花儿不常红,
草儿不常青,
徒苦了我的忠诚。"
月儿的银辉吻着梦中的园丁,
我的泪流进了丁香花心;
哽咽着说:
"主呵!
我已认识了自己。"

(三)

怅惘的走上大理石塔尖,
在这广漠的宇宙下,
不知道遗失了什么?
惠风拂过花蕾的微笑,
朝霞映着露珠的泪光,
都成了消逝的幻影,
似紫燕飞掠过粉墙。

我叹息着说：
"主呵！
我已认识了自己。"
（见《京报副刊·妇女周刊》第十二号，一九二五年三月四日，第七、八版。原署名评梅。）

痛哭英雄

假如这是个梦，
我愿温馨的梦儿永不醒；
假使这是个谜，
我愿新奇的谜儿猜不透；
闪烁的美丽星花，
哀怨的凄凉萧声，
你告诉我什么？
他在人间还是在天上？

我不怕你飘游到天边，
天边的燕儿，
可以衔红笺寄窗前，
我不怕你流落到海滨。
海滨的花瓣，
可以漂送到我家的河边。
这一去渺茫音信沉；
唤你哭你都不应！

英雄呵!
归不归由你,
只愿告诉我你魂儿在那里?

你任马蹄儿践踏了名园花草,
又航着你那漂流无归的船儿,
向海上触礁!
迅速似火花的熄灭。
倏忽似流星的陨坠;
悄悄地离开世界,
走到那死静的湖里。

我扬着你爱的红旗,
站在高峰上招展的唤你!
我采了你爱的玫瑰,
放在你心上温暖着救你!
可怜我焚炽的心臆呵!
希望你出去远征,
疑惑你有意躲避。
但陈列的死尸他又是谁?
人们都说那就是你!

冰冷僵硬的尸骸呵!
你莫有流尽的血,
是否尚在沸腾?
你莫有平静的心,
是否尚在跃动?
我只愁薄薄的棺儿,

载不了你负去的怨恨!
我只愁浅浅的黄土,
埋不了你永久的英魂!

你得到了永久的寂静,
一撒手万事都空;
只有我清癯的瘦影,
徘徊在古庙深林;
只有我凄凉的哭声,
飘浮在云边天心。
你既然来也无踪,
去也无影;
又何必在人间寻觅同情?

这世界只剩了凄风黄沙,
我宛如静夜里坟上的燐花,
朦胧的月儿遮了愁幕,
幽咽的水涧似乎低诉?
这不过一副薄薄的棺,
阻隔了一切。
比碧水青山都遥远!
啊!梦吗?似真似幻?

(见《京报副刊·妇女周刊》第十六号,一九二五年四月一日,第五、六版。原署名心珠。)

翠湖畔传来的哀音
——挽焕章老伯

（一）

一个黄昏我和她共立在丁香花丛，
蓦地接到了这霹雳般消息！
几次颠倒不知是真？是梦？
这时候，这时候，
她万里外孤零零萧然孑身，
这时候，这时候，
她呼爷唤娘有谁来答应？
可怜她无父无母无长兄，
弱小的弟弟才十三龄。
老伯伯！
你也应心伤，
扔下她辗转呜咽在异乡。

（二）

不要遗憾我们是不相识，
悄悄跪伏在慈帏下已非一日。
我常梦游翠湖，
翠湖畔有我未见面的伯父。
常想有天联袂跪在你膝下，
细认认你那银须霜鬓；

但是——连这都不能,
连这都不能。
生命已消逝在飞去的翅上,
不停留,不停留,
那一闪间抛弃了的荣光!
老伯伯!
你也应心伤,
可怜她万里途程扶病去奔丧!

(三)

一颗掌珠撒在异乡外三年辉映,
她是这般伶俐而聪明。
她走时,你曾挥泪叮咛;
归来时,仙魂渺渺,
只剩了一棺横陈!
可怜她弱小的心灵,能经住几次碎焚!
老伯伯!
她那颗鹏游壮志的苦心,
你令她向谁面前骄傲?
此后永不见了的是慈爱的微笑!
是慈爱的微笑!

一九二五,五,三

(见《京报副刊·妇女周刊》第二十一号,一九二五年五月六日,第六、七版。原署名评梅。)

夜深了

夜深了,
我悄悄伏在枕上流泪,
忽然有人轻轻揭开我的罗帐。
似乎是一阵五月的和风,
似乎是燕翅飞掠过帘帷;
我起来点灯看时,
只有树影照上窗纱摇曳。

吹熄了灯,
任凄哀的心弦颤动!
忽然有人轻轻叹息,
这声音细微而曼长,
似远似近在这山楼上。
我揭开帐帷,
书桌前似乎有颀长的黑影移动,
我惊吓的问:
"是谁,告诉我何处的幽灵,你深夜来临?"

这颀长的黑影愈现真,
我双睛瞪视着,
似乎可看见愁眉紧锁,
双睛深陷的面孔。

呀！是他，是我埋葬在丛芦池塘中的英雄！

拊着这炸裂了的心胸，
慢慢地走向那黑影。
凄哀似破裂了的作声，
我扑倒在黑暗中呜咽！

朝霞映上雪帐，
我由梦中醒来，
母亲坐在我床缘上揩泪。
我问："妈妈你为什么流泪？"
她说："我亲爱的儿，你心里有何委屈？
深更半夜一个人在楼上哭！"
我不敢告母亲，
怕她从此为了我伤心！
我说："妈妈，那是梦，那是一个可怕的梦！"
（见《京报副刊·妇女周刊》第三十四号，一九二五年八月五日，第六版。原署名薇子。）

旧 稿

我把心声传到指尖，
这凄音只有妈妈懂的；
假如我心是一架琴时，
妈妈的心便是琴弦。

几首残诗留在红叶上。
题诗的人儿已经埋葬；
只愿，只愿它化作了一缕轻烟，
带我的心飞进碧云乡。

乘着微醉，
将悲哀悄悄装在酒杯；
月儿圆时，
请嫦娥送到妈妈的梦里。

什么时候休息呵？
织布的女郎！
握着缠满银丝的金梭。
在这万缕纵横的路上。

沉寂令我回想，
回想到儿时；
在银光辉煌的夜里，
请妈妈摘晶莹的小星。

我愿我像云雾中的远山，
谁也知道我。谁也不认识我；
我愿我像飞瀑底的浪花，
谁也看见我，谁也捉不到我。

一颗流星陨坠，
一朵鲜花零落，
都给人点酸意；

这酸泪——便是我枕畔的泪!

悲哀系在柳梢儿——恹恹,
将一切付秋风去理管;
秋风吹断了柳丝儿——缕缕,
悲哀又掉落在我心头。

只剩了个茉莉花球,
又被青年的水手赠给了海上浮鸥;
这空虚不载的船儿呵:
飘泊着——飘泊着——航向何处?

这是永久的归讯,
梦里我告诉妈妈一声:
灿烂的夕阳西陨,
银涛抱着我漂流的尸身呜咽!
(见《京报副刊·妇女周刊》第三十九号,一九二五年九月九日,第六、七版。原署名梅玲。)

雁儿呵,永不衔一片红叶再飞来!

秋深了,
我倚着门儿盼望,
盼望天空,
有雁儿衔一片红叶飞来!

黄昏了,
我点起灯来等待,
等待檐前,
有雁儿衔一片红叶飞来!

夜静了,
我对着白菊默想,
默想月下,
有雁儿衔一片红叶飞来!

已经秋深,
盼黄昏又到夜静,
今年呵!
为什么雁影红叶都这般消沉?

今年雁儿未衔红叶来,
为了遍山红叶莫人采!
遍山红叶莫人采,
雁儿呵,永不衔一片红叶再飞来!

(见《京报副刊·妇女周刊》第四十五号,一九二五年十月二十日,第六版。原署名漱雪。)

月儿圆

我盼,我盼月儿圆,
离家前母亲叮咛我勿忘月圆。

月儿圆,母亲向南望,我往北看。
清光下,我们的精魂悄悄相见。
因此,我盼月儿圆。

我盼,我盼月儿圆,
既不能像一只孤雁飞出尘寰,
又无力阻止悲哀的箭儿射入心田;
蜷伏着挨延这年复年,
只愿深宵的月色,常吻我惨白的面靥。
因此,我盼月儿圆。

我盼,我盼月儿圆。
我有一颗碎心,
从未曾袒露出来给人看;
几次揭起在母亲面前,
又因血迹斑斑踟躇不敢。
只愿让清白的月光照穿,
因此,我盼月儿圆。

我盼,我盼月儿圆,
飞游了的是青春和荣光,
消灭了的是童年和红颜;
印在我心头,触进我眼帘。
是这一度一度的月圆。
因此,我盼月儿圆。

我盼,我盼月儿圆;
风萧萧,云黯黯。

◎ 诗歌

回去的墓道又遥远；
任子影徘徊在泥泞和黑暗。
谁管？
只有终古不变的月儿伴我在天边。
因此,我盼月儿圆。

我盼,我盼月儿圆,
我不爱朝霞,因她姗姗盛装太绮艳；
我不爱晚虹,因她临去秋波也娇憨；
我爱皎皎一轮月；
她似我一样清冷,一样凄寒。
因此,我盼月儿圆。

我盼,我盼月儿圆；
月儿圆,我独立在碧海边。
听海潮告诉我人生的虚幻；
我愿放情歌出我心中的惆怅,
从月弯直到月圆。
朋友呵！何必呻吟泪涟,逝波难返；
因此,我盼月儿圆。

（见《京报副刊·妇女周刊》第四十四号,一九二五年十月二十三日,第三、四版。原署名冰华。）

扫　墓

狂风刮着一阵阵紧,

尘沙迷漫望不见人；
我独自来到荒郊外，
向垒垒的冢里。
扫这座新坟。

秋风吹的我彻骨寒，
芦花飞上我的襟肩，
一步一哽咽，缘着这静悄悄的芦滩，
望着那巍巍玉碑时，
我心更凄酸！

秋深了，荒枯遍天涯，
那回绕墓头的女萝；
一丝丝，一缕缕萎化作尘沙；
谁相信，一刹那，
一刹那白骨映落霞。
远远一线青痕是西山，
晚霞照着萧森的苇塘。
我践踏着荒草枯叶，
回转着墓碑彷徨，
将这郁郁哀情，飘浮在新坟上。

天边有飞过的雁儿哀鸣！
抬头细认，依稀是去年的故人。
飞去吧！雁，你不要俯骋，
这块白云下，埋葬了一颗可怜的心。
飞去吧！雁，你不要静听，
那一片深林里，有凄哀的哭声！

◎ 诗歌

如梦,如梦,梦都空,
生命的消逝似彗星一瞬!
刹那间生病死葬,
魂飞渺茫难追寻;
常忆起纸灰飞扬中.
掩埋你僵硬的尸身!

听白杨萧瑟声音,
似你病榻辗转的呜咽!
看袅娜迎风的垂柳,
似你病后微步的身影;
想起来往事历历犹疑梦,
谁信,荒郊外建着你的新坟.

用凄哀织成的梦境,
狂风吹断它,如烟云般无踪.
去吧!戏弄人生的命运!
你的心化成了一湾流水,
我的心已僵变成几迭青峰;
静等着,地球何日化灰烬!

人生,来也空,去也空,
匆匆忙忙为了甚?
我在梦境里捕捉住一颗心,
梦去了,魂飞了,
残影永留在心中!
永留在心中,直到我也走进坟茔.

我哀那垒垒冢里人,
可怜都在异乡作孤魂;
生命如泡花瞬息空,
值得谁记忆和领省!
只有你坟头供鲜花。
黄昏时还彷徨一个青衣女郎。

为什么,生命液不向玛瑙玉杯里斟,
任意滴入凋残枯萎的莲心。
偶然来去的道路上,
你种下了系人心魂的柳丝,万缕迎风;
伟大的事业虽未成,
这一页哀史里,你却是多情的英雄。

那里还有遥远的路程我未走尽,
我们的距离,只有这点儿路程;
不管这世界是黄沙凄风,
不管这地球是荒郊孤冢,
我要去了,在斜阳照临时,
去走我未完的路程。

日落了,墓地更幽静,
一轮秋月真凄清;
这是一幅最美的景,
这是一腔最深的情,
在这荒郊外,新坟上,
印下个袅娜人影。

狂风刮着一阵阵紧,
尘沙迷漫望不见人;
几次要归去,
又为你的孤冢泪零!
留下这颗秋心,
永伴你的坟茔。
——叶红时在陶然亭畔!
(见《京报副刊·妇女周刊》周年纪念特号,一九二五年十二月二十日,第四四、四五号。原署名波微。)

抬起头来,我爱!

抬起头来,我爱!
看月儿投入你的胸怀,
忘了一切,忘了世界,忘了自己还在。
不要期待,不要期待,
热泪凝固了,便铸成悲哀。

抬起头来,我爱!
允许我再轻轻地吻你。
我要寻来生命的火焰,
在你澄清似水的眼里,
映入我的梦寐。

抬起头来,我爱!

你不要为了过去流泪。
偶然相逢的悲哀与欢乐,
已悄悄地由身旁过去,
我们不久也会被黄土掩埋。

抬起头来,我爱!
露华已沾湿你的衣襟。
不要依恋呵,那已往的惆怅,
让悲哀紧紧地牵系住我俩,
盼着,盼着黎明的曙光。

抬起头来,我爱!
这黑暗的世界你不要战栗。
繁星在夜的深林里闪烁,
"希望"在那边招手唤你,
走向前去吧,毋须在回忆路上徘徊。
(见《京报副刊·妇女周刊》第三九九号,一九二六年一月二十九日,第六、七版。原署名林娜。)

秋的礼赠

秋风秋雨惊醒我的秋梦,
披衣静听,秋在窗外低吟;
这凄寒秋夜里,什么都死寂沉静,
猛忆到秋将去,生命又逝去一程。

我替秋预备下临别的礼赠，
不是清爽高旷的秋郊，不是薄罗般秋云，
也不是疏星冷月幽寒的秋夜景；
不是秋林，不是秋菊，不是凛冽的秋风。

是几片离枝未残的红叶，赠作书签。
我收拣她们漂零的落叶，
在山巅水涯晚风前；
深夜里借月光，写些心爱的诗句在上边。

如梦，如梦，回忆旧景一瞥空，
生命的消逝如一去不返的征鸿。
系不住，绾不牢，这金箭似的光阴，
愿，愿过去的欢乐，能在这叶里红。

朋友，你偶然心海底吹绉起的波纹，
请将他缄寄在红叶的心中；
秋去了，梦也醒，往事都无踪，
你披卷细寻，这小小叶儿里有梦影秋痕。

十五年深秋

（见《世界日报·蔷薇周刊》第二号，一九二六年十一月三十日，合订本十二页。原署名漱雪。）

浅浅的伤痕

（一）

姑娘！你也许不记得我是谁。
我到如今，也不愿见你，也不敢见你。
怕我这憔悴的枯颜吓的你惊颓！
如今，我要向天涯地角找寻我的墓地，
姑娘！临行前允许我再作这一次的忏悔。

（二）

姑娘！我只希望"梦"能给我暂时的沉醉，
此后孤清的旅途上啜你赐我的空杯。
往日甘香的浓醴已咽到我心里，
这虽是空杯残滴，但我那忍粉碎！
姑娘！允许我祝福你新杯里酿的浓醴。

（三）

姑娘！我那敢用我的痴愚怨恨你，
你如玉的精神，如花的皎颜；
是要令千万人颠倒与沉迷！
我，我只是小小的一只蝶儿，
曾傍着你的縠纱飞。

（四）

姑娘！你不认识我的心，

只为了你被虚荣蔽蒙；
我除了此心，再无珍贵的礼物馈赠。
愿，愿一天虚荣的粉饰剥落成灰烬，
姑娘！我的心，或能在你灵魂里辉映？

十五年十二月四日在白屋中

（见《世界日报·蔷薇周刊》第四号，一九二六年十二月七日，合订本十四、十五页。原署名评梅。）

附：

浅浅的伤痕

晶　清

读完了评梅的"浅浅的伤痕"觉得很有意思。夜中自东城归来，便也就诌成了这一首。

（一）

姑娘！到今日我已不怨你也不想你，
我只将你美丽的芳名在心上紧紧记。
假如，花前月下你感到无情绪，
希望你，在低头时也能把我这名儿忆！

（二）

姑娘！你赠我的那朵玫瑰虽已枯干，
我是收在锦袱里永永不敢相忘！
有一日呀，我找到了墓地生命绝断，
姑娘！我愿将你赠的玫瑰带着入葬。

（三）

姑娘！在这凄风凄雨的夜里我不知你怎样。
你新酿的浓醴想是饮到正酣。
玛瑙杯由你白玉般的素手擎起，
珍重呵姑娘！你要细细的尝，细细的尝！

（四）

姑娘！惭愧我无珍品向你祝贺，
我只有一炷清香在神前为你虔诚的祈祷！
仁慈的神灵当能赐给你幸福一直到老。
姑娘啊！我依然是柳絮般向着天涯漂泊！

十五年十二月六日朔风中

（见《世界日报·蔷薇周刊》第五号，一九二六年十二月二十一日，合订本十七页。）

别　宴

妹妹！请你饮干这一杯：
这杯里注满了浓醴，请你痛饮个沉醉；
门前的车马已鞍辔全备，只等你丝鞭一挥。
朋友呵！你此去。何时再见这帝都的斜晖？

妹妹！请你饮干这一杯：
咽下去，咽下去，你不要再为了命运凄悲。

看！抽刀将一腔烦恼斩去①。
假如人间尚有光明的火炬,这宇宙顷刻变成灰!

妹妹！请你饮干这一杯:
自从丁香花落到如今,人情世事日月非;
原也想,洒鲜血把灰色的人生染紫绯,
怎禁住,一递一下的铁锤击的你芳心碎!

妹妹,请你饮干这一杯:
为了人间有烦恼,分离开我们同命的小鸟;
想当年多少甜梦,骗的你青春和情天老,
原来是,无情的东风戏弄你瑶台畔仙草。
妹妹,请你饮干这一杯:
可怜你绮丽的文藻,只别了这一束旧稿。
二十年血泪斑斑,肠断心碎只有天知道,
"百战意未了",愿你烟尘起处再把阴霾扫!

妹妹！请你饮干这一杯:
这些天不知怎样好,为了你镇天家烦恼;
我祷告,小小的手腕把这天地重新造,
我给你在乐园,建一座永无忧患的城堡。

妹妹,请你饮干这一杯:
看！西方一缕残霞,又照上了窗纱,
明天呵！一样残霞和窗纱,这已不是你的家;
暮云下,斜阳古道,你单骑走天涯。

---

① "斩去"二字处原刊为"白天虚"疑刊误。今依晶清和诗同意义句子改此。

妹妹,请你饮干这一杯:
听! 一声声,寒林上哀啼的归鸦,
更令我这颗心,惊颤的似跌落在尘沙;
愿天再留一刹那,一刹那,未语泪垂心乱如麻。

妹妹,请你饮干这一杯:
且欢乐,且欢乐,先收拾起离情别绪,
多少如梦的往事,愿彼此生生死死在心头记。
从此后,只剩了孤清的冷月残照我翠帏。

妹妹,请你饮干这一杯:
我要再看看你桃腮樱唇和紧颦的眉!
紧紧记,残稿遗骸我待你归来再掩埋;
这一别,天涯海角,何处何年我们重相会?

妹妹! 请你饮干这一杯:
人间今宵,铁石人也成为了我们的命运辛酸。
你此去,似扁舟任风浪卷入了急湍,
我虔诚祷告你平安,在波澜中登上了翠峦。

妹妹! 这已是最后一杯:
"断肠声中唱阳关",一阵阵朔风卷雪寒,
白玉杯里似酒似泪浑不辨,朋友呵!
前途珍重且心宽,盼你归来时还是今日醉餍。

十六年一月十九号送晶清南行

(见《晨报副刊》第一五五号,一九二七年一月三十一日,合订本第六〇页。原署名评梅。)

附：

临　行
晶　清

来！趁酒未干烛未残我们求个痛醉，
且收拾起离情收拾起别泪；
待等到天明行程起，
朋友，这一去我许是永不回！

窗外皎皎的冷月何其凄清？
这聚散原像风吹柳絮般无情！
追思往日都成了幻梦境。
天！温馨的梦儿我们可忍醒？

我不幸，被遣到人世受飘零，
二十年如一梦，只落得血淋淋这颗心。
多少绮思愿望全被秋风扫将尽，
辜负了东风的一片殷勤。

请看我，抽出宝刀斩断了烦恼，
从此后，跨上青骢我奔向大道。
假如，天有怜意赐我生命牢，
漂流去，不问他水长或山遥。

看！东方已有一线儿白光发，
这杯苦酒我们都快和泪喝下！
朋友，晨光微熹中请送我去了，

记好!一撒手便是地角天涯。

十六年一月临行之前　于绿屋

(见《晨报副刊》第一五一五号,一九二七年一月三十一日,合订本第六〇页。)

祭献之词

醒来醒来我们的爱情之梦,
惠馨的春风悄悄把我唤醒!
时光在梦中滔滔逝去无踪。
生命之星照临着你的坟茔。

溪水似丝带绕着你的玉颈,
往日冰雪曾埋过多少温情?
你的墓草青了黄黄了又青,
如我心化作春水又冻成冰。

啊,坟墓你是我的生命深潭,
恍惚的梦中如浓醴般甘甜;
我的泪珠滴在你僵冷胸前,
丛丛青草植在你毋忘心田。

世界已捣碎毁灭不像从前,
我依然戴青春不朽的花冠;
我们虽则幽明只隔了一线,

爱的灵魂永久在怀中睡眠。

天空轻轻颤荡着哀悼之曲。
比晚祷钟声更幽怨更凄切。
为了你我卸去翱翔的双翼，
不管天何年何日叫我归去。

我虔诚献给你这百合花圈，
惨惨的素彩中灵魂在回环；
不要问她命运将来受摧残，
只珍藏这颗心千古在人间。

十六年三月五日君宇二周忌日

（见《语丝》第一二三期，一九二七年三月十九日。原署名评梅。）

断头台畔①

狂飙怒卷着黄尘滚滚如惊涛汹涌，
朝阳隐了这天地只剩下苍黑之云；
一阵腥风吹开了地狱紧闭的铁门。
断头台畔僵卧着无数惨白之尸身。

黑暗的宇宙像坟墓般阴森而寂静，

---

① 1927年4月，在反动军阀的白色恐怖中，李大钊同志在北京被捕入狱。他受尽各种严刑拷问，始终坚贞不屈、大义凛然，惨遭反动军阀杀害，牺牲时年仅38岁。李大钊被害后，石评梅奋笔疾书《断头台畔》。

夜之帷幕下死神拖曳着长裙飘动；
英雄呵是否有热血在你胸头如焚：
醒来醒来呼唤着数千年古旧残梦。

红灯熄了希望之星陨坠于苍海中，
瞭望着闪烁的火花沉在海心飞迸；
怕那鲜血已沐浴了千万人的灵魂，
烧不尽斩不断你墓头的芳草如茵。

胜利之惨笑敌不住那无言的哀悼，
是叛徒是英雄这只有上帝才知道！
"死"并不能伤害你精神如云散烟消，
你永在人的心上又何须招魂迢迢？

十六年四月三十日

（见《世界日报·蔷薇周刊》第二十三号，一九二七年五月三日，第三版。原署名评梅。）

附：

吊英雄

庐　隐

壮志未酬身先死；
常使英雄泪满襟！
发发飘风，吹来沙漠之黄雾，愁日光薄，沉沉星月；肃森长夜。我将何处招魂！
深深记得七年前绛帐春风，你曾殷勤指示什么是"图腾"！
那一本论文，而今依然卧书箧，你的手泽犹新鲜；但一字字都似凝

泪,一行行如溅桃花血,更何心重翻读!

英雄呵!断头台呼风凄凄,黄沙漫漫无人迹,英魂何处栖?

英雄呵!你回顾尘寰,杀气蒸腾!只是私怨纠结,只是逐名逐利,谁是为国计民生,谁是为人类幸福!

去吧!英雄!白云深处有他乡!……想从古到今有几个英雄含笑庆成功;

诸葛武侯,岳武穆,一个是出师未捷身先死,一个是壮怀空唱满江红!

呵!英雄去吧!你将长虹比壮志,你将泰山比精神,你是伟大的,你是永久的。你所遗留于人间的烈火不能毁,洪水不能掩。

你牺牲的光荣比日月,你纯挚的热情如火山之焰!

英雄呵!去吧!

不要羁魂在这广漠的空野,悲怆的人间。

白云深处有仙乡!去吧英雄,英雄去吧。

(见《世界日报·蔷薇周刊》第三十二号,一九二七年七月五日,第一版。)

这悠悠相思我与谁弹

酒尽烛残长夜已将完,
我咽泪无语望着这狼藉的杯盘,
再相会如这般披肝沥胆知何年,
只恐怕这已是最后的盘桓。

只恐怕这已是最后的盘桓,
冰天雪地中你才知人生行路难;

不要留恋,不要哀叹,不要泪潸潸!
前途崎岖愿你强加餐。

前途崎岖愿你强加餐,
谁知道天付给的命运是平坦艰险,
晨光在脱去你血泪斑驳的旧衣衫,
挥剑斩断了烦恼爱恋。

挥剑斩断了烦恼爱恋,
你去吧,乘着晨星寥落霜雪漫漫,
几次我从泪帘偷看你憔悴的病颜,
多少话要说千绪万端。

多少话要说千绪万端,
你如有叮咛千万告我勿再迟缓,
汽笛声中天南地北海滨隔崇山,
这悠悠相思我与谁弹?

十六年一月二十五号,送晶清南行

(见《世界日报·蔷薇周刊》第四十二号,一九二七年九月十三日。原署名评梅。)

我告诉你,母亲!

(一)

我告诉你,母亲!

你不忍听吧这凄惨号啕的声音。
是济南同胞和残暴的倭奴扎挣,
枪炮铁骑践踏蹂躏我光华圣城;
血和泪凝结着这弥天地的悲愤。

青翠巍峨的泰山呵笼罩着烟氛,
烟氛中数千年圣宫化成了炉烬;
尸如山血成河残酷的毒焰飞迸,
大明湖畔春色渲染着斑驳血痕。

(二)

我告诉你,母亲!
你要痛哭这难雪的隐恨和奇辱,
听胜利狞笑中恶魔正饮我髓血;
鹊华桥万缕垂柳都气的变颜色,
可叹狼藉已如落花这锦绣山河。

险恶人寰无公理无人道无同情,
生命的泯灭如逝去无痕的烟云;
祝那些刳肠剖腹血淋淋的弟兄,
安睡吧不要再怀念这破碎祖茔。

(三)

我告诉你,母亲!
你那忍看中华凋零到如此模样,
这碧水青山可任狂奴到处徜徉,
晨光熹微中强扶起颓败的病身;
母亲你让我去吧战鼓正在催行。

你莫过分悲痛这晚景荒凉凄清,
我有四万万同胞他们都还年轻,
有一日国富兵强誓将敌人擒杀!
沸我热血燃我火把重兴我中华!

一九二八年五月二十五日写于白屋

(见《世界日报·蔷薇周刊》第六十九号,一九二八年五月二十九日。原署名评梅。)

评梅为悼念高君宇写的碑文、挽词和挽联

高君宇墓碑碑文

我是宝剑,我是火花。
我愿生如闪电之耀亮,
我愿死如彗星之迅忽。

这是君宇生前自题像片的几句话,死后我替他刊在碑上。
君宇!我无力挽住你迅忽如彗星之生命,我只有把剩下的泪流到你坟头,直到我不能来看你的时候。

评梅

挽　词

梦魂儿环绕着山崖海滨,
红花篮青锋剑都莫些儿踪影。

我细细寻认地上的鞋痕,
把草里的虫儿都惊醒。
我低低唤着你的名字,
只有树叶儿被风吹着答应。
想变只燕儿展翅向虹桥四眺,
听听哪里有马哀嘶;
听听哪里有人悲啸。
你是否在崇峻的山峰,
你是否在浓森的树林。
呵！刹那间月冷风凄,
我伏在神帐下忏悔。
为了往日的冷落,
才感到世界的枯寂。
只有明月吻着我的散发,
和你在时一样;
只有惠风吹着我的襟角,
和你在时一样。
红花枯萎,宝剑葬埋,你的宇宙被马蹄儿踏碎。
只剩了这颗血泪淹浸的心,交付给谁？
只剩了这腔怨恨交织的琴,交付给谁？
听清脆的鸡声,唱到天明,
雁群在云天里哀鸣。
这时候,君宇,君宇,你听谁在唤你;
这时候,悽悽惨惨,你听谁在唤你。

评梅再挽

附注：高全德同志关于石评梅悼念高君宇所写《挽词》抄件和评梅未能参加高君宇同志追悼会的两点说明：

一、关于《挽词》：

前面是评梅亲笔题写在横幅白布上的一首挽词，曾悬挂在1925.3.29在北京举行的高君宇追悼会上，会后收存在娄烦县（原静乐）峰岭底君宇原籍家里。解放前，动乱年代，历经变故，原件失落不明。这是村人发觉后，偷抄保留下来的文物。

全德附志
一九八二年十月二十三日

二、关于评梅未能参加高君宇同志追悼会的情况：

邓颖超同志在《为〈石评梅作品集〉题书名后志》中已经写到当时去参加追悼会，希望能够见到女作家评梅，但是那天评梅并没有参加追悼会，可能因为她悲痛过甚而不能参加。读了邓颖超同志文章后，当年在北京参加料理兄长高君宇丧事的高全德同志，一九八二年十月三十日在一封信中特别就此事依据回忆作了进一步具体说明：

记得当年追悼会上，评梅确是没有到会，她本来是要参加追悼会的，当她来到骑河楼的时候，乃贤、庐隐、晶清……我们商量，因为君宇的死，她已晕厥过几次，不能再让她过分增加悲痛而阻止了，但这又何能制抑住她心底的悲痛呢？

由上述情况可知，评梅写的碑文、挽词、挽联都照她的心愿张贴于会场，她被友人劝阻而未去参加追悼会。

挽　联

碧海青天无限路；
更知何日重逢君。

上款：君宇千古
下款：评梅挽

编者注:这首挽联原在追悼高君宇同志会后保存于高君宇同志原籍家中。解放前,也因历经变故,原件下落不明。此为高全德同志依据家人背诵记忆留下的抄件,现特收录于此。

附:

评梅画梅屏

八旬老人　张金荷

读了《人民日报》刊登的邓颖超副委员长的文章,石评梅的形象就很自然地浮现在我的眼前。

民国初年的一个冬天,在中午放学回家的路上,遇见了石评梅,她是我们家常来常住的亲戚中唯一出色的女学生。她穿着一件深褐色的大衣,围着很长的围巾,面容清瘦,两眼闪耀着深沉、睿智而大无畏的光。她个子不算高,挟着一本厚讲义。见了我问道:"金荷,刚放学吗?来我家玩吧。"我笑了笑没有回答。因为,论年龄我虽然比她小几岁,可人家正在一家小学教书呢。评梅这样的打扮,在封建势力很浓的小小县城,倒算一个很开化的女子。据说她讲课,古今中外样样行,连那些知名人士都不得不羡佩。

评梅的家就住在"观音堂"附近,我常常走到那里轻轻念那副老对子:

紫竹林中观自在,莲花台上笑人忙。

可评梅一出门就径直往学校走去,还说,念那些陈腐古董字有什么用?评梅的父亲是个老举人,叫石铭。家境穷困,生活艰难,常常揭不开锅,但他为人正直,脸上往往罩着严峻的气色,不多言语,也常来我家谈天说地。言谈中对评梅寄予很大的希望。

记得一年除夕,家里忙着蒸糕、捏卷、炸豆腐,评梅一脚踏进门来。我母亲捏得花糕挺不错,还专会捏一折一折的古戏人物,评梅就请她剪一个窗花。我母亲让我拿来针线盒。叠了叠梅红纸,便开始剪起来。不一会,大窗花便剪出来了。评梅看着那姿美色艳的红梅在出神,她沉思着,流露出兴奋的神色,说:"剪得好,这梅花多好啊。"说着,让我研墨铺纸,一笔一划地清清秀秀地写起来。她写了一首诗,我记得那首诗中写道:

有梅无雪不精神,

有雪无诗俗了人,

日暮诗成天又雪,

与梅并做十分春。

她边写边念,一字字,一句句,十分亲切熨人心脾,直到"接神"的"鱼鼓炮"响起来了,她才出得门去,挥手告别。谁知道,从这以后,再没有见到她那俊俏的身影。

大约是正月吧,东屋突然挂了四条小屏,特别引我注目,上面画的全是工笔重彩的梅花,有盛开的,有待放的,还有梅蕾小苞。一幅幅把花的形貌和鸟的神态都画活了,红梅突兀峥嵘、坚毅不拔之情附丽于俏丽坚贞、形神俊逸的枝干上,红得可爱,红得艳眼,红得光彩照人。不少长辈人都站在这小小花鸟前久久不愿离去。

听石老先生说,这梅屏是评梅画的,她精心雕镂,长毫劲挥,一笔一笔认真描绘,的确像吐出缕缕春意,牵来满天彩霞似的,翠羽红梅,惟妙惟肖,呼之欲飞,姹紫嫣红,让人一看,生气勃勃。可惜日寇侵华后连画也不见了。我现在想起来。这四条梅屏的确是出手不凡,立意超群,发人深思。评梅喜欢秀逸多姿、清雅浓郁的梅花,这,大概就是她的性格吧!

(见《山西日报·黄河副刊》1982年10月14日)

小　说

病

窗外一片片飞着雪花,炉中的兽炭熊熊地燃着,我拥着浅紫的绸被,睁着半开的眼,向窗望着!这时恰是黄昏,屋里的东西,已渐渐模糊起来;病魔又乘着这黑暗的势力,侵入我这无抵抗的身体内。当时微觉有点头痛,但我的心仍觉清明的存在。迷离恍惚中,依稀听见枕畔有轻轻语声:

"母亲远在故乡,梅隐姐姐又在日本,云妹你那里能病?"这凄清的声音,传到我的耳鼓时,不觉一阵心酸,眼眶里的泪又湿透了枕衣!但当我睁开眼看时,床前只有何妈,背着黯淡的灯光,拿着一杯煎好的药静静地低头站着。伊脸上堆满了愁纹,也似乎同我一样诅咒这苍天是如何的不仁呵!

我起来喝了半杯这不治病痛的药,仍睡下;我忽然自己也莫名其妙的向何妈微微底一笑!但伊如何能知道我的笑是何种的笑呵?我把眼闭后,伊也蹑手蹑足,轻轻地出去了。我实在再无勇气看这惨淡的灯光;确是太凄凉而且恐怖了!一时间又将二十年来的波纹,都连续不断地浮上脑海,一幕一幕像电影一样,很迅速的转动。

一年一年的光阴催着我在痛苦的途程中工作,我未曾找到一株青翠的松枝!或是红艳的玫瑰!只在疲倦的床上,饮伤了未母辣的火酒,刺遍了荆棘的针芒!只见一滴一滴的血,由我心巢中落到土壤里;一点一点的泪,由眼中逆流到心房,一年的赠与,只有惆怅的悲哀;我更何忍,对着这疏峭的寒梅,重温那迷惘的旧梦呵!

这样群众欲狂的新年,我只张了病幕,隔阻了一切,在电话的铃声里,何妈已替我谢绝了一概虚伪的酬酢。不过当爆竹声连续不断的刺入耳鼓时,我又想到家乡的团圆宴上,或者母亲还虚着我的座位待我?伊们又焉能料到可怜的我,是病在天涯!

今天早晨雪已不下,地上满铺着银沙;让何妈把窗上的纱幔都揭起,顿觉心神舒爽!美丽的朝霞,正射在我的脸上;紫红的轻绡一层一层的退着,渐渐变成淡蓝的云座;那时由云幕中捧出了一轮金黄的太阳!再加蔚青的晴空,绚烂的云霞,白玉似的楼阁,雪线似的花球;这一幅冬景——也可说是春景,确是太理想的美丽了;窗前小鸟,也啭着圆润的珠喉啁啾着;案头两株红梅,也懒松松地半开着!当一阵阵馥郁的清香,送到枕畔的时候,不禁由心灵的深处,发出赞美:这是半载隐逸的(也可说是忧愁的)生活中最快乐的一时。"自然"确能有时与人以莫大的兴奋和安慰!

这刹那的安慰只有少时间的逗留,悲哀的纤维又轻轻地跳动着——直到将全身都浸在悲哀的海里:那神妙的搏动,才肯停止。

沙漠中开不了蔷薇似的红花!谁也不能在痛苦的机轮上安慰我!我明知道世间,和被捣碎或伤害的不仅是我!就是现在把理想的种子,植在我希望的田里,将镇痛剂放在我创伤的心上,也是被我拒绝的。我只觉我应当高声的呼喊,低声的啜泣;或者伏在神的宝座下忏悔我生的罪恶。从前热心要实现的希望,现在都一齐包好,让水晶的匣子盛着,埋葬在海底!

任那一切的余烬燃着,或有一天狂风把他们一齐吹化呵!

当灵肉分裂的时候,我把灵魂轻轻向云头浮起,用着灵的眼望着病榻上的我!不禁想人生诚然是可怜而悲痛,飘泊者的呼声,恰是隔了重重尘网的人所不能听到的。

我确是太痴了!在这样人间,想求到我所希望的星火!人生只应当无目的转着生之轮,服从着严酷的制度!虽然人是具有理智的判断,博感的系恋;但同时人类又组织了一切的制度和习惯;你绝无勇气,把许多堑壁都粉碎了,如你心一样的要求!这种压伏的宇宙下,遂迷漫了失望的呼声!

病的时期内,我就这样不断的运用我心的工作;我毫未觉着光明是怎样飞驶——像金箭一样的迅速!我只觉太阳射着我时,脸上现着金辉色!可怖的黑暗侵到我的病屋时,只有烈炽的火焰,似乎和这黑暗搏战!

静静的夜里，只听到心浪的起伏，钟声的摆动；有时远远的一阵爆竹声，但没有多时仍归寂然，那时我联想到一件往事：

"依稀是八岁的时候，我也是在新年中忽然病了；我由厢房的窗上，知道了新年中的点缀。雪花铺满了屋顶和院中的假山；一棵老槐树上，悬挂着许多晚上要放的鞭炮；远看去像挂着许多红绿的流苏。客厅的门上，挂着大红的彩绸，两旁吊着许多玻璃灯。

母亲嘱咐了监督我的王妈，没有出房门的权利，或许是怕我受风寒。那时心里很不快活；总想有机会出去玩玩。一到灯光辉煌的时候，母亲怕我孤寂，就坐到我的小竹床上，用伊软绵的爱手，抚着我的散发，谈许多故事给我听。当我每次由睡梦中哭着醒来的时候，母亲准在我旁边安慰我，虽然是病着，但药有母亲看着王妈用心的煎。并且有许多样的汤点给我吃。父亲有了工夫，也踱到我的房里来看我，有时还问问我已认过的字忘了没有。

当那时我毫未知道在母亲的怀下生病，是多么幸福的事！这种温柔的仁爱，我就那样使他不得意过去。现在我在天涯已飘泊四年了。当我缠绵床褥，心情烦乱，医药无人过问的时候，我是怎样渴想我亲爱的母亲！系念我亲爱的母亲呵！

梦中有时能望到母亲的影儿，伊慢慢走到我的床前。把伊的手放在我发上抚着；我喜欢的张着双臂抱伊的时候；可恨的晨鸡又喔喔地叫了！迨梦醒后，只有梅花的冷香，一缕缕沁入心肺；阑珊的疏影，在壁上盘曲蜷回的映着。床前确是立着一人，是我忠心的女仆，虽然伊也是伊女儿的母亲；但伊的影子绝不是我的母亲！

我确是因在病笼中了，但朋友呵！请你立在云头向下界一望，谁是不受病笼羁束的？谁是逃出生命之网的漏鱼？病身体的，或不受精神的烦闷；病精神的，或不受身体的痛苦；我呢？精神上感受着无形的腐蚀；身体又感受迟缓而不能致命的斧柯！我的病愈重，我诅咒人生也更深；假如没有生。何至于使我病呢？所以我诅咒社会人情怎样薄浮，制度怎样万恶！我以为社会是虚的总名，藉以组织中心的还是人类——聪明的人类。

我或者是太聪明！或者是神经过敏！在我眼帘下的宇宙，没有完全的整个，只有分析的碎屑；所谓奇丽，只有惨淡；所谓愉快，只有悲哀。我以为世间一切快乐都是虚幻，而悲哀惨淡，确是宇宙中的主宰，万古不灭的真理！我对于生，感不到快乐，只有悲哀，同时我又怀疑着宇宙中的一切。

病中心情，确有时太离奇，不过我已是为群众所讪讽为疯狂的呻吟者！

不禁又觉着一生太无收获了！游戏了这许多年，所尝受的只是虚伪的讪笑，面具的浮情。有时也曾如流星一样，坠颗光明的星在我面前；但只有刹那的火花到地后又变成坚硬的岩石了！宇宙惟一的安慰，只有母亲的爱；海枯石烂不卷不转之情，都是由母亲的爱里，发蕾以不予开花。这在悲哀的人生，只有为了母亲而生活！母亲为了怕我逸去，曾用伊的鲜红的血丝，结织了生网。我为了爱母亲，我更何忍斩断了母亲结织的生网！另去那死的深洞内，受那比较连母亲都没有的生活！

这样似乎母亲已很诚恳的昭示了；我伏在母亲的宝座下忏悔了；为了母亲，我应当抗议病魔侵占；这样计划之后，可怜我又开始转动这机械的人轮了！

一九二三，二，十，病中

（原载《新民意报·绿波周报》第十三期，一九二四年二月二十六日。原署名评梅。）

只有梅花知此恨

这是夜里十点多钟，潜虬坐在罩了碧罗的电灯下，抄录他部里的公文；沙发旁边放着一个白漆花架，紫玉的盆里正开着雪似的梅花。对面墙上挂一幅二尺多长的金漆钻花玻璃镜框里的画片，是一个穿着淡绿衫子的女郎，跪在大理石冢前，低了头双手抱着塑在墓前的一个小爱神；后面是深邃的森林，天空里镌着半弯秋月，几点疏星。

潜虬似乎有点儿疲倦，写不了几个字，他就抬起头来，看看这幅画片，有时回头向铜床上望，盖着绣花紫绸棉被的，已经入梦的夫人。

今夜不知为了什么，飘浮在他脑海上的都是那些纤细的银浪，是曾经淹没过他整个心魂的银浪。他无意识的站起来，伸了伸懒腰，遂慢慢踱到那盆梅花跟前，低了头轻轻吻着，一直到清香咽入温暖的心房时，沉醉的倒在沙发上。那时皎洁辉煌的灯光，照着他泛着红霞的面靥！

这时候忽然客厅的电话铃响，他迷惘中睁开眼惊讶地向四周望了望；停了一息，差人进来说："周宅请老爷说话。"他想了想说："问清楚是找我吗？"差人低低的说："是的，老爷。"

他慢慢踱进那间庄严富丽的客厅，电灯上黄白流苏的光彩，照着他惺忪睡眼，脑海里像白雁似的思潮，一个个由茫远处急掠的飞过！沉思了半响，才想起他是来接电话的，遂坐在电话旁边的一个玫瑰绒躺椅上：

"喂！你那儿！找谁！"

"你是谁？呵！你是潜虬吗？……你是八年前北京大学的潜虬吗？"

"是的，我是潜虬……声音很熟。呵！你莫非薏妹吗？"

"潜虬：我是薏妹，我是你西子湖畔的薏妹；你近来好吗？你一直莫有离开北京吗？咳！潜虬：八年我们莫有通消息了，但是你能想到吗？我们在公园的荷花池前曾逢到一次，崇效寺枯萎了的牡丹前，你曾由我身边过去。"

"薏妹：真做梦都想不到你今夜会打电话给我，你怎么知道我的号数呢？"

"今天下午我到一个朋友家赴宴，无意中我看见一本你们部里的人名录，翻出你的名字，我才知道你原来也在北京，后来我更知道你的住址和电话号头。"

"薏妹，想不到今夜我们还有个接谈的机会，咳！我毕业以后，一直就留在北京；后来因为家乡被海寇扰乱的缘故，民国十二年的八月，我回南把家搬出来。你大概不知道我是死是活；更不知道我是近在咫尺，还是远在天涯。但是我:在这八年里,我什么都知道你,你是民国十年由天津来到这里,又由西城搬到东城。现在你不是就住在我们这个胡同的北口吗?去年腊月底,有一天我去衙门,过你们门口时,确巧逢见你牵了你那六岁的女孩上汽车。那时你穿着一身素服,面色很憔悴;我几乎要喊你。你自然那能想到风沙扑面,扰扰人海的北京市上,曾逢到你八年前的潜虬呢?我此后不愿再过你门口;因此我去部里时,总绕着路走。薏妹!薏妹!你怎么不理我呢?怎么啦!现在你还难受吗?咳!我所以不愿意和你通消息的缘故,就是怕你苦痛!"

"潜虬,你怎知道我怎样消磨这八年呢?我是一点泪一滴血的挨延着:从前我是为了母亲,现在呢,我又忍不下抛弃了小孩们。我告诉你,我母亲在去年腊月底已经死了,你逢见我的那一天,我正是去法源寺上祭。我从来不愿意埋怨父母,我只悲伤自己的命运,虽然牺牲的对得住父母,但是他们现在都扔下我走了,世界孤零零的只留着我。"

"薏妹!何尝是孤零零的只留着你,你岂不知世界上还有我是在陪着你吗?八年前的黄浦江上,我并不是莫有勇气,收藏起我的血泪沉在那珀石澄澄的江心;那时我毫无牵系,所以不那样做的缘故,当然纯粹是为了你。为了成全你的孝心,我才牺牲了一生幸福,为了使你不念到我的苦痛,我在这世界上才死里求生,这正是为了在这孤零零的世界上陪你。我常想那怕我们中间有高山,有长流;但是我相信天边明月,一半是你的心,一半是我的心!现在你不要难受,上帝怎样安排,我们就怎样承受:你的责任,便是爱你的丈夫,爱你的儿女;我的责任,也是爱我的妻子。生命是很快的,转瞬就是地球上我们的末日,光华的火焰终于要灭熄的!"

"我现在很好,很安于我的环境;早已是麻木的人了,还有什么痛苦,不过我常想毁灭我们的过去,但是那能办到呢?我愿意我永久这样,到我离开世界的那一天。你近来部里事情忙吗?你很久莫有在报上做文章了。"

"我本想毕业后就回乡村去,这污浊纷坛的政治舞台我真不愿意滥竽唱随;但是我总不愿意离开北京。部里事忙的很,工作繁多是减少烦思的妙法,所以我这八年的生活,大都消磨在这个'忙'字上。"

"喂!潜虬!子和已在上星期去了上海了,假如这时期,你愿意见到我时,我可以见你……"

"你应该满意现在的隔离,侯门似海,萧郎路人,这是我们的命运;我们是地球上最后的胜利者,我们是爱神特别祝福的人!我现在不能见你,我莫有理由、勇气去见你;你应该知道社会礼教造成的爱,是一般人承认的爱,他的势力压伏着我们心灵上燃烧的真爱。为了这个,薏妹,我不愿见你;并且以后你连电话都不要打。这是痛苦,已经沉寂了的湖,你让它永久死静好了。薏妹:你怎么了?薏妹。你不要难受!呵!你怎么不理我呢?喂!喂!"

沉寂了,一切像秋野荒冢一样的沉寂;潜虬晕倒在那个玫瑰绒的躺椅上,旁边也一样放着一盆桃色的红梅,一阵阵冷香扑到他惨白的脸上。

(见《京报副刊·文学周刊》第十二号,一九二五年三月十四日,第七、八版。原署名评梅。)

弃 妇

一个清晨,我刚梳头的时候;琨妹跑进来送给我一封信,她喘气着说:

"瑜姐,你的信!"

我抬头看她时,她跑到我背后藏着去了,我转过身不再看她,原来(她)打扮的非常漂亮:穿着一件水绿绸衫,短发披在肩上,一个红绫结在头顶飞舞着,一双黑眼睛藏在黑眉毛底,像一池深苍的湖水那样明澈。

"呵!这样美,你要上那里去,收拾的这样漂亮?"我手里握着头发问她。

"母亲要去舅妈家,我要她带我去玩。上次表哥给我说的那个水莲公主的故事还未完呢,我想着让他说完,再讲几个给我听;瑜姐,你看罢,回来时带海棠果给你吃;拿一大篮子回来。"说到这里她小臂环着形容那个大篮子。

"我不信。母亲昨天并莫说要去舅妈家,怎么会忽然去呢?"我惊疑地问她。

"真的,真的,你不信去问母亲去;谁爱骗你。母亲说,昨夜接着电报,姥姥让母亲快去呢。"她说着转身跑了,我从窗纱里一直望着她的后影过了竹篱。

我默想着,一定舅妈家有事,不然不会这样急促的打电报叫母亲去。什么事呢?外祖母病吗?舅父回来了吗?许多问题环绕着我的脑海。

梳好头,由桌上拿起那封信来,是内外埠寄来的,贴着三分邮票,因为用钢笔写的,我不能分别出是谁寄来的。拆开看里面是:

瑜妹:

我听说你已由北京回来,早想着去姑母家看望你,都因我自己的事纠缠着不得空,然而假使你知道我所处环境时,或许可以原谅我!

你接到这信时,我已离开故乡了,这一次离开,或者永远莫有回来的机会。我对这样家庭,本莫有什么留恋;所不放心的便是茹苦含辛、三十年在我家当奴隶的母亲。

我是踢开牢狱逃逸了的囚犯,母亲呢,终身被铁链系着,不能脱身。她纵然爱我,而恶环境造成的恶果,人们都归咎到我的身上;当我和这些恶势宣战后,母亲为她不肖的儿子流了不少的泪,同时也受了人们不少的笑骂!

我更决心,觉着母亲今日所受的痛苦,但是她将来所受的痛苦;我无力拯救母亲现实的痛苦,我确有力解除她将来的痛苦;因之我才万里外归来,想着解放她同时也解放我,拯救自己同时也拯救她。

如今我失败了,我一切的梦想都粉碎了!我将永远得不到幸福,我将永远得不到愉快,我将永远做个过渡时代的牺牲者,我命运定了之后,我还踌躇什么呢?我只有走向那不知到何处是归宿的地方去。

我从前确有一个梦想,这个梦想象一个毒蟒缠绕着我,已经有六年了。我孕育了六年的梦想,都未曾在任何人面前泄露,我只隐藏着,像隐藏一件珍贵的东西一样的,我常愿这宝物永远埋葬着,一直到黄土掩覆了我时,这宝物也不要遗失,也不要现露。这梦想,我不希望她实现,我只希望她永久作我的梦想。我愿将我的灵魂整个献给她。我愿将我的心血永远为她滴,然而,我不愿她知道我是谁。

我园里有一株蔷薇,深夜里我用我的血我的泪去灌溉她,培植她;她含苞发蕾以至于开花,人们都归功于园丁,有谁知是我的痴心呢!然而我不愿人知,同时也不愿蔷薇知。深夜,人们都在安息,花儿呢也正在睡眠;因之我便成了梦想中的园丁。

我已清楚的认识了自己的命运,我也很安于自己命运而不觉苦痛;但是,这时确有一个人为了我为了她自己,受着极沉长的痛苦,是谁呢?便是我名义上的妻。

我的家庭你深知。母亲都是整天被人压制驱使着作奴隶,卅年到我家,未敢抬起头来说句高声话。祖母脾气又那样暴烈,一有差错,跪在祖宗像前一天不准起来。母亲这样,我的妻更比不上母亲了,她所受的苦痛,更不堪令人怀想她。可怜她性情迟钝,忠厚过人;在别人家她可做一个好媳妇,在我家里,她便成了一个仅能转动的活尸。

我早想着解放了她,让她逃出这个毒恶凌人的囚狱;无论到什么地方去,都比我的家自由幸福多了,我呢,也可随身漂泊,永无牵挂,努力社会事业,以毁灭这万恶的家庭为志愿;不然将我这残余生命浮荡在深涧高山之上,和飞鸟游云同样极止无定的飘浮着。

决志后,我才归来同家庭提出和我的妻子正式离婚,那知道他们不明白我是为——她。反而责备我不应半途弃她;更捉风捕影的,

猜疑我别有怀抱。他们说我妻十年在家,并未曾犯七出例条,他们不能向她家提出。更加父亲和她祖父是师生关系,更不敢起这个意。他们已经决定要她受这痛苦,我所想的计划完全失败了。不幸的可怜的她,永远的在我名下系缚着,一直到她进了坟墓。这是多么残酷的事情,我懊丧着,我烦恼着,也一直到我进了坟墓。一切都完了。我还说什么呢?

　　瑜妹!我给你写这封信的动机,便是为了母亲。母亲!我不能不留恋的便是母亲!我同家庭决裂。母亲的伤痛可想而知,我不肖,不能安慰母亲。瑜妹!我此后极止何处,我尚不知。何日归来。更无期日;望你常去我家看看我的母亲,你告诉她,我永远是她的儿子,我永远在天之涯海之角的世界上,默祝她的健康!

　　瑜妹!我家庭此后的情形真不敢想,我希望他们能为了我的走,日后知道懊悔。我一步一步离故乡远了,我的愁一丝一丝的也长了。

　　再见吧!祝你健福!

徽之

　　我读完表哥的信,母亲去舅舅家的原因我已猜着了,表哥这样一走,舅母家一定又闹得不了;不然不会这样焦急地催母亲去。我同情母亲的苦衷,然而我更悲伤表嫂的命运,结婚后十年,表哥未曾回来过。好容易他大学毕业回来了;那知他又提起离婚。外祖母家是大家庭,表嫂是他们认为极贤德的媳妇;那里让他轻易说道离婚呢?舅父如今不在家,外祖母的脾气暴躁极了,表哥的失败是当然的。不过这么一闹,将来结果怎样真不敢想;表哥他是男人,不顺意可以掉下家庭跑出去;表嫂呢,她是女人,她是嫁给表哥的人,如今他不要她了。她怎样生活下去呢?想到这里我真为这可怜的女子伤心!我正拿着这封信发愣的时候,王妈走进来说:

　　"太太请小姐出去。"

　　我把表哥的信收起后,随跟着王妈来到母亲房里。母亲正在房里装小皮箱里的零碎东西,琨妹手里提着一小篮花;嫂嫂在台阶上看着人往外拿带去的东西。

"瑜！昨夜你姥姥家来电,让我去;我不知道为的什么事,因此我想着就去看。本来我想带你去,因为我不知他们家到底有什么事,我想还是你不去好。过几天赶你回京前去一次就成了,你到了他们家又不惯拘束。琨她闹着要去,我想带她去也好,省的她留在家里闹。"母亲这样对我说的时候,我本想把表哥的事告诉她。后来我想还是不说好了,免得给人们心上再印一个渺茫的影子。

我和嫂嫂送母亲上了火车,回来时嫂嫂便向我说。"瑜妹!你知道表哥的事吗？听说他在上海念书时,和一个女学生很要好,今年回来特为的向家庭提出离婚。外祖母家那么大规矩,外祖母又那么严厉,表嫂这不可真倒霉极了。一个女子——像表嫂那样女子,她的本事只有俯仰随人,博得男子的欢心时,她低首下心一辈子还值得。如今表哥不要她了,你想她多么难受呢！表哥也太不对,他并不会为这可怜旧式环境里的女子思想;他只觉着自己的妻不如外边的时髦女学生,又会跳舞,又会弹琴,又会应酬,又有名誉,又有学问的好。"她很牢骚地说着。我不愿批评,只微微地笑了笑;到了家我们也莫再提起表哥的事。

但是我心里常想到可怜的表嫂,环境礼教已承认她是表哥的妻子了——什么妻,便是属于表哥的一样东西了。表哥弃了她让她怎样做人呢？她此后的心将依靠谁？十年嫁给表哥。虽然行了结婚礼表哥就跑到上海,不过名义上她总是表哥的妻。旧式婚姻的遗毒,几乎我们都是身受的。多少男人都是弃了自己家里的妻子,向外边饿鸦似的,猎捉女性。自由恋爱的招牌底,有多少可怜的怨女弃妇践踏着！同时受骗当妾的女士们也因之增加了不少,我想着怎样才能拯救表嫂呢？像她们那样家庭,幽怨阴森简直是一座坟墓,表嫂的生命也不过如烛在风前那样悠忽！

过了三天,母亲来信了,写得很简,她报告的消息真惊人！她说表哥走后,表嫂就回了娘家,回去第二天的早晨,表嫂便服毒死了！如今她的祖父,和外祖母闹得很利害,舅父呢不在家,表哥呢,他杀了一个人却鸿飞渺渺地不知那里去了。因此舅母才请母亲去商量怎样对付。现在还毫无头绪,表嫂的尸骸已经送到外祖母家了,正计划着怎样讲究的埋葬她!

母亲又说琨妹也不愿意在了,最好叫人去接她回来,因为母亲一时不能回来,叮咛我们在家用心的服侍父亲。

嫂嫂看完母亲的信哭了!她自然是可怜表嫂的末遇,我不能哭,也不说话,跑到院子里的葡萄架下站着,望着晴空白云枝头小鸟,想到表哥走了,或者还有回来的一天。表嫂呢,她永远不能归来了!为了她的环境,为了她的命运,我低首默祷她永久地安眠!

(见《京报副刊·妇女周刊》周年纪念特号,一九二五年十二月二十日,第四五、四六、四七面。原署名漱雪。)

祷 告
——婉婉的日记

九月三号

今天是星期日,她们都出去了。这屋子往日多么热闹,如今只觉得空寂可怕。我无地方可去,也无亲友可看,结果只好送她们去了,我孤身回来。天天忙着。我是盼有一天闲,但是闲了又这样情绪不宁感到无聊。

晚饭后,魏大夫叫我送一束花给四十四号的吴小姐,她是个极美丽的姑娘,虽然因为病现得清瘦点。和她谈了半天才知道她就是吴文芳的侄女。我问到文芳,她说她自从辞了医院事情后,不久就和一位牙医生结婚,如今在青岛。正谈着,她的母亲来了。我便把花插在瓶里,把魏大夫写的那个英文片子放在花瓶前,我和她们笑了笑就开门出来了。

路过大楼时,想进去看看赵牧师,我心忽然噪烦起来,不愿意去了。

回到寝室楼,依然那样空寂,我真有点害怕,静默得可怕!推开娟玉的房门,雪帐低垂着,一缕花香扑鼻而来。她未曾回来,风吹着帐帷正在飘动！站在这里呆了一会，我回到自己的床上来。我想睡，睡了可以把我安息在幸福的梦里；但心情总是不能平静，像黑暗中伸出无数的苍白手臂在接引我。睡不成，我揭被起来，披了一件斗篷，走到楼下回廊上看月亮。

夜静极了，只有风吹着落叶瑟瑟，像啜泣一样击动我的心弦。天空中一碧如洗，中间镶着繁星，一轮秋月又高又小，照得人清寒傲骨。我合掌跪在这晶莹皎洁的月光下，望见自己不知道来处的影子。

世界上最可怜最痛苦的大概是连自己都不知是谁的人罢！连自己的父母都不知道是谁，连自己的父母都不知在哪里的人罢？你照遍宇宙照尽千古的圆月，告诉我，我的父母是谁？他们在那里？你照着的他们是银须霜鬓的双老，还是野草黄土中的荒冢呢？

落叶在阶前啜泣时，抬头或者还认得他的故枝。我是连树叶都不如。这滔滔人海，茫茫大地中，谁是亲昵我的，谁是爱怜我的？只有石桥西的福音堂，是可怜的婉婉的摇篮。这巍峨高楼的医院，是可怜的婉婉栖居的地方；天天穿上素白的长袍，戴上素白的高冠，咽着眼泪含着笑容，低声柔气，服侍许多呻吟愁苦的病人，这是可怜的婉婉的伴侣和职务罢！

主啊！只有你知道。夜静时候，世界上有一个可怜无父无母无兄弟姊妹的孤女，在月光下望着一堆落叶咽泪！

夜深了，我回来，斜倚在枕上，月光很温柔地由窗纱中射进来。她用纤白的玉臂抱吻着我。我希望做梦，或者梦中可以寻见认识了我的父母，或者我还能看见我的妹妹弟兄。我真不敢想下去了。今天看见吴小姐的母亲时，我才知道世界上还有那么亲爱自己的一个女人，她是自己的母亲。

婉婉！你自己的母亲呢？

九月五号

昨夜刮了整夜的风，今天忽然觉着冷。早晨三十号来了一位病人，患着脑膜(炎)。头疼得他一直喊叫着,我给他枕上冰囊似乎止住点痛。他是一个银行的办事员。送他进来的是几个同事,和他年纪仿佛的青年。魏大夫看过了,告诉我劝他平静些,不能让他受刺激,最好不要接见亲友,晚上再吃药,这时候最好先令他静静地安眠。

我拉过绿幕遮住射进来的阳光,将他的东西都安放在橱里。整理好后,拿了花瓶到后园折了几枝桂花。当我悄悄送花来时,他已醒了,睁着很大的眼望着我。我低头走过去,把花瓶放在病榻畔的小几上。

"要水吗?先生!"我问他。他摇了摇头。我就出来。

十二点钟午餐来了,我请他少用一点,他不肯。再三请他,他才在我手里的杯子内喝了三口牛乳。这位病人真奇怪,进来到现在,他未曾说过一句话,时时都似乎在沉思着严重的问题。

给他试验温度时,我拿起他床前的那个纸牌,他的名字是杨怀琛,和我同姓。

夜里魏大夫把配好的药送来,我服侍着吃完了药,换上冰袋。临走时我告诉他:要东西时,只要把电铃一按便有人来。在楼梯上逢见娟玉,问她去那里,她说要去值夜,在大楼上。

到了寝室很远便听见她们的笑语声,我没有去惊动她们,一直走到我的房里。书桌上放着一本书,走过去一看是本精装的《圣经》,里边夹着个纸条,上边写着:

婉婉:

　　那天你送花来,母亲看见你,说你怪可爱的。我已告诉了她你待我的好处。她更觉喜欢。今天送东西时给你带来一本《圣经》。她叫我送给你,她说这本书能擦去你一切的眼泪!

　　　　　　　　　　　　　　　　　　吴娟

我捧着这本书,把这短笺回环地读了四五遍。因为别人的母亲偶然施与的爱,令我想到我自己的母亲。《圣经》,我并不需要它;我只求上帝揭示我谁是我的母亲,她在哪里?只有她能擦去我一切的眼泪。主啊,只要你告诉我她在哪里,我马上赴汤蹈火去寻找她。然而默默中命运涎着脸作弄我,谁知道何时何地才能实现我如意的梦。

惨淡的灯光照在圣母玛丽亚的像上,我抬头默然望着她!

九月九号

昨夜我做了一个梦,梦见我走到一个似乎乡村的地方,一带小溪畔有几间茅屋,那里透露出灯光来。我走到茅屋前,听见里面有细碎的语声,窗外映着淡淡的月光。我轻轻推开门,月光投射进来,黑暗的屋角里看见床上坐着一个老妇人,她合掌念着佛。一盏半明半暗的油灯,照见她枯皱的脸上挂着两道泪痕!我走进一步,跪下去伏在她膝头上痛哭!

不知何时醒来,枕上已湿了一大块。

今晨梳洗时,在镜子里照见我自己,我自己孤苦伶仃的一个人在这世界上挣扎,转眼已十九年了。自从我进了福婴堂到现在没有一个亲人来看过我,也没有一个人认识我。我找不着我亲爱的父母和姊妹兄弟,他们也一样不曾找到我。记得我在福婴堂住了七年,七年后我服侍一个女牧师,她教我读《圣经》,做祷告。十四岁那年她回国去了。把我送到一个外国医院附设的看护学校习看护,三年毕业后,魏大夫就要我在这医院里当看护,已经有两年了。我想假使这时候我的母亲看见我,她也许不认识我。

三十号那个病人已经来了四天了。他病还见好。沈大夫说只要止住痛就不会有什么危险。今天他已和我攀谈起来,问我哪里人,家里还有些谁?唉!让我怎么回答他呢?连我自己都不知道,怎样能告诉他?这是我一生的耻辱,我只有低下头咽泪!他大概也理会到我有不能说出的苦衷,所以不曾往下追问。

他的病不能移动,所以他只可静静地躺着。晚饭后我给他试验口温。我低头用笔在簿上记录时,他忽然向我说:"姑娘,我请求你一件事。你可肯替我办?"

"什么事？"我问。

他又几次不肯说，后来他叫我从衣橱里拿出一本日记，里面夹着信纸信封。他告诉我了，原来是请我给他写一封信，他念着我写；

文蕙妹鉴：

你信我已收到，事已如斯，夫更何言。我现已移入病院。将来生死存亡，愿妹勿介意。人生皆假，爱又何必当真。寄语方君。善视妹。则我瞑目矣。

怀琛

写好，他又令我在日记里找着通信地址，原来也是姓吴，我心里真疑惑是吴文芳的姊妹；什么时候去问问文芳侄女便知道究竟了。信封也写好后，我递给他看。看完他很难受，把眼睛紧紧闭上，牙齿嚼着下唇，脸一阵阵现得苍白。我把日记放在他枕头畔。给他喝了几勺开水，我轻轻问他；"这信付邮吗？"他点点头。我轻轻闭门时，听到一声最哀惨的叹息！

晚风吹在身上，令我心境清爽一点，望着星月皎洁的天空深深地吐了一口气。

我凝视着手中这封信，假如这真是最后消息时，不知这位文蕙小姐看了该怎样难过？最可怜这生病的青年，进来医院这许久，未曾来过一个人，或者一封信一束花是慰问讯候他的。

今夜晚间本来不是轮我去，不过我看见他那种伤心样子真不放心。十二点了。我又从魏大夫那里拿了药亲自给他送去。一推门我便看见他正在流泪！我给他吃了药，他抬起那苍白的脸望着我，他说："姑娘，我真感谢你，然而我怕个生不能报答你了，但是我有个唐突的请求，我愿知道姑娘的芳名。"我完全被他那清澈的，多情的目光摄去了我的灵魂，当淡绿的灯光映在他脸上时，我真觉得这情况太惨了。我抖战着说："我叫婉婉，和先生同姓。"他不曾往下问，我也未曾多告诉他一点。

十二点半钟了，我的责任应该请他休息，我用极诚恳的态度和他说："先生，你宽怀养病，不要太愁苦，我求上帝赐福给你。"

"谢谢你，婉婉姑娘，祝你晚安！"他含着泪说。

九月十二号

昨夜魏大夫告诉我今天陪他到城外出诊,我的职务已另请一位看护代理。我从衣橱里拿出我那件外衣和帽子围巾,这三件东西是那女牧师临回国时送我的。因为我不常出去,所以虽然它们的式样已经不时髦,不过还很新。

收拾好已九点钟。我想去大楼看看三十号的病人。走到他病室前,我忽然有点迟疑,因为自己的装束现在已不是个看护了,我来看他不是不便吗?我立在门口半天,终于推开门进去。他看见我忽然惊惶的坐起来,眼睛瞪视着问我:"你是文蕙吗?我没有想到你会来看我呀!"他伸着双臂问我,他哭了!啊呀!这一吓把我直退到门口。

我定了定心神才告他说:"先生!我是婉婉,你不要吃惊。"我说着走过去扶他睡下。

我等他休息了一会,我才告他我今天要出城去,职务已有人代理。我问他要不要什么东西给他带来,他这才和我说:"你今天的装束真像她。原谅我对姑娘的失礼,因为我是在病中。"他说着流下泪来。我真不忍看了,也不知该怎样安慰他好,只呆呆地立在他床前。

"姑娘,你去吧!我不要什么,我在这世界上没有需要的东西了。"

"你好生静养,晚间我回来给你读《圣经》,我把他的被掩好,慢慢走出来。

汽车已在医院门前,魏大夫站在车口等着我。

在车上饱看着野外的秋色,柳条有点黄了,但丝丝条条犹想牵系行人。满道上都是落叶,汽车过去了,他们又和尘土落下来。平原走尽,已隐隐看见远处的青山。魏大夫告诉我,我们要去的地方便在那青山背后,渐渐到了山根,半山腰的枫树,红的像晚霞一样,远看又像罩了一层轻烟软雾。

走进了村庄,在一个别墅门前车停了,这时已十点多钟。我们进到病房里,是一位小姐患着淋巴腺结核,须用手术医治。我帮着魏大夫,割完已经一点半钟了。主人是个五十多岁的老人,很诚恳地招待我们。用完午餐我们就回城来,一路上我不看景致了,只想着三十号那个病人,真懊悔今早不应这样装束去看他,令他又受一个大刺激。

到了城里又去看了一个患肺病的人,七点钟才回到医院。我在花店买了两个精巧玲珑的小花篮,里面插满了各色的菊和天冬草。

今天一天真疲倦,回到医院我就到自己房里来。叫人送一个花篮给吴小姐,另一个花篮我想送给三十号的病人。

本想今夜亲自送去,不过不是我轮值,因为早晨又惊扰了他,现在也不愿再去了。连我自己也奇怪呢,为什么我这样可怜他,同情他?我总想我应该特别注意关照他,好像他是我的哥哥,或者是弟弟一样。

夜里我替他祷告,我想到他心中一定埋藏着一件伤心的历史,那天我给他写信的那个女子,一定就是使他今日愁病的主人。不知他有父母没有?也许他和我一样孤苦呢!今天我忽然想也许他是我的哥哥,因为他也姓杨。最奇怪的是我心里感到一切令我承认他是我的哥哥。

我想明天去大胆问问他,他有莫有妹妹送到福婴堂,在十九年前。

九月十三号

今晨七点钟,我抱着那个花篮到大楼去,在楼梯下我逢见两个人抬着软床上来,我心忽然跳起来,不知为什么我忽然想到他不好的消息,急忙跑上楼,果然那间房子门口围着许多人,我走进去一看,他死了!僵直的卧在床上,嘴边流着口液,两眼还在半开着,手中紧握着一张相片。

这时软床已上来,把他抬到冰室去。

我一直靠在墙上,等他们把他抬走了,我才慢慢走到他床前。咽着泪收拾他的床褥。在枕头畔,我又发现了他那本日记。我把他的东西整理

◎ 小　说

好,包了一个小包和我那个花篮一块儿叫人送到冰室去。不知道这是不是犯罪,他的日记我收起来了。我想虽未得到同意,但是我相信在世界上知道他抱恨而终的大概只有我,承受他最后的遗什的也许只有我。

说不出来我心头紧压的悲哀,我含着泪走进了冰室。里面已有几个人在,大概就是送他进来的那些银行同事们。地上放着一个大包袱,他们正在那里看殓衣。我一张望,见他的尸骸已陈列在墙角的木板上,遍体裹着白布,他的头偏向里面;地下放着那个花篮。

唉!我悔,昨夜未来看他,如今我站在他面前时,他已经脱离了人间的一切烦恼而去了。可怜他生前是那样寂寞孤苦的病着,他临终也是这样寂寞孤苦的死去,将来他的坟头自然也是无人哭吊无人祭献的寂寞之墓。我咽着泪把花篮放在他的头前。我祷告:他未去远的灵魂,接受世界上这孤女的最后祭献!

我走出了冰室,挟着这本日记,我不敢猜想这里面是些什么记叙。朝霞照着礼拜堂的十字架,我低头祷告着回来。

(原见于《晨报附刊》第一五四九号,一九二七年四月七日,第十四、十五页;第一五五〇号,四月十九日,第十八、十九页。原署名评梅。)

红鬃马

那是一个春天的早晨,一轮赤日拖着万道金霞由东山娜娜地出来,照着摩天攀云的韩信岭。韩信岭下的居民,睡眼朦胧中,忽然看见韩侯庙里的塔尖上,插着一杆雪白的旗帜,在日光中闪耀着,在云霄中飘展着。这时岭下山坡上。陆陆续续可以看见许多负枪实弹的兵士,臂上都缠着一块白布,表示革命军特别的标志。

他们是推倒满清,建设民国的健儿。一列一列整齐的队伍过去。高唱

着激昂悲壮的军歌，一直惊醒了岭下山城中尚自酣睡的居民。

韩信岭四周的山城。为了这耀目的白采，勇武的健儿们，曾起了极大的纷扰，但不久这纷扰便归于寂静；居民依然很安闲愉快地耕种着田地，妇人也支起机轮纺织布匹。小孩们还是在河沟里掏螃蟹，沙滩上捡石子地玩耍着。

在当时纷扰中，隐约的枪声里，我和芬嫂、母亲扮着乡下人。从衙署逃出来，那时只有老仆赵忠跟着我们。枪林弹雨中。我们和一群难民跑到城外，那时天已黄昏；晚霞正照着一片柳林。万条金线偏懒地垂到地上。树荫下纵横倒卧着的都是疲惫的兵士。我们经过他们的面前连看都不敢看，只祷告不要因为这杂乱的足声惊醒他们的归梦。离城有五里地了，赵忠从东关雇来一辆驴车。母亲告诉率先去南王村，拿着父亲的一封信去投奔一个朋友。我那时才十岁，虽然不知为什么忽然这样纷扰。不过和父亲分离时。看见父亲那惊吓焦忧的面貌，和母亲临行前收拾东西的匆促慌急，已知道这不幸的来临，是值得我们恐怖的！

逃难时我不害怕也不涕哭，只默默地看着面前一切的惊慌和扰乱，直到坐在车上，才想起父亲还陷在恐怖危险中，为什么他不和我们一块儿出来呢！问芬嫂，她掩面无语；问母亲时，她把我揽在怀中低低地哭了！夜幕渐渐低垂，树林模糊成一片漆黑，驴车上只认出互相倚靠蜷伏的三个人影。赵忠和车夫随着车走。除了车轮的转动，和黑驴努力前进的呼吸外，莫有一点响声。广漠的黑暗包围着，有时一两声的犬吠和树叶的飘落，都令人心胆俱碎！到了南王村已是深夜，村门上有乡勇把守，因为我们是异乡人不许走进村。后来还是请来了父亲的朋友王仁甫，问明白后才让我们进去。过了木栅门，王宅已派人拿了灯笼来接，这时我心中才觉舒畅，深深地向黑暗的天宇吐了一口气。坐上王宅车到他家时，我已在路上睡着了。

这一夜，母亲和芬嫂都未安眠，我们焦虑着父亲的吉凶。芬嫂和母亲说："早知道这样两地悬念，还不如在一块儿放心。"母亲愈想愈觉着难过，但是在人家这里也不愿现出十分悲痛的样子。第二天。母亲唤醒我，才知道父亲已派人送信来了。说城中一切都平靖,革命军首领是我们同乡郝梦雄,他是父亲的学生,所以不仅父亲很平安,连这全县一百余村也一样平安。这消息马上便传布了全村,许多妇人领着自己的小孩来到王宅慰问我们!母亲很客气地接见了他们。那天午餐是全村的乡董公请,母亲在席上饮上三杯酒,庆祝这意外的平安!

　　午餐完毕,王宅用轿车送我们进城,这次不是那样狼狈了。一进城门,便看见军队排立着向我们举枪致敬。车进了大门,远远已看见父亲和一位雄壮英武全身军装的少年站在屏风门前迎接我们。下了车,我先跑过去抱住父亲。父亲笑着说:"过去给你梦雄哥行礼,不是他,我也许见不着你们了。"这时真说不出是悲是喜,母亲和芬嫂都在旁边擦着眼泪,父亲笑声中也带了几分酸意。我走到梦雄面前很规矩的向他行了礼,他笑着握了我的手说:"几年不见,妹妹已长大了,你还认识我吗?"他蹲下来捧着我的下颚这样问,我笑了,跑到母亲眼前去,父亲笑了,梦雄和赵忠他们都笑了!

　　过了几天,父亲和梦雄决定了一同进省,因为军旅中不便带女眷,所以把我们留在这里。在梦雄走的前一天,我们收拾好行装搬到南王村王仁甫家中暂住,等父亲派人来接我们。临行时父亲和梦雄骑着马送我们到城外,我也要骑马,父亲便把我抱在他的鞍上。时已暮春,草青花红,父亲和梦雄并骑缓缓地走过那日令我惊心的柳林,我忽然感到一种光荣,这光荣是在梦雄骑着的那匹红鬃马的铁蹄上!

　　到了东关外,父亲把我抱下马来,让我和母亲坐在车上去。我知道和父亲将要分离,心中禁止不住的凄哀,拉着父亲的衣角哭了!梦雄跳下马来,抚着我的额前短发,他说:"妹妹,你不要哭,过几天便派人来接你去省城。你想骑马,我那里有许多小马,我送你一匹,你不要哭,好妹妹。"母亲、芬嫂下了车和父亲、梦雄告别后,——赵忠又抱我上了车。车轮动了,回头我见父亲和梦雄并骑站在山坡上,渐渐远了。我还见梦雄举扬着他的马鞭。

　　梦雄因为这次征服了岭南各县的逆军,很得当道的赞喜:回到省城后,全城的民众开大会欢迎他的凯旋。不久他便升了旅长,驻扎在缉虎营,保卫全城。在这声威煊赫后的梦雄,当时很引起我们故乡长老的评论。他家境原本贫寒,父亲是给人看守祠堂,母亲是个瞎子。他十岁时便离开家乡去漂泊,从戎数载,转战南北。谁都以为他早已战死沙场,那料到革命军纷起后,他遂首先回来响应。不仅他少年得志令人敬佩,最使人艳羡的他还有一位美丽英武的夫人,听说是江苏人。她的来历谁都不知道,但是他的芳名冯小珊是这城里谁都晓得的。

我们到了省城后,便和梦雄住在一条胡同内,小珊比我大十岁,我叫她珊姐。她又活泼又勇武,憨缦天真中流露出一种庄严的神采,教人又敬又爱。梦雄和她感情很好,英雄多情,谁也看不出英武的梦雄在珊姐面前缠绵柔顺却像一只小羊。

过了中秋节后四天,是我的生日。父亲特别喜欢,张罗着给我过一个愉快幸福的生辰。那天早晨,母亲给我换上玫瑰色缎子的长袍,上边加了一件十三太保的金绒坎肩,一排黄澄澄的扣子上镌着我的小名;芬嫂与我梳了两条松长的辫子垂在两肩,她又从小银匣内拿出一条珠链给我拴在颈上。收拾好,母亲派人来叫我,芬嫂拉着我走到客厅。在廊下便听见梦雄和珊姐的笑声!我揭帘进去。珊姐一见我便跑过来握着我的手说:"啊呀!好漂亮的小姑娘,你过来看看我送的礼。""她一定喜欢我的,你信不信?"梦雄笑着向珊姐说。我走到母亲面前。母亲指桌上一个杏黄色的包袱说:"你还不谢谢珊姐给你的礼。"我过去打开一看,是一套黑线镶有金边的紧身戎装,还有一顶绒帽,梦雄不等我看完,便领我走到前院,出了屏门那棵槐树下拴着两匹马,一匹是梦雄的红鬃马;还有一匹小马,周身纯白,鞍辔俱全。我想起来了,这是梦雄三月前允许了我的礼物。我真喜欢,转过身来深深地向他们致谢!那天收了不少的礼物。但是最爱的还是这两样。

不久我便进了学校,散课后,珊姐便和我骑着马去郊外,缘着树林和河堤,缓辔并骑;在夕阳如染,柳丝拂髻的古道上,曾留了不少的笑语和蹄痕。有时玩得倦了,便把马挂在树上,我们睡在碧茵的草地上,绿荫下,

珊姐讲给我许多江南的风景;谈到她的故乡时,她总黯然不欢,我那时也不注意她的心深处,不过她不高兴时,我随着也就缄默了。

中学将毕业的前一年,梦雄和珊姐离开了我们去驻守雁门关。那时我已十六岁了,童年的许多兴趣多半改变。梦雄送给我的小白马,已长得高大雄壮。我想留着它不如送给珊姐自用,所以我决定送给她。在他们临行时,我骑着它到了城外关帝庙,父亲在那里设下了别宴。我下了马。和梦雄、珊姐握别时,一手抚着它,禁不住的热泪滴在它蒸汗的身上。珊姐骑着它走了三次,才追着梦雄的红鬃马去了。归途上,我感到万分的凄楚,父亲和母亲也一样的默然无语。斜阳照着疏黄的柳丝,我忽然想起六年前往事,觉童年好梦已碎,这一阵阵清峭的秋风,吹落我一切欢乐、像漂泊的落叶陨坠在深渊之中。

八年以后,暑假里,我由燕北繁华的古都,回到娘子关①畔的山城。假如我尚有记忆时,真不信我欢乐的童年过后,便疾风暴雨般横袭来这许多人间的忧愁,侵蚀我,摧残我,使我终身墓葬于这荒冢寒林之中。此后只有在一缕未断的情丝上,回旋着这颗迂回而悲凄的心,在一星未熄的生命余焰里,挥泪瞻望着陨落的希望之星,和不知止于何处的遥远途程。这自然不是我负笈千里外所追求的。又何尝是我白发双亲倚闾所希望的。然而命运是这样安排好了,我虽欲挣脱终不能挣脱。

这八年中,我在异乡沉醉过,欢笑过,悲愁过,痛哭过,遍尝了人间的甜酸辛辣;才知道世界原来是这个罪恶之薮,而我们偶然无意中留下的鸿爪。也许便成了一种忏悔罪恶的遗迹。恍惚迷离中,一切虽然过去了,消逝了,但记忆磨灭不了的如影前尘,在回忆时似乎尚可得一种空幻的慰藉。

黄昏的灯光虽然还燃着,但是酒杯里的酒空了,梦中的人去了,战云依然深锁着,灰尘依然飞扬着,奔忙的依然奔忙,徘徊的依然徘徊。我忽

---

① 娘子关为中国万里长城著名关隘,位于太行山脉西侧河北省井陉县西口、山西省平定县东北的绵山山麓。娘子关原名"苇泽关",素有"天下第九关"之称。

然踟蹰于崎岖荆棘的天地中,感到了倦旅。我不再追求那些可怜的梦影了,我要归去,我要回到母亲的怀里,暂时求个休息去。我倦了,我想我就是这样倒下去,我也愿在未倒时再看看我童年的摇篮,和爱我的双亲。

扎挣着由黑暗的旅舍中出来,我拂了拂衣襟上的尘土,抚了抚心上的创口。向皎洁碧清的天空深深地吐了一口气后,踏着月色独自走向车站。什么都未带,我不愿把那些值得诅咒,值得痛恨的什物,留在身畔再系绊我。就这样上了车,就这样刹那间的决定中抛弃了一切。车开行了,深夜里像一条蜿蜒在黑云中的飞龙,我依窗向着那夜幕、庄严神秘的古都惨笑!惨笑我百战的勇士逃了!

谁都不晓得,这一辆车中载着我归来,当晨曦照着我时,我已离开古都有八百里,渐渐望见了崇岭高山,如笏的山峰上,都戴着翠冠,两峰之间的瀑布,响声像春雷一般。醒了。我一十余载的生之梦,这时被涧中水声惊醒了!禁不住眼泪流到我久经风尘的征衫!为了天堑削壁的群山,令我回想到幼年时经过的韩信岭,和久无音信的珊姐和梦雄。

下了火车,我雇了一只小驴骑到家;这比什么都惊奇,我已站在我家的门口了。湖畔一带小柳树是新栽的,晚风吹拂到水面,像初浣的头发,那边上马石前,卧着一白花狗,张口伸出血红的舌头,和着肚皮一呼一吸的,正看着这陌生的旅客呢!我把小驴系在柳树上,走向前去叩门,我心颤动着,我想这门开了后,不知将来的梦又是些什么?

到家后三天,家中人知我心境忧郁,精神疲倦。父亲爱怜我,让我去冠山住几天,他和小侄女蔚林陪着我,一个漂泊归来的旅客,乍承受了这甜密的温存和体贴,不觉感极涕下!原来人间尚有这块园地是会使我幸福,骄傲的。上帝!愿永远这样吧!愿永远以这伟大的慈爱抚慰世上一切痛苦失望中归来的人吧!

山道中林木深秀。涧水清幽,一望弥绿,把我雪白的衣裳也映成碧色。父亲坐着轿子,我和蔚林骑着驴,缓缓地迂回在万山之间。只听见水声潺潺,但不知水在何处!草花粉蝶,黄牛白羊,这村色是我所梦想不到的。一切诅恨宇宙的心,这时都变成了欣羡留恋,一草一木,一山一水之微,都给与我很深很大的安慰。我们随着父亲的轿子上了几层山坡,到了我家的祖茔;父亲下了轿,领着我和蔚林去扫墓,我心中自然觉到悲酸。在父亲面前只好倒流到心里。烧完纸钱,父亲颤巍巍地立在荒墓前,风吹起他颚下的银须和飞起的纸灰。这一路我在驴上无心再瞻望山中的风景,恨记忆又令我想到古都埋情的往事。我前后十余年中已觉世事变幻,沧桑屡易,不知父亲七十年来其辛苦备尝,艰险历经的人事,也许是恶苦多于欢乐?然而他还扎挣着风烛残年,来安慰我,愉悦我。父亲!懦弱的女儿,应在你面前忏悔了!

远远望见半山腰有一个石坊,峰头树林蔚然深苍中掩映着庙宇的红墙,山势蜿蜒,怪石狰狞,水乳由山岩下滴沥着,其声如夜半磬音,令人心脾凛然清冷。蔚林怕摔,下了驴走着,我也下来伴着她,走过了石坊不远便到了庙前,匾额写着"资福寺"。旁边有一池清泉,碧澄见底,岩上有傅青主题的"丰周瓢饮"四字。池旁有散发古松一株,盘根错节,水乳下滴,松上缠绕着许多女萝。转过了庙后,渡一小桥是槐音书院,因久无人修理已成废墟,荆棘丛生中有石碑倒卧,父亲叹了一口气,对我说,这是他小时读书之处。再上一层山峰至绝顶便到冠山书院,我们便住在这里。晚间,芬嫂又派人送来许多零用东西,和外祖母特别给我做的点心。

夜里服侍父亲睡了后,我和蔚林悄悄走出了山门,立在门口的岩石上,上弦月弯弯像一只银梳挂在天边,疏星点点像撒开的火花。那一片黑漆的树林中时时听见一种鸟的哀鸣。我忽然感到这也许便是我的生命之林!万山间飘来的天风,如浪一样汹涌,松涛和着,真有翻山倒海之势。蔚林吓得拉紧了我的手。我也觉得心惊,便回来入寝。父亲和蔚林都睡熟了,只有我是醒着,我想到母亲,假如母亲在我身畔,这时我也好睡在她温暖的怀中痛哭!如今我仿佛一个人被遗弃在深夜的荒山之中,虎豹豺狼围着我,我不能抑制我的情感,眼泪如泉涌出!

鸡鸣了,我披衣起来,草草梳洗后便走出了山门,想看看太阳出山时的景致。一阵晨风吹乱了我的散发,这时在烟雾迷漫中,又是一番山景。我站在山峰上向四面眺望,觉天风飘飘,云霞烟雾生于足下,万山罗列,如翠筠环拱,片片白云冉冉飘过,如雪雁飞翔;恍惚如梦,我为了这非人间的仙境痴迷似醉。天边有点淡红的彩色。渐渐扩大了,又现出一道深紫的虹圈,这时已望见东山后放出万道金光,这灿烂的金光中捧出一轮血红似玛瑙珠的朝阳!

我下了石阶走去,那边林中有个亭子,已废圮倾倒,蛛丝尘网中抬头看见一块横额,写着"养志亭"三字。四周都是古柏苍松,陵石峻秀,花草缤纷,静极了,静得只听见自己呼吸的声音。我沉思许久。觉万象具空,坐念一清,心中恍惚儿不知此身为谁?走下了养志亭,现出一条石道,自己忘其所以地披荆棘,践野草走向前去,望见一带树林中,隐约现出房屋,炊烟飘散,在云端缭绕。

下了山,看见一畦一畦的菜园,红绿相间。粉墙一带,似乎是个富人的别墅。旁边有许多茅屋草舍,鸡叫犬吠俨然似个小村落。看看表已七点钟了,我想该回去了。不然父亲和蔚林醒来一定要焦急我的失踪呢!我正要回头缘旧径上山去,忽然听见马嘶的声音,而且这声音很熟,似乎在哪里听见过一样!我奇怪极了,重登上了山峰,向那村落望去,我看不见马在哪里!又越过一个山峰时,我可以看见那一带粉墙中的人家了,一排杨柳下,拴着两匹马,我失惊的叫起来,原来一匹是梦雄的红鬃马,一匹是他赠我,我又赠珊姐的小白马。我仔细的望了又望,看了又看,一点都没有错,确是它们。

我像骤然得到一种光荣似的,心中说不出的喜欢,哪想到我会在这里无意中逢见它们。我又沉默了一会,觉着这不是梦。重新下了山,来到那个村落,我缘着粉墙走,看见一个黑漆大门,旁边钉着个铜牌写着"郝宅",门口站着一个小姑娘,抱着一个小孩。我问她,这里是谁住着?她说是郝太太。我又问她:"你是谁呢?"她指着怀中小孩说:"这是郝少爷,我是她的丫头叫小蟾。"

我说明来历,她领我走到客厅,厅里满挂着写了梦雄上款的对联和他的像,收拾得很整洁。院子很大,似乎人很少,静寂的只听见蝉声和鸟唱。碧纱窗下种着许多芭蕉,映得房中也成了绿色。院中满载着花木,花

前下放着乘凉的藤椅。我正看得入神时，帘子响了，回头见一个穿着缟素衣裳的妇人走过来。我和她一步一步走近了，握住手，但是一句话也说不出，四只眼睛瞪望着。我真想哭，站在我面前这憔悴苍老的妇人，便是当年艳绝一时天真活泼的珊姐。我呢？在珊姐眼中也一样觉得惊讶吧！别时，我是梳着双髻的少女。如今满面风尘，又何尝是当年的我。她问我为何一个人这样早来？我告诉了她。父亲和蔚林在山上时，她即叫人去告诉我在这里，并请他们来她家午餐。后来我禁不住了，问到梦雄，她颜色渐渐苍白，眼泪在眶中转动着，她说："已在一年前死了！"我的头渐渐低下，珊姐紧紧握住我的手，我和她都在静默中哭了！

珊姐含泪领我到她的寝室，一进门便看见梦雄的放大像，像前供着几瓶鲜花。我站在他遗像前静默了一会，我心中万分凄酸，那知关帝庙一别便成永诀的梦雄，如今归来只余了一帧纸上遗影。我原想来此山中扫除我心中的烦忧，谁料到宇宙是如斯之小，我仍然又走到这不可逃逸的悲境中来呢！

"珊姐！难得我们在此地相见，今日虽非往日，但我们能在这刹那间团聚，又何尝不是一种幸福。你拿酒来，我们痛饮个沉醉后，再并骑出游，你也可以告我别后的情况，而且我也愿意再骑骑小白马，假如不是它的声音，我又哪能来到这里？"我似乎解劝自己又系解劝珊姐似的这样说。

珊姐叫人预备早餐，而且斟上了家中存着的陈酒。痛饮了十几杯后，我什么东西都没有吃，遂偕同珊姐走到后院。转过了角门，我看见那两匹马很疲懒的立在垂杨下。我望着它们时心中如绞，往日光荣的铁蹄，驰骋于万军百战的沙场，是何等雄壮英武！如今英雄已死，名马无主，我觉红鬃马的命运和珊姐也一样呢！我的白马也不如八年前了，但它似乎还认识故主，我走近了它时，它很驯顺地望着我。珊姐骑上梦雄的红鬃马，我骑上白马，由后门出来。一片绿原，弥望都是黄色的麦穗，碧绿的禾苗。珊姐在前领着道，我后随着，俨然往日童年的情景，只是岁月和经历的负荷，使我们振作不起那已经逝去的豪兴了。

远远望见一片蔚浓的松林，前面是碧澄的清溪，后面屏倚着崇伟的

高山，我在马上禁不住的赞美这个地方。停骑徘徊了一会，抬头忽然不见了珊姐，我加鞭追上她时，她已转入松林去了。我进了松林，迎面便矗立着一块大理石碑，碑顶塑着个雕刻的石像，揽辔骑马，全身军装；碑上刊着："革命烈士郝梦雄之墓"。珊姐已下了马，俯首站在墓前，墓头种满了鲜花和青草，四周用石柱和铁环围绕着。

我把马拴在松树上，走近了石碑，合掌低首立在梦雄墓前，致这最后的敬意和悲悼！梦雄有灵也该笑了，他一生中所钟爱的珊姐和红鬃马，都在此伴着他这静默的英魂！偶然相识的我，也能今朝归来，祭献这颗敬慕之心。梦雄！你安息吧，殡葬你一切光荣愿望、热烈情绪在这山水清幽的深谷中吧！

珊姐望着石像哭了！我不知怎样劝慰她，只有伴她同挥酸泪！她两手怀抱着梦雄的像，她一段一段告诉我，他被害的情状，和死时的慷慨从容。我才知道梦雄第二次革命，是不满意破坏人民幸福、利益的现代军阀。他虽然壮志未酬身先死，但有一日后继者完成他的工作时，他仍不是失败的英雄。他的遗嘱便是让珊姐好好地教养他的儿子，将来承继他的未完之志去发扬光大，以填补他自己此生的遗憾！

自从听见了珊姐的叙述后，不知怎样，我阴霾包围的心情中忽然发现了一道白采，我依稀看见梦雄骑马举鞭指着一条路径，这路径中我又仿佛望见我已陨落的希望之星的旧址上，重新发射出一种光芒！这光芒复燃起我烬余的火花，刹那间我由这个世界踏入另一世界，一种如焚的热情在我胸头缭绕着——燃烧着！

（见于《晨报附刊》一九二七年五月九日，一五六六号，合订本第一八、一九页；五月十一日，一五六七号，第二四页；五月十二日，一五六八号，第二七、二八页。原署名评梅。）

余 辉

日落了，金黄的残辉映照着碧绿的柳丝，像恋人初别时眼中的泪光一样，含蓄着不尽的余恋。垂杨荫深处。现露出一层红楼，铁栏杆内是一个平坦的球场，这时候有十几个活泼可爱的女郎，在那里打球。白的球飞跃传送于红的网上，她们灵活的黑眼睛随着球上下转动。轻捷的身体不时地蹲屈跑跳，苹果小脸上浮泛着心灵热烈的火焰，和生命舒畅健康的微笑！

苏斐这时正在楼上伏案写信，忽然听见一阵笑语声，她停笔从窗口下望，看见这一群忘忧的天使时，她清癯的脸上现露出一丝寂寞的笑纹。她的信不能往下写了，她呆呆的站在窗口沉思。天边晚霞，像绯红的绮罗笼罩着这诗情画意的黄昏，一缕余辉正射到苏斐的脸上，她望着天空惨笑了。惨笑那灿烂的阳光，已剩了最后一瞬，陨落埋葬一切光荣和青春的时候到了！

一个球高跃到天空中，她们都抬起头来，看见了楼窗上沉思的苏斐，她们一齐欢跃着笑道："苏先生，来，下来和我们玩，和我们玩！我们欢迎了！！"说着都鼓起掌来，最小的一个伸起两只白藕似的玉臂说："先生！就这样跳下来罢，我们接着，摔不了先生的。"接着又是一阵笑声！苏斐摇了摇头，她这时被她们那天真活泼的精神所迷眩，反而不知说什么好，一个个小头仰着，嘴张着，不时用手绢擦额上的汗珠，这怎忍拒绝呢！她们还是顽皮涎脸笑容可掬地要求苏斐下楼来玩。

苏斐走进了铁栏时，她们都跑来牵住她的衣袂，连推带拥地走到球场中心。她们要求苏斐念她自己的诗给她们听。苏斐拣了一首她最得意的诗念给她们，抑扬幽咽，婉转悲怨，她忘其所以的形容发泄尽心中的琴弦。念完时，她的头低在地下不能起来。把眼泪偷偷咽下后，才携着她们

的手回到校舍。这时暮霭苍茫。黑翼已渐渐张开,一切都被其包没于昏暗中去了。

那夜深时,苏斐又倚在窗口望着森森黑影的球场,她想到黄昏时那一幅晚景和那些可爱的女郎们,也许是上帝特赐给她的恩惠,在她百战归来,创痛满身的时候,给她这样一个快乐的环境安慰她养息她惨伤的心灵。她向着那黑暗中的孤星祷告。愿这群忘忧的天使。永远不要知道人间的愁苦和罪恶。

这时她忽然心海澄静,万念俱灰,一切宇宙中的事物都在她心头冷寂了,不能再令她沉醉和兴奋。一阵峭寒的夜风,吹熄她胸中的火焰,觉仆仆风尘中二十余年,醒来只是一番空漠无痕的噩梦。她闭上窗,回到案旁,写那封未完的信。她说:

钟明:

自从我在前线随着红十字会做看护以来;才知道我所梦想的那个园地。实际并不能令我满意如愿。三年来诸友相继战死,我眼中看见的尽是横尸残骸,血泊刀光。原只想在他们牺牲的鲜血白骨中,完成建设了我们理想的事业,谁料到在尚未成功时,便私见纷争,自图自利。到如今依然是陷溺同胞于水火之中,不能拯救。其他令我灰心的事很多,我又何忍再言呢!因之,钟明,我失望了,失望后我就回来看我病危的老母。幸上帝福佑,母亲病已好了。不过,我再无兄弟姊妹可依托,我不忍弃暮年老亲而他去。我真倦了,我再不愿在荒草沙场上去救护那些自残自害、替人做工具的伤兵和腐尸了。请你转告云玲等不必在那边等我。允许我暂时休息,愿我们后会有期。

苏斐写完后,又觉自己太懦弱了,这样岂是当年慷慨激昂投笔从戎的初志。但她为这般忘忧的天使系恋住她英雄的前程,她想人间的光明和热爱。就在她们天真的童心里,宇宙呢?只是无穷罪恶无穷黑暗的渊薮。

十六年五月二十六日

(见《世界日报·蔷薇周刊》第二十七号,一九二七年五月三十一日,第四版。原署名评梅。)

归　来

马子凌的军队快到 Q 城的时候,市民便在公共体育场,筹备开欢迎战士凯旋的大会。那时晴空无云,温阳正照着这绿色的原野,轻浮着一种草花的香气,袭人欲醉!场中央已扎起一座彩台,台上满摆着鲜花,花中放着一张新月式的白漆桌,两旁列着十几把椅子,全场中连系着十字交叉的万国旗,台顶上那杆令万人崇敬钦仰的旗子,这时临风飘展,使一切野花小草都含笑膜拜!

烟尘起处,军乐悠扬,旗帜飘摇中先是负枪实弹的步兵,一列一列过去之后,便是马队。在这种雄壮静肃的空气中,只听见幽扬的军乐和着整齐的步履,沙沙沙沙,这是光荣的胜利的语声吗?两旁的观众,扶老携幼,有认子的老母,有寻夫的娇妻,也有是含着悲酸哀痛,来迎接那些归来的沙场英魂;这时也许哀悼之感甚于欢欣之情罢!最后一队中有个清癯的戎装英雄,在马上他忍泪含笑向两旁狂呼投花的群众点头。这就是十年前投笔从戎,誓扫阴霾的马子凌。

子凌到了场中,军队和民众环绕着那一座高台。万头攒动中,子凌在台上演说他十年中百战成功的经过,他结论说这并不是他的光荣胜利,这是民众的光荣,民众的胜利。今日侥幸功成归来,宇宙重现了清明之象,他自然一样为祖国庆贺欢祝,不过为了证明他这次归来是把这光荣胜利送还给故乡父老,所以他才解甲弃枪,不愿拥兵高位自求荣利。

他演说完后,在民众热烈的掌声中,脱下他那件染满了血斑的战袍,一抬手扔挂在那杆大旗上,露出他背部和右臂的创痕。不知怎样他忽然流下泪来,他想到他的老父和他的爱人的惨死!

第二日,他把一切军务都交给他的秘书王静泉代理后,提了一个小箱,就悄悄地离开 Q 城。一路上他心情很烦乱悲怆,往日他只希望着战争

胜利和成功。几年中他摒弃了自己一切的情怀而努力迷恋着这愿望的实现。如今果能如愿归来,但是他在群众热烈的掌声中,惊醒了他的幻梦。他失望了!他抱着这虚空的怅惘,回到他的故乡。这时他知道自己的幸福欢乐已埋葬了,他所能偿愿无愧的,就是他能手刃了敌人的头颅,给他的老父和爱人报仇;除此以外,他不能再在这光荣胜利的欢笑中求幸福、求爱情、求名利了。

十年前,子凌的故乡木杨镇,正是 E 军和 G 军开火接触的战线,炮火声中,将这村庄里多少年的安宁幸福给破碎了!那时幸好母亲和妹妹已逃到外祖母家,他呢,在城里念书车路不通,不能回来。在军队开到的前几天,子凌的父亲是这一乡最有名望的老者。所以许多乡人都信仰尊敬他,自从风声紧急后,便在他家里开了几次会议,但这是绝对无办法可想的,后来只议决把妇女先让躲到别的乡村去,余下男人们在家里守着,静等着战神的黑翼飞来。

一天黄昏时候,晚饭后许多农民都聚集在小酒店的门口,期待着那不堪设想的惊惶惨淡之来临。这时正好村西瓦匠的儿子张福和已从前线上逃回来,他传来的消息是 G 军失利,E 军追击着离这里已有三百里。夜来了,一切的黑暗把这几千户的乡镇包围后,忽然由西南角传来一阵枪炮声,一缕缕的白烟在荫深的树林中飘浮着,惊的树上的宿鸟都振翼向四下里乱飞。一村中隐隐听见惶恐喧嚷之声,他们抖颤着,可怕的噩运已来了。

夜里十点钟时候,枪声愈来愈近,隐约中在大道上可以看见灰色蠕动的东西蜿蜒而来;这时子凌的父亲也来到酒店门口,虽然在这样急迫危险中,他仍然保持着那往日沉默庄严的态度;不时把头仰起望着黑漆无星光的天宇!枪声近了,人们马上现露出惊惶来,村门口的狗,都汪汪汪汪向着大道狂吠,这安逸幸福的乡镇,已在这一刹那中破碎了!

败兵进了木杨镇后,大本营便扎在子凌的家中,自然因为他是这里的首富,人格资产房屋都较为伟大! 这是水杨镇的浩劫,一切呵! 在顷刻之中便颓倒粉碎,妇女和小儿更践踏凌辱得可怜。

当翌晨太阳重照着水杨镇天宁寺的塔尖时，子凌的家中忽然起了极大的扰乱和惊惶，镇中的人们都十分悲痛哀悼地跑来看，原来子凌的父亲，在后院马槽中被人刺死了！死的自然惨凄，周身的衣服都被脱去，紫的血和土已凝结在一块，雪亮的刺刀还插在咽喉上！到底是为什么死的？至如今都是疑案，但也无什可疑，总之在枪弹飞来飞去的战翼下，一切都是毁灭，一切都是牺牲。

一月之后，子凌从 Q 城奔丧归来，母亲和弱妹都在外祖母家中病着，他咽下悲痛愤慨的眼泪，料理完一切后，遂辞别了老母稚妹回到 Q 城。这时他热血沸腾，壮怀激荡，誓愿拼此头颅，拼此热血，为惨死的老父伸此一腔冤气，并为许多同胞建筑平和幸福之基。这时 Q 城已有一班青年男女，组织了一个铁血社，同心同志向这条路去进攻，不久子凌便被推为这社里的首领，为若干热血健儿所尊崇所爱护。内中有一女同志胡君曼，和子凌肝胆相照，情意相投，协力互助着求铁血社的进行发展，数年之中，他们的社员已有十万余人。这时国内各派擅权，相继消长，战争不已，民苦日深，但是铁血社的雏形，已召了许多敌人的忌恨，每欲乘机扑灭此潜伏的势力而甘心。

有一年的暑假中，君曼负了使命南下，那晓得敌方的侦探已追踪了她，当她在 Y 埠下车时，便被那里的军队捕了去。捕去后在她身上搜出许多密件公文，都是对于敌军不利的计划。Y 埠的军长大为震怒，连审讯都没有，便把君曼赏给了捕她的那个营长去当姨太太。这消息子凌知道后万分的愤怒悲痛，更觉这世界是人间魔窟，险恶已极，虽然那时他们势力薄弱，不能相敌，但是这耻辱，已给铁血社不少的兴奋和努力。过了几天，子凌忽然接到君曼一封潦草简短的遗书。说她虽死请子凌不要太过伤心，只盼他积极去进行他们的社务，以事业便是爱情，爱情便是事业的话来勉励他。从此以后子凌专心一意的以改革社会环境为己任，一想到父亲和君曼的惨死，便令他热血沸腾，愤不欲生！

十年之后，子凌杀死一切的敌人，凯旋归来，这是一般人所最钦仰羡慕他的，然而当他脱去了赤血斑驳的战袍，露出他背上和右臂的创痕，同

时也撩揭起他心底的悲痛。他觉得在枪林弹雨中十年奔走湖海飘零,如今虽然是获得一时的胜利成功,不过在人类永久的战斗里,他只是一个历史使命的走卒,对他自己只是增加生命的黯淡和凄悲!毫无一些的安慰,反因之引起了不堪回首的当年。

一个驰骋疆场,叱咤风云的英雄,如今夕阳鞭影,古道单骑,马儿驮也驮不动那人间的忧愁和怆痛!他抛弃了一切的虚荣名利,独自策马向故乡去了。去哭吊父母的坟墓,去招祭君曼的英魂去了。

十六年蒲节前一日

(见《世界日报·蔷薇周刊》第二十八号,一九二七年六月七日,第三、四版。原署名评梅。)

被践踏的嫩芽

梦白毕业后便来到达城里的中学校当国文教员,兼着女生的管理。虽然一样是学校生活,但和从前的那种天真活泼的学生时代不同了。她宛如一块岩石在狂涛怒浪中间,任其冲激剥蚀。日子长久了,洁莹如玉的岩石上遂留下不少创洞和驳痕。黑影掩映在她的生命树上,风风雨雨频来欺凌她惊颤的心,任人间一切的崎岖,陷阱,罗网,都安排在她的眼前,她依然终日来来往往于人海车轨之中,勤苦服务她这神圣的职业。

她是想藉着这车马的纷驰,人声的嘈杂,忘掉她过去的噩梦,和一切由桃色变成黑影的希望。

不知道梦白身世的人,都羡慕她闲散幽雅的兴趣,和蔼温柔的心情;所以她在这学校内很得她们一群小天使的爱敬。她自己,劫后残灰,天涯飘萍,也将这余情专诚的致献于她们,殡埋了一切,在她们洁白的小心里。

有一天梦白正在办公处整理她的讲义,一阵阵凉风由窗纱吹进来。

令她烦热的心境感到清爽舒畅。这时候已经日暮黄昏,回廊上走过一队一队挟书归去的白衣女郎,有时她偶然抬头和她们相触的目光嫣然微笑!

钟声息了,只剩下这寂寞的空庭,和沉沉睡去的花草。梦白为了这清静的环境沉思着!散乱的讲义依然堆集在桌上。这时忽然有轻轻叩门的声音。门开了走进一个颀长淡雅的女郎,丰容盛鬋,眉目如画。那种高洁超俗的丰度,令人又敬又爱。梦白认识她是这校中的高材生郑海妮。

海妮走到梦白的桌子前,她嗫嚅着说:"先生!我有点事来烦扰您。"说着把书包打开拿出一束信来,这一束信真漂亮,颜色是淡青、淡黄、淡紫、淡红,还有的是素笺角上印着凸起的小花。梦白笑了!她说:"呵!这一段公案又来了。"

海妮脸上轻泛起那微醉的酡红,薄怒娇嗔的告诉梦白这束信的来历和那厌烦的扰人,为了免除家庭的责难,同学的嘲笑,她希望梦白向学校提出,给她一种惩罚,不要再这样来扰人讨厌。梦白翻着这一束信静听她絮烦的妙语,她心现着有点醉了!"海妮!把这信留在这里我看看。你先回去,明天应该怎么办,我再和你商量。""谢谢先生!"海妮微微弯着腰,姗姗地走出去了。

晚餐后,梦白在灯下坐着看学生的试卷,她忽然想起海妮给她一束信,她遂把试卷放在一边,把那束信抽出来看:

海妮:

假如上帝安排下他的儿女是应该相爱的,那我就求你接到这信时你不必惊讶!我仅仅是个中学生,既不是名画家,更不是大诗人,我不能把我崇敬爱慕的女郎,用我的拙腕秃毫来描写于万一;我不须要赞美,我只求心灵有一块干净地方来供奉她。人间采一朵幽淡如兰的鲜花来祭献她,再用我的血泪灌溉这朵花永远是盛开着,令她色香不谢。

昨天我独自在图书馆看书,正是心神凝注时。门帘动了,你姗姗地由我身边走过去。借完书,你又姗姗地惊鸿一瞥似的走出去。就是这样一来一去,把我平静的心波鼓荡的狂涛怒浪,山立千仞。我不能在这里枯坐,遂挟了书走到操场的树荫下。我想在那嘈杂人声中,来往人影里,消失了我心头的倩影。谁知道你偏又和你的同伴来到操场上散步。我明知道是我自己的心情恍惚,但是我那时真恨你,并且恨那和你同行的女伴。

　　我自己也莫明其妙,在学校已经三年半了,女性的同学我见过数百人,在万花群艳中未曾令我神夺志移,但是你来了之后我就觉的两样了,几次自己想驱逐这幻影的来临。但是终于无效。海妮!这些诉告在你自然是值的卑视讪笑的,我本不愿把这些难邀一笑的言语来扰你清听,但是我的心已在悄悄地督催我,我也觉真心的祭献是不至于令神嗔怪的!

林翰生

　　梦白看完后,觉得这信写的很真诚别致,还不怎样令人不能往下看。海妮的情书自然也该超出于旁人吧!她想着不禁笑了:接着又抽看第二封。

海妮:

　　我早知道你是不理我的,也知道你对于这渴慕你的人们,环绕于你足下的人们是一样的予以冷笑!我不能把我自己怎样超拔于群侪,令你垂青,我只是一个中学生,我毫无特别的才能建设值的你敬慕。

　　我现在是求学时代,不幸便无意中受了爱神的戏弄,令我由光明的前途,沉溺于黑暗的陷阱,我那敢怨你?我自然是痛恨诅咒那嘲弄人的命运,我好似驰骋山野的骏马,忽然自愿把鞍辔加上,任人鞭骑,这是令我日夜痛心怆然下泪的遭逢呵!海妮!不论怎样,我永远珍藏这颗心至永久罢!我不敢说是爱你。

　　我应该告诉你我的身世,我是孤儿,父母都在十年前相继弃我而去,族叔抚养我到如今。我从未曾奢望过人间的幸福,只求能有点树立时,不辜负叔父一场教养。在我这十八年凄空清寂的生活里,微微有点余温使我生命之火星光彩闪烁的就是你了。你的学问品格处处都令我敬慕，我才不自主的把这颗幼小被伤的嫩芽，重献到你的足下来求践踏。

你是名门闺秀，富室千金，天赋给你的是人间的欢乐和幸福。我也明白。到什么时候我和你也是两个世界的人；侯门似海。我终于是徘徊在朱门外的流浪者。我本不必把我的衷曲向你弹述。希望求你的怜恤，你是不能表同情于我的；但是海妮，我能够珍藏你于方寸灵台之中，我就不再奢求什么了。

林翰生

梦白连读了几封信后，她的神色异常颓丧，她觉这信里所说的话，好像十年前也有人这样向她说过一样。前尘梦影又涌现到她的回忆边缘上来，令她默默地向着灯光沉思，她不知怎样来处理这一段公案。

翌晨。梦白同海妮商量，海妮的意思还要令梦白提出校务会议，因为不给他惩罚时，怕他还要再写信来，频频相扰。她是想藉此申明表白给她的家庭同学看一看的。梦白原想探一探海妮的口吻。如果她能通融和缓时，她是不愿意声明这件事的。因为这事的结果，在她素有经验的心中已都安排好了；林翰生又是品学皆优的高材生，她怕他受不住这无情的风波！但是海妮这样坚决她也无计再能调剂。这严重的空气，遂允许了海妮的要求，在当天下午把这件事情提出校务会议。

会议室里一张长桌上，铺着雪白的桌布，放着瓶花，四周都坐满了穿长衫西装的人们；这都是校中的重要职员。门开了。梦白手里拿着那一束鲜艳的信笺进来，他们都很注意的问道："这是什么？"开会时，梦白先把这一束信的公案报告了一遍，主席一面读着信一面征求各位的意见。有的主张重办，有的主张从宽，众见纷纭，莫衷一是。主席后来把两种意见折衷办理，议决给林翰生一个行为不检的特别惩戒，由本级级任面加训迪。这是姑念他平常品学皆优，所以这次才不出牌示给他保留情面。林翰生做梦也不知道，他写给海妮的情书遭了这般厄运，在这庄严堂皇的会议席上，互相传观。

三天后的早晨正是狂风暴雨时候,海妮神色仓忙,面容灰白,又来到梦白的办公处,她站在梦白面前嘤嘤啜泣!梦白不知她受了何人的委曲,再三问她,她由衣袋中拿出一封信来递在梦白手中,拆开来写的是:

海妮:

　　我不怨你对我这样绝情。就是这一点行为不检的惩戒,我也不介意;不过我三年多在学校里师长同学面前,我未曾失意过,这次事情发生后,似乎一切人们都觉着我是个轻薄可鄙的少年,将不齿于友侪,这是令我最痛心的。

　　到如今我在情感上并不忏悔我过去是错误,我用天真忠诚的心血,滴沥着写给你的信,就是枪眼对着心口,钢刀放在颈上,我也不懊悔那是罪恶的表现,不道德的行为。他们那些假道学的人们,根本不能来讪笑我,虽然我自始至终,对于这件事我不愿有所表白。海妮!为了你的绝情,陷我于这黑暗的深渊,不能振作。但是我已另外发现了路途了。我已和叔父商议好,明日便束装回里,我不愿再在这学校逗留,这里对我无一点留意,海妮!就是你,我也不再向你说什么了,我为了你的清静,我从此不再写信,也不再在这里停留,愿我们从此永远隔绝好了。

　　本可以不必写信给你,不过我想告诉你我此后的消息,你也该放心了。海妮!我自然爱你一如往日,此后不论漂泊到天涯地角,我也遥远的替你祝福!也希望你慧心里不要忘了这被你践踏的嫩芽,海妮!海妮!从此你的倩影日离我远了,也许是日距我近了。假如你是有情人,愿你将来心幕上不要留今日的残痕。至于宇宙对我的命运和安排,我也不怨恨冷酷,因为我能在极短的时期中认识你,而且又与你以微小可纪的印象。我已曾满足了。夜深了,我按着惨痛的心灵,向你告别,向我认识你的学校告别!

林翰生

　　梦白看见这封信,她并不惊奇,不过她心头感到万分的凄酸!抬头见海妮还在低低的泣!纯是个不懂事的儿女态度,她本想说她几句,后来因她已经心碎便忍住了。

一阵风吹开了窗帏,梦白忽然见阶前的一株不知名的紫花,被风雨欺凌的落红满地。这时雨直如注。狂风卷着雨丝把纸窗都湿了;梦白低低的向海妮说了声:"也许这时候他已经走了。"

(见《世界日报·蔷薇周刊》第三十三号,一九二七年七月十二日,第三、四版。原署名碧茜。)

白云庵

天天这时候,我和父亲去白云庵。那庵建在城东的山阜上,四周都栽着苍蔚的松树,我最爱一种披头松,像一把伞形,听父亲说这是明朝的树了。山阜下环绕着一道河水,河岸上都栽着垂杨。白巉巉的大小山石都堆集在岸旁,被水冲激的成了一种极自然美的塑形。石洞岩孔中都生满了茸茸的细草。黄昏时有田蛙的跳舞,和草虫的唱歌消散安慰妇人们和农工们一天的劳苦,还有多少有趣的故事和新闻,产生在这绿荫下的茶棚。

大道上远望白云庵像一顶翡翠的皇冠,走近了,碧绿丛中露出一角红墙。在烟雾白云间,真恍如神仙福地!庵主是和父亲很好的朋友。据说他是因为中年屡遭不幸,看破了尘世,遂来到这里。在那破庙塌成瓦砾的废址上结建了一座草庵。他并不学道参禅,他是遁潜在这山窟里著述他一生的经历。到底他写的是什么,我未曾看见,问父亲,也不甚了解;只知道他是撰著着一部在他视为很重要的著述。

早晨起一直到黄昏,他的庵门紧闭着,无论谁他都不招待不接见。每天到太阳沉落在山后,余霞散洒在松林中像一片绯纱时,他才开了庵门独自站在岩石上,望着闲云,听着松啸,默默地很深郁的沉思着。这时候我常随侍着父亲走上山去,到松林里散步乘凉。逢见他时,我总很恭敬的

喊一声"刘伯伯"。慢慢成了一种惯例,黄昏时父亲总带着我去白云庵,他也渐渐把我们看作很知己的朋友。有时在他那种冷冰如霜雪的脸上,也和晚霞夕照般微露出一缕含情的惨笑!

父亲和他谈话时;我拿着一本书倚在松根上静静地听着,他不多说话;父亲和他谈到近来南北战事,革命党的内讧,和那些流血沙场的健儿,断头台畔的英雄,他只苍白着脸微微叹息。有时他很注意的听,有时他又觉厌烦,常紧皱着眉峰抬头望着飘去飘来的白云。我不知他是遗憾这世界的摒弃呢,还是欣慰这深山松林、白云草庵的幽静!久之我窥测出他的心境。逆料这烟云松涛中埋葬着一个悲愁的惨剧。这剧中主人翁自然是这位沉默寡言、行为怪僻的"刘伯伯"。

有一天父亲去了村里看我的叔祖母,我独自到松林里的石桌上读书,那时我望着将要归去的夕阳,有意留恋;我觉一个人对于她的青春和愿望也是和残阳一样,她将悄悄地逝去了不再回来,而遗留在人们心头的创痕,只是这日暮时刹那间渺茫的微感,想到这里我用自来水笔写了两行字在书上:

　　黄昏带去了我的愿望走进坟茔,
　　只剩下萋萋芳草是我青春之魂。

我握着笔还想写下去。忽然一阵悲酸萦绕着笔头,我放下了笔,让那一腔凄情深深沉没隐埋在心底。我不忍再揭开这伤心的黑幕,重认我投进那帏幕里的灵魂。这时我背后传来细碎的足音;沉重而迟缓,回过头来见是白云庵中的"刘伯伯"。我站起来。他问我父亲呢,我方回答着,他就坐在我对面的石凳上,俯首便看见我那墨水未干的两行字,他似乎感触着一种异样的针灸,马上便陷进深郁的沉思里。半天他抬头向我说。"惠姪,你小小年纪应该慧福双修,为什么写这样的悲哀消极的句子?"他严肃的面孔我真觉有点凛然了,这怎样解说呢!我只有不语。过了一会他深深地叹了口气,他又望着天边最后的余霞说:"我们老年人总羡慕你们青年人的精神和幸福,人老了什么也不是,简直是一付储愁蓄恨的袋子,满装着的都是受尽人生折磨的残肢碎骨,我如今仿佛灯残烛尽,只留了最

473

后的微光尚在摇幌,但是我依然扎挣着不愿把这千痕百洞的心境揭示给你们年青人,惠姪!像你有什么悲愁?何至于值的你这般消极?光明和幸福在前途等候着,你自前去迎接罢!上帝是愿意赐福给他可爱的儿女。"

到了最后一句时他有点哽咽了,大概这深山草庵孤身寄栖的生活里,也满溢着他伤心的泪滴呢。这时云淡风清,暮色苍茫,他低了头若不胜其所负荷的悲愁,松涛像幽咽般冲破这沉静的深山,轻轻唤醒了他五十余年的旧梦,他由口袋里拿出他的烟斗,燃著飘渺的白烟中,他继续的告我他来到这里的情形,他说:"惠姪!我结庵避隐到这山上已经十年了,我以前四十余年的经过,是一段极英武悲艳的故事,今天你似乎已用钥匙开开我这秘密的心门,我也愿乘此良夜,大略告你我在人生舞台上扮演过的角色。

三十年前我并不是这须发苍白的老翁,我是风流飘洒的美少年,我的祖父和父亲都是亡国盛朝的大臣,我是在富贵荣华的府邸中长大,我的故乡是杭州,我也并不姓刘,因为十年前我遭了一次极重要的案件,我才隐姓埋名逃避在这里。

西子湖畔苏堤一带,那里有我不少的马蹄芳踪,帽影鞭痕,这是我童年欢乐的游地,也是我不幸的命运发轫之处。有一年秋天,我晚饭后到孤山去看红叶,骑着马由涌金门缘着湖堤缓辔游行,我在马上望见前面有一个淡青竹布衫,套着玄青背心的女郎,她右手提着一篮旧衣服向湖边去。我把鞭子一扬,马向前跑了几步,马的肚带忽然开了,我翻镫下马来扣时,那女郎已姗姗来到我面前了。她真是我命中的女魔,我微抬头便吃了一惊!觉眼前忽然换了一个世界,我恍如置身在广寒宫里,清明晶洁中她如同一朵淡白莲花!真是眉如春山微颦,眼似碧波清澈;我的亲眷中虽不少粉白黛绿,但是我从未曾看见过这样清秀幽美的女郎。当时把我的马收拾好,她已转到湖边去了,我不自禁的牵了马跟着她,她似乎觉得我是在看她,她只低了头在湖边浣衣,我不忍令她难堪,遂悄悄地骑了马走了。从此以后,我天天到这堤上来徘徊,但总没有再逢见她,慢慢这个影响也和梦中的画景一样,成了我灵台中供养着的一朵莲花。这一瞥中假

如便结束了这段姻缘,那未尝不是一个绮丽神仙的梦境。那知三个月之后,我从嫂嫂房里出来,逢见赵妈领着一个美丽的姑娘进了月亮门,走近了,她抬起头来,吓了我一跳!这是奇遇,你猜她是谁,她就是苏堤上遇见的浣衣女郎,她两腮猛然飞来两朵红云,我呆呆地站在走廊上。

后来我问嫂嫂的丫头,才知道她是赵妈的女儿,名字叫"梅林",那年她才十六岁,我的母亲喜欢她幽闲贞静,聪明伶俐,便留在我家里住,不久我们便成了一对互相爱恋的小儿女,我那时十八岁。这当然是件不幸的事件,我们这样门第,无论如何不许我娶老妈子的女儿。我曾向我母亲说过,爱我的母亲只许我娶亲以后,可以收她做我的妾,我那时的思想遂被这件不幸的婚姻问题所激动,我便想当一个家庭革命者,先打破这贫富尊贱的阶级和门阀的观念,后来父亲听见这消息,生气极了,教训了我一顿。勒令母亲马上驱逐赵妈出去,自然"梅林"也抱着这深沉的苦痛和耻辱出了我家的门。

在她们没有走的前一天夜里,我和梅林在后门的河沿上逢见,她望着垂柳中的上弦月很愤怒的向我说:"少爷:我今天听太太房里的兰姑告我,说老爷昨天在上房里追问着我和少爷的事,他生气极了,大概明天就要我和我妈回去。少爷,这件事我现在不能说什么活,想当初我原不曾敢高攀少爷,是少爷你,再三的向我表示你对我的热感。我岂不知我是什么贫贱的人,那敢承受你的爱情。也是你万般温柔来要求我的。如今;我凭空在你家闹了这个笑话。我虽贫贱。但我……唉!我家里也有三亲六故,朋友乡里,教我怎样回去见人呢?"她说着低了头呜呜地哭了;这真是晴天的霹雳!我那时还是个不知世故的小孩。我爱梅林纯粹是一腔天真烂漫的童心,一点不染尘俗的杂念。那知人间偏有这些造作的桎梏来阻止束缚我们。我抚着她的肩说:"梅林!你不用着急。假若太太一定让你回去,你就暂时先回去。我总想法子来成全我们。如果我的家庭真是万分不叫我自由,那我也要想法子达到我们的目的,难道我一个男子不能由我自己的意志爱我所爱的人吗?不能由我自己的力量去救一个为我牺牲的女子吗?至于我的心,你当然相信我,任海枯石烂。天塌地崩,这颗爱你的

小说

475

心是和我的灵魂永远存在。梅林！我总不负你；你抬起头来看！我对着这未圆的月儿发誓；梅林我永不负你。"她抬起头来说："少爷！从前的已经错了。难道我们还要错下去吗？我呢！原是很下贱的人。在你们眼底只是和奴婢一样的地位……至于说到深层的话，少爷，梅林没有那么大的福分。就是你愿意牺牲上你的高贵来低就我，我也绝不作那非分之想。谁叫我们是两个世界中的人。假如我是宦门小姐，或者你是农夫牧童，老天就圆满了我们的心了。假如少爷慈悲爱怜梅林，只要在你心里有一角珍藏梅林之处，就是我不幸死去，也无所憾！少爷。其他的梦想，愿我们待之来生吧！"

　　她走后，我被父亲派到海宁去看病的姑母。我回来便听见她们说梅林完了，说她回去后三天便投湖死了！当时我万分悲痛，万分忏悔。我天天骑着马仍到逢见她的苏堤上去徘徊凭吊。但这场噩梦除了给我心头留下创痕外，一切回忆，渺茫轻淡，恍如隔世。这样过了二年。我憔悴枯瘦的如一个活骷髅，那翩翩美丽的青春和幸福，都被这一个死的女郎遮蔽成阴森、惨淡、悲愁的黑影。因之我愤恨诅咒这社会和家庭，以及一切旧礼教的藩篱。于是我悄悄的离开家庭走了。

　　戊戌政变时，我在京师大学堂。后来又到上海当报馆主笔。那时我已和家庭完全绝裂。父亲和我的思想站在两极端不能通融。他是盛朝的耿耿忠心的大臣。我是谋为不轨的叛徒。太后临朝；光绪帝被囚于瀛台，康梁罢斥的时候；封闭报馆，严拿主笔。我和一个朋友逃到日本。那时我革命的热心更是拼我头颅，溅此鲜血而不顾。以我一个文弱书生。能这样奋斗。我自己的思想建筑在革命的程途上。这自然都是一个女子的力量——我爱敬的梅林姑娘。

　　在日本晤孙文和宫崎寅藏，庚子那年我回国随着唐才常一班人，奔走于湘鄂长江、两粤闽浙间。后来在汉口被官兵破获。才常等二十余人均死。我那时幸免于难，又第二次逃到日本。不久联军入北京，太后挚光绪出走，父亲母亲和全家都在北京被害，只剩了杭州家里老姨太养着的我的三弟。从此以后我湖海飘零，萧然一身，专心致志于革命事业者十余年。其间我曾逢见不少异国故乡的美婉女郎,她们也曾对我表示极热烈的愿望,但是我都含泪忍痛的拒绝了。因为我和梅林有海枯石烂永不相忘的誓言。

我的少年期,埋葬了这一段悲惨的情史在我心底,以后我处处都是新疮碰上我的旧创。在日本我遇见黄君璧女士,她是那时在东京最有名的中华女侠,她学医我学陆军,我们是天天见面,肝胆相照的朋友,但是我心头有我的隐恨埋殡着。永不曾向她有超过朋友情谊的表示和要求。

辛亥革命,我二次回国投身军界,转战南北,枪林弹雨中倖逃出这付残骸来。民国以后我实指望着革命是得到了真正的成功,那知专制的帝王虽推倒,又出了不少的分省割据的都督将军,依然换汤不换药的是一种表面的改革,我觉悟了中国人的思想,根本还是和前一样,渐渐我和这般革命元勋,旧时同志,发生了意见,我乃脱甲投戈又回到日本。袁氏称帝,那一般同志在日本重振旗鼓的预备挞伐,我也随着回来。这次我去向一个伟人抛掷炸弹,未中,我扮着乡人逃出北京,回到杭州看了看我的三弟,和已经出嫁并生有子女的妹妹。这时我才觉着我漂泊生活,已如梦一般把我那青春幸福的时代逝去了。我那时候更凄楚的想到梅林,我独自去苏堤一带又追寻了一番我们二十年前的旧梦。她一个勇武柔美,霜雪凛然的女郎,激发我做了这许多轰轰烈烈的事业,但如今我独自在苏堤上,回想起来更增加我的悲痛!二十余年中我像怒潮狂飙,任忧愁腐蚀,任心灵燃烧,到如今灵焰成灰烬,热血化白云,我觉已站在上帝的面前,我和人间一切的愿望事业都撒手告别。宇宙本无由来,主持宰制之者惟我们的意欲情流。人生的欢乐,结果只留过去的悲哀;人生的期望,结果只是空谷的回音,这和巍峨的宫殿,峥嵘的宝塔一样,结果只是任疾风暴雨,摧残欺凌,什么美人唇边的微笑,英雄手中的宝刀,都是罪罚的象征,都是被梦来戏弄。地狱,死刑,暗杀;事业,爱人,金钱,在我的心底呵!从前都是热血的结晶,如今都化成苍白的流云飞上天边去了!"他说到这里忽然站起来,用手向星月灿然的天空指着,他的血又重新沸腾了,苍白的月色下,我看他的脸却和刚才的晚霞一样红,额下银须被晚风吹的在襟

头飘拂着。

"蕙姪:你知道吧!我从前的雄心壮志,爱国热诚,革命思想,也和现在的青年们一样狂热呢!那时悬赏捕我的风声日紧一日,我也不能再振作我往日的雄心了。一切都和太阳下的融雪一样,我不能再扎挣支持上这孤独、悲哀、空虚的躯壳,和无穷无尽的前途奋斗征战了!我遂肩行李云游到这山中。我爱这里有水涧瀑布,翠峦青峰,微雨和风。白云明月之下,我找了这一块干净土,把五十年雄心壮志,绮情蜜意都一齐深葬此山。任天下怎样鼎沸混乱,人民怎样流离痛苦,我不闻问了,我将深藏此深山松篁中,任白云飘过我的头顶。我老了,我的担子青年人已接过去了,我该休息了。整理完成这二十年中的日记后。我想可以寻梅林去了!人只恐怕她还是青春美丽的少女之魂,而我已经是龙钟苍老的白头翁了!"他手里拿着烟斗,微仰着头望着松林中透露出的半弦月神,他心里又想起二十年前那夜的月色,和梅林最后诀别的河畔蜜语。

我始终未曾打断他的话,这时我看他已不能再说什么了,我说:"刘伯伯!人生的悲剧,都是生活和思想的矛盾所造成。理想和现实永远不能调和,人类的痛苦因之也永无休止。我们都在这不完善的社会中生活,处处现实和理想是在冲突,要解决这冲突的原因,自然只有革命,改变社会的生活和秩序。不过这不是几个人几十年就能成功的,尤其因为人生是流动的进步的,今天改了明天也许就发现了毛病,还要再改。革了这个社会的命,几年后又须要革这革过的命。这样我们一生的精力只是一小点,光阴只是一刹那。自然我们幸福愿望便永远是个不能实现的梦了。一方面肉体受着切肤的压迫,一方面灵魂得不到理想中的安慰。达不到梦中的愿望,自然只有构一套悲剧了事。伯伯!你五十多岁了,也是一个时代的牺牲者,那如我二十多岁也是一样作了时代的牺牲者!说句不怕伯伯笑话的话吧!我如今消极的思想,简直和你一样。虽然我是个平常的女孩儿,并不曾有过什么惊天动地的作为,建过什么爱国福民的事业,和伯伯似的倦勤退隐。不过近来我思想又变了,我自己虽然把人生已建在消极的归宿处——坟墓之上,但是我还是个青年。我不希望我为了自己的悲愁就这样悄悄死去的。我要另找一个新生命新生活来做我以后的事业。因之,我想替沉没浸淹在苦海中的民众,出一锄一犁的小气力,做点能拯救他们的工作,能为后来的青年人造个比较完善的环境安置他们。伯伯,假如你愿意,你便把你那付未卸肩的担子交付给我,我肩负上伯伯这付五十年湖海奔走,壮志如长虹的铁担。"

他听了我这一番话,冰森冷枯的脸上忽然露出浅浅的笑痕,他放下了烟斗,站起来伸过他那瘦枯如柴的手来握住我的右手。他说:"蕙侄!二十年来我这时是第一次得意!你这番话大大令我喜欢!你们青年,正该这样去才是光明正坦的大道,才可寻得幸福美满的人生。蜷伏在自己天鹅绒椅上哼哼悲愁,便不如痛痛快快,去打倒,去破坏这使你悲愁的魔鬼。革命的动机有时虽因为是反抗自己的痛苦。但其结果却是大多数民众的福利,并不能计较到自己的福利。所以这并不是投机水利的事业,虽然为了追求光明幸福而去,但是这也是梦想,你不要因为失望便诅咒他,我从前曾有过这样错误思想,现在先告诉你。蕙侄,你去吧!你去用你的血去溅洒这枯寂的地球去吧!使她都生长成如你一样美丽的自由之花。我在这松林里日夜祷告你的成功,你接上这件铁担去吧!事完后你再来这里和我过这云烟山林的生活,我把我整理好的日记留给你。假如我不幸死去,蕙侄!我也无恨憾了,你已再造了我第二次的生命!"他说到这里,山下远远看见一盏红灯隐现在森林中,走近时原来是我家的仆人,母亲叫他燃着来接我的。我向刘伯伯说:"天晚了,明天我再来和伯伯说。这样大概我行期要提早,也须这一星期便可动身。谢谢伯伯今天给我讲的故事,令我死灰复燃,壮志重生。"他望着我笑了!我遂和来人点着母亲的红灯下了山,归路上月色凄寒,回头望白云庵烟雾缭绕,松柏森森中似乎有许多火萤飞舞。星花乱迸,这是埋葬在这里的珠光剑气罢。

我默想着松林桌傍的老英雄;他万想不到他和梅林的一番英雄儿女的侠骨柔情。四十年后还激动了一个久已消沉的女子。

十六年,七,二十六,山城栖云阁

(见《世界日报·蔷薇周刊》第三十七号三十八号,一九二七年八月九日,第二、三、四版;十六日,第三、四版。原署名评梅。)

流浪的歌者

　　碧萧是一个女画家。近来因为她多病,惟一爱怜她的老父,伴她到这背山临海的海丰镇养病。海丰镇的风景本来幽雅,气候也温和。碧萧自从移居到这里后,身体渐渐地恢复了健康。

　　他们的房子离开海镇的街市还有四五里地,前面凭临着碧清浩茫的大海,后面远远望见,云气郁结,峦峰起伏的是青龙山蜿蜒东来的余脉。山坡上满是苍翠入云的大森林,森林后隐约掩着一座颓废的破庙。这是碧萧祖父的别墅,几间小楼位置在这海滨山隅,松风涛语,静寂默化中,不多几天,碧萧的病已全好了。黄昏或清晨时,海丰镇上便看见一位银须如雪的老人,领着一个幽雅淡美的女郎在海岸散步,林中徘徊。

　　有时她独自一个携着画架,在极美妙的风景下写生,凉风吹拂着她的衣角鬓发,她往往对着澄清的天宇叹息!她看见须发苍白的老父时,便想到死去已久的母亲。每次她悄悄走进父亲房里时,总看见父亲是在凝神含泪望着母亲的遗像沉思;她虽然强为欢笑的安慰着父亲,但不能制止的酸泪常会流到颊上。这样黯淡冷寂的家庭,碧萧自然养成一种孤傲冷僻的易于感伤的性情,在她瘦削的惨白的脸上,明白表现出她心头深沉的悲痛。

　　这时正是月亮尚未十分圆的秋夜。薄薄的几片云翼,在皎朗的明月畔展护着。星光很模糊,只有近在天河畔的孤星,独自灿烂着。四围静寂的连犬吠声都没有。微风过处,落叶瑟瑟地响,一种清冷的感触,将心头一切热念都消失了。只漠然引起一缕莫名的哀愁。

　　碧萧服侍父亲睡后,她悄悄倚着楼栏望月,这里并不是崇岭瀑泉,这

时也不是凄风苦雨,仅仅这片云中拥护的一轮冷月,淡淡地悠悠地,翻弄着银浪,起颤动流漾时,已波动了碧萧的心弦,她低了头望着地上的树影冥想沉思。这时候忽然由远处送来一阵悠扬的琴声夹和着松啸涛语,慢慢吹送到这里,惊醒了碧萧沉思之梦。她侧着耳朵宁神静气的仔细听,果然是一派琴音,萦绕在房后的松林左右。这声音渐渐高了,渐渐低了,凄哀幽咽中宛转着迂回缠绵的心曲,似妇泣诉,夜莺袁晓悲壮时又满含着万种怨恨,千缕柔情,依稀那树林中每一枝叶,都被这凄悲的音浪波动着。碧萧禁抑不住的情感,也随着颤荡到不能制止,她整个的心灵都为这月色琴音所沉醉了。忽然间一切都肃然归于静寂,琴声也划然而止,月色更现的青白皎洁,深夜更觉得寒露侵人,她耳畔袅袅余音,仿佛还在林中颤动流漾。那一片黑森森的树林,荫翳着无穷的悠远,这黑暗悠远的难以探索,正和他渺茫的人生一样呢!

　　碧萧想:这是谁在此深夜弹琴,我来到此三个月了,从未曾听见过这样悲壮哀婉的琴音。她如醉如痴的默想着,心中蜷伏抑压的哀愁,今夜都被这琴声掘翻出来。她为这热烈的情绪感动了,她深深地献与这无限的同情给那不知谁何的歌者。

　　晨曦照着了海丰镇时,多少农夫和工人都向目的地工作去了,炊烟缭绕,儿童欢笑的纷扰中,破了昨夜那个幽静的好梦。

　　碧萧在早晨时,发现她父亲不在房里了。下楼去问看门老仆,他说:"清早便见主人独自向林中去了。"她匆匆披了一件外衣,出了栅门向北去,那时空气新鲜,朝霞如烘,血红的太阳照在渐渐枯黄的森林,如深秋的丹枫一样。走进了森林,缘着一条一条草径向破庙走去,那面有路通着海丰镇的街市。她想在这一路上,一定可以逢见父亲在这里散步回来。不远已看见那破庙的山门,颓垣残塔。蔓草黄叶,显得十分凄凉肃森。她走上了台阶,忽然听见有人在里面低吟,停步宁神再听时,父亲正从那面缓步而来。她遂下了台阶。跑了几步迎上去说:"爸爸,我来寻你的;你去了那里呢?"到镇上看了看梓君。他病已好了,预备再过两星期就要回去。他问我们是再住几天,还是一块儿回去呢。"她听见父亲这话后,低了头沉

小说

481

思了一会，这里的环境，却是太幽静太美丽了。她真有点留恋不肯去呢！她又想北京父亲还有许多事要办理，那能长久伴她住在这里。因之她说："爸爸，如果你急于回去，我们就同梓君一块儿去，不然再多住几天也好，爸爸斟酌吧！他们等着我们吃早餐呢，我们回去吧。"走到铁栅门时，服侍碧萧的使女小兰在楼上扬着手欢迎他们，碧萧最爱的一只黑狗也跑出来跟随在她的足下嗅着。这时她心中充满了无限的衰感。这些热烈的诚恳的表情，都被她漠然不加一瞬的过去了。

　　碧萧同她父亲用完早餐后，她回到房里给她的朋友写一封信，正在握管凝思的时候，忽然又听见一缕琴音由远而近，这时琴音又和昨夜不同。虽然不是那样悠远，但也含着不少穷途漂零，异乡落魄的哀思。这声音渐渐近了。似乎已到了栅门的左右。她放下笔走出了房门，倚着楼栏一望，果然见她家铁栅门外站着一个颀长的男子，一只手拿着他的琴，一只手他抚着前额；低头站在一棵槐树下沉思，浓密的树叶遮蔽了，看不清楚他的面容。她觉这个人来的奇怪。遂叫小兰下去打听一下。他在那里徘徊着做什么呢？

　　小兰跑下去，开了栅门。他惊惶的回过头来，看见栅门旁立着一个梳着双辫，穿碧绿衣裳的小姑娘。她挟着琴走向前；啜嚅着和她说："姑娘！我是异乡漂游到此的一个逃难的旅客，我很冒昧，我很惭愧的，请求姑娘赏我点饭吃！"

　　小兰虽是个小女孩，但她慈悲的心肠也和她女主人一样。她自己跑到厨房向厨子老李要了一盆米饭，特别又给他找了点干鱼、干饽饽一类的东西拿给他。

　　小兰在槐树下拾石子玩耍，等吃完了。她才过来收回碗碟。他深深向小兰致谢，他说。"姑娘！我不知用什么言语来代表我的谢忱，我只会弹琴，我弹一曲琴给姑娘听吧。"

　　他脸上忽然泛浮着微笑！轻轻地又拨动了他的琴弦。小兰回头望望楼上的碧萧，她憨呆地倚着栅门，等他弹完后走到林中去了，才闭门回来告诉她的小姐。

碧萧在楼头望着他去远后才回到房里,她想这个人何至于流落到求乞呢!他不能去做个琴师吗?不能用他的劳力去求一饱吗?他那种谈吐态度真是一个有知识的人,何至于缘门求乞,而且昂藏七尺之躯也不应这样践踏;也许他另有苦衷不得不如此吗?她吩咐小兰告诉厨子,以后每天都留点饭菜给他。

从此每夜更深入静时,便听见琴声在树林中萦回;朝阳照临时,他便扶着琴来到她家门口,讨那顿特赐的饱食。吃饱后他照例在槐荫下弹一曲琴,他也不去别处;但过了两三天后,这左右的农家都互相传说着,海丰镇来了个弹琴的乞丐。

两个星期后,碧萧的病已全好了,父亲和她商量回北京去。

临行的前一天,将到黄昏时候,碧萧拿了画架想到海边画一幅海上落日图。她披了一件银灰色的斗篷,携了画架、颜色向海边去。走不多远已望见那苍茫的烟海,风过处海水滔滔,白浪激天,真是海天寥阔,万里无云。他捡了一块较高的沙滩把架子支起来,调好了颜色,红霞中正捧着那一颗落日,抹画的那海天都成了灿烂的绯色,连他那苍白的面靥都照映成粉白嫣红,异常美丽。她怀着惊喜悲怆的复杂心绪很迅速的临画着;只一刹那,那云彩便慢慢淡了,渐渐褪去了绯色又现出苍茫的碧海青天。一颗如烘的落日已沉没到海底去了。余留的一点彩霞也被白浪卷埋了,这寂寞的宇宙骤然现得十分黯淡。她掷了画笔呆呆地望着大海。她凄恋着一切,她追悼着一切。对着这浩茫的烟海,寄托她这无涯的清愁。

这时候她忽然听得背后有沉重的足步声,回过头看,原来是那个流浪的歌者,他挟着琴慢慢地向这里走来。这次她才看清楚他的面貌:他有三十上下年纪,虽然衣履褴褛,形容憔悴,但是还遮不住他那温雅风度,英武精神;苍白瘦削的靥上虽流露着饥寒交迫的痛苦,那一双清澈锐利的目光,还是那样炯炯然逼人眉宇。她心里想:"真风尘中的英雄。"

他走近了碧萧的画架,看见刚才她素腕描画的那一幅海上落日,他微微叹息了一声,便独自走到海岸的高处,在这暮色苍茫,海天模糊的黄昏时候,他又拨动着他那悲壮愤怨如泣如诉的琴弦。这凄凉呜咽的琴音,

将他那沦落风尘,悲抑失意的情绪,已由他十指间传流到碧萧的心里。

晚风更紧了,海上卷激起如山的波浪,涛声和着忽断忽续的琴弦更觉万分悲凉!吹得碧萧鬓发散乱,衣袖轻飘,她忍不住的清泪已悄悄滴湿了她的衣襟,惨白的脸衬着银灰色的斗篷。远远看去,浑疑是矗立海边的一座大理石的神像呢!是那么洁白,那么幽静,那么冷寂!

她觉得夜色已渐渐袭来,便收拾起画架,一步懒一步的缘着海岸走回来。半路上她逢见小兰提着玻璃八角灯来接。到了铁栅门口,她无意中回头一望,远远隐约有一个颀长的黑影移动着。

这一夜她的心情异常复杂,说不出的悲抑令她心膛如焚!她靠在理好的行装上期待着,期待那皎皎的月光来吻照她;但只令她感到幽化的搏声。黑暗的恐怖,月儿已被云影吞蚀了;去那卷着松涛的海风一阵阵吹来,令她觉得寒栗惊悸!小兰在对面床上正鼾声如雷。这可怕的黑夜并未曾惊破她憨漫的好梦。

她期待着月色,更期待着琴声。但都令她失望了;这一夜狂风怒号了整夜。森林中传来许多裂柯折枝的巨响。宇宙似乎都在毁灭着。

翌晨十时左右,碧萧正帮着父亲装箱子。小兰走进来说。"有小姐一封信,我放在你桌子上了。"

她把父亲箱子收拾好后。回到自己房里果然见书桌上放着一封信。她拿起来反复看了一遍,觉这信来的奇怪,并没有邮票也没有写她的名字。只仅仅写着一个姓。她拆开来那信纸也非常粗糙,不过字却写的秀挺饱满,上面是:

小姐:

我应该感谢上帝,他使我有机缘致书于你,藉此忏悔我的一切罪恶,在我崇敬的女神之足下。我不敢奢望这残痕水映在你洁白的心版上,我只愿在你的彩笔玉腕下为我落魄人描摹一幅生命最后的图画。

到现在我还疑惑我是已脱离了这恶浊的世界,另觅到一块美丽欢乐的绿州呢!但是如今这个梦醒了。我想永随着这可爱的梦境而临去呢。原谅我。小姐,我这流浪欲狂的囚徒来惊扰你;但是我相信你是能可怜我的同情我的,所以我才敢冒昧陈词,将我这最后的热泪鲜血呈献给你!小姐,求你念他孤苦伶仃,举世无可告语,允许他把这以下种种,写出来请小姐闪动你美丽的双睛一读。

我的故乡是在洛阳城外的一个大镇,祖父在前清是极有威权的武官,我家在这镇上是赫赫有名的巨族。我便产生在这雕梁画栋,高楼大厦的富贵家庭中。十八岁时我离开了家去北京游学,那时祖父已死了,还剩有祖母父母弟妹们在洛阳原籍住着。

近数年内,兵匪遍地,战云漫天,无处不是枯骨成丘,血流漂橹;我的故乡更是蹂躏的利害,往往铁蹄所践,皆成墟墓。三年前我那欢乐的家庭不幸变成了残害生灵的屠场,我的双亲卧在血泊中饮弹而亡,妹妹被逼坠楼脑碎,弟弟拉去随军牧马,只剩下白发衰老的祖母逃到我的乳妈家中住着,不久也惊气而亡,一门老少只余了我异乡的游子,凭吊泣悼这一幕惨剧,当时我愤恨的复仇心真愿捣碎焚毁这整个的宇宙呢!

从此后我便成了天涯漂泊的孤独者,我虽竭力想探得我弱小弟弟的行踪,但迄今尚无消息,也许早已被战马的铁蹄践踏死了,在这样的环境下煎熬着、悲苦着,我更彻底的认识了这万恶的社会,这惨酷的人生,不是人类所应有。生命的幸福欢乐既都和我绝缘,但是人是为了战胜一切而生存的,我不得不振作起来另找我的生路,想在我们的力量下,改造建设一个自由的和平的为人民求福利的社会和国家。因之我毅然决然把这六尺残躯交付给我所信赖的事业,将为此奋勉直到我死的时期。

这几年中流浪于大江南北,或用笔或用枪打死了无数的敌人,热血在我心腔中汹涌着,忘了自己生命上的创痕;虽然日在惊险危急中生存,我总自诩我是一勇敢的战士。假使这样努力下去,那我们最后的成功指日可待。谁想世事往往如此,在这胜利可操的途程上,内部忽然分裂,几个月后嫉妒争夺,金钱淫欲,都渐渐腐化了我们勇武的健儿,敌方又用各种离间拉拢的手段来破坏我们的团集,从前

一切值得人赞美钦佩的精神勇气，都变成人人诅咒的罪恶渊薮。我当时异常灰心，异常愤怒，便发表了一篇长文劝告这些在前敌在后方的同志，那知因此便得罪了不少的朋友，不久我便被人排挤陷害，反成了众人攻击的箭垛，妄加我许多莫明其妙的罪名。我也明知道黑幕日深，前途黯淡，这日深一日的泥泽，也不是我一人的精力所能澄清，遂抱了无语的懊丧与失望离开了他们。我无目的去了上海，那里住着我一很好的女朋友朱剑霄，我想顺便看看她。并且愿藉此机会往外国再念几年书，重新来建设我信赖的事业，目下中国的时局确实太浑浊，新兴势力既为腐化所吞蚀，一时恐绝无重振的希望。

到了上海我并未寻见朱剑霄，到她寓处说她去广东了，我也毫不迟疑她怀有异心。那想到第三天我在旅馆里正弹着我新买的琴时，忽然去了许多军警把我逮捕到龙华，也未加审诉便把我下了监牢，这真是一个闷葫芦，后来有人告我是朱剑霄告发了我，说我来沪带着危险的使命，先请我在监狱中暂住几天，防我意外的暴动。

我倒是很感谢她！进了监狱后身体上虽略有痛苦，但我精神上非常舒适，初从一种忙乱嚣杂的环境里逃出，冷静寂寞的狱中，反给我不少心灵上的反省和忏悔。我觉这世界为什么永远是这样污浊黑暗呢！因为人类的心太残忍冷酷了的原故吧！这几年牺牲了青年英雄多少头颅，多少热血，然而所建设的功绩依然渺如云烟。给人民争得的福利不如梦在那里，而人民流离颠沛的痛苦，确是我们的努力所促成。我原是家破人亡的孤子，为了拯救别人才奋勇去投效从军；那知我这一番热心忠诚，反是促成破人家、亡人人的罪魁，回忆我枪炮声中所目观的惨剧，又何尝不是我心头的惨剧呢！

我并不怨恨我走的道路错了，我也绝对不怀疑我的主义事业有何足以疵议，我只可惜我们同志们的毅力太薄弱了。抵不过恶势力的包围和腐化而亡。叹息这次失败的自然不仅是我，和我抱此澄清宇宙，再图发扬的一定还有人在，我想以后得到机会再舒伸我的未遂的壮志。因此我在狱中很安静的过了三个月。

一天夜里我忽然听见枪声连续的响,渐渐近了。我望见天空中缭绕的黑烟和火星。天将明时,我见许多囚犯都聚集在院中,狱卒也不知都那里去了。后来我们便都破狱出来,那时已无人管看我们。枪林弹雨中我挟着我的琴躲在一个酒店内,等到黄昏时候我乘着混乱离开酒店,缘途求乞,一个星期后才来到海丰镇,我已精疲力竭,不得不暂时在这里休息几天。

那一夜我悄悄逃到这森林中的破庙,当时可怜我除此琴外,别无长物,孤苦伶仃,饥寒交迫,蜷伏在这颓荒的墙角,激荡着如焚的怅惘!那时我真惶悔,早知道今日这样落魄异乡,我宁愿作个永久监禁的囚徒,平安舒适的在狱中住着,不强似这漂流无定,饥寒侵凌的乞丐生活?

翌晨,我穿过松林弹着琴来到你家门口,我在树影里远远看见你伫立楼头。那时我虽领受了你的厚赐,但是我心中却充满了莫名的惭愧和羞愤。

多谢你慈善的小姐,救活了街头的饿莩。这许多天你赐给我的,我想并不是那仅仅果腹的一餐,我觉在生命的海中,踏上了青春美丽的绿洲,而你便是那指导我接引我去的女神!

今晨我在你家门口探得你将离此的消息。我似乎惊醒了一个梦,才知道自己目前的境遇,和将来的企图,该如何处置?

黄昏时来到海边,望着雪浪汹涌的大海,猛然看见生命的神光在那里闪耀,似乎唤醒我这昏醉的灵魂!我望着一团一团的浪花涌来,又化作白沫溅散在四周,刹那间冲洗尽我这颗尘封血凝的碎心,化成了万千只自由翱翔的海鸥在水面上沉浮。海呵!海呵!你是我母亲温柔的怀抱罢!我愿永眠在这雪浪银涛之中求她的蜜吻。这纷扰的,破碎的世界有何留恋?在这枯骨战壕,血肉屠场找生命的幸福和欢乐吗?我早无望了。如今人海飘零,孑然只身,扎挣着去战斗罢,也不过是痛苦着自己的心神,去作些殃民祸国的勾当。我的主义事业也终于是空虚的幻想。愿他永远留在我的梦里。因之,我决意把这创伤的躯壳在此求死,不再向扰攘的人群中腼颜去求生。

这时却巧逢见你来海边绘画,本想冒昧过去面谢你的一切恩惠,那知道我走到面前望见你那惨白的皎颜时,又令我踌躇不前。你是那样幽淡高傲,令我凛凛然不敢侵犯,只好借琴弦来致此最后的虔诚,但万想不到你竟为我这哀酸迂回的心曲而落泪沾襟。

我不希求什么了,这宇宙间虽未曾赐给我一点安慰,但我已在这时邀得你的同情,这几滴珍贵的同情之珠泪,便可淹没埋葬我这黯淡凄凉的生命,在你那光明洁白的心海中了。

我由海边回来,觉着我须要给你一封信,叙述我的一切让你知道;但既无笔墨,又无灯烛,阴云迷漫怕今夜更无月色。这时候我猛然想到小衫上还有一个金质的领章,这是中学时代一个最爱我的老牧师赠给我的,十年了从未一刻离开我。我就拿了它到镇上换买了纸笔蜡烛,伏在灰尘的神案上给你写这封信。

夜是这样恐怖,狂风由颓垣中袭来,几次吹熄我这萤火摇曳似的烛光,令我沉没于可怕的黑暗。这也许便是我一生的象征吧!我闭目时看见含笑的母亲,她在张臂欢迎着我!

明晨还到你家门口领那最后的一餐。不过你用惊奇的心情披读我这封信时,我已挟着我最爱的琴投向碧海中去了!去了,带着人间一切的悲哀去了。再见吧小姐!原谅我的唐突,接受我的感谢,我用在天之灵替小姐祝福!

你不必知道我是谁。在你心里,只是一个流浪的歌者。

海丰镇上忽然起了一阵惊扰,这消息传布的很快,不久便到了小兰的耳中:"海边沙滩上漂浮着一个男子的尸体。"她急忙跑上楼来告诉她的小姐。

一推门,见碧箫伏在桌上,她跑过去扶起她的头,见她玉容惨淡,神情颓丧。苍白的脸上挂着两行清莹的珠泪。

(见《世界日报·蔷薇周刊》第三十七、三十八号,一九二七年八月九日第二、三、四版,十六日第三、四版。原署名评梅。)

匹马嘶风录

一

一切都决定了之后,黄昏时我又到葡萄园中静坐了一会,把许多往事都回忆了一番。将目前的情况也计划了一下;胸头除了梗酸外。也不觉怎样悲切。天边冉冉飘过的白云。我抬头望着她惨笑。愿残梦就这样醒来吧。

这小园是朝朝暮暮常来的地方。在这里也曾沉思过,也曾落泪过,然而今夜对之略无留恋之情。我心中汹涌的热血,将这些悲秋伤逝之感都淹没了。青天的云幕慢慢移去,露出了皎洁晶莹的上弦月。三五小星散落在四周,夜景清寂中,我今晚最后在这古城望月。明天这时也许已在漂泊的途程上了。

出了葡萄园闭上那木棚门。我又回头望了望。月儿一丝丝的银辉,射放在一棵棵的树林里,仿佛很甜蜜的吻着。满园的花草也都沉睡在月光中。低垂着慵懒的腰肢。我不知为什么,忽然这样痴迷如醉,像饮了浓醴一般。

远远听见犬吠声时,才独自回来。屋内零乱极了。满地都是书籍和衣服;我望着它们真不知如何整理?呆呆地对灯光想了半天,才着手去收拾。先把信件旧稿整理了一下。这都是创痕,我也不忍揭视,把它们都收集在字纸篓中,拿到阶前点着火烧了。风吹着纸灰飘飞了满院,在烟气缭绕中映出件件分明的往事。把信烧完后。将这些书装在箱里,封上了号数。存在采之处,身边只剩下一个小箱,装着衣服和应用东西。一块毡子放在外边,其余零星什物都堆在墙角,赏给这里的佣人们。

收拾完,已是夜里三点钟。

这次离开P城是秘密的，我谁也不让他们知道，免却许多纠缠。云生他要送我到C岛，顺路我去G城看看我的姑母。我们都是把生命付与事业的，所以云生对于我这次走又鼓励又留恋，但是我怎能不走，为了我们的工作。他和我一块儿去又不能，因为他在这里有很重要的职务。不能脱身。今天他同我在路上逢见亚芬后，他就问我："雪妹，假如你走后，我不幸在这里遇了险，你怎样呢！"我笑着说："不管你怎样。我也和亚芬对死了的天华一样。"他很黯然！我还笑着说："云哥，英雄点吧！我们事业成功后，一切的悲愁烦恼便都解决了。"

我忽然又想到碧茜，这次走前途茫茫，吉凶未卜；我和她总是多年相知。虽然这回做的怎样斩钉斩铁，也该告诉她一声。我坐在案旁，披笺濡毫，写这封信：

碧茜：

这时月儿也许正抚吻着你的睡靥。在你梦中我倚装写这个短笺向你告别。想多年相知的你，对我这次走自然也许是意中事而不觉惊奇。

五年来频遭不幸。巨创深痛中，含泪扎挣走上了这最后的途程，这是我的思想在残酷的磔刑下迸散出的火花，这火花呵！虽能焚毁那万恶社会的荆棘，但不能有所建白时也能用以自焚呢！但是朋友我只有不顾一切的去了。

此后我残余的生命便交给事业了。以我抛弃了这花园派小姐的生活，去向枪林弹雨中寻找一个流浪飘泊的人生。前途的黑暗惨淡我也早已料及，不过我是欢迎一切的毁灭去的，我并不畏惧那可怕的将来。当我欣然而去的时候。朋友。你也不必为我那不堪想到的命运悲哀罢！

碧茜：纸短情长，后会有期。再见呵，愿你文笔日健！

何雪樵

更柝声又响了，一声声在深夜里，令我这要远行的人听见更觉凄凉！拧熄了灯。月光照的屋里和白昼一样。我倚在行装上。静静地坐着。斑驳的树影在窗上摇曳,心潮的浪花打激在我的脑海里。不禁想到自己畸零的身世。三年前父母在 A 城,被土匪驱逐到山洞里,在里面燃着青椒,外面封住口,活活地熏死。去年哥哥又被流弹打死在铁道旁。现在还未找到尸身,只剩了一个叔父。三四年无音信,也不知流落何处。我自恨为什么生在这乱世。从小就受着残酷的蹂躏和践踏。直到现在弄的人亡家散,天涯孤身;每一念及,令我愤恨流涕,痛不欲生。如今,我更去那远道漂泊,肩负那毁灭一切的使命去了;但是我不能扎挣时,想到自己的前尘不更觉这样扎挣是罪恶吗?

毕业后到 F 城遇见云生,那时他正从海外回国,四处寻找同志,预备组织一个团体。我们经朋友的介绍便认识了。他沉静寡言秉性敏慧。文字交五载。他不仅是我的良友而且是我的严师。我道了几次的不幸,都是他竭尽心力的帮助我,安慰我。我何尝不知他迂回宛转的心曲;但是我千疮百洞的残躯,又怎忍令云生为我牺牲他前途的快乐和幸福呢?

云山迷漫中;我爱天边的虹桥。然而虹桥水不能建在地上。愿云生就是我心中的虹桥罢! 我怎能说爱他。

二

昨夜倚着行装不知何时睡去。醒来窗前已露鱼白色。晨鸡喔喔地叫了。破晓的角声从远处悲沉的吹起。我翻身起来草草梳洗后,遂到前院去寻见赵竹君,我告诉她要去 G 城看姑母,也许要住几天须得请人代课的话。她一一都答应了,送我到门口上了车。太阳出来,红霞迷漫树梢时我已到了车站了。云生已和采之在等着我,此外还有许多同志来送行。七时车开,采之笑着说:"云生好好地护送雪樵一程,希望雪樵常常有信给我们。"我和云生立在车窗前边和送行的人们笑说"再见",一霎时便看不见这庄严苍老的古都,一片弥绿都是一望无际的春郊。云生坐在我的对面笑了! 我问他笑什么。他说:"我笑你的行色呢。"我也笑了。然而这欢笑的幕后便是悲哀,想到眼前暂聚久别的情境。又不禁泫然!

一路上云生告诉我许多的风景和他往日的生活,沿途颇不寂寞,我一点没有想到这次旅行的苦楚,和将来置生命于危险的悲戚。

到了C城下了车,云生去看他的朋友,我去看姑母。惠和表妹见我来了,喜欢的她跳出跳进的给我预备午餐,收拾房屋。我不敢向姑母说别的话,我只说有点事去C岛。姑母要我多住几天,我因为云生不能久待。所以在第二天的早晨遂乘车向C岛去。

午后到了C岛,我们住在大东旅舍,云生心里似乎极不高兴,常独自长吁!我也明知道他心中的烦恼,但是我该怎样安慰他呢!我们终须要撒手分离的。在餐后这里的分部开会,在那里逢见从前的同学王学敬,她预备和我一块儿去A埠,这也好,省的路上寂寞。

开完会回到旅社已黄昏了。明晨云生就要回P城去,晚饭后他要我去海边玩。

C岛的街市,清静的宛如一座公园,这时正是春天,路旁的松柏都发出青翠的苞芽,柳条嫩黄的鲜艳。风过处一阵阵芬芳的草香,沁人如醉。我和云生顺路进了外国坟茔的园门,那里边苍松翠柏,花红草碧。汉白玉的塑像,大理石的墓碑,十字架,都很幽静的峙立着,这都是些异国漂泊的孤魂,战士忠勇的英灵。我坐在石头上,云生伏在碑上,他的面色很苍白,背过脸去似乎在暗暗咽泪!我也默望松林中夕阳残照余辉沉思。这垒垒芳冢都是不相识者,我们哀悼谁呢。这只有上天知道。

出了坟茔的门向海边去,正是月圆时候。一轮皎洁的明月照的这宇宙像水晶世界,静悄悄地海边只听见低微的涛语,像夜莺哀啼,嫠妇呜咽一样的悲幽凄凉!我们缘着沙岸走,那黑影高耸,斜上去的土阜便是炮台旧址。这时海风滔滔,海雾濛濛,月光下冲激的浪花和烂银一般推涌着,一波过去,一波又来。真是苍天碧海,一望无际,我忽然觉着自己太渺小了。对着这苍茫的大海不禁微有所感。想我这孤苦伶仃,湖海飘零的弱女子,在这样地狱般的人间扎挣着,也许这里便是我二十年来最后奋斗的坟墓了,又何必到异乡建设什么事业去!云生见我这样驻了足呆想,他低声问我;"雪妹!你怎么了,冷吗?说着便把我的大衣递过来,我穿上后他给我扣好了扣,扶着我的肩说:"不许你现在想心思,有心思明天我走了

你再想吧！我们聚时无多,后会难知,在这样伟大雄壮的大海边,冷静凄悲的月夜下,我就借天上的星月当蜡烛,地上的青草当桌子,我们把带来的这瓶酒喝完。我拣这个地方来给你饯别,虽然简陋,但也还别致吧！良会难再,明天此时怕我和你已撒手分道在天涯海角了！唉！碧海青天无限路,更知何日重逢君……"他说到这里已哽咽不能成声。风声涛语中夹着云生这悲壮的别辞,猛然抖起我心头的旧恨新愁,禁不住的倚着云生悄悄地咽泪！月儿照着这一对将离的人影,似不忍见这黯然错别的情况,她也姗姗地躲进了云幕,宇宙顿现了灰暗之象。

夜深了,他和我又向前走了几步,拣了一块干燥点的沙岸坐下。这时云散月霁,波平浪静,云生将酒瓶打开。我把姑母昨天给我的熏鸡撕着就这样邀明月对苍海的痛饮起来。

喝了几杯后;我似乎有点醉了,我对着这无际苍茫的大海一清如洗的明月,和云生说:"云哥！我此去好像断线的风筝,也不知停栖何处？大概是风晨月夕,枪林弹雨,黄沙碧血中匹马嘶风的驰骋着！如今,我把生命完全付给事业,我现在除了自己外,举目无亲,别无系恋,像我这样的命运和遭际。我个人的幸福快乐此生是无望了。我也不再希冀什么,只求我们的事业成功罢。云哥,你也是热血的青年,忠诚的同志,我们此后便这样努力好了。目前呢,都是不如意的世界,我们不去牺牲谁去牺牲呢？你不要太儿女情长,英雄气短。我们多年好友,彼此相知,我这样畸零孤苦的境遇,蒙你鼓励劝勉才有今日,不然我早随着父母的幽灵在地下了。你看！前面是四无边际的大海,后面是崇峦如笏的高山,星光灿烂,明月皎洁。这时候这宇宙是我们统治着,这般良辰美景,我们在此叙别,又悲壮,又绚丽,你还不喜欢吗？我们的生命虽然常在风波之中,但也不见得真个后会无期。云哥！我们饮尽此杯！"我喝完时便把那个盛着半盏葡萄酒的杯子投入大海,月光下碧海中打了一个螺旋的波纹,那杯子已滴溜溜沉下去了。他勉强苦笑着道:"何必呢！不过也好,就在今夜深埋在这海中罢,那杯子便算我们的坟墓。"

海风起了,海里鼓涌着的波浪渐渐冲到我们坐着的河岸上来,我和

493

云生站起来，抬头望那一轮圆月又高又小，涛声正凄凄咽咽，似叙说我们心头的惆怅！我向云生说："回去吧！人间没有不散的筵席，只是今天的别宴太好了，这令我永不能忘。"他没有说什么话，走了几步忽然又回去，把那个酒瓶也投入大海，海面上依然起了一个水泡。

三

今天刚起来打开窗户，茶房便进来了，他手里拿着一封信道："吴先生已经走了，这封信他教我交给您。"我急忙打开来，上边写的是：

雪樵：

你也许要怪我不辞而别，不过请你原谅我！我不愿明天再看见你了，见了你时怕我更要比今夜还不英雄呢！我知道你现在已经睡了，但是这样明月，这样静夜，我无论如何这凄楚的心情不能宁帖，教我如何能睡？今夜海边的别宴，太悲壮了，也太哀艳了。可惜我不是诗人，不是画家，不能把那样美丽雄壮之景，缠绵婉转之情描写出。雪妹，我们离别这并不是初次。这漂浪无定的行踪，才是我们的本色，我何至于那样一说别离就怯懦呢！不过连我自己都莫明其妙，常怕你这次远道去后，我们就后会无期了。

学敬的哥哥敏文在 C 城，我已写信去了，你到了那里他自然能招呼你，这次走有学敬伴你到 A 埠，一路上我也可放心了。有机会我这里能脱身时，我就去找你，愿你忘掉一切的过去，努力开辟那光明灿烂的将来。谁都是现社会桎梏下的呻吟者，我们忍着耐着。叹气唉声的去了一生呢，还是积极起来粉碎这些桎梏呢！我和你都是由巨创深痛中扎挣起来的人，因悲愤而失望，便走了消极不抵抗的路，被悲愤而激怒，来担当破坏悲哀原因的事业，就成了奋斗的人了。雪妹！你此去万里途程，力量无限，我遥远地为我敬爱的人祷祝着！

至于我，我当效忠于我的事业。我生命中是有两个世界的；一个世界是属于你的，愿把我的灵魂做你座下永禁的俘虏。另一个世界我不属于你，也不属于我自己，我只是历史使命中的一个走卒。我倘生活在风波之中,不能安定。自然免不了两地悬念。因之我盼望你常有信来。我的行踪比你固定,你有了一定驻足处即寄信来告我。

雪妹!千言万语我不知从何处说起,也不知该如何结束。东方已现鱼肚色,晨曦也快照临了,我就此在你梦中告别吧!雪妹,"一点墨痕千点泪,看蛮笺都渍殷红色。数虬箭,四更彻。"这正是替我现时写照呢!再见吧。我们此后只有梦中相会!

吴云生

我看完后喉头如梗,眼泪扑簌簌的流下来,把信纸都湿透了,这时我才感到自己孤身在旅途中的悲哀!想这几年假使不是云生这样爱护我,安慰我,勉励我,怕我已不能挣扎到现在。如今我离开他了,此去前途茫茫,孤身长征,怎能咽下这一路深痛的别恨。但转念一想,我既走上了这条路,那能为了儿女私情阻碍我的前途;我提起了理智的慧剑斩断了这缠绵惜别的情丝。

吃完早点,我给云生写了封信。正预备出门时学敬来了,她说船票已都买好。明天上午八时开船,她的事情都办清楚了,让我今天就到她家去,明天一块儿上船。

翌晨八时,我已和学敬上了船。船开后她有点晕船,我还能挣扎着,睡在床上看小说。黄昏时我到船头上看海中的落日,和玛璃球一样,照的船栏和人间都一色绯红。我默倚着船栏看那船头涌起的浪花,落下使散作白沫,霎时白沫也归于无处寻觅。我旁边站着一个老人须发苍白,看去约有七十多了。我看他时他似乎觉着了,抬起头来和我笑了笑!问我去那里。我告诉他去 A 埠,后来我就和他攀谈起来,他姓王,和小孩一样处处喜欢发问,并且很高兴的告我他过去四十年经商的阅略。他的见解很年轻,绝不像个老年人。而且他很爱国,他愿看到有一日中国的旗插在香港山巅上。这更是一般主张无抵抗主义——投降主义的学者们所望尘莫及了。

回到舱内,学敬睡着了,隔壁有人在唱,我心情也十分凄楚不能睡着,回想一切真如春梦,遗留在我心底的只是浅浅的痕迹,和水泡起灭一样的虚幻，什么人生的折磨，事业的浮沉，谁是成功，谁是失败，都如波浪、水泡一样，渺茫如梦。这时风起了，波浪涌击着舱窗，又扑的一声落下，飞溅起无数的银花，船更颠簸了，这宛如我的生命之海呢！

　　远远我似乎听见云哥唱歌的声音，声音近了，我看见云哥走近我的床来，我张手去迎他，忽然见他鲜血满身！我吓的叫了一声，惊醒后那里有云哥的影子，想想才知是梦。但是这梦太可怕了，我的心惊颤着！我跪在床上祷告！上帝！愿你保佑他，我惟一的生命之魂影！

　　我伏在床上哭了！这一只大船，黑夜里正在波涛中冲冲扎挣着前进！

四

　　到了A埠，见着敏文，是学敬的二哥，他领我到他家去住，许多旧友都来看我，他们见我能这样抛弃了旧日安乐的生活，投向这个环境中来，自然都异常欢迎！在他们这种热烈的空气中，我才懊悔来晚了。一切的烦恼桎梏都落在我的足下，我的勇气真能匹马单骑沙场杀敌！

　　在这里又逢见三年未见的琦如，他预备和我去C城。第三日我们送离A埠。海道走了三天，琦如和我谈这几年漂泊的生活，人生的变化，在路上还不寂寞。到了C城，这里正是战区，军队已开走了，三四天内还要出发大队。我和琦如见了学敬的大哥敏慧，他说云生来信他已收到了，问我愿意在哪部做工作，我说要去前敌，他说去前敌就是宣传队和红十字会救护队，救护要有点医学研究的才能去呢！我道："做看护还可以，我们因为五卅事件发生后，学校里曾组织过救护班，而且我们还到过医院实习过。缚缚绷布总能会呢！"他们都笑了！

　　第二天敏慧同我到医院找王怀馨，她是日本毕业的，回国后便在C城服务，在东京时和云生他们都认识。她顾长的身腰，凤眼柳眉，穿着军装，站在我面前真是英气凛然，令人起敬！她告我说，救护队分两种，一种是留在C城医院救济运回的伤兵，一种是随军临时救护。问我愿意哪一种。我说去从军。她道："那更好了，这次出发一共去一百人，你就准备吧！队长是黄梦兰，她从前在P城念书，也许你们认识的，我令人请她来介绍

一下。"一会工夫梦兰来了,似曾相识,她握着我手说:"欢迎我们的新同志。"我们都笑了!

在这里住了三天,一切都准备好了,我早已换上军装,她们都说是很漂亮呢!明天就出发,这时我们真热闹,领干粮,领雨衣,领手枪,领子弹,其余便是我们的药品袋和救护器具。

到夜里她们都睡了。我给云生写了封长信,告诉他昨天我就出发的消息,和我近来的生活,别的话都没敢写,我让他写信时寄 C 城王怀馨转我。到了这里不知为什么,心中一切的烦恼都消失了,只是热血沸腾着想到前线去,尝尝这沙场歼敌是什么滋味。

天还黑着我们就起来了,结束停当后我们先到集合场去,这时晨雾微起,四周的景物都有点模糊,房屋树林都隐约的藏在黎明的淡雾下。等到七点钟集合号响了,这时公共运动场上一排一排的集合了有三万多人,军乐悠扬中,我们出动了,街市上两旁都是欢迎我们的群众,当我们武装的救护队宣传队过去时,妇女们都高声的呐喊着,我们都挺着胸微笑了!火车开动时敏慧来看我。他又给了我一件工作,令我写点战场上的杂感给他编辑的《前锋周刊》。我和冯君毅坐在车窗边,他告我 P 城的消息很紧,云生久无信来,我真念他呢!

车道旁碧水长堤,稻田菜圃,一点都没有战云黯淡的情景,这样锦绣的山河,为什么一定要弄的乌烟瘴气,炮火迷漫呢!但是我们的军队是民众的慈航,为了歼灭和打倒民众之敌,我们不得不背起枪来。午餐便是随身带的干粮,不知为什么,我们大家吃起来,都觉着十分香甜。这一车的同志们,英武活泼,看起来最低限的程度也是高小毕业,又都是志愿从军,经过训练的,自然较比那些用一个招兵旗帜拉来的无知识的丘八,不啻天渊之别;这样的军队不打胜仗我真不信呢!

第二天傍晚到了 F 镇,景象非常之惨淡,据云匪军刚刚退去,我们的前线在这里的已有五千人。下了火车我们整齐队伍走到龙王庙,一路的男女老少都出来看我们,而且惊奇的都低低的互相传说:"还有女兵呢!"在他们无恐怖的面色上,我知道我们军队是和人民一体的。

到了龙王庙我们可以休息了，其余的军队是驻扎在附近的兵营里。我把身上的累赘东西放下后，就拉了梦兰到后边去看，走到殿上忽然看见神座下放着三四付棺材。梦兰走进去，她忽然叫起来，她告我说："有一个棺材板正蠕动呢！"我走近了看时，原来棺板未钉，外面还露着灰布的衣角。也许是听见我们说话的声音了。棺材内有微微喘息的声气。梦兰说："一定还没有死呢！我去叫人去打开看看。"我在殿上等着，少时她带了二个粗使的人来。让他们揭起棺板。里面原来迭放着两个死兵。上边的这一个脸伏在底下那个的肋间。把他提出来翻了个身。果然是个活人。面色虽苍白如纸，但还有呼吸！底下那个已死了。梦兰教他们重新把棺板钉好。一齐连那几件相都抬出去找个空地掩埋了。把那个未死的伤兵抬到前面去。给他灌了点药，检查后，他的伤在腰部。子弹还未拿出呢！于是我们设法取出加以医治。

在我军攻击F镇时，敌军伤兵太多，因无人救护就都活着掩埋了。这有棺材装着的大概还是官长吧！

翌晨黎明我们骑着马到离F镇三十里的T庄去，这一带便是前几天的战场，树木枝柯，被炮打击的七零八落。田中禾苗都践踏成平地，邻近乡村的房屋，十室九空，被流弹穿了许多焦洞。残垣断桥间，新添了许多凸起的新土，这都是无定河边骨，深闺梦里人。五年前我的故乡，我的家园，何尝不是这样的蹂躏，在炮火声中把我多年卧病在床的祖母惊吓死！谁能料到呢！当年那样娇柔孱弱的小姐，如今也居然负枪荷弹，匹马嘶风驰驱于战场之上，来凭吊这残余的劫后呢！

在马上我又想起云生，假使他这时和我鸾铃并骑，双枪杀敌，这是多么勇武而痛快的事。如分别来将及一月了，还未见他一字寄来，我心惊颤极了，他在P城好像在虎狼齿缝间求生活，危险时时就在眼前！

正午时前线有消息来，说敌军败溃B山，T庄全在我军手里了。那时我正给一个伤兵敷药，听见后他抬起头来和我笑了笑，表示他牺牲的光荣。

498

五

今天下午我们便去 T 庄驻防,缘途情状惨极了。黄沙碧血。横尸遍野。田畔的道路上。满弃着灰色制服,破草鞋,水壶,饭盒。狼藉黯淡真不忍睹。到了那里他们已给我们找好地点。军队在野外扎着帐篷。宣传队男男女女正在街市上讲演呢?

黄昏时我约了文惠骑着马去街市上看看,走到一家门口,忽然看见一堆人正在院里围着哭呢,喜动的文惠下了马跑进去看,我也只好随她进去,他们见我们追来,都不哭了,但还在抽咽着!文惠问:"你们哭什么?我们的军队来嘈扰你们吗?"一个老婆婆过来,擦眼抹泪的说:"告诉你们也不要紧,唉!我们都是女人。我的两个女儿死了;不是好死的。是那可杀的土匪兵昨天弄死的。一个出嫁了,怀着七个月身孕,一个还未出嫁呢,才十二岁,刚才埋殡了,这时大女婿来了,我们说起来伤心的哭呢!"我们听了自然除了愤恨这残暴的兽行外,只好安慰这老婆婆几句。她见我们这情形慈悲,又抽咽着说:"你们要早来一步,就救了她们了。这时已晚了。"这是什么世界,想当初我父母和哥哥的惨死,也都是这些土匪兵害的,恶魔们为了争地盘闹意见,雇上这般豺狼不如的动物四处去蹂躏残害老百姓,把个中国弄的阴森惨淡连地狱都不如。

辞别了那伤心流泪的老婆婆,我们到征收局去看冯君毅,到了办公处见他们几个人都垂头丧气默无一言的坐着,顽皮的文惠说:"打了胜仗还不高兴,愁眉苦眼的干吗?"君毅叹了口气说:"这比败十几个仗的损失都大呢,真是我们的厄运。"我莫明其妙的问:"到底是什么事,这样吞吞吐吐?"君毅说:"敏慧刚才由 C 城来一密电,说 P 城的同志都被捕去。三天之内将三十余人都绞死了!""云生和采之呢?"我很急的问。他不说话了。只是低着头垂泪!我已经知道这不幸的噩耗终于来了!云生大概已成了断头台畔的英雄,但是我还在日夜祷祝盼望他的信呢!我觉得眼前忽然有许多金星向四边迸散,顿时,全宇宙都黑了,我的血都奔涌向脑海,我已冥然地失了知觉!

睁开眼醒来时，文惠和君毅、梦兰都站在我面前，我的身子是躺在办公处的沙发上，我勉强坐起来，君毅说："雪樵！你自己要保重，又在军旅中一切都不方便，着急坏了怎么好，这样热的天气。这种事是不得已的牺牲，我们自然不愿他们死，他们的死，就是我们组织细胞的死。不过到不得不死时，我们也不能因为他们死就伤心颓毁起自己来。你不要大悲痛吧！雪樵，我们努力现在，总有一天大报了仇，这才是他们先亡烈士希望于我们未死者的事业呢！你千万听我的话。"梦兰和文惠也都含着泪劝我。我硬着心肠扎挣起来，一点都不露什么悲恸，我的脑筋也完全停滞了思想，只觉身子很轻，心很空洞。这时把我一腔热血，万里雄心马上都冰冷了！刚由巨创深痛中扎挣起来，我也想从此开辟一个境地，重新建筑起我的生命，那知我刚跨上马走了几步就又陷入这无底的深渊！云哥！我只有沉没了，我只有沉没下去。

君毅们见我默默的坐着，知我心中凄酸已极！文惠她们和我回到宿处后，又劝了我一顿，我只低着头静听，连我自己都不知为什么这样恍惚，想到云生的死只是将信将疑。

晚餐时她们都去了大厅，我推说头痛睡在床上。等她们走了。我悄悄起来，背上我的枪，拿上我的日记，由走廊转到后院，马槽中牵了我那小白马，从后门出来。这时将近黄昏，景物非常模糊，夕阳懒懒地放射着最小的余辉，十分黯淡。我跨上马顺着大道跑去，凉风吹面，柳丝拂鬓，迎面一颗赤日烘托着晚霞暮霭，由松林中慢慢地落下。我望着彩云四散，日落深山，更觉惆怅！这和我的希望一样，我如今孤身单骑，彷徨哀泣，荒林古道已是日暮穷途。

我也不知去那里，只任马跑去，一直跑的苍茫的云幕中，露出了一弯明月，马才停在一个村后的门口。看着小白马已跑得浑身是汗，张着嘴嘶喘！我也觉着口渴，下了马走进村店去，月光下见席篷下的板凳上坐着一个老者，正在打盹呢。我走近去唤醒他，他睁眼看见我这样子，吓得他站直了不敢动。我道："我是过路的，请你老给点水喝，并饮饮我的马。"他急忙说："那可以，那可以，请军爷坐下等一等。"回身到里面去了，不一会出

来一个十二三岁的小孩提着水壶,拔着鞋揉着眼,似乎刚醒来的样子。我也不管干净与否,拿起那黄瓷大碗喝了一碗。那老者手里执着个油灯出来,把灯放在石桌上回头又叫"三儿,你把马饮饮去!"三儿遂把马牵到水槽旁去。我由身上掏了一张票子给他。也不知是多少,我说:"谢谢你老,这是茶钱。"翻身上马又顺着大道下去。

这时才如梦醒来,想到自己的疯狂和无聊。但这一气跑我心中似乎痛快。把我说不出来的苦痛烦恼都跑散了!这时我假如能有暴风在右手,洪水在左手,我一定一手用暴风吹破天上的暗云,一手将洪水冲去地上的恶魔!那时才解消我心头抑压的愤怒!

夜已深了,天空中星繁月冷,夜风凄寒,这仿佛一月前海边的情景又到眼底,怎忍想呢!云哥已是绞台上的英魂了,这时飘飘荡荡魂在何处呢!沉思着我的马又停住了,抬头看,原来一条大河横在眼前,在月下闪闪发着银光,静悄悄地只有深林幽啸,河水呜咽。我下了马,把它拴在一棵白杨上,我站在它旁边呆呆地望着河水出神。

后来我仰头向天惨笑了一声!把我的手枪握在右手,对着我的脑门板着机。冷铁触着我时,擦身忽然打了一个寒噤。理智命令我的手软下来了。"我不能这样死。至少我也要打死几个敌人我再死!这样消极者的自杀,是我的耻辱。假使我现在这样死了便该早死。何必又跑到这里来从军呢?我要扎挣起来干!给我惨死的云哥报仇!"我想如今最好乘这里深夜荒野。四无人烟,前是大河,后是森林,痛痛快快的哭哭云哥,此后我永不流泪了!我也再无泪可流。"露寒今夜无人问",我只有自己扎挣了。拾起地下的手枪,解开我的马,我想归去罢;它似乎知道我的心思,走到我身边抬起头来望着我。我一腔悲酸涌上心头。不由的抱住它痛哭起来!

(见《世界日报·蔷薇周刊》周年纪念增刊,一九二七年十二月二十八日,第八二页至九〇页。原署名评梅。)

一　夜

我吃了晚饭独自一个正在楼上望西沉的落日，侄女昆林跑上来说。"梅姑！祖父让我来请你，不知为了什么事，祖母在哭呢！"我怀着惊诧的心情来到母亲房里，芬嫂也在这里。他们都正在沉默着，母亲坐在椅上擦眼泪，屋里光线也很黯淡，所以更显得冷森严肃。父亲见我进来。他望着我说。"刚才珑珑来，他说你七祖母病的厉害，你回来还未看过她，这时候我领你去看看罢，人许还来的及。那面的事情我已都让你瑾哥去理了。"

骤然听得这消息，我心里觉着万分凄楚！母亲也要过去，我们因为天太晚了，劝阻她明天再去。我换了件衣服，随着父亲出来。昆林也伴着我，提了芬嫂燃着的玻璃灯。这正是黄昏时候。落日照在树林菜圃，发出灿烂的金光。缘着菜圃的垅走去。

走过了菜圃，下了斜坡。便是一道新修的马路，两旁的杨柳，懒懒地一直拖到地上。夜幕渐渐垂下。昆林手中提着的玻璃灯，发出极光亮的火焰，黑暗的阴森的道上，映着我们不齐的身影。父亲柱着龙头拐杖，银须飘拂，默无一语的慢慢踱着，我和昆林也静悄悄的随在他身畔。我们都被沉重的严肃的悲哀包围着。

马路的南边现出一带青石的堤，进了石堤门口有两棵老槐树的便是七祖母家了。

我们在这黑漆的大门口。我的心搏跳的很厉害，我等候一个悲剧来临在这叩门声中。门开了，是瑾哥。后面还跟着一个十三四岁的小童，提着一把药壶，他就是珑珑。

"病人怎么样？"父亲问。"医生刚走，他说老病没有希望了，现在还清楚，正在念着梅妹呢！快进去看看去吧！一直是喊着你的名字。"瑾哥又转头向我说。

瑾哥先把父亲让到东厢房,留着昆林伴着他,小童沏上茶,我随了瑾哥来到上房上了台阶揭帘进去,是三间大的一个外间,中间长桌上供着一座白瓷观音,两旁挂着杏黄绸神幔,香炉里还有余烟未尽,佛龛前燃着两支蜡烛。两间垂着一个软竹帘,映着灯光,看见里面雪帐低垂的病榻。我轻轻地走进去,一个女仆向我招呼了一下,我就来到病床前。她的面色十分的枯干苍白,双眼深陷下去,灰白的头发披散在枕畔,身体瘦小的盖着绒毡和床一样平。我哽咽着喊了一声"七祖母",她微睁开那慈祥温和的眼望着我,她似乎不敢相认。"谁?"一个细小的声音由帐中传出。"是梅玲妹妹来看你的,你不是正在念她吗?"瑾哥伏在床前向她说。"啊,原来就是玲玲。"她惊喜的把头微微抬起,伸出一只枯瘦不能盈握的手,握住我;她瞪眼望着我流下泪来,她道:"玲玲,我恐怕不能再见你呢!前些天你父亲来,说你怕暂时不能回来,火车又快不通了,我很念你呢!可怜我病了许久了,今年春天就不能起床了。我天天祷告着,让我快快死了罢,我在这世上早就是废物了。我在你小时就抚抱着你,从摇篮里一直看你长了这么大,我真欢喜呵!我时时都想着你,玲玲!我莫有白疼你,你能在这时候回来给我送终。"她说着老泪流到颊上,手在抖擞着。

屋里点着两盏煤油灯,但我只觉你昏暗的可恐怖。女佣人给我搬一个椅子在床边,我坐下后详细的和七祖母谈她的病况,她有时清楚,有时糊涂,病像是很危险了。有心里凄酸的说不出什么,可怜她孤苦无儿女的老人。她从小那样珍爱我抚育我,今天既然来了,当然愿意伴着她令她瞑目死去的。乘她昏睡时出来到东厢去看父亲,我道:"父亲,七祖母病危,怕今夜就过不去的,我想今夜留在这里陪着她,父亲,我求你的允许。"我说时哽咽的泣了,父亲也很难过,他吩咐瑾哥去买办衣服棺材,并请几个人来帮帮忙。瑾哥走后他和昆林到上房来看病人,已不如见我时清楚了,似乎在呓语着。父亲唤她几声"七婶"她只睁开眼看看,也不说话,面部的表情非常苦痛悲惨!

父亲出来到外间向我说:"梅玲,你就在这里伴着她好了,回头我让你乳娘也来,如果无事明晨我再来;假如情形不好你就让珑珑去报个信。

瑾哥今天晚上也在这里,也许还有别的人,你不要怕。七祖母抚养你的小,你送终她的老,是应当的。梅玲!你好好安慰她令她含笑而终……"父亲说话的声音有点颤抖了。

我燃亮了玻璃灯,仍让昆林提着,送他们到大门口。我又嘱咐昆林好好招呼着祖父。一直望着他们的灯光给树林遮住看不见了,才掩门回来。

女佣人和我伴着七祖母,珑珑在厨房煎药,瑾哥回来已十点多钟了。衣服已买来,我都交给女佣人去看一遍,还少什么不少。我们匆忙中现出无限的凄凉和惨淡,我时时望着她的脸,抚着她的手,我希望她再和我说几句话,这真是痛心的事情,顷刻中她的灵魂便去了永不回来。

一会工夫乳娘也提了灯笼挟着一个衣包来了,是母亲给我带来的衣服。

这一夜我便在病床边伴着她,她已失了知觉。只余了一点未断的气息慢慢喘着,在她那枯干苍白的脸上,看出她在人间历经苦痛的残痕。我祷告:最好就这样昏迷的死去,不然她在这时候一定会感到人间的恨悔呢!她是个孤独者,她是扎挣奋斗了七十多年,一员独守残垒的健将。

她二十岁嫁给了七祖父,结婚不到二年,七祖父便客死异乡。余下一点薄薄的财产,也都被强暴的族人占了去。她困苦无所归,便只身来到我家,给我们帮忙做点粗活计;祖母很同情她可怜,常嘱咐父亲要照顾着她。我生后一月,不幸爱我的祖母便死了,那时母亲也病着。一切料理丧事,看护母亲,都是七祖母。后来我的乳娘走了几天,也是她代理着母亲的职务来抚养我。那时她真把一切的爱都集注在我身上。我的摇篮中埋殡着她不可言说的悲痛和泪痕。那时我的浅笑,我的娇态,也许都是她惟一的安慰呢!

十数年来,凭着她的十指所得,也略有点积蓄。父亲劝她承继一个儿子,将来也有个依靠,她只含泪摇头的拒绝。后来她也老了,我们又都是漂泊在外边不常回去,父亲就借她这所房子让她住着,雇一个小孩服侍她。她虽然境遇孤苦,但还不至于令她作街头饿殍的,自然是我父亲的力量。

为人是非常的和蔼,不论心里有什么悲哀的事情。表面上都是那一付微笑的面靥,她是忍受着默咽着一切的欺凌和痛苦,她是无抵抗主义者的信徒。她似乎认定人间不会给与她什么幸福快乐的,所以她宁愿依人篱下求暂时温饱,不希望承继儿女来欢娱她荒凉的暮景。她甘于寂寞的生活,不躲避自己孤苦的命运,不怨天,不尤人,很平淡的任其自然的来临;这种漠然的精神也许是旁人做不到的。我虔诚的替七祖母祈祷。愿她将这永久的平淡和漠然,留给世间苦痛的朋友们自己慰藉着!

阴森的夜里,我在她床前来回的走着,一盏暗淡的灯,在黑暗中摇晃着现出无限的恐怖,我勉强抑压着搏跳的心等待着死神黑翼的来临!一会儿工夫我又去看看她的面色和呼吸,乳娘整理着她的殓衣,女佣人在分散族人的孝帽,瑾哥常常探首来问消息,他的面色已现得十分憔悴!

天黎明时,病人渐渐垂危,呻吟苦闷,气息也喘的很紧,瞳孔也缩小了,而且昏暗无光。我注视着她,抚着她的手,轻轻呼着"七祖母"。她似乎还想说什么,嘴唇微微动着但一点声音也没有发出,面色渐渐红了。身体转动了几下,微睁开眼望了望我,她就闭上眼。喉间痰涌上来,喘息着;一阵一阵气息低微,我这时低低喊着她,泪已落满了床褥。

(见《世界日报·蔷薇周刊》第五五号,一九二八年二月七日,第一、二版。原署名评梅。)

林楠的日记
——《红与黑》编者加的说明

这一篇稿子是两星期前寄来的。但正要编去付排的时候。忽得作者犯脑炎和肺炎的绝症,而因此致死的消息。这真是出乎意外的不幸,除非把朋友的死当做新闻广告的那种人才不会受到哀伤的刺激!

在我，不仅是评梅女士的死！只要是一种不幸的事情，突然的发生了，便影响到我的内心的生活，变成了黑影一般的，可怕而且难忘的记忆，我实在不能把别人的死耗看做只是别人的事情。因此。在这里，我不愿说些什么。文字或言语是不能表示那深深地哀悼的；我认为，对于死者，一切活着的人是应该负着一种无名的重负。

编者志

七月三十日

今天小蓉又咳嗽了，母亲说这是夜里受了凉。意思怪我太疏忽了。小蓉近来也是可恶，总是不停的哭。父母这时正想念着琳，听见她哭自然心中更觉不痛快。我向母亲寻药，她面色沉的很厉害，伸手接那黄色小瓶时明明觉得我手是抖索着。吃完药，张妈抱着她睡了，我去侍候父母用晚餐。

琳他像浮萍一样漂泊着，家呢，又似乎被种种阻力隔绝了。我们都希望能看见他，自从国民党的帜标飘扬在古城雉堞时，盼望着他的归来是现在更迫切了。

一天一天过去了，信息消沉。琳是误认他乡作故乡呢？还是别种原因系绊着他——这只有天知道。

每日聚餐时，都是默然寡欢，举箸不能下咽，喉头似乎有东西梗塞。母亲有时滔滔不绝的数说着，父亲不语，我停了箸听。一种死寂的空虚，忽然填满了不宁的颤动。似乎风起了，海面怎样也不能平静。

晚餐后，我在房里给小莲洗耳朵。听见母亲叫我的声音，来到上屋，父亲拿着一封信。母亲笑着说："琳快回来了！"

十五日写的信，说在上海耽搁几天，计算起来一两天内就到家了。这真是惊喜的消息，仿佛黑云四布的阴天，忽然云雾雾散，现出碧清如洗的天空。心里眼前都觉得光明雨澄，从前是漆黑的夜，如今是朝旭如烘的晨

光,琳无疑是一颗亮晶晶的星。

阴霾和忧愁都在这刹那中消失了。谁的精神都觉振作了许多,连佣人们做事都似乎勤快了,霎时间,打扫房屋,预备床褥,忙乱个不了。张妈说:"蓉小姐第一次见爸爸,换一件漂亮衣服罢!"我笑了!在她玫瑰般腮上轻轻吻了一下,她也拍着小手笑了。

我心总是跳动着,三年来腐蚀苦痛的心,今天更感到凄酸!我真有点怕见他。从箱中拿出那件浅碧色的云罗衫,在镜中望见自己时,觉得胖多了。不知在琳眼中是不是旧时容颜?禁不住泫然流涕!后来想忍下去吧。今天的眼泪该在琳的怀内流了,让他热烈的吻来烘我的悲痕罢!

抬头见瓶花含笑,灿烂的灯光也分外明亮,好像有意逗我一样,我走到那里它跟到那里。去罢,灯光!琳回来后你再照我们俩影双双。

十一点钟了。母亲还不睡,我劝她先睡下,大概今夜不会回来了。小兰也不睡,我骗她。"爸爸在你做梦的时候才回来呢!"她果真赶快睡了,但不过一会,她又伸着小头问:"爸爸回来了吗?"

在院中葡萄架下,预备冰激凌、汽水和水果。厨房还未封火。满院都是白昼般的灯光。等的不耐烦了,我悄悄踱到大门外。夜静了,院中冷清死寂;四无人声,银河畔双星正在好梦初浓。月如钩,淡淡的光辉照着这静悄悄的大地,这好像一个梦境。远远有汽车警笛声,我屏息静听,是否来了呢!但渐渐远了。只有冷静的夜幕包围着衣单霜露重。

两点钟了,大概是不回来了。让佣人都去睡觉。母亲隔着窗子说:"他一定不回来了,你睡吧!我心想母亲也是一样和我醒着,就是睡了,心也永久醒着。

八月二日

琳昨夜归来了。提笔写这几个字时。我心如绞。

和他同来的是璟弟和他的爱人岫琴。岫琴是黛的同乡,又是同学,她们很熟；所以他们未回来前，我早由黛那里听到关于岫琴和她的事。这一双爱侣在这家庭中像一对刚飞来的新燕子；谁都是充满了新奇和欣慰来欢迎他们！他们无异是爱神羽翼下藏着的幸福儿女。

岫琴是个刚健英武的女子。处处都现露出她反抗的精神。她在俄国住了一年多，还略带点新俄罗斯的气魄，在我们这种家庭中，她真是一手执着警钟，一手执着火把的改造者。我那能比她，多少镣铐加在身上，多少创疤结在心头；然而我只是早生了六年，时代就将我遗弃了。母亲对她默然摇着头。我呢！很愿知道她那个世界中的光明，透射出我这暗惨的环境。

琳！我还是喊他琳。不过他的灵魂已和我分裂了。

命运告诉我，那前面是个深黑的洞，我应该忍痛含泪一步一步走过去。前途太渺茫了，不知那里是终程。荫森的林中我只听见琳的声音，渐渐远了。我只听见幽谷中的怪鸥悲鸣。梦醒了，我是一个人在道旁涕哭！

自从昨夜到如今，琳不曾和我谈过十句话。我走到那里，他躲到那里。冰霜一般的脸，难以亲近。目光充满了凶狠的无情。昨夜回来后一定催促着佣人给他外间支张床，我给他拿出从前的紫绸被，一回手扔在地下。连张妈都莫名其妙：他和谁生气？

我一夜都不曾安眠。悄悄站在他床头，听见他鼾声如雷。等我进来了，静听仿佛有转侧的声音，并夹着低微的叹息。他心底一定有深长的隐痛。但是这隐痛是为了什么呢？无论如何想不出他讨厌我躲避我的原因。我第三次走到他床前时，低低喊着"琳"！他像在天涯地角那样远，空气激荡着我抖颤的声音，无人答应。

我颓然倒在床侧，琳归来的一夜是这样过去。

八月三日

晨曦照着窗纱时，我心里正布满了阴霾，梳洗后，走到他床前。他闭着眼，但是已经醒了。我想悄悄过去唤醒他说几句话；无奈，怕那冷冰如

铁的面孔。我已听见自己热情的呼吸了,忍不住眼中满了泪水;又怕招他生气。我急忙走开。

轻轻推开了母亲的门,母亲隔着帐问:谁?我答应了。那时我喉头凄酸如梗。母亲又问:"为什么这样早就起来,让他多睡一下,你起来一定要吵醒他。"我不知道该说什么。默然站在帐门前。母亲也觉异样。她穿好了衣裳揭起帐,望了我一眼,说:"林楠,为什么这样?"我给他折着绒毯,张妈进来打洗脸水。

今天来了不少客。大姐和黛都来了,琳对她们也很冷淡。大姐客气坐了一会就走了,黛简直莫名其妙。呆呆地望望我又望望他。

吃完饭,琳就去睡觉。连父亲都没有机会和他谈话。母亲显然有点生气了。抱怨不该请他回来。璟和岫琴似乎更为难的样子:一方面对我,一方面对琳。大有难于应付的情况。

母亲偶然揭开璟的皮箱,看见许多相夹,那里面都是他们的相。除了璟和她的外,就是琳和钱颐青小姐共摄的,多半是西湖的风景。我向琳笑了笑!母亲简直说:"啊!原来是她!"璟和岫琴都彼此望着,现出很惊惶的样子。

钱颐青小姐是我们的同乡。她在北大读书,去年为了奉系逮捕学生,她也有点嫌疑,遂逃到南京去。那时琳正在某军的军需处当处长,就让她在那里帮点忙,琳住处很宽广。岫琴、小萍、钱小姐都在那里。机会造成了璟和岫,自然也造成了琳和钱,那种浪漫的环境中自然容易发生这浪漫的爱情。去年琳在杭州养病,给我的信上曾提到钱小组病中看护他的好意。我也觉异乡作客,尤其是病中,难得钱小组这样热心,我也深深地感激她。但是我相信钱小姐是知道我的,琳呢!更不会以对我的情谊去对别人。那时,我并不会疑惑他们有超乎友谊的恋爱。

但是如今事实告诉我是这样呢!

上帝呵!我没有伟大的力量,灭熄我心底的悲愤之火。但是琳有个力量逼迫他,离开我,遗弃我,令我的生命沉落。这种局面一布置。我自然是一个最痛苦最可怜的妇人,不过他们果真能毫不顾忌的去爱吗?我怕一样是人间被命运拨弄的可怜者呢!

八月五日

昨夜我问琳:"你有什么困难问题,不妨和我谈谈,我给你想法子去解决,整天这样愁闷,也不是一回事呵!你是多么有决断的人。为什么不拿出点勇气来呢!"

问了几次。他只冷冷道:"我并没有怎样,你不要多心。"再问他时,已面壁装睡,似乎是恨多生了两只耳朵。

这时我真气愤,恨不得捶他几拳,咬他几口才痛快。

夜半他起来在暖壶里倒水喝,我拖了鞋在冰箱里拿出汽水给他,开了两瓶都喝完了,似乎是灭熄他心头燃烧着的情焰。

我扶着桌子问他:

"琳!我到底什么事情得罪了你,还是哪样事情做得对不住你?都请你明白的说出来。我在家里的生活你是该知道,一切都是为了你,侍候着爹妈,抚养着小孩,我不敢有一点怨言。你为什么反和我生这样大的气呢!无论如何,想不出令你对我恩断义绝的原因。什么难解决的事呢!告诉我,我替你想方法,只要你感到愉快幸福,我宁愿帮忙你成功。整天唉声叹气能济事吗?

父母盼望你回来,真是食不甘味,寝不安枕;而你对家庭是这样冷淡,厌绝。你看母亲这几天的面色多么难看,今天在父亲屋里哭呢!走了三年,好容易回来,你是这样态度对我,真不曾想到。"

他站起来打了个哈欠道:"我自然对不起你,不过父母也对不起我呢!不必谈这些了,你去睡吧!一直走到他床前,一翻身用绒毯盖上头又睡去了。

我呆呆地站在桌子旁。望着绿绸罩下凄凉的灯光哭了!他明明听见也不来理我。琳:我情似水,怎奈君心如铁,从前那样温柔深爱的琳,近在咫尺,远若天涯。

八月七日

今晨我刚睡着,他就来外间翻箱倒柜的闹了一阵。

黛来了,她手里拿着一大包东西,坐在床上,给我搬摆了一床:什么小洋狗、日记本、照相机、皮鞋、手绢、丝袜、衣料等等。她像小孩一样问我:"嫂嫂!三哥给了你什么?这是他刚才送我的。凡我喜欢的东西都在里头,三哥真会给女人置东西。又别致,又合意。"

我勉强笑了笑!接着她就说:"嫂嫂,我和你好,我偷偷告诉你,但是你可千万不要向三哥提起,不然他要恨我呢!"

"什么话,值得这样秘密?"

"岫琴昨天去我那里,我说你病了,她就叹起气来!我问她到底三哥为什么和嫂嫂闹别扭呢?她笑说我那里知道。我仔细打听才知道三哥的行踪。他和钱颐青要好已经有一年多了,程度很深,到底他为什么爱她,那是神秘的爱,谁也不解。也是机会造成的,他病的时候都是钱来服侍,煎汤熬药。你想一个孤男,伴着个多情有意的怨女,那能够不爱呢!在南边那种浪漫的环境中。因为她离开了南京,三哥也不办公事请上假去杭州看她去。杭州的西湖上,特别租了一座楼房,他说在杭州养病,什么病伴?她的病!三哥对她的事,向璟他们也不常提到,想法子解决罢,他也无从下手。正式和她结婚,怕钱小姐还不愿意呢!也许有目的。醉翁之意不在酒。三哥是老实人,假如要是不老实,他也不会如此傻,回了家对嫂嫂这样,你也不要难受,将来他和钱怕不能常久聚着,据闻钱想回广西去;隔离后,爱情慢慢就淡了,楠嫂!那时三哥还是你的。这次你不要留在家里了,你还是跟着三哥去,外国人的夫妇,从来不能离开的,一离开就保不了险。只有中国,男人在外面做买卖混事十多年不回家,女人在家里睁眼泪合眼泪的熬着。所以文学的表现,总是什么闺怨、寄外、寒砧明月、阳关归梦,说不尽那些春愁秋恨,悲欢离合。"

她说的我笑了,黛的小嘴真能说,无怪乎琳昨天对母亲说,黛妹有点像王熙凤呢！

吃了点百合粉，我想挣扎起来。明天是父亲的生日，一切事都要我去张罗，要不然母亲又该抱怨了，琳虽然可以不理我不爱我，但是我对他的家庭却不离开，一天总要负相当责任。岫琴笑我旧道德观念深，我也无法，我完全在这环境中势有所不能反抗。因为我已是时代的牺牲者了。岫琴有一天正式和璟结了婚，她的地位和我就不一样。谁都觉她是可以当客人一样坐着瞧，坐着吃，坐着说笑是应该，我的环境地位就不能了，我是娶来的媳妇，不是请来的爱人。

八月九日

什么事有了隔膜。就有了痛苦。谁都不肯披肝沥胆的说出来，本来想哭，还要咽下泪去换上笑容；本是讨厌你这个人，而表面还要做作多少亲热的样子，这虚伪敷衍简直是中国人的美德，充满了社会，充满了家庭，充满了个人。我真恨，然而我不能不这样做，那个环境允许你把赤条条的本性供献出来呢？

我的家庭：老的有心事有痛苦，小的有心事有痛苦，除了那三个天真未凿的小孩外，连来的客人都有心事有痛苦。

昨天父亲过生日，表面上多么热闹，来了不少的客。黛更是高兴了，跑出跑进，那里也有她的声音，那里也有她的影子。琳说她是赶戏台的，那一个舞台下也有她的角色点缀着。我真爱她，大概谁也爱，人又能干，长的又清秀，性情更是温柔和蔼，看什么地方她应付的恰如其分，一点也不讨厌。她在学校教书赚来的钱，一个人用不清，无拘无束，更无牵挂，不受任何人的欺凌，也不看任何人的脸色；她真幸福！假使我有她那点程度，也不拿琳当生命：似乎成了他的玩具，爱时就可享福，恨时就要受罪，弃了你只可在道旁哭泣！也不敢像娜拉一样发脾气关上门就走了。

午餐时，岫琴和黛都喝醉了，琳也有几分。

岫琴大概心中有事，喝了几杯，没有浇愁反而引起愁来了，睡在璟的床上,打着滚痛哭!她真是解放的女子,一切都不在乎,不介意。母亲在背后骂她野姑娘,一点礼貌都不懂,不怕人笑话。父亲过生日她哭,也该有个忌讳。其实他们那管这些,在外面惯了,想喝酒就吃个烂醉如泥,不论笑震天哭翻地也是自由,谁敢管?我看璟和岫将来最好组织小家庭,如果在这大家庭中,那能生活呢!处处都是新旧不相融的冲突。母亲总是说:"你们真是幸运,像我们从前做媳妇,什么都是自己做,白天站一天给公婆装烟倒茶,晚上还要给小叔小姑们做鞋袜。谁像你们,整天玩,公园电影场跑个不嫌烦呢。"她老人家不说相差了多少岁数,只说她少年时的受苦受罪。她羡慕我们,而我们还觉得不满意这种生活呢!

昨夜三点钟才睡,我本来精神就不好,又累了一天,洗完脸我就晕在椅子上起不来;琳看着我他都不过来问问我怎样了。

我勉强扶着墙走进里间,倒在床上悄悄地流泪!不禁想到我自己的身世,想想这世界上除了琳谁是我的亲人。父母早死了,兄弟姊妹没有一个。孤零零来到他魏家,受了无数的虐苦;但是觉世界上只要琳爱我,我在他家里忍受点痛苦也不算什么。十五年这样过去,我没有埋怨过自己的命运。如今。维系我幸福的链子断了,我将向黑暗的深涧沉落下去。

哭的疲倦了。我回头看看小蓉可爱的睡靥;我的泪都流在她脸上,她脸上有过母亲伤心的泪痕,除了她,只有天知道我的悲痛。夜半,我起来去看琳,他头向里睡着;我无意中去摸了一下他的头,忽然觉着手上沾了水,呵!我知道了。琳也在偷偷哭呢!心中更觉难过,我伏在他身上问他:"琳!你为什么?"他默然。连着问了他三次,他一揭被单,翻起身来气冲冲的说:"我明天搬到旅馆去,晚上都扰我睡不着,我还不知你为什么呢?"

我不是怕他,但是我为了息事宁人,我忍下去了。

八月十一日

黛今天来了。刚从瑾弟房里走到我屋,她看见我这愁眉苦眼的样子,不禁叹了口气说:"你们的家庭怎么好,喜欢的太喜欢,忧愁的太忧愁。我也真不知该怎么处?走到东屋你们演悲剧,一走到西屋,他们演喜剧。你还是和琳哥说清楚点,他到底怎样态度呢!仅这样也不是一回事啊!时代已经变了。而且你也是师范毕业的学生,受过相当的中等教育,犯不上真个屈伏在如此家庭中过这样的痛苦的日子。楠嫂,我完全同情你,怜恤你,并且可以援助你。老是哭,气的病,也不能解决这问题呵!

"我和他说什么呢!他只是一个不理你,我也知道我们中间是完全分割了,什么维系,在爱情方面是勉强不来的。他自然也是很痛苦,爱的人不能结合,不爱的人偏常在眼前。而且是挥之不去,驱之又来的讨厌他。在如今,他正式和我离婚未尝不可。不过伯父母不愿意,我一半固然是他的妻子,而我一半还是父亲母亲的媳妇,他们是正在需要着我,如果我去了。后来的人谁能这样长年在家里陪伴着他们。母亲先前不满意我,觉得我没有她们当媳妇时的勤苦,但是要拿我比上岫琴;那就我完全是个旧家庭中的妇人。而她呢,正是改革这类家庭的反抗者。她只能作璟的爱人,她不能当媳妇。我走罢,未必离开魏家真就讨饭吃。就是出去当佣工,也可以维持我自己的衣食,不过我有点留恋。莲、兰、蓉三个孩子,我怎忍心让她们尝受失掉母亲的痛苦。小莲已经懂事了。不要看她是聋子,她看见我哭时,她也哭!有时夜间她听见我哭,自己跳下床,跑到我身畔来抱着我:'妈妈不要哭,妈妈不要哭!'小兰昨天告妈说:'奶奶!爸爸和妈妈淘气,气得妈妈哭!你为什么不说爸爸呢?'她们小灵魂内已经知道我是可怜的妈妈了,假使我真走了。那她们的命运更是不堪设想了;因之,我宁愿为了她们,使我置身在这苦痛中生活。

我正和黛谈着,琳让云香来请她。

一会汽车喇叭响了,是他们去看电影。

黛来到这里也是左右作人难。然而她真能干。那一面都处的非常圆满,毫无破绽。

我想黛劝我解决的话,也许是琳故意托她来探我的口气,预备由我和他提出离婚,假使果然如斯。那琳的心也太狠毒了。他既和我决绝,然

而表面并不现出什么来,对着人有时还要有意和你开玩笑。妈已经有点不满意了,说琳不回来是盼他回来;回来了又故意找闲气令他不喜欢,她不怪儿子,反而怪我。

我连哭都不能哭,哭了他们骂我"逼他走"。琳自己也再三说家庭苦痛,一刻都不能忍,谁曾替我设身处地想一下。

昨天岫琴说:"这家庭真教人气闷,爽性公开出来也痛快。谁都不肯揭掉假面具,不彻底的敷衍。过几天我想回家看母亲去了,我住在我嫂嫂那里也是气闷,整天拿着我的婚姻问题寻开心。来到这里又是这样别扭。真是你,楠嫂沉得住气,要是我早跑了,璟常向我夸他的家庭好,和气,爹妈的脾气都不怪,来到这里一瞧。满不是那么回事呵。老实说,楠嫂,我真有点悔了。琳哥和你也是相爱的夫妻。如今为了个钱颐青弄得这样结果。璟将来还不是这一套,哼! 男人的心靠不住。"

她不知为什么反向我发牢骚。我没有说什么,只笑了笑!

八月十五日

这几日我心情异常恶劣,日记也不愿写了。

我想到走,想到死,想到就这样活下去。

(见《中央日报·红与黑》第四十二、四十三号。一九二八年十月十七日,第一、二、三、四版;十八日,第一、二、三、四版。原署名评梅。)

忏　悔

许久了,我湮没了本性,抑压着悲哀,混在这虚伪敷衍,处处都是这箭簇,都是荆棘的人间。深深地又默窥见这许多惊心动魄,耳聋目眩的奇

迹和那些笑意含刀，巧语杀人的伎俩。我战栗地看着貌似君子的人类走过去，在高巍的大礼帽和安详的步武间，我由背后看见他服装内部，隐藏着的那颗阴险奸诈的心灵。有时无意听得许多教育家的伟论，真觉和蔼动人，冠冕堂皇；但一转身间在另一个环境里，也能聆得不少倾陷、陷害，残酷过人的计策，是我们所钦佩仰慕的人们的内幕。我不知污浊的政界，也不知奸诈的商界，和许多罪恶所萃集的根深处，内容到底是些什么？只是这一小点地方，几个教室，几个学生，聚天下英才而教育之的学校里，也有令我无意间造成罪恶的机会。我深夜警觉后，每每栗然寒战，使我对于这遥远的黑暗的无限旅程更怀着不安和恐怖，不知该如何举措，如何忏悔啦！

　　我不愿诅咒到冷酷无情的人类，也不愿诽议到险诈万恶的社会，我只埋怨自己，自己是一个懦弱无能的庸才，不能随波逐流去适应这如花似锦的环境，建设那值得人们颂扬的事业和功绩。我愿悄悄地在这春雨之夜里，揩去我的眼泪，揩去我忍受了一切人世艰险的眼泪。

　　离母亲怀抱后，我在学校的荫育下优游度日。迨毕业后，第一次推开社会的铁门，便被许多不可形容描画的恶魔系缚住，从此我便隐没了。在广庭群众，裙屐宴席之间周旋笑语，高谈阔论的那不是我；在灰尘弥漫，车轨马迹之间仆仆之风霜，来往奔波的那不是我；振作起疲惫百战的残躯，复活了业经葬埋的心灵，委曲宛转，咽泪忍痛在这铁蹄绳索之下求生存的，又何尝是我呢？五年之后，创痕巨痛中，才融化了我"强"的天性，把填满胸臆的愤怒换上了轻浅的微笑，将危机四伏，网罟张布的人间看作了空虚的梦幻。

　　有时深夜梦醒，残月照临，凄凉（静）寂中也许能看见我自己的影子在那里闪映着。有时秋雨淅沥，一灯如豆，惨淡悲怆中也许能看见我自己的影子在那里欷歔着。孤雁横过星月交辉的天空，它哀哀的几声别语，或可惊醒我沉睡在尘世中的心魂；角鸱悲啼，风雨如晦的时候，这恐怖战栗的颤动，或可能唤回我湮没已久的真神。总之，我已在十字街头，扰攘人群中失丢了自己是很久了。

其初，我不愿离开我自己，曾为了社会多少的不如意事哀哭过嗟叹过，灰心懒意的萎靡过，激昂慷慨的愤怒过；似乎演一幕自己以为真诚而别人视为滑稽的悲剧。但如今我不仅没有真挚的笑容，连心灵感激惭愧的泪泉都枯干了。我把自己封锁在几重山峰的云雾烟霞里，另在这荆棘人间留一个负伤深重的残躯，载着那生活的机轴向无限的旅程走去，——不敢停息，不敢抵抗的走去。

写到这里我不愿再说什么了。

近来为了一件事情，令我不能安于那种遗失自己——似乎自骗的行为；才又重新将自己由尘土中发现出，结果又是一次败绩，狼狈归来，箭锋刺心，至今中夜难瘥，隐隐作痛；怕这是最后的创痛了！不过，我愿带着这箭痕去见上帝，当我解开胸襟把这鲜血淋漓的创洞揭示给他看的时候，我很傲然地自认我是人间一员光荣归来的英雄。

自从我看了亚米契斯的《爱的教育》之后，常常想到自己目下的环境，不知不觉之中我有许多地方都是在试验她们，试验自己。情育到底能不能开辟一个不是充满空虚的荷花池，而里面有清莹的小石，碧澈的水波，活泼美丽的游鱼？

第一次我看见她们——这幻想在我脑中成了一个亟待解决的问题，许多活泼纯洁、天真烂漫的苹果小脸，我在她们默默望着我行礼时，便悄悄把那付另制的面具褫去了。此后我处处都用真情去感动她们。

有一次，许多人背书都不能熟读，我默然望着窗外的铁栏沉思，情态中表示我是感到失望了。这时忽然一个颤抖的声音由墙陬发出：

"先生！你生气了吗？我父亲的病还没有好，这几天更厉害了，母亲服侍着也快病了。昨夜我同哥哥替着母亲值夜；我没有把书念熟。先生！你原谅我这次，下次一定要熟读的。先生！你原谅我！"一个十二岁的小女孩，她的头只比桌子高五寸。这时她满含着眼泪望着我，似乎要向我要怒宥她的答复。"先生，芬莱的父亲因为被衙门裁员失业了，他着急一家的衣食，因此病了。芬莱的话，请先生相信她，我可以作证。"中间第三排一个短发拂额的学生，站起来说。

"先生！素兰举手呢！"另一个学生告诉我。

"你说什么？"我问。

"先生！前天大舅母死了，表姊伤心哭晕过去几次，后来家人让我伴她到我家，她时时哭！我心里也想着我死去五年的母亲，不由得也陪她哭！因此书没有念熟，先生……"素兰说着哽咽的又哭了！

我不能再说什么，我有什么理由责备她们？我只低了头静听她们清脆如水流似的背书声，这一天课堂空气不如往常那样活泼欣喜，似乎有一种愁云笼罩着她们，小心里不知想什么。我的心确是非常的感动，喉头一股一股酸气往上冲，我都忍耐的咽下去。

上帝！你为什么让她们也知道人间有这些不幸的事迹呢！？

春雨后的清晨，我由别校下课赶回去上第二时，已迟到了十分钟。每次她们都在铁栏外的草地上打球跳绳，远远见我来了，便站一直线，很滑稽的也很恭敬的行一个童子军的举手立正，然后一大群人拥着我走进教室，给我把讲桌收拾清楚，然后把书展开，抬起她们苹果的小脸，灵活的黑眼睛东望西瞧的不能定一刻。等我说："讲书了。"她们才专神注意的望着我看着书。不过这一天我进了铁栏，没有看见一个人在草地上。走进教室，见她们都默然的在课堂内，有的伏着，有的在揩眼泪，有的站了一个小圆圈。我进去行了礼，她们仍然无精打采的样子。这真是哑谜，我禁不住问道：

"怎么了？和同学打架吗？有人欺侮你们吗？为什么不高兴，为什么哭？因为我迟到吗？"我说到后来一句，禁不住就笑了。"不是，先生，都不是。因为波娜的父亲在广东被人暗杀了！她今天下午驱车南下。现在她转来给先生和同学们辞行。你瞧！先生，她眼睛哭得像红桃一样了。"自治会的主席，一个很温雅的女孩子站起来说。"什么时候知道的！唉！又是一件罪恶，一支利箭穿射到你们的小心来了！险恶的人间，你们也感到可怕吗？"我很惊惶的向她们说。

"怕！怕！怕！"许多失色苍白的小脸，呈现着无限恐怖的表情，都一齐望着我说。

我下了讲堂,走到波娜面前,轻轻扶起她的头来,她用双手握住我,用含着泪的眼睛望着我说:"先生!你指示我该怎么好,母亲伤心的已快病倒了。我今天下午就走。先生,我不敢再想到以后的一切,我的命运已走到险劣的道上了,我的希望和幸福都粉碎成……"她的泪珠如雨一般落下来。"波娜!你不要哭了,这是该你自己承受上苦痛扎挣的时候到了。我常说你们现在是生活在幸福里,因为一切的人间苦恼纠葛,都由父母替你堵挡着,像一个盾牌,你们伏在下面过不知愁不认忧的快乐日子。如今父亲去了,这盾牌需要你自己执着了。不要灰心,也不要过分悲痛,你好好地侍奉招呼着母亲回去。有机会还是要继续求学,你不要忘记你曾经告诉过我的志愿。常常写信来,好好地用功,也许我们还有再见的机会……"

我说不下去了,转身上了讲台,展开书勉强镇静着抑压着心头的悲哀。

"我们不说这回事了,都抬起头来。波娜!你也不要哭了,展开书上这最后一课吧!你瞧,我们现在还是团聚一堂,刹那后就风吹云散了。你忍住点悲哀罢,能快活还是向这学校同学、先生同乐一下好了。等你上了船,张起帆向海天无际的途程上进行时,你再哭吧!听我的话,波娜!我们今天讲《瘗旅文》。"

我想调剂一下她们恋别的空气,自己先装作个毫不动情漠然无感的样子。

无论怎样,她们心头是打了个不解的结,神情异常黯淡。

下课铃摇了!这声音里似乎听见许多倾轧陷害,杀伤哭泣的调子。我抬起头望了望波娜,灰白的脸,马上联想到(她那)僵毙在地上,鲜血溅衣惨遭暗害的父亲。人间这幕悲剧又演到我的眼前;如此我只有走了。匆匆下了课,连头都不曾抬就走出了教室。隐约听见波娜和她们说话的声音,和许多猛受了打击的惊颤小心的泣声。

我望望天上无心的流云,和晴朗的日光;证明这不是梦,也不是夜呢!

第二天上课时，她们依然神情颓丧，我的目光避躲着波娜的空位子，傍近她的同学都侧着身体坐着，大概也是不愿意看见那个不幸的地盘。那日下午那个空位子我就叫素兰填补了。

自从那天起我们都不愿意谈到波娜，她们活泼的笑容也减少了，神态中略带几分恐怖顾虑的样子，沉默深思，她们渐渐地领略了。我怨恨这残毒万恶的人间呢！污染了这许多洁白的心灵！求上帝，允许谅恕我的忏悔吧！我愿给我以纯真如昔的她们，不再拿多少未曾经见的罪恶刺激残伤她们。

平常一件不经常的小事，有时会弄到不可收拾、救药的地位。罪恶都是在这样隐约微细中潜伏着，跃动着。

学校里发生了一宗纠葛不清的公案，这里边牵涉到素兰。我一直看着她宛转在几层罗网几堵石壁中扎挣，又看见她在冷笑热讽威赫勒逼中容忍；最后她绞思焦虑出许多近乎人情的罪恶来报恩，她毅然肩负了一切，将自己作了一个箭垛，承受着人们进攻射击而坦然无愧于心。多少委曲求全，牺牲自己来护别人的精神，这是最令我惭愧的，汗颜的。

我曾用卑鄙的态度欺凌她，我曾用失望的眼光轻视她；我曾用坚决的态度拒绝她，我曾用巧语诱惑她。如今我忏悔了，我不应随着多数残刻浅薄的人类，陷她在极苦痛中呻吟着；将她的义气侠性认为罪恶，反以为这是自己的聪明。

当她听了我责备她的话时，她只笑了笑说："先生！我希望你相信我，我负了这件罪恶时，却能减少消失一个人的罪恶，我宁愿这样做，我愿先生了解我，我并不痛苦！"她面色变为灰白了。

"我爱我死（去）的母亲之魂，如我的生命；先生！我请母亲来鉴谅我，这不是罪恶，这是光荣。"她声音颤抖的说。

当我低头默想这件事的原因时，她已扶着桌子晕过去了！

四周都起了纷扰，吓的许多女孩望着她惨白的面靥哭了！我一只手替她揩着眼泪，一只手按着她搏跃的心默默祷告着，愿她死去的母亲之灵能原谅我的罪过，我悄悄说："让她醒来吧！让她醒来吧！"

从三点钟直到五点钟,她在晕迷中落泪,我也颤抖着心,想到人间的险艰,假如她真个是牺牲上自己代别人受过时,那么我们这些智慧充分,理智坚强的人,不是太对不住她了吗?可怜她幼无母亲的抚爱,并遭继母的仇视,因此她才得了神经衰弱之疾,有一点刺激便会昏厥不醒的。她在无可奈何中,寄居在舅母家,这种甘苦我想绝不是聪明的人所能逆料到的吧!每次读到有关慈母或孝养的书时,她总泪光模糊的望着我。我同情她,我也可怜她,因此我特别关心挂想这无人抚管的小孤女。但是这一次我是不原谅她,因为我自认她曾骗过我。

她晕厥去的那一夜,我曾整夜转侧不能入寐,想到她灰白的面庞和黑紫的嘴唇,我就觉得似乎黑暗中有种细小的声音在责备我。我一直在悬着心怕她有意外,假如她常此失去健康,那我将怎样忏悔这巨大的罪戾呢?我想到母亲,她在炮火横飞的娘子关内,这时正在枕畔向我祝福吧!母亲!我真辜负了你濒行的教诲和嘱咐。

翌晨我去学校,打听了她的住处,我拟去看素兰,后来莲芬说我不去好,怕她见了我又伤心。打电话去问时,说她病已有转机了。

为了这件事,我痛心到万分,自己旧有的创痕也因此崩溃。

几周后,素兰来校上课了,她依然是那样沉默着,憔悴的脸上,还隐约显着两道泪痕,我不忍仔细注视她,只微微笑了笑,这也许表示忏悔,也许是表示欣慰!

事情就这样糊涂了结。作文时,我出了"别后"的题目,素兰写了一封信给她死去的母亲,是这样说:

亲爱的母亲:

我已经觉着模糊中能看见你慈祥的面容儿,但如今又渐渐在清醒中消灭了!我是如何的怅惘呵!这件事我想你的阴灵该早知道了,不过母亲,我不能得任何人了解同情的苦衷,我该诉向母亲的,母亲!你知道吗?

在一月前你的侄儿翔持着一封信,托我顺便带给莲芬,不解事的我,便不加思索的带给她。母亲呵,我那知道这是封冒名的情书。

学校先生叫了我去盘诘,但我因顾及翔的前途,不敢直说,终于说了个'不知道'蒙哄过去。

奇怪呵!每天在我书桌上笑盈盈督促我用功勤读的你的遗照,竟板起面孔来向着我。这时我的良心也似乎看见你的怒容叱责我:"你为什么欺骗先生,小孩子不应该说谎话。"

我是小孩,我那知道人事情形是如此复杂,我鼓起了勇气,到先生处以实情相告,如释重负般跑到家里,预料到你一定是笑盈盈的迎我了。那知事实与理想是常常相背的,你依然郁郁不乐的向着我。我现在说实话了,为什么你还不乐呢?隐约中良心又指示:"你竟这样的糊涂,虽然说了实话,但翔将如何?翔的前途便因你这一句话完全布满了黑暗和惊涛。"他原罪有应得,不过舅父对你那样好,你忍心看他的爱子被学校惩罚革除吗?母亲,我那样真不知怎样才好,不实说,将蒙欺骗之罪对不起先生,实说了,翔将不利又对不起舅父。终于用我幼稚愚拙的脑筋,想了一个我认为最完善的办法。

第二天,我鼓起那剩余的勇气,毅然决然的再到先生处,去实行我昨夜的计划——代翔认过——然而不幸又被莲芬指破,她不忍看我受先生的埋怨,她不忍见先生失望我是如斯无聊的一个学生,她将我代翔受惩以报答我恩深义重的舅父一番心都告诉了先生,我真悔,无论如何不该告诉莲芬以致泄漏。母亲呀!请你特别原谅我,因为我意志不坚,想及代翔认过后的前途和名誉,不免有点畏缩;但你的影子,你的话,都深深缭绕于我的脑际,又使我不得不自认。终于想了这个拙法告诉莲芬,在我的愚笨心理以为有一个人知道我的曲衷,就是死也不冤枉了。

不幸翔家人都认为我诬赖翔,学校先生也疑惑我诬赖翔,都气势汹汹的向着我,我宛如被困于猛兽之林的一只小羊。而且翔的姐姐到先生处声辩质问,先生又叫我去审问。母亲呵!我为了你,为了翔,为了恩深情重的舅家,我最后,承认冒名情书是我写的,以前的话是虚伪的。我只能说这一句,别的曲衷我不愿让表姐知道的,那知

先生说：

"这封信原来就是你写的，我万想不到你是这样一个学生，我白用苦心教你了。你一直在欺骗我，你说的话以后教我怎能相信？素兰，我白疼你了，你对不起我，也对不起亡去的母亲。"这话句句像针一样刺着我，我不能分辩，只默受隐忍着这不白之冤；不过先生又用慈悲的眼光望着我，她似乎在我坦然的态度上看出了我是代翔认过的情景真实了。但是，母亲，这几天的惊恐，颤栗，劳疲，绞思，到如今不能支持了，我的小心被这些片片粉碎了。我的神魂失主了，躯壳也倒地了……醒来，父亲抱着我，继母没有来，舅母和表姐和翔都含泪立在床畔，我欣慰中得到一种可骄傲的光荣。你的遗照上满布了笑容，而且你似乎抚慰我说："兰儿！努力你的功课吧！这点小事不必介介于怀呵！如今她们都了解你了，翔的前途也无危险了，不过你告翔以后务要改过谨慎，星星之火足以燎原，连你也要记着！"

正在热望你复活的爱女
素兰

我深夜在灯下读完这篇作文时，我难受的落下泪来！我在文后批了这几句话：

"我了解你，不过我怨恨人类，连自己。这次在我心版上深印了你的伟大精神，我算一件很悲哀、残忍、冷酷、庄厉的罪恶忏悔着。愿你努力读书，还要珍爱你的身体；母亲在天之灵是盼望你将来的成就，成就的基础是学问和身体。"

四月十号清华园归来后完稿

（见北平女一中所编《女一中季刊》第二期，一〇六至一一五页。原署名评梅。这期为女一中十五周年纪念号，一九二八年五月六日付印。）

戏 剧

这是谁的罪?

剧中人物

王甫仁　年约二十余,美国留学生
陈冰华　年约二十余,甫仁女友
李素贞　年约二十余,甫仁之妻
王老爷　甫仁父,年约五十余
王太太　甫仁母,年约四十余
王　贵　甫仁家中之仆
春　香　甫仁家中之婢
马　利　陈冰华在美时佣人
男女傧相各二人
赞礼人一人
李钧卿　李素贞之父
胡葆中　媒人

第一幕　求　婚

布　景　西式读书室,靠右面桌上置一列洋装书籍,鲜花数瓶,桌右置靠椅一。左面置一衣架,旁放一圆式茶几,上罩白线毡,置茶具数事,古花瓶一,靠左面置一衣架,尽头为门。开幕后冰华坐椅上作看书状,马利在旁整理桌上书籍,电铃响,马利出同时王甫仁入,冰华同甫仁握手。

王甫仁　密斯陈,近来好吗,一礼拜没有见面了。(甫仁将幅子同手杖置衣架上,二人同坐于靠椅上)

冰　华　我很好,就是这几天我心里很闷,许多天也没有接到国中来信;我正预备访你去谈谈,可巧你就来了,有什么新闻告诉我吗?

甫　仁　我昨天接到家里来信,令我赶快回国,说已经毕业,不必在这里久留;因为家慈很记念我的缘故。可巧昨天晚上有几个朋友来约我一块儿回国,他们定在下星期一,因为适好那天有船去中国。我愿意我们一块儿去,但不知道你能预备及吗?

冰　华　很好!就是下星期一吗?还有三四天工夫,有马利帮我,我想没有什么预备不及,就定在下星期一吧。但是船票你购了没有?

甫　仁　这倒不必你用心,我昨天已告诉他们了。临时多买几张好了。

冰　华　咳,光阴真快呵!我们想起五年前在上海的时候,许多朋友送我们上船来美国的那种情形来,依然还在眼前,觉得没有多大工夫,转眼就离国五年了。我想现在我们回去,和我们来的时候,这当中的变迁,不晓的几经沧桑了?

甫　仁　是的,我每每接到朋友来信说,现在中国一般青年,对于现在中国社会的黑暗,国家的萎弱,他们很有志改建,那么中国前途的胜利,全在我们一般青年了。

冰　华　我常想我们这次回国去,对于社会国家,要有种切实的贡献。但我想我们五年在海外,对于国内现状,不免有许多隔膜,到底我们回国去,对于社会国家的改良,先从什么地方入手呢?

甫　仁　我们现在处在中国这种情形之下,我们为国民的责任,比较别国的国民责任更大!而我们这般在海外的留学生,将

来回国后，更应加倍的负担，作个改良社会的先导！但我未到美国之前，看到许多留学生，当他们未回国的时候都是抱了极大的目的，并且都是主张拿良心去作事。但归国后未到一二年依然敌不过环境的软化，作起坏事来，更会出花样。所以我以为我们这次归国，就是注意不要被环境无形的软化，这是我们第一步的预备。至于说起改良社会国家的根本问题，据我的意思，应当先解决家庭问题。不知道你以为怎样？（马利持茶同点心上）

冰　华　我听到你这些议论，我真佩服你的高见。我们中国那样暮气沉沉，黑暗腐败的家庭中间，着实不知道牺牲了多少有用的青年，而一般男女同胞在那地狱中度生活的更不知道有多少？不从根本去推翻改造，我想绝对不能正本清源。

甫　仁　至于说到根本问题，第一件要解决的，就是婚姻要做到自由结合，因为家庭以夫妇两人为单位，若不是性情十分相合和爱恋的万不能免了种种的冲突；那便是好好一个家庭也变成地狱了！所以我的主张，解决家庭问题第一步，先要做到结婚的自由。但是，密斯陈！我说到这里，我要请密斯陈原谅我的冒昧！

冰　华　王先生有什么话说请你，何必这样客气呢！

甫　仁　我想我们自从到美国后，同学五年；密斯陈的道德学问，我是很佩服的；至于说到改良家庭社会的意见，尤其是志同道合，丝毫不差异的。我所以早想在你面前，提出一种请求，可是苦于没有机会，现在回国在即，不能够再容忍了！所以今天我大胆提出一种数年来心坎里的愿望。

冰　华　你有什么事可以请说，何必这样半吞半吐呢？

甫　仁　我们的感情既已如此，我愿意……我就是愿意我们俩永远结合……组织……组织个良善的家庭，然后再拿这种精神推广去改良社会国家，不但是能贯彻我们的主张，并且能得永久的幸福；但不知道密斯陈你能够……能够应许我吗？

冰　华　（低头不语作沉思状）我们五年在海外同学，彼此性情十分和洽而且互相了解的，你今天提出这种意思，我现在是已经明了……

甫　仁　（取出戒指交于冰华）从今日起，我们俩互相尊重神圣的爱情，希望你将我的微物，常常不离你的玉手。（对视不语者久之）我们俩从此可以享美满的幸福了,谢爱的神！你东西可以早点预备，我还要到几位朋友地方辞行去，我们星期一再见吧！（甫仁走出，冰华送到门口握手而别）

冰　华　（笑而拍手）啊呀！想不到我又要回国了！（目注视戒指者久之）

（闭幕）（第一幕完）

第二幕　回　国

布　景　家庭式，中间置方桌，上置古花瓶二，座钟一，老书数套，茶具数事。旁置二椅左首为门，右首一小茶几，旁置一靠椅。开幕后，左首为甫仁母王太太，背后立丫头春香，手持水烟袋。

王太太　春香你看现在几点钟了？

春　香　（向桌上看钟后说）已经三点多钟了。

王太太　王贵不是去接你少爷吗？干吗还不见回来，你去请你们老爷去。（春香下，同王老爷上）

王老爷　太太你请我有什么事情？

王太太　就是说现在已经三点多钟了，干吗甫仁那孩子还不见回

来？莫非是你把信看错吗？或者不是今天回来？

王老爷　啊！我还没有老到那种地步，又没有眼花！怎能看错哩！我想他如今天来，大概也快了。怎么王贵还不见回来？春香你去看王贵回来了没有？（春香下）（春香同王贵上）

王　贵　老爷，太太，我们少爷回来了。（手提行李等物）

王太太　在哪里？（甫仁上）

甫　仁　爸爸，妈妈，我回来了！（行一鞠躬礼）

王太太　甫仁你累了！赶快坐下吧。春香赶快与你少爷倒茶去，王贵你告诉厨房预备饭去。（向甫仁）你在路上好吧，走了几天？

甫　仁　托大人的福，一路很平安，走了一个月，因为适好逢到回国的船，没有担搁的缘故。

王老爷　甫仁你这次五年在国外，现在总算学成归国，我和你母亲都是很喜欢的，心愿算完了一半了。但是你的终身大事还未完结，我是顶不放心的，恰好前个月接到你信说不久回来的话，隔壁胡大爷就与你作媒，说的是李家你表妹，也是师范刚毕业，我想你没有什么不愿；所以我已拿了主意，给你订婚了。过几天择个吉日，就可完了这件大事啦。

王太太　你父亲为你也费了许多心思，我想你没有什么不愿意吧！

甫　仁　（面色惨白）爸爸，本来这件事，我是应该没有问题的，应该敬遵父亲的，但我有极为难的地方，还要请父亲原谅，就是我已在美国同一位同学陈女士订婚了！所以请父亲回绝李家的亲事罢！

王老爷　什么？你在美国已同什么女士订婚了吗？

甫　仁　是的，是陈冰华女士，我在美国的同学。

王老爷　这没有什么难解决的问题，你同她是自由订婚的，那么，现在你可以告诉她说家中已给你订婚了，可以自由离婚的。解除婚约是极容易的事情，那又有什么为难呢？

甫　仁　我同陈女士的感情，既到订婚了，双方自是没有间隙，我怎

么能解除婚约呢！况且我决不能无缘无故的负她,同她离婚。还请父亲原谅我——解除李家的亲事。

王老爷 嗐！怎么你能不先禀告父母,在外边私定婚姻？现在你反拿着暧昧不明的婚姻,来反抗我给你订的冠冕堂皇的婚姻吗？

甫　仁 请爸爸不要生气,我也不是反抗父命,不过想这婚姻问题是我自身的问题,必须自己解决,旁人不能与问的。我们中国现在旧家庭的恶习,听了什么媒人的一片胡言乱语,强为撮合,使平素并无感情并不相识的,强为组织一个家庭,所以酿出许多的坏结果来。我在美国参观他们许多家庭,知道他们所以能够如此美满的原因,就是因为他们是由自由恋爱而结婚的。

王老爷 哈！这种话我一点都不懂。常听人说：你们留学生在外国,尽讲什么自由恋爱,自由结婚,不讲礼义廉耻,你要知道各国有各国的风俗人情,怎么好拿美国的野蛮风俗,来比我们礼义之邦呢？你岂不知道父母之命,媒妁之言,是结婚必经的手续吗？

王太太 甫仁你细想想看,不要教你父亲生气,事情尽可慢慢地从长计议。

王老爷 你到美国几年我以为你一定有点见识,有点学问,哪知道你竟一味习了些外国皮毛,肚里面是空空如也。你还有面讲给我听呢？现在是我与你作主订婚了！你要怎么样？如你还要违背我的命令,我也不再来干涉你了。咳！居然有这种逆子……(顿足走入幕内)

王太太 甫仁你不要惹你父亲生气,顶好你就将这回事情,详细对陈小姐说,或者她能原谅你！

甫　仁 娘呵！你不知道我的心呵！……(悲痛状)我假若顺了爸的命,叫我怎对得住我亲爱的冰华呵？……(哭)

531

王太太　甫仁呀,你刚回来累极了!千万不要再伤心,你要哭坏了,叫我怎么样哩?有事可以慢慢的计议,你不要着急吧!

甫　仁　真叫我进退两难,冰华呵……我负你了……(痛哭)

(闭幕)(第二幕完)

第三幕　公　园

布　景　公园中置一游憩椅,散置花数盆。开幕后王甫仁呆坐于椅上,低头作沉思状,看表说:已经四点半了怎么还不见来呢?起,在地上低头散步。(冰华上)二人握手,同坐椅上。

甫　仁　我现在受家庭的专制,我做了负心人……冰华我负你了……(痛哭)

冰　华　(作出极勉强的样子)这桩事我接到你的信以后,我就细细地想了……人事的变迁,真是万料不到的。

甫　仁　冰华!我想为保障我们神圣的爱情,也能够拒绝父命,脱离家庭,但我的双亲年高,只我单生独子。假如我和他们决裂,我实在是有点对不住良心。我的父亲,又那样激烈脾气。咳!叫我怎对的住我的冰妹哩……

冰　华　咳!咳!我既然拿神圣的爱情对你,我总要成全你这番孝心,体会你这片苦心,我倒没有什么难解决的。咳!专制!专制!就是万恶的泉渊,我们又何必作这无益的悲伤呢?现在我们圆满的希望,人生的幸福,虽被一阵横风吹散;但是我们还有家庭内未了的琐事,社会上应尽的义务……唉!罢了!只好像我们从前没有这回事一样。

甫　仁　我现在对于什么家庭,社会,国家里的事情,我实在是无心过问了,此后株守家园以终余生罢了!我自身的问题,尚且不能解决,怎么样叫我过问旁的事哩!

冰　华　咳！你哪里可以从此灰心短志，将你在美国时的怀抱、志愿，一旦受爱情上小小的刺激，遂付之流水。我劝你不要英雄气短，儿女情长，你不要以为负我，只好埋怨你自己的家庭，我不怨你，只怨我自己的命运；为什么生在这种新旧交替的社会呢？……我们婚约虽解，友谊仍在，如你不以我陈冰华愚陋可弃，那依然我们是好朋友，何必求全责备呢！

甫　仁　咳！冰华呵！我感激你能原谅我，更能劝导我，安慰我，但是早知今日何必当初哩！咳！家庭的专制，就是剥夺人生幸福的工具吗？

冰　华　咳！这种事情，谁还愿意提到吗！（痛哭）我现在原物归君，从此后……（脱戒指还甫仁）我现在再拿我们的交情，我临别还希望你……我进个末后的忠告：就是我希望你从此将昔日的那种缠绵委宛的情，一剑挥断，宽怀释念。将来拿对我的这种感情，推广到社会国家，有一种贡献成绩。在黑沉沉万恶的社会里，你作个明星灿烂的先导者；完成你在美国的那种壮志雄怀。那时不但对得住你的素抱，也算不负我陈冰华一番殷望了……咳！想不到回国未到一礼拜，就被环境所软化！在美国不是说中国社会恶俗的害人吗？但万想不到这种切肤的痛苦我陈冰华身受了……

(闭幕)（第三幕完）

第四幕　结　婚

布　景　礼堂式，中置一方桌，上置花瓶洋蜡证书等物，桌前置花数盆。开幕后，冰华同介绍人胡葆中布置会场。

冰　华　密斯忒胡！我对于这种事，很没有经验，不知道是不是这样布置？

胡葆中　很好！就是这样布置。

冰　华　现在时间已经不早,不知道外边预备好没有？王贵呵！（王贵进）

王　贵　陈小姐有什么事？

冰　华　你现在通知外边一声,说钟点已经到了,看他们预备好了没有？（王贵下）（王贵上）

王　贵　外边都预备好了。

以下按礼单行礼（祝辞颂辞另详）

行礼后新妇出礼堂,冰华随出,男女宾皆散出。甫仁一人在礼堂作忧郁状,低头而散步。（冰华出,向甫仁鞠躬）

冰　华　米斯忒王,我与你贺喜。

甫　仁　咳！冰妹我想不到你今天会来,更想不到今天你来,还是这样对我……

冰　华　呵！你叫我怎么样对你？

甫　仁　我现在心已碎了！你还故意取笑我吗？

冰　华　我怎么敢取笑你,你今天燕尔新婚,正礼之夕,应当快乐,又何必向我说这种话呢？

甫　仁　咳！冰妹我不知你居心安在！

春　香　少爷……少爷……新人中毒了……死在地上了,……

冰　华　什么事这样慌张？

春　香　陈小姐呵！不好了……我们新少奶奶死了……

（闭幕）（第四幕完）

第五幕　偿　愿

布　景　公园

甫仁同冰华在此园行婚礼后,二人相偕游园。

甫　仁　今天我们婚礼既完,我数年的心愿,一旦如愿以偿,你想我何等高兴,何等愉快;这是我近年来最得意的一天。我想我们这次结婚,不但是你我破镜重圆,就是我的父母都异常赞成,这是我万料不到的,但我现在要第一感激就是那天毒死新人的那人。不过我准想不到谁有这种侠情,来完成我们的婚姻哩!

冰　华　(作受刺激之状)咳!万事难以逆料,你且莫这样高兴!

甫　仁　真奇怪这自然界种种万物。也是要和人为难的,你看那天这公园里那种荒凉凄惨,何等悲伤,好像一草一木都拿一付愁眉苦眼的面孔对我。今日呢?喜气洋溢,色彩辉煌。我心里所想的,眼里所见的,没有一样不是令我愉快的!所以万事都是虚幻,唯心所造的事是真实的。

冰　华　咳!据今日的情形,想起我们从前的事来,简直同大梦一样,也无所谓喜,无所谓忧,我现在是大梦已醒,但你……

甫　仁　你这话说对了!你看世界上什么兴衰……治、乱……喜、怒……哀、乐,哪一样不是苍天故意拨弄人在苦海里边转圈子呢!哪一个人不是在那里醉生梦死呢?我本来是个有志的青年,可惜我精神上受了那种刺激之后,一天天心灰意懒,渐渐地趋于消极悲观。把我从前的壮志都付之流水。现在我自身问题已遂了心,那么,从此我希望你竭力的帮助我,完成我们从前理想中所实现的事情。

冰　华　(面色惨淡,慢慢地答道)你且莫这样喜欢,你以为现在大劫已过,宿愿已偿,从此可以享家庭的幸福吗?但是天有不测风云,人有旦夕祸福,世事是没有一定的,何况是情场中的变化呢?(叹息)

甫　仁　你说这话很有道理,好像我们去年在这公园里,那一次诀别,已经破坏到十分,我决想不到我今生尚有乐趣和幸福,我更想不到我同你仍能结婚;可见万事不能逆料的了!现

535

在我们自身的问题已解决,但是社会国家急需我们解决改良的事情尚多,我愿意我们奋斗去做我们为人应尽的责任。你何必这样消极呢?

冰　华　咳!你还不觉悟吗?既可由离而合,又何不可由合而离呢?

甫　仁　从前我们那回事情,不过偶然的事情罢了,你未免太多心了!

冰　华　是我意料到的,并不是偶然的事情!咳!!甫仁呵!你还不觉悟吗?我知道你终久有明白知道的一天。

甫　仁　我不同你说这些丧气话了!现在天气不早,我们可以回家用饭了,还有许多朋友在家里候我们吃饭哩。

(闭幕)(第五幕完)

第六幕　同归于尽

布　景　家庭式,右首置一方桌,上置洋装书数套,信纸水笔等物,方桌右首一长靠椅,左首置一小圆几,上置茶具花瓶照像等琐物数事,两旁置椅二,衣架一。

开幕后冰华立于方桌旁,作沉想状,悲哭状,决心状,遂走到桌旁,用信纸写字(哭泣)。

春香上

春　香　少奶奶,你写什么呢?吃茶吧!

冰　华　(慌张状)不写什么……你少爷呢?

春　香　在客厅同客人谈话哩。

冰　华　呵!你去吧!不叫你,你别来,知道吗?

春　香　是的。

冰　华　(由椅起身)咳!想不到我陈冰华今日这样的结果……咳!亲爱的甫仁呵!冰华这是末次同你通信了,我要郑重一点,

看看有遗漏没有,还有同他说的话没有。咳!哪知道你十分钟以后,只能看到我的绝命书呵……?……(痛哭)

　　看毕,从身上掏出小药瓶,注视……久之。作决意状,仰药倒于椅上,作难过抓心状。春香上。

春　香　少奶奶!客人等你用饭哩!呀!怎么你这样了!(惊讶,急跑出)

甫　仁　(急跑上至冰华侧)冰妹你怎样了?(注视)啊呀!这个瓶是什……你难道是……呵呀!(取瓶往口中倒)……我的冰妹呀!(大哭晕倒)

(闭幕)(完)

(见《晨报副刊》一九二二年四月一日、二日、三日、四日连载,原署名评梅女士。)

附:

评梅女士的《这是谁的罪》

伯英仁兄:

　　我从入了"新中华戏剧协社",没有一点贡献,惭愧的很!

　　《晨报》附刊登出的剧本《这是谁的罪》,我以为编的不十分好。作者是要编问题剧,却是太简单浅近了。罪在其父,罪在社会习惯;一目了然,无待思索。这还不要紧。最大弱点,是把剧中之人,写的太非人情了!

　　(一)甫仁:照前两幕看来,确是个有道理的多情人,怎么第五幕中,会把前妻的惨死,说的如此惬心称愿?她虽是情场的障碍,却还是个人!况且还是表妹!就在快乐中,也何至于此?"第一,感激那天毒死新人的那人"又"谁有这种侠情"——替旁人毒死新人这个侠未免太侠了吧——云云,太不近人情了!若说是反言以刺冰华之心,则看其写法,实在不是。

　　(二)冰华:照前两幕写法,也是个有学问的好人,怎能听到毁婚约的话,颇似不动声色,而毒死人的狠事,随即出来。这不太阴险了吗?有这种人吗？作者的本意，是这么写吗？既这么阴狠，又被良心逼的自杀了，这似乎不合情理。——何以知其被良心逼死，因为照剧本看，新人毒死，未生问题，自然非被事势逼死。

（三）第四幕，新人被人毒死，何以全无问题，此等固不必定要叙出，可是，也不宜象第五幕写的那样平淡，至少，在甫仁等语言中，要写的让人看着像事实。

近来的剧本，多写杀人害人的事，这为的描写社会坏处，起人改革的心，自然也是对的。可是我想，总也应该有积极方面，建设方面的作品，写出种种好的现象来，给人一种可喜的模范！因为摹仿也是人类的本能。反面的，警戒的镜子，人们往往当正面的模型的看了！这不是编剧家要注意的事吗？

《车夫的婚姻》很合我这个意思，只是里头还有车夫拿小刀路劫一段。我想，北京的车夫，还没有路劫的，幸而不会看报，也不看新剧，要是能看，怕因此真要起路劫的心了！戏剧的影响，不是该注意的吗？

总之，《这是谁的罪》这个剧本，最好请评梅女士再自己改改。如果要登戏剧杂志，也是改过了再登才好！

再者，这剧本也很有我佩服的地方，不过我要说的，是我望他（剧本）完全的一点贡献，就不必说他的优点了。

祝你健康！

邓拙园

二二、四、四

关于剧本的商榷或讨论，本刊很是欢迎，也敢大胆地代表剧本的作者欢迎。记者早经声明过，在创作界如此沉寂的时候，本刊登就的作品，即不论思想，载说技术方面，也决不能篇篇都是完美无缺的。读者有什么高见，尽请随时指示。又，我以为读者既有批评艺术的热心，与其到将来演作以后，去空说什么某人"的是能手"，某人"表情极当"，不如把这点有用的精神用在批评剧本上，因为演作时演员的动作，里面含着许多别的

分子,如剧本的与舞台监督的指示等,演员决不能负完全责任的。

记者识

(邓拙园文与记者附识均见于《晨报副刊》一九二二年四月八日)

与止水先生论拙著《这是谁的罪》的剧本
——藉以答邓拙园先生

见八日副刊有邓拙园先生致先生一书,评及拙著《这是谁的罪》的剧本,幸甚幸甚。趁今日有暇,就写出我后来发生的意见,还请指教。

邓先生指出三个最大弱点:

(一)与(三)大致很对,(二)则未敢赞同。第五幕开始时,王甫仁应该把李素贞死的事,和他父母对素贞死后的情形,略略叙述一番,如此剧情才有交待。第五幕冲王甫仁有"第一感激那天毒死新人的那人"和"谁有这种侠情"的激话。我以为前句甫仁诚有之,然可不必说出来,演员当时贵要"意写"。后句"侠情……"确不妥恰,因为当时我替王甫仁太为乐情的冲动,致信笔所至写出来。并且于两夜短时间赶成后,就匆匆排演,原来是应女高师敝级级友会的游艺会的急需。既未用匠心,又素乏研究;我自思待商量的地方自然很多,副刊内当时把陈冰华留给王甫仁的一封绝命书又没有披露,这或许更是读者非议这个剧本的一种极大起因。因为冰华杀素贞而复自杀的意思都在这纸绝命书,也就是这个剧本的生命所寄。现在我把这纸绝命书补录于此:

亲爱的甫仁!

度君见此书时,我不知君痛苦到如何?然也不能再知君痛苦到如何了!我亲爱的甫仁!家庭余毒,殃及你我,使我不能为君的情人,而反为君的罪人!我脑海沸腾,我心房炸裂;我现在不能和你长谈了!但我还没有最后的声明,要使你知道的,我就是毒死君之前妻李素贞的凶手!!!你骤听定然要惊骇万状!但是没有什么,我亲爱的甫

仁！我既与君订婚约，别人决不能夺我而弃君，当然也不能夺君而弃我；不当夺而夺之，这人便是我俩人的情敌！！

我初接到君信的时候，知有人侵入我俩爱情的领域。我悲愤之余，即欲求死。但我又想如此一死，君的爱情仍为别人夺去，则我虽死也不瞑目。所以我先杀敌人，而后自杀；使我之死，也带得君之爱情以去也！现在君既能以神圣爱情与我，我事已了，我目的已达，我理当一死以谢君的前妻。

别矣吾夫！别矣吾夫！！我还没有贡献于国家社会，我的事果已完吗？我的目果能瞑吗？虽然，我欲不死而决不可，我的亲爱的甫仁！我死，替爱情的价值为一点儿的解释！我死，所以对杀子女的父母为一点儿的惩戒！！我亲爱的甫仁……我至亲爱的甫仁呵！！！……
……永诀……永诀了……"

你的妻冰华绝笔

冰华唯杀了素贞，可以顺从爱情的要求；唯自杀，可以得良心的慰藉。克胜情敌，是爱情的"真挚"；而复殉于情，是爱情的"圣洁"。我以为如此这般写来，使观众知道素贞之死，是死于"情"——情的被杀！冰华之死，是死于"情"——情的自杀——；甫仁的父母昧于"情"，而妄加干涉儿子的婚姻自由；致素贞死、冰华死、甫仁死竟至"同归于尽"。既正面的揭示那顽固父母与专制家庭的罪恶；而又反面的警告那青年男女的慎重用情。邓先生以冰华毒死素贞为超乎人情以外，我殊不解？其实这种事实在古今中外的史传说部里，偶一检点，定可写成连篇累牍。余且不说，就是举中国史上的最有名的"人彘"一事来做个例子也可知一般。不过人类文明的结果，杀害不再这样呆笨，而吕雉用情，又决不可与冰华同论罢了。所以邓先生（二）点的批评，我不敢与以同意。现代一般社会主义的理论家，研究科学的结果，他们的活动已从物质方面而扩充到精神方面；识者都说为社会主义的一大进步。我想戏剧也免不了有同样的趋势。将来必抱戏剧的外表情节，和举动必渐渐地简略，而倾向于精神方面之含蓄的，寄寓的,反射的,烘托的,种种暗示作用。或许一直要到"只以心能看的"一种程度才止呢。这原是人类文化进步的结果,也只有文化进步的智识阶级才能够得到这种间接的暗示力的教益。邓先生说:"因为模仿也是人类的本能,反面的警戒的镜子,人们往往当正的模型的看了。"这话一点都不错。所以我对于《这是谁的罪》的剧本,虽经我不变原意的修改后,也不主张拿到通常的舞台上去排演。因为这个剧本,虽然莫有价值,但是足以使通常舞台下的观众"当作正面的模型看"乃绰然有余。谈到这里,我觉得"剧本"、"演员"和"看者",三种非"统一"不可。只有好的剧本,而没有适当的演员;和备有以上二种而没有适当的看者都是不行的。必剧本、演员、看者,三种俱全而后剧本的功效才能收成,而后著者的初志才能达到。想先生等之竭力提爱美的艺术,复热心宣传使之普遍,也是有个"欲下种子先起土"的决心吧。虽然,我于此要申明一句,我说这话并不是夸我的拙作;不过一纵笔论到题外去了。这是希望读者不要误会的!现在要说近本题,作个结束。

这个剧本,由于潦草脱稿,太欠化炼的工夫之故,自不免有词句描写不甚恰当和遗漏应添的地方。我对于邓先生(一)与(三)两条的批评,所以引为同意,并且要谢邓先生的指教。但我认定这个剧本为"今代的人情剧",是受着眼前社会上活的事实反射而产生的一个示人以"生",不是示人以"死"的暗示剧。我的主观论断如此,于是乎我对邓先生(二)条的意见不能赞同了。

又这纸绝命书在剧本上当然要披露,但在舞台上简直没法可以叫甫仁告知观众。势唯有预先把此书印成,当排演时分散观众。因为主观的王甫仁在那个时候,见了这封信,唯有吞声咽泪的用"心"默吸,决不至于开口朗诵于(如)赞礼生之读证明祭文呵!

一九二二,四,十二,女高师

(见《晨报副刊》一九二二年四月十七日,第二、三版。原署名评梅)

书 信

高君宇同志致评梅书信十一封

（一）一九二三年四月十六日致评梅信

评梅先生：

　　十五号的信接着了，送上的小册子也接了吗？

　　来书嘱以后行踪随告，俾相研究，当如命；惟先生谦以"自弃"自居，视我能责如救济，恐我没有这大力量罢？我们常通信就是了！

　　"说不出的悲哀"，这恐是很普遍的重压在烦闷之青年的口（笔）下一句话罢！我曾告你我是没有过烦闷的，也常拿这话来告一切朋友，然而实际何尝是这样？只是我想着：世界而使人有悲哀，这世界是要换过了；所以我就决心来担我应负改造世界的责任了。这诚然是很大而烦难的工作，然而不这样，悲哀是何时终了的呢？我决心走我的路了，所以，对于过去的悲哀，只当着是他人的历史，没有什么迫切的感受了，有时忆起些烦闷的经过，随即努力将他们勉强忘去了。我很信换一个制度，青年们在现社会享受的悲哀是会免去的——虽然不能完全，所以我要我的意念和努力完全贯注在我要做的"改造"上去了。我不知你为何而起了悲哀，我们的交情还不至允许我来追问你这样，但我可断定你是现在世界桎梏下的呻吟呵！谁是要我们青年走他们烦闷之路的？——虚伪的社会罢！虚伪成了使我们悲哀的原因了，我们挨受的是他结下的苦果！我们忍着让着这样唉声叹气了去一生吗？还是积极的起来，粉碎这些桎梏呢？都是悲哀者，因悲哀而失望，便走了消极不抗拒的路了；被悲哀而激起，来担当破灭悲哀原因的事业，就成了奋斗的人了。——千里程途，就分判在这一点！评梅，你还是受制造化运命之神吗？还是诉诸你自己的"力"呢？

愿你自信：你是很有力的，一切的不满意将由你自己的力量破碎了！过渡的我们，很容易彷徨了，像失业者踯躅在道旁的无所归依了。但我们只是往前抢着走罢，我们抢上前去迎未来的文化罢！

好了，祝你抢前去迎未来的文化罢！

君宇　静庐
一六，四，一九二三

注：此信末尾所写年份原笔画辨识有不同，有的地方报刊录为一九二一年，有的录为一九二三年，从内容看，为高君宇、石评梅相识不短，但尚未提及爱情问题时所写较可信，暂录为一九二三年，确切解释，待考。

（二）一九二三年九月二十七日致评梅信

评梅：

昨天的信我接读了。

我之所以提及副刊引文，并它招来的追问，原不过当一件消息报告，并不含丝毫怨怒你的意思，你为何跟从了俗尚的解释，要说那抱歉性质的话呢？我有好些事未尝亲口告人，但这些常有人代我公布了，我从未因这些生了不快；我所以微不释念的，只是他们故甚其辞，使真象与传言不免起了分别，就如我们的交情，说是不认识，固然不是事实，然若说成很熟识的朋友，则亦未免是勉强之言；若有人因知我们书信频繁，便当我们是有深了解的朋友，这种被揣度必然是女士不愿意的，那岂不是很不妥当的事，我不释念的就在此点。如你果是"一点也不染这些尘埃"，那我自然释念，我自己是不怕什么的。至于他们的追问，我都是笑的回答了的；原亦不过些演绎的揣度，我已将实情告诉，只说我们不过泛泛的朋友仅通信罢了。这样答法是否适当？至于他们问了些什么，很琐碎的，无须乎告你了。

我当时的感兴，或者是暂时的，原亦无告你的必要，不过我觉青年应

545

是爽直的,忠实的话出之口头,要比粉饰的意思装在心里强得多。你坚壁深堑的声明,这是很需要的,——尤其是在一个女性的本身;然而从此看出你太回避了一个心,误认它的声音是请求的,是希冀一种回应的了!如因这样一句话而使你起了慌恐的不安,那倒是一罪过,希望你告我,我当依你的意思,避开了一切。至于你问什么是新奇的感想,因你同时又说勿再讲及,这样,我亦觉得这过去刹那的火花,是否还留热种在否人间实一大疑问,亦求不提好了。

二十一号的信,我答应你详复的,现在已过数日,我想不需要了,可否许我不复它了?

祝你安健!

尚德

九月二十七日

这信请阅毕付火。

(三)一九二三年十月三日致评梅信

评梅:

我最近的信,你接了么?

想来如焚的怅惘,我觉得你确对我生了意见了。假使是实在的,恐是可发笑的一事,因为我们都承认,我们仅不过是通信的朋友罢了!泛泛的交谊上,本是不值得令我们的心为了什么动气的,也是根本不能动气的。然而我感觉得生命应是平坦幸福而前进的,无论在那一方面,要求到最大的效能与最小的阻力;所以我觉不论我们是如何程度的了解,一些不安的芥蒂都应当努力扫除,不使任何一个幸福披了轻视,不使任何一个心的部分感了不安。我现诚恳的请你指明,容我扫除了已经存在的不安。

又,我觉我当附尾提说一句,我所以要扫除"不安",是解释的,不是要求什么。你鉴谅么?祝好!

$\qquad\qquad\qquad\qquad\qquad\qquad$君宇

$\qquad\qquad\qquad\qquad\qquad\qquad$十月三日

(四)一九二三年×月十二日致评梅信

评梅先生:

今晚赴一会,经过了四小时很起劲的长辩之后,大家终于无决议的散了;归来一路不禁暗笑,觉众生理智大类聚蛆。及读君信,才使我心境得着了一些平静。

这平静是带着一种失散的茫然的回忆的,同时似乎比我鄙视的那种聚蛆的理智更可讪笑。

这是终究不当隐讳的,世上确有一个心祭献在宝座之前,但经神再三表示这种祭献是一种失敬之后,人间的虔诚早已收葬在冰雪之窟了。彼从来不知失悔为何物之心,为招致在对方心中之不安而失悔了;而且决定努力消除此种不安了。前信绿波之及,全然是如此驱使,君书谓"因人之误会而误会",我今日尚误会何为者?——愿君勿犹以为真有"使我恐怖者在"。请放心,我早不误会了!

我觉从前之平凡的情境,似较现在之隔膜为有生气的,我也觉人心的隔膜是应当打破的。但当了人世安于隔膜的时候,又何一定要回复那种平凡而有生气的情境?诅咒一切付于了解的努力好了!

我来与否原不必问君之"挡驾"与否,惟扰君清静则大可畏。关于诗的答信,尚须迟之异日。惟愿君清静,惟愿我过失一切话未在君心发生影响。

我近来性情也大变,易怒,喜独步;孤寂之言,不免开罪大雅,笑之可矣。

$\qquad\qquad\qquad\qquad\qquad\qquad$君宇

$\qquad\qquad\qquad\qquad\qquad\qquad$十二日早二时

（五）一九二三年十二月十四日致评梅信

可敬爱的朋友！

你的承受落空了！

你承受的是什么？是讪笑么？——是的，我讪笑了，而且很鄙视的讪笑了；但这是对于先生信的么，更是对于先生本身么？

这是很容易辨别的，我讪笑的只是我当时的心境，只是读了先生信后所得着的平静。我当时似风波统治了的心海，被来信转换成几千死寂的沉静，这种不舞的清境太落伍了，还仅止是可讪笑么？——仅止是个讪笑，已经是太自鉴谅了。

天外飞来的慌恐，想不到这种自责竟被先生误会了！——不但视我对来信不尊重，且对先生本身不尊重了。

再让我诚恳的说，可敬爱的朋友，你误会我的句意了。

但我们不必坚持一定要将此点判明罢！误会原与我们没有害处，像我们无须要了解的人们，误会了实在不成干系，而且就在这样误会之下，先生犹深谅我，"仍二十四分尊重你高尚人格"，我只该无语的感谢好了！

我的心不但人"不知"，我自己也不全了解；人不解海涛为何忽起忽灭，我更不解自然何故要这样多事。或者我们可以想：只是因那里有个心罢，只是因那里有个海罢！

或者因为海太深而宽了，故当了陆上风起的时候，巨波乃如山之起伏。朋友，海涛之起伏是神秘而不（可）了解的么？——了解那里有一个海是了。

因为有心，而且这心中有罗曼舞蹈着，所以这心就不可了解了吗？

因为有海，而且这海中有巨涛起伏着，所以这海就不可测了吗？

可敬爱的朋友！

我主观的要求不是——

请你不误会我,而且了解我吗？

然而,这又是于己为罗曼,对人太失礼了。假使世上又出现了这样突峰,不是更可讪笑了吗？

朋友,假使我过去的话有使你不快的,或曾生了什么影响的,你只努力将它们忘了吧！——我绝不有什么痛苦。

忘了好了,评梅,评梅！

君宇

十二月十四日午后,一接来(信)后之一小时内。

（六）一九二三年十二月十八日致评梅信

（此信原件无信前称呼与末尾署名）

纪念会忙了两天,把我疲极了。这种结束似于我极有补益,因为身被忙碌占去,神思再不得去专注一些绞思,陷入空洞无可依托的烦闷。已是好的一个经验,我们或者可以进一步说:烦闷的避免,就在人们不停的工作中呀！

原谅我未早通知你,我已移居四日了,移居后还未到过静庐一次,不知你有信寄到那边否？我新居是腊库十六号,此虽不是二年前之故窝,但梅园时代之生活又不禁追忆起来,我们那时平凡又疏淡的通信,实具了一种天真而忠实的可爱。我很痛心,此种情境现被了隔膜了！

我们还可以回复到那种时代么？我愿！

十二月十八日

(七)一九二三年十月十五日致评梅信

评梅：

由仲一信中函来之书，我接读数日了。当了你正是忙的时候，我频频以书信搅扰，且提出一些极不相干的问题要你回答，想来应当是歉疚至于无地的。

你所以至今不答我问，理由是在"忙"以外的，我自信很可这样断定。我们可不避讳的说，我是很了解我自己，也相当的了解你，我们中间是有一种愿望（旁注：什么话？你或者是这样——）。它的开始，是很平庸而不惹注意的，是起自很小的一个关纽，但它像怪魔的一般徘徊着已有三年了。这或者已是离开你记忆之领域的一事，就是同乡会后吧，□□（你给）我的一信，那信具着的仅不过是通常□□（的询）问，但我感觉到的却是从来不曾发现的安怡。自是之后，我极不由己的便发生了一种要了解你的心。然而我却是常常担悬着，我是父亲系于铁锁下的，我是被诅咒为"女性之诱惑"的，要了解你或者就是一大不忠实。三年直到最近，我终于是这样提悬着！故于你几次悲观的信，只好压下了同情的安慰，徒索然无味的为理智的解劝；这种镇压在我心上是极勉强的，但我总觉不如此便是个罪恶。我所以仅通信而不来看你，也是畏惧这种愿望之显露。然而竟有极不检点的一次，这次竟将真心之幕的一角揭起了！在我们平凡的交情，那次信表现的仅可解释为一时心的罗曼，我亦随即言明已经消失，谁知那是久已在一个灵魂中孕育的产儿呢？我何以有这样弥久的愿望，像我们这样互知的浅鲜，连我自己亦百思不得其解。若说为了曾得过安慰，则那又是何等自私自利的动念？

理智是替我解释不了这样的缘故，但要了解的需求却相反的行事，像要剥夺了我一切自由般强横的压迫我。在这种烦闷而又躲闪的心情之下，我有时自不免神志纷纭，写（给）你的信有些古怪的地方；这又是不免使你厌烦或畏惧的。你所以不答那些，能不是为了这样吗？

但是,朋友!请放心,勿为了这些存心!不享受的供品,是世人不献之于神的;了解更是双方的,是一件了解则绝对,否则便整个无事。相信我,我是可移一切心与力专注于我所企望之事业的,假使世界断定现下的心是可无回应的。

我所以如是赤裸的大胆的写此信,同时也在为了一种被现在观念鄙视的辩护,愿你不生一些惊讶,不当它是故示一种希求,只当它是历史的一个真心之自承。不论它含蓄的是何种性质,我们要求宇宙承认它之存在与公表是应当的,是不当讪笑的,虽然它同时对于一个特别的心甚至于可鄙弃的程度。

祝你好罢,评梅!

君宇

十月十五日

勿烦琐的讲这些了,谈一件正事罢。想他们已通知你,《平民》已定廿号复活了。第一期请你做稿,你可有工夫吗?

又及。

(八)一九二三年十月十七日致评梅信

评梅:

寄《平民》的稿收到了,敬谢!

你的原稿,排列上似乎偏单,我大胆把它重新排列了;现录上请你一看。请你择定示知,登原稿呢,还是登第二稿呢?如用第二稿,还须你修改,因为我觉收句太重了,音节更勉强。

祝好!

尚德敬白

十七日

请原谅我不客气。

烟雾迷漫,

波涛汹涌,

青年的舵工呵!

小心操着你的船儿,

驶向人类希望之岸。

注:信中"平民"与前信所约为"平民"做稿事,均指《平民周刊》,这是五四运动后山西革命青年办起的刊物,高君宇曾给以指导。该刊被阎锡山查封后,高君宇设法把这一刊物转移到北京编辑、印行,并通过铁路工人秘密运回山西,在人民中散发,传播革命思想。

信后所附高君宇修改石评梅诗的句子中改动处如下:

"烟雾迷漫"四字前删去"在"字,

"波涛汹涌"四字后删去"的海上"三字,

"青年的舵工"呵!在"舵工"前删去"勇毅"二字。

"小心操着你的船儿"句,"你"后删去"宝贵"二字,将原文"孤舟"改为"船儿"。

(九)一九二三年十二月二十三日致评梅信

评梅:

蒙你竭诚劝说,我当深深地为伊感谢。惟爱情胡可勉强者?——无爱情而勉强结合,是轻爱情而重伦道,且必增益伊之痛苦;我心今日固空洞无依,然觉此痛苦犹小于与一不爱之人相处;若设身处地,伊又何能不感如此?君亦何不为我设想者?

若谓此为残忍不人道,诚为人间一种极可抱憾之事。惟此当罪制度,问彼何为要干预人间结合;若责我,则我亦啮残下之牺牲者,又当向何处诉说?自然我也极对不起伊,惟其感觉如此,故常思解伊出我们之束缚,数月来更决念:"若我心得回应者,伊我桎梏必须破除"。在我则觉如是方

对得起伊,在君不将以之为更不人道耶?

吾们处此过渡时代,那能不有痛苦?不使痛苦增加扩大,我们的能力恐怕就够做了;哪能使痛苦免除净尽呢!在今日"说不觉悟却又似明了,说觉悟却又不彻底"的思想进程之下,究还有几多人能安心于纯制度的生活,而不感觉性的关系之外还有爱情之需要?究能有几多人能放弃制度地位于不顾,而只以得到爱情生活为满足?评梅,陷入此两种痛苦者多矣,吾人虽欲救之,又胡能救之?

若君之劝说,在恐我将来又不免纠缠,故急切为自己摆脱,此则大可不必。我心中如何是一事,我要求与否又是一事,我前已讲的很明白,请放心好了!

我当为己计者少,为君计者多,近旧精神虽不振如极倦,知君已恢复平静无恐怖之情景,则不禁雀跃喜欣为君祝贺。

人生悲欢,梦里云烟耳,心衣血痕何妨洗却?吾心已为 Venus 之利箭穿贯了,然我决不伏泣于此利箭,将努力去开辟一新生命。惟我两人所希望之新生命是否相同?我愿君告我君信所指之"新生命"之计划,许否?

我现在心中无烦念,更无痛苦,望勿以为念;但愿你无痛苦!

我们隔膜完全去了,世界平静了;人间公正之心应当笑了。

温家夫妇南行,我亦或去送行。

K.J.
十二月二十三日夜

写完信忽忆起一事,在我历史上乃有三个"梅"字,不妨写来博君一笑,即:梅——梅园——评梅

(十)一九二三年×月×日致评梅信

(原信缺首尾)

……

我泣而却礼衣,父怒极而昏,我此时忽甚怜谅瘦父,念我胡不可牺

牲,此念一萌,此后一切事殆都在梦境,任听他们摆布矣。婚后我大病,病渐痊,母谓我曰:"儿何为不满意者?汝妇姝美好也。"我至是始端视吾妇,觉母言甚确,越日伊侍我病,乘间谓我无心与伊,伊故作不解;再言之,始曰:"然则我将累君一生矣!"我曰:"一生耶?——汝更苦耳!"伊至是泣曰:

"我命定耳,尤谁?"我彼时忽觉其人何以懦弱至于如是,乃不免顿生鄙视意,至此我两人间之了解乃完全隔绝矣。病痊,我托词移地静养,家人亦知我家居心情甚恶,许我外出,又谁知我从此一去不复归耶!我到省数函求父亲释放此可怜之女子,父答则谓我法适杀伊耳。我此后数次甚病,常觉如有桎梏附身,十九岁一年病咯血几死,决念我虽不认伊为余妻,然此生此心不与人矣。余抱此信心者数年,中经"五四"罗曼花盛开之时代,女友至好多人,且经二次结同心之邀,而徒以宿志在心,虽感激饮恨至于无地,亦皆不得不勉强示以铁面;不意此铁志至今日竟如粉之碎于君前也!

吾人虽通信三年,事极平淡,相晤谈者仅止一面,而乃令我生如是热求,诚非天地间之奇事耶?在我发觉有是要求之初,每作烦想,觉种种烦恼常萦脑际,常自问伊亦如我心否?果伊亦如我心者,我将何以待伊?同时又念:我不将父母之桎梏除下,将宫庭打扫干净,又将何以迎伊?每每焦念,辄至心臆如焚。有时想得不可开交,又悔我不当有示君以心之信。有时感情制胜,却又觉甘心之祭献为何要埋葬不呈予座前?如此极端焦念,两相战斗:理智胜,则觉以我之身求君之相爱,实为一种莫大之罪戾;情感胜,则任罗曼之驰骋于花原草间,直至视到踏践自然而始悟。故有如君所谓"或远或近,若即若离"也。吁嗟夫,此岂得已耶?苟无如是束缚,我将只有两途,爱与死耳。

君信谓"从未一改昔日态度",又谓"愿我自珍自爱的朋友,也绝不肯出此下策溺我于不义",我虽罗曼至于何等天地,亦绝不至过不懂事理,使君不安,使君对于君所痛惜之历史有所辜负。望君相信,我遵从君之指示,不再以君所不愿者相强矣!

至于我心如何,我将作何处置,君可置之勿问。"将心寄托于其他"……("他"字下缺)

(十一)一九二四年一月×日致评梅信

评梅:

祭灶之夜二时的信,我接着了。你读了我的信,于积悃舒展之中,忽不免"惨然泣……",使我非常难过!事至于今,你当永远相信:我心灵虽不能自禁为君而焚烧,且将是永远赤炽的焚烧,但我总决不再为君所不愿之要求了;为了使你得着安慰,为了不妨害你对过去之忠实……(下缺)

高君宇为解决包办婚姻问题给岳父李存祥的信

岳父老先生:

我此次决定离婚,业已向令爱言明,想令爱于见时必将此事陈明矣。我之所以有如是决定,自信为我自己设想者少,为令爱设想者实多;盖我自与令爱结婚至今,始终觉吾二人不能相合,且我久为在外奔驰之人,如是情境,实不啻堕我两人入愁城苦雨之中。然我乃四方远游之人,若果以异乡为家,随在何不可得新妇以为终身之侣?所苦者惟清窗独守之令爱耳!若使常类吾家佣役,厮养以终(其)天年,令爱亦人耳,于人道之谓何?我惟为令爱终身计,为人道计,故毅然决定与令爱离婚,今且特正式向长者提出也。我辜负令爱十年,几误尽其青春岁月,我不(愿)更蹉跎下去,致使异日更增加今日之追悔,故愿亟觅解决之道,且以为最适当莫过于离婚再嫁;长者岂亦以令爱与我之情境为满足,而一未计及令爱将来之

了局乎？此事自不免为乡俗所非议，然使令爱坑葬一生佳乎，抑另并一新生命之为愈耶？愿长者为令爱澡较其利害得失也！此番归家，本拟登府请安，惟迫于时间短促，未能如愿，今且以事成行矣，未及向长者亲将此事言明，思之良用歉然！惟可藉寸楮以告长者，即我已坚绝决定与令爱离婚，迟疑无须，愿长者察之也。

敬祝康健！

高尚德上
十三年六月二十四日

注：据山西省博物馆与山西静乐县同志介绍，这封信是高君宇同志一九二四年六月二十四日在太原所写。一九一○年，依照封建习俗由家长包办婚姻，迫令高君宇与本县神峪村李存祥之女李寒心结婚（结婚时间依信中所言"十年"，当为一九一四年，静乐县有关同志从高君宇同志亲属处了解为一九一○年，暂依此说，待考）。当时，高君宇抗议无效，"婚后大病"，又"托词移地静养"，"一去不复归"，并数次写信要求其父"释放此可怜女子"，但由于家庭阻拦未能解决。高君宇对此事态度与心情在致评梅信中有较详尽的披露。一九二四年五月，他因受李大钊同志委托回山西进行革命活动，顺便回家坚决表示解除包办婚姻的婚约。这封给岳父李存祥的信就是为此而写，处理婚姻之事刚完，由于阎锡山追捕，高君宇在铁路工人掩护下迅即转赴上海、广州等地进行革命活动。

附：

高君宇致评梅信由评梅在作品中
全文或部分引述过的篇目

一、一九二三年八月评梅在写长篇游记时接到高君宇的一封信（引文见《晨报副刊》一九二三年九月二十三日第三版评梅《模糊的余影》中"西湖的风景"部分）；

二、一九二三年十月二十四日君宇寄给评梅题有诗句的红叶（引文见评梅《涛语·一片红叶》）；

三、一九二三年冬君宇致评梅信（引文见评梅致晶清信，原载《华严》第一卷第一期《梅笺》之三）；

四、一九二四年九月二十一日高君宇在由沪去广州船上，致评梅信（引文见评梅《梦回寂寂残灯后》）；

五、一九二四年深秋高君宇由广州寄象牙戒指时致评梅信（引文见评梅《涛语·象牙戒指》）；

六、一九二五年正月初六日，在与评梅同游陶然亭的次日致评梅信（引文见评梅《我只合独葬荒丘》）。

梅　信

致李惠年信之一
（一九二四年十二月二十日）

惠：

昨日我舅父由故乡来，敝友在德院咯血未止。神志惶乱嚣烦中，常忆及汝病；我脑欲碎，不能作何语慰汝，惟祈在此数日中静养，再见我时活跃如平日，即我心安矣！

昨今两日，神经受刺激太甚，我只祈我如活尸耳。惠：汝幸勿念我！

　　　　　　　　　　　　　　　　　　　　　　Bovia

　　　　　　　　　　　　　　　　　1924 年 12 月 20 日夜 12 时

注：信中提及在德国医院咯血未止的朋友，指刚由南方到京因劳累而病重住医院的高君宇。

致李惠年信之二
（一九二五年一月二十八日）

惠：

接到你的信忽然流下泪来！

愿你不要怕，医生是慈悲的，他可以治我的痛苦，赠我们的幸福，何尝是残酷呢？愿你体贴母亲的心而快乐！

这几天我在家写了许多文章，我正在编着一个悲剧的剧本，第一幕已经完了。我写了两篇论文，还写了几首诗。高兴极了！病榻上能写字时，你割好情形告了我知道。

Bovia

初四夜

致李惠年信之三
（约为一九二五年四月九日）

这封信找到了，一并寄你。

惠年：

好吗？我自寒食那天一直到今天，天天都去陶然亭一趟，如今完了，宇墓上的事我都办好了，只有刊印他的遗书了，现在我正在抄录呢！

许久我们未见了，计算还不到十天哩。下星期一附中或可上课。你一定很忙吧！再次见我时我把小严的像给你看。

不要累坏了你千金体！

梅姊

四月九号

致李惠年信之四

（一九二五年七月二日）

惠：

　　我在这翠玉般的山峰里写信给你的时候，我心里感到种幽美的颤动，我一切都沉醉了，沉醉在这大自然的怀抱中。

　　昨天下午五时到卧佛寺，我们住在龙王堂，在绿荫丛丛的苍松古柏中，我曾住宿了一夜了。下午七时吃完饭，弟弟们来看我，我拿给他们糖吃，他们高兴的抢着吃。八时后，我们一大堆人上山去看月亮，我们经过小桥，跨过岩石，听松涛，听水声，我一点都不知我自己去那里去了。

　　弟弟同我坐在草地看月亮，月亮见我们人多她躲起来了。但是我们在水边依然望着她。夜深归去，当我睡醒时看着，月儿正吻着我的脸呢！

　　今天我早起刚起来，弟弟就赶了驴子来接我到他家里，他给我预备好些食品，我们谈着吃着。十时——十二时曾去游玉皇顶，游完我忽然想到北京困于红尘的你，因之，写这信给你。归期很快，我回去后，大概很忙了。

评梅
7.2.1925

致李惠年信之五

（约一九二五年秋）

惠妹：

　　我已安卧在母亲的怀里了。在母亲莫名其妙的时候，我曾痛哭了一场，从此后我很高兴！我觉着为了母亲我值得在这人间逗留着。

　　兄嫂相继得病，故心很杂乱。父亲知我心中不痛快，几次约我游山，过几天或可实现罢！有暇我一个人躲在楼上写文章,和去年一样,只缺少了一位隔一天有一封挂号信的宇。父亲告诉我他还瞒着宇父,但是太原开追悼会时,父亲去了还滴了几点老泪！他这种悲感,一半为了我,一半为了他。母亲还不知道,至如今也不知道。到太原一下车,宇的妹妹就来看我,我很凄然地和她说了几句话,送了她一张宇坟和我的像。连日梦见宇,他怪我不写信给他。你信收到,你生活有秩序殊慰,更愿你保重身体。

梅
十三之夜

致李惠年信之六
（一九二五年八月十五日）

惠妹:

从此畅谈更卜何日？

连日繁忙欲死,一踏入北京如热锅蚂蚁,可笑亦可怜,米斯王姐姐由南洋归来,卧病东城。我连日去看,路经东交民巷,一路惊心触目,幸死寂如青灯古佛,尚可用慧帚一扫魔氛,但何尝不是自骗自呢！我笑既不能,而哭亦无泪矣。

十三号下午看宇茔,茔前积水二尺余,幸高原未淹,不然我将何以对他,坚持葬此者纯我一人之意。自知京水大我心不安,日夕难寐,幸苍天厚我,感谢玄如呢！

你家居自易寂寞,开学后新校新境当有无穷快乐,愿你待之勿急。惠妹,我境如何我不忍告你,从此学校一般如荒茔,但遗迹旧梦亦堪作我静坐默想的资料。我终应感激你赐我之惠。

小鹿来无期,不幸将成永诀,言之伤心,思之扢泪;梅命亦何蹇耶？惠妹,我现在虽不言我痛苦,但我之心汝亦当知之,夫复何言哉。

祝你晚安!

梅
八月十五号

致李惠年信之七

（一九二六年二月二十五日）

惠妹：

谢谢你挂念着我心跳！好了，即（使）不好，又有什么要紧呢！惠！你放心好了。至于我心头的悲戚，这岂是医药能奏效的吗？在沙漠上的枯鱼，任你浸在圣水里也不能复活。

三月五号（正月二十一日）是我埋心周年纪念日，我已和小鹿商议好在那天请许多我和辛的好友，去陶然亭玩。预备大瓶酒大块肉去野餐，愿祭扫的人们都在这苦酒中醺醉。因为能了解悲哀的人，才是真了解人生。在这个悲惨默默的荒郊外，参观这个最后一幕的舞台，虽然是别人的故事，然而又何尝不是自己。

我极愿节制悲痛，能悄悄地淡淡地掩映在那个荒漠的坟地里；留着眼泪在枕畔流去！

这是不容易的机会，姐姐也在，小鹿和小钟、小徐都在，明年这时候，死别的固然不盼着，然而生离是一定的。找这个聚会又难了，况且假使莫有我，谁还能记起荒郊外，新碑如玉、孤坟如斗的朋友？因之，小鹿说，那天照一张永远可纪念的像。

我自己自然盼着年年现在如昔日！

你——我不敢、不愿让你参加这个悲宴，不过我不能、不敢不告诉你，自然你可以相信，我是很爱你的。为了这个动念，我应该告诉你，而且万一之中还希望着你能看看我埋心的地方，并尝尝这杯苦酒的滋味！

你对我，应该来。我不为自己，为你想，我愿你不来！而且你也不能来；所以最后你还是不要来。

我的像今天已去照了,照了来如好时,我准送你。你的去洗了吗?我心又跳了,这笔不往下写了。

梅姊

二月二十五号夜深时候

致李惠年信之八

（约一九二六年春）

惠妹:

那天匆匆,话多极了,不知说什么好!但又何尝有可以说的话呢!你推门一看我那种神情,也可以知道近来我的悲哀和伤心!然而你只看出了我的恬淡冷静!我为什么要变成这样呢!是环境逼我使然。

那天归来我异常伤心!我为了我这死的生活流泪!假如你想到我目下的生活枯寂时,你当也能知道我失掉慰藉的痛苦!惠,你走了!你有幸福的家,我远离开母亲,死亡好友,离散知己的漂泊弃儿有谁见怜呢!弟弟给我照了两张像,表情还好！这是我生命的象征;倚碑那个,是我目下的也是永久的归宿;那张孤立湖畔、顾影自伤的,便是我此后天长地久的生活了!

乃贤说我和宇的事是一首极美的诗,而这首极美的诗我是由理想实现了!我很喜欢!谁有我这样伟大,能做这样比但丁《神曲》还要凄艳的诗!我是很自豪呢!虽然这样牺牲又谁能办到呢?办不到故不能成其伟大,何能成这样美的诗哩!

小鹿来了!我似乎要高兴点!她第一句话就问"惠"!可见她的心了,而惠之印入人心深也可知了!

这两张像你珍藏着,不能珍藏时,不妨烧了;不要留落到别人手里。我祝你好!

梅姊

致李惠年信之九
（一九二六年三月二十二日）

……（原缺）

有一个时间我想去做革命，我想盗一个烈士的名，一方面可以了了这残生，一方面又可使死得其所。那知，我罪孽深重，不但不能如愿，尚留下多少惨状给我看。

昨天九时便去女师大写挽联，看小鹿，哭朋友，一直三时才回来，还给她们做文章。这几天把我累得都瘦了，平均一天吃一顿饭。我愿有天也有累死的一天罢！

为什么这几天不敢来附中？

再问你一声，你对谁倾倒了，满心的悃忱对人，而又淡淡对你呢？是谁这样不懂好歹，告诉我，梅姊给你报仇？

梅
三月廿二号

注：此信为"三一八"事件之后所写，信里充满了悲愤之情，可与《痛哭和珍》《血尸》两篇散文参看。

致李惠年信之十
（一九二七年四月二十六日）

惠：

星期六去学校时洋车撞了电车，我昏过去又伤了右臂，住了二天医院，现在已好了。

你信来到，我忍不住写这信告你，你看我字，知我的手不能写字了，再谈吧！

梅姊

十六年四月二十六

小鹿去了。让我致意你。

注：评梅此次因撞车受伤而住医院的心情也写在散文《梦回》里；可参看(《梦回》收入《偶然草》上部)。

致李惠年信之十一
（一九二八年四月四日）

惠：

你走了我忽然想到：这几天哪天下午你能和我去北海玩玩呢？春是装扮的北海美极了。如是有暇，请你定个日子告我一声。放假日我在家里等你，不放假日我在附中等你。

评梅

四月四日

除了清明那天我都成。

注：清明是评梅到陶然亭悼念高君宇的日子，君宇去世后她每年如此。此外常常星期天去。信中特为表明清明那天不到别处去。

致李惠年信之十二
（约一九二八年七月二日）

惠年：

我已平安抵家了，因为回家后水土不服，卧病数日，故未能写信给你。临行匆匆未晤一面，殊觉惆怅万分。想你近来好，还是那样忙吗？天热，希望你珍摄身体。

附中事我真像不明，究不知是谣言还是事实？临行前一日晨曾晤到三年四班球队，在北海尽欢而散，窥其行止似对我并无芥蒂，因伊辈天真不能做作。她们告我说学生会对梅、吴、杨诸人表示不满，言对很坦白，如对我有不满当不能提及此事。邵系伊班代表自治会主席，也许此等事别人不知系邵一人所为亦未可知？我五年在附中自觉抚心无愧，至于奸人构陷，亦可置之不理，不过我甚愿知此中消息，如你能探知，尚望陆续能告我为盼。

　　小城清寂，一年来心神洗涤一下，殊觉爽快。双亲健康堪以告慰。顺叩伯母大人安！

波微
七月二号晓

致李惠年信之十三

（一九二八年九月十日）

惠年小姐：

　　久违了，想近来好！今天在一年三班门外是不是你，我未看清楚；如果是你，请原谅我那时不能下来招呼你。你替我请好六小姐了吗？本宜直接送去，因恐冒昧不便，故特送上，请你转交，劳神处容后谢。

　　近来我颇努力于看书写文章，想极力恢复到四年前白屋、梅窠生活，静寂有诗意的生活。近来作何消遣？

梅姊
九月七号夜

梅　笺

　　这是四年前梅姐寄给我的几封信，当时我们虽然几乎天天见面，但是我们又约定了在见面后的每晚都彼此写寄一封信。这次北来后从旧书箱里清理出来，交给《华严》发表，原为梅姐生前曾很热心的应允为《华严》写稿。

晶清附志

致陆晶清信之一

晶清：

　　昨夜我要归寝的时候，忽然想推开房门，望望那辽阔的青天，闪烁的繁星；那时夜正在睡眠，静沉沉的院中，只看见卧在地上的杨柳，慢慢地摆动。唉！晶清，在这样清静神秘的夜幕下，不禁又想到一切的回忆，心中的疑闷又一波一波汹涌起来。人生之网是这样的迷恋，终久是像在无限的时间中，向那修长的途程奔驰！我站在松树下默默地想着，觉着万丝纷披，烦恼又轻轻弹动着心弦。后来何妈怕我受了风寒，劝我回到房里。我蓦然间觉着一股辛酸，满怀凄伤，填满了我这破碎的心房！朋友！我遂倒卧在床上，拚将这久蓄的热泪滴到枕畔。愁惨的空气，布满了梅窠，就连壁上的女神，也渐渐敛去了笑容。窗外一阵阵风声，渐渐大起来，卷着尘土射到窗纸上沙沙地响个不住！这时我觉得宇宙一切，都表现出异常的恐怖和空洞；茫茫无涯的海里，只有我撑着叶似的船儿，冒着波涛向前激进。

　　晶清，你或者要诅咒我，说我是神经质的弱者，但我总愿把葬在深心的秘密，在你的面前暴露出来！到后来我遂沉溺在半睡的状态中了。

　　杨柳的深处，映湿了半天的红霞，流水汨汨地穿过眼前的花畦，我和芳蘅坐在竹篱边。那时心情很恍惚，是和春光一样明媚，是如春花一样灿烂？在这样迷惘中不久，倏忽又改变了一个境界：前边的绿柳红霞，已隐伏埋没，眼前断阻着一条崎岖不平的山路，森森可怕的深林，一望无底的山涧；我毫无意识的踟蹰在这样荒野寂寂的山谷。朋友！我声嘶力竭，只

追着那黑影奔驰,我也不知怎样飞山越涧的进行,"砰"的一声惊醒了我。原来是外边的房门被风刮开了!

晶清,我当时很怀疑,我不知人生是梦?抑梦是人生?

这时风仍刮的可怕,火炉中的火焰也几乎要熄灭,望着这悠悠长夜,不禁想到渺茫的将来而流涕!我遂披衣起床,拧起那惨淡的灯光,写这封含有鬼气的信给你。这时情感自然很激烈,但我相信明天清晨——或这信到你手中时,我的心境已平静象春水一样。

夜尚在神秘的梦里,我倦了,恕不多及。

评梅
三月二十夜三时

致陆晶清信之二

晶清:

你走后我很惆怅,我常想到劝朋友的话,我也相信是应该这样做的,但我只觉着我生存在地球上,并不是为了名誉金钱!我很消极,我不希望别一个人能受到我半点物质的援助,更不希望在社会上报效什么义务?……不积极的生,不消极的死,我只愿在我乐于生活的园内,觅些沙漠上不见的珍品,聊以安慰我这很倏忽的一现,其他在别人倖倖趋赴之途,或许即我惴惴走避之路。朋友!你所希望于我的令名盛业,可惜怕终久是昙花了,我又何必多事使她一现呢?

近来脾气愈变愈怪,不尽一点人情的虚伪的义务,如何能在社会里生存,只好为众人的诅咒所包围好了。朋友!我毫无所惧;并且我很满意我现在的地位和事业,是对我极合适的环境。

失望的利箭一支一支射进心胸时,我闭目倒在地上,觉着人间确是太残忍了。但当时我绝不希望任何人发现了我的怅惘,用不关痛痒的话来安慰我!我宁愿历史的锤儿,永远压着柔懦的灵魂,从痛苦的瓶儿,倒

泻着悲酷的眼泪。在隔膜的人心里,在未曾身历其境的朋友们,他们丝毫不为旁人的忧怖与怨恨,激起他们少许的同情?谁都莫有这诚意呵,为一个可怜无告的朋友,灌注一些勇气,或者给他一星火光!

莫有同情的世界,于我们的心有何用处?在众人环祷的神幔下,谁愿把神灯扑灭,反去黑暗中捉摸光明呵?我硬把过去的历史,看作一场梦,或者是一段极凄悲的故事,但有时我又否定这些是真实。烦闷永久张着乱丝搅扰着我春水似的平静,一切的希望和美满,都同着夕阳的彩霞消灭了:如一个窃贼,摸着粉墙,一步一步的过去了。

晶清!我也明知道运命是怎样避免不了的,同时情感和理智又怎样武装的搏斗?心坎里狂驰怒骋的都是矛盾的思潮,不过确是倦了——现在的我。我不久想在杨柳结织的绿荫下,找点歇息去了!人和人能表同情,处的环境又差不多,这样才可谈一件事的始末,而不致有什么误会和不了解。所以我每次握笔,都愿将埋葬在心里的怨怀,向你面前一泄!朋友:原谅你可怜的朋友的狂妄吧?

祝你春园中的收获!

评梅

致陆晶清信之三

晶清:

这封信你看了不只是不替我陪泪,或者还代我微笑?这简直是灰色人生中的一枝蔷薇。昨天晚上我由女高师回到梅窠的时候,闪闪的繁星,皎皎的明月,照着我这舒愉的笑靥;清馨的惠风,拂散了我鬓边的短发,我闭目宁神的坐在车上默想。

玉钗轻敲着心弦,警悟的曲儿也自然流露于音外,是应该疑而诅咒的,在我的心灯罩下,居然扑满了愉快的飞蛾。进了温暖的梅窠后,闹市的喧哗,已渐渐变成幽雅的清调了。我最相信在痛苦的人生里,所感到的满足和愉快是真实,只有这灵敏的空想,空想的机上织出各样的梦境,能诱惑人到奇异的环帷之下。这里有四季不断的花木,有温和如春的天气,有古碧清明的天河,有光霞灿烂的虹桥,有神女有天使。这梦境的沿途,铺满了极飘浮的白云,梦的幕后有很不可解的黑影,常常狞笑的伏着。人生的慰藉就是空想,一切的不如意不了解,都可以用一层薄幕去遮蔽,这层薄幕,我们可以说是梦,末一次,就是很觉悟的死!

死临到快枯腐的身体时,凡是一切都沉静寂寞,对于满意快乐是撒手而去,对于遗憾苦痛也归消灭,这时一无所有的静卧在冷冰的睡毡上,一切都含笑的拒绝了!

玄想吗?我将对于灰色的人生,一意去找我自心的快乐,因为在我们这狭小的范围,表现自己是最倏忽飘浮的一瞥;同时在空间的占领,更微小到不可形容:所以我相信祝福与诅咒都是庸人自扰的事。

晶清:你又要讪笑我是虚伪了!但我这时觉得这宇宙是很神秘,我想,世间最古的是最高而虚玄的天,最多情而能安慰万物的是那清莹的月,最光明而照耀一切的是那火球似的太阳!其余就是这生灭倏忽,苦乐无常的人类。

附带告你一件你爱听的故事,天辛昨天来封信,他这样说:"宇宙中我原知道并莫有与我预备下什么,我又有什么系恋呵——在这人间:海的波浪常荡着心的波浪,纵然我伏在神座前怎样祝祷,但上帝所赐给我的——仅仅是她能赐给我的。世间假若是空虚的,我也希望静沉沉常保持着空寂。"

"朋友:人是不能克服自己的,至少是不能驾御自我的情感;情感在花草中狂骋怒驰的时候,理智是镇囚在不可为力的铁链下,所以我相信用了机械和暴力剥夺了的希望,是比利刃剥出心肺还残忍些!不过朋友!这残忍是你赐给我的,我情愿毁灭了宇宙,接受你所赐给我的!"

听听这迷惘的人们,辗转在生轮下,有多么可怜?同时又是多么可笑!?我忍着笑,写了封很"幽默"的信复他:

"我唯恐怕我的苦衷,我的隐恨,不能像一朵蔷薇似的展在你的心里，或者像一支红烛照耀着这晦暗而恐怖的深夜，确是应当深虑的，我猛然间用生疏的笛子，吹出你不能相谅的哀调呵！"

"沙漠的旅程中，矗立着个白玉女神的美型，虽然她是默默地毫无知觉，但在倦旅的人们，在干燥枯寂的环境中，确能安慰许多惆怅而失望的旅客，使她的心中依稀似的充满了甘露般的玫瑰？"

"我很愿意：替你拿了手杖和行囊，送你登上那漂泊的船儿，祝祷着和那恶潮怒浪搏战的胜利！当你渡到了彼岸，把光明的旗帜飘在塔尖，把美丽的花片，满洒了人间的时候：朋友呵！那时我或者赠你一柄霜雪般的宝剑，献到你的马前！"

"朋友：这是我虔诚希望你的，也是我范围内所酬谢你的：请原谅了我！让我能在毒蟒环绕中逃逸，在铁链下毁断了上帝所赐给人的圆环。"

晶清：你或者又为了他起同情责备我了：不过评梅当然是评梅，评梅既然心灵想着"超"，或者上帝所赐给评梅的也是"超"？但是这话是你所窃笑绝不以为然的。

近来心情很倦，像夕阳照着蔷薇一样似的又醉又懒！你能复我这封生机活泼的信吗？在盼！

评梅

致陆晶清信之四

晶清：

任狂风撼破纸窗，心弦弹尽了凄凉，在我这不羁的心里，丝毫莫有一点激荡。虽然我是被摒弃于孤岛中的浮萍断梗，不过在这修长的远道，茫邈的将来，我绝不恐怖而抖颤，因为上帝所赐给我的是这样。我愿腋下生一只雪绒轻软的翅膀，在这风吼树号的深夜，乘飘扬沙，飞过沙漠的故园，在黑暗中听听旅客的伤心，或者穷途的呻吟。春寒纵然凌人，但我未熄的心火，依然温暖着未冰的心房呵！朋友呵！请你努力安心，你的朋友确是不再向虚空的图画，抹泪或者含痛了。寂静的梅寞里，药炉已灭；凄

凉的寒风灯侧,人影如旧。你能在百忙中,依然顾念着蜷伏的孤魂,这是评梅感激而流涕的事。

你读了《花月痕》而凄悲叹息,足证明多情小姐的心理。本来人生如梦,梦中怨怒,事归空幻;不过是把生谜看穿之后,像我这样转动在这宇宙中,反成了赘累的废物。所以人不可彻底,更不可聪明。我希望你不必研究万事的因缘,只看作人生的迷恋。不过我知道你是感情道路中的旅客,你既未蹈过沙漠,又未攀过绝岩,在现在就觉悟,是极不彻底的话。

春风拂着我的散发,繁星照着我的睡眼,我将拥抱着这静沉的星夜,卧在这株古槐树下,狂妄也好,疯颠也好,总之,尽我的心情在愉快的波浪中激荡。这绝不是可以勉强造作的事,不过你或许不能相信我?

静静地渡这大海,跋涉这堑岩的峭壁吧!"生"的图画,已一幅一幅展在你面前,待着你的鲜血和清泪濡染。

敬祝你春梦中的愉快!

梅
四月四日下午

(致陆晶清的信四封曾见于《华严月刊》第一卷第一期,一九二九年元月出版。)

评梅遗札(一)

寄焦菊隐之笺一

今天刮大风,晶清她们在校开胜利的会,请我去,我因风冷莫去。然而我很喜欢,她们又回红楼去了,而且我也有了母校。

有一时期我夜夜哭!有风夜,月夜,星夜,雨夜,雪夜,冬夜,春夜,秋

夜,夏夜之别。然而我夜夜哭!深夜闭门暗自呜咽,确是一首最好的诗。我是早想将这各种心情、各种夜景的夜哭写出;然而结果呢,只蕴结在我的心里,我不知如何才能写出。看见你诗集题名《夜哭》时,我很惊奇,天涯中我夜哭时,原来尚有诗人也在夜哭!虽然你诗集名《夜哭》,未必真哭,更未必真夜哭,然而在我看见时,真觉除了我外,也有夜哭者在,似乎我的凄哀不孤零了。我许久写朋友信不再说一句牢骚话,因为我不愿自弱的呻吟了,我愿(有)勇气的挣扎着做女英雄。今天你要我写《夜哭》,我不得不说几句伤心话,希望你原谅我。

这首诗,我也想着写出,然而我觉我莫有能力写出!我等着,有一天酝酿成熟时写出来,然而或者也许淡漠的消逝了,也许永久在心头,直到进了坟墓。

我很珍爱我的夜哭,故我写《夜哭》也愿万分珍重地写出来;不敢写,恐笔底的夜哭,写的不好,反而损伤了我心上的夜哭!因此我更不能在现在急急匆匆的心情下写她了。

假如你不怪我抄袭时,我将来集一本散文,或诗,也题名《夜哭》!我想一定我夜哭是真的,你夜哭是不如我真。因为我夜哭的原力是直接的,你夜哭是间接的,我这样客观的观察,自然有错误的。我承认我们相知很浅。然而,你的悲哀总觉的是你天性的成分多,环境的成分少,或者可以翻过来,你的悲哀是环境的成分多,天性的成分少。我呢,两种成分压着。

野马跑远了,在此悬崖勒住。

寄焦菊隐之笺二

真对不起你,你又病了么?我真后悔,不应该让你们替我受这许多罪,像中毒一样,喝那样迎风洒泪的苦酒!

我真对你们不住,你让我怎样忏悔呢?你在学校,我也不便去看你,真该万死。我更不该使你看见我在坟头哭,和那背景的凄凉。我当局者倒

觉高兴,而旁观者早已酸鼻了!我那天本想不哭,当我同小张由陶然亭回来,看见你们一堆人围着碑低了头默立时,我才恍然知道那黄土下是君宇。我忍不住只好呜咽!后来想起有你们在,其便不哭了。我心里很麻木,大概我感觉或者比你们浅,因为我在这环境里待久了的原故。

放心!朋友!我会珍重!这几天除了憔悴外,除了夜哭外,除了吃不下东西外,一切都如常时高兴!放心!朋友!

你快养病,不要想心思!同时更不要为我难受。我是很高兴的,因为有天辛伟大的爱包围着我,不要为了他死便可怜我。

像片今天寄去,权作问病的使者。这是生日照的;新近照的一个,不合我的理想,虽然照的好,我也不喜欢!

这个像很冷静,很超脱,不带烟火气,故寄给你,这比较可以代表几分真评梅。陆续再寄你我喜欢的纸上的评梅罢!

今天一群人来看我,看见我这副嘴脸,都气的撅着嘴,硬要拖我逛公园,我便同她们走了一遭,然而足底下践踏的都是遗迹和泪痕!哪里有真的乐趣在呢?

好好养病,不然你令我永不能释念,因为是我给你的酒病。更令我对不起高年的伯父大人的娇子!

寄焦菊隐之笺三

夜风吹散了宴前赚得的醉意。归途上又浮起心底的酸意,盛宴散后的悲哀,我不是一次尝受过的了。

朋友,你给的许多甜菜,和你那沉醉心情的憨态,都使我觉着弟弟们的生活是值得我羡慕的。祝你的胜利罢,我头晕要早睡了。

我要睡,我要喝醉,我希望这一年的生活是梦中悄悄地消逝去才好;我莫有希望,也莫有失望,除了消磨岁月去迎死亡外。

这是送悼十四年的挽词,朋友,我们在新年后见罢!

寄焦菊隐之笺四

……

你这封信我读了异常喜欢！你知道,我对朋友是很忠实的！我对你真和弟弟一样看待,你的家庭和环境,我也深知,你不能看这一般时髦少爷去过花天酒地浪漫生活的,你应该努力求学上进,将来自然可以骄然于世。你这样自己找钱为自己念书的意志,我早已佩服,环境艰苦的人,才能有造就,这是定例。谈爱玩只是人生一部分,并不是全部,所以我们应该当家庭的好儿子,当社会的好国民。这话不是太腐败了么？但是我觉得这才是真正人生的大道呢！青年该一刻也不放松青年时代呢！诚然你的"环境实不容你偷安,更不容你浪漫也"。这几句话我真喜欢听,朋友,我期望你是这样努力才好。

你不要夜哭,也不要发牢骚了,还是努力挣扎着去前进吧！光明幸福的前途在你的努力中等候着你呢！朋友们不了解你,算不了什么,"真的"！

寄焦菊隐之笺五

菊隐:

长信读后我很悲哀！我固然应该感激许多朋友们的体谅我安慰我,不过常常反为了得到安慰而难受！我自己骗自己有三个多月了,我想钻头去寻快乐,愿刹那的快乐迷惑住我,使我的思潮停止波激,那危险的波激！如今,又清醒过来,觉得这样骗法无聊更甚。这样骗法,令我感到的悲哀更深！我错了,我不应该骗自己。

三月五号,正月廿一日,是宇的周年了,我不知应该怎样纪念他！我不知什么能够表出我心里这更深更痛的悲哀。在这一年里,风是这样怒

号,灯光是这样黯淡,夜是这样深深,做甜蜜梦的人已快醒来,我呢,尚枯自低首坐在这灰烬快熄的炉畔想着:想我糜烂的身世,想我惨淡的人生,想我晦暗的前途!

这两三天里,我原旧恢复了往日的心境,我愿用悲哀淹没了我的生命和灵魂!菊隐:我很不愿令你为了我的悲哀而稍有不快,故常破涕为笑的写信给你,希望你不要想到这春风传来的消息里,有我的涕痕和泣声!

今天渐不好,睡了一天,心绪乱极了!给父亲写了一封长信,他们看见一定得哭!我本想骗他们,那知一拿笔除了牢骚,实在写不出一句快活话。

我常觉到世界上莫有人,因为我连可以说话的人都找不到。

咳,梦太长了!

我不应该将这些话写给你,我不应该将我朽木的心理示给你,我忏悔了,朋友,你好好念书吧,不要理我。这封信本想不寄,但又想还是寄给你好,因之你又看到这不幸的墨痕。

寄焦菊隐之笺六

莫有醉。今天既无陪客,又无小鹿,虽不敢局促然而已是极敷衍了。敷衍本来可以不必来,但是一怕你生气,二怕你怪失约,因此逼成敷衍。为什么呢?我告诉你。

你不是听我说心跳么?在去大陆春前一点钟,在一个朋友处,逢见君宇一位女友,她新从美国回来。偶然问到君宇的事,可她一点都不知道,是我又把悲惨的故事重说一遍,说完了就来到大陆春。这和志新在柳园请我们一样令我难堪,我是送葬归来吃酒的。说起来这是值得记忆的,我是埋心埋宇那天,见着三年的朋友。

咳!说起来谁信!我这今年的寒假,是我最伤心不堪回首的,然而我只消磨她在梦中,这梦是什么呢?便是浅浅的笑靥和低低的语声,在这些

不能不令我不悲哀,然而能令我暂时无暇。悲哀的许多朋友的感情,不过只是一刹那,一刹那;一刹那过后的悲哀是更深更痛更伤心。这更深更痛更伤心的,便是另一世界,是那万籁人静后伏枕呜咽的时候,是憔悴悲惨的梅,不是那灯光酒筵前的梅。

为了说明心跳!写了一大篇牢骚,原谅我扰乱你天真而正在尝着甜味的心境,横心袭来这一阵哀音和酸意!

大概这是最令人难堪的罢!

君宇埋的那天,我去吃酒。重叙他历史给他的朋友后,我又逢吃酒。能不心跳,焉能不敷衍。朋友你当可原谅我。

然而,我是领了你的盛情的。

你今天不舒服,不知回去怎样?不要看书,不要吃酒,不要赌,不要沉思,大概会快好。

"波微",是君宇在"二七"逃走时赠我的名字,因为我们都用假名的原故。在我们通信中,找不见评梅、君宇的,都是些临时写的。他喜欢BoVia 这个字十年了,然而在我身上找到她却仅仅一年。不过也可以说是永久不朽的。今天你在筵席前问到我,我自然不能隐瞒你,不过我承认了,又受不住一些不冷不热的讽声,令我想到"波微"也难过。

哪一次不是杯盘狼藉,人散后只有月如钩斜。不堪想,我们的梦太长了,在这一次一次盛筵散后我觉着。

六年了,在北京。别的成绩是莫有,只有些箭射箭穿的洞伤在心上。许多模糊的余影隐埋着,在夜深归来,只有我只影是知道我的。

然而,梦呢,太长了!

今天一位女友,对我说许多话。她劝我不要去陶然亭,不要穿黑衣服,我表面只笑笑,但是心里我真恨她。

不过我是现在确乎变了,我是刹那的享乐主义者。能笑时,有机会笑总不哭!不过我这是变态,过几天大概又变了也未可知。

这并不是醉话,我莫有醉。

(寄焦菊隐信六封见《华严月刊》第一卷第二期)

寄焦菊隐信之七

菊隐君：

读了先生的信我不禁微笑！诚然感到极有趣的滑稽！相信我是游戏人间的，所以我很欢迎这类脱离悲哀的滑稽！

我年幼随着家父游宦在外，十三岁是我入学校的年龄，十三岁前是在家里请老先生教读。太原女师范毕业后我即到京，因那年不招文科，数理科我极不愿意，因种种原因遂入体育部。因为我身体从前较柔弱的缘故，毕业后在附中任女子部主任职兼授体育。

原谅我不愿提云影一般的过去。

相信我是离弃朋友的，并且我绝对莫有在爱园生活过，那么失恋的"？"是你误会了。

从前我是活泼爱动的，所以对社会活动很热心；后来不幸就变成现在的狂妄，不近人情的我了！

现在我不提悲哀，愿我的勇气，像英雄般雄壮，披着银甲，跨着弩马！

总之，我现在矫情说是这样了。

我的性情孤癖，所以合于我的朋友条件的很少。我不喜交游，但有时狂气起来，又是很放浪的。我不带女性，但我是多感爱病的。

我大概八月五号后返京。考燕大是在今年暑假吗？那么，你将要离开天津。

祝好！

评梅复
二十一号

编者注：此信首次整理发表于此。原件信封横型，文字竖写，寄往地址写"天津南开清瑞里一号，焦菊隐先生启"；寄信人地址处写"评梅 由山西平定三道后街寄"；邮戳，发信后有"十三年七月二十三（日） 阳泉",中经地有"七月二十日　石家庄",到天津有"十三年七月二十五(日)　天津七",但"十三年"的"三"字均不清,或可认为"四",待考。

这封信信封用钢笔书写,信用毛笔书写。

寄焦菊隐信之八

菊弟:

老父的生日便是今天,你猜我做什么呢?写了一封父亲的信,又写了两封朋友的信,一封是南洋的王,一封是莫斯科的张。你是不是?我每次写外国信大概准写的多而厚;所以虽然两封信,似乎、好像写了十几封国内的信一样。

你能听姊姊的话不去参加团体工作,我很放心。我们的生活看的值钱点好。你能专心念书更好,除了念书时永远属于你自己,而能安慰你外,别的一概都是烦恼,都是烦恼!在现在觉着似乎望见幸福影子的,将来或者透露出的是烦恼之幕。不过谁也不能跳出圈子,谁也不能不向前去,谁也不能预卜未来,谁也不能不追逐幸福的影子;人生除了这还有什么呢?不过能找到一点比较可靠的安慰——读书,你还是专心努力吧!弟弟!我这是从肺腑中流露出来的话,你不要河汉斯言。

你自己身体本来不很健,希望不要糟踏,你的家庭,你的社会,希望于你的很多,请你为了家庭,为了社会而珍重!你胃疼还是去看看好,免得成了病。总之,弟弟你保重了健全的身体,才能有了你心愿的一切。

梅姊
四月一号午后

附中因为时局,停课了。

(评梅信前附笔)高长虹① 无理取闹太笑话了。不知为什么,他这样恨我们,他还是父亲眼里最爱的小朋友呢。

编者注:此信首次整理发表于此。此信原件信封信纸均为北京蔷薇社制,信封寄往地址写"东城盔甲厂燕大四号焦菊隐先生",寄信人处写"评梅"。邮戳似为"十五年四月一日",但"五"字模糊。此信用毛笔书写。

寄焦菊隐信之九

（一九二六年六月十七日）

菊弟：

　　我猜你也莫有回去。今天雨后我和晶清等在公园玩,她还问到我你是否走了,我便告诉他绝对不会走的,归来后果然。替我在老伯大人面前请安,你告诉他我是他一个未认识的女儿。不怕唐突吗？太高攀了。

　　我十有九不能回平定了,我怕回去了,又不能一时回来,而且路上也极危险呢！我又是个懦弱胆小的女子；不过我想我的母亲,不回去,母亲不失望吗？你说怎样好？不回去时,我也去西山玩玩,看看碧云寺枫叶红了莫有？那里有我爱的一种草,小钟最爱的小紫花,不知今年还有不？

　　你病须快治,少年时留一个这样危险的种子是很不幸的,我真怕,当你那天咳嗽时,我真觉心跳。唉！弟弟！君宇颊上红云退去时,便是他化成僵尸时。弟弟！你须治,不然不只你不幸,将来还须遗伤别人的不幸。自然,现在我知道你程度只是点咳嗽。酒少喝,书少读,最要宽怀你的胸襟,使他得以自由舒展,而不有梗制才好。有机会还是请克利检验一次。

　　你有双层面孔,我更多,岂只是双重。在我们这样环境下应付,的确要需要多少面具藏在袋里,预备它的变化呢。近来心头有点酸梗,几个好点的朋友都要舍我远去,在这样人海滔滔中,又少了几个陶然亭喝酒的人,一叹欤？再叹!! 三叹而无语。

　　祝弟弟的快乐！

梅姊
十七号夜中复

---

①高长虹:(1898~？),本名高仰愈,中国现代作家,祖籍山西盂县。

编者注：原信寄往地址在信封上写"东城北河沿震东公寓焦菊隐先生"，并署寄信人名"评梅"。信封上邮戳为"十五年六月十八"。原信钢笔书写，用绿色墨水写成。

评梅遗札（二）

致袁君珊之笺一

今天我心情恶劣极了。本来昨晚就失眠，头涔涔然难过，再加看到清那封信，看见清那付面孔，看见清那痛苦的表情，几次令我黯然泫然！萍对她自回家后便冷淡到不能说，到底为了什么不可知，还是他因环境变迁呢，还是他不谅解清呢，都不可料。路远消息不易得，清在此如斯痛苦，他反以为她负情，这不是极滑稽的事吗？

在南方是清和伟人结婚的消息，在北京是萍和某女士的态度暧昧，到底是什么呢？都是匪人造下的谣言，而他俩便被谣言包裹了不可解脱。最好萍现在能来京，什么都解决了，不然，阴霾不可消灭，清在此心情日甚沉于悲痛。数月来我为了她绞尽脑汁，费尽力量，我压着自己的深愁勉为欢笑，我按着自己身上的创痛强为扎挣的安慰她，然而我是这样薄弱呵，一点都不能为力。我只好祷告上帝给她比较幸福平静的生活，令她可怜的孤儿不再有悲惨的结果。我敢相信，萍如负她，她定陷入危途；然而我自然不这样想。我们最好天天伴着她玩，伴她笑，令她能忘了一时便忘了一时；同时你也可写信给萍，什么话也不必说，只盼他能来北京。如今，萍连我都迁怒了，说我在京散布他的谣言，所以我也不能写信给他，这事你说说好了。

在爱的途程上，这事是必有的波纹，本无足介意和惊奇。不过，一方面我是清的好友，我不愿她常此痛苦；一方面他们这种隔膜，我总愿和我

往常调和劝解他们一样早点和好了。清在这里时时念着萍,寄东西打衣服很安心的忠于他,而萍偏疑神见鬼误会人,这岂不是令人生气的事吗?所以我提到先生们,便觉心痛!那许多不甚相知的朋友呢,一方面嫉妒萍,也嫉妒清,只要能努力破坏总是努力的,唉!只有我是她的一个能在这心情下认识她安慰她的,不过我是不能为力的。

今天她醉后都告诉了你,我也回来写这封信,这封早欲泄露消息的信。使你知清现在不仅是离愁别恨所能限制她那复杂的心情的。

我是常常记念着她,可怜她!

朋友!你现在应怎样帮忙我安慰她,并使萍能解释一下他的误会才好?

我头痛极了,不说了,回去冷吗!这三四天内,你心情觉着复杂吗,知道了多少事迹?

评梅
十一(月)十四号夜

致袁君珊之笺二

(即发表于《蔷薇周刊》的《朝霞映着我的脸》,已收入散文集,此处略。)

致袁君珊之笺三

这封信,我制止我的情感不愿写,写下去牢骚悲哀满纸,不是应给你生日的礼物。所以我把千言万语缩成聊以自安的寥寥数语。原谅我,这碎碎片片的心情。

谢谢你,你送我归来,给与我那样勇气,令我踏着伤痕归来。只要我们回忆着,这个梦是又醒了!不管它当时怎样绮艳,怎样甜蜜,怎样悲酸,怎样凄凉?我心像湖中落叶一样,你是已经知道、看见了。

我的梦虽然死寂,然而心灵上是极圆满的。清的梦是在活的转变中,所以她心灵上有不能预测的或喜或悲的故事在不断的演映着。她自然比我苦！比我可怜！我的梦死寂而未破碎，她的梦虽生存，怕要有可怕的魔鬼来用铁锤击碎！怕！我真怕！

回去，你疲倦罢？愿你不要再作姊被犀牛拖去的梦！多少话，不必说了。祝晚安！

评梅
十一月二十一号夜中写

晨接你信，我真又笑了，真顽皮，你！

……

梅
二十二晨又写

致袁君珊之笺四

（即发表于《蔷薇周刊》的《低头怅望水中月》，已收入散文集，此处略。）

致袁君珊之笺五

我失望了，你今天给我的信那样潦草与零乱。不过是不是也有点我的说错话呢！我又想起你惨白的面靥来了。

我心里是很高兴，除了为了清难受落泪而外，朋友！你千万不要为了我而感到烦乱和悲痛！假如这样，那是我不愿的；我万不愿千不肯以我这样残余人生的人，来遗害我幸福天真的朋友，由我而涅灭了你的童性，而戕贱了你的天真。

这话，今天在清处已依稀表示过。你给我以无量的欣喜，我也愿你因我欣喜而欢愉，万勿将清同我的悲运来痛苦你，所以我昨夜已忏悔了，我悔我在你面前，太真率了，使你识得我本来的面目。

不说什么了。我请你,朋友,你不要再写那样难过的信给我,令我吃了饭感到极度的难受。我从朋友家里回来,本来很喜欢,让你这封信,令我连你今天的笑靥,我也以为是假装的。朋友!我不愿看见你难过不喜欢,愿你努力恢复你那天真可爱的童性!

清前途不堪问,果如斯下去,清结局恐很惨!她不是急性的自杀,便是慢性的自戕。我看见她那青白的脸真难受!朋友,怎么办?我连睡梦中都怕她,都怕她有了意外!

我和清的交情是很深很深。自从天辛死后,我在这北京城,也是这世界上,除了母亲外,她是唯一能安慰我陪伴我的,假使她离开我,我一定不能如目下这样幸福平静,唉!我已付之天了,假使她有不测,我也是不堪想象的一个伤心人!我现在一半为了清,一多半是为了自己,所以我再三挽留她在北京的意思,也是一半为了她,一半为了自己。

朋友!我总觉得你能知道一点我们的苦,好像我们心中便舒适一分似的。谁教你,是认识了我们呢!朋友!你领受了姊这腔苦心罢,你要快乐!不过我自己真糊涂,写这样信给你,而能令你不难受,那是岂有此理。况且你的心弦又是那样脆弱而易感呢!

那么,我还是装上笑靥,说些笑话罢,但是朋友,我又不能这样虚伪对待你,怎样好?

你好好地写东西,好好地预备你的刊物。

《兰生弟的日记》给你寄去。天辛遗书以后再看,你是受不住的,我不忍用这些人间我尝受了的利箭又来刺你娇弱的小心。我不忍,我不愿。

梅

十一月廿三号夜十一时半

致袁君珊之笺六

不知为什么,今天我一进门看见清和你都那样高兴,所以我也喜欢了!本来计划是要一个人去陶然亭痛哭一场的。

我自然感谢庐隐。我想作一篇文章回答她,不过,现在是写不出,你想我哪能写出?等几天,我一定写完它。假如写得长时,我想包办一期《蔷薇》。题目自然是《寄海滨故人》。

朋友呵!我如今这混一天是一天的生活,你大概也知道了。我只是希望如梦的现在,不管它微笑痛哭都好,我总觉我是生存在艺术的梦里,不是愚庸的梦里。我过去是也悲凄,也绮丽的,我未来大概也是也悲凄,也绮丽的。朋友,今天我恍然又悟到自戕的可怜,我还是望着明月游云高歌痛哭罢!

朋友呵!你给与我的同情和安慰,我不知怎样报答才好,像我现在这样空洞无完肤的心身;然而我知道,你何曾希望我报答,你只是希望我的心情好,高兴;所以我为了朋友你这样,我是努力去把我的心情变好而且常是满面春风的;好不好,朋友?

今天忙,草草数语就此收住。祝你好梦正酣!

梅
三十夜

致袁君珊之笺七

你要奇怪接到我两封信罢!我写了那信便吃饭,饭后乱找了一气诗稿就抄起,到现在,十二时已抄了三分之二的一本了。心烦手酸,实在不能抄了。忽然又想起和你笔谈。你觉到吗?我们见了面根本就未谈过一句正经话,我们心里所要说的话。

今天你信上,似乎问到我读了《孤鸿》后我心海深处觉着怎样?我告诉你,朋友,我觉着难过,该哭!自然第一令我难过的便是她能充分的认识我而且给我那样厚深的同情。其次我无什感觉。至于天辛死后我的志愿和将来,《涛语》里十一《缄情寄到黄泉》,便是我这一年来的结晶,我自然更希望那也是我永生的结晶,我心既如斯冷寂,那么,我也绝无大痛苦来侵袭。不会再像昨夜那样难过了,因为我知道再无人给我那样的信了。此后除了一天比一天沉寂死枯而外,大概连那样能令我痛哭的刺激都莫有呢!朋友!梅的生命是建在灰烬上,但同时也是在最坚固的磐石上。不说了,说下去你又要难过了,我不愿你为我而难过!

今天清晨我几次把眼光投射天辛墓前,我想去看他,本来接你电话我就想告诉你:我不去清那里,去看辛。后来我想何必又给你们不快活,所以牺牲了我自己。出了校场头条时我真想去陶然亭,结果自然我不愿意,因为我去是最适当,你们去便受了大苦了,而且清又牙齿痛不能吹风。所以我不去而忍住,不过朋友,你觉出吗?我听你说话时,我是又把我自己的精魂投射到辛墓旁去了。没有愿望倒还好,计划着的事做不成似乎总不高兴?所以我在宣武门内又和你在车上说起。那时我很难受呢!你知道吗?

唉!为了经了这次我受的刺激,我总想去天辛墓前痛痛快快哭一场,我想,从这哭里或者能把我逝去的青春和爱情再收回来!唉,痴想!我知道是不能的,永久不能的了!

我第三次看你这信时,忽然发现你信纸有泪痕,真的,那是你的泪痕吗?是为我而流的泪滴吗?果然,我应怎样珍重这封信,它上面有人间极珍重的同情在上边,我愿我一天不死,我一天记忆着人间的同情,朋友!你该不伤心吧?

今夜我心情特别好,不过不是悲痛,有点疯狂,我要制止我。抄诗忽然找到一首诗来,寄给你读一读,有一个时期,我曾这样安慰过我自己,如今看来自然是笑话了。

看到这信时,我想我已看见你了。我在你面前,是不容我难受,因为我自己是希望看你的笑靥而不愿你鼓嘴的。朋友呵,祝你夜安!

梅
三十号夜一时半

附 录

石评梅年谱简编

（1902~1928）

一岁
9月20日，石评梅诞生于山西省平定州城西关大石头沟。
10月，祖母病故。

二岁
父亲石铭到山西大学堂(今山西大学)任管理员。

三岁
随家父游宦在外。

四至五岁
父亲办完公事后，便教她读《三字经》《千字文》《幼学琼林》，母亲在旁伴读。

六岁
随母亲回故乡平定省亲，与童友张芝庭相识。据张芝庭回忆："幼年的评梅是位活泼勇敢，有文采的长姐。""她身上带着一个很大的绿丝线绣的荷包，里边装的不是针线布头，全是香墨毛笔。她说她会念书、会写字。她用红土块块在当院画了几个字，我虽不认识，但是看见挺方正。""还能背诵《古文观止》《唐诗三百首》的句子。"

七岁

在家里请老先生教读。

八岁

新年中患病卧床,得父母宠爱。评梅在小说《病》中回忆:"一到灯光辉煌的时候,母亲怕我孤寂,就坐到我的小竹床上,用伊软绵的爱手,抚摸着我的散发,谈许多故事给我听。当我每次由睡梦中哭着醒来的时候,母亲准在我旁边安慰我,有时还问问我已认过的字忘了没有?"

九岁

秋,随父母返平定城,为兄汝璜(石铭第一妻子所生之子,与评梅同父异母)完婚,寄寓三道后街荆震生宅之后院。其嫂,商挹清,字佩芬,乳名宝珠,平定城里人,太原蚕桑学校毕业。当时的评梅,据同乡学友陈家珍回忆:"元珠(评梅)一身前清打扮,长袍子,大头瓣,约十岁上下。"

十岁

10月,辛亥革命爆发。

12月,袁世凯命张锡銮为山西巡抚,统帅第三镇曹锟所部进攻山西。位于山西门户的平定山城,百姓纷扰。评梅随母亲、嫂嫂"扮着乡下人"到远处山村躲避。评梅在自传体小说《红鬃马》中多有描写。

十一岁

父亲石铭赴省城太原工作,评梅随家到并。侄女昆林出生。据陈家珍回忆:"我曾与汝璧一起去过她家,在离学校不远的一条僻静的小巷深处。一处连三间瓦房,汝璧在家时就同父母一起住在左首,嫂子住在右首里间,中间做客厅。"

9月18日,评梅到太原海子边观看孙中山先生的演讲。据陈家珍回忆:"谈起那年秋天孙中山来太原的事,我们女师的学生都穿起校服,排队到新南门大街去欢迎,第二天又去海子边的'成立所',孙文在楼上讲话。评梅说她也去了,但她还太小,挤在后面,看不见。可她对这位推翻满清政府的领袖、辛亥革命的英雄、民国政府第一位临时大总统是充满仰慕钦敬的。"

十二岁

入太原女子师范附属小学(补习班)学习。"白天在学校里,跟许多天真烂漫的孩子一齐上课,一齐玩耍,精神更比在家里活泼了。不过晚上放学回来以后,她的父亲仍然教她念《四书》、《诗经》等,所以她的国文根底比一般的同学好。"

十三岁

考入太原女子师范(当时山西的女子最高学府),编入第三班,由于成绩优异,考准公费学习,食、用由校方供给,入校内集体住宿。

十四岁

庐隐《石评梅略传》:"这时候她的学识和思想,都有了长足的进步;再加着家庭教育的关系,所以她在学校里那功课,比一切的同学都好,每一次考试必名列前茅,而且她也很有才干,每逢学校开会,她总是主持一切的一分子。她的性情很喜欢音乐,她能弹得很娴熟的风琴,她既然是各方面都能出人一头地,自然她的声誉很高,省里的人,都认她是省里的一个才女。"在学校放假期间,随父母回平定故里。据评梅尚全生回忆:"石家曾寄居城里三道后街三十三号院。"

十五岁

因学校寝室失火,搬入同乡女友陈家珍寝室暂住。学校敲过熄灯钟后,"便把被子抖开,遮在窗上,不让亮光透出来",照常看书。评梅爱读诗词曲赋,才子佳人的传奇言情之作,"为这些香消玉殒的芳魂艳魄而粉泪暗洒。"

十六岁

在女师中,敢于抵制封建礼教的说教,与女生一起嘲弄大讲"德、言、工、容"的督军夫人。

十七岁

经常阅读进步报刊,关心国家前途大事。在评梅的大书包里有许多报刊杂志,"什么《新青年》《每周评论》《晨报》等"。

十八岁

五四运动爆发,火种传到太原,各学校的学生在海子边召开大会,声援北京学生的爱国行动。太原女师"校方守旧不让女生参加活动,学校的运动终未成。"评梅等一些思想比较进步的学生"为了参加社会上的斗争,多次和学监及门卫发生过口角";还"在校内写文章,贴在走廊上"。评梅"提议在校内办一刊物,发表爱国思想",有刘亚雄等人参加,出刊油印刊物二、三期。这在校规严格的女师被认为是不轨行为,运动过后,险被学校当局开除。

十九岁

农历腊月底,在故乡平定画梅屏,并题写《雪梅》诗。

6月,毕业于太原女子师范学校。负笈抵京,投考北京女子高等师范学校。"因为那年不招文科,搞理科我很不情愿,因种种原因遂入体育部。"为体育系第二期学生。

8月,与吴天放相识,得到他的照应。

二十岁

夏,回平定度暑假。与张恒寿相识,相互讨论《新青年》杂志上的文章

及时代的青年思想。秋，在北京宣武门外"山西同乡会"上与高君宇相识。

11月下旬，参加北京大学马克思学说研究会。排列为第40名会员，女会员第一名，为该会之首批会员之一。

12月10日，在山西大学"新共和学会"的刊物《新共和》第一卷第一号上，发表新体诗《夜行》，署名评梅。

二十一岁

2月中旬，高君宇由欧洲归来，初次到女高师红楼看望评梅。

春，随高君宇出席北京大学"亢慕义斋"，作文字学专题讲话。

8月，在故乡山西平定度暑假。

9月上旬，返北京女子高等师范学校。

秋，参加北京女高师"励志社"读书会活动，为该会会员。

二十二岁

5月21日，与女高师体育系十二人，博物系十四人组成"女高师第二组国内旅行团"，南下旅游，评梅任参观团"交际"。

6月22日，乘津浦车返京。

下旬，毕业于北京女子高等师范学校体育系，受聘于北京师范附属中学校女子部学级主任兼体育教员。

7月，返故乡平定山城。

8月下旬，返北京，住女高师，准备附中开学事宜。评梅在附中教学一月，她的品学才干受到附中诸位先生的称赞。

年内，与高君宇书信往来频繁。

二十三岁

4月28日，去北京城南公园雩坛会见印度诗人、哲学家泰戈尔。

5月12日，晚8时半，高君宇戎装到评梅住处辞行。告知评梅："杏坛已捕去数人"，他的住处"现尚有游警队在等候着"，因而今晚冒大险"特

别化装"来告别。

5月下旬,搬入林励儒校长家客居。(辟才胡同南半街十三号)

7月2日,乘正太路火车回故乡平定度暑假。

8月5日返京。

10月14日,高君宇致评梅信,随寄象牙戒指一枚。信中写道:"一个大点的我自己戴在手上,一个小的我寄给你,愿你承受了她。"

12月10日,《京报副刊·妇女周刊》正式创刊,评梅亲拟《发刊词》。

二十四岁

1月1日,到医院看望高君宇。

2月25日,在《京报副刊·妇女周刊》发表政论文《致全国姊妹们的第二封信——请各地女同胞选举代表参加国民会议》。

3月5日凌晨高君宇逝世。

3月6日下午,赴豫王府参加高君宇遗体入殓仪式,并送君宇木棺到法华寺。当日,评梅泣不成声,几次昏厥。

4月4日至9日,去陶然亭为君宇整理墓地。

7月5日,乘火车回故乡。

8月8日夜,告别家人,启程赴京。

8月10日,去母校北京女子师范大学,听女友述说学校被抄的经过。据陆晶清回忆:评梅回到北京后,"她以毕业同学身份参加了我们的战斗,与刘和珍、许广平等人做了朋友,得到和鲁迅先生接近的机会"。

二十五岁

3月19日,去母校向"三·一八"惨案烈士刘和珍、杨德群遗体告别。

3月25日,赴女师大参加为刘和珍、杨德群召开的追悼会。

8月26日,到火车站送鲁迅、许广平同车启程去南方。

9月上旬,兼任北京师范大学女生体育教员。

二十六岁

2月3日,去校途中被电车碰伤,住院。

3月上旬,为编辑纪念"三·一八"惨案周年文章,外出邀人撰稿。

4月4日,为高君宇扫墓,于陶然亭畔写散文诗《墓畔哀歌》。

4月29日,北平报界披露了李大钊等革命烈士被害的噩讯后,翌日,写悼诗《断头台畔》。

春,兼任女附中体育教员,并充任春明公学义务体育教员。

6月3日,回故乡省亲。

7月上旬,回平定山城度暑假。

9月1日,国立北京师范大学附属中学开学,任女生班一年级三班级主任,兼教国文和体育课。

10月,对女生们讲述马克思主义理论——论阶级的压迫。

本年内,改革女子篮球训练方法,效仿"男子篮球的阵式",增大女子运动量。

二十七岁

3月下旬,由林宅迁出,寄寓北平女一中教员宿舍。始兼任公立北平第一女子中学国文教员。又兼任若瑟女子师范学校体育教员。

春,在师大四年级学生的会上,发表关于女子教育的长篇讲演,主张"女子的训育"方法:一、平民化;二、朴实;三、体育。

4月上旬,带北师大附中女子排球队赴清华大学,参加华北运动会。

6月30日,因北京时局紧张,女一中校方宣布学校放假。评梅准备迁出女一中教员宿舍。

7月1日,乘火车回故乡平定。

8月上旬,迁寓孔德学校。

中旬,在孔德分校,接待由日本归国的W君和师禹来访时,谈北平的妇女运动,说:"比较以前那种,'玩玩而已'的小姐式运动,却稍有进步了。"但是"据我所见、所闻,只要有真实才力的妇女,随处她们都有着得到相当位置的机会。就只怕你坐上那把交椅去,没有做那件事务的能力!这实在是中国现代妇女自身应该急急解决的一个问题!只在名词上的争议,不求实际的努力,扣上尽管天天在呼喊'平等',结果恐怕依然还是不免于背道而驰!"

9月14日,因希望找到一个"安静的住所,以整理创作",迁寓北平女青年会。

9月17日,因"过不惯"女青年会"那里的生活",迁寓西栓马桩唐宅(评梅女师大一位同学家)。

9月18日,晨,"觉得有点不舒服,满身似乎有点发凉",照常去附中教书。午后,去若瑟女校上体操。两点多钟到家,"一直昏睡,不能坐起。"

9月19日,发烧,昏睡,喊疼。由林励儒先生请来京师医院呈诊,说"也许是脑病"。

20日,住山本医院二等病房。山本忠孝大夫诊过说:"怕是伤寒病。"当日下午,"烧的连话都说不出来"。晚,洗肠子。

9月30日(农历八月十七日)2时15分,因患流行性脑炎兼蔓延性支气管肺炎,医治无效病故。终年26周岁。

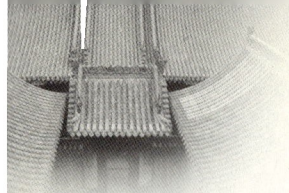

石评梅发表作品一览表

作品名称	体裁	出版时间	发表刊物	署名
夜行	新体诗	1921年12月10日	山西大学《新共和》	评梅
这是谁的罪?	剧本	1922年4月1日至4日连载	《晨报副刊·文学旬刊》	评梅女士
论拙著《这是谁的罪?》	戏剧评论	1922年4月12日	《晨报副刊·文学旬刊》	评梅
葡萄架下的回忆	散文	1922年10月1日	《国风日报副刊·学汇》	评梅
春之波	诗歌	1922年10月2日	《国风日报副刊·学汇》	评梅
一瞥中的流水与落花	诗歌	1922年12月24日	山西大学《新共和》	评梅
细微的回音	诗歌	1923年2月27日	《晨报副刊·文学旬刊》	评梅
模糊的心影	诗歌	1923年3月30日	《晨报副刊·文学旬刊》	评梅
别后	诗歌	1923年4月14日	《晨报副刊·文学旬刊》	评梅
我愿你	诗歌	1923年4月15日	《晨报副刊·文学旬刊》	评梅
陶然亭畔的回忆	诗歌	1923年4月28日	《晨报副刊·文学旬刊》	评梅
碎锦	诗歌	1923年4月28日	《晨报副刊·文学旬刊》	评梅
罪恶之迹	诗歌	1923年5月14日	《晨报副刊·文学旬刊》	评梅
京汉途中的残痕	游记	1923年6月14日	《诗学半月刊》	评梅
流萤的火焰	诗歌	1923年6月28日	《晨报副刊·文学旬刊》	评梅
模糊的余影	游记	1923年9月4日至10月7日连载	《晨报副刊·文学旬刊》	评梅

续表

作品名称	体裁	出版时间	发表刊物	署名
烟水余影——西湖	诗歌	1923年8月28日	《晨报副刊·文学旬刊》	评梅
致《诗学半月刊》	书信	1923年9月28日	《诗学半月刊》	评梅
红叶的家乡	诗歌	1923年9月14日	《诗学半月刊》	蒲侬
心之波	散文	1923年10月10日	《国风日报副刊·学汇》	评梅
秋菊	诗歌	1923年10月14日	《诗学半月刊》	评梅
血染的枫林	诗歌	1923年10月14日	《诗学半月刊》	评梅
残夜的雨声	诗歌	1923年10月24日	《晨报副刊·文学旬刊》	评梅
母亲的玫瑰露	诗歌	1923年10月28日	《诗学半月刊》	评梅
人间的镌痕	诗歌	1923年10月28日	《诗学半月刊》	评梅
迷惘的残梦	诗歌	1923年11月14日	《诗学半月刊》	评梅
玫瑰花片的泣诉	诗歌	1923年11月14日	《诗学半月刊》	蒲侬
星火	散文	1923年11月28日	《诗学半月刊》	评梅
飞去的燕儿	诗歌	1923年12月14日	《晨报副刊·文学旬刊》	评梅
叫她回来吧	诗歌	1923年12月19日	《晨报副刊·文学旬刊》	评梅
梅花树下的漫歌	诗歌	1923年12月28日	《诗学半月刊》	评梅
青衫红粉共飘零	诗歌	1924年1月14日	《诗学半月刊》	评梅
灵魂的漫歌	诗歌	1924年1月14日	《诗学半月刊》	评梅
女神的梅花和银铃	诗歌	1924年1月14日	《诗学半月刊》	评梅
灵感的埋葬	诗歌	1924年1月28日	《诗学半月刊》	评梅
山灵的祷告	诗歌	1924年2月11日	《新民意报附刊·绿波周报》	评梅

续表

作品名称	体裁	出版时间	发表刊物	署名
梅影	散文	1924年2月13日	《京报副刊·妇女周刊》	评梅
漱玉	散文	1924年2月13日	《京报副刊·妇女周刊》	波微
末次的泣祷	诗歌	1924年2月14日	《诗学半月刊》	评梅
星火——慰兰姊	诗歌	1924年2月18日	《新民意报附刊·绿波周报》	评梅
病	小说	1924年2月26日	《新民意报附刊·绿波周报》	评梅
小玲	散文	1924年3月5日	《京报副刊·妇女周刊》	波微
小苹	散文	1924年5月19日	《京报副刊·妇女周刊》	波微
你告他	诗歌	1924年6月20日	《晨报副刊·文学旬刊》	评梅
春的微语	诗歌	1924年6月21日	《晨报副刊·文学旬刊》	评梅
留恋	诗歌	1924年7月13日	《晨报副刊·文学旬刊》	评梅
宝剑赠与英雄	诗歌	1924年7月21日	《晨报副刊·文学旬刊》	评梅
素心	散文	1924年7月22日	《世界日报·蔷薇周刊》	波微
微笑	诗歌	1924年8月1日	《晨报副刊·文学旬刊》	评梅
心影	诗歌	1924年8月27日	《晨报副刊·文学旬刊》	评梅
此生不敢再想到归鸦	书信	1924年8月27日	《晨报副刊·文学旬刊》	评梅
露沙	散文	1924年9月20日	《京报副刊·妇女周刊》	评梅
玉薇	散文	1924年9月20日	《京报副刊·妇女周刊》	波微
同是上帝的女儿	散文	1924年12月10日	《京报副刊·妇女周刊》	评梅
《京报副刊·妇女周刊》发刊词	散文	1924年12月10日	《京报副刊·妇女周刊》	评梅
谁的花球	散文	1924年12月17日	《京报副刊·妇女周刊》	评梅

续表

作品名称	体裁	出版时间	发表刊物	署名
红粉骷髅	散文	1924年12月17日	《京报副刊·妇女周刊》	蒲侬
归来	诗歌	1924年12月27日	《晨报副刊·文学旬刊》	评梅
静听银涛咽最后一声	诗歌	1924年12月31日	《京报副刊·妇女周刊》	评梅
天辛	散文	1924年	《京报副刊·妇女周刊》	波微
血泪	诗歌	1925年1月20日	《晨报副刊·文学旬刊》	蒲侬
梅花小鹿——寄晶清	书信	1925年2月11日	《京报副刊·妇女周刊》	评梅
致全国姊妹的第二封信	书信	1925年2月25日	《京报副刊·妇女周刊》	评梅
再悼曼君	诗歌	1925年2月25日	《京报副刊·妇女周刊》	漱雪
我已认识了自己	诗歌	1925年3月4日	《京报副刊·妇女周刊》	评梅
只有梅花知此恨	小说	1925年3月14日	《晨报副刊·文学旬刊》	评梅
痛哭英雄	诗歌	1925年4月1日	《京报副刊·妇女周刊》	心珠
翠湖畔传来的哀音	诗歌	1925年5月6日	《京报副刊·妇女周刊》	评梅
龙潭之滨	游记	1925年7月22日	《京报副刊·妇女周刊》	蒲侬
翠峦清潭畔的石床	游记	1925年8月5日	《京报副刊·妇女周刊》	蒲侬
夜深了	诗歌	1925年8月5日	《京报副刊·妇女周刊》	薇子
报告停办后的女师大	散文	1925年8月19日	《京报副刊·妇女周刊》	漱雪
女师大惨剧的经过	散文	1925年8月26日	《京报副刊·妇女周刊》	漱雪
旧稿	诗歌	1925年9月9日	《京报副刊·妇女周刊》	梅玲
灰烬	散文	1925年9月30日	《京报副刊·妇女周刊》	评梅
雁儿呵，永不衔一片红叶再飞来	散文	1925年10月20日	《京报副刊·妇女周刊》	漱雪

续表

作品名称	体裁	出版时间	发表刊物	署名
月儿圆	诗歌	1925年10月23日	《京报副刊·妇女周刊》	冰华
董二嫂	散文	1925年11月25日	《京报副刊·妇女周刊》	漱玉
扫墓	诗歌	1925年12月20日	《京报副刊·妇女周刊》	波微
弃妇	小说	1925年12月20日	《京报副刊·妇女周刊》	漱玉
总账	散文	1925年12月20日	《京报副刊·妇女周刊》	评梅
涛语·微醉之后	散文	1925年	《京报副刊·妇女周刊》	波微
涛语·父亲的绳衣	散文	1925年	《京报副刊·妇女周刊》	波微
涛语·醒后的惆怅	散文	1925年	《京报副刊·妇女周刊》	波微
涛语·夜航	散文	1925年	《京报副刊·妇女周刊》	波微
涛语·殉尸	散文	1925年	《京报副刊·妇女周刊》	波微
涛语·一片红叶	散文	1925年	《京报副刊·妇女周刊》	波微
涛语·象牙戒指	散文	1925年	《京报副刊·妇女周刊》	波微
涛语·最后的一幕	散文	1925年	《京报副刊·妇女周刊》	波微
抬起头来,我爱	诗歌	1926年1月29日	《京报副刊·妇女周刊》	林娜
绿屋	散文	1926年2月28日	《世界日报·蔷薇周刊》	波微
血尸	散文	1926年3月22日	《京报副刊·妇女周刊》	评梅
痛哭和珍	散文	1926年3月29日	《京报副刊·妇女周刊》	评梅
婧君	散文	1926年6月11日	《世界日报·蔷薇周刊》	评梅
寄山中的玉薇	散文	1926年秋末	《世界日报·蔷薇周刊》	评梅
再读《兰生弟的日记》	散文	1926年10月30日	《语丝》	评梅

续表

作品名称	体裁	出版时间	发表刊物	署名
寄到狱里去——给苹弟	散文	1926年11月10日	《世界日报·蔷薇周刊》	评梅
缄清寄向黄泉	散文	1926年11月18日	《世界日报·蔷薇周刊》	评梅
狂风暴雨之夜	散文	1926年11月25日	《世界日报·蔷薇周刊》	波微
秋的礼赠	散文	1926年11月30日	《世界日报·蔷薇周刊》	波微
我只合独葬荒丘	诗歌	1926年12月6日	《世界日报·蔷薇周刊》	评梅
浅浅的伤痕	诗歌	1926年12月7日	《世界日报·蔷薇周刊》	漱雪
寄海滨故人	散文	1926年12月25日	《世界日报·蔷薇周刊》	波微
给庐隐	散文	1927年1月23日	《京报副刊·妇女周刊》	波微
雪夜	散文	1927年1月29日	《语丝》	评梅
别宴	诗歌	1927年1月31日	《晨报副刊·文学旬刊》	评梅
爆竹声中的除夕	散文	1927年2月8日	《世界日报·蔷薇周刊》	评梅
深夜絮语	散文	1927年3月11日	《世界日报·蔷薇周刊》	评梅
祭献之词	诗歌	1927年3月19日	《语丝》	评梅
墓畔哀歌	散文	1927年4月6日	《世界日报·蔷薇周刊》	冰华
梦呓	散文	1927年4月6日	《世界日报·蔷薇周刊》	碧茜
祷告——婉婉的日记	小说	1927年4月7日	《中央日报》	评梅
□沁	散文	1927年4月26日	《世界日报·蔷薇周刊》	波微
断头台畔	诗歌	1927年5月3日	《世界日报·蔷薇周刊》	评梅
红鬃马	小说	1927年5月9日	《晨报副刊·文学旬刊》	评梅
余辉	小说	1927年5月31日	《世界日报·蔷薇周刊》	评梅

续表

作品名称	体裁	出版时间	发表刊物	署名
归来	小说	1927年6月7日	《世界日报·蔷薇周刊》	评梅
被践踏的嫩芽	小说	1927年7月12日	《世界日报·蔷薇周刊》	碧茜
白云庵	小说	1927年8月9日	《世界日报·蔷薇周刊》	评梅
偶然草	散文	1927年10月28日	《世界日报·蔷薇周刊》	波微
冰场上	散文	1927年12月24日	《世界日报·蔷薇周刊》	波微
寄到鹦鹉洲	散文	1927年12月28日	《世界日报·蔷薇周刊》	波微
匹马嘶风录	小说	1927年12月28日	《世界日报·蔷薇周刊》	评梅
一夜	散文	1928年2月7日	《世界日报·蔷薇周刊》	评梅
忏悔	小说	1928年5月6日	《女一中季刊》	评梅
我告诉你母亲	诗歌	1928年5月29日	《世界日报·蔷薇周刊》	评梅
蕙娟的一封信	书信	1928年5月29日	《世界日报·蔷薇周刊》	波微
偶然来临的贵妇人	散文	1928年5月29日	《世界日报·蔷薇周刊》	波微
噩梦中的扮演	小说	1928年5月29日	《世界日报·蔷薇周刊》	波微
毒蛇	小说	1928年5月29日	《世界日报·蔷薇周刊》	波微
卸装之夜	散文	1928年5月29日	《世界日报·蔷薇周刊》	林娜
花神殿的一夜	散文	1928年6月30日	《世界日报·蔷薇周刊》	波微
林楠的日记	小说	1928年10月17日	《中央日报》	评梅
凄其风雨夜	散文	1929年1月8日	《世界日报·蔷薇周刊》	评梅
寄露沙(之二)	书信	1929年1月15日	《世界日报·蔷薇周刊》	评梅
朝霞映着我的脸	书信	1929年1月30日	《世界日报·蔷薇周刊》	评梅

续表

作品名称	体裁	出版时间	发表刊物	署名
低头怅望水中月	书信	1929年1月30日	《世界日报·蔷薇周刊》	评梅
致陆晶清信(四封)	书信	1929年1月1日	《华严月刊》	评梅
我沉沦在苦忆中	散文	1929年2月18日	《世界日报·蔷薇周刊》	评梅
致焦菊隐之笺（1至6封）	书信	1929年2月20日	《华严月刊》	评梅
我是有福的人	散文	1929年2月27日	《世界日报·蔷薇周刊》	评梅
心情的践踏	散文	1929年3月26日	《世界日报·蔷薇周刊》	评梅
我永远没有明天	散文	1929年4月2日	《世界日报·蔷薇周刊》	评梅
浅浅的伤痕	散文	1929年4月2日	《世界日报·蔷薇周刊》	评梅
触目的痛创	散文	1929年4月9日	《世界日报·蔷薇周刊》	评梅
致袁君珊之笺（1至7封）	书信	1929年11月20日	《华严月刊》	评梅
又致焦菊隐信(3封)	书信	1985年	书目文献出版社	评梅
致李惠年信(13封)	书信	1985年	书目文献出版社	评梅

◎ 附录